Kontaktadresse nach EU-Produktsicherheitsverordnung:
produktsicherheit@fischerverlage.de

Über das Buch   Mit dem Roman ›Eine Übertragung‹ gewann Wolfgang Hilbig 1989 den Ingeborg-Bachmann-Preis in Klagenfurt. Das Buch erzählt die Geschichte des Heizers C., der in der DDR äußerlich das Leben eines einfachen Arbeiters führt, heimlich aber der »Schwarzarbeit des Schreibens« fröhnt. Natürlich wird der angehende Schriftsteller von den Behörden bald schon mit Mißtrauen beobachtet und schließlich festgenommen. Nach der Entlassung aus der Untersuchungshaft flieht C. nach Berlin. Dort will er seine Erinnerungen ordnen und niederschreiben. Die Arbeit hält allerdings ungeahnte Überraschungen für ihn bereit.
›Die Zeit‹ schrieb über das Buch: »Um es rundheraus und vorweg zu sagen: ein großartiger Roman, der mit seinem scheinbar mühelosen, in Wahrheit raffinierten Bau wie mit seiner geschliffenen Sprache in ihren nicht endenwollenden Nuancen geradezu verblüfft. Die Lektüre ist ein artistisches wie intellektuelles Vergnügen allerersten Ranges.«

Der Autor   Wolfgang Hilbig, geboren 1941 in Meuselwitz bei Leipzig, übersiedelte 1985 in die Bundesrepublik und lebt heute in Berlin. Er erhielt zahlreiche literarische Auszeichnungen, darunter den Georg-Büchner-Preis 2002, den Ingeborg-Bachmann-Preis, den Bremer Literaturpreis, den Berliner Literaturpreis, den Literaturpreis des Landes Brandenburg, den Lessing-Preis, den Fontane-Preis und den Stadtschreiberpreis von Frankfurt-Bergen-Enkheim. Sein Werk erscheint im S. Fischer Verlag und im Fischer Taschenbuch Verlag, darunter die Romane ›Das Provisorium‹ und ›Ich‹, die Erzählungen ›Die Weiber‹ und ›Alte Abdeckerei‹ sowie die Gedichtbände ›die versprengung‹, ›abwesenheit‹ und ›Bilder vom Erzählen‹. Seine Frankfurter Poetikvorlesungen liegen unter dem Titel ›Abriß der Kritik‹ vor, kürzere Prosa sammeln die Bände ›Erzählungen‹ und ›Der Schlaf der Gerechten‹. Über das Werk Wolfgang Hilbigs gibt Auskunft: ›Wolfgang Hilbig. Materialien zu Leben und Werk‹.

Unsere Adresse im Internet: www.fischer-tb.de

Wolfgang Hilbig
Eine Übertragung
Roman

Fischer Taschenbuch Verlag

3. Auflage

© 2022 S. Fischer Verlag GmbH,
Hedderichstr. 114, 60596 Frankfurt am Main
Druck und Bindung: BoD – Books on Demand GmbH,
Norderstedt, Germany
ISBN 978-3-596-10933-3

Als ich geboren wurde, sagte ein scheeler Engel,
einer von denen, die im Dunkeln hausen,
zu mir: Los, Carlos, sei linkisch im Leben!

                    C. Drummond de Andrade

Sich der Angst bedienen, nicht um die Abwesenheit zu einem Mysterium zu machen, sondern das Mysterium zur Abwesenheit.

                              E. M. Cioran

1 Die tödlichen Belanglosigkeiten, die mich in den letzten beiden Jahren, und vielleicht schon vorher, in Anspruch genommen haben, konnten mir – wie es zu erwarten gewesen wäre – den Verstand keineswegs so weitgehend einschläfern, daß eine normalerweise kaum auffindbare Notiz in der »B.er Zeitung« meine Aufmerksamkeit nicht sofort erregt hätte: indes hat sie mich zu rigoroser Rückschau angetrieben. Nachdem meine anfängliche Beunruhigung beigelegt war, haben sich die Versuche zu dieser Rückschau neu motiviert, ich gedachte meine Erinnerungen zu bündeln – freilich ist es mir gescheitert, aus der Rückschau ist ein Rückweg geworden, für den die Zeitungsnotiz letztlich ausschlaggebend war.

Die Rückschau fand meine Belanglosigkeiten auf, und sie blieb darin stecken; schier erstickte ich in einem Schwelbrand wiederauflebender Kleinlichkeiten: zum Beispiel schienen, aus einem Haufen von Unrat, eine Anzahl unangezündeter Streichhölzer ans Licht befördert worden zu sein, die infolge von Feuchtigkeit unbrauchbar waren; sie waren Randerscheinungen eines Löscheinsatzes verbaler Natur, welcher mehr einem falschen Alarm als wirklicher Gefahr zuzuschreiben war – der Unrat selbst wurde allerdings nicht abgetragen. – Nicht umsonst sprach ich von tödlichen Belanglosigkeiten: ich mußte feststellen, daß die auf diesen Einsatz folgenden Jahre beinahe vollständig aus meiner Erinnerung geschwunden waren... oder vielmehr darin versunken, untergegangen in einer Schlammflut, die ich acherontisch nannte. Rauch und üble Gerüche lagern weiterhin über Böden, die ich nicht mehr durchstoßen kann.

An der Oberfläche aber schwammen, wie dürftiges Treibgut im Brackwasser, Namen und Wörter – Wörter zum Beispiel, aus dem praktischen Gebrauch technischer Dinge abgeleitet, über die ich mir nicht viele Gedanken machen mußte, doch es gingen für mich die Wellenkreise von Assoziationen von ihnen aus, und wo sie sich schnitten, entstand für mich ein Interesse, das zuweilen funkelte, manchmal jedoch mit Ängsten korrespondierte, an die ich nicht mehr geglaubt hatte. Die Namen aber, die ich auf diese Weise – auf oft schwer erklärliche Weise – aus dem Trüben fischte, sollten mir zu den Namen meiner Geschichte werden, auf die ihre Haupfigur sich beziehen könne: die Namen spielten nicht mit, und vielleicht deshalb, weil die Hauptfigur ihre Rolle letztlich nicht zu spielen vermochte...

Um zu der Sache zu kommen, die mich beunruhigte: die Zeitungsnotiz, die in ihrer Dürftigkeit nichts zu wünschen übrigließ, verkündete sinngemäß, es seien die Nachforschungen nach der vor längerer Zeit als vermißt gemeldeten, ledigen Postzustellerin K. L. erfolgreich verlaufen. Die Ursache ihres zeitweiligen Verschwindens werde noch geklärt. Der Bevölkerung werde für sachdienliche Hinweise der Dank der Behörden ausgesprochen.

Nun war es geschehen, daß mich die lapidaren Zeilen nicht unmittelbar, also nicht schon im Augenblick der Lektüre erschreckten, der erwähnte Schmelz, in welchem meine Nerven schlummerten, verhinderte, daß der Wortlaut der Meldung sofort auf empfindlichere Inhalte meines Gehirns traf. Dennoch mußte er gleich einen Sinnzusammenhang in mir berührt haben: erst am nächsten Tag hielt ich es für auffällig, daß ich mit einer gleichsam affenartigen Geschwindigkeit die gesamte Zeitung zerknüllt und in der Heizung verbrannt hatte. Zu meinem Unglück stellte ich nun fest, daß ich nicht mehr wußte, ob in der Notiz wirklich nur die Initialen des Namens jener wiederaufgefundenen Vermißten angegeben waren. Für diesen Fall bezweifelte ich die Sinnhaftigkeit einer solchen Information... wenn der Zweck der Übung nicht der war, daß weiterhin eine Fülle von *sachdienlichen Hinweisen* einkam; ich traute *ihnen* das Denkmanöver zu, das damit rechnete, daß sich Anfangsbuchstaben nicht so leicht merken lassen wie ein vollständiger Name und daß sich dadurch bestimmte Personenkreise wie zufällig erweitern ließen. Außerdem wußte ich nicht mehr, ob sich mir die Initialen sogleich zu einem vollständigen Namen gefügt hatten – es war ein Name, der mir seit längerem nur noch unangenehme Empfindungen verursachte –, dunkel glaubte ich mich zu erinnern, daß die Person als *ledige Postzustellerin* bezeichnet worden war, so daß mir die blitzartige Assoziation zu einer Heirats- oder Bekanntschaftsannonce einfiel. – Aber natürlich konnte ich mich in vielen Dingen auch täuschen.

Ohne mich täuschen zu können, wußte ich nicht einmal zu sagen, an welchem Kiosk ich die Zeitung gekauft hatte, ja, ich war derart verwirrt, daß mir entfallen war, ob ich überhaupt mit dem Besorgen der Zeitung an der Reihe gewesen war: der Schichtzyklus, dem ich mich in der Dampfversorgung der Wäscherei eingliederte, hatte sich noch nicht von dem Durcheinander erholt, in das er durch eine langanhaltende und wetterbedingte Urlaubssaison geraten war; es war die Frühschicht, die die Zeitung zu kaufen hatte, und ich hielt das betreffende Blatt am Ende einer Frühschichtwoche in der Hand, doch während dieser Woche hatte ich zweimal in eine andere Schicht überwechseln müssen. – Ich grübelte bis in die Nacht hinein, am nächsten Tag grübelte ich weiter, und am Abend ärgerte ich mich anhaltend darüber, daß ich erneut zu lange gewartet hatte, nämlich so lange, bis die Zeitungsstände geschlossen waren. Nach einer Zeitung zu fragen, die schon zwei oder drei Tage alt war – und womöglich durch Zufall dort, wo ich sie schon einmal gekauft hatte –, hieß vielleicht, mich so auffällig zu verhalten, daß die Zeitungsverkäuferin, immerhin ebenfalls eine Postangestellte, einen sachdienlichen Hinweis in meine Richtung womöglich nicht würde unterdrücken können. Ich ging, um die Auslagen hinter dem Glas von zwei oder drei jener Buden des Postzeitungsvertriebs zu inspizieren – dabei entdeckte ich übrigens, daß die Herbstnummer einer Literaturzeitschrift, nach der ich periodisch auf der Suche war, nun mit gebührender Verspätung erschienen war –, in der Finsternis, die von den Straßenfunzeln nur noch verdichtet zu werden schien, fand ich das Blatt natürlich nicht mehr. Bekanntlich ist der Stil der »B.er Zeitung« so abartig schlecht, daß sich die Leute darum reißen und ihr täglicher Ausverkauf gesichert ist. Ich hatte also Pech... gleichzeitig aber Glück, daß niemand mich beim Umstreichen der Zeitungsstände beobachtete, mein scheinbar zielloses Umhergehen hätte als eine Form abwartender Haltung mißdeutet werden können... ich wirkte vielleicht wie jemand, der nach dem vergessenen Treffpunkt für ein Rendezvous auf der Suche ist. Ich wußte selbst nicht, ob es so war; wenn ich es ein Glück nannte, daß niemand außer mir die andauernde Fluchtbewegung zu bemerken schien, in der ich mich seit der Vernichtung des fraglichen Zeitungsexemplares sah, mußte ich allerdings bezweifeln, daß mir der Sinn nach vielen menschlichen Begegnungen stand. Auch die einzige nahe gelegene Kneipe, in der ich das Blatt eventuell noch finden konnte, war mir seit einiger Zeit nicht mehr zugänglich; nicht nur dem Mann am Büfett, zu dem mir ein gutes Einvernehmen aus länger zurückliegenden Gründen sowieso fehlte, war ich dort so unangenehm aufgefallen, daß ich nicht einmal den Versuch machte, eine daselbst möglicherweise noch offene Rechnung zu bezahlen. – Jedenfalls mußte ich mit Vermutungen auskommen: ein Verschnitt von Sätzen, den ich nicht mehr schwarz auf weiß hatte, blieb nur diffus zitierbar – und war deshalb nicht sezierbar. Die Annonce hatte nicht durchblicken lassen, ob mit dem Dasein der Frau, deren Name die Anfangsbuchstaben K. L. aufwies, in Zukunft etwa zu rechnen war oder nicht. Mit dieser Unsicherheit betrat ich eine andere Kneipe, in der, aus penetranter Ordnungsliebe, nur die neuesten Zeitungen am Kleiderständer hingen.

Das zeitweilige Verschwinden meiner Erinnerung hatte die nebensächliche Folge, daß eine weibliche Person, die mir nur dem Namen nach bekannt war – ein womöglich seltsam doppelgesichtiges Wesen –, mir zu verschiedenen Zeiten jeweils verschiedene Empfindungen einflößte: einmal war es eine eigenartige Rührung, die ich der Trauer über den Verlust einer möglichen Neigung zuschrieb... oder vielmehr einer unmöglichen Neigung, da sie mir wahrscheinlich nie gegolten hätte – eine Empfindung also, die ungescheut als völlig sentimental bezeichnet werden kann. Ein andermal war es Wut, die ich der Enttäuschung darüber verdankte, daß sie mir den Verlust ihrer selbst auf eine Weise vorenthielt, in der er nicht mehr zum Thema einer meiner Geschichten werden konnte – eine noch weit mehr sentimentale Empfindung also, da sie die erstere mit einbezog. Geübt im Nachvollzug von Paradoxien, war ich beim melancholischen Nachsinnen über diese unterschiedlichen Gefühle oft genug an einem Punkt, an dem ich mich zu der Überzeugung entschlossen hatte, daß die Postzustellerin nicht mehr unter den Lebenden weilen dürfe. Nur war ich viel zu spät auf diese Schlußfolgerung gekommen. Es war ein Schluß, der mich verfolgte, seit ich begonnen hatte, auf ein Zeichen für ihr Dasein zu warten... dies hatte begonnen, lange Zeit, bevor ich die Annonce las. Meine Konzentration auf dieses Warten... und nicht nur auf dieses Warten: ich hatte den Verdacht, mich schon sehr lange auf nichts sonst als lediglich abwartende Haltungen konzentrieren zu können... versetzte mich natürlich in eine Lage, in der ich die Annonce augenblicklich für ein *Zeichen* halten mußte.

Auf der Suche nach einer Geschichte, in der ich in der Hauptrolle als das Abbild einer phantastischen Figur zu fungieren mir vornahm – genauer gesagt, als ein Schriftsteller, der in seiner Eigenschaft als Schriftsteller unter den Lebenden weilte und über diese Seite der *Realität* nachdachte – und außerdem in Kenntnis eines bestimmten merkwürdigen Datums, war ich umhergegangen, wie ein unversehens auf die *tätige Seite* zurückversetzter Toter, und dort hatte ich nach der Konzeption für meine Geschichte gesucht. Den Bock der Konzeptionslosigkeit zum Gärtner der Konzeption zu machen, war mir bald als die einzig noch denkbare Möglichkeit erschienen. Dies hatte mich darauf gebracht – übrigens ohne einen naheliegenden Gedanken darin zu erkennen –, über den berühmten Mord ohne Motiv nachzudenken, eine Geschichte, die es wahrscheinlich in einigen gescheiterten Ausführungen schon gibt: gescheitert sind sie deshalb, weil ihnen das fehlende Motiv nachgeliefert wurde. Die Erwägung der Möglichkeit, eine Tat ohne Motiv geschehen zu lassen, scheint als Motiv nicht anerkannt zu sein, aus diesem Grund greifen Schriftsteller zur Waffe, die sie im Federverzeichnis wissen.

Aus verschiedenen Gründen fühlte ich mich von einer bestimmten Zeit meines Lebens an gedrängt, mich auch in der Realität als ein Schriftsteller zu erweisen: der Grund dafür waren gewisse marginale Erwähnungen meines Namens im Zusammenhang mit der Existenz irgendwelcher schriftstellerischer Praxis, Erwähnungen, von denen ich über Umwege Kunde erhalten zu haben schien, obwohl ich weder Zeit noch Ort der Äußerungen kannte. Vielleicht ahnte ich diese Erwähnungen mehr, als ich sie wußte, und wenn ich darüber nachsann, so hätten sie jenseits von Grenzen verlautet sein müssen, die ideelle oder auch materielle Grenzen sein konnten. Ich machte mir von ihrer Beschaffenheit kein Bild, eher glaubte ich, meine Person selbst sei ihr Urheber gewesen: ich selbst also habe erwähnt, daß ich als Schriftsteller erwähnt worden sei. Dies forderte mich zur Bestätigung, zu einer Geschichte heraus... also zu einer Geschichte, zu der es eigentlich kein Motiv gab. Und darüber konnte nur ein wahrhaft ungeheuerliches Motiv hinwegtäuschen. Ein solches war der Mord ohne Motiv, und ich ging umher und war damit beschäftigt, alle Motive, die ich hätte haben können, in die Flucht zu schlagen.

Da für den Erzähler meiner Geschichte der Mord an einer männlichen Figur nicht in Betracht kam – wahrscheinlich hätten sich zu viele der männlichen Personen, die zu meinem Umgang gehörten oder gehört hatten, in einem stellvertretenden Opfer wiederzuerkennen geglaubt – und weil mir überdies das weibliche Opfer meiner Geschichte förmlich ohne mein Zutun serviert worden war, fügte ich mich ohne weiteres der Idee des Zufalls und machte sie zu meiner eigenen: der Name einer Frau, der mir aus dem Unergründlichen eine annähernde Vorstellung ihres Aussehens ermöglichte, lieferte mir die Zielscheibe für meinen Protagonisten. Die Veranschaulichung des praktischen Ablaufs der Geschichte, die mir anfangs nicht die geringsten Schwierigkeiten bereitete, hatte freilich zur Folge, daß ich mich fragte, welches Maß an Bosheit in mir verborgen sein müsse, von dem ich zuvor nichts geahnt hatte. Augenblicklich erkannte ich, daß ich mit dieser Frage nach einem Motiv für den Mord suchte... und keineswegs nach seiner Unmotiviertheit. Der Reihe nach stellten sich mir alle Nicht-

Motive, die mir durch den Kopf gingen, als Motive heraus; einige davon mit solcher Eindringlichkeit, daß ich ihrer Überzeugungskraft nicht mehr entgehen zu können fürchtete – woraufhin ich mich nicht mehr unter die Menschen wagte. Wenn ich mir vorstellte, wie ich nächtens eine Frau dazu brachte, mich an einen abgelegenen Ort, etwa in eine leerstehende Wohnung, zu begleiten, mit der Absicht, dort mit ihr einen Koitus zu praktizieren, so erschrak ich vor dem Gedanken, es müsse mir Augenblicke vor dem Ziel schlagartig die ganze Unwirklichkeit der Situation bewußt werden, mit einem Mal werde ich gezwungen sein, das wahre Wesen der Szene zu durchschauen, und ich werde gar nicht umhinkönnen, das Schicksal der Konstellation zu erfüllen... aus bloßem Grauen schon werde ich der Vorstellung den blutigen Punkt auf das »i« setzen.

In einer der Elendshöhlen des Massivs Berlin ereignete sich die Übeltat, an die ich dachte. Der Held und sein Opfer begegneten sich zu einer ausgemachten Stunde in der stickigen Luft einiger lichtloser Räume, die, von den Verwaltungen mangels an Mitteln aufgegeben und im Zustand des Verkommens belassen, kaum noch als frühere menschliche Quartiere zu erkennen waren und in denen sich, wie der Verfasser wissen wollte, das Gesindel zu treffen pflegte. Die Finsternis aufgewirbelten Staubs senkte sich über das unheimliche Geschehen, in dem rasche Bewegungen wie in plötzlicher Lähmung stockten, dann unvermittelt wieder auffuhren, Erklärungen aus den Münden beider in verhaltenem aber gehetztem Ton wechselten, so daß sich sofort zeigte, wie die Worte zu keinem Verständnis dienen konnten, da sie auf beiden Seiten von denkbar verschiedenen Voraussetzungen ausgingen, von zwei verschiedenen Leben aus, die einander niemals berührt hatten. – Das Motiv für ein solches Zusammentreffen, so erklärte die männliche Figur, sei ihm stets so dringend abverlangt worden... genauer, die Definition des Motivs bündig zu nennen, sei ihm stets so dringend abverlangt worden... wodurch er immer die Ahnung gehabt hatte, es sei in ihm etwas Ungeheuerliches verborgen... etwas Ungeheuerliches, das er immer versucht habe zu verkleinern. Doch gerade dadurch sei der Argwohn, mit dem er sich betrachtet gesehen habe, nur weiter gewachsen. Längst habe er selbst geglaubt, das monströse Motiv in sich nicht mehr überblicken zu können... und er habe inmitten der unüberblickbaren Motivationen in sich ein reißendes Tier vermutet, das er natürlich vor dem Auge der Welt habe verbergen müssen. Andernfalls werde er einmal als die Verkörperung dieses Motivs vor dem Auge der Welt stehen... vor dem Auge der Welt stehen müssen in Form eines ungeheuerlichen Motivs. Und damit werde er das Motiv tatsächlich *sein*, ohne eine andere Möglichkeit, als...

– Ja, ich weiß, sagte die weibliche Figur mit deutlicher Angst in der Stimme. Sie habe es immer gewußt und sei deshalb unablässig vor ihm auf der Flucht gewesen. Er müsse sich nicht verstellen, sie erkenne ihn genau wieder. Zum letzten Mal habe sie den Fehler gemacht, ihm über den Weg zu laufen... aber bald werde sie so weit fort sein, daß es nicht mehr passieren könne. Es gebe Grenzen, hinter denen sie vor ihm sicher sei! – Aber ich bin doch gekommen, um dich zu schützen! rief er; trotz der Dunkelheit spürte er, wie seine Reden ihre Furcht nur noch verstärkten. Als sie das Haus zu verlassen suchte, war es zu den fast unvermeidlichen Handgemeinheiten gekommen, die um so widerlicher waren, je weniger sie seinen Vorsätzen entsprachen, und wie durch höhere Gewalt auf die böse Art endeten, von welcher der Verfasser danach nicht mehr zu sprechen vermochte. Ehe er sich selbst Einhalt gebieten konnte, handelte er... er schien nur zu handeln, um den Ort endlich in Ruhe verlassen zu können. Danach war es ihm, als sei er von einer schweren Pein befreit.

Kein Zweifel, daß er später *gezwungen* war, sich der Motive seiner Tat zu entledigen. – Daß späterhin niemand mehr den Namen der Frau, an die ich dachte, kennen wollte, beruhigte mich nicht etwa, es erschien mir geradezu wie eine Verschwörung gegen mich. Dabei hätte ich mir sagen sollen, daß nur einer von allen, denen der Name im Gedächtnis war, mir noch gefährlich werden konnte: diese eine Person war ich selbst. Doch ich hatte kein Vertrauen, nicht in meine Erinnerungen, noch in meine Wahrnehmungen, denn mir war etwas Gespenstiges geschehen: ich hatte vom Tod dieser Frau früher schon einmal erfahren, und dennoch war ich davon überzeugt, daß sie mir später wieder über den Weg gelaufen war. Selbstverständlich konnte es sein, daß ich schlicht und einfach zwei verschiedene Frauen miteinander verwechselte, genauer, in zwei verschiedenen Frauen ein und dieselbe zu erkennen glaubte... immerhin hatte es Zeiten gegeben, in denen ich mich mehr als genug mit jenen womöglich der Literatur zuzurechnenden Schriften beschäftigt hatte... als Leser wie auch als Verfasser... in denen die bloße Aufführung einer Tatsache, die auch sonst möglich war, mit den irrwitzigsten Konstruktionen begründet wurde. So etwa war die Vorstellung seltsam genug, die ich mir machte, wenn ich der Meinung war, daß mir zwei verschiedene Frauen durchs Hirn spukten. Es war eine Verrücktheit: ich sah die eine der beiden Frauen im Körper der anderen, darin sie ohne Schwierigkeiten Platz hatte. Wenn ich mir den Unsinn aus dem Kopf schlug, blieb nur noch die eine der beiden übrig... doch war die zweite nicht etwa verschwunden, sondern nur, so meine Phantasie, ohne Rest in dem Körper, der sie umschloß, aufgegangen. Es hatte nichts damit zu tun, daß ich dabei an Mutter und Tochter dachte, nein, beide waren ungefähr gleichen Alters, vielmehr schien ich die eine unbedingt auch in der anderen sehen zu wollen. Manchmal war es auch so, daß ich ein Zimmer sah – ein mir unbekanntes Zimmer – und darin eine Frau, dabei aber wünschte, es möge anstelle ihrer die andere Frau in diesem Zimmer sein. Ich erwachte aus meiner Träumerei, sah, daß ich völlig allein im Zimmer war, lief zum Fenster und blickte hinaus, in eine sehr grüne, mir unbekannte Straße... ich kam mir verlassen vor – wenn ich den dummen Gedanken auch nicht wörtlich dachte –, alleingelassen, und wußte, daß ich selbst schuld war, da ich, wenn ich schon mit der Neigung einer Frau rechnen durfte, immer weiter auf der Suche nach dem Phantom einer Frau war... ich war erwacht, wie gewöhnlich am späten Vormittag, mit der vagen Annahme, die Gebüsche vom Fenster aus, ein paar hundert Meter weiter zwischen den Häusern gegenüber, in weißer Blüte stehen zu sehen... es war nicht so, ich fühlte mich von meinen Wahrnehmungen verlassen... es waren Belanglosigkeiten, wie sie, bei einiger Einbildungskraft, wahrscheinlich jeder an sich erleben kann. Es ist möglich, daß man in bestimmten Fällen wünscht, jemand, dem man in Sympathie verbunden ist, trüge einfach einen anderen Namen, und es ist dies nicht zwangsläufig ein Beweis dafür, daß man einen Menschen gegen einen anderen auswechseln will; Juristen mögen stolz sein, wenn sie einen solchen Umstand in eine Beweiskette einreihen können, zum Glück aber ist das Leben ein wenig mehr als ein Ermittlungsverfahren. Oft sind es Banalitäten, ausgesprochene Bedeutungslosigkeiten, die als Auslöser hartnäckiger emotionaler Prozesse fungieren: das Rätsel, das gewissen Zuneigungen oder Abneigungen zugrunde liegt, scheint sich zu verdoppeln, wenn die Erkärungsversuche im Belanglosen versiegen; damit ist um so mehr garantiert, daß es den Betroffenen nicht losläßt.

Ich erging mich in Selbstgesprächen... für Minuten unterbrochen durch die Kurznachrichten, die im Radio der Kneipe gesprochen wurden und die unter dem Datum des 3. November standen; deren Wortlaut wiederum wurde unterbrochen – ich hatte soeben daran gedacht, daß es noch fünf Tage bis zur Restzahlung im Betrieb dauern würde – durch das Verlangen der Kellnerin, meine Rechnung zu begleichen: *endlich*, dies war das Wort, das nicht ganz zu ihrer sonst höflichen Rede paßte, das ich aber auch selbst im Kopf gehabt haben konnte... freilich müßte ein Mensch, der sich so verfolgt fühlt wie diese Frau, einfach um den Beistand der Freunde und Helfer nachsuchen wollen, die, ob leuchtend uniformiert oder in ziviler Tarnfarbe, für jeden sichtbar die Trottoirs flankieren. Aber auf diese Idee konnte nur ich kommen, der ich die Macht der Exekutive fürchtete und deshalb ein fast übermenschliches Vertrauen ihrer Entscheidungssicherheit gegenüber hegte, die meiner Meinung nach zwischen den Polaritäten Wahrheit und Unwahrheit, also zwischen Gut und Böse, unbeirrbar zu sondieren vermochte. Dabei muß man doch nur einmal ein Polizeirevier betreten, mit der Erklärung, daß man sich für bedroht halte, wenn man augenblicklich einer versuchten Staatsverleumdung bezichtigt werden will... es war eine Erfahrung, die ich noch nicht gesucht hatte. Noch schwieriger wird es, wenn man aufgrund der Bedrohung, der man sich ausgesetzt sieht, die Absicht hat, irgendwann eine territoriale Grenze zu überschreiten, hinter der man verschwunden ist. Allzu häufiger Umgang mit den Behörden könnte der Verwirklichung einer solchen Absicht bekanntlich hinderlich sein.

Meine Selbstgespräche hatten mir keine substantiellen Erinnerungen heraufgeführt, solche aber hätte ich sehr wohl nötig gehabt, um mir sagen zu können, daß ich mich mit der Angelegenheit nicht mehr weiter befassen müsse. Eigentlich war ich schon an dem Punkt, an dem ich nicht mehr darüber nachdenken wollte... doch dies hätte bedeutet, daß ich die Geschichte, die mir auf den Fragmenten von Ideen – oder auch Nicht-Ideen – hatte entstehen sollen, als gescheitert anerkennen mußte.

Mit aufgeriebenen Nerven verließ ich die Kneipe, aber in meinen vier Wänden brütete ich weiter... dort hatte ich, eigens zum Zweck der Versenkung in meine Gedanken, zwei verschiedene Plätze parat: wenn ich mich zu einer Art Klausur anschickte, saß ich im allerfinstersten Winkel der Küche, wobei sich das bleiche Inkarnat meines Denkens, in einem merkwürdigen Licht schwimmend, einen Schritt vor mir geisterhaft bewegte, daß ich von der Angst, die es mir verursachte, getrennt schien. Der andere Platz war der auf der Bettkante, den ich bevorzugte, wenn ich von meinem Grübeln ermüdet zu werden versprach. Seit nicht langer Zeit schien mir nur noch der letztere Platz ganz zu gehören, das hieß... nach reiflicher Überlegung hieß es das für mich in der Tat... daß eine ledige Postzustellerin, abgekürzt K. L., *nicht* als Leichnam aufgefunden worden war! Ich hatte also meine irrsinnigen Ängste umsonst ausgestanden! Die Wirklichkeit wies einen grundsätzlichen Unterschied zu der Geschichte auf, die ich mir ausgegoren hatte! War es tatsächlich so?

Wenn ich fähig gewesen wäre, ernstlich darüber nachzudenken, hätte ich mir die Frage sicherlich einfach bejahen können... aber ich saß auf der Bettkante, die Luft im Zimmer war voller Müdigkeit, die geschlossenen Fenster hielten die Herbstnacht von mir fern; ich dachte an die schwere Erschlaffung meiner Gedanken, mit der ich einst hier in Berlin angekommen war. Ich wollte gefälligst einen *guten* Grund dafür finden, daß besagte K. L. noch lebte... ich wollte es damals schon, als ich hier ankam... ich wollte gefälligst, daß meine Gedanken eine Richtung einschlügen, die mir nicht zum Schaden gereichte, aber diese Richtung fand ich nicht. Ich hatte wahrhaftig den Eindruck, als hätten meine Gedanken eine Rolle gespielt, die mit der eines Lesers zu vergleichen war: sie hatten mich anders gelesen, als ich mir gewünscht hätte, sie hatten eine zweite Seite in mir gelesen, die ohne Zweifel ebenfalls in mir entstanden war, wenn ich es auch nicht wahrhaben wollte. Ich hatte mein Leben gelesen wie die seltsamen Kürzel eines Kassibers, auf dem in hektischer Schrift ein paar Mutmaßungen über mich völlig äußerlich beschrieben waren... und wenn es, im alphabetischen Bestand der Welt, den ich als ein begrenztes Universum von Zeichen betrachtete, diese und noch andere Kürzel wirklich gegeben hatte, so hatte ich sie ganz mechanisch mit den verworrenen Bestandteilen meines eigenen Daseins in Verbindung gebracht. So war es mir ergangen, als ich eines Tages tatsächlich einen Kassiber in der Hand hielt... doch dies war eine Geschichte, die mich jetzt nicht mehr interessieren mußte: sie löste nur noch Unmut in mir aus.

Dieser Unmut war mit einem Geschick zu vergleichen, das mich regelmäßig ereilte, wenn ich mich überwand, irgendwen eine von mir geschriebene Geschichte lesen zu lassen. Da ich die Hauptfigur – oder vielmehr die einzige Figur – meiner Geschichten in der Regel in der ersten Person auftreten ließ, schien es meinen Lesern von der ersten Zeile an gewiß, daß es sich bei diesem Ich um meine eigene Person handele, daß der Schreibende und der Beschriebene also ein und dieselbe Figur waren, daß ich nichts anderes tat, als phantasielos den Erinnerungen, die mir mehr oder weniger gegenwärtig waren, zu folgen. Eine solche Ansicht empfand ich als Frechheit, und wenn ich mich dagegen wehrte, hatte dies zur Folge, daß ich sie in ihrem Glauben noch bestärkte, daß sie meinten, nun erst recht von ihrer Lesart überzeugt sein zu müssen. – Dergleichen erregte meinen Unmut natürlich so heftig, weil ich mich mir gegenüber selbst so verhielt: wenn ich andauernd betonte, daß es sich bei dem Todesfall K. L. um eine von mir erfundene Geschichte handele, so darum, weil ich mein Leben mit dem gleichen Seitenblick auf mich las, wie meine Leser meine Texte lasen und mir dabei verstohlen hinter die Stirn zu schielen glaubten. Irgendwann sagte ich mir, ich müsse mit der Mordsache K. L. letzten Endes selber ins reine kommen... und begann, über Grenzen nachzudenken, über die sie... ohne meine ausdrückliche Beihilfe, im Gegenteil sogar... verschwunden sein konnte. Wenn ich sie in den Straßen von Berlin zu erblicken meinte, konnte ich nur noch ratlos den Kopf schütteln... ich sagte mir, daß ich schließlich geübt sei im Gespenstersehen; daß ich Wiedersehensgefühle hatte, wenn sie mir über den Weg lief... es ist müßig zu denken: wenn sie mir über den Weg zu laufen *schien*... brachte mich auf die Idee, ich habe in meinem Kopf eigentlich die Erinnerungen eines anderen... oder aber, ich *sei* ein anderer, und ginge nur noch mit den Bildern meines vergangenen Lebens spazieren. Wenn dies so war, warum wagte ich nicht zu glauben, daß ich in meinem früheren Leben aus Versehen einen Mord begangen hatte? Ich wollte wohl schon immer eine allzu deutliche Ausnahme bilden?

Ein Name, der die Anfangsbuchstaben K. L. aufwies, war mir tatsächlich schon begegnet, vor Jahren, ich hatte vom Tod einer Frau dieses Namens erfahren, und ich hatte die Sache im nächsten Augenblick schon wieder vergessen... die Umstände, unter denen ich davon erfuhr, waren nicht die besten: es gibt Situationen, in denen man die Wirren des Lebens so weit über den Hals stehen hat, daß man in jeder hinzukommenden Neuigkeit sogleich den Tropfen zu erkennen glaubt, der den Tod durch Ertrinken zur Folge haben wird.

Ich brauchte erst einige Zeit, und einen Ortswechsel, ehe mir in den Sinn kam, daß ihr Name an einem Anfang stand... und ehe er mir überhaupt wieder einfiel... am jungfräulichen Anfang einer Geschichte, deren ganzer Reiz für mich in einem dunklen *Sujet* lag, in dem Vorwurf nämlich, daß die Gestalt, die sich hinter dem Namen verbarg, dem Hades schon vermählt sei. Und doch war sie mir später wieder über den Weg gelaufen, durch Zufall, wodurch sonst... es war gespenstig, aber noch viel verrückter war meine unergründliche Überzeugung, ich habe sie schon vor der Zeit gekannt, in der mir die Kunde von ihrem Ableben zum ersten Mal hinterbracht worden war. Zuerst dachte ich an eine Schwester, an eine Zwillingsschwester gar, doch etwas warnte mich vor einer plausiblen Erkärung... ich litt unter dem Gedanken, keine Chance gegenüber den Platitüden der Realität zu haben. – Und vollends unheimlich war, daß es in meinem Kopf das Wissen um noch mehr solcher Begegnungen gab... Erinnerungen zufolge, meiner oder einer anderen Erinnerung nach gab es dieses Wissen... daß es immer wieder zu bestimmten Zeiten, in denen ich längst von ihrem Tod überzeugt war... wenn ich die Frage vermied, wie ich denn davon überzeugt sein konnte, wenn ich nicht selbst... überzeugt war, daß ich sie wiedergesehen hatte und daß diese Begegnungen die Tendenz hatten, eine unendliche Reihe zu bilden. Doch damit machte ich mich natürlich nur verrückt... meiner Einbildungskraft, die mir verdächtig war, fehlten die nachprüfbaren Anlässe, die Auslöser der Erinnerung, wie ich es nannte.

Und auch jetzt noch ließ mich das Gefühl nicht los, daß die Zeitungsannonce wie eine verkappte Todesnachricht geklungen habe. Von wem konnte diese Nachricht an mich ergangen sein? Und wem ist es möglich, ein solches Zeichen in einem Presseorgan unterzubringen, dem es vorbehalten ist, ausschließlich offizielles Sprachaufkommen zu verlautbaren, niemals aber das einer privaten Kreatur? Oder durfte ich mir sagen, daß ich nur auf ein Beispiel der informellen Kreativität ratloser Behörden blickte, die immer dann mobilisiert wird, wenn es um die Mitteilung einfacher Tatsachen geht? Nein, für mich war die Mitteilung, die in der Annonce verborgen war, ein Ergebnis philosophischen Denkens! Man wußte um meine Ängste, bezüglich eines bösen Geheimnisses, das mir jenseits meiner Erinnerung zu schwelen schien, aber man sagte mir, das Ganze sei kein Problem – selbst dann nicht, wenn es sich bei dem Geheimnis um eine Leiche handeln sollte –, es ginge vielmehr um ein Höheres, um das sachdienliche Höhere...

Ich mußte endlich das philosophische Denken verlassen und in die Niederungen dessen zurückkehren, was mir widerfuhr; Philosophie war für mich nur in Form von Einsprengseln verfügbar, wie man sie beispielhaft in Kassibern oder Annoncen findet: meine Erinnerungen – andauernd spreche ich von ihnen und setze mich damit dem Verdacht aus, daß ich zwar welche habe, diese aber nicht zugeben will – wurden davon nur irritiert. Auf merkwürdige Weise schienen sie bestimmten Zeitabläufen unterworfen, und sie glichen damit in ihren Intervallen der Geschichte meiner wiederholten Begegnungen mit einer Totgeglaubten. Manchmal hielt ich sogar eine annähernde Simultaneität beider Abfolgen für möglich, es war die Ahnung eines Zusammenhangs, dem gedanklich nachzugehen allerdings aussichtslos für mich war. Das Ganze hatte eine schwierige Logik: wenn mir die Erinnerung fehlte, glaubte ich auch nicht an die Wirklichkeit einer Wiederbegegnung mit einer Totgeglaubten, ich dachte gar nicht daran, denn die Erscheinungsbilder davon waren im Komplex der Erinnerungen enthalten, der mir nur von Zeit zu Zeit ins Bewußtsein rückte. Allein das, was vielleicht die Erinnerung an eine Erinnerung genannt werden kann, ermöglichte mir, auch dann an das unheimliche Phänomen zu denken, wenn ich lediglich den alltäglichen Banalitäten nachhing und mich kaum des vorigen Tages entsann. Was ich festzustellen meinte, war, daß mir stets ungefähr eine gleich lange Zeit verstreichen mußte, ehe sich in mir irgendein verschlossener Schrein öffnete und die Erinnerung emporsteigen ließ, in der eine Frau eine Rolle spielte: eine Frau mit langem Schatten in fackelnder Beleuchtung, eine dunkle Frau, eine undeutliche posthume Frau... offenbar fand jene Öffnung meiner Augen immer im Frühjahr statt: der Winter verging, die Zeit, in der mein Hirn zusammengerollt in seinem Gehäuse ruhte, nur darauf bedacht, von keiner Erregung berührt zu werden – dann aber begannen meine Gedanken zaghaft Witterung aufzunehmen, und plötzlich fiel mir die Geschichte einer Frau ein... einer geheimnisvollen Fremden, oder einer ähnlichen geisterhaften Figur... im Herbst war es gewesen, glaubte ich, im Herbst mußte sie meinen Weg gekreuzt haben, ich hätte schwören können, daß ich mich sogar des Tages erinnerte, obwohl ich – dies verlieh meiner Behauptung ihre Lächerlichkeit – den Vorfall überhaupt nicht bemerkt hatte. Dennoch war es geschehen, wenn sich mir im gleichen Moment auch alles, was an mir einer Wahrnehmung fähig war, abgekehrt und verschlossen hatte, wenn auch jeder meiner Gedanken sofort in Deckung gegangen war. In den ersten Nächten danach störte mich noch leichte Unruhe, doch es war Herbst, die Nächte waren lang, ich war sicher, daß mein Schlafbedürfnis den Sieg davontragen werde. Und am Morgen darauf dachte ich an nichts mehr, die Sache beschäftigte mich weniger als ein halbvergessener Traum.

Um einen scheinbaren Widerspruch nicht unbemerkt zu lassen: die Ängste, von denen ich sprach, ließen mich in der dunklen Jahreszeit, während des Herbstes und Winters also, beinahe unberührt. Wenn ich mich an Erinnerungen nur erinnerte, hielt ich die Angst für absurd und glaubte nicht der inneren Lage, darauf sie entstehen konnte ... ich war, tatsächlich, wie ausgewechselt. Aber mit dem Frühjahr wachte sie auf, die befürchtete Nähe einer Begegnung trug dazu bei, im Frühjahr war ich hellwach und voller beklemmender Gefühle. Das Frühjahr war auch die Zeit, in der es mir schier unmöglich war, den aktuellen Datumsangaben der einzelnen Wochentage zu einer bleibenden Integration in meinem Bewußtsein zu verhelfen. Seit längerem verzichtete ich darauf, mich in die Menschentrauben einzugliedern, die im Februar vor den Papiergeschäften um einen seit Januar gültigen Kalender kämpften; nur selten war es mir möglich, ohne Umschweife das genaue Datum zu nennen, erst im Herbst hatte ich mich einigermaßen an das Jahr gewöhnt. Alljährlich aber schien mir ein bestimmtes Datum, im ersten Drittel des Monats Mai, überraschend, doch dabei präzise, trotz meines Erinnerungsdefizits, von einer Stimme in mir serviert zu werden, die einen veränderten Klang hatte. Sie hatte einen raffinierten und selbstsicheren Klang, und ich wollte nicht glauben, daß meine Kehle einer solchen Modulation fähig war. Die Festlegung der exakten Relationen dieses Datums zu einem anderen ist nicht nötig, auch umständehalber schlecht möglich, doch es lagen nur wenige Tage Differenz zwischen diesem Datum und dem Vormittag, an dem mir der Name *Kora L.* zum ersten Mal begegnete. Genauer gegenwärtig ist mir nur die Situation, sie war, ich bemerkte es schon, unangenehm, aber sie war real.

Die Äußerlichkeiten dieser Rahmensituation waren, bei aller Kürze ihrer Dauer, so einprägsam häßlich, daß sie auch meinem von Ungläubigkeit besessenen Hirn nicht leicht entfallen konnten. Salpeterschwitzende Gefängniswände, mit ihrer Feuchtigkeit, die von stockigen, braun verfärbten Matratzen angezogen wird und in der die eisernen Bettgestelle zu rosten beginnen, hinterlassen einen schwer vergeßlichen Geschmack im Hals. Die Gerüche von Bohnerwachs, Urin, ungesüßtem Kräutertee-Ersatz erzeugen auch im dünnsten Sonnenstrahl aus schräger Fensterlukenhöhe einen so bewußtseinstrübenden Dunst, daß man später meint, man habe auch die nächsten Nachbarn nur schlecht zu erkennen vermocht, und dies, obwohl man zu bestimmten Zeiten so mit ihnen zusammengepfercht war, daß man den Juckreiz einer nebenan schwitzenden Haut auf sich selbst zu spüren glaubte. So mußte auch ich sofort mit einem anderen verwechselt worden sein, was mich zuerst gewohnheitsmäßig wenig wunderte. – Als ich im Frühjahr 1978 in Haft ging, teilte ich für die ersten Tage die Zelle mit einem Gefährten, der aufgrund eingehender Erfahrungen mit der Justiz des Landes die ihm bevorstehende Strafe sich schon ausrechnen zu können behauptete. Er sah nach den Angaben seines Anwalts einem baldigen Prozeßtermin entgegen und wollte sich zu einem Schwur darauf versteifen, daß die ihm zur Last gelegten Vergehen einen Gefängnisaufenthalt von nicht mehr und nicht weniger als zweieinhalb Jahren wert seien. Und genausoviel werde er auch bekommen, er ging soweit, mir die Wette um jeden Preis darauf anzubieten, daß er einen bestimmten Plan, den er im Kopf habe, an einem bestimmten Tag im Mai in zwei Jahren ausführen werde, denn an diesem Tag werde er wieder frei sein: er nannte mir ein Datum im ersten Drittel dieses Monats... wenn ich Interesse habe, könne er mir den Beweis für den Erfolg des Coups schaffen. Mir aber fehlte der Humor, eine solche Wette anzunehmen, und dies, obgleich seine Kunst, die Zukunft zu berechnen, an mir zu versagen schien. Selbst ihm, der solcherlei

Voraussagen für fast alle Insassen der Haftanstalt zu geben versprach, sofern er nur die Gründe ihrer Inhaftierung kenne, schien der Verdacht, der auf mir lastete, zu diffizil zu sein. Ich hatte keinesfalls die Absicht, länger als unbedingt nötig in den Fängen der Gerichtsbarkeit zu bleiben, doch jeder der Belastungspunkte, die ich ihm auf seine Vermutungen zugab, hatte für ihn ein Urteil zufolge, das meine bösesten Erwartungen übertraf. Er tröstete mich und meinte, es müsse gelingen, einen bestimmten Aspekt der Vorwürfe gegen mich zu entkräften – so sehr mir derselbe auch zur Ehre gereiche –, denn dieser habe einen starken politischen Geruch. Genau aus diesem Grund werde er mich seinem Anwalt empfehlen; halb stimmte ich zu, halb lehnte ich ab, da ich an die Existenz eines solchen Anwalts nicht glaubte, und wenn, dann würde die Höhe seines Honorars alle meine Möglichkeiten übersteigen. Er aber beruhigte mich, er werde mit ihm zu reden wissen, er lachte, und darin glaubte ich einen heuchlerischen Ton zu hören. – Nach wenigen Tagen fing der Prozeß gegen meinen Gefährten an, er kicherte und bestand darauf, das erste Fünftel seiner Zeit sei mit der halbjährigen Untersuchungshaft nun vorbei... ich sah ihn nicht mehr wieder und erfuhr nie genau, ob er mit seiner Prognose recht behalten hatte.

Deutlich erinnere ich mich der Szene, die sich abspielte, als sie ihn holten, sie war in mehr als einer Hinsicht herzzerreißend.

– Lieber Bruder, rief er, der mich weniger als eine Woche kannte, ich wünsche dir mehr Glück, als ich es habe... ich wünsche dir mehr Glück und Erfolg. Ich muß nun fort, und ich bitte dich, deinen Freund nicht zu vergessen. Seine Augen erschienen mir naß, er schloß mich heftig in die Arme und küßte mich auf den Mund. Krachend fiel die Tür hinter ihm ins Schloß, die Riegel schnappten... ich war allein, vielleicht nur für Minuten. Als die Schritte auf dem Flur verklungen waren, förderte ich den Kassiber unter der Zunge hervor, ein bespeicheltes Klümpchen Papier, das er in meinem Mund untergebracht hatte.

Mühsam las ich die winzigen Druckbuchstaben, die ein harter Bleistift auf ein Stück Zeitungsrand ziseliert hatte: *Nimm nach Entl. meine Wohnung F. Str. / Meine Verlobte Kora L. soll ermordet w. / Von Zacharias Zwie / Tatzeit 7. Mai 7 Uhr i. Leerhaus G. Str. / Das mußt du verhindern!!! / Kassiber weg da belastend / Nicht reden sie hören alles / Bruder Z.*

Versuchsweise zitiere ich diesen Text – der das Licht eines ziemlich intelligenten Menschen, wie es mein Gefährte war, allerdings arg unter den Scheffel zu stellen scheint – so wortwörtlich, wie er mir noch in Erinnerung geblieben ist, wenn es auch keine untrügliche Erinnerung ist: bietet er doch ein ausreichendes Beispiel für die ganze widerwärtige Trivialität, die von der Sprache der Wirklichkeit Besitz ergriffen hat. Längst hat sich die Natur, sofern sie in der Hand der Menschen ist, in schwachsinnige Künstlichkeit verkehrt, und die natürliche menschliche Ausdrucksweise ist nicht mehr das Vorbild einer erfundenen. Umgekehrt, seit Generationen nunmehr bedienen sich die Leute des affektierten Gewächs serieller Kinoschablonen; sollte es die Möglichkeit sein, daß die Unterhaltungsbranche das noch dümmere Klischee einer Umgangsform zu erfinden vermag, als es schon der Fall ist, kann man fest damit rechnen, daß es den Konsumenten innerhalb weniger Monate in Fleisch und Blut übergeht. – Die mir idiotisch vorkommenden Versatzstücke auf dem Papierfetzen waren es offensichtlich nicht wert, daß man sie verstand, ich hatte auch weder viel Zeit, sie zu studieren, noch mich länger darüber zu ärgern. Mir war nur aufgefallen, daß man den Zeitungsrand so krumm abgeschnitten hatte, daß noch ein Fragment des Erscheinungsdatums der Zeitung, der Monatsname *April*, zu lesen war. Ich hielt den Zettel noch in der Hand, als die Tür aufflog und zwei neue Finsterlinge in der Zelle standen. Ich schaffte es nicht mehr, das Papier in den Abtritt zu werfen, dennoch blieb ihm nur eine Zwischenstation auf diesem Weg vorbehalten, ich kaute es hinunter. Meine beiden neuen Freunde hatten dies sehr wohl bemerkt und versuchten bald, mich auf ziemlich plumpe Art auszuhorchen. – Kaum hatte sich die Tür hinter ihnen geschlossen, als mich einer von ihnen auch schon anflötete: Hallo, angenehm dich zu sehen, Bruder Z., wirklich angenehm. Ah, es geht dir gut, wie zu sehen ist, sehr gut. Du kennst mich doch noch, nicht wahr, ich bin Wasja, ganz unverändert, alter Bekannter... – Maul halten, sagte der zweite sanft. Klar kennt er dich noch, aber er wirds nicht wollen, nicht wahr... Er war ein langer grobknochiger Kerl mit einem eisernen Schultergürtel, der ihm eine solche Last zu sein schien, daß er stets ein wenig gebückt stand. In Wirklichkeit war es ein Zeichen von Unterwürfigkeit, entweder diesem Wasja... oder mir gegenüber. Wasja sagte: Wir müssen ja nicht gleich so einsteigen, nicht wahr. Wenn er seinen Namen hier nicht hören will, sagen wir eben was anderes zu ihm... was denn, zum Beispiel? – Was weiß ich, erwiderte der andere, der Ronni gerufen wurde. Was weiß ich denn, was er überhaupt noch mit uns zu tun haben will. Da kann man eben nichts machen... oder können wir was machen? – Jetzt noch nicht, sagte Wasja. Mir war nicht wohl zumute, und ich wußte, daß ich mir alles verderben konnte. – Wenn ihr was von mir wollt, sagte ich, versuchts nur... Damit war ich am Türrahmen und hatte den Daumen am Knopf der Alarmklingel. Dennoch hatte ich Erfolg, Wasja riß beschwichtigend die Hände in die Höhe: Halt, halt... um Gottes willen, kein Aufsehen. Ronni ist ein Idiot, und er wird sich sofort bei dir entschuldigen. Entschuldige dich bei ihm, Ronni, los, sofort, frag ihn, ob er vielleicht Tabak haben will. – Ich entschuldige mich bei ihm, sagte Ronni. Will er vielleicht Tabak haben, weil er klingeln will? – Das geht nicht so einfach, sagte Wasja; ich holte meinen winzigen Rest Tabak hervor und bot den beiden wohl oder übel davon an.

In den nächsten Tagen bemerkte ich, daß sie über ungewöhnlich gute Beziehungen verfügten: unsere Portionen fielen bei der Essenausgabe sehr reichlich aus, und des öfteren waren zwischen den Plastikschüsseln auf den Tabletts kleine Sonderzuteilungen versteckt, dennoch schimpften die beiden unermüdlich über den gewöhnlichen Gefängnisfraß und stachelten mich an, es ihnen gleich zu tun. Dadurch erhielten wir neue Sonderzuteilungen von den verständnisinnig grinsenden Hausarbeitern, und in den Nachbarzellen hörte man, daß bei uns alles in Ordnung war. Wir schienen eine besondere Rolle auf der Etage zu spielen, und ich wurde den Verdacht nicht los, daß *ich* das Objekt dieser Fürsorge war. Ich hatte nicht die geringste Ahnung, wie ich mich dafür hätte erkenntlich zeigen sollen, und man machte mir keine Andeutung mehr; die Gespräche, die ich mit ihnen hatte, schienen sich zu offensichtlich auf den Inhalt des Kassibers zu beziehen, den ich verschluckt hatte, und ich sagte ihnen: Hört zu, wenn hier vorher jemand drin war, den ihr gekannt habt, es gibt wirklich keine Nachricht von ihm, die euch interessieren würde. Ich weiß nur, daß seine Wohnung frei wird, in irgendeiner F. Straße. Aber ich weiß nicht mal, wo diese F. Straße sein könnte.

— In Berlin gibt es eine F. Straße, sagte Wasja. Übrigens gibt es in Berlin nur eine F. Straße, in ganz Berlin nur eine F. Straße...
Als uns nach kurzer Zeit endgültig das Rauchzeug ausging, ließ einer der Hausarbeiter während der Essenausgabe ein kleines Stück Papier über die Türschwelle flattern; Ronni hob es blitzschnell auf und ließ es verschwinden, auf eine so ungeschickte Art jedoch, daß ich es finden konnte. *Wenn Bruder Z. keinen Tabak hat, soll er das Maul aufmachen*, lautete die rätselhafte Mitteilung. Ich mußte nur kurze Zeit nachdenken, bis mir klarwurde, daß ich den Zettel finden *sollte*; Ronni zeigte keine Regung und schien in lauernde Haltung versunken. Versuchsweise beschloß ich, meinen Widerstand aufzugeben, und notierte auf der Rückseite des Zettels, daß Bruder Z. Tabak brauche, dann legte ich ihn in Ronnis Versteck zurück. Allerdings konnte ich mir nicht verkneifen, die beiden auf ironische Art merken zu lassen, daß ich sie durchschaut hatte. Ich wählte den üblichen Ganovenjargon und fügte, mein angeborener Intellekt ritt mich, eine Ziffer hinzu, die meine Distanz zu dem Spiel ausdrücken sollte: *Bruder Z. (2) gibt seine Seele her für etwas zu rauchen.*

Mit der gewohnt unbeteiligten Miene ließ Ronni das Papier in der Tasche verschwinden, doch ich spürte, daß sein Gehirn Schwerstarbeit leistete. Dann, nach Ablauf etwa einer halben Stunde, flog sein Kugelkopf mit einem Ruck in die Höhe, er starrte mich überrascht an, und es schien eine Weile zu dauern, bevor er ein grenzenloses Mißtrauen überwinden konnte. Noch am Nachmittag erreichte uns aus unerforschlichen Quellen ein Päckchen Tabak, die beiden verloren, wie es ihre

Art war, kein Wort über den prompten Erfolg. Aber nun machten sie mich nervös, denn sie waren plötzlich sehr einsilbig geworden und schienen in der Zelle wie auf Kohlen zu sitzen. Am folgenden Tag quartierte man sie aus: obwohl dauernde Verlegungen von Zelle zu Zelle nichts Ungewöhnliches waren und zur allgemeinen Zermürbungstaktik den Untersuchungshäftlingen gegenüber gehörten, fragte ich mich, ob es diesmal ein Zeichen dafür sein konnte, daß man ein mir unbekanntes Ziel mit mir erreicht habe. – Der ewige Kreislauf des Gefängnisalltags führte mir neue Bekanntschaften zu: diesmal waren es drei Leute, und die Zelle war bis auf das letzte Bett besetzt. Die Mahlzeiten schrumpften wieder auf Normalgröße; dies konnte nur bedeuten, daß ich in der Gunst irgendeiner mir unerforschlichen Hierarchie gesunken war. Doch bald mußte ich feststellen, daß man mir in der Zelle mit einer geradezu peinlichen Hochachtung begegnete. Wenn jemand einen Begriff davon hat, wie man im Ansehen seiner Mithäftlinge kontinuierlich mit der Schwere der Schuld gewinnt, die man auf sich geladen hat, so wird er verstehen, daß ich keine reine Freude darüber empfinden konnte, als man mich nun förmlich anzubeten schien. Mein erster Zellengefährte, jener Bruder Z., mußte eine Autorität sondergleichen gewesen sein; ich mußte mich, koste es was es wolle, des unverdienten Ruhms, der wahrscheinlich ihm gebührte, schnellstens entledigen. – Da ich mir Aufklärung erhoffte, fieberte ich dem Neubeginn meiner seit geraumer Zeit stagnierenden Vernehmungen entgegen; ich war erleichtert, ja fast erfreut, als man mich eines Tages abrief. Aber es war keine Vernehmung, man stellte mich einem Rechtsanwalt vor, um dessen Audienz ich nie gebeten hatte.

Dieser mit mir bestenfalls gleichaltrige Mann, der mich wie einen völlig aus der Rolle gefallenen Klippschüler anschaute, ging eine Weile gereizt und kopfschüttelnd in dem Raum auf und ab, ehe er zu reden anhub: Sie haben tatsächlich kaum Ähnlichkeit mit ihm, jedenfalls nicht so, daß eine Verwechslung möglich wäre. Trotzdem... – Mit wem? fragte ich. – Halten Sie die Klappe, fuhr er mich an, halten Sie die Klappe, Sie Idiot. Sie haben keine Ähnlichkeit mit ihm, keine, verstehen

Sie... – Was erlauben Sie sich, sagte ich erbleichend. – Und trotzdem erlauben Sie sich solche Witze, tobte er unbeirrt weiter. Sie sind wohl verrückt geworden? Sie haben sich beinahe jeden Vorschuß an Wohlwollen verscherzt, Sie können froh sein, daß auch in den Ermittlungsbehörden nicht nur Blindgänger sitzen. Mir jedenfalls haben Sie fast die Nerven geraubt, Ihretwegen mußte ich reden wie ein Buch. Und nun sitzen Sie hier und grinsen mich rosig an... Er hatte nicht recht, ich war immer blasser geworden und stotterte, doch er schnitt mir das Wort mit einer Handbewegung ab: Hören Sie zu. Es würde mich interessieren, wie Sie auf diese Dummheit gekommen sind, die Sie sich da geleistet haben. Sie haben wohl keine Ahnung, welche Schwierigkeiten ich hatte, Sie hier rauszuholen... Dunkel ahnte ich, daß sich das Blatt zu wenden begann, und vorsichtshalber setzte ich eine schuldbewußte Miene auf. Er setzte sich hinter den Schreibtisch und sah mich lange zweifelnd an: Tatsächlich, Sie scheinen nichts zu verstehen. Aber wer, außer mir, soll Ihnen das Schafsgesicht glauben. In Wirklichkeit sind Sie vielleicht gerissen und spielen mit dem Feuer. Aber nein, Sie sind wirklich nur ein harmloser Idiot, und dabei bleibe ich, schließlich bin ich Ihr Anwalt. Meine Zweifel spielen keine Rolle, Sie sind schlicht und einfach ein Idiot, Sie geben den Leuten, die etwas gegen Sie haben... aus Berufsgründen etwas gegen Sie haben müssen... irgendwelche Buchstabenrätsel auf, die nur zu eindeutig gelöst werden können. Das ist eben Ihr Hobby. Sie geben sich als sogenannter Schriftsteller aus, und nur aus diesem Grund finden Sie Spaß an Buchstabenrätseln, Abkürzungen, Wortspielen, nicht wahr. Sagen Sie bloß, es ist anders, und ich lasse Sie einfahren, soviel Jahre, wie Sie wollen. Wenn Sie jetzt etwas anderes sagen, passe ich und schmeiße die Karten auf den Tisch. Sagen Sie bloß um Gottes willen kein Wort mehr! – Seine eindringliche Aufforderung war unnötig, denn ich war sprachlos und hatte zu zittern begonnen, obwohl ich nicht das mindeste begriff. – Ich sehe es Ihnen an, fuhr er fort, daß Sie ein Nichts sind. Schriftsteller sind ein Nichts, aber Sie haben nicht mal damit eine Ähnlichkeit. Und deshalb müssen Sie sich als ein anderer ausgeben. Und Sie geben sich als Z. aus...

aber nicht als der richtige Z., und damit hängen Sie ihm was an, Ihrem Freund, der Ihnen freundlicherweise seine Wohnung in Berlin überläßt. Aber beinahe hatten Sie Pech, beinahe wärs an Ihnen selbst hängengeblieben. Oder vielleicht fühlen Sie sich auch wohl im Knast? Tut mir leid, wir können Sie nicht behalten auf Dauer, auch wenn Sie sich noch so wohl fühlen. Ihr Problem habe ich hinter mir. – Und Sie wollen mich nicht verteidigen? – Was ich für Sie noch tun kann, ist, Ihnen zu raten, Ihre Späße zu unterlassen. Die Nachredner Brechts reden zwar sehr viel von Späßen ... es ist das einzige, das sie von Brecht noch haben können ... aber Sie, denke ich, sind kein Epigone von Brecht? – Was ist eigentlich mit Z., suchte ich nach einer erstaunten Pause das Thema zu wechseln. Sie haben ihn doch verteidigt? – Es geht, sagte er. Sein Kopf ist noch oben, wenn auch sein Strafmaß höher ausfiel als erwartet. Irgendein dummer Fall von Brandstiftung war nicht niederzuschlagen ... – Brandstiftung? Aber ich denke, wegen Brandstiftung wird man *mich* anklagen? – Sie ...? Was für einen Brand können Sie schon stiften? Bleiben Sie bei Ihren Buchstaben, bei Ihren i-Punkten, Pünktchen, Pünktchen, Komma ... aber ohne Witze! Schlüpfen Sie nicht immer in fremde Rollen. Und sagen Sie den Jungens auf der Zelle, wer Sie wirklich sind. Bleiben Sie bei der Wahrheit und ziehen Sie lieber nicht nach Berlin! Er hatte schon nach dem Beamten telefoniert, der mich abholte; zuletzt schärfte er mir noch einmal ein: Schweigen Sie wie ein Grab über alles, was nicht Ihre eigene Person betrifft. Schweigen Sie wie ein Grab!

Sollte ich es Erleichterung nennen, was mich auf dem Weg zur Zelle, durch die mir nie faßlich werdenden Labyrinthe der Anstalt, so schwanken ließ? Es war eine Unsicherheit in mir, die aus dem unwiederbringlich scheinenden Verlust einer Bedeutung resultierte, welche mir zuvor ganz gegen meinen Willen zugefallen war: ich war aufgefordert, mich zu dem Menschen zu bekennen, der ich *eigentlich* war ... der mir aber plötzlich verloren schien. Das Ende meiner Bedeutung unter den Häftlingen, zu dem ich mich stellen sollte, hatte augenblicklich eine Leere in mir hinterlassen, die mir im Moment nur schwer wieder auffüllbar sein würde, wenn mir nicht eine schnelle und überzeugende Erfindung dabei zuhilfe kam. Ganz unmöglich kam es mir vor, jenes Loch damit zu füllen, wozu mir geraten worden war: mit dem Schweigen eines Grabes – obwohl dies so vollkommen logisch klang. – Dennoch war ich fest entschlossen, der Prämisse des Anwalts zu folgen, dafür zu dulden und notfalls sogar zu büßen. Da der Tag ein Donnerstag war und damit derjenige in der Woche, an dem der Einkaufswagen von Zelle zu Zelle fuhr, war während meiner Abwesenheit Reichtum über unseren Klapptisch gekommen. Er bestand aus einer ungeheuren Menge von Keks und Zwieback, woraus unter Verwendung aller verfügbaren Marmelade eine riesige komplizierte Pyramide zusammengekleistert worden war. Vor diesem sakral wirkenden Gebäude lagen drei Zigaretten – nicht solche, wie man sie aus den Resten schon mehrfach gerauchter Stummel zu drehen pflegte, sondern blütenweiße nagelneue Stäbchen aus einer Firmenpackung – die in der Form eines Blitzes aneinandergelegt waren. Nur langsam begriff ich: was hier zu sehen war, stellte keinen Blitz vor, sondern meinte ein »Z« und bezeichnete damit den Eigentümer des kunstvoll servierten Backwerks, welches man in der Anstaltssprache eine Dora 3-Torte nannte und was eine der höchsten Auszeichnungen für einen Zellenbruder darstellte: eine solche Torte hatte unter den Häftlingen die Funktion einer Art Henkersmahlzeit, wie mir inzwischen bekannt geworden war, wenn ich auch, mit einem Rest von Hoffnung, zweifelte, ob die Torte ausschließlich diese Funktion haben müsse. Zudem sagte eine solche Zuwendung nichts über die Person des Scharfrichters, wenn ich auch ahnte, daß dieser nicht unbedingt aus den Reihen der Justiz stammen müsse. Ich blickte in die Gesichter meiner drei Zellengenossen, fand jedoch keinerlei sichtbare Aggressionshaltung in ihnen und setzte mich aufatmend nieder. Im Gegenteil, sie strahlten, als ich unversehrt vor ihnen saß: Alles für dich, Bruder, laß dir die Torte schmekken, wir haben schon nach Tee geklingelt. – Da mir empfohlen war, wie ein Grab zu schweigen, sagte ich nichts und machte mich daran, die Torte mit Hilfe großer Mengen von Kräutertee hinunterzuwürgen. Als ich anfing zu ersticken, machte ich einen Verhandlungsversuch: Mein Fall werde offenbar gut ausgehen, es sei vielleicht sogar möglich, daß ich ohne einen Prozeß wieder freikäme... Sie zeigten keinerlei Erstaunen und nahmen meine Worte mit leuchtenden Augen auf. Wenn mir das gelinge, so meinten sie, so sei dies nur meiner absoluten Raffinesse zuzuschreiben. – Wenn diese Eigenschaft für irgendeine Sache von Nutzen sein sollte, so müsse ich zumindest lebendig hier rauskommen! – Jeder hier im Knast sei natürlich nur daran interessiert, jeder... in ihren Gesichtern war bei diesen Worten eine Offenheit, in der ich nicht den geringsten Hinterhalt entdecken konnte; es sei denn, es gab eine grundsätzliche Falschheit hinter dieser Offenheit, an deren Dasein ich, weil ich ihre Gründe nicht verstand, mitbeteiligt war... natürlich könne es auch hier ein paar Spinner geben, die nicht daran interessiert seien, aber: das sind natürlich Leute, die draußen überhaupt nicht klarkommen, hier nicht und draußen auch nicht. – Es gelang mir nicht, dem Gespräch eine Wendung zu geben, in der es für meine Situation aufschlußreicher wurde, resigniert kaute ich an meinen Keksen und wagte keinen Versuch, sie zur Teilnahme an der Mahlzeit einzuladen; sie saßen mit andächtigen Gesichtern daneben, hielten die Hände im Schoß gefaltet und schauten mit erbarmungsloser Begeisterung auf meine mahlenden Kiefer. Der letzte Bissen Gebäck schien in meinem Mund zu Zement verwandelt, und der Tee floß mir aus den Mundwinkeln in die Hemdbrust, doch ein vor meinem Gesicht aufflammendes Streichholz brachte mich wieder zur Besinnung: dankbar griff ich nach einer Zigarette. – Nach dieser Feier war ich erledigt, lag oben auf meinem Bett und lauschte dem Rumoren in meinen Gedärmen. – War die Torte gut? hatten sie mich gefragt. – Ausgezeichnet, gab ich zur Antwort, ohne zu bemerken, daß ich damit ihre Sprachgewohnheiten verlassen hatte. Die Kekse waren feucht gewesen und hatten nach der Pappe angeschimmelter Kartons geschmeckt, worin sie offenbar in irgendwelchen muffigen Kellern lagerten. Dabei war ich an den Geschmack von Tinte erinnert gewesen, und während ich dieser mir seltsamen Assoziation nachgrübelte, benahmen sich meine Zellengenossen so leise, daß ich kein Wort verstand, ein paarmal aber meinen Namen aus ihrem Wispern zu hören glaubte. Doch sie vermuteten wohl nur, ich sei im Begriff einzuschlafen; mir fielen die Worte des Rechtsanwalts ein, der mir empfohlen hatte, wie ein Grab zu schweigen.

Für einige Augenblicke schlief ich wirklich ein, erwachte wieder – offenbar wurde es schon dämmrig in der Zelle – und schloß die Augen, um einem Alptraum nachzusinnen, den mir der überfüllte Magen verursacht hatte: ich war in einem Keller, wo ich große Mengen leerer Pappkartons zerreißen und in einem Heizkessel verbrennen mußte. Da mich der Nachschub der Kartons fast überwältigte und in große Zeitnot brachte, nahm ich, während ich die Pappfetzen mit einer Hand ins Feuerloch stieß, beim Zerreißen der nachfolgenden Kartons die Zähne zu Hilfe, bis ich den Eindruck hatte, daß sich immer mehr kleine Pappstücke in meinem Mund ansammelten, meinen Speichel aufsaugten und eine immer ärgere Trockenheit in mir verursachten... nun sah ich, daß viele der Kartons vollgestopft waren mit alten Zeitungen, Zeitschriften, Broschüren, plötzlich begannen mich die Kreuzworträtsel in den Heften zu interessieren, diese aber waren schon gelöst, beinahe vollständig ausgefüllt, immer wieder fehlten nur noch ein oder zwei Wörter, und zwar, weil stets derselbe Begriff noch ausstand; es wurde ein Wort verlangt, das einen zischenden oder pfeifenden Laut beschreiben sollte. In jedem Moment hoffte ich das Wort zu finden, doch dann wurde ich abgelenkt und sah mich plötzlich einer Frau gegenüber... ich war ihr noch nie begegnet, aber nur in diesem Alptraum, so sagte ich mir, war ich ihr noch nie begegnet, denn sie war von so zierlicher Statur, daß sie aus keiner der Wirklichkeiten, die der Anlaß meiner Träume waren, stammen konnte. Sie hatte ein seltsames Lächeln auf den Lippen, dabei klatschte sie in die Hände, vermutlich, um mir den Sinn des in den Kreuzworträtseln fehlenden Wortes anzudeuten: ein Laut, den ich in der Kehle nachzuahmen versuchte, was mir mit dem von Pappe verstopften Rachen nicht gelang. Ich brachte nur ein Gurgeln, ein würgendes Lallen hervor, von dem ich erwachte... ich bemerkte, daß ich, über mein eigenes Schnarchen erschrocken, aus dem Schlaf gefahren war. – Dann jedoch glaubte ich mich zu erinnern, daß ich die Frau – es war im letzten Moment des mir schon entgleitenden Traums geschehen – in ein Dunkel, in einen Abgrund zwischen den turmhoch aufgehäuften Kartons hatte taumeln sehen, und mir war, als ob an ihr eine Wunde gewesen sei, die ich ihr während meines rasenden Arbeitens versehentlich zugefügt hatte... davon aber war ich im Traum keineswegs unangenehm berührt gewesen, im Gegenteil, ich hatte es mit einem aufreizenden Kitzel gesehen und war mit einer fast vollständigen Erektion erwacht. – Offenbar tat die Erwartung, in Kürze aus der Haft entlassen zu werden, schon jetzt ihre Wirkung, mein Triebleben, das während des gesamten Aufenthalts in der Anstalt wie tot gelegen hatte, begann sich beim geringsten Hoffnungsschimmer zu regen: nun meinte ich, die Frau in dem Traum nackt gesehen zu haben... nur daß an ihr keine Brüste zu erkennen gewesen waren, ich hatte einen Leib von jugendlicher Schmalheit und Glätte gesehen; vielleicht, weil ich mich dauernd an meinen eigenen Körper, etwa im Alter von zwölf Jahren, erinnert glaubte, hatte ich diesen geschlechtslosen Anblick als sehr erregend empfunden. Dann aber nahm dieser Körper, der Unterkörper, an Stärke zu, fast gewalttätig schimmerte die Kraft weiblicher Schenkel, ich hatte den muskulösen, doch wohlgestalteten Unterkörper einer Frau gesehen, der sich mir in offener Breite darbot... ich stieß sie in einen dunklen Abgrund, ohne noch einen Blick auf ihr Gesicht zu wagen. – Mit dem Erwachen hatte ich wieder die Warnung des Rechstanwalts im Ohr: Bleiben Sie bei der Wahrheit und ziehen Sie lieber nicht nach Berlin! Ich war fest entschlossen, seinen Ratschlag zu befolgen.

Doch schon am Abend hatte ich wieder das sichere Gefühl, das ich kannte, solange ich denken konnte, und ich hatte es mir niemals zu erklären vermocht. Nur ahnte ich, daß es gerade dieses Empfinden war, das mich die ganze Zeit lang – über vierzig Jahr lang – in meinem Wohnort festgehalten hatte: so als habe ich es, ohne die unbestimmte Ahnung, stets fehl am Platz zu sein, nirgendwo aushalten können, hatte ich mir immer wieder die falschen Aufenthaltsorte ausgesucht, und der falscheste aller Orte für mich war das Nest, in dem ich geboren war. Was mich an dieses *Heim* gebunden hatte, sagte ich mir, war ein andauerndes schlechtes Gewissen gewesen;

ich hatte es immer für unergründlich gehalten. – Wie naiv doch, wer das Zuhause für verpflichtet hält, den Sohn zu nähren, dachte ich. Sehr richtig, es gibt ein Staatsgesetz, das dieses Zuhause dazu verpflichtet, aber gibt es noch eine natürliche Verpflichtung, wenn dieses Staatsgesetz die Natur aufhebt und damit den Drang, den Jungen das Futter in die Schnäbel zu hacken? Es gibt sie vielleicht, aber da dem noch nicht flüggen Nachwuchs auch die Gedanken in den Hals gestopft werden, erscheint ihm seine Aufzucht doch als ein Opfer wider die Natur, vor dem er zum Schuldner wird. Und wie sollte er es nicht, denn er muß dieses Opfer ja annehmen, ob er will oder nicht. Wie sollte er, da die Kunst zu rechnen in dieser hohen Gattung von Lebewesen sein eigen werden wird – auch eine Kunst und Nahrung, die er nicht selber erfand –, aus dieser Zwangsverbindung nicht als ein für allemal Verschuldeter hervorgehen? Wer kennt nicht den unbändigen Wunsch der Kinder, endlich *groß* ... endlich erwachsen zu werden und damit selbständig, diesen Antrieb, von dem sie sich aus ihrer als glücklich gepriesenen Kindheit geradezu gejagt fühlen. Glauben wir nicht, dem göttlichen Vater selbst Dank schulden zu müssen für die Erkenntnis, die er uns vermachte? Hab Erbarmen, du Hund, mit deinen undankbaren Kindern... wenn wir dich nicht in deine eigene Hölle verstoßen, so erblicke darin ein Wunder, das selbst der heilige Glaube nicht zu denken vermag!

Wahrscheinlich mußte ich erst im Gefängnis landen, ehe ich bemerkte, daß das beharrliche Zurückbleiben in meiner Geburtsstadt dazu angetan war, mich zu vernichten. In der Zelle erschien es mir plötzlich möglich, jene beängstigenden Stimmungen zu deuten, die sich aus dem Dunkel meiner Stadt auf mich übertrugen, jedesmal, wenn ich von irgendeiner Reise dorthin heimkehrte. Ich ahnte nun, sie seien in einem lange schon – seit ich die Stadt allein zu verlassen wagte – in mir abgelagerten Schuldgefühl dieser Kleinstadt gegenüber begründet. Es war nur mit scheinbar kontroversen Begriffen auszudrücken: soweit ich mich zurück erinnerte, war diese Stadt, die mein *Heim* war, für mich eine *unheimliche* Stadt gewesen. War es wirklich allein mein schlechtes Gewissen dieser Stadt gegenüber, die mich erzeugt hatte und die ich verfluchte wie keine zweite? Am stärksten verfolgte es mich, wenn ich abends, nach Einbruch der Dunkelheit, den Weg vom Bahnhof bis zu unserem Haus ging, der mich quer durch den ganzen Ort führte. Ich wußte dann, daß neben einer Empfindung für ihn, die ich als Neigung, wenn nicht als Liebe bezeichnen konnte, in mir etwas war, worin ich einen tiefsitzenden, schwelenden Haß erkennen mußte und den mir der Ort, es war untrüglich, zurückgab. Ich kannte in den Straßen wahrlich jede Fuge, es gab selbst in ärgsten Finsternissen keine Bodenwelle, die mich bei wachem Bewußtsein hätte stolpern lassen. Dennoch hockte in jedem Schatten eine Bedrohung, war in allen Geräuschen ein Signal, das mich ankündigte und verriet, war jeder Lichtkreis der sparsamen Lampen eine Falle, in der ich geblendet wurde, auf daß mich, nach den ersten Schritten darüber hinaus, um so unvermittelter ein Hieb aus dem Unsichtbaren träfe. Jeder der vereinzelten, mir entgegenstrahlenden Autoscheinwerfer hielt auf mich zu, jeder Wagen, der prompt in dem Augenblick, da ich ihn sah, gestartet wurde, war im ersten Moment mein Unfallwagen, das Mordfahrzeug, mit dem man mir auflauerte. Mit Beginn der Dunkelheit waren die Straßen dieser Stadt denkbar menschenleer, aber aus jedem Hauseingang konnten sich plötzlich Gestalten lösen, die auf mich zukamen, vor mir haltmachten... endlich! Wenn ich wagte, mich umzudrehen, hatten sie mir den Rückweg längst verstellt: ich wußte, daß man mir ab dem Bahnhof gefolgt war. Was mir blieb, war schweigende verbissene Gegenwehr; ein einziger Schrei von mir, und die letzten Lampen oben in den Häusern würden erlöschen, hinter den Gardinen dieser feigen Häuser, deren Haustüren sich seit Dämmerungsbeginn in diesem dreckigen Provinznest nicht mehr öffnen ließen. – Als ich nach meiner Entlassung aus dem Gefängnis zu Hause aus dem Zug stieg, hoffte ich dennoch auf etwas Wiedersehensfreude, zumindest auf einen Anflug von Wärme, der mich aus dem Augenschein des alten verkommenen Häusergewirrs erreichen werde. Um so intensiver überfiel mich der Eindruck einer imaginären Drohung, mit fast mystischer Zwangsläufigkeit begann ich auf dem groben Pflaster vor dem

Bahnhof zu stolpern, in Form eines atmosphärischen Déjà vu übertrug sich auf mich die Furcht vor einer Begegnung mit einem bestimmten Menschen: es konnte zum Beispiel ein gewisser *Waller* sein, ein ehemaliger Schulkamerad von mir, der mich stets ansprach, wenn ich mit mir allein sein wollte, obwohl er sonst sehr häufig an mir vorüberging, ohne mich nur eines Blickes zu würdigen. – Ich erinnerte mich: als ich die matt erleuchtete Bahnhofshalle durchschritt, hatten sich, wie auf Verabredung, von verschiedenen Bänken gleichzeitig mehrere Leute erhoben. Sie überholten mich und gingen vor mir zum Ausgang hinaus... es konnte Zufall gewesen sein, ich war der einzige Fahrgast, der dem spät ankommenden Zug entstieg. Auf dem dunklen Bahnhofsvorplatz, auf dem es neblig zu sein schien... an manchen kalten Sommerabenden wirkte dieser Platz beinahe neblig, wenn er von dem aus der daneben liegenden Fabrik schräg herübergewehten Rauch- und Dampfgemisch überflogen war... hatten die jungen Männer einander plötzlich bemerkt, standen im Gespräch in einer Gruppe hinter der einzigen Straßenlaterne... freilich kannte man sich in der kleinen Stadt, jeder kannte jeden, nur ich kannte die jungen Männer nicht. Sie wandten die Gesichter aus meinem Blickfeld, als ich endlich, mich um Sicherheit bemühend, an ihnen vorbeiging. Ich hatte zwei Wege, zwischen denen ich wählen konnte: der kürzere Weg führte mich durch die völlig unbeleuchteten winkligen Teile der oberen Stadt, die andere Richtung war ein Umweg und folgte der Hauptstraße, diese benutzte ich, in der Hoffnung, daß sie um diese Zeit noch etwas belebt sei. – Ich bemerkte, daß auch die zentralen Straßen dunkler waren, als ich sie in Erinnerung hatte, noch mehr Lampen waren ausgefallen oder nicht eingeschaltet, immer mehr Schaufenster waren nach Einbruch der Nacht ohne Erleuchtung, in den wenigen Wochen meiner Abwesenheit schien die Stadt noch ärmer geworden zu sein, oder ich hatte im Gefängnis eine viel zu helle Vorstellung von ihr gehabt. Es war eigenartig, jeder Schattenraum, jeder Lichtkorridor, den ich durchquerte, erschien mir als eine Wiederholung, war nur die deckungsgleiche Variante eines Augenblicks, den ich soeben hinter mir glaubte... mehrmals noch meinte ich die jungen Männer wiederzusehen, ein Stück vor mir, wenn es wirklich noch eine brennende Lampe gab... dabei war in meinem Kopf die Gewißheit, daß ich im nächsten Moment aufwachen mußte, vielleicht ein paar Schritte noch, und es würde sich mir im Erwachen der wirkliche Ort zeigen... womöglich derselbe Ort, aber ohne seine bedrohliche Aura. Weiter rannte ich, durch die Hauptstraße, wie über leere schallende Strecken, anscheinend nur Projektionen meiner Netzhaut hinter mir lassend, die aus lange vergangenen Träumen stammten... ich wußte plötzlich, daß dieses Vorwärtshasten auf der nächtlichen Straße ein Traum auf dem Gefängnisbett war: wenn ich mir dort tagsüber meine Entlassung als eine Rückkehr unter das Sonnenlicht vorgestellt hatte, vernichteten mir die Nachtträume dieses Bild so vollständig, daß ich am Morgen erleichtert darüber aufwachte, noch im Gefängnis zu sein. Plötzliche Furcht, am kommenden Morgen in dieser Stadt erwachen zu müssen... als ein Entlassener... überkam mich... ich wußte nicht mehr, ob ich träumte oder nicht, doch hinderte mich ein jäher unabänderlicher Druck in den Gedärmen daran, einen erneuten Umweg zu machen, auf dem ich mich hätte vergewissern können, ob ich bei wachem Bewußtsein war... nur ein längerer Umweg, wie er mir im Traum nicht vorgekommen war, hätte mir dies ermöglicht. Der Druck, meinen Unterleib aufs peinlichste und lächerlichste verkrampfend, hinderte mich öfters am Weitergehen, ich stand und kniff mir unter Schmerzen den Schließmuskel des Darmausgangs zusammen... und wirklich sah ich in einem Moment, in dem ich schon in der Nähe unseres rettenden Hauses war, meinen Bekannten *Waller* traumwandlerisch um eine Ecke schlendern, Fensterlicht beleuchtete ihn, und er hatte das gewohnte schiefe Lächeln im Gesicht, das mir versicherte, er habe mich wahrgenommen... ich durfte ihn nicht wahrnehmen, ich entfloh, und schwitzend, unter Aufbietung letzter Kräfte kam ich heim, gelangte nach oben und stürmte auf den Abort, um meinen Durchfall loszuwerden. Dort saß ich unerklärlich lange in dem mir überaus scharf erscheinenden Licht, endlich erleichtert, verstört aber, denn ich hatte noch immer mit dem Eindruck des Déjà vu zu kämpfen: im Wiederanblick des kahlen

Interieurs war das jämmerliche Bild eines Schattendaseins enthalten, in einer Form, die ich nicht Erinnerung nennen mochte, was ich abgab, war die vollkommene Kopie eines nur wenig älteren Originals... eines Originals, das nur Stunden alt sein mußte: vor seiner Kopie lagen nur einige Irrwege durch den Abend der Stadt L., eine Straßenbahnfahrt, die mich mehr durch Zufall zum Hauptbahnhof der Stadt brachte, die Zugfahrt nach M. – einmal mußte ich umsteigen und versäumte fast den Anschlußzug – dann der Weg durch M., durch dieses geheimnisvolle, mir plötzlich labyrinthisch erscheinende Monstrum einer Kleinstadt, der Weg bis auf die Toilette... auf der es mir nicht genügte, daß sie derjenigen in der Zelle, die ich gerade verlassen hatte, sehr ähnlich war, ich verglich auch den Raum mit dem der Zelle und dachte an beinahe identische Größenverhältnisse; und ich verglich mich – während meine Mutter bleich und zitternd drüben in einem der Zimmer saß und wartete; sie hatte mich zur Eile gemahnt, da sie ebenfalls, schnell, aufs Klo müsse – mit dem Bild, das ich in der Zelle abgegeben hatte: ebenso wie dort fragte ich mich auch hier immer wieder, ob ich nicht längst ein anderer war, ob es noch mein Körper war, der hier saß und sich in das Becken entleerte, oder ob ich nicht meine wahre und eigentliche Person soeben keuchend durch das Röhrensystem dieser übelriechenden Anlage unter mir gejagt hatte.

In den letzten Wochen – in der Reihe von Wochen, die ich im Untersuchungsgefängnis zugebracht hatte – schien mir immer wieder jeder Gedanke verloren, auf immer verloren, der meinen sich träge dahinwälzenden Hirnströmen zur Möglichkeit einer Orientierung zwischen ineinandergeschobenen, übereinander gelagerten Zeiträumen, Zeitbewegungen verhelfen konnte, ebenso wie hier fehlte mir auch dort die Gewißheit, irgendwann angekommen zu sein, gerade eben angekommen zu sein, meine spärlichen Habseligkeiten, die einen Plastikbeutel zur Hälfte füllten, dienten mir, obwohl sie mir noch zu Füßen lagen, keineswegs zum Beweis dafür, daß ich erst Minuten hier war... sie hatten mir, in der Zelle, ebensowenig beweisen können, daß ich den Raum schon seit Wochen behauste: der Inhalt dieser Zelle verband sich mir mit der Habseligkeit meines Ich, das meine Manuskripte behauste und die außerhalb meiner Reichweite waren... was war mit ihnen geschehen, hatte ich mich gefragt, schon als ich zum ersten Mal auf der widerlichen Abortschüssel in der Zelle saß und es mir, trotz stärksten Bedürfnissen, unmöglich war, meine mir steinern gewordenen Exkremente loszuwerden, fragte ich mich, bin ich nicht einer von ihnen, und schon immer hier, so wie mein falscher Name schon immer hier gewesen sein mußte. – Ich bin entlassen, rief ich durch die noch halboffene Toilettentür in Richtung meiner Mutter, die fast in Ohnmacht fiel, glaubs nur, entlassen! – Wo sind meine Hefte? fragte ich gleich danach und zeigte mit dem Finger auf den leeren Platz, wo die Manuskripte gelegen hatten. – Mitgenommen, sagte sie, sie haben sie geholt, ich wußte es ja... Eigenartigerweise fragte ich mich nach dieser Antwort sofort, ob man mich wirklich bei einem falschen Namen gerufen hatte. *Worüber* sollte ich wie ein Grab schweigen... warum sollte ich nicht den fremden Namen annehmen, warum sollte ich nicht der sein oder werden, als der ich längst schon galt, auch wenn dieser eine Gestalt war, die schon monatelang aus täglicher Gewohnheit, und inzwischen völlig unbefangen, auf dem glattgeschliffenen Holzring eines Beckens in der Zelle Platz nahm: und demnach vor aller Welt schuldig war.

Schon in der Haft hatte der Gedanke, daß ich in eine Stadt zurückkehren mußte, in der jedermann meinen Namen kannte, unvermittelt Angst in mir ausgelöst. In der Tat, hier konnte es mir nicht gelingen, mich unkenntlich zu machen, mein alter Name würde mir wieder verliehen werden... hier würde er mich wieder kenntlich machen, auf eine unkenntliche Art, die in der Unkenntlichkeit alles Benennbaren in dieser Stadt begründet lag: *Waller*, der mir diesen Namen schon heute abend entgegengerufen hatte, unbegreiflich wiedersehensfreudig, war der wandelnde Beweis dafür: hier würde man mir auflauern mit meinem Namen; ich hatte keine Ahnung, was für Summen von Bosheit sich gegen mich angesammelt hatten, welch geballte Ladung aus dem Haß dieser ganzen verstummten und klammen Stadt, welche Wut, die auf meinen Namen wartete, um loszubrechen, wenn nur jemand mit dem

Finger auf mich wies und den Namen, den ich unverschuldet trug, in meine Richtung schleuderte: welchen Namen...

Die Furcht, meinen wirklichen Namen zu nennen, war in Wirklichkeit viel älter; sie war nicht allein aus dem hochstaplerischen Versuch zu erklären, mich unter meinen Zellengenossen mit den fremden Federn einer Ganovenidentität zu schmücken, in deren Sonne ich durch eine zufällige Verwechslung geraten schien. Wenn ich, dem Rat des Anwalts folgend, unumwunden bekannt hätte, wer ich wirklich war... oder vielmehr darauf bestanden hätte, der zu bleiben, für den ich mich vorher gehalten hatte... so hätte dies, so war meine Befürchtung, womöglich ein Bekenntnis zu meinem gesamten Leben sein müssen... der Verdacht, der mich in Untersuchungshaft gebracht hatte, resultierte aber aus meinem Leben von früher, aus mir selber unklaren Zusammenhängen, aus einer Dunkelzone meines früheren Lebens... aus meinem ganzen früheren Leben? so fragte ich mich. In dieser Dunkelzone irgendwo lag die Bruchstelle zwischen den zwei verschiedenen Existenzen, die ich führte, deren eine aufzuklären mir immer äußerst unangenehm gewesen war, während die andere als Erklärung für meine gesamte Existenz nicht ausreichte, wie mir immer deutlicher wurde... und vielleicht gab es einen geheimen Grund, eine Art Urgrund, der in meiner gesamten Existenz lag: darin, was ich eine Dunkelzone genannt hatte... manchmal ahnte ich etwas von der Zeit, in welcher ich in diese Zone eingetreten war. – Zu meinen wirklichen Problemen schien zu gehören, was der Rechtsanwalt vor mir mit unmißverständlicher Härte ausgesprochen hatte: *Schriftsteller sind ein Nichts!* – Damit hatte er, wollte mir scheinen, meinen Fall mit solcher Treffsicherheit beschrieben, daß ich eigentlich hätte der Prototyp eines Schriftstellers sein müssen... und was in aller Welt wäre sonst mein Wunsch gewesen. Wenn ich die Absicht gehabt hätte, diesen Satz des Anwalts einer Erklärung meiner Existenz als Schriftsteller hinzuzufügen, wäre ich vielleicht auf wenig Verständnis und auf noch weniger Anteilnahme gestoßen, aber ich wäre zumindest ich selber geblieben. Andererseits lag in einem solchen Bekenntnis zum Nichts natürlich das mutmaßliche Motiv meines Delikts, das man mir vorzuwerfen suchte. Dies wußte ich aus den ersten Vernehmungen, die ich hatte über mich ergehen lassen müssen. Das völlige Desinteresse an meinem Dasein als Schriftsteller, das mir aus der Literaturgesellschaft meines Landes begegnete, wäre die einzige vernünftige Erklärung für meine Tat gewesen... es ging noch weiter: der Umstand, daß ich diese Tat bestritt, enthielt genaugenommen meine Zustimmung zu diesem Desinteresse, und wahrscheinlich hatte ich diesem Sachverhalt, wenn auch in unklaren Worten, sogar Ausdruck gegeben, als ich mich während meiner Vernehmungen zu verteidigen suchte: das fragliche Desinteresse kam der Geheimhaltung meiner Existenz als Schriftsteller entgegen, dies war unbestreitbar – es war nicht auflösbar, ob das Desinteresse meine Geheimhaltung oder die Geheimhaltung das gesellschaftliche Desinteresse bewirkt hatte–, in meinem Desinteresse am Lüften meines Geheimnisses lag der Plan meiner Schuld: der mich haftbar machte, ob ich den Plan schon in die Tat umgesetzt hatte oder nicht. Dadurch, daß der Staat unfehlbare Mittel kannte, die Literatur zu kriminalisieren, wurde die Literatur, die nicht kriminell wurde, vollkommen folgerichtig zu einer Nicht-Literatur. – *Schweigen Sie wie ein Grab!*... worauf sollte ich den Satz des Rechtsanwalts beziehen? Wer war die Person, die ihn auf sich beziehen sollte? War diejenige gemeint, die ich im Gefängnis geworden war, war es nur eine der bekannten, allgemein gehaltenen Warnungen an eine Person, die sich in gefährliche Konflikte verstricken konnte, oder war auch die Person des Schriftstellers gemeint, die ich vor der Öffentlichkeit verborgen hatte, deren Existenz aber im Gefängnis ruchbar geworden war, oder beide, die sich inzwischen verdächtig miteinander verquickten. – Leider konnte ich nicht vergessen, daß mir schon öfter als einmal empfohlen worden war zu schweigen: ich hatte, zu Zeiten, in denen ich Naivität genug besaß, versucht, mit einigen Texten von mir an die Öffentlichkeit zu treten, und unversehens hatte ich es mit dem Sicherheitsdienst zu tun gekriegt, und mir war empfohlen worden, das Schreiben sein zu lassen... auf meinen Widerspruch hin war mir zu schweigen empfohlen worden... als ich erklärte, meiner hier sitzenden Existenz sei das sehr wohl zu befehlen, aber man rechne dabei nicht mit derjenigen, in die ich mich in der Nacht verwandelt fühle und der gegenüber ich keine Stimme habe, es sei mir zweifelhaft, ob ihr überhaupt eine andere Stimme hörbar sei außer derjenigen der Wörter, die sie setze, da brüllten sie, man habe jederzeit die Möglichkeit, meine Existenz als Schriftsteller auszulöschen; offenbar glaubten sie, eine Lautstärke anschlagen zu müssen, mit der sie auch in meiner anderen Existenz gehört werden konnten. Sie hätten auch flüstern können: ich wußte, daß es, abgesehen von einem sekundären Anlaß, um meine Weigerung ging, schriftstellerische Arbeiten anzufertigen, die verfaßt waren nach den inhaltlichen und formalinhaltlichen Maßgaben einer Staatsverwaltung, die sich wider besseres Wissen auch für die Verwaltung der Literatur als zuständig ausgab. Die Eröffnung war an den Falschen gerichtet, mit offenem Ohr hörte sie derjenige, der ohnehin dazu tendierte, das Schreiben des anderen immer weniger publik werden zu lassen... dieser Zuhörer hielt nichts von Literatur, er hielt so wenig davon wie jeder andere von seinen Arbeitskollegen, für die Literatur ein ziemlich weichliches Hobby war, oder bestenfalls ein neoromantisches Dämchen, das in hohen Absätzen über den Klassenstandpunkt trippelte, und ich wußte, es kam vor, daß man – wenn die Schriftsteller in ihren gepflegten Jeans die qualmenden Teerküchen wieder verlassen hatten – an den Kesseln einen alten Schlager zu summen begann: Wärst du doch in Bitterfeld geblieben, schöner Cowboy... doch der Arbeitskräftemangel ließ kaum genug Zeit, sich ernstlich damit zu beschäftigen. – Aber natürlich wußte auch der andere, der das Gebrüll nicht vernommen hatte, daß die leicht verfügbaren Machtmittel, die ohne Einschränkung in den Händen derer waren, die mit der praktischen Verwaltung der Sicherheit sich beauftragt hatten, ausreichten, seine Existenz auszulöschen. Er wußte, daß sich der Tod mit seiner Sprache an ihn gewandt hatte: auf diese Art hatte mir der Tod ins Gesicht gesprochen.

Es mußte mit diesen Überlegungen zusammenhängen, daß mir der Kassiber von Z. wieder einfiel. Der Kassiber... hatte er nicht einen Weg genommen, der bezeichnend, beinahe symbolisch für mich war? Sein Text hatte ein Geheimnis enthalten, das durch mich hindurchging, durch meine Eingeweide, aber ohne daß es mich nur im mindesten berührt zu haben schien, um dann, unter den Anstrengungen, die mir mein angstgelähmter Stuhlgang verursachte, seinen Weg hinab in die Klärgruben des Gefängnisses, in die dampfenden Flüssigkeiten eines stinkenden Acheron zu finden. – So schied, ich war mir der Tragweite dieses Vergleichs bewußt, das göttliche Prinzip eines *Stoffwechsels* zuweilen ganze Universen von zwischenmenschlichen Beziehungen aus, wenn diese innerhalb der irdischen Gefangenschaft aller Kreatur dem Ratschluß des Schicksals entgegenstehen mochten.

Ich hatte den Kassiber behandelt wie eine unliebsame, mich jedoch kaum berührende Todesnachricht, die mir überraschend und ohne genaue Absenderangabe zugestellt worden war, beinahe noch in Gegenwart des Boten hatte ich ein versehentliches und tonloses *Beileid* gemurmelt, um das Ganze sogleich zu vergessen, da ich zum Text meiner Gedankengeschichte zurückkehren mußte.

Wer ist nicht schon einmal durch das Verschwinden oder gar durch das Ableben einer bestimmten Person befreit worden aus ihm unangenehmen Zusammenhängen mit Kreisen, mit denen er zuvor irreversibel verkettet schien und die ihm eine Last waren? Ich wußte, daß mich meine absonderliche Existenz als arbeitender Schriftsteller, oder als schriftstellernder Arbeiter, mit Erfahrungen solcher Art schon manches Mal bedacht hatte. Wie gut entsann ich mich der Gefühle von Erleichterung, wenn ich erfuhr, daß jemand aus meiner Bekanntschaft, der gewisse mir peinliche Dinge über mich wußte, aus meinem Gesichtsfeld verschwand; ohne daß ich Rücksicht darauf hatte, welcher Schicksalsschlag in diesem Verschwinden begriffen war, konnte ich fast Befriedigung darüber verspüren, wenn feststand, daß der Betroffene auf Nimmerwiedersehen verschwunden war, auch wenn er ein mir ohne Umschweife freundlich gesonnener Mensch war. Und das Peinlichste des Peinlichen geschah mir stets dann, wenn irgendwer den einen oder anderen meiner Schreibversuche zu Gesicht bekam ... was mir in solchen Fällen ganz zwangsläufig geschah, war die abrupte Umwandlung des Textes aus einem annehmbaren in einen vollkommen unannehmbaren Text, und zwar geschah mir dies, ohne daß ich auch nur die geringste Chance dagegen gehabt hätte, aus eigenem Antrieb: irgendein Urteil über den Text hatte darauf keinen Einfluß. Was ich noch vor kurzem, entflammt vor Begeisterung, zitternd vor Beweiskraft, zu Papier gebracht hatte, wurde im gleichen Moment, in welchem es die Zweierbeziehung zwischen meinem Gefühl und dem aus dem Text zu mir sprechenden Sprachgefühl verließ und ein drittes, ein lesendes Empfinden hinzutrat – mochte es auch noch so wohlwollend sein –, zu einem grobschlächtigen, unsinnigen, sentimentalen, idiotischen Text, der mich sofort vor aller Welt zu entlarven geeignet war. Ich ergrübelte mir die Erklärung, daß es meiner zweiten Existenz beim Schreiben immer wieder gelänge, die erste Existenz... den mega-egozentrischen Faktenfetischisten aus der Dunkelzone... zu übertölpeln mit der Ausrede, der Text müsse nur als unfertig anerkannt und in die Ablage der Zukunft verbannt werden. Natürlich hielt ich es nicht durch, ich erfand immer wieder Gründe, hausieren zu gehen, und wenn ich noch soviel Bewunderung davontrug: das letzte Urteil sprach ich, und es war vernichtend; mein Einfallsreichtum, meine Texte zu mißbilligen, war unerschöpflich. Wollte ich noch ein paar Zeilen bei mir behalten, dann mußte ich sie völlig geheim lassen; hatte irgendwer sonst nur einen Blick auf sie geworfen, wußte ich, daß ich vor ihnen nicht mehr sicher sein konnte, ich mußte sie vergessen... das Sicherste war, wenn ich sie – nachdem ich eine Abschrift von ihnen angefertigt hatte – verbrannte. Ich versuchte, mir zu sagen, die Texte würden mir allein dadurch wertlos, daß mit dem fremden Blick... auf eleganteste Weise vermochte ich selbst hinter diesen Blick zu schlüpfen... die Tatsache einer fremden Realität neben diejenige meiner Geschichten trat, einer Realität, die ich während der Folge meiner Niederschriften völlig unbeachtet gelassen habe. Eine Literatur aber, welche die Existenz der neben ihr lebenden Menschen so weitgehend mit Ignoranz bedachte, hatte keinen Anspruch auf Geltung. Nicht nur, daß ich im Grunde heilfroh war, wenn ich einen Leser, den ich gehabt hatte, wieder aus den Augen verlor, ich mußte, wenn ich es recht besah, den Mörder erkennen, der in meinem Herzen hockte. Die Netzhäute, hinter die ich kroch, um mein Werk zu betrachten, blieben die meinen, doch sie hatten sich unversehens in Gewänder aus Nessel verwandelt, die ich mit servilem Ausdruck verschenkte: ich hatte nur eine halbe Ahnung davon, daß ich mir Hekates Unterwäsche selber anzog. Niemand in den Redaktionen, die ich mit Stoffen aus meiner Feder beglückte, konnte sich denken, daß mir seine Antwortlosigkeit nur zu recht war, daß ich aber mit Engelsgeduld zu warten imstande war, bis er abgesägt wurde und in der Versenkung verschwand, um die mir zustehende Befriedigung einzuheimsen. Und die Frauen, denen ich, in Zuneigung erglüht, widmungsgeblümte Vielzeiler darbot, wußten nicht, daß sie vom Augenblick der Übergabe an vor mir völlig sicher waren, weil der erste Paragraph des Gesetzbuches anordnete, der Mörder werde mit dem Tode bestraft. Weniger sicher vor mir waren womöglich die Angestellten der Post, eines Großbetriebs, dem man in der Republik zumindest Beihilfe zu den Aktivitäten der Loge der Sicherheitsmaurer nachsagte, immer schon war ich der Meinung, daß Kelle und Posthorn besser in den Ehrenkranz des höchsten Wappens gepaßt hätten als funkenschlagendes Schmiedewerkzeug in einem leicht brennbaren Strohgebinde. Wenn ich zum Beispiel auf den Gedanken verfiel, unter verkappter Absenderangabe einen Stoß ausgewählter Papiere an einen Exilverlag nach Mexiko zu schicken, so war ich mir, wenn innerhalb eines halben Jahrs keine Gerüchte über die Neubegründung eines solchen Verlags in Umlauf gerieten, andauernd des schallenden Gelächters gewiß, das in den unterirdischen Aufklärungsabteilungen der Post hallte und das in meiner Vorstellung noch die harmloseste Reaktion auf die Lektüre meiner selbst war... wer konnte ahnen, daß ich mit meinen wirklichkeitslosen Erfindungen die Inkarnationen meiner selbst versandte.

Nach meiner Entlassung aus der Haft war mir aufgefallen – und daß es mir auffiel, schrieb ich dem Umstand zu, daß ich, vorerst mich ans Gewohnte klammernd, mit Macht in meine Doppelexistenz zurückdrängte, in der mir zumindest teilweise substantielles Denken unterlief –, mit welch souveräner Willkür ich das auf dem Kassiber angegebene Todesdatum der Kora L. als ein Datum der Vergangenheit angesehen hatte: nicht ein Schatten der Frage war mir genaht, welcher Sinn dem Kassiber in solchem Fall noch zuzuerkennen war. Seine einzige Absicht wäre es gewesen, mich – der ich noch Kontakt zu den Vernehmungsspezialisten hatte – den Namen des Mörders der Frau wissen zu lassen, damit ich ihn an der rechten Stelle preisgeben konnte: oder der Kassiber war, wenn er wirklich aus dem Monat April stammte, ursprünglich einem anderen Mithäftling von Z. zugedacht gewesen? Jedenfalls schien Z. ihn mir nicht nach langem Vorbedacht zugespielt zu haben, sondern ich hatte den Zettel aufgrund einer plötzlichen und eiligen Eingebung von ihm erhalten, was übrigens zum Wesen meines Genossen, wie ich es kennengelernt zu haben glaubte, in auffälligem Widerspruch stand. Und ich behandelte den Kassiber in einer für mich typischen Art und Weise: er war für mich nicht mehr und nicht weniger als der Anlaß einer Geschichte, sein Inhalt bot mir den Vorwurf zu einer Story an... Geschichten pflegte ich in der Vergangenheitsform zu schreiben... der Name Kora L. und die Prophezeiung ihres Endes waren für mich ein *Sujet*! – Ein weit spannenderes übrigens, als es der Vorwurf in meinen eigenen Vernehmungen hätte sein können, und es nagte in mir ein gewisser Neid auf eine Wirklichkeit, welche die Unwirklichkeit meiner eigenen Probleme mit der Gesetzlichkeit so eklatant in den Schatten stellte. – Und mein Verhalten war auf jede erdenkliche Art darauf gerichtet, daß mir das Sujet nicht wieder verlorenginge... immer, wenn es mir später in den Sinn kam, etablierte ich das Sujet in der Vergangenheit, dort schien mir jeder Schreibanlaß am sichersten aufgehoben, dort konnte ich ihn in die Zusammenhänge verstricken, die, ohne besonders nachprüfbar zu sein, meiner Ansicht nach einer Geschichte entsprachen. Nicht entsprochen hätte mir eine Geschichte, in welcher ein Mord an einer Frau wie Kora L. verhindert wurde; deshalb entschwand meinem Gedächtnis der an diese Möglichkeit erinnernde Satz aus dem Kassibertext zuerst. Die Verhinderung des Mordes in der von mir erwogenen Geschichte hätte zur Folge gehabt, daß ich mich mit der Figur dieser Frau hätte weiterbeschäftigen müssen: ich wollte nicht daran denken, in welche Konflikte mit meiner Ich-Figur eine solcherart errettete Person geraten wäre... im Hintergrund der in meinen Texten als Realitätsfiktion fungierenden Verwahrlosung schienen mir ganze Heerscharen von Personen durch das Vergessen zu wandeln, das Vergessen war die einzige glaubwürdige Möglichkeit für mich, sie aus der Welt zu schaffen.

In meinen Geschichten passierte es mir fortwährend, daß Figuren, die ich versuchsweise einführte, mir nach wenigen Seiten wieder entglitten. Sie waren nur aufgetaucht, um den völlig allein dastehenden Ich-Erzähler in eine zufällige Episode zu verwickeln, die ihm Anlaß war, seine einsamen Gedanken auszubrüten; die Figur jedoch hatte an diesen Gedanken keinen Anteil mehr. Sie war für die Fortsetzung des Textes wertlos geworden: in diesem Punkt waren meine Geschichten ein sehr wahrheitsgetreues Abbild meines Zustands. Versuchte ich, an einer solchen Figur festzuhalten, entstand für mich ein Konflikt, und dieser machte meist eine dritte Figur vonnöten. Wenn es jener nicht gelang, den Konflikt zu bereinigen, brauchte ich wieder Figuren, immer mehr Figuren und so fort; ich hatte die Verwirrung schon vorhergesehen und ließ sie gar nicht erst eintreten: ich blieb mit meiner Ich-Figur allein. Ich selbst war es schließlich, der die Situation immer auch bereinigte: der Konflikt mit einem fremden Einblick ließ mich den Raum, in dem er stattfinden konnte, schließen, versenken, auslöschen.

In Wahrheit war der Konflikt, der hätte auftreten können, der, daß ich all mein Tun vor den Augen eines anderen glaubte rechtfertigen zu müssen. Ich glaube, es rechtfertigen zu müssen, ob jener andere es von mir verlangte oder nicht. Aber ich wußte, daß alle Rechtfertigungen, die ich irgendwie hätte erfinden können, bloß Lügen gewesen wären, denn der einzige Grund für mein Tun und Lassen war die Tatsache, daß ich lebte, war der Umstand meiner Geburt. Und wie hätte ich dies rechtfertigen sollen oder können? Eine Rechtfertigung dieses Umstandes wäre ein Zugeständnis an den Tod gewesen.

Aber ich vermied natürlich solche Gedanken, ich vermied den Umgang mit ihnen durch geschicktes Manövrieren, das mir einen Aufenthalt in ihrem Vorfeld gestattete, und die banale Technik, die ich dabei anwandte, war die der Geheimniskrämerei: diese diente mir nicht nur zur Vermeidung des dritten Blicks, der mir meine Texte auslöschte, sondern ebenso dem Ausweichen vor jener einzig möglichen Rechtfertigung: der nämlich, daß es keine geben durfte, weil diese immer die Feigheit vor dem Feind war, dessen einzig lautendes Gebot *Schweigen* hieß. – In Wirklichkeit verhielt ich mich immer weniger wie ein Schriftsteller, und schon bald niemals mehr... mit der Ausnahme allerdings, daß ich schrieb... sondern nur noch wie ein ganz gewöhnlicher Arbeiter. Es gab de facto beides nicht, weder das Verhalten eines Schriftstellers, noch gab es den ganz gewöhnlichen Arbeiter mit dem dafür zuständigen Verhalten: dies enthob mich der Verpflichtung, mein Verhalten allzu stark zu zensieren, und unversehens hatten zwei verschiedene Existenzformen von mir Besitz ergriffen, die nichts miteinander zu tun hatten, die sich nur noch in ein paar aus dem Allgemeinen ragenden Unregelmäßigkeiten berührten, oder sich gegenseitig abstießen. Und es resultierte meist aus der Geheimhaltung derjenigen meiner Existenzen, die ich meine zweite nannte und die der Schriftsteller war. Das dichtgewebte Gefüge von Maßnahmen, die diese Existenz im Verborgenen halten sollten, mußte, da es dauernd in die Gefahr lief, durchlässig zu werden, immer wieder verstärkt werden: was aber wäre auffälliger als die Geheimhaltung? Diese benötigt alsbald einen zweiten Schleier, der die Geheimhaltungsmaßnahmen selber verheimlicht und so fort; die Unersättlichkeit der Maschinerie liegt schon in ihren Anfängen begründet.

Ganz offensichtlich war es so, daß jenes Netzwerk von Geheimniskrämerei auch jetzt noch, über eine so lange Zeit hinweg, über meinen schriftstellerischen Absichten lag, noch immer bestanden die Mechanismen fort, wenn sie scheinbar auch unbrauchbar geworden waren. Unangenehm berührt war ich zusammengeknickt, als mich der Rechtsanwalt mit der höhnischen Feststellung anfuhr, ich gäbe mich als ein Schriftsteller aus... ich war erstarrt, als sei ich, während meiner Schicht im Betrieb, bei der Schwarzarbeit des Schreibens erwischt worden. Meine verwirrten Gedanken, ununterbrochen im Begriff, vor dieser meiner geheimen Tätigkeit Schmiere zu stehen, hatten in ihrem Erschrecken lediglich festgestellt, daß ich als Schriftsteller ertappt und durchschaut war, während alles übrige, was mir der Anwalt mitgeteilt hatte, ohne mich zu berühren, an meiner Aufmerksamkeit vorbeigegangen war. Was mich in Bann hielt, waren nicht Aussagen, nach denen es für mich um Kopf und Kragen ging, sondern solche, die mich begreifen ließen, daß der Anwalt der Mitwisser meiner zweiten Existenz war. Wie würde es mir möglich sein, diese Mitwisserschaft in meine Pläne einzubeziehen... wie konnte ich eine zweite, geheime Existenz weiterführen, wenn diese immer weniger geheim war? Wie sollte ich leben mit dem Gedanken, daß meine zweite Existenz womöglich längst in irgendeiner Akte dokumentiert war, in einer Akte, die, wenn nicht in den Archiven juristischer Behörden, so doch in den Ordnern eines Strafverteidigers zu finden war, der allerdings weitreichende Beziehungen auf mir unerklärlichen Rechtswegen hatte? Wie war es zu dieser Mitwisserschaft gekommen? – Natürlich nur durch meinen ersten Zellengenossen; ich erinnerte mich, daß ich in der ersten Panik nach meiner Einlieferung davon erzählt hatte, daß ich mich als Schriftsteller versuchte; ich konnte mir diese merkwürdige Schwatzhaftigkeit nur damit erklären, daß ich hatte erfahren wollen, wie es im Gefängnis um die Möglichkeiten des Schreibens bestellt sei. Zudem hatte er mir überzeugend klargemacht, daß er mindestens noch für zwei Jahre mit der Außenwelt nichts zu tun haben werde; ich hatte mich also an einen Menschen verraten, der mit seinem Wissen erst einmal verschwunden bleiben würde. Mein Mithäftling zeigte ein bemerkenswertes Interesse für meine Belange, dankbar ergriff ich den Strohhalm und antwortete auf seine weiteren Fragen ausführlicher. Er schien Einfühlungsvermögen zu beweisen, indem er mir sagte, daß es leider aussichtslos sei, in der Haftzelle ans Schreiben zu denken, aber die Gelegenheit dennoch nicht ungünstig sei, da die Zelle, wie kein anderer Ort, zur Beschäftigung mit sich selbst zwinge. In der Zelle sei die Feststellung, daß man eigentlich eine Doppelexistenz führe, eine fast normale Erscheinung. Ja, diese Feststellung sei geradezu notwendig, einerseits um genau zu wissen, was man von seiner Existenz zu verbergen habe und was man vorteilhaft für sich ins Feld führen könne, andererseits, weil man Zeit habe, über die Zukunft nachzudenken, und dabei mit der einen oder anderen Eigenart seiner Existenz ganz planmäßig kalkulieren könne. – Die phantastischsten Geschichten, die draußen passieren, so sagte er, die einfach tollsten Dinger, wo es für jeden ein Rätsel bleibt, wie man sie gedreht hat, sie werden immer im Knast vorher bis ins einzelne ausgetüftelt... aber sie werden nie aufgeschrieben. Sie nicht schriftlich zu haben, sondern nur ganz genau im Kopf zu haben, sei geradezu eine Voraussetzung für ihr Gelingen. – Und nur daran wird gedacht? fragte ich. Es gibt niemals so etwas wie... nun, sagen wir, Selbstbesinnung, oder den Wunsch, das Leben zu ändern? – Das Leben kann man natürlich erst ändern, wenn man hier wieder raus ist, sagte er. Aber man kann sich hier überlegen, welches der beiden Leben man draußen haben will. – Ein Leben, für das man nicht in den Knast kommt..., sagte ich, verstummte aber, als ich ihn lächeln sah. Es lag etwas von Verachtung in seinem Blick: natürlich meinte er kein wohlanständiges und risikoloses Leben, das sich an die Moral hielt, die ihn dazu verurteilte, ein bequemes und untergeordnetes Gesellschaftsmitglied zu sein.

Sein Blick hatte mich empfindlich getroffen; es war mir peinlich, daß er glauben mußte, ich habe ihn missionieren wollen. Trotzdem schien er mir zu vertrauen, und es lag vielleicht an meiner zweiten Existenz, von der ich gesprochen hatte: vielleicht richtete sich sein Vertrauen an meine zweite Existenz. Vielleicht war dies der Punkt, an dem wir uns trafen. Wenn ich an meine Nächte dachte, in denen ich schrieb, vor der Welt verborgen und argwöhnisch darauf bedacht, daß niemand Einblick in mein Tun hatte, so erschienen mir diese den Umtrieben seiner dunklen Existenz vergleichbar: nur war seine Beute von der meinen verschieden. Die meine waren Phantasien, die ich ins Papier kratzte, seine Beute waren Schätze aus in die Tat umgesetzten Phantasien, von deren

Glanz ich keine Ahnung hatte. Gern hätte ich erfahren, wieviel Realität an einem solchen Leben war, oder was man ihm hinzufügte an größenwahnsinnigen Träumen. Völlig phantastisch waren mir später die Worthäcksel vorgekommen, die er mir auf jenem Kassiber übermittelt hatte, der mir als das deutlichste Zeichen einer Verbundenheit erschienen war, die mich nach so kurzfristiger Bekanntschaft, in einer Atmosphäre allgemeinen Mißtrauens, in Erstaunen versetzte. Er konnte, so meinte ich endlich, eigentlich keine Verbindung zu jenem oberflächlichen Ich gesucht haben, mit dem ich ihm unter die Augen trat, denn dies war ein mit allen Anzeichen der Angst besetztes, zu jedem Einlenken, zu jedem Kompromiß bereites Etwas; so reagierte ein Kind, das zu Wasser und Brot ins finstere Loch geworfen war; nein, er hatte seine Fühler nach der anderen geheimen Existenz ausgestreckt, die vor meiner Angst lag, und dieser Existenz hatte er sogar eine Behausung angeboten. Was die übrigen traurigen Versatzstücke des Kassibers angingen, so verstand ich sie nicht; auch war ich aufgefordert, nicht danach zu fragen: *Sie hören alles!* – Übrigens schien dieser winzige Zettel dem wirren Spiel einer blühenden Phantasie entsprungen... eine Frau sollte ermordet werden, sogar der Name des Mörders war schon bekannt... wenn man genau überlegte, war es ein Stück Literatur, ziemlich schlechter Literatur, die sich mit ärgerlichsten Trivialitäten ins Bild setzte. Wie hätte *ich* eine solche Sache formuliert, war ich nicht selbst ein Literat, der jeden seiner Sätze von Trivialität bedroht sah: und lag nicht in einer vorgespiegelten Trivialität gerade ein besonderer Reiz? Eigentlich, ich mußte es zugeben, konnte der Text des Kassibers sehr gut auch von mir selbst stammen.

Der Name der Frau war angegeben gewesen... Schall und Rauch. Es war auch das Datum da, an dem sie ermordet werden sollte, und wenn ich nicht irrte, sogar die Uhrzeit. Dieses Datum war verstrichen... es war ein Datum des Monats Mai gewesen, und ich erging mich in diesen Überlegungen irgendwann spät im Juni auf der obersten Matratze des dreistöckigen Betts in der Gefängniszelle, wo ich lag, obwohl es nicht erlaubt war, vor der festgesetzten Nachtruhe dort zu verweilen.

– Was für einen Tag haben wir heute wohl? fragte ich, erhielt aber keine Antwort. Mir fiel ein, daß wir an diesem Tag in der Zelle keine Zeitung erhalten hatten, etwas mußte in der Zeitung gewesen sein, was die Häftlinge nicht erfahren sollten... das Datum, an dem diese Frau ihr Leben beendet hatte, war verstrichen, und immer, wenn ich ihrer gedacht hatte, war ich mit einer Toten umgegangen; ich wiederholte es mir mit einer fast automatischen Sturheit. Ich suchte mich zu erinnern, ob mir mein Zellenbruder von ihr erzählt hatte; Weibergeschichten waren der meist strapazierte Gesprächsstoff auf den Haftzellen. Bruder Z. hatte darin eine Ausnahme gemacht. Aber es konnte sein, daß auch dies an mir lag, mir waren diese Gespräche eher unangenehm, da ich auf diesem Gebiet nicht viel beisteuern konnte. Bei alldem erschien es mir merkwürdig, daß eine annähernd bildliche Vorstellung von seiner Verlobten in meinem Kopf spukte, denn ich war fast sicher, daß er nie versucht hatte, sie mir zu beschreiben.

Mit Grausen erinnerte ich mich der beiden Nachfolger von Bruder Z.; Wasja und Ronni hatten, wahrscheinlich aus einem unerklärlichen Unterlegenheitsgefühl mir gegenüber, mich mit ihren Sexualprotzereien an den Rand der Verzweiflung gebracht. Selbst wenn ich mir einredete, daß ein beträchtliches Potential dieser Geschichten in einfachen Lügen bestand, konnte ich nicht verhindern, daß sich in mir ein immer stärkeres Minderwertigkeitsgefühl aufbaute. Da es wenig Zweck gehabt hätte, mich offen gegen diesen Terror zur Wehr zu setzen – ich hätte damit nur bestätigt, daß ich als Zielscheibe für sie wie geschaffen war –, blieb mir nichts übrig, als ihre Geschichten mit einer Geschichte von mir in den Schatten zu stellen. Und eines Tages erzählte ich ihnen die berühmte Geschichte von der geheimnisvollen Fremden, die durch die Köpfe aller Männer geistert, weswegen sie, aus instinktivem Zweifel, ob sie würde glaubhaft klingen, beinahe nie erzählt wird, wiewohl ihr Ablauf in fast allen Männergehirnen sich so gleicht, daß die Geschichte als völlig logisch und einleuchtend nachvollzogen werden könnte... und eben darum nicht erzählt wird... wird sie aber, mit schon wieder exklusiver Naivität, dennoch erzählt, so kann sie unter andern folgende Reaktionen hervorrufen: entweder man setzt ihren bekannten Häufigkeitsgrad voraus und bestätigt ihn durch genaueres Nachfragen nach den Einzelheiten, wodurch man den angenommenen Wahrheitsgehalt vertraglich festlegt, oder man erklärt diese Geschichte für absolut unerhört, neuartig, einmalig. In beiden Fällen verliert sich der Unglaube gegen sie im Nebensächlichen und schließlich vielleicht sogar ganz. Die Gefahr an der Erfindung oder an der Wiederentdeckung einer solchen Geschichte ist die, daß man des öfteren unverhofft nach ihr befragt werden kann – eventuell auch von unbekannter Seite; könnte sie doch ausgeplaudert worden sein – weshalb man stets unbefangene Antworten parat haben sollte. Die Folge davon ist, daß man fortan gezwungenermaßen mit der Geschichte leben muß. Es ist, als wäre sie wirklich geschehen. Und vielleicht besteht hierin die Ursache dafür, daß sie in so vielen Hirnen fortlebt... irgendwann ereignete sie sich tatsächlich, in einem sexuellen Nachttraum, ihr Erfinder war das riesige Monopol des menschlichen Unbewußten, das wie eine zweite antimaterielle Erde simultan mit der uns bekannten Erde, und unsichtbar neben ihr, durch das All kreist.

2 Ohne einen wirklichen Entschluß gefaßt zu haben, traf ich endlich in Berlin ein... ich ging nach Berlin – so beiläufig, in einer Art Memoirensprache, drückte ich mich tatsächlich aus – völlig unvorbereitet, ich setzte keinen Menschen davon in Kenntnis.

Folgerichtig schien mir, ich sei noch immer nicht richtig angekommen, nachdem ich schon zwei Jahre dort war; es war mir unmöglich, mich einzuleben, obwohl die Bedingungen für mich, im wahrsten Sinn des Wortes, wie geschaffen waren; vielleicht lag es daran, daß ich mit meinen Gedanken nicht in Berlin war, daß meine Gedanken andauernd dorthin zurückkehrten, wo ich herkam; Berlin war eine Episode für mich, vielleicht mit der fatalen Folge, daß es von da an nur noch Episoden für mich gegeben hat, eine Reihe von Episoden, jedenfalls für das, was ich meinem inneren Auge vorlebte. Es hatte schon auf der Bahnfahrt begonnen: auf den wenigen Bahnhöfen unterlag ich immer wieder dem Eindruck, meinem Ziel ein Stück näher zu sein... dem Ziel meiner Gedanken. Und dies war ein ins Monströse erwachsener, aus aller Realität gestürzter, absurder Ort, der mein Heimatort war. Ich war mit einem Nachtzug gefahren, und in der düsteren Beleuchtung schien mir jeder der Bahnhöfe derjenigen Station zu gleichen, wo ich normalerweise in aller Eile umsteigen mußte, wenn ich heimfuhr... jedesmal sprang ich entsetzt in die Höhe, als der Zug wieder ins Rollen kam, in der Einbildung, soeben in den Schlaf gefallen zu sein, wie es mir öfters geschehen war, wenn ich, auf den bewußten Umsteigebahnhof wartend, mich zwingen mußte, die Augen offenzuhalten... der Zug war merkwürdigerweise fast leer, und die Strecke nach Berlin war mir noch kaum bekannt; irgendwann – ich sah in der Ferne schon den roten Nachthimmel einer offenbar riesigen Stadt – hielt der Zug lange auf freier Strecke, ich sah einige junge

Männer mit Bierflaschen in den Fäusten draußen neben den in Schweigen verharrenden Waggons umherstolpern, suchte ihren fluchenden Stimmen ein Wort über den Grund des langen Aufenthalts zu entnehmen, doch es war vergeblich... plötzlich riß mich ein ungeheurer Knall, unmittelbar neben mir, aus dem Schlaf; jemand hatte in einem Wutanfall eine Bierflasche an der Außenwand des Waggons zerschmettert, Splitter und Schaumreste flogen bis über das Fenster, an dem ich saß, dennoch glaubte ich, mit einem angsterstarrten Blick durch die verunreinigte Scheibe, dort draußen zwei mir bekannte Figuren zu erkennen: ich wußte nicht, wer sie gewesen sein konnten, sie waren sofort wieder verschwunden, es waren Wasja und Ronni... nein, es war unmöglich, daß sie schon aus der Haft entlassen waren.

Endlich setzte sich der Zug wieder in Bewegung, und der Schrecken versank mir in dem gleichmäßigen Rollen, das mich bald darauf umgab. Düster dachte ich an meinen Abschied von zu Hause, der so verlaufen war, daß ich ihn eigentlich selbst nicht ernst nehmen konnte. Ich hatte mir vorgenommen, meiner Mutter, sobald ich in Berlin Fuß gefaßt hätte, einen Brief mit den nötigen Erklärungen zu schreiben, aber im Grunde glaubte ich nicht, daß ich es jemals tun würde. Ein solcher Brief würde mich zwingen, aus meinem Versuch, nach Berlin zu gehen, einen wirklichen Entschluß zu machen, er wäre die Dokumentation meines Umzugs nach Berlin... ein solcher Brief wäre der schwarz auf weiß fixierte Vertrag mit meinem Leben, das Dasein endlich selbst zu verantworten. – Als meine Mutter, gegen zwölf Uhr, zu ihrer dreißigminütigen Mittagspause aus dem Betrieb nach Hause gekommen war, hatte ich ihr eröffnet, ich werde am Nachmittag, nach ihrem Dienstschluß, wahrscheinlich nicht mehr da sein. Ich hätte die Absicht, nach Berlin zu gehen... Ein bestimmter Tonfall in meinen Worten hatte sie aufhorchen lassen, doch offenbar glaubte sie sofort, sie müsse sich verhört haben: Hast du gesagt, nach Berlin? Was willst du denn in Berlin? Das Wörtchen *denn*, in ihrer zweiten Frage eingeflochten, klang so ergeben... als ahne ein Gefühl in ihr die ganze Bedeutung meiner vorsichtigen Ankündigung und als habe sie sich schon in diesem wehrlosen Moment ihres Erstaunens mit meinem Vorhaben abgefunden... daß ich keine genauere Erklärung wagte. Doch ich wagte auch nicht, an das bevorstehende Wochenende zu erinnern, was auf meine Rückkehr zum Montag hätte hoffen lassen. – Ja, sagte ich, nach Berlin! Du mußt also nur für dich einkaufen. Ich werde in Berlin in einer Gaststätte essen. – Vorsorglich hatte ich die Zeit abgewartet, in der sich ihre Pause dem Ende näherte... sie mußte dringend zur Toilette, wie so oft, wenn eine plötzlich aufspringende, gegenstandslose Angst ihr in den Leib schlug... dann war es höchste Zeit für sie zu gehen. – Diese brutale Szene hatte mich derart erschüttert, daß ich kaum fähig war, die mir nötig erscheinenden Dinge in meine Tasche zu werfen; viel zu früh ging ich und wartete auf dem Bahnhof über eine Stunde auf einen für mich günstigen Zug, während der ich, mit fliegenden Händen, Bier und Schnaps in mich hineingoß, um wieder Herr über meine Nerven zu werden.

Eins meiner liebsten Besitztümer hatte ich in M. vergessen. Es war dies ein Ölbild eines mir bekannten Malers, das ich einmal, in einer guten Stunde, für wenig Geld hatte kaufen können. Das Bild zeigte, über schwerem brachliegendem Farbauftrag, der, aus dunklem Grün und Erden, wild unter der Atmosphäre lag, das von einem Horizont kaum scharf begrenzte, leuchtende Violett eines Himmels, in dessen Zentrum, konturlos, nur ein von einer Farbe in die andere hinüberschmelzender Kreis, eine weiße Sonne, stand, die in ihrer Blendung zunahm, je länger man hinsah, und immer greller zu werden schien. Das Violett, das diese Sonne umgab, war für mich ein so wahrheitsgetreues, wie ich es, in Malerfarben ausgedrückt, kaum für möglich gehalten hätte. Es traf mit einer Sicherheit ohnegleichen... oder durch einen Zufall wunderlichster Art... die Farbe jenes Himmels, den ich, an manchen Tagen und zu gewisser Zeit, vor oder nach dem Sonnenuntergang, vom Küchenfenster unserer Wohnung in M. aus sah, wo ich an der daneben liegenden Wand das Bild aufgehängt hatte und wo ich es hängen ließ, obwohl meine Mutter das kleine, halbmeterlange Sperrholz als ein fürchterliches Geschmier bezeichnete. In bestimmten Augenblicken nach dem Verschwinden der Sonne war es mir, als kehre ein dunstiges Spiegelbild einer weißen Sonne dorthin, wo es nichts zu suchen hatte, in das farbige Brennen des nordwestlichen Himmels, auf den sich das Fenster öffnete, der in dem gleichen Violett, wie auf dem Bild daneben, entzündet war... doch ich wußte, daß die Sonne des Gemäldes sich nur so heftig in meine Iris geprägt hatte, daß ich sie in den Schein des wirklichen Himmels nur projizierte, wo sie weiter zu kreisen schien, eine Spirale, in sich selbst auf eine glühende Mitte zu kreisend, wie in der Ewigkeit jenes wahren Himmels aus Farben, den ich zuvor lange, bis zur Selbstversenkung, betrachtet hatte... so lange, bis er mir nicht mehr aus dem Gesicht wich, da allein das Feuer dieses Violetts mich umkreiste, durch welches, draußen vor dem Fenster, die schwarze Wirrnis eines von allem Blattwerk skelettierten Baumstücks ragte, in dessen Geäst sich die Krähen zu sammeln pflegten, um auszuruhen, unter vereinzelten schrillen Botschaften, die die Ankunft einer langen Zeit verkündeten, wenn ich es richtig verstand: *Nacht... es wurde Nacht!*

Wie war mir die Zeit bis in diese Nacht denn vergangen, wie kam ich in den Nachtzug nach Berlin? Ich merkte sofort, daß ich auch bei diesem Fragen nicht das Ausmaß der Zeit berücksichtigte, die ich verloren hatte. In der Einbildung, ich habe noch den Sonnenuntergang in M. erlebt, mich danach noch einmal – ein letztes Mal, wie mir schien – vom Brennen eines violetten Himmels hinter dem Küchenfenster in Bann schlagen lassen, habe ihn noch einmal mit der Himmelsfarbe auf jenem Bild vergleichen müssen... und es war mir plötzlich deutlich gewesen, daß ich den Ort nicht verlassen durfte, an dem es möglich war, eine Wahrheit der Kunst in solcher Vollkommenheit in der Wirklichkeit wiederzufinden, daß ich nicht gehen durfte, wenn ich selbst einen Tupfer Wahrheit in die Schrift meiner Blätter zeichnen wollte... in dieser Einbildung erinnerte ich mich schon nicht mehr daran, wie ich aus dem Haus gekommen war, ohne meine Mutter noch wiederzusehen... wahrscheinlich war mir während meines unmäßigen Trinkens auf dem Bahnhof jeder Zeitbegriff verlorengegangen. Viele Stunden also waren es, ein halber Tag fast, der mir fehlte: in meinem Bewußtsein war eine Lücke, in der mir alles mögliche geschehen sein konnte. Immer wieder, so stellte ich fest, hatte ich mich in schwere Trunkenheiten gestürzt, die mir das Leben derart zerrissen, bis es mir völlig episodisch erschien, wie eine Folge völlig zusammenhangloser Episoden, die nur ein gemeinsames Prinzip hatten: eine jede von ihnen war inszeniert, um eine ihr vorausgegangene Episode zu verdecken... jede von ihnen endete in einem so schmerzlichen Zustand, der nur in einem neuen Rausch ertränkt werden konnte. Dies war, so meinte ich, nicht als ein Leben zu bezeichnen... und vielleicht war dieser Zustand auch wirklich kein Leben mehr. Ebenso, wie mir ein halber Tag ohne Bewußtsein vergangen war, konnte es auch ein ganzer Tag gewesen sein, mehrere Tage, eine Woche... vielleicht fuhr ich schon seit Tagen auf dieser mir unbekannten Strecke von Bahnhof zu Bahnhof, und dieses dunkle Wiedererkennen der öden und schlecht beleuchteten Stationsgebäude, deren Namen mir seit langem geläufig vorkamen, war irgendwelchen Erinnerungsfetzen aus einer Zeit zuzuschreiben, die lange vor jener letzten Episode lag, welche aus unklaren Gründen nicht überlebt hatte. Vielleicht war auch diese Andeutung einer Morgendämmerung eine solche Erinnerung, unter der ich mich endlich der Stadt Berlin zu nähern glaubte... aber was war mir in der Zeit danach in Berlin widerfahren? Ich wußte es nicht mehr. Welche Überraschungen waren aufgrund meiner Gedächtnislücke, in der jene Nachtfahrt — oder jene Nachtfahrten? – verborgen war, in meiner Zeit in Berlin über mich hergefallen... und ich hatte mir die Bosheit dieser Überraschungen nicht erklären können, weil mir jeder Anhaltspunkt zu einer Ursache, die in der Vergangenheit lag, entfallen war. Oder hatte es etwa keine Überraschungen in Berlin gegeben, weder böse noch andere, war mein Dasein dort nur ein träger Strom von Belanglosigkeiten? Vielleicht hatte... und nicht erst auf dieser Nachtfahrt, die ich wie einen Taumel von halbausgegorener Erinnerung absolvierte... schon irgendwann in einem Damals, in dem ich diesen Zug wirklich benutzt hatte... auf einem Halt, während dem ich Gestalten, die ich für die düsteren Schemen einer mich narrenden Vergangenheit hielt, draußen am Bahndamm umherwanken sah, und vor denen ich Angst hatte, als seien sie meine Mörder... vielleicht hatte der Tod schon damals sein Wort gesprochen. In Form eines Krähenschreis... oder mit einem knirschenden Krachen, nach dem ich nicht mehr von mir sprechen konnte. Vielleicht war ich längst ein Schatten, und er hatte mich ausgefüllt und er führte mich. Der furchtbare, objektive Tod...

Nichts kam mir mehr entgegen, als anonym und unbemerkt im großstädtischen Gewirr von Berlin zu verschwinden; dabei hatte ich selbst kein rechtes Bild von dem, was mit mir geschah. Da ich mein Leben als Trümmerfeld von Zusammenhangslosigkeiten betrachtete, erschien es mir leicht, alles Störende abzusondern, aus meinem Gedankenkreis zu werfen. Meine Erfahrung aus dem Gefängnis leistete mir dabei gute Dienste: einerseits konnte ich mir immer wieder erklären, das meiste dort sei mir geschehen, weil man mich verwechselt hatte; andererseits war es mir möglich, ganz willkürlich die einzelnen Begebenheiten als entweder glaubwürdig oder nicht glaubwürdig einzuordnen. Wenn an mir etwas verdächtig war, hatte es eigentlich keine Bedeutung, wenn etwas von mir gelogen war, so war dies vielleicht eine Geschichte aus dem Leben einer Person, mit der man mich bloß verwechselt hatte... nicht nötig demnach, die Ursachen für Fehler, Mängel oder Schlimmeres an mir in dem zu suchen, was ich ohne diese Verwechslung blieb: dieselbe blieb im ganzen ein dummer Zufall, der meine Existenz nur höchst äußerlich zu tangieren schien. Ich fuhr nach Berlin in dem Glauben, das aus diesem Zufall resultierende Angebot nutzen zu können, eine für bestimmte Zeit leerstehende Wohnung zu beziehen, ohne daran zu denken, daß ich dadurch in Konstellationen verwickelt werden konnte, die nicht so einfach auszuschalten waren wie jene aus früheren, mir unbequemen Episoden. – Der Hintergrund all meiner Manöver war natürlich die Absicht, zwischen meine Mitwisser und mich möglichst viel Zeit und Raum zu bringen. Daß die Mitwisserschaft dieser Mitwisser lediglich in der Kenntnis einer Geschichte bestand, die ich erfunden hatte – erfunden aus freien Stücken, um mein im Schwinden begriffenes Renommee aufzubessern; einer Geschichte, die mir mit ihrer Preisgabe schon als ein triviales literarisches Stück erschien –, war für lange mein naiver Glaube. Daß dies ein ziemlich erschreckender Leichtsinn war, ahnte ich nur manchmal, und immer nur dann, wenn schlaflose Nächte mein Bewußtsein über Gebühr schärften. Selbst dabei aber sagte ich mir, es sei ein Leichtsinn, der einer anderen Person zuzuschreiben war, die ich kaum noch durchschaute und die mir daher eine Last war: nämlich der Person, die ich früher, vor meiner Verhaftung, gewesen war und die ich jetzt am liebsten losgeworden wäre. Zumindest wäre ich gerne diejenigen ihrer Eigenschaften losgeworden, die eine Bedrohung für mich darstellten: ich fragte mich, ob das die Eigenheiten gewesen waren, die zu meiner Untersuchungshaft geführt hatten, die so glimpflich verlaufen war... die aber dennoch das Gefühl in mir hinterlassen hatte, daß die Sache in Wirklichkeit noch nicht ausgestanden war.

Und in zwei Jahren Aufenthalts in der Hauptstadt erschien mir das meiste davon tatsächlich vergessen und verdrängt: es war von mir abgespalten, ich glaubte diese Eigenheiten so konsequent vergessen, daß ich es als böse Überraschung erlebte, als ich an das Ende meiner Zeit in Berlin erinnert wurde, daran, daß ich nur Gast war in der Berliner Wohnung, daß ich mich vorbereiten mußte, wieder auszuziehen, weil die Gefängnisstrafe ihres wirklichen Mieters ablief, weil er in Kürze freigesetzt werden würde.

Auf der Suche nach einer anderen Wohnung ging ich in dem Viertel umher; in der großen Grünauer Straße, so wie in einigen ihrer schmalen Seitenstraßen, entdeckte ich mehrmals offenbar leerstehende Räume in den Parterres abbruchreif aussehender Häuser.

Während dieser Spaziergänge, die mich langweilten, fragte ich mich, von wem... von welchen Eigentümlichkeiten welcher meiner Existenzformen die Bedrohung ausging. Wenn dies aus der Zeit vor meiner Verhaftung stammte, mußte es dann nicht mit jenem Zwiespalt zu tun haben, der mich einerseits das Leben eines Arbeiters, andererseits aber das geheime Leben eines Schriftstellers hatte führen lassen, aus diesem verbissen verheimlichten Doppelleben... das praktisch nicht mehr existierte. Denn ich hatte tatsächlich seit meiner Haftentlassung kaum noch, und seit meiner Ankunft in Berlin überhaupt nicht mehr versucht zu schreiben. Und war eine Folge davon nicht meine Angst, nach M. zurückzukehren, die mich in Berlin in den Wohnungen von Abrißhäusern schnüffeln ließ? Wußte ich nicht um eine ganze Ablagerung unausgegorener Manuskripte in M., über die ich den Überblick verloren hatte? Lagerte dort nicht, seines Körpers entblößt aus Schwäche, der gesamte Inhalt von mir, dort: *in Acheron*. War dort nicht der gesamte Durchfall meines Verstandes zu finden, vor sich hin wesend. Und war es nicht so, daß ich am liebsten deshalb diese Stadt aus meinem Gedächnis ausschalten wollte? – Hier in Berlin waren mir zwar alle meine Mitwisser so fern wie nur möglich, doch ich hatte es nicht nötig, sie mir vom Hals zu halten, denn ich schrieb nichts mehr. Im Gegenteil, jetzt verspürte ich zuweilen den Wunsch, irgendwem von meiner Schriftstellerei zu beichten, in Berlin, wo ich irrigerweise auf mehr Verständnis für die Literatur hoffte; es war das Verlangen, womöglich Staunen und Lob einzuheimsen, aber ich hatte keinen Text dazu zur Verfügung.

Was ich von der Episode verheimlichte, die ich in der Haftzelle aufgetischt hatte, zum Besten meiner Brüder Wasja und Ronni, war ihr Scheitern: sie war mir in meiner Mutlosigkeit vor ihrer Unglaubwürdigkeit gescheitert. Es lag darin begründet, daß es mir nicht möglich war, eine jener mit eingedickter Milch gefüllten Ampullen zu besorgen, mittels derer man bei der Produktion pornographischer Filme den Spermaausstoß vortäuscht. Weil eine solche Ampulle nicht vorhanden war, fehlte mir der glaubwürdige Schluß dieser Geschichte, und ich war gezwungen, ihn selber zu erfinden, was mir – ich ahnte es schon während des Erzählens – aus dem Stegreif nicht so gelingen konnte, daß die Geschichte wiederverwendungsfähig blieb. Sie war natürlich eine völlig unrealistische Geschichte, wie fast alles, was ich über mich erfand... wie so oft fehlte mir zur Herstellung von Realität einer jener geringfügigen Gebrauchsgegenstände, die nur außerhalb des Landes zu haben waren. Dennoch brachte ich die Geschichte äußerlich unverfroren vor, innerlich allerdings zitternd und eine Reaktion erwartend, die meine Stimme sofort würde erlöschen lassen. Doch zu meiner Überraschung zeigte sich in ihren Gesichtern keine Spur von Zweifel. – Wo war es, hatte Ronni gefragt. In welcher Stadt, meine ich, wo fuhr sie dich hin? – Ich weiß es nicht, sagte ich. Es war schließlich Nacht, wir fuhren ungefähr zweieinhalb Stunden, und zwar ziemlich schnell. – Dann war es Berlin, stellte Ronni mit Überzeugung fest. Über die Autobahn und zweieinhalb Stunden... dann war es Berlin. Wasja nickte zustimmend, meinte aber, dann müsse die Frau ein wirkliches Höllentempo gefahren sein. – Es kann auch etwas länger gedauert haben. Wer kümmert sich in einer solchen Situation schon um die genaue Zeit? – Außerdem warst du ja besoffen und hast geschlafen..., sagte Wasja; auch er schien mit meiner Geschichte völlig einverstanden. Ganz bestimmt war es Berlin, sagte er. – So war ich also doch, laut meiner eigenen Geschichte, schon einmal in Berlin gewesen... wie ich diesen Aspekt einkalkulieren sollte, galt es gut zu überlegen, da es immerhin sein konnte, daß dazu späterhin Aussagen von mir erwartet wurden.

Ich stellte mir vor, bei Sonnenschein in einer völlig fremden Wohnung zu erwachen, in einem Bett, dessen weiße Bezüge in dem hellen Licht blendend funkelten... ich stellte mir vor, nicht zu wissen, wo ich war, und in den ersten Augenblicken ebensowenig, wie ich hierher gekommen war. Ich befand mich in einer nicht besonders großen, kleinbürgerlichen Wohnung, deren Einrichtung, solide, praktisch, aber nicht geschmacklos, auf einen Wohlstand schließen ließ, zu dem ich normalerweise keinen Zugang hatte... ratlos durchwanderte ich die drei Räume: und stellte fest, daß ich eingeschlossen war. Ich suchte nach einer Nachricht, die man mir vielleicht hinterlassen hatte, fand aber nichts, ich fand keinerlei Anhaltspunkte, nichts Schriftliches, nicht einmal einen Kalender. Den Namen der Person, mit der ich nachts hier angekommen war, wußte ich nicht; ich konnte mich überhaupt nur sehr schlecht erinnern. Ein Blick aus dem Fenster zeigte mir eine kleine, ruhige Straße, in der es viel Grün in den Vorgärten gab, für die Jahreszeit schon erstaunlich viel Grün, war es erst Anfang Mai? Ich befand mich im ersten Stock eines mir völlig unbekannten

Hauses, in einer mir völlig unbekannten Straße; in einiger Entfernung rechter Hand gab es ein Geräusch, als ginge da eine Straßenbahn, sonst war nichts auszumachen. Langsam aufsteigendes Entsetzen, das sich durch die dumpfen Verwüstungen des Alkohols aus der vergangenen Nacht kämpfte: ich war ein Gefangener! Ich dachte an sofortige Flucht, doch der betäubte Schädel verhinderte den Einfall einer günstigen Möglichkeit. Glücklicherweise waren im Kühlschrank einige angebrochene Flaschen, die mir wie der beträchtliche Rest dessen vorkamen, was ich in der Nacht zu trinken versucht hatte. Meine Kleider lagen als wirrer Haufen auf dem Boden des Schlafzimmers; ich beschloß zu warten, bis jemand in der Wohnung erschien. – Doch während ich dasaß, trank und rauchte, kam mir der Vorfall immer unwahrscheinlicher vor... es dauerte nicht lange, bis ich mich fragte, ob ich wirklich hier saß, ob ich wirklich die Person war, die zu sein ich bis gestern geglaubt hatte; draußen war ein schöner Tag, später Vormittag, Alkohol gab es in ausreichender Menge, und gar von feinster und teuerster Sorte, keine Inlandsware; war es nicht so, daß dies mitnichten ein Alptraum war, im Gegenteil, daß der Alptraum dessen, was ich bisher für mein Leben gehalten hatte, seit gestern nacht zu Ende war? – Aber ein plausibles Ende dieser Geschichte gab es nicht. Es war nahezu unmöglich, die Stadt auf ebensolche Weise wieder verlassen zu haben: in einer ebensolchen Nachtfahrt von zweieinhalb Stunden, während der ich wieder nicht wußte, wie mir geschah, während der ich wieder nichts bemerkte, das mir sagen konnte, wo ich gewesen sei, eine Fahrt, erneut betrunken und halb schlafend... nach der ich wortlos mitten in M. abgesetzt werde, einfach, indem sich neben mir die Wagentür öffnet und ich höflich hinausgedrängt werde, erst jetzt feststelle, daß ich wieder in M. bin, in einer bekannten Straße, in der Nähe unserer Wohnung, völlig allein, ratlos, aber unbehelligt, als habe jemand plötzlich ein Lösegeld für mich bezahlt. – Nach diesem Ende – dem einzigen, das mir hätte einfallen können – hatten mich Wasja und Ronni zum Glück nicht gefragt. Als ich meine Füße auf die Pflastersteine setzte, blieben diese unter mir unbeweglich an ihrem Platz, meine Füße waren es, die, meiner

Last offenbar entwöhnt, mir den Dienst versagen wollten; es war ein Gefühl, an das ich in den ersten Minuten nach meiner Haftentlassung deutlich erinnert wurde.

In letzterem Fall aber mußte das Schwanken und Stolpern auf meinen Füßen einen anderen Grund gehabt haben. – Mein tagelanges deprimiertes Grübeln auf dem Bett in der Gefängniszelle hatte mich immer wieder bis zu einem Punkt geführt, an dem mir das Denken versagte, immer aufs neue stieß ich auf einen Riß in den Gedankensträngen, denen ich nachhing... und merkwürdigerweise gab es diesen Riß bei Überlegungen zu den verschiedensten Gegenständen, die mich beschäftigten. Ich suchte nach einer Gemeinsamkeit, die den Riß zur Folge hatte... wenn ich über die Gründe meiner Verhaftung nachdachte, über das Gespräch mit dem Rechtsanwalt, über das Scheitern meiner Geschichte, über die Episode, in der ich die Verwechslung meiner Person mit der eines anderen, mit einem Ganoven von beträchtlicher Autorität, zu sehen glaubte, wenn ich an den Inhalt des mir zugespielten Kassibers dachte: immer wieder sah ich mich an ein vorzeitiges Ende meiner Überlegungen geführt, war eine Leere in meinem Kopf, die mich nervös und wütend machte, die mir die Rekonstruktion der Begebenheiten in Zweifel zog und mich fragen ließ, ob ich über Wirklichkeiten nachdachte: was blieb mir übrig, als mir zu sagen, daß die Auflösung all dieser Grübeleien auf einer anderen Ebene zu finden sein mußte... in einer anderen Inkarnation, die ich auch war, wenn diese mir auch immer dann nicht zugänglich war, wenn meine Gedanken sich in den Hirnströmen der ihr entgegengesetzten Inkarnation bewegten. Wenn also die Hirnströme einer *ersten* Inkarnation das Ende einer Episode enthielten, über die ich mit dem Mittel der Hirnströme einer *zweiten* Inkarnation nachsann, so mußte mir dieses Ende verborgen bleiben. Für besonders schwer durchschaubar hielt ich die Materie, die sich hinter dem diffusen Inhalt des Kassibers verbarg... aber jetzt schien sich mir plötzlich etwas aufgelöst zu haben. Es hatte etwas von einem Mord an einer Frau auf dem Zettel gestanden, neben dem Namen der Frau war auch der Name des Mörders genannt worden. Aber wie... genau!... lautete dieser Name?

Mir fiel ein, daß die winzige Schrift an eben dieser Stelle, durch Einwirkung eines meiner Eckzähne, nicht gut leserlich gewesen war. Mit diesem Gedanken stieg eine heiße Welle in mir auf, Entsetzen riß mich hoch, und mit einem Satz war ich unten auf dem Fußboden, einige Male durchquerte ich wie ein Raubtier den Raum, dann sank ich am Tisch, unter meinen erbleichten Zellengenossen, auf einen Hocker. Wahrhaftig, ich wußte nicht mehr, ob der Name jenes Mörders Zacharias *Zwie* oder Zacharias *Zwei* gewesen war. Und ich hatte die Dummheit besessen – auf einem Zettel für die Hausarbeiter, auf dem ich meinen Wunsch nach etwas Tabak formuliert hatte –, mich als Bruder Z. (2) – in Klammern: *Zwei!* – zu bezeichnen... mit höhnischem Stolz hatte ich der nicht aufzulösenden Verkennung meiner Person durch meine früheren Zellengefährten Wasja und Ronni nachgegeben und mir unwissentlich, auf verrätselte Art und Weise, den Namen des Mörders jener Kora L., einer mir völlig unbekannten Frau, angedichtet. Nun war mir die ärgerliche Reaktion des Rechtsanwalts plötzlich verständlich.

– Hört zu...! wandte ich mich an meine drei Zellengenossen. Es ist ganz klar, daß wir hier damit rechnen müssen, daß wir gehört werden, wenn wir reden... Sie waren sofort voller Aufmerksamkeit und nickten verschwörerisch mit den Köpfen. – Gerade deshalb muß ich euch jetzt etwas sagen. Ihr wißt vielleicht, daß man mich hier im Knast bei einem bestimmten Namen genannt hat, daß man geglaubt hat, ich bin der und der, aber... – Natürlich nicht der und der... Bruder! sagte einer von ihnen zögernd. – Also gut, sagte ich. Nennt mich wie ihr wollt. Nur hört mich jetzt an, wenn ich euch sage, daß ich derjenige nicht bin. Ich sage euch jetzt, ich bin nicht euer Bruder Z., ich sehe ihm nichtmal ähnlich. Ich hoffe, ihr habt mich verstanden, ich bin nicht Bruder Z., und ich will auch nicht mehr so genannt werden. Sie nahmen meine Eröffnung mit sonderbarem Gleichmut auf, doch ich sah, daß dieser Gleichmut ein Einverständnis mit einer bestimmten Taktik war, die sie hinter meinen Worten vermuteten. Ich wiederholte mich noch einmal in aller Deutlichkeit: Ich will, daß es ab heute ein für alle Mal feststeht. Ich bin nicht Bruder Z., und will auch nicht mehr so behandelt werden...! Meine Worte, so eindringlich ich sie zu sprechen versuchte, machten mir bewußt, wie wenig aussagekräftig derart eindeutige Sätze waren, und eine tiefe Resignation begann mich auszuhöhlen. Erfüllt von Machtlosigkeit hörte ich die Sätze aufsteigen und wieder in sich zusammenfallen: ich verlangte zuviel, wenn ich wollte, daß ihnen Glauben geschenkt wurde. – Ich nahm einen Bleistiftstummel und warf einen Fragesatz auf einen Zeitungsrand: Wenn ihr die Wohnung von Bruder Z. in Berlin kennt, würdet ihr mir die Adresse aufschreiben? – Damit hätte ich sie eigentlich überzeugen müssen; aber sie hielten auch dies für einen Trick und notierten mir folgsam die genaue Adresse neben meine Frage. Ich riß den Zeitungsrand ab und ließ ihn verschwinden. Sie blickten mich voller Bewunderung an, ich war in ihren Augen kein anderer als Bruder Z., und ich war es auf eine so raffinierte Weise, wie es ihren Vorstellungen entsprach; es konnte mir letzten Endes gleichgültig sein.

Ich war wieder auf mein Bett hinaufgeklettert, oben lag ich schweratmend und versuchte, meiner Erschöpfung Herr zu werden. Obwohl mir niemand ein Wort gesagt hatte, schien eine Drohung zu mir aufzusteigen, von dort unten, wo sich meine drei Gefährten aufhielten. Mir fiel auf, daß ich ihre murmelnden Stimmen nicht mehr verstand... seit Tagen war dies so, ich wußte nicht mehr, was sie da unten ausbrüteten, stets, wenn ich hinabstieg aus der dritten Bettenetage, verstummten sie, wenn ich mit ihnen zu sprechen versuchte, schwiegen sie oder gaben mir nur nebensächliche Antworten: Antworten, die klangen, als beträfen sie die Fragen einer anderen Person. Ich wußte, daß meine Erschöpfung von Tag zu Tag zugenommen hatte, aber jetzt, nach meiner Erklärung, die mir vorkam wie eine sinnlose Tirade, war der Höhepunkt meiner Erschöpfung erreicht, schien etwas in mir am Erlöschen zu sein; meine Sätze waren ein letzter Rest an Selbstbehauptung gewesen, doch das, was sie behaupteten, war verloren. Sie behaupteten den Fortbestand einer Figur, die auch in meinem Innern nicht mehr der Wahrheit entsprach, der mit jedem Wort dieser sinnlos anstrengenden Erklärung der Atem ausging... jedesmal, wenn ich ausatmend das Wort *ich* sagte, stieß ich ein Weniges von dem Rest des Sauerstoffs aus, der das flackernde Lebenslicht jenes *Ich* noch dürftig nährte, in faden und banalen Gerüchen verflog dieses *Ich*, es war eine atmosphärische Entlarvung, und was noch bleiben würde, wenn diese vollendet war, war ihnen da unten, diesen drei sprachlosen und verbissenen Kartenspielern am Tisch, ausgeliefert. Die Henkersmahlzeit für mein Ich, die ich schon hinter mir hatte, gärte seit Tagen in meinen Gedärmen, sie rülpste in mir und blähte knurrend und stöhnend meine Eingeweide, darin ein Leben erstickt zu werden schien. Was da aufgerieben wurde in mir, verließ mich lautlos in Wolken von Gestank, es war ein papierener Gestank, ein Dunst von angeschimmelter Pappe, die sich wellte und zersprang, ehe sie zu schwarzer Kohle verschwelte... vielleicht, so überlegte ich, schlugen sie mich nur deshalb nicht in Stücke, weil sie wußten, daß ich das vierte Blatt zu ihrem vierblättrigen Kleeblatt werden mußte, oder der vierte Mann zu irgendeinem mörderischen Skat. – Einen Tag nach meiner hysterischen Rede, nach der ich den Glauben an einen guten Schluß der Geschichte völlig eingebüßt hatte, wurde ich zur allgemeinen Überraschung aus dem Gefängnis entlassen. Ich war nicht mehr dazu gekommen, sie nach dem Verhältnis von Bruder Z., meines ersten Zellengenossen, zu einem gewissen Zacharias Zwie zu fragen; ich hatte nicht gewußt, wie ich es anfangen sollte, ich wagte nicht, den ominösen Namen vor ihnen auszusprechen.

Ununterbrochen mußten wir abgehört, beobachtet worden sein... auf welchen Schluß sonst sollte ich kommen, wenn ich mich erinnerte, daß die Entlassung mich in einem Moment überraschte, als ich auf der Toilette saß: um mich nach der Entlassung doppelt entwürdigt unter die Menschen treten zu lassen... die Entlassung, in Form eines Schleims aus halb verdunsteter blauschwarzer Tinte, die in mir offenbar schon in Verwesung überging, während meine drei Kumpane mit gerümpften Nasen und ostentativ abgewandten Gesichtern am Tisch saßen, und während ich den finsteren geräuschlosen Geruch meines Innern unter mir aufsteigen spürte... entsetzt hörte ich das Schließen an der Tür, konnte aber nicht rechtzeitig von dem Becken hoch, da ich plötzlich einen neuen

Schlammstrahl aus mir entlassen mußte, der nicht abreißen wollte... die Tür flog auf, mein Name wurde gerufen, wie durch ein Wunder antwortete ich darauf; mit vollkommen angewiderter Miene sah mich der Beamte und befahl mir zu packen; ich versuchte zu fragen *warum*, doch es war, als sei dieses Wort als sinnloser Mißton unter mir durch die Kanalisation geflogen... die Entlassung erfolgte am Nachmittag, was ein ganz und gar ungewöhnlicher Umstand war. Nachdem die schriftlichen Formalitäten erledigt waren, fand ich mich draußen vor dem Gefängnistor. Als mir die zuständige Angestellte mit einem Knopfdruck die Pforte der Schleuse geöffnet hatte, durch die ich zögernd in den gewaltsam über mich herfallenden Straßenlärm trat, wurde mir bewußt, daß ich der erstaunten jungen Uniformierten ein *Aufwiedersehen* gesagt hatte; ein Relikt meiner eingefleischten Höflichkeit von früher, verstört bemerkte ich, daß ich deren tote Floskeln noch längst nicht losgeworden war. Ich hätte in dieser Sekunde ins Freie springen, stürzen müssen, um nicht den lauwarmen Gegenzug zu verspüren, der von der Straße her in das offene Tor wehte und meinen Abschiedsgruß begleitete. Ich begann zu frieren im staubigen Wind über meiner neuartigen Bewegungsfreiheit, die sich in fahrigen Gehversuchen auf dem unebenen Pflaster erschöpfte; ich fühlte sofort, daß mir etwas fehlte: ich hatte eine sehr kleine Zelle mit einer weniger kleinen Zelle vertauscht. In dem Käfig aber, in dem ich jetzt war, fehlte mir die Unmittelbarkeit der leiblichen Ausdünstungen, die eine Sicherheit gewesen waren... ich war sofort wieder in jene Figur zurückverwandelt, die ihren Stuhlgang nicht öffentlich zu absolvieren vermochte; schon seit dem verächtlichen Blick des Beamten, der mich abholte, und seit meinem servilen Hierschrei, mit dem ich geantwortet hatte, als ich meinen halbvergessenen Namen hörte, war ich wieder diese Figur... unter der Kuppel des neuen Käfigs mußte es bald Nacht werden, geschlossene Nacht, doch ohne eine Wand, die mir im Rücken Schutz bot, und ohne das dunkelrote Glühen der Lampe über der Tür unserer nachtwarmen Zelle... fortan würde ich an Symptome zu glauben haben und jeder mißlichen Vorahnung Aufmerksamkeit widmen, denn ich kannte nun die Magie der Gefangenschaft und den geheimnisvollen Bann, der meine Blicke immer wieder auf die Anstaltstore lenken würde: die sich mir gleich öffnen mußten, die eigentlich immer einladend offen waren.

Ich schien begriffen zu haben, daß ich in das Dasein eines Nichts, in jene Nicht-Existenz, entlassen worden war, wovon der Rechtsanwalt über mich als Schriftsteller gesprochen hatte. Auf irgendwelche Weise war das von mir so streng gehütete Geheimnis gelüftet worden, wahrscheinlich hatte ich mich selbst so verhalten, daß es geschehen mußte. Vielleicht war mir bei meinem Einzug in die Untersuchungshaft plötzlich klargeworden, wie wenig sicher die Grundlage war, auf der ich mich im äußerlichen Leben bewegte, daher hatte ich, aus Angst, und in der Hoffnung, mehr Achtbarkeit zu gewinnen, mein Prinzip angetastet und offenbar von meinen verborgenen Talenten gefaselt. Als Arbeiter war mir, bei aller Skepsis, doch nichts übriggeblieben, als der Überzeugungskraft der Staatsdoktrin einen gewissen Glauben zu schenken, und ich hatte einen notgedrungenen Respekt den Angehörigen der Klasse gegenüber, für die der Staat mit seinem Namen einzustehen vorgab, vermutet. Zumindest durfte ich meine Position aufgrund ihrer Brauchbarkeit als einigermaßen verläßlich betrachten. Nun hatte ich Brauchbarkeit unter Arbeitern stets für die auswechselbarste aller Eigenschaften gehalten, doch waren solche Bedenken rein theoretischer Natur: mit einer Wirklichkeit, in der ich plötzlich meinen Boden als Angehöriger der Arbeiterklasse verlieren konnte – in einem Gesellschaftssystem, das sich als die wahre Heimat der Arbeiterklasse lang und breit empfahl – und in der ich so leicht in ein Loch stürzen konnte, in dem ich nur noch eine Null war, wollte ich nicht rechnen. Während dieses Stürzens aber mußte ich mich plötzlich darauf besonnen haben, daß ich auch noch Schriftsteller war... vielleicht konnte das in der Gesellschaft etwas bedeuten! Was es bedeutete, hätte ich nach den Worten des Rechtsanwalts ahnen können, doch wollte ich nicht annehmen, daß dieser Mensch im Namen der gesamten Gesellschaft sprach. – Diese Nicht-Existenz, war sie aber nicht auch eine logische Folge des Lebens, auf das ich mich eingelassen hatte... worauf hatte ich mich eigentlich eingelassen? Ich konnte es mir nur damit erklären, daß zwei feindliche Brüder in meiner Brust waren, zwei brüderliche Seelen, ewig miteinander in Streit, wobei dieser Streit jedoch die Daseinsberechtigung für beide darstellte. Ich erinnerte mich an meinen letzten Auftritt im Gefängnis: dort hatte ich meinen Zellengenossen einige Sätze ins Gesicht geschleudert, die, es war meine Hoffnung, ein Äußerstes an Selbstbehauptung darstellten, mit verzweifeltem Stimmaufwand hatte ich ein Ich verteidigt, das mir im Dahinschwinden begriffen schien – dabei wünschte ich mir sogar, daß diese Tirade mittels einer Abhöranlage bis in die maßgeblichen Büros der Anstalt gelangte –, ich sprach auf die Gefahr möglicher Feindseligkeiten meiner Zellengenossen hin, die sich immerhin von mir betrogen fühlen konnten und deren physische Übermacht ich fürchtete... aber das Ganze hatte die symptomatische Folge gezeitigt, daß jenes von mir heftig beschworene Ich nun erst recht ausgelöscht schien. – Etwas Ähnliches, so dachte ich, passierte mir immer dann, wenn ich mich in Form von Literatur zu äußern versuchte: denn eigentlich waren meine Schreibprodukte ebenfalls Verteidigungen, Verteidigungen meines zweiten geheimen Ich, es waren Versuche, mein literarisches Dasein gegen das eines anderen zu behaupten, es zu rechtfertigen, es zu konstituieren. Aber dabei geschah mir, daß ich es in Wahrheit neben mich stellte: dieses literarische Ich bestand in der Tat aus den Texten, die ich schrieb, diese waren seine ureigene Substanz, und mit jedem der Texte hatte ich ein Stück dieser Substanz aus mir hinausgeworfen, von mir abgelöst; ich spürte es in jedem Fall ganz genau, wenn ich nach der Beendigung einer Geschichte oder eines Gedichts entleert und ausgehöhlt war. Der Poet in mir war dann gänzlich erloschen, aber mein äußerliches Ich lebte auf in dem Bewußtsein, *eine Sache* produziert zu haben. Ich hatte die merkwürdige Gewohnheit, meine Arbeiten zu zählen, sie zu numerieren... auch die Seiten zu numerieren: so für jeden einzelnen der Texte, zusätzlich aber auch die Seiten aller Texte fortlaufend, als sei es ein Gesamtwerk mit geheimnisvollen Zusammenhängen... und alles sorgfältig an einem Platz zu stapeln, den ich von dort, wo ich saß und schrieb, bei gelegentlichem Aufblicken vom Tisch, sogleich im Auge haben konnte. Lange Zeit war es so, daß ich nur schreiben konnte, wenn ich das ganze Bündel der Blätter vor mir sah, die ich schon fertiggestellt hatte. Manchmal sah ich den Stapel dann bis auf meine eigene Höhe wachsen – den *Stapel der Forschungen*, wie ich mir aus der Übersetzung eines Stücks von *Rimbaud* zitierte – oder ich sah ihn im Geiste mir über den Kopf wachsen... kein Zweifel, dort, ein paar Schritte vor mir, wuchs eine Figur herauf, die mich eines Tages überragen würde, die mich eines Tages ersetzen würde. Das Produkt, das ich da erschuf, war genaugenommen ein Produkt, das mit mir nichts mehr zu tun hatte, das begonnen hatte, ohne mich fortzubestehen... ich war in dem Moment, in dem ich es begriff, zweifellos ein ganz gewöhnlicher Arbeiter... und ich würde diesem Produkt eines Tages im Weg stehen, es würde mich zuschütten oder auffressen, es würde über mich hinwegtrampeln... ich war auch in diesem Punkt ein ganz gewöhnlicher Arbeiter. Ein ganz gewöhnlicher Arbeiter, der einen Popanz produzierte, dessen Monstrositäten die Vorbedingung waren für das Ende seines Daseins als Arbeiter. Und das Monstrum hatte schon einige Dielenbretter aus meiner Basis gerissen, und einmal schon war ich abgestürzt. Die Fragwürdigkeit meiner proletarischen Sicherheit war immer offensichtlicher geworden, seitdem mich dieser Popanz angrinste. Der Scheiterhaufen meiner Forschungen, der sich in meiner Nähe stapelte und den ich mehrte und mehrte, hatte nur eine Funktion: auf den letzten Funken zu warten, der irgendwann aus meinem erlöschenden Hirn springen mußte... jenen Funken, den ich mir zu entlocken suchte. Die Frage war, wann ich alle Texte produziert, von mir abgesondert haben würde, so daß nichts mehr von meiner literarischen Existenz in meinem Innern, alles aber da drüben auf jenem Brandherd sein würde: die Frage war demnach, wann der Prolet in mir endlich vollkommen die Oberhand gewann, der wahre Prolet, der sich endlich selbst in das Produkt eines unaufhaltsamen Produktionsprozesses verwandelte... in eine *Ware*, wie es *Marx* im *Kommunistischen Manifest* ausgedrückt hatte. In die Asche des Staatswesens... da eine jede Ware endlich

Asche werden mußte, um die Wege der Produktion nicht zu verstopfen, war das auch der mir vorgezeichnete Weg. Dieser Popanz, der da vor mir aufwuchs und im Grunde aus Verteidigungsreden oder Haßtiraden jenem Weg gegenüber bestand... der die beiden Komponenten in mir: die Produktivkraft und das Produktionsmittel zu guter Letzt in ein Produkt verwandelte... war also das einzig mögliche Produkt dieses Produktionsprozesses: er war die Produktion, die dagegen revoltierte, Produktion zu sein... war die Aporie, und Ziel und Ende der Revolte waren das Nichts. – So beleidigend die Worte des Rechtsanwalts mir auch geklungen hatten, er hatte mit ihnen *Recht* gehabt. Tatsächlich mußte die in mir herrschende Kombination, die aufreibende Verkuppelung eines Proleten mit einem Poeten: die Vermischung der Produktivkraft mit dem Produktionsmittel, zur Auslöschung des Ganzen führen – das Nichts war die ursprüngliche Veranlagung in einem solchen Subjekt. Es war eine irreversible Vermischung, die sich in meinen Texten fortsetzte, die selbst darin bis in die Interpunktion ging. – Offenbar hatte ich mich aus diesem Grund immer vehement gewehrt, wenn man mich als Arbeiterschriftsteller apostrophierte. Und meine Gegenwehr erschien mir völlig vernünftig, weil diese Kategorie auf mich wirklich zutraf... nur war diese wohlmeinende Kategorisierung nicht von der gleichen Konsequenz getrübt wie bei mir: für mich lauerte der Tod in dieser Konstellation.

Meine Forschungen wollten einfach nicht aufhören... sie ließen mich nicht ruhen, bevor nicht jeder Rest aus meiner schreibenden Hand auf dem Tisch die Distanz überwunden hatte bis hinüber zu dem Popanz, meinem Fertigprodukt... was die Folge dieser Manie war, die mich entwirklichte, spürte ich schon während des Nachgrübelns über dieses... *Differenzproblem*: ich sah schon jetzt die schwarzen Flecken unter meiner Hirnschale... schwarze, nicht mehr weiße, wie ich sie früher vermutet hatte. Diese Totenflecken waren wohl schon die Schatten, die jenes Gewüchs warf, da drüben, jenseits der Differenz, das imstande war, mir unüberwindlich und unüberschaubar über den Kopf zu wachsen... das schließlich meinen eigenen Kopf fordern würde. Einmal hatte ich in Nächten, in denen ich mich tödlich langweilte und nicht schreiben konnte, damit begonnen, den Stapel meiner Texte umzustrukturieren: die längeren Schriften plazierte ich zuunterst auf dem Fenstersims, der meine Ablage war, wo sie als eine Art solider Basis alle folgenden leichteren Umfänge tragen sollten. Als ich damit fertig war, wußte ich, daß der Turm obenauf mit einem starken Werk gekrönt werden mußte, das aus einer Riesenzahl von Wörtern bestand, einem Haupt vergleichbar, welches der Figur ihre Gattung verlieh. Ein solches Volumen aber fürchtete ich, denn es konnte, ähnlich einer simplen körperlichen Übermacht, gleichbedeutend sein mit dem Ende einer Gattung in mir. Die Differenz wäre dann vielleicht ganz überwunden und wäre eingegangen in eine andere Figur, womöglich *die Poesie* zu nennen... da drüben... eine tote Pantomime in der Nacht da drüben. Die sich auch in der Dunkelheit noch schwarz gegen das etwas hellere Fenster abzeichnete...

Sie zeichnete sich auch von außen ab, was mich erstaunte, als mein Blick vom Hof aus, durch den ich gekommen war, zum Fenster hinauf schweifte. – Zuerst hatte ich mir eingebildet, meine Mutter wäre dort am Fenster, doch scheinbar waren es nur meine Papiere. Kurz darauf nahm etwas anderes meinen Blick gefangen, ein seltsames Leuchten im Hintergrund, ein leichtes Flackern hinter den geschlossenen Scheiben, die doch eigentlich hätten undurchsichtig sein müssen, wenn das Licht in der Küche gelöscht war. Vielleicht stand die Tür zum anschließenden Zimmer offen, wo es einen Farbfernseher gab, vielleicht erzeugte er dieses violette Phosphoreszieren. Dann aber dachte ich an das Bild jenes mit mir bekannten Malers, das in der Nähe dieses Fensters hing. – Es war wohl nur ein Spiel von Wiederholungen, das mein Wahrnehmungsvermögen mit mir trieb... meine Einbildung war es, die mich den Widerschein einer violetten Himmelswand erblicken ließ, und davor die Silhouette einer Gestalt, die ich im ersten Moment für die einer Frau hielt, einen Moment lang für die meiner Mutter... es war niemand: was dort der Kontur einer Schulter, eines halben Kopfs glich, war der Haufen meiner vollkommen ungeordneten Papiere, die ich in dem Durcheinander, in dem ich sie nach ihrer Beschlagnahme durch die Polizei wiederbekam, auf den Fensterstock zurückgepackt hatte; was ich also sah, war der Stapel meiner Wiederholungen. Darum war ich eigentlich gekommen: wegen dieser papierenen Katastrophe, wegen dieser Figur, die mir jetzt irrtümlich wie ein wüst verzerrtes Profil erschien. *Sie* abzuholen, die ich einst *die Poesie* genannt hatte, war ich eigens aus Berlin gekommen, schon hier unten in der Hofdunkelheit war mir deutlich, daß sie lediglich eine erstarrte Grimasse war, nur noch ein von den Pinzetten der Sicherheitsleute zerfleischtes Antlitz. Ein Hohn, der jeder Beschreibung spottete, lag in dem Umstand, daß ich zum ersten Mal in meiner Laufbahn aus dem Munde eines Sicherheitsdienstoffiziers – bei der Rückgabe meiner Papiere – einen Satz hörte, von dem ich mich geschmeichelt gefühlt hatte: Sie sind ja wirklich ein talentierter Lyriker..., während ich bis dahin von keinem kompetenten Menschen aus dem ganzen Literaturbetrieb der Republik je ähnliches, höchstens das Gegenteil, gesagt bekam. – Ich muß darüber nachdenken, sagte ich mir und setzte mich auf eine Türstufe an den Hofgebäuden, von wo aus ich unser Fenster im Auge haben konnte. Eine Empfindung war plötzlich über mich gekommen, wie ich sie, seit meiner Haftentlassung, stets gefürchtet hatte und deshalb, wenn ich ihren Durchbruch nahen fühlte, mit aller Kraft unterdrückt hatte. Ich hatte nur geahnt, was sich da mit leiser Unlust anbahnte, mit Zweifeln an der Sinnhaftigkeit meiner Dinge und mit einer drohenden Ignoranz jedem Gedanken gegenüber, der mir helfen konnte. Doch nun schien mich die gesamte Verlorenheit meiner Situation erreicht zu haben. Mit einem Schlag glaubte ich der Unmöglichkeit, irgendeines meiner Vorhaben fortzusetzen, die Melancholie erfüllte mich sofort ganz und schloß alles andere aus; ich wußte, daß ihr Herd schon lange in mir schwelte, daß er sich mir vielleicht nicht mehr würde ausräumen lassen, daß mich dieser schwarze Brand fortan immer wieder, und meist in den mir ungünstigsten Momenten, aushöhlen würde... es war, als habe sich plötzlich ein Gashahn in den Raum meines Lebens geöffnet, ich hörte das hohle stetige Strömen, obwohl ich nur die Hand ein paar Zentimeter zum Ventil hin auszustrecken brauchte, brach ich die Bewegung aus Faulheit wieder ab, ich ließ die Hand in den Schoß fallen und schloß die Augen. Eine schwere Müdigkeit hatte mich überfallen, und ich war für ein paar Minuten eingeschlafen, mit dem Rücken an die Stalltür gelehnt; ein Frösteln weckte mich wieder, und ich sah, daß das violette Flackern hinter unserem Fenster erloschen war. Ungeheuere Nacht erfüllte den Hof, und es erschien mir gespenstig und idiotisch, hier unten zu hocken. Stille schien über die ganze Stadt gesunken, von einer so bleiernen Undurchdringlichkeit, daß es mir unglaublich vorkam, das Dunkel zwischen all diesen mir fremd gewordenen Häusern mit meinen Schritten durchmessen zu haben. Ob es logisch oder unlogisch war: wenn ich jetzt einfach wieder ging, würde diese Nacht für jeden, auch für mich, das bleiben, was sie war, eine Unwirklichkeit, wie es deren so viele gab im Dunst meiner Erinnerungen. Ich verzog mich, ich verflüchtigte mich... meine Mutter war offenbar schon schlafen gegangen; sie würde nie etwas erfahren von dieser meiner überstürzten Reise. Meine Mutter, dort oben in ihrer verödeten Wohnung, in der es menschliche Stimmen nur vermittels eines Fernsehempfängers gab... mit einem Eilmarsch zum Bahnhof versuchte ich die würgende Trauer hinter mir zu lassen. Doch es gab keinen zureichenden Grund dafür, die Trauer abzuschütteln... sollte sie mich würgen, erwürgen, sollte sie, noch bevor ich wüßte, wann und wo sie jemals begonnen hatte. – Irgendwann mußte sie dort begonnen haben, wo ich herkam... die Überzeugungskraft dieses Satzes war so erkennbar, daß mir grauste.

Ich mußte daran denken, wie ich nach dem Gefängnis versucht hatte, wieder mit dem Schreiben zu beginnen. Zuerst meinte ich nur, daß jenes Stolpern und Fehltreten meiner Füße auf dem Pflaster – das mir widerfuhr, als ich, wie ich es formulierte, ins Leben zurückkam – sich mir bis in die übrigen Gliedmaßen, besonders in meine Hand mit dem Federhalter, fortsetzte. Doch ich mußte bald bemerken, welch breite Deprimierung mich erfaßt hatte, welche Lähmung, so daß mir, hatte ich die Schlingen eines beliebigen Worts zur Hälfte gezogen, die Feder ausglitt, in einem schiefen Bogen über den unteren Teil der Seite, ohne daß ich meinen Willen dagegensetzen konnte, oder daß sich mir ihre Spitze ins Papier bohrte. Ich stellte fest, daß ich die Ellenbogen nicht mehr in der mir günstigen Lage auf der Tischkante halten konnte, da ich sie zur Unterstützung meines eisenschwer gewordenen Schultergürtels brauchte, oder daß ich mich mit dem Brustkorb gegen den Tisch lehnen mußte, weil eine Last mich drückte, die ihre Ursache nur in meinem Kopf haben konnte. Aber auch, als ich endlich wieder genügend Kraft geschöpft zu haben schien, verfiel ich beim Schreiben schnell in eine mir zuvor unbekannte Stupidität in der Wahl meiner Formulierungen – wobei es mir schon sinnlos erschien, Worte richtig auszuschreiben, so daß ich bald nur noch hektische Striche und Haken aneinanderreihte, in deren Fluchtlinien sich einzelne Buchstaben kaum noch ausmachen ließen – was zur Folge hatte, daß ich, wenn ich mich überhaupt noch lesen konnte, nur Stunden später kaum noch einen Satz von mir verstand. Angesichts solchen Elends gab ich das Schreiben binnen kurzem ganz auf. Die Passagen der Texte, die ich noch lesen konnte, ließen mich nach mehrfachem Durchgehen eine eigentümliche Fremdheit bemerken: demjenigen, der hier schrieb, war der Gegenstand, den er behandelte, ein völlig unverstandener, uneinsichtiger Gegenstand... der Text glich dem Versuch, von außen etwas wie eine vollkommen undurchsichtige Maschinerie zu beschreiben, von der weder ihr Zweck noch ihre Funktionsweise zu erkennen waren. In einer gespreizten und durch das Fehlen zutreffender Begriffe völlig gelähmten Sprache wurden Nichtigkeiten aufgebauscht, und Nebensächliches führte den Schreiber immer wieder auf Abwege; das Ganze wirkte wie der mißlungene Versuch, anhand winzigster Exzesse in wahllos benannten Körperteilen, das Gesamtbild eines Organismus signifikant abzuschildern, doch gelang dem Schreiber dabei kein lebendes Wesen, sondern höchstens eine roboterähnliche Stilfigur, der die Lebenszusammenhänge entglitten waren. Ich war konsterniert, wenn ich bedachte, daß die Lebenszusammenhänge, die ich meinte, in irgendeiner Form meine eigenen hatten sein sollen. Dabei war nicht einmal zu erkennen, ob die Ursache für dieses Unvermögen in der Person des Schreibers lag oder darin, daß die Person, die der Vorwurf zu dieser Geschichte war, sich plötzlich als eine ganz andere erwiesen hatte, die im Augenblick noch nicht zu durchschauen war. – Zweifellos war mir der Gedanke geläufig, daß eine Gestalt der Realität im Verlauf ihrer Darstellung eine Veränderung erfahren könne oder müsse, allein dadurch, weil die in ihr vorhandenen Möglichkeiten, ins Leben einzugreifen, ihren Autor freilich interessieren müssen... meiner Figur allerdings waren solche Möglichkeiten schon deshalb aussichtslos verloren, weil das, was sie in Bewegung hielt, offensichtlich nicht mehr Leben zu nennen war. Sie schien von einer Idee bewegt zu werden, welche nicht in ihr selbst entsprungen war, sondern in demjenigen, der ihre Funktionen zusammengesetzt hatte: und die einzige Idee dabei war das praktische Zusammengehen ihrer Funktionen, ein darüber hinauszielender Sinn schien zu fehlen. Und da dieser Sinn fehlte, war vielleicht ein irreversibles Funktionieren über den Tod hinaus möglich. Nein, es konnte gar keinen Tod geben für eine solche Figur, da der Tod einen *eigenen* Trieb, sich zu bewegen, zur Voraussetzung hätte haben müssen und erst mit dem Erlöschen dieses Triebs der Tod bei seinem Namen genannt werden konnte. – Vielleicht also war ich in dieser Stadt schon längst erschlagen worden?

Sicher ist es müßig, darüber nachzudenken, ob ich noch in dieser Nacht wieder wegfuhr oder ob ich mich herumtrieb, den Morgen, den Vormittag abwartete: die Zugverbindungen nach Berlin waren schlecht, und es gab viele Umwege. Noch einmal... immer wieder... ebenso notorisch wie vergeblich suchte ich mich bestimmter Einzelheiten aus meiner Zeit in dieser Stadt zu erinnern, die vor meinem Haftaufenthalt datierten. Meine Erinnerungen ähnelten den Texten, die ich später versucht hatte zu schreiben: es war der Gang eines häßlichen knirschenden Getriebes, das weiter funktionierte, weil ihm keine andere Chance vorgesehen war. Nur in den Nächten – in Nächten wie dieser, womöglich – schien ich seltsamen Bewegungen unterworfen, die vielleicht wirklich eigentümlich zu nennen waren. Von vornherein wußte ich, es würde mir nicht gelingen heimzugehen, ehe ich nicht die ganze Stadt auch in der Dunkelheit hatte auf mich wirken lassen; es war, als könne mir etwas von dem entgehen, was ich in mein Gesamtbild von der Verkommenheit dieser Stadt noch einordnen mußte. Oft genug, wenn es noch vor zwölf war, suchte ich die Kneipen auf, unstet durchforstete ich alle Lokale, die geöffnet waren, bis ich endlich, in der belebtesten Destille in der Stadtmitte, noch einen freien Tisch fand, an dem ich allein sitzen konnte und zu nervöser Ruhe gelangte. Hier hoffte ich auf einen unerwartet einkehrenden Fremden ... hier hoffte ich auf einen Mitwisser, der, da er in dem vollbesetzten Gastraum keine andere Wahl hatte, neben mir Platz nehmen mußte. Es mußte jemand sein, dem diese Stadt nicht bis zum Überdruß vertraut war und der vielleicht bald wieder verschwinden würde. Was mir durch den Kopf ging, war eine kleine Geschichte, in der ich zu Beginn etwas fallenließ über die Ödnis des Lebens in einer solchen Stadt, einen Witz etwa, in dessen Unterton eine gewisse Gefahr mitschwang, so daß bei guter Auffassungsgabe zu spüren war, daß in mir ein Geheimnis waltete. Gleich ginge der Fremde, den ich mir vorstellte, auf meine Bemerkung ein, mit einer ebenso lässigen Erwiderung, jedoch erschien es mir hörbar, daß er einiges von dem ernsten Hintergrund meiner Worte verstanden habe, worauf er nun ebenso verdeckt nachfragte, um mir die Möglichkeit zu geben, zu mehr Offenheit mich frei zu entscheiden. Dankbar ergriffe ich diese Möglichkeit, mit einem Ausfall nach vorn, der die in mir entstandene Vorsicht, ob ich es mit einem Mann des Sicherheitsdienstes zu tun haben könne, mutig ausschlug. Wer ich eigentlich sei, diese Frage mußte dann nach ein wenig Hin und Her erfolgen; von seinem Interesse schon bestochen, verzögerte ich das Geständnis noch um mehrere Fragen und Antworten, die mich überzeugten, daß seine Teilnahme nicht die eines Spions sei ... wie leicht wäre ich doch – in Wirklichkeit – zu übertölpeln gewesen. Meine Eitelkeit in ganz beiläufigen Sätzen unterbringend, würde ich ihn schließlich erfahren lassen, daß auch in solcher Provinz, wie der uns umgebenden, ein Ausdruck erwachsen könne, der die Grenzen der Kleinstadt überschritt. – Natürlich fiel mir in genau dem Moment auf, daß der Ausdruck, den ich meinem Mitteilungsbedürfnis mit dieser Vorstellung gab, selbige Grenzen nicht überschritt. Wenn mir nun noch eine Antwort zuteil werden konnte, dann die, daß ich mich entlarvt habe ... und zwar dergestalt entlarvt, daß ich sichtbar zeigte, wie meine Geschwätzigkeit eine Bestätigung jenes Sieges sei, nach welchem der grinsende Sicherheitsdienst über den Menschengeist allgewaltig zu herrschen begonnen hatte. Angewidert wandte ich mich ab. – Ich durfte mich glücklich schätzen, daß ich allein am Tisch saß, daß sich die kleine Geschichte nur in meinem Kopf, hinter meinem undurchdringlichen Gesicht abgespielt hatte und daß ich nur von meinen eigenen Phantasien angewidert sein mußte. Natürlich geschah es nie, daß sich ein Unbekannter zu mir an den Tisch setzte, und es gab nie einen Anlaß zu fragen, worin, in aller Welt, das Interesse eines Kerls vom Geheimdienst an mir denn bestünde. Daß mir diese Frage niemals aufgestoßen war, versetzte mich plötzlich in rasende Wut, eine Weile saß ich erstarrt und hatte große Mühe, ein in mir immer heftiger werdendes Flackern im Zaum zu halten. Ich sah mein verzerrtes Gesicht vor mir in der Fensterscheibe, ich war dankbar, mit dem Rücken zum Gastraum zu sitzen, so daß mich der unnahbarste Panzer gegen jede Berührung zu umgeben schien. Es war mir anzusehen, daß ich willens war, mich wortlos zu betrinken; ich war der entschlossenste Ausdruck allein dieses Vorhabens – damit machte ich an diesem Tag keinen ungewöhnlichen Eindruck auf meine Umwelt – und niemand leistete mir freiwillig am Tisch Gesellschaft. Auf diese Art verwandelte ich mich mit zunehmender Trunkenheit langsam selbst in diesen Zweiten, der mit mir am Tisch saß, der die Vorstöße meiner Gedanken kommentierte und durch ein geheucheltes Interesse am Glimmen hielt: der meine Wut schließlich besänftigte ... der scheinheilig den ziselierten Stil meiner Ausführungen bewunderte – ein Stil, der mir meist unterlief, wenn es mir schlecht ging, und den ich eigentlich zutiefst verachtete – und der mir immer gewagtere Äußerungen entlockte ... die Folge davon war, daß die dauernde Begleiterin meines Hasses die Angst war, die Angst davor, daß der wahre Bodensatz meiner Seele zum Vorschein käme, daß mein Haß ruchbar würde.

Wenn es mir nicht gelang, mich zu betrinken, trieb ich mich in der Stadt herum; ich durchwanderte all die hundertmal betretenen Viertel, die mir bis zur Blindheit geläufig waren – so daß mir schon nicht mehr auffiel, wenn sich meine Gedanken wiederholten – konsterniert las ich immer wieder Straßennamen, Schilder, die verwaschenen Transparente mit den verjährten Losungen... immer wieder fragte ich mich, wo ich diese nach feuchter Pappe und faulender Farbe dünstenden Verschleißprodukte abgelagert gefunden hatte; ich mußte ein bemerkenswert einheimischer Mensch sein, da mich ein so trivialer Stoff über Gebühr zu beschäftigen schien... und ich las sie dutzendmal, ohne daß ich den Begriffen ihrer Bosheit noch neue Nuancen abgewinnen konnte, ich ging weiter, von weitem schon wußte ich, welcher Köter aus welchem der Vorgärten mich mit Gekläff erschrecken würde, ich streifte, selber schwärzlich, an den schwärzlich gebeizten Fabrikzäunen entlang, stand vor der Schule, die mir über acht Jahre hinweg den Verstand verdorben hatte, starrte in die Fenster der Betriebe, wo ich gearbeitet hatte... ich sammelte Indizien für die Unwirklichkeit.

Schon beim Namen der Stadt schnob ich durch die Nase. – Nichts vermag den Glauben an die wirkliche Existenz so nachhaltig zu vernichten wie das ausweglose Durchleben einer ganzen Jugend in einer deutschen Kleinstadt, nichts auch vermag die Empfindung gegen die eigene Jugend aggressiver und später verachtungsvoller zu prägen. Nirgends wird die Unfähigkeit, den Ort des Übels zu verlassen, dumpfer und dauerhafter in den Geist gesenkt, nichts ist so sehr zugleich Wesen und Ausdruck dieser Unfähigkeit. Besonders die junge Bevölkerung einer solchen Stadt setzt sich aus derart Bewegungsunfähigen zusammen und sichert den Fortbestand der gelähmten Verhältnisse. Oder es müßte in einem einzelnen ein Maß an Aversion sich ansammeln – das auf die Zustände der Stadt zurückwirkt und ihre Unerträglichkeit hervorruft –, das schließlich einen Ausbruch erzwingt. Ich hatte dazu mehr als dreißig Jahre gebraucht, und ich war ein gewissenhafter Sammler: irgendwann hatten mir Ahnungen eines Niedergangs schlaflose Nächte bereitet, doch es war freilich nur eine Witterung, die mir aus der Atmosphäre entgegenkam. Dann aber geschah es, daß ein paar Figuren, die mir bekannt waren –

die etwa zu meinem Jahrgang gehörten –, in Ämter der Stadt aufstiegen, die verantwortlich hätten besetzt werden müssen. Ich hatte die aufsteigenden Typen gekannt... sie waren mir, in der Zeit meines Umgangs mit ihnen, auf der Ebene begegnet, auf der ich mich aufhielt, und es war dazumal, auf dieser Ebene, nichts sonderlich Übles an ihnen gewesen. Auf jener unteren Ebene, auf der wir lebten – auf der wir im großen und ganzen zwischen den Fixpunkten Sport, Alkohol und Geschichten mit Weibern pendelten –, fand ich mich mit der schmierigen und brutalen Weltsicht, die die unsere war, und demnach auch die ihre, ganz gut zurecht, ich fand nichts Besonderes an uns; obwohl wir uns alle natürlich für unvermerkt exzellent hielten, wußten wir, daß an uns nichts der Rede wert war. Sie merkten selbstverständlich nicht, daß ich ein Heuchler war und aus einem mir selbst unerfindlichen Grund bei ihren Reden genauer als zu vermuten hinhörte. Unheimlich wurde es mir dann, als sie, wie gesagt, in Ämter aufzusteigen begannen. Zu der Verdammnis, die ich zuvor in dieser Stadt ins Mauerwerk geschrieben gefunden hatte, kamen plötzlich Gesichter. Wir selbst waren es gewesen, die das Mißlingen aller Bemühungen in dieser Stadt mit Schadenfreude beobachtet hatten, nun plötzlich wurde mir gesagt, das werde sich ändern. Doch ich sah nur neuen Wirrwarr kommen. Und jetzt hatte ich auch die Möglichkeit, mir die Leute vorzustellen, die ihn hervorriefen, mit ohnmächtiger Wut sah ich nun auf ihr Denken und konnte erkennen, welches Denken es schon immer gewesen war und was mir als Autorität erschienen war. Es wurde immer schlimmer, die Zusammenbrüche des Gemeinwesens wurden sichtbar. Irgendwann fing es an mit monatelanger Wasserknappheit ganzer Wohngebiete, nur in einem Waschhaus über dem Hof, wo die Leute mit Eimern warteten, lief noch ein millimeterdünner Faden aus der Leitung... man konnte sich nicht mehr säubern, und in der Stadt häufte sich, wegen Totalausfalls der Müllabfuhr, der Unrat in den Straßen, in denen es zu stinken begann. Ich erkannte die Verarmung der Versorgungseinrichtungen, welche man, offenbar um diesen Eindruck zu verwischen, zu Zentren zusammenfaßte, diese aber an oft schlecht erreichbaren Plätzen der

Stadt installierte. Immer wieder konstatierte ich den ersatzlosen Abriß ganzer Straßenzüge – und zwar der originellsten –, danach begannen große kahle Grasflächen die Stadt zu verunstalten, daß es aussah, als ob Ausläufer von Steppe aus den umliegenden Tagebaugebieten Einzug hielten. Angewidert las ich auf den Lokalseiten der Zeitung das von einem feigen Phrasenwiederkäuen durchsetzte Geschwätz, in dem vor mir bekannten Namen plötzlich Bezeichnungen wie Sekretär oder Abgeordneter standen, die neue Pläne schmiedeten und ihren Abrißoptimismus verbreiteten. Wie lange würde ich es noch aushalten, in diesem verdammten... A.? Ich suchte meine Habe zusammen und flüchtete, um den Preis schlafloser Nächte, denn ich hatte das Gefühl, meine Mutter allein in einem Nest rachsüchtiger Nattern zurückgelassen zu haben. Immer wieder kam ich schon nach ein paar Tagen zurück, aus Angst... aber auch, weil das Chaos in meiner Stadt mich faszinierte, wie alles Verfluchte mich anzog. Schließlich hatte ich das Gefühl, daß sich in der Stadt eine latente Atmosphäre von Gewalt zu verbreiten begänne, und ich sollte auch damit richtig gerochen haben. Als tatsächlich einige Fälle von Gewalt vorgekommen sein sollten, gab es die seltsame Verordnung, daß die Polizei nur noch an Werktagen, und auch dann nur bis achtzehn Uhr abends, die Dienststelle besetzt zu halten habe. Es war nicht sofort zu erkennen, ob sich durch diese Maßnahme die Delikte häuften, aber sie lieferten die Begründung dafür, daß sich die jungen Sekretäre der Verwaltung nach eigenem Ermessen Ordnungsgruppen zusammenstellten, zivile Trupps, die sich aus stadtbekannten Kanaillen rekrutierten, die man entweder durch ein Entgelt belohnte oder damit, daß man ihre offensichtlich kriminelle Vergangenheit deckte. Ich sah, daß es genau diejenigen waren, die Verfahren wegen körperlicher Gewalt noch aus jener Zeit zu gewärtigen gehabt hätten, als noch Polizisten in der Stadt ihren Dienst versahen. Es wiederholte sich, daß Nachbarn und Freunde bei Nacht überfallen und von diesen sogenannten Ordnungskräften zusammengeschlagen wurden... einer meiner Freunde, nach einem solchen Vorfall, kroch in den Morgenstunden lebensgefährlich verletzt bis auf die Schwelle der *Städtischen Poli-*

klinik und wurde von den Ärzten, die über die Sache informiert waren, ohne Hilfeleistung fortgejagt. Verzweifelt konsultierte ich daraufhin einen Rechtsanwalt, der mir, flehentlich fast, äußerstes Stillschweigen über *solche Dinge* anriet... der Rechtsanwalt hatte recht: als mein Freund Anzeige erstattete, wurde er, in einem Gerichtsverfahren, dem ich beiwohnte und während dem seine *unwiderlegbaren* Beweise – die er hatte – von der Staatsanwaltschaft aufs ungesetzlichste ignoriert wurden, zu einem Jahr Gefängnis wegen Verleumdung verurteilt und nach Verbüßung dieser Haftzeit des Landes verwiesen.

Die handelnden Personen dieser Geschichte sind mir bekannt: angefangen von den Schlägertypen, den gedungenen oder erpreßten Zeugen... die Sekretäre... die wirklichen Personen der Staatsanwaltschaft sind mir bekannt. Die Verantwortlichen sitzen, jung und feist, auf den Stühlen der Ämter dieser Stadt. In dieser wirklichen Stadt, in der jedem einzelnen diese wirklichen Dinge bekannt sind.

In allen Verwaltungen, in aufsteigender Linie, sind diese Vorfälle bekannt. In den Ministerien des Landes sind diese Vorfälle bekannt. Im Kulturministerium des Landes sind diese Vorfälle bekannt. Den realistischen Schriftstellern des Landes, die auf der Suche nach Wirklichkeit sind, sind diese wirklichen Vorfälle vollauf bekannt.

Wir alle sind Kinder des Stalinismus, deshalb ist uns alles bekannt.

Aus Angst habe ich darüber geschwiegen. Ich schweige darüber, denn ich bin nicht in dem Recht, darüber zu sprechen. Es ist nicht die Stimme meines Selbst, die diesen Diskurs führt.

3 Nach einem Wochenende voller merkwürdiger Feierlichkeiten wurde ich eines Montags früh aus der Wohnung geholt und zur Polizeiwache gefahren. Harte Schläge an der Wohnungstür hatten mich aus tiefem Schlaf gerissen; das Klopfen war wohl schon länger in mein Gehör gedrungen, und als ich es endlich bewußt wahrnahm, hatte ich im ersten Moment den unangenehmen Gedanken, ich habe die Frühschicht verschlafen, wie es mir in der Woche zuvor schon an zwei Tagen geschehen war, denn meine Mutter war nicht zu Hause, und ich konnte somit nicht geweckt werden. Ich war zur Tür gelaufen, um zu öffnen: drei Männer, zwei zivil gekleidete und ein Polizist, standen vor mir. – Sind Sie Herr C.? wurde ich gefragt... da erst fiel mir ein, daß ich in dieser Woche zur Nachtschicht mußte. – Wie spät ist es? fragte ich, und einer der Zivilisten schaute auf die Armbanduhr.

– Sieben Uhr, antwortete er ergeben.

Die Woche war also gerade sieben Stunden alt. Vor vielleicht einer halben Stunde hätte ich von der ersten Nachtschicht dieser Woche wieder zu Hause sein müssen – wenn es kalt war, begann für die Heizer die Nachtschicht schon am Sonntagabend, da zu Arbeitszeitbeginn am Montagmorgen vorschriftsmäßige Temperaturen in der Fabrik herrschen mußten – aber es war in dieser Nacht anders zugegangen. Als mir der wirkliche Vorgang in meiner Schlaftrunkenheit einfiel, war ich sofort von schlechtem Gewissen erfüllt; es zu beruhigen, gelang mir auch nicht, als ich mir sagte: Es ist unmöglich, daß sie dich wegen einer versäumten Nachtschicht verhaften können...

Dennoch geschah es, und der ältere der Zivilisten sagte ungeduldig: Wollen Sie sich jetzt anziehen und uns folgen!

Erst langsam rückten mir die Vorgänge der vergangenen Nacht wieder ins Bewußtsein, und fieberhaft suchte ich in meinem Kopf nach einleuchtenden Erklärungen, die ich für mein Verhalten hätte angeben können. Ich hatte plötzlich den Verdacht, daß dieses Verhalten schon lange beobachtet worden war, daß man meine Unkorrektheiten wahrscheinlich längst registriert hatte und daß man nun entschlossen war, mit mir abzurechnen: der Vorfall von gestern hatte das Maß zum Überlaufen gebracht. Ich hielt für mich alle Arten von Strafe für möglich, das Eingreifen der Polizei erschien mir zwar übertrieben und sogar absurd, doch war mein Erstaunen, Absurditäten gegenüber, noch nie besonders stark – anhaltender hatte mich stets ihr Ausbleiben gewundert –, da die Absurdität nun einmal begonnen hatte, mußte ich meine Gegenwehr darauf richten, daß sie sich nicht auswuchs, ich mußte meine Fehler anerkennen, durfte aber nicht ihre Überbewertung zulassen: ich hatte meine guten Gründe für mein Verhalten, ich war in einer Nebenexistenz Literat, und dafür durfte ich, wenn nicht auf der Polizeiwache von M., vielleicht vor höheren Instanzen auf ein wenig Verständnis hoffen. Dennoch war es ein gräßliches Gefühl, wenn ich mir vorstellte, daß ich vielleicht Erklärungen abgeben mußte, mit denen ich die Daseinsberechtigung der Literatur, und insbesondere der meinen, verteidigen mußte, ich stellte mir vor, opportune Phrasen über die Bedeutung der Kunst predigen zu müssen, die aus den Verlautbarungen der offiziellen Kulturpolitik stammten, um gegen die verschlossenen Köpfe mißtrauischer Beamter etwas auszurichten, mit Ekel sah ich voraus, daß ich solche feigen Dinge sagen würde... aber vielleicht – aus Schwäche griff ich nach einem Strohhalm der Hoffnung – könne dies sogar eine andere Einschätzung meiner Dinge zur Folge haben, vielleicht gab es in einer der Institutionen, durch die ich mich getrieben sah, einen einsichtsvollen Mann, der meine Begabung erkannte, der sich auf meine Seite schlug: der einen anderen Verlauf meiner Angelegenheiten für die Zukunft ermöglichte, und vielleicht war es sogar möglich, alle Irrtümer soweit aufzulösen, daß es zu einer Versöhnung zwischen mir und der Kultur des Landes kam. Ich wußte plötzlich, daß ich mich seit langem einer solchen Lösung entgegensehnte... wahrscheinlich war ich sogar bereit, meine Liebe zu gestehen, die unter meinem Zorn und meiner Verachtung schlummerte. Das leiseste Entgegenkommen, so dachte ich, hätte mir ja schon genügt...

Vielleicht auch konnte ich mich mit meinem Betrieb im Guten einigen, wenn nur irgendwer, der einen Blick auf meine Schreibversuche geworfen hatte, ein Wort für mich sprach. Schließlich war der Konflikt mit meinem Betrieb lösbar, wenn man mich in einer Überwachungsfunktion an den Hochdruckanlagen, die es im Zentralwerk gab, einsetzte, ich war doch, seit einer Woche, im Besitz des dafür nötigen Qualifikationszeugnisses, für welches ich, über ein halbes Jahr hinweg, eine weiterbildende Schule besucht hatte. Aufgrund von Andeutungen hatte ich geglaubt, daß dies ohnehin so geschehen werde, wenn ich die Prüfung bestünde und wenn die Winterheizperiode vorbei war... kopfschüttelnd fragte ich mich, weshalb ich dies nicht hatte abwarten können, es waren nur noch wenige Tage bis zum Ende der Heizperiode. Hätte ich nicht, wenn ich meine Arbeitszeit vernünftig eingehalten hätte, ohnehin kaum eine Gegenstimme auf meinen Wunsch nach Versetzung ins Zentralwerk zu erwarten gehabt... und es wäre mir doch um so leichter gefallen, mich an die Ordnung zu halten, da mir seit Monaten alle literarischen Versuche scheiterten und ich entschlossen gewesen war, mit dem Schreiben zu pausieren, bis sich meine Zeitprobleme gebessert hätten. – In der ersten Maiwoche hatte es einen unerwarteten Temperatursturz gegeben, Schnee war gefallen, und Frosteinbrüche hatten die Heizer gezwungen, noch einmal mit höchster Anstrengung zu arbeiten, Sonderschichten abzuleisten und ihre Hoffnungen auf das Frühjahr zurückzustellen. Dies hatte mich am gestrigen Abend unter dem Einfluß des Alkohols, den ich in gehörigen Mengen getrunken hatte, auf eine Weise deprimiert, die außergewöhnlich war: in meiner Verzweiflung hatte ich plötzlich jedes Gefühl für die Zeit verloren und mit schon mystischem Erschauern an eine vollkommene Verirrung der jahreszeitlichen Ordnung gedacht. War es nicht Wahnsinn, daß es noch einmal gefror, war dies nicht eine Verschwörung höherer Mächte gegen mich, die entschlossen waren, einer Kunst, die gegen die Natur revoltierte, den Garaus zu machen? Mit einer Wut ohnegleichen hatte ich mir gesagt, daß ich nun erst recht meine Schreibkrise überwinden mußte, daß ich gerade in einem Moment, in dem die Aussicht am geringsten war, mit einem neuen Werk beginnen müsse. Mußte ich nicht gerade in einem Moment, in dem die Wirklichkeit, die in diesem Fall sogar die *Natur* war, so hart auf mich einschlug, all meinen Trotz in Bewegung setzen, der mir sonst zum Schreiben zur Verfügung stand: waren dem Schnee, dem Frost, womit jener tote Gott da oben Zeichen gegen die Menschenwürde erließ, nicht gerade jetzt Geist und Wahrheit – *ein bewegliches Heer von Tropen* – entgegenzustellen, damit mein Differenzproblem sich auflöste? – Am Abend des Sonntag saß ich mit meinem Freund S. und einigen anderen im Stadthaus, der zentralen Gaststätte des Ortes, und wir sprachen dem Alkohol zu. Ich hatte nicht kommen wollen, da ausgemacht war, uns allesamt nach Gaststättenschluß noch bei S. zu treffen, um das Gelage, aufgrund irgendeines Geburtstages, fortzusetzen. Ich hatte in dieser Woche viel zu feiern gehabt, anläßlich des sehr guten Abschneidens in meiner Qualifikationsprüfung, doch auch wegen der die Prüfungswoche einrahmenden Feiertage. Am Sonntagabend war ich entschlossen gewesen, mich Schreibversuchen zu widmen, um danach mit dem Fahrrad zur Nachtschicht zu fahren, aber der Durst, die Nachwirkung des Alkohols der vergangenen Frühschichtwoche, Kopfschmerzen sowie Unausgeschlafenheit und Schwäche, gleichfalls Folgen jener durchzechten Nächte, hatten mich dann doch in die Kneipe getrieben: aggressiv und völlig am Ende meiner Nerven, hatte ich einen Streit vom Zaun gebrochen, in dessen Verlauf ich erklärte, die Stadt verlassen zu wollen; die Stadt und die entsetzliche Öde aller Gesichter in der Stadt, das Unverständnis selbst meiner besten Freunde dafür, daß es nötig sei, einer durch die offizielle Sprache längst entlarvten Welt anderes entgegenzusetzen als nur Spott oder Klagen, und das Versinken in Bier und Schnaps, und daß es dafür Zeit brauche, in der man den Verstand zusammennehmen könne... all dies hätte ich satt und ich sei entschlossen, vielleicht nach Berlin zu gehen. – Sie fragten mich zynisch, ob ich dann nicht eine Abschiedslage geben wolle, und ich war erbittert gegangen ... es war ohnehin eine knappe Stunde vor dem Ende der Öffnungszeit.

Jahrelange Erfahrung mit der Heizung in dem alten abgelegenen Werksteil, in dem ich eingesetzt war, ermöglichte es mir, die erforderlichen Arbeitstemperaturen auch dann zu erzielen, wenn ich die Kessel ein paar Stunden später als vorgeschrieben anheizte und auf Touren brachte. Es gelang mir dies mit ziemlicher Sicherheit, wenn ich – je nach den Außentemperaturen – erst um Mitternacht, oder gar noch später, begann und somit von der um halb zehn beginnenden Arbeitszeit ein paar Stunden für mich herausschlug, die ich für das Schreiben meiner Texte verwendete. Die Pförtner des Werksteils tolerierten, nach anfänglichem Erstaunen, mein verspätetes Kommen an den Sonntagen, sie zeigten bald keine Unruhe mehr, wenn ich nicht pünktlich war, da sie bemerkten, daß ich auf meine Art verläßlich war und es am Ende meiner Nachtschichten in der Regel keine Beschwerden gab. Dies hatte ich seit Jahren praktiziert, einerseits schüttelten die Pförtner die Köpfe über meine Unverfrorenheit, andererseits schien ich ihnen Bewunderung abzunötigen, und sie deckten mein Verhalten. In der vergangenen Nacht war mir die Sache – die ich längst für ein ausgemachtes Prinzip hielt, dessen ich sicher sein konnte – zum ersten Mal schiefgegangen. Als ich kurz vor zwölf auf dem Fahrrad am Werkseingang erschien, fing mich der Pförtner ab und erklärte, ich könne wieder heimfahren. Die krassen Außentemperaturen und mein nicht rechtzeitiges Eintreffen hätten es ihm richtig erscheinen lassen, Alarm zu schlagen, es sei inzwischen ein anderer Heizer ins Kesselhaus beordert. Tatsächlich sah ich den Kamin schon rauchen und hörte das Donnern, mit dem Kohle in den eisernen Wagen geladen wurde, der zum Auffüllen der Kessel diente. Mit heftigem Unbehagen war ich wieder abgefahren, es war mir nichts anderes übriggeblieben. Auf dem Nachhauseweg war mir der eisige Sturmwind, der mir harte Schneeflocken ins Gesicht warf, doppelt spürbar, und ich hatte, trotz der wütenden Kraft, mit der ich in die Pedale stampfte, das Gefühl, auf dem Rad zu erstarren. – Mir war ein schwerer Fehler unterlaufen, denn ich hatte gewußt, daß ein neuer Pförtner, der allgemein in schlechtem Ruf stand, zu uns strafversetzt worden war, und die Gefahr, die es bedeutete, daß ich in dieser Woche mit ihm zusammen die erste Nachtschicht zu absolvieren hatte, hatte ich wohl einfach ignoriert. Daß er Pförtner war, verdankte er nicht, wie sonst allgemein üblich, der Tatsache, daß er schon im Rentenalter stand, sondern seiner Invalidität. Er war mit zwei verkrüppelten Füßen gestraft und trug das gedunsene Gesicht eines schmierigen Melancholikers zur Schau; es hieß, er sei *mit der Partei verheiratet*, doch dieselbe hatte ihn in den alten Werksteil zur Bewährung verschickt, da er während der Arbeitszeit getrunken und in alkoholisiertem Zustand einigen Kolleginnen aufgelauert hatte: hier, in beträchtlicher Entfernung von jeder menschlichen Ansiedlung, war es ihm unmöglich, sich während der Arbeitszeit Schnaps zu besorgen. Nur das, was man *Wachsamkeit* nannte, konnte ihn rehabilitieren, und es war logisch, daß es ihm als die beste Art der Wachsamkeit erschien, wenn er möglichst viele Kollegen wegen ihrer Unregelmäßigkeiten denunzierte. Die Heizer sahen sich vor und warnten sich gegenseitig: Achtung, der Klumpfuß hat wieder Dienst! – An mich aber war diese Warnung aus einem mir unbegreiflichen Grund nicht ergangen. Dennoch hätte ich es mir ausrechnen können, denn ich kannte die Schichtpläne der Pförtner; es blieb ein Rätsel, wie ich in diese Falle gegangen war...

Ein schwerer Schlag gegen den Vorderreifen des Fahrrads hatte mich aus den Gedanken gerissen, ich wurde von dem Gerät geschleudert, stürzte blind in das Dunkel und prallte auf den steinharten Erdboden. Es ging gerade einen schmalen Pfad entlang durch ein kurzes Waldstück, eine Strecke, auf der ich die Geschwindigkeit stets, in einer Art sportlicher Rekordlaune, aufs höchste steigerte; ich jagte über gefrierende Schlammfurchen und durch Pfützen, deren Eisdecken einbrachen, so daß sprühende Nässe die Beleuchtung meines Gefährts minutenlang ganz erlöschen ließ; so war ich gegen einen Baumast gerast, der quer über den Weg gefallen und im Morast festgefroren war. Der Sturz raubte mir für Augenblicke die Besinnung, torkelnd kam ich wieder auf die Füße und ich überprüfte die Funktionstüchtigkeit meiner Knochen. Das alte Damenrad, das ich benutzte – es war übrigens ausgeliehen – schien, bis auf den zertrümmerten Radscheinwerfer, noch intakt, doch als ich wieder aufstieg, fuhr mir im rechten Arm ein stechender Schmerz bis in die Schulter hinauf, daß ich zuerst an einen Knochenbruch glaubte. Zitternd und benommen, mit einem zerfetzten Hosenbein und ohne Licht, schlafwandlerisch beinahe, war ich in die dunkle Stadt hineingefahren.

Als ich wartend in einem Amtszimmer des Polizeireviers saß und mir diese Abfolge von Mißgeschick wieder vor Augen führte, beschlich mich erneut das Gefühl, es herrsche, undefinierbar, eine mystische Verschwörung gegen mich in allen Umständen. Und irgendein Teil dieser unglücklichen Verkettung konnte mir noch nicht – oder nicht mehr – bewußt sein: vielleicht hatte es während meiner Abwesenheit im Betrieb noch etwas gegeben, vielleicht eine Havarie, für die man einen Schuldigen suchte, und vielleicht war es mein Glück, daß ich weggeschickt worden war ... erst jetzt, in dem viel zu stark erwärmten Büroraum, überfiel mich schwere Erschöpfung. Ich bemerkte einen Kopfschmerz, der schnell auf ein fast unerträgliches Maß anstieg, damit einhergehend eine erschreckende Erinnerungsschwäche, regelmäßige Anfälle von Übelkeit suchten mich heim, kurz, es waren all jene Nachwirkungen unvernünftigsten Alkoholgenusses, wie sie mich immer wieder in Erstaunen versetzten, obwohl ich sie doch kennen mußte. Jetzt hatte auch mein rechter Arm wieder zu schmerzen begonnen, vorsichtig suchte ich ihn zu bewegen, aber es tat mir so weh, daß ich überlegte, ob ich nicht eine Röntgenaufnahme machen lassen sollte; ich betrachtete meinen Handballen, der scheußlich aufgerissen war, und sah erst jetzt, daß meine Finger von schmutzigem Blut verkrustet waren ... auf alle Fälle würde es ausreichen, mich einige Tage krankschreiben zu lassen. Ich erinnerte mich, wie ich am Morgen verzweifelt nach einer Hose gesucht hatte, um nicht das zerrissene Stück anziehen zu müssen, unter dem ungeduldigen Murmeln der polizeilichen Abordnung, die ich draußen auf dem Flur hatte warten lassen; zum Glück hatte ich in der Eile nicht vergessen, mir Zigaretten einzustecken. Feuer aber hatte ich absolut nicht gefunden. Nun, da ich die Gier nach einer Zigarette nicht mehr zügeln konnte, blieb mir nichts weiter übrig, als den verbissen schweigenden Wachtmeister, der zur Aufsicht auf einem Stuhl neben der Tür saß, um Feuer zu bitten. Ohne ein Wort stand er auf, öffnete eine Schublade des Schreibtischs, der das Zentrum des Raums bildete, und warf mir eine Packung Zündhölzer auf den kleinen Wandtisch, neben dem ich zu sitzen angewiesen war. Schon nach wenigen Zügen wurde mir so schwindelig, daß ich die Zigarette wieder löschen mußte, zitternd lehnte ich mich auf dem Stuhl zurück und schloß die Augen. Beinahe wäre ich vor Erschöpfung eingeschlafen, vielleicht geschah es mir auch für einen Moment; der eine der beiden Zivilisten, die mich abgeholt hatten, war eingetreten, und ich sah ihn ein Blatt Papier in die Maschine auf den Schreibtisch spannen... er hatte sich zu diesem Zweck gar nicht erst gesetzt und war schon wieder im Begriff hinauszugehen.

An der Tür wandte er sich noch einmal zu mir um: Machen Sie es sich nicht allzu bequem. Überlegen Sie sich lieber, wo Sie diese Nacht gewesen sind.

– Auf Nachtschicht..., sagte ich. Aber er hatte es wahrscheinlich nicht mehr gehört, die Tür war schon hinter ihm ins Schloß gefallen.

– Auf Nachtschicht..., wiederholte ich, diesmal in Richtung meines Wachtpostens.

– Ja, sagte dieser, hätte ich auch, heute abend. Aber wegen dir sitze ich jetzt schon hier!

– Worum geht es denn eigentlich?

– Frag die da drüben, sagte er und nickte mit dem Kopf zur Tür. Jedenfalls haben wir ziemlichen Ärger mit dir.

Der Zivilist kam zurück, doch nur, um den Schreibtisch, offenbar völlig grundlos, ein zweites Mal zu umkreisen. – Na was ist, fragte er im Hinausgehen, wo waren Sie zwischen eins und zwei heute nacht?

– Heute nacht..., mir blieb nichts übrig, als mich erneut an den Polizisten zu wenden, hatte ich Nachtschicht. Aber es gab eine kleine Unannehmlichkeit, man schickte mich aus dem Betrieb wieder fort.

Er starrte mich an, als sei ich aller nur denkbaren Verbrechen überführt: Sag bloß, du warst *nicht* auf der Arbeit, diese Nacht... na schön, muß ja nichts bedeuten. Aber ein ganz schöner Mist ist es schon, aber das erzähl bloß denen da...
– Wie lange soll es denn noch dauern? fragte ich.
– Lange, sagte er. Lange kann es dauern. Aber darüber mach dir jetzt keine Sorgen, jetzt hast du genug Zeit. Und außerdem kommt es auf dich an.
Es wirkte keineswegs beruhigend auf mich... ich mußte daran denken, daß ich in der vergangenen Woche unter schweren Ermüdungserscheinungen, öfters beinahe im Halbschlaf, mehrfach versucht hatte, den Anfang einer Prosaerzählung aufzunotieren, zu der ich eigentlich keine konstruktive Idee hatte und deren Fortgang mir immer wieder gescheitert war. Aber ich hatte das Gefühl gehabt, unter allen Umständen, aus bloßem Selbsterhaltungstrieb, einen Text beginnen zu müssen, da mir meine Fähigkeit zu schreiben völlig verloren schien und da alle Konstellationen, die um mich herrschten, mir zu beweisen schienen, daß es zwecklos sei zu schreiben. Der Anfang dieser Geschichte, den ich drei- oder viermal variiert hatte, ohne damit weiterzukommen, krankte, das fiel mir jetzt auf, an einer ähnlichen Grundlosigkeit wie die augenblickliche Situation, in der nichts in Gang kam, weil es keinen Vorwurf gab. Ein *Vorwurf*: dies war bekanntlich ein Wort, das unter Literaten auch das Sujet einer Geschichte umschreiben sollte, und wenn ich es richtig deutete, so war damit der Konflikt einer Geschichte gemeint. Und hier, auf dieser Polizeiwache, gab es offenbar ebenfalls keinen Konflikt, der mit mir in Zusammenhang stand; alle – diejenigen, die mich hergebracht hatten und hier aufgescheucht durch die Räume liefen – waren anscheinend auf der Suche nach diesem Konflikt. Aber wenn es hier einen Konflikt geben konnte, so war dieser nicht in der Person zu suchen, die man hier auf dem Stuhl sitzen sah, sondern in einer abwesenden Person, auf die, bei mir zu Hause, der Anfang einer Geschichte wartete... ich wußte plötzlich, daß genau dies das Sujet meiner Geschichte war. Es war da ein Text, der auf seinen Verfasser wartete, aber andauernd griff das Leben ein und hinderte den Verfasser, indem es

seine eigene Geschichte schrieb... es war eine Ungeheuerlichkeit, mit welcher Gewalt sich eines der floskelhaftesten Postulate der offiziellen Kulturpolitik dieses Landes in der Wirklichkeit durchsetzte. Der Anflug von Optimismus, zu dem ich mich irgendwann am heutigen Vormittag noch hatte hinüberretten können, zerstob... es würde niemals geschehen, daß in der proklamierten Literaturkonzeption dieser Republik für mich ein Platz war... sie würden mich als Literaten niemals akzeptieren. – Ein zweiter Zivilist, den ich noch nicht gesehen hatte – mit dem Gesicht eines Intellektuellen, mit Brille und harten, strichdünnen Lippen –, war hereingekommen. Mit zwei Schritten stand er plötzlich mitten im Zimmer und warf zornige Blicke auf mich. – Verflucht nochmal... – ich zuckte zusammen; seine Stimme erschien mir brüllend – verflucht nochmal! Sie sollen uns jetzt endlich mitteilen, wo Sie gewesen sind. Wo, zwischen eins und zwei...

– Zu Hause, rief ich erschrocken, zu Hause... zu Hause!

Er hatte meine Worte wohl nicht mehr hören können, denn mit einem Knall war die Tür schon hinter ihm zugefallen. – Es ist reine Zermürbungstaktik, sagte ich mir, reines Theater. Auf diese Art, durch dieses Hin- und Herrennen will man mich nervös machen. Sie spielen diese Hektik nur, und sie suchen nach dem Konflikt... ich mußte zugeben, daß sie erfolgreich waren: äußerlich war ich völlig ruhig und schlaff, innerlich aber verspürte ich ein rasendes Flackern. – Wenn sie sich nur bequemen würden, einen Moment Platz zu nehmen, würde ich meine ganzen Verbrechen gestehen: Ich habe in der letzten Nacht eine hochwichtige Nachtschicht versäumt! Aber nichts, es kam niemand, mich anzuhören... sie werden mich nicht anhören, dies war der Gedanke, der meine Nervosität auf den Gipfel brachte, sie werden mich nicht akzeptieren.

Erst nach etwa einer Viertelstunde steckte jemand – es war der erstere der Zivilisten, den ich schon kannte... den ich natürlich ebensowenig kannte wie den zweiten, den ich schon kannte... wo war der Dritte, der zweite der beiden, die mich abgeholt hatten; der Polizist, so glaubte ich inzwischen, war derjenige, der... vor Stunden... mit vor meiner Tür gewesen war – den Kopf durch den Türspalt und sagte: Nein! Nein, stimmt nicht, Sie waren nicht auf Nachtschicht! Und er schlug die Tür augenblicklich wieder zu.

– Wenn ich nichts zu trinken kriege, erklärte ich dem Wachtmeister, kann ich überhaupt nicht mehr antworten. Der zweite Zivilist, der Brillenträger, trat wieder ein; diesmal nahm er hinter dem Schreibtisch Platz.

– Können Sie mir nochmal verzeihen, sagte er – ich war viel zu müde, um mich noch überraschen zu lassen – und drehte am Walzenrad der Schreibmaschine. Ich habe wohl ein bißchen die Beherrschung verloren... bei Ihnen kann man aber auch die Beherrschung verlieren. Wenn ich Ihr Betriebsleiter wäre, zum Beispiel! Von ordentlicher Arbeit halten Sie wohl nichts? Aber lassen wir das, auf dieser Seite habe ich Ihnen nichts zu sagen. Kommen wir zur Sache, Sie hatten Nachtschicht, geben Sie an. Aber Sie sind gestern noch nach zweiundzwanzig Uhr in einer Gaststätte gesehen worden. Wir haben unsere Informationen und wir wissen, daß Sie am Sonntag immer zu spät kommen, und zwar um Stunden zu spät. Was sind das für Zustände? Es geht uns eigentlich nichts an, aber mich würde es schon interessieren.

Unsicher erklärte ich den Fall mit meinen Schreibversuchen.

– Des öfteren, sagte ich, nutze ich dafür die Abende am Sonntag...

– Kaum zu glauben, sagte er. Was denn für Schreibversuche? Das haben wir doch alle in der Schule gelernt, nicht wahr...

– Ich meine natürlich Literatur..., ich war im Zeifel, ob er mich überhaupt verstand. Mein Interesse wäre es, Literatur zu schreiben...

– Gut, gut, unterbrach er mich, und warum machen Sie das nicht?

– Ich wollte ja gerade erklären, daß ich es mache. Es ist mein Interesse, es geht darum, Schriftsteller zu werden.

– Solche Sachen fängt man in jungen Jahren an. In jungen Jahren versucht das fast jeder, aber Sie sind schon ein bißchen älter... trotzdem, Sie werden es nicht glauben, auch das wissen wir schon.

– Aber ich schreibe seit den sogenannten jungen Jahren...

– Schon gut. Ich habe keine Lust, diese Nebensache ins Protokoll zu tippen, ich für meinen Teil schreibe nämlich nicht gerne. Wir haben hier keine Lust zu phantasieren. Sie geben also an, Sie hätten gestern abend bis nach zweiundzwanzig Uhr geschrieben, in der Gaststätte. Davon haben wir natürlich nichts bemerkt... aber was haben Sie denn so geschrieben. Bestimmt schreiben Sie lieber mit Feuerwasser als mit Tinte... vielleicht haben Sie sich kurz notiert, was in dieser Nacht los sein sollte. Haben Sie das dabei... man soll doch das Leben widerspiegeln, so sagen doch die Schriftsteller... aber natürlich haben Sie nichts dabei... wir werden schon was bei Ihnen finden.

Der Polizist, der inzwischen hinausgegangen war, kam mit einer Flasche Mineralwasser zurück, die er mir hinstellte, gierig trank ich aus der Flasche, die Flüssigkeit war lauwarm und schmeckte nach Gummi, aber ich fühlte mich erleichtert.

– Also... nach eins sind Sie dann wieder nach Hause, das wissen wir schon. Welchen Weg sind Sie denn nach Hause gefahren?

– Welchen Weg? Ich weiß nicht mehr... wie immer.

– Mann... waren Sie denn wirklich so besoffen? Sie wollen sich natürlich an nichts erinnern, und das ist sehr langweilig. Damit erhob er sich abrupt und verließ das Zimmer.

– Halt, rief ich, natürlich weiß ich es noch! Es blieb mir nichts übrig, als erneut den Polizisten anzusprechen: Natürlich kann ich den Weg beschreiben, den ich immer fahre! Da mir der Uniformierte Aufmerksamkeit zu schenken schien, schilderte ich ihm haarklein alle Straßen, die ich zu benutzen pflegte. – Damit kann ich sogar die Zeit ausrechnen, wann ich wieder in der Wohnung gewesen sein muß. Ich fahre ziemlich genau zwanzig Minuten.

– Dann mußt du aber ziemlich rasen, sagte der Polizist kopfschüttelnd. Aber vielleicht ist es möglich. Trotzdem wird er es dir nicht abnehmen. Denn du müßtest eigentlich wissen, wenn du diesen Weg immer fährst, daß die B. Straße seit zwei Wochen abgesperrt ist. Deshalb mußt du obenrum, über die W. Straße fahren. Also, er wird dir die zwanzig Minuten nicht abnehmen.

Ich wurde bleich, denn ich wußte, daß er mit seiner Bemerkung recht hatte: jene B. Straße, die zu dem für mich kürzesten Weg gehörte, war tatsächlich seit einiger Zeit von mehreren Quergräben durchzogen, und die Sperrzäune wiesen auf Arbeiten des städtischen Gaswerks hin. In meiner Gedankenlosigkeit benutzte ich die Straße dennoch oft genug, besonders in der Dunkelheit. Es gab zwar Umleitungsschilder, aber die Gegend war so miserabel beleuchtet, daß ich die Hindernisse stets erst zu spät bemerkte; in solchen Fällen mußte ich das Fahrrad über die Gräben hinweg heben, da ich aus dauerndem Zeitmangel nicht mehr umkehren konnte. Und am gestrigen Abend war ich natürlich, in meiner Auflösung, prompt wieder in die B. Straße hineingefahren. Dennoch wußte ich nicht, was die Sache mit meinem Arbeitsweg sollte... es konnte allein um eine bestimmte Zeit gehen; was war in der Stadt passiert, zu einer Zeit, in der ich nicht mehr in den Straßen gewesen sein durfte?

Ich beschloß herauszufinden, was eigentlich geschehen war, wessen man mich also beschuldigen werde, als der erstere der Zivilisten eintrat und die Maschine mit dem noch leeren Blatt vom Schreibtisch nahm, um damit hinauszugehen. Ehe ich mich fragen konnte, ob ich darüber erleichtert sein sollte, meinte er wie beiläufig: Wir wissen ja, daß Sie ziemlich schnell sind, aber wir glauben es nicht, daß Sie schon gegen eins zu Hause gewesen sind. Sie müßten doch wissen, daß die B. Straße durch zwei Gräben gesperrt ist...

– Durch vier Gräben, berichtigte ich ihn.

– Noch besser. Also durch vier. Dann müssen Sie doch die W. Straße entlanggefahren sein, nicht wahr... was machten Sie denn in der W. Straße?

– Sie werden mir doch zutrauen, daß ich ein Fahrrad über die Gräben hebe...

– Mit dem kaputten Arm? fragte er scharf. Na gut, vielleicht auch das...

Mir kam der Geistesblitz, zu behaupten, daß die Gräben schuld an meinem kaputten Arm gewesen seien, doch ich war mißtrauisch; offenbar ging es ihnen nur darum, mir andauernd zu beweisen, wie gut sie über mich Bescheid wußten. – Es stimmt aber, sagte ich vorsichtig, ich bin mir jetzt sicher. Ich bin aus Gedankenlosigkeit in die B. Straße hineingefahren.

— Und dann haben Sie noch mehr Wut gekriegt, als Sie umkehren mußten..., es war die Stimme des Bebrillten von der Tür her, der seinen Kollegen ablöste.

— Unsinn, rief ich und warf meinen rechten Arm in die Höhe, Unsinn! Ich bin sogar in den ersten Graben hineingefahren. Es ist so dunkel in dieser verdammten Stadt...

— Ja, ja... deswegen mußten Sies ein bißchen heller machen. Aber gleich so ein Feuerchen...

— Ein Feuer, fragte ich, was denn für ein Feuer?

— Sind Sie denn nicht Heizer? Sie müssen doch wissen, wie man ein Feuer anmacht! sagte der Beamte mit der Schreibmaschine auf dem Arm, aber der Bebrillte gab ihm einen Wink. — Sind Sie nicht noch ein Stück weiter die W. Straße hinaufgefahren? Dort gibt es doch ein Gebäude, das zu Ihrem Betrieb gehört? Es gelang mir nicht, ihm zu antworten, er war schon mit der Schreibmaschine hinaus.

— Was soll das heißen, was ist los mit dem Lagerschuppen in der W. Straße? fragte ich den zurückbleibenden Beamten mit der Brille, doch der zuckte mit den Schultern.

— Also, begann er, ich habe Sie vorhin gefragt, wann Sie in der letzten Nacht wieder zu Hause gewesen sind...

— Das haben Sie mich nicht gefragt, unterbrach ich ihn, das hat Ihr Kollege mich gefragt...

— Mag sein, sagte er, trotzdem müssen Sie begreifen, daß Sie mir Rede und Antwort stehen müssen. Glauben Sie denn, uns macht es Spaß, hier zu sitzen und diese Unterhaltung mit Ihnen zu führen. Nein, Sie langweilen uns fast zu Tode. Trotzdem denke ich, daß Sie gestern in der W. Straße waren, daß Sie an Ihrem Haus vorbeigefahren sind, und die W. Straße hinauf. War es nicht so?

— Wenn Sie es schon wissen, warum beweisen Sie es mir nicht?

— Das werden wir! Denn ein Gebäude in der W. Straße war aufgebrochen, und am Vorhängeschloß waren Blutspuren. Sie sagen doch selbst, daß Sie das Gebäude kennen. Es gehört zu Ihrem Betrieb, und Sie nennen es den Lagerschuppen.

– Das muß nicht bedeuten, daß ich den Schuppen aufgebrochen habe. Was ist in dem sogenannten Gebäude denn schon zu holen.
– Ach, Sie wissen wohl nicht, was drin war...?
Ich wußte tatsächlich nicht, was in der alten hölzernen Baracke, deren Fenster vernagelt waren, aufbewahrt wurde; vor einer Woche hätte ich, unverhofft gefragt, sogar überlegen müssen, ob es den Schuppen, am oberen Ende der W. Straße, fast am Stadtausgang, der keine besondere Zierde im Straßenbild darstellte, überhaupt noch gab. Es klang absurd, daß die Baracke aufgebrochen worden war, noch kühner jedoch erschien mir die Behauptung, daß ich es gewesen sein sollte.
– Sie haben mir noch nicht geantwortet. Also los, was war drin, in dem Gebäude?
– Ich weiß es nicht, sagte ich.
– Wieso? Waren Sie denn noch nie drin in dem Gebäude?
Mir fiel ein, daß ich wirklich schon einmal in dem Schuppen gewesen war... vor so vielen Jahren, daß es ein Wunder war, daß es mir noch einfiel, doch diese Geschichte mußte hier nicht erörtert werden. – Ich weiß es nicht, sagte ich. Aber ich denke, daß irgendwelches uraltes Zeug drin ist. Fahnen, alte Transparente, halbvermoderte Spruchbänder. Alles, was nicht mehr gebraucht wird von diesem Krempel, wird dort abgestellt.
Aha! sagte er. Und woher wissen Sie das, wenn Sie da noch nicht drin waren. Ich glaube, ich könnte fünfzig Mann aus der Stadt, oder aus Ihrem Betrieb, in einer Reihe aufstellen und sie fragen: Wo werden die Fahnen und Transparente nach dem ersten Mai untergebracht? Ich glaube, niemand könnte mir sofort den Schuppen in der W. Straße nennen!
– Keine Ahnung, woher ich es weiß. Kann sein, ich habe selbst mal einen Transport von diesem Krempel mitgemacht.
– Na gut, sagte er, es ist ja auch nichts passiert in dem Gebäude in der W. Straße. Zum Glück, obwohl wir abgebrannte Streichhölzer gefunden haben. Trotzdem verstehe ich nicht das ganze Ausmaß Ihrer Wut. Es waren Ihnen also noch nicht genug Fahnen in der Stadt...
– Fahnen in der Stadt? Was für Fahnen in der Stadt?

– Tun Sie nicht so! Es ist vielleicht nicht richtig, die Fahnen in der Stadt zwischen dem ersten und dem achten Mai gleich hängen zu lassen, schließlich sind es zwei verschiedene Feiertage. Aber jedenfalls hingen sie ... und wenn Sie von der W. Straße rechts abbiegen, dann kommen Sie auf den O.d.F.-Platz, nicht wahr. Und dort hing doch diese Nacht eine ganze Reihe von Fahnen, oder ...

– Sie *hingen*, sagten Sie ...?

– Richtig, sie hingen, und eine Reihe davon ging diese Nacht in Flammen auf, wie Sie wissen.

– Davon weiß ich nichts! rief ich, erst jetzt war ich voller Empörung über die plumpe Rechnung, die man mit mir anstellte. Davon weiß ich nicht das geringste. Wann soll es denn gewesen sein?

– Natürlich wissen Sie nichts. Aber damit nicht genug. In Ihrer Raserei fahren Sie dann noch in die W. Straße und brechen den Lagerschuppen Ihres Betriebes auf, die lodernden Streichhölzer schon in der Faust ...

– Vielleicht, weil kein Licht war in dem Schuppen, sagte ich höhnisch.

– Die Streichhölzer schon in der Faust! Aber Sie müssen feststellen, hier gibt es keine Fahnen mehr für Ihren Haß. Der Schuppen ist leer, alle Fahnen hängen unten in der Stadt, als Feiertagsschmuck ... zu spät, und da trollen Sie sich auf dem kürzesten Weg nach Hause.

– Das ist ja eine tolle Geschichte, sagte ich. Ich bin gespannt, wie Sie mir das beweisen wollen.

Ein wenig später fand ich mich draußen auf dem Flur wieder, in einer solchen Benommenheit, die ich nicht allein den Nachwirkungen des Alkohols zuschreiben konnte. Nein, die Reden des Bebrillten hatten meinen Kopf mit einer Art heilsamen Wahnsinns erfüllt, der verhinderte, daß ich die Geschichte besonders ernst nahm. Der kalte Luftzug auf dem Flur brachte mir etwas Erleichterung, doch vermochte er nicht, mich aus der traumwandlerischen Unwirklichkeit zu befreien, in die ich mich versetzt sah. Als ich ein paar Schritte ging, konnte ich über das Treppengeländer in den nur wenige Stufen unter mir liegenden Hausflur des Polizeireviers blikken, eine gläserne Zwischentür und das Hauptportal zur Straße standen sperrangelweit offen; ich sah hinaus auf die Hauptstraße von M., die von einem Gewirr von Fußgängern belebt war... es war schon Nachmittag. Das geschäftige Hasten der Leute da draußen erschien mir plötzlich als die Freiheit... wenn ich jetzt, seelenruhig, dort hinausging, ganz ohne Erregung, war der Spuk vielleicht zu Ende. Ich war ohne Bewachung hier auf dem Flur, und es kam mir völlig widernatürlich vor, daß man mich aufhalten könne, wenn ich jetzt einfach ging... dieser Gedanke hatte eine kolossale Schwäche in mir zur Folge: ich war von der Freiheit dort draußen so getrennt, wie ich es nie für möglich gehalten hatte. Und als ich nun Schneeflocken durch die graue Luft auf der Straße flattern sah, wandte ich den Blick enttäuscht ab.

Auf irgendeine Art war es ihnen gelungen, meine Sicherheit zu zerstören. Es konnte nicht nur daran liegen, daß sie mich von vornherein für schuldig hielten – wer in die Lage geriet, in ihre Büros zu treten, sich ihren Fragen aussetzen zu müssen, war für sie schuldig, und wenn nicht an dem gerade verhandelten Delikt, so an einem anderen: und eigentlich ging es nur darum, das Delikt zu finden, die Schuldfähigkeit des Beklagten möglichst in die Höhe zu schrauben –, sondern es war in der Art und Weise begründet, in der sie ihrem Beruf nachkamen. Sie bewegten sich wie Männer, denen das Gesetz, das sie einhalten mußten, ein notwendiges Übel war. Das Gesetz – niemand wußte, wo es eigentlich war, außer in den Lettern, die sein Vorhandensein behaupteten, mit überanstrengter Genauigkeit und nach Paragraphen geordnet in den Büchern, die für jedermann als zugänglich galten – das Gesetz war nicht nur die Verhaltensmaßregel für jeden Bürger des Landes, sondern gleichzeitig auch diejenige Maßregel, die diesen Männern vorschrieb, in welcher Form sie auf die Beachtung oder die Übertretung des Gesetzes durch die übrigen Bürger zu reagieren hatten. Ob es so sein durfte oder nicht, es mußte aus diesem Grund – tief in ihrem Innern verborgen und ihnen offenbar selbst nicht bewußt – ein unbändiger Wunsch nach vollständiger Gesetzlosigkeit bestehen. Das Gesetz, das sie verdoppelt zu seiner Einhaltung zwang, weil sie seine Hüter waren, verhinderte, einerseits durch Strenge, andererseits durch Milde, selbst seine vollkommene Befolgung, weil es sonst ein unbrauchbarer Gegenstand geworden wäre. Die Unerträglichkeit des Gesetzes bestand darin, daß es sein mußte, jedoch nicht hätte sein dürfen. Damit war das Gesetz nicht nur denen lästig, die es übertraten, sondern auch – und vielleicht noch mehr als den ersteren – ihnen, die das Gesetz hüteten und die Übertretungen ahndeten. Es war schon aus dem Sprachgebrauch, der von *Übertreten* oder von *Vergehen* gegen das Gesetz sprach, deutlich, daß das Gesetz eine Grenze war. Wozu aber eine Grenze, fragte ich mich, wenn man nicht den Willen voraussetzt, der weitergehen will, als die Grenze es zuläßt. Und sie setzen diesen Willen immer voraus, sie setzen den Willen zur Schuld voraus, denn... sie kennen sich selbst. Wie lästig, daß sie sich selbst andauernd vor der Übertretung hüten müssen: mit Menschen also nach einer Vorschrift verfahren zu sollen, die Gesetz ist, während sie doch überzeugt sein müssen, daß jene allein deshalb vor ihnen stehen, weil sie ein einziges Begehren, nämlich das nach dem Gesetzesvergehen, verspürt haben... zumindest ist dieses Begehren das einzig Bemerkenswerte an ihnen. Und nun haben die Gesetzeshüter vor diesem einzig Bemerkenswerten einen makellosen Weg entlang der Gesetzesgrenze zu demonstrieren? Ausgerechnet! Ausgerechnet diese müssen sie, wenn sie sie belästigen, so korrekt wie möglich belästigen... wie langweilig ist es doch zu demonstrieren! Wie langweilig ist es doch zu manifestieren! Und dabei stets zu wissen, daß die Demonstration geahndet wird, wenn sie zu einer Übertretung wird. Zu ahnden heißt, sich zu erinnern, daß die Demonstration eine Übertretung war. Der formale Ablauf, den die Gesetzeshüter anwenden müssen, ist das Heraufrufen der Erinnerung, niemand jedoch will sich freiwillig einer Übertretung erinnern. Wieviel einfacher wäre es doch, darauf zu verzichten, an die Gesetze zu erinnern, selbst die Gesetze zu überschreiten, so daß das Strafmaß das Maß der Schuld durch sein Volumen verdrängt, sagen sie. Ist es denn nicht ein genügend deutliches Zeichen für Schuld, wenn ein Gesetz existiert, das jedermann zugänglich ist. Und sie fühlen, wie lästig es ist, daß ein Gesetz zu gelten habe. – Ist denn nicht das Dasein der Grenze der Beweis für die Übertretung? Ja, das Gesetz zu *kennen*, ist schon die Schuld. Und da jedermann das Gesetz kennt, ist es da nicht gleich, auf welchen der vielen das Strafmaß kommt. Erfährt es der nicht, erfährt es der Nächste für ihn... erfährt es einer umsonst, so geht der Nächste für ihn leer aus.

Es gelang mir nicht mehr, meine Gedanken auf einen Punkt zu bringen, wo sie sich sammeln und mit meiner Situation befassen konnten. Nur zu gut kannte ich jene Langeweile, die von Handlungen ausgeht, welche sich vollkommen im Rahmen der Formalität bewegen müssen: ich hatte deutlich gespürt, daß die Vernehmer von dieser schweren Langeweile belastet waren. Daß sie schon nicht mehr gut fähig waren, ihre Vorschriften einzuhalten... und daß es trotzdem, obwohl sie mir eigentlich so sehr glichen, zu keiner Einigung zwischen ihnen und mir kommen durfte. Diese Einigung wäre nur durch ein ungeheures Vergehen gegen das Gesetz, das ihnen und mir zugänglich war, zustande gekommen. Es hatte ein Versuch des Polizisten – der sich wahrscheinlich noch den weitesten Vorstoß in diese Richtung erlauben durfte – stattgefunden, mir eine solche Einigung anzuempfehlen. Ich stand wartend auf dem Flur und studierte die Plakate und Wandzeitungen, die den sonst kahlen Gang schmückten. Er kam aus einer Tür und streifte mich im Vorbeigehen, als sei ich nur versehentlich noch vorhanden, was mich erneut zu der Frage bewog, wie lange die Sache noch dauern könne. Er blieb einen Moment stehen und starrte mich an, als bringe er nicht das geringste Verständnis für meine Lage auf: Du bist selber schuld, wenn es so lange dauert. Sie schöpfen Verdacht, weil du unbedingt die W. Straße rauslassen willst. Sag ihnen doch einfach, daß du die W. Straße gefahren bist!

– Nein, ich bin aber nicht... warum soll ich das unbedingt zugeben?

– Sie suchen nach einem Motiv, sie denken, daß du eine ziemliche Wut auf deinen Betrieb haben mußt.

– Aber deswegen brenne ich doch keine Fahnen ab!

– Damit machst du einen Fehler. Wenn man aus Wut etwas anbrennt, so ist das irgendwie verständlich, und du kommst vielleicht mit einer Ordnungsstrafe davon. Aber wenn sie kein Motiv finden, so denken sie weiter, dann bist du ein politischer Fall für sie.

– Aber ich war es nicht, denken Sie, was Sie wollen. Weder bin ich die W. Straße gefahren, noch habe ich die Fahnen ...

– Unsinn, du mußt es gewesen sein. Denk ja nicht, daß sie wegen einer solchen Lappalie noch lange nach einem anderen Kerl suchen. Gib es einfach zu, und sie lassen dich garantiert gleich laufen.

Nachdem ich in das Büro zurückgeholt worden war, sagte der Beamte zu mir: Es gibt genug Gründe anzunehmen, daß Sie in der Nacht auch ein Gebäude Ihres Betriebes in Flammen aufgehen ließen ...! Zu meiner Überraschung war er ein dritter Vernehmer; er war der zweite der Zivilisten aus der Abordnung, die mich am Morgen aus dem Bett geholt und vorgeführt hatte; jetzt saß er hinter dem Schreibtisch, auf dem auch die Schreibmaschine wieder aufgestellt war.

Ich überlegte noch, ob ich dem Rat des Polizisten folgen sollte; hilfesuchend schaute ich mich nach ihm um, mußte aber bemerken, daß er nicht mehr auf seinem Platz neben der Tür saß. Ein unheimliches Gefühl war mir angekommen, es sah so aus, als wollten die Dinge eine neue, für mich ungute Wendung nehmen. – Ein Gebäude meines Betriebes..., fragte ich. Meinen Sie etwa den alten Lagerschuppen in der W. Straße? Ich glaubte plötzlich zu begreifen, wie sinnlos das Ganze war, wie unnötig und lästig, daß das Verhör noch einmal begann.

– Sehr richtig, erwiderte er zufrieden. Genau den meine ich ... wie gut Sie doch Bescheid wissen!

– Aber ich habe vorhin erst gehört, daß mit dem Schuppen nichts passiert ist!

– Was wollen Sie gehört haben? Von wem denn? Ich glaube, Sie träumen wohl ein bißchen ...

– Aber Sie haben es mir vorhin selbst gesagt! Das heißt, nicht Sie, Ihr Genosse hat es gesagt ... es ist doch egal, wer es gesagt hat. Der Genosse mit der Brille hat es mir gesagt, daß mit dem Gebäude nichts passiert ist!

– Sie gehören zu der Sorte, die uns immer belehren will.

Aber wir wissen selbst, was wir sagen oder nicht. Und wir stimmen darin überein, was wir sagen. Sie versuchen, uns etwas unterzujubeln, weil Sie ein bißchen in Beweisnot sind, nicht wahr. Ich würde an Ihrer Stelle aufhören zu träumen, das hier ist nicht Literatur, sondern Ernst. Ein Genosse mit der Brille... welcher Genosse mit der Brille soll es denn gewesen sein. Es gibt hier keinen außer mir! Damit zog er ein grünes Brillenetui aus der Schreibtischschublade und hielt es mir entgegen. – Wollen Sie die Brille sehen? Nein... also hören Sie auf, uns zu belehren, für uns ist der Fall sonnenklar... sonnenklar, obwohl sich alles in der Nacht abgespielt hat. Er lachte über seinen Witz: Und ganz nebenbei, bitte reden Sie uns nicht mit Genosse an. Wir sind nicht Ihre Genossen...

– Deswegen wiederholt sich hier auch alles immer wieder, sagte ich, weil es keine Literatur ist.

– Wir wiederholen uns so lange, bis Ihnen die richtige Antwort zum Halse raushängt. Also... haben Sie die Baracke nun angebrannt oder nicht?

– Nicht, bevor Sie mir sagen, ob sie abgebrannt worden ist oder nicht! Aber nun sagen Sie mir bestimmt gleich, die Fragen stellen wir...

– Richtig. Sie verstehen uns schon besser. Wenn wir sagen, die Baracke ist abgebrannt, dann ist das so.

– Und wenn nicht, dann brennen Sie sie notfalls selber an!

– Das habe ich nicht gehört, das will ich nicht gehört haben! Übrigens können Sie machen, was Sie wollen, Sie kommen hier nicht mehr so einfach raus. Sie haben alles mögliche versucht, aber wir lassen uns nicht mehr ablenken. Selbst wenn Sie eine Viertelstunde länger gebraucht haben, eine halbe Stunde länger gebraucht haben, um über die Gräben wegzukommen, wenn Sie noch so langsam nach Hause gefahren sind, so lange hätte es nicht dauern können, bis das Licht in Ihrer Wohnung wieder anging. Sie waren nämlich nicht kurz nach eins wieder zu Hause, wo waren Sie...? Und was war nach dem Skandal vor dem Betriebseingang mit Ihnen los? Meine Frage ist mehr psychologisch, und wenn Sie nicht wollen, so kann ich Ihnen ganz gut selber darauf antworten.

– Man hat mich überhaupt noch nicht gefragt, ob ich nicht

auch noch woanders gewesen bin. Zu dieser Frage ist es überhaupt noch nicht gekommen. Man hat mich überhaupt noch nicht angehört bei diesem Verhör! Ich sagte es voller Erbitterung, denn in mir war der Vorwurf, mich selbst so verstrickt zu haben, daß man mir auch bei gutem Willen nicht mehr glauben konnte. Es nützte mir wenig, wenn ich mir sagte, daß dies ihre Methode war: sie war ihnen geglückt. Alle Aussagen, die mich hätten entlasten können, hatten sie, aus vorgetäuschtem Zeitmangel, nicht abgewartet oder so hinausgezögert, daß ich selbst unter dem Eindruck zu leiden begann, sie zurückgehalten zu haben oder sie mir erst mühsam ausgedacht zu haben. Sie hatten mich mit dieser Methode übertölpelt, ich saß vor ihnen wie ein Mensch, der sich seine Ausreden nach jeder Gesprächswendung neu zurechtbiegen mußte. Auf diese Weise hatten sie alle Sicherheit an sich gerissen, und sie waren nun in der Lage, sich von jedem neuen Aspekt, den ich – viel zu spät für den äußeren Anschein – in den Dialog einbrachte, belästigt und gelangweilt zu fühlen... und sie hatten sogar die Möglichkeit, mir das Wort abzuschneiden – da ich doch nur zu lügen schien –, was den gleichen Effekt hervorrief: wieder entstand der Anschein eines Defizits plausibler Antworten, der meine Unglaubwürdigkeit verstärkte.

– Hallo! hörte ich ihn rufen, hallo, sind Sie noch da?

– Ich weiß nicht, erwiderte ich, bin ich noch da? Sie müssen es doch wissen...

– Wollen wir eine Pause machen? Sie sehen nicht gerade glücklich aus... kann ich verstehen... wenn ich für so eine Sache gradestehen müßte!

– Ich habe schon die ganze Zeit das Gefühl, Sie reden von einem, der überhaupt nicht da ist...

Er lachte: Da kann ich Sie verstehen, das wäre auch mein Wunsch, wenn ich in Ihrer Haut steckte. Aber Sie müssen mir leider noch ein wenig zuhören... – es schien ihn, trotz der unverminderten Wärme in dem Büroraum, leicht zu frösteln –, ob Sie sich nun angesprochen fühlen oder nicht. Wir sind nämlich auch bereit, Ihr *Alter ego* dorthin zu bringen, wo es hingehört. Aber anhören müssen Sie mich schon noch...

– Ich habe keine Lust mehr, sagte ich.

Als ich mich wieder draußen auf dem Flur befand, hatte ich mir eine so dumme Geschichte anhören müssen, daß ich glaubte, nirgendwo in meinem Kopf auch nur den geringsten Platz für sie zu haben. Entsetzt über die Trivialität der Zusammenhänge, die in dieser Geschichte hergestellt wurden, hatte ich mich wie in Krämpfen gewunden und meinen Vernehmer immer wieder zu unterbrechen versucht. Es war mir nicht gelungen... ich hatte die Geschichte sofort vergessen, als man mich auf den Flur hinausgeschoben hatte. Erst später, in den langen schlaflosen Nächten auf der Pritsche in der Haftzelle löste sich langsam die Verstocktheit meines Gedächtnisses, und die Sätze des Mannes hinter dem Schreibtisch – seine lächelnd gesagten, im Brustton der Überzeugung hervorgebrachten Sätze, die ihm große Befriedigung zu verschaffen schienen – spulten sich noch einmal in meinem Gehirn ab. Das Böse an diesem Vorgang war, daß mich dabei selbst etwas von dieser Befriedigung überkam und mir die Geschichte plötzlich viel weniger dumm vorkam. Im Gegenteil, es erschien mir auf einmal erstaunlich, anhand bestimmter zentraler Wörter in dieser Geschichte ein Denkmodell herzustellen: denn dies, so glaubte ich, habe er unternommen, und vielleicht besser, als ich es, bei meinem Mißtrauen gegenüber den sprachlichen Zeichen, gewagt hätte. Ich hatte das Empfinden, er habe mich dies fühlen lassen... und vielleicht war es ihm in diesem Augenblick wirklich gelungen, es dem Schriftsteller in mir zu *zeigen*. Tatsächlich war eine simple Folge davon mein Zweifel, ob es mir gelingen könne, die Geschichte – die die Geschichte meiner Beschuldigung war – mir in allen Einzelheiten zu rekonstruieren. Mir schien etwas Wichtiges davon entfallen... mein Verdacht ging dahin, dieser fehlende Punkt sei der Moment, in welchem ich auf alle seine Sätze mit einem Ja geantwortet hatte, in welchen ich ihm Recht gegeben, in welchem ich mich selbst für überführt gehalten hatte.

Er hatte mit einer Bemerkung über meine bestandene Kesselwärterprüfung begonnen: Ich habe mir damit endlich eine Position gesichert, die man immerhin als einen wirklichen Aufstieg bezeichnen könne. Vergeblich hatte ich nach dem deutlichen Merkmal einer Verhöhnung in seinen Worten gesucht. – Ein wirklicher Sprung nach vorn, wie Sie die Prüfung geschafft haben, schriftlich sind Sie ja so ziemlich auf der Höhe... aber dann glaubten Sie den Aufstieg plötzlich gefährdet! so ähnlich sprach er. Sie müssen ja wirklich ein ziemlich patenter Heizer sein. Das nehmen wir Ihnen gerne ab... gerne, denn es erklärt uns vieles. Zwar müssen Sie schreiben, schreiben, schreiben... Sie schreiben seit Ihrer Kindheit, das haben Sie selber so angegeben... aber Sie können es nie übers Herz bringen, am Sonntag die ganze Nacht weiterzuschreiben. Irgendwann schwingen Sie sich immer noch aufs Rad und preschen, über Stock und Stein, über Gräben und immer den kürzesten Weg, in den Betrieb zu Ihrer Heizung, und Sie haben so Ihre Tricks, die Arbeit bis früh immer zu schaffen. Es kommen keine Klagen, bei Ihnen jedenfalls nicht, das würde bei Ihnen keinen Zweck haben. Aber nun... stellen Sie sich vor, ich versuche mich nur in Sie hineinzuversetzen... nun kommen Sie eines schönen Abends, spät in der Nacht, bei Ihrer Heizung an, aber man läßt Sie nicht hinein. Das ist eine böse Sache, für mich aber verständlich, wenn ich Wachtposten in Ihrem Betrieb gewesen wäre, ich hätte mir das nicht so lange mit angesehen. Jedenfalls, der Wachmann läßt Sie nicht hinein. Dabei müssen Sie doch heizen, Sie haben an einem Lehrgang teilgenommen, Sie haben sich selbst dafür gemeldet, Sie waren nicht abzubringen von dem Lehrgang, wer sollte das auch wollen, die Betriebe brauchen hochqualifizierte Heizer. Sie gehen also zu Ihrem Vorgesetzten und sagen, ich will mich qualifizieren. Richtig, denkt der, warum sollen wir ihn nicht gerecht einstufen, denn er kennt sich gut aus mit dem Feuerchen. Ja doch, so haben wirs von Ihrem Vorgesetzten gehört, richtig, denken wir, genau das ist der Punkt, wo die Fäden zusammenlaufen. Also, man läßt Sie in dieser Nacht nicht heizen, der wachsame Kollege schickt Sie wieder fort. Ein Schock! Alles umsonst, der ganze Lehrgang, denn es wird nicht passieren, daß Sie für die Schlamperei, die jetzt rauskommt, noch belohnt werden, man wird Ihnen nicht zum Dank eine bessere Arbeitsstelle anbieten, Sie haben sich den Aufstieg selber vermasselt. Und nun kann ich mir Ihre Wut vorstellen, es stimmt doch, Sie müssen einfach eine Riesenwut gehabt haben. Sie sagen nichts, stellen Sie sich vor, ich will Ihnen eine Brücke bauen. Sie fragen mich, ob jemand tatsächlich so blöd sein kann, wegen einer solchen Wut die Fahnen und sonstwas in der Stadt anzubrennen. Da haben wir schon ganz andere Sachen erlebt! Es kommt noch hinzu, Sie sind sowieso schon gereizt, Sie haben getrunken, ziemliche Mengen Bier, und ziemlich viel Feuerwasser. Das kann einen echten Heizer schon hochbringen, wenn er nur Feuerwasser gesehen hat, und kein wirkliches Feuer.

Die Worte des Polizisten auf dem Flur kamen mir in den Sinn – wollte mir der Vernehmer wirklich eine Brücke bauen? Ich war tatsächlich so weit, dem Ganzen zuzustimmen; das Motiv *Wut* begann auch für mich überzeugend zu klingen, und schließlich hatte es diese Wut gegeben: ich war auf dem Fahrrad, während des Nachhausewegs, ein wutklirrendes Stück Eis gewesen; daß ich es der frostigen Witterung zuschob, war eine jener Abwiegelungen der wirklichen Situation, wie ich sie zur Genüge an mir kannte ... lag es nicht für jeden klar auf der Hand, daß in mir ein gewaltiger Haß herrschen mußte, war es mir, wenn ich diesen Haß in mir nicht auffand, stets nicht selber ein Rätsel gewesen?

– Wenn ich Wut hatte, sagte ich, so ist es gut möglich, und auch mir selber nur zu verständlich. Nur hatte ich diese Wut nicht auf irgendwelche Fahnen, sondern auf mich.

Er blickte mich enttäuscht an: Wenn Sie damit sagen wollen, Sie haben die Fahnen stellvertretend für sich ... denn schließlich segeln sogar Sie unter der Flagge unseres Staates ... angebrannt, dann wird die Sache bedenklich. Ich glaube nur, Sie sind in mancher Beziehung einfach ein bißchen ... nun, sagen wir: dumm! Und brennen aus einer vorübergehenden Verärgerung gleich staatliche Symbole an! Aber wenn Sie das abstreiten, dann geht die Störung wohl etwas tiefer. Solche Fälle sind problematisch und schwer zu erklären. Ich will es trotzdem versuchen: Sie sind irgendwie ein sehr fanatischer Heizer, könnte man das sagen? Und dann sind Sie vielleicht auch ein fanatischer Schriftsteller, und schon das Wort *Feuer* löst bei Ihnen irgendeinen Klick aus. Das Wort ist sozusagen irgendein Auslöser für Sie, und damit werden bei Ihnen Handlungen in

Gang gesetzt, die Sie nicht mehr kontrollieren können? Protestieren Sie nicht, in jedem Menschen gibt es solche Auslöser. Also, Sie können dann nichts anderes tun, als ein Ersatzfeuer zu machen, wenn Sie Ihren Kessel nicht anbrennen können. Wenn Sie dem zustimmen, dann halten wir die Sache an und... – er grinste – rufen die Feuerwehr. Die bringt Sie dann erstmal in die Klapper.

– Sie brauchen mir keine zweite Brücke zu bauen, sagte ich. Wenn ich so gerne irgendein Feuer, ein möglichst großes, haben muß, warum qualifiziere ich mich dann... weil ich nicht mehr Kohlen schaufeln, sondern an eine automatische Anlage für den Ferndampf will, zum Beispiel?

– Ja, vielleicht aus Angst davor, weil Sie eine Sache wie die in der vergangenen Nacht schon vorausgesehen haben. Weil Sie schon immer Angst hatten vor Ihren unkontrollierten Handlungsabläufen. Sie kommen mir überhaupt vor wie ein Mensch, der dauernd zwischen zwei verschiedenen Dingen hin und her gerissen wird. Zum Beispiel auch zwischen dem Feuermachen und dem Schreiben.

– Nun sagen Sie mir bloß, daß ich so hingerissen bin von dem fanatischen Heizen, und so hergerissen bin von dem fanatischen Schreiben, und deshalb einerseits die Qualifikation mache, andererseits sie mir wieder vermassle, wie ich es gestern abend tat. Und dann, als ich wieder zu Hause war, nicht mehr wußte, welcher Fanatismus jetzt an der Reihe war. Und dann, anstatt zu schreiben, aus Versehen die Fahnen verbrannt habe.

– Sie brauchen mir nicht zu sagen, was ich denke, das weiß ich selber. Jedenfalls können Sie meinen Ausführungen sehr gut folgen, und irgendwie war es auch so, wie Sie es geschildert haben. Sie wissen das, ein Schriftsteller ist schließlich nicht dumm. Und trotzdem bleibt von dem Ganzen nur die Schlußfolgerung übrig, daß Ihr Fall ein sehr politischer ist.

– Soll das etwa heißen, daß ich für Sie plötzlich kein Verrückter mehr bin, sondern ein Feind des Staates?

– Aber junger Mann, das ist doch ein und dasselbe, sagte er lachend. Das müßte Ihnen als Schriftsteller doch sofort einleuchten.

– Sie übertreten ein Gesetz, sagte ich, mit Ihren Verhörmethoden.
– Sie auch, lachte er. Indem Sie unsere Gesetze verlassen und darauf beharren, zwingen Sie mir die Methoden geradezu auf. Ich muß ja erstmal zu Ihnen rüberkommen und Sie wieder auf die Seite des Gesetzes zurückholen.
– Nein, umgekehrt ist es. Sie haben das Gesetz verlassen, und Sie versuchen, mich mit hinüberzuziehen!
– Es ist einmal so, und das andere Mal ist es so. Und immer kann es auch umgekehrt sein. Aber was ändert das schon an den Tatsachen, am Endergebnis?

Jetzt, als ich zum zweiten Mal auf dem Flur wartete, waren meine Gelenke schon mit Handschellen geschmückt. An dem finster glänzenden Ölanstrich der Wand mir gegenüber hing eine mit rotem Plüschpapier überzogene Wandzeitung, die ich vor einigen Stunden schon einmal gelangweilt gelesen hatte. Jetzt fiel mir auf, daß ihr Text inzwischen erneuert worden war; damit war er, was eine Ausnahme von der Regel darstellte, vollkommen aktuell: die weißen Pappbuchstaben auf dem Brett riefen auf zur Feier des 8. Mai, des Tages der Befreiung.

Die Nacht verbrachte ich schlaflos in einer widerlichen Ausnüchterungszelle des Kreisgerichts. Der nächste Tag erschöpfte sich in endlosen Wartezeiten auf den dämmrigen Fluren des Gerichtsgebäudes, wobei ich, stets von Bewachern flankiert, mit denen nicht zu reden war, da sie aufgrund ihres häufigen Wechsels schon längst nichts mehr über meinen Fall wußten, des öfteren auf den Bänken einschlief, was meinem Posten nicht unrecht zu sein schien; in der Nahrungsaufnahme, das heißt, dem Verschlingen eines undefinierbaren lauwarmen Gemischs aus einem militärischen Eßgeschirr; in der Vorführung vor den Haftrichter, der mehrere Leibesvisitationen vorausgingen, deren erste sofort eine Schachtel Streichhölzer zutage förderte – es war mir zuerst eine völlig normale Angelegenheit, als ich sie aber auf dem Schreibtisch des Haftrichters liegen sah und mir ihre Herkunft plötzlich unerklärlich war, nahm die Schachtel für mich die Dimension eines Sprengsatzes an –, weiter in der amtlichen Befürwortung meiner Inhaftnahme, zu welcher das Wort *Verdunklungsgefahr* als Begründung genannt wurde, und schließlich in einer endlosen, immer wieder von Pausen unterbrochenen Fahrt in die Haftanstalt der Bezirkshauptstadt, in einem Gefangenentransportfahrzeug, das von tobenden Kriminellen überfüllt war und so wenig Atemluft enthielt, daß nur die Beschäftigung mit dem vermutlich unmittelbar bevorstehenden Erstickungstod den ungehemmten Ausbruch meines Wahnsinns verhinderte. Nach einer weiteren schlaflosen Nacht und einem Tag, den ich zur Gänze mit finsterem Schweigen zubrachte, hoffte ich – am nunmehr dritten Abend nach meiner Verhaftung –, daß mein Körper sich sein Recht mit Gewalt nehmen würde, doch ich hatte mich getäuscht: vollkommen wach lag ich auf dem Bett in der Zelle, fatalerweise schien ich das Schlafen restlos verlernt zu haben, mein Bewußtsein kreiste so überwach und ohne die geringste Ermüdung um die kleinsten Einzelheiten der vergangenen Tage, daß ich meinen mich marternden Kopf zu verfluchen begann.

Das ironische Grinsen meines ersten Zellengefährten sagte mir, daß es ihm an solchen Erfahrungen, wie ich sie jetzt machte, keineswegs mangelte. Ich solle nicht glauben, daß er mich belehren wolle, sprach er mich an, aber mein Verhalten wäre typisch für einen, der zum ersten Mal hier sei. Irgendwann finde es für jeden zum ersten Mal statt, aber das sei kein Grund, sich nicht schon dabei einigermaßen richtig anzustellen. Bei ihm sei das nicht der Fall, er habe schon einige Jahre lang Zeit gehabt, über bestimmte Körperreaktionen nachzudenken, die man in den ersten Tagen nach der Einlieferung zu spüren bekäme. Ich hob den Kopf, stützte mich auf die Ellenbogen und lauschte nach unten; ich hatte mich instinktiv auf das höchste der Betten geflüchtet, als sei mir hier ein besserer Überblick über die unbekannte Situation möglich. – Was wollen Sie? fragte ich. Tagsüber hatten wir kaum drei Wörter gewechselt; jetzt war die Zeit gekommen, in der ich vergeblich den Schlaf suchte; Nachtruhe war schon befohlen, viel zu früh für meine Begriffe, denn die Zelle begann sich erst mit einigen Dämmerungsschatten zu füllen. – Dachte ich mirs doch, daß du ein typischer Intellektueller bist, sagte er. Deshalb gibt es bei dir auch ziemlich starke Reaktionen, der Schädel schuftet und schuftet. Aber ich kann dir einen Tip geben. – Einen Tip, wie ich einschlafen könnte? – Ich will versuchen, es dir zu beschreiben. Ich denke, es ist einfach so, daß du plötzlich einen vollkommen klaren Kopf hast und daß du dich deshalb genau an jede Einzelheit erinnerst, von dem Ding, wegen dem du hier bist. Keine Angst, ich will nicht wissen, welches Ding es war. Darüber soll man hier nicht reden, denn die Wände haben Ohren. Ich weiß nur, daß deine Gedanken jetzt ihre Kreise ziehen, daß du alles immer wieder hin und her drehst und wendest, daß du für jeden Zusammenhang eine sehr gute Erklärung hast, und du hast die Hoffnung, daß *denen* diese Erklärungen einleuchten müssen, weil du sie ihnen so haarklein auf den Tisch gelegt hast. Aber du hast trotzdem Angst, das wird bei ihnen nicht wirken... habe ich recht? Ich mußte zugeben, daß es so ähnlich um mich bestellt war. – Und ich sage dir, es wird auch nicht wirken. Du hast nämlich das Gefühl, daß dir gerade der entscheidende Punkt fehlt, der sie überzeugen würde. Und jetzt suchst du und suchst, und du hast das Gefühl, deine Gedanken rennen immer am entscheidenden Punkt vorbei. Und du weißt mit Recht, daß sie das merken werden. Sie werden mitkriegen, daß dir der entscheidende Punkt fehlt, und sie werden dir nichts glauben. Deshalb hast du keine Ruhe, und wenn du so weitermachst, wirst du noch lange nicht schlafen. – Also soll ich nicht weiter suchen? – Doch! Aber du mußt wissen, daß es den entscheidenden Punkt, den du suchst, gar nicht gibt. Deshalb mußt du diesen Punkt erfinden. Es ist egal, ob er stimmt oder nicht. Die Hauptsache ist, du strengst deinen Grips an, um diesen Punkt zu erfinden, um ihn dir auszudenken. Und dabei wirst du dann einschlafen. – Du meinst also, ich soll mir eine Art neue Ausrede zusammenphantasieren? – Du kannst es nennen, wie du willst, aber höre erst zu, was der Grund dafür ist. Die ganze Sache ist nämlich der Ausnüchterung zuzuschreiben, die du jetzt notgedrungen durchmachst. Dabei werden jetzt einfach deine Möglichkeiten zum Denken größer. Sie werden noch größer werden, je mehr du ausnüchterst. Einige hier können das gar nicht vertragen, und sie werden immer unruhiger, weil sie denken, eine

Lücke im Kopf zu haben, ein Loch in den Gedanken, und sie denken, bei dieser Lücke wird man sie erwischen. Und nun versuchen sie, sich auf alle möglichen Arten Alkohol zu besorgen, oder selber herzustellen, und fangen an, sich halb zu vergiften, nur damit das Loch weggeht. Aber es ist besser, irgendwas zu erfinden, mit dem man die Lücke besetzen kann. – Und du meinst, sie, die Vernehmer, werden darauf hereinfallen? – Sie sollen gar nicht drauf reinfallen, denn du mußt ihnen den Punkt natürlich unbedingt verschweigen. – Gut, aber was soll mir der Punkt dann nützen? – Du mußt einfach weiterdenken, denn es wird eine Zeit geben, in der du wieder hier rauskommst. – Und diese Sache hier, sagte ich, soll ich einfach widerstandslos mit mir geschehen lassen? – Es muß der Zustand eintreten, daß du einfach sicher bist, mehr über dich zu wissen, als sie es können. Im Moment ist es noch so, daß du das Gefühl hast, sie wissen mehr über dich ... gib zu, daß es so ist! ... und es ist sinnlos, daß du ihnen dabei zuvorzukommen versuchst. Das ist nämlich für sie der Beweis, daß du schuldig bist. – Das verstehe ich nicht, sagte ich. Offenbar kümmert es sie überhaupt nicht, ob ich wirklich gegen das Gesetz verstoßen habe oder nicht. – Genau das ist deine Chance ... sie kümmern sich nämlich wirklich nicht um Tatsachen. Es geht darum, daß du dir ausrechnest, wieviel Jahre ... oder Monate ... du jetzt kriegen wirst. Das kann man sich sehr genau ausrechnen. Und in dieser Zeit geht es darum, schon ganz in der Geschichte zu leben, die danach kommen wird. Wenn dir das gelingt, wirst du ihnen überlegen sein, und es wird eine Ruhe über dich kommen, in der sie dich nicht greifen können. – Es wird mir also nichts übrigbleiben, als meine Zeit hier abzusitzen? – Ja, aber du mußt diese Zeit natürlich mit einkalkulieren. Es wird dir nichts übrigbleiben, als deine Schuld anzunehmen ... wenn du das tust, bist du sie schon fast wieder losgeworden. – Selbst, wenn es eine Schuld ist, die nicht zutrifft? fragte ich ärgerlich.

Wir setzten unsere Unterhaltung am nächsten Morgen fort. – In der Nacht, und auch während der folgenden Nächte, ließen mich seine Reden nicht los: einiges von dem, was er mir über die Umstände der Ausnüchterung gesagt hatte, schien sich zu bestätigen. In der Tat erreichte mich das Gefühl einer zunehmenden Leere; vor Regionen meines Innern schienen Nebel aufzureißen und sich, Lage für Lage, zu verflüchtigen, was mich zugleich erleichterte und beängstigte. Es gab Ebenen oder Gründe in mir, die mir niemals erforscht schienen; es war unklar, was mich dort erwartete, zögernd glaubte ich am Rand großer weißer Flecken zu stehen, ich wußte nicht, ob mir in diesen Gegenden etwas Gutes widerfahren würde. Er, mit seiner offenbar überscharfen Beobachtungsgabe, wollte es sofort bemerkt haben und meinte, alles sei dem immer vollständigeren Verbrennen des Alkohols in meinen Blutbahnen zuzuschreiben, langsam aber sicher werde ich ein Gefühl von *Freiheit* verspüren. Als ich meinem Erstaunen über diesen Begriff, mit Überzeugung hier an diesem Ort gebraucht, Ausdruck gab, erklärte er, *Freiheit* gäbe es im Grunde genommen nur hier in der Zelle. Ich solle mir nur einmal die Atmosphäre von draußen vor Augen halten. Er sei sich jedesmal, wenn er wieder hier angekommen wäre, wie genesen vorgekommen von dem dauernden Gefühl, einer Mißgunst in allen Verhältnissen und Beziehungen ausgesetzt zu sein, sich in einem dauernden Gedränge von Gerechtigkeit und Ungerechtigkeit zu bewegen. Hier aber herrsche eine Art Gerechtigkeit, die zwar erbarmungslos sei... und man könne sie ebensogut eine Ungerechtigkeit nennen, aber wenigstens sei sie eindeutig... die aber weniger willkürlich sei, weil man wisse, wofür man zu zahlen habe. Jedenfalls habe man Möglichkeiten, dies zu wissen, oder herauszukriegen. – Und du hast es damit rausgekriegt, daß du dir deinen fehlenden Punkt gesucht hast, über den wir schon gesprochen haben, oder vielmehr, daß du dir diesen Punkt, den es nicht gibt, erfunden hast? fragte ich. – Ja, sagte er, genau so. Aber stell dir vor, ich habe diesen Punkt schon vor zwei Jahren rausgekriegt, oder vor mehr als zwei Jahren. Und auch da habe ich den Punkt, oder nennen wir es lieber *Berechnung*... die Berechnung, die ich begonnen habe, nur fortgesetzt. Ich war nämlich vor über zwei Jahren schon einmal auf dieser Etage. – Das heißt, du warst vor zwei Jahren schon mal hier in der U.-Haft? – Richtig geraten. Und ich kann dir auch sagen, wo ich war. Ich war zwei Zellen weiter rechts, in der Nummer einhundertsechs... und es kann sein, dort drüben in der Einhundertsechs sitzen jetzt gute Bekannte von mir. Damals hatte ich mir vierzehn Monate eingefangen... ich glaube, diesmal wird es leider etwas mehr. Das heißt, ich bin sicher, daß es ziemlich genau das Doppelte wird. – Achtundzwanzig Monate...? – Dreißig..., sagte er mit Überzeugungskraft und gleichzeitigem lässigen Achselzucken, als handele es sich bei dieser Zahl um etwas völlig Bangloses, nicht aber um eine beträchtliche Spanne seiner Lebenszeit. – Und jetzt bist du wieder dabei, deine Berechnungen fortzusetzen? Die Zeit im Gefängnis, die dreißig Monate gehören schon, nehme ich an, zu diesen Berechnungen? – Sehr gut möglich, sagte er. Aber mach um Gottes willen nicht den Fehler, mich nach dem Inhalt meiner Berechnungen zu fragen. Denk daran, daß die Wände hier im Knast Ohren haben. Ich unterließ es tatsächlich, ihn eingehender zu befragen, konnte mir aber in der Folgezeit Anspielungen nicht verkneifen. Indessen war er ständig auf der Hut und verplapperte sich nicht; dennoch schien er mir mein Interesse nicht zu verübeln, im Gegenteil, er nährte es noch und gab mir das Gefühl, beinahe ein Eingeweihter seiner Dinge zu sein. Nur öffnete er sich mir niemals wirklich; da seine Untersuchungshaft auf das Ende zuging und sein Prozeß schon unmittelbar bevorstand, schien es mir verständlich, daß er Angelegenheiten, auf die er sich innerlich konzentrierte, nicht im Gespräch zerreden wollte. Er machte einen immer besser beherrschten und ganz unbeirrbaren Eindruck auf mich und lenkte sofort ab, wenn ich von ihm sprechen wollte. Dagegen schien es ihm nichts auszumachen, stundenlang von mir zu reden. – Ich weiß nicht, ob du schon spüren kannst, daß sich mir dir etwas verändert, begann er nach gewisser Zeit wieder. Ich jedenfalls glaube, es ist etwas zu spüren. Ich habe den Eindruck, bei dir ist ein Denkraum freigeworden, mit dem du noch nicht viel anfangen kannst. Aber du mußt bald etwas damit anfangen, denn unsere Zeit hier ist nicht unbegrenzt. – Möglich, daß ich jetzt etwas ruhiger nachdenken kann, sagte ich. Trotzdem finde ich nicht den Punkt, kann ihn auch nicht erfinden. Es ist für mich einfach nicht wegzudiskutieren, daß ich in der Falle sitze. Immer wenn ich mich mit der Zukunft beschäftigen will, schiebt sich diese Falle davor und ich sehe sie zuschnappen. – Aha, ich verstehe, sagte er. Du bist also einer von den Sonderfällen, bei denen die Zukunft sofort schlagartig anfangen würde, wenn sie morgen, oder heute noch, plötzlich rausgelassen würden! Seine Ironie hatte mich entwaffnet, ich schwieg und fragte mich, was ich in dem von ihm angedeuteten Fall tatsächlich getan hätte. Das Ergebnis meiner Überlegungen stimmte mich nicht besonders glücklich: aller Wahrscheinlichkeit nach hätte ich mich auf meiner Arbeitsstelle zurückgemeldet, wäre wieder in den alten Trott gefallen... ich überlegte, welchen Wochentag wir hatten: meine Nachtschichtwoche wäre noch nicht zu Ende gewesen, an keinem Tag dieser Woche aber hätte ich die Möglichkeit gehabt, später zur Arbeit zu fahren, da der klumpfüßige Pförtner den Eingang meines Werkteils besetzt hielt; ich hätte also feststellen müssen, daß meine Zeit für das Schreiben wieder knapper geworden war... unter dieser traurigen Voraussicht wäre es mir keinesfalls gelungen, endlich ein neues Werk zu beginnen, ich hätte also mein Schreibzeug in die Ecke geworfen, hätte meine Bekannten aufgesucht, um mit ihnen in die Kneipe zu gehen, mit ihnen, die vielleicht noch gar nicht bemerkt hatten, daß ich inzwischen hier gelandet war. Als ich sie zuletzt gesehen hatte, war keiner von ihnen mehr ansprechbar gewesen, ich erinnerte mich der verdrehten rotunterlaufenen Augen von S., der mir seine Wohnungstür öffnete und mir ein flackerndes Wachslicht entgegenhielt, er erkannte mich kaum, da er seiner Brille im Chaos seiner Behausung verlustig gegangen war... wie hätte ich eine dieser betrunkenen Gestalten als Zeugen angeben können... übrigens erinnerte ich mich erst jetzt, ganz plötzlich, daran, wo ich nach meiner Rückfahrt mit dem Rad in der Sonntagnacht gewesen war, offenbar ein Ergebnis des immer *vollständigeren Verbrennens* von Alkohol in meinen Blutbahnen, wie mir hier gesagt worden war... ein Ergebnis der Ausnüchterung. Mein Zellengenosse schien einfach Gedanken lesen zu können, denn er sprach mich sofort auf mein Grübeln an: Der Alkohol spielt eine bestimmte Rolle in dem ganzen Durcheinander, das man im Kopf hat. Es ist tatsächlich wie in einem Schauspiel, das ich mal gesehen habe, an das ich mich zwar kaum noch erinnern kann, aber das interessant war, weil da nur ein Mann auf der Bühne war und Selbstgespräche führte, und dabei immer Schnaps oder Wein soff. Und langsam aber sicher hatte man das Gefühl, daß er nicht mehr mit sich, sondern mit dem Schnaps redete. Und so ähnlich, nur umgekehrt, muß es bei dir sein, jetzt, wo der Alkohol in dir immer weniger wird. Jetzt bleibt dir nichts anderes übrig, als seine Rolle mit zu übernehmen... – Du hättest recht, wenn ich da draußen nur gesoffen hätte und sonst nichts, erwiderte ich. Aber es gab Zeiten, da hatte ich noch etwas anderes zu tun. – Das glaube ich dir, sagte er. Jeder hat zu tun, der eine mehr, der andere weniger. Man kann viel Verschiedenes machen, arbeiten, nicht arbeiten, noch so manches, was man so die Ausfüllung der Freizeit nennt. Aber eins weiß ich, bei allen Jungens, die irgendwann hier landen, ist eins immer dasselbe. Es gibt bei ihnen etwas, was ihnen fehlt. Es kann das Verschiedenste sein, oder das Verrückteste, aber es gibt etwas, das sie nicht haben... oder vielmehr kann es sein, es gibt eben das nicht, was sie suchen. Und nun versuchen sie etwas anderes, das sozusagen ein Ersatz ist, sie schaffen sich irgendeinen Ersatz her, und das funktioniert eine Weile, aber dann merken sie, es war nur der Ersatz, und es funktioniert nicht mehr. Und dann, dann machen sie den Ersatz kaputt... oder sie lassen den Ersatz links liegen und lassen etwas anderes steigen, und mir nichts dir nichts werden sie geschnappt und finden sich im Bau wieder. Bei allen war es so, und ich habe mit vielen gesprochen und gesagt, ihr müßt herausfinden, was euch fehlt. Und daran müßt ihr arbeiten und nicht an einem Ersatz. Leider hat sich meistens herausgestellt, daß die häufigste Art von Ersatz der Schnaps war, und sie haben nie eingesehen, daß der nicht die Hauptsache war. – Es gibt aber Dinge, sagte ich, die ich nicht für einen Ersatz halte... – In diesem Land nicht, sagte er. In diesem Land ist man immer der Säufer auf der Bühne, der sich mit dem unterhält, den der Schnaps aus ihm macht. Natürlich gibt es noch etwas anderes als Schnaps, es gibt Intellektuelle, es gibt Künstler, auch ich dachte mal, ich müßte studieren, aber dann merkte ich, daß es ein Gespräch geworden wäre mit einer Sache, die nicht vorhanden ist. – Und was hast du dann weiter gemacht? fragte ich, in der Hoffnung, nun doch etwas von ihm zu erfahren. – Nichts. Nichts Besonderes, und deshalb nützt es dir auch nicht viel, wenn du mich danach ausfragst. Was ich getan habe, bestand darin, nichts zu machen. Ich habe mich aufs Bett in der Zelle gelegt und mich angestrengt... du wirst lachen, ich habe mich tatsächlich angestrengt, mir all die Sachen vom Hals zu schaffen, die nicht vorhanden waren. – Ich werde nicht lachen, es klingt interessant, und ich kann mir auch die Anstrengung vorstellen... aber praktisch? – Zum Beispiel gehörte zu diesem Nichtvorhandenen, fuhr er unbeirrt fort, das ich loswerden wollte, unbedingt meine Herkunft...

Mir schien, er war auf einmal in Erzählerlaune geraten; sein Gesicht lag im Schatten des Sonnenuntergangs, dessen roter Schein, durch das kleine Zellenfenster eindringend, eine durchgitterte Zeichnung über die Decke des Raumes warf; er sprach halblaut und von mir abgewandt, doch gewahrte ich die Spannung, mit der er den eigenen Worten zu lauschen schien, ab und zu blitzte das Weiß seiner mißtrauischen Augäpfel aus dem Dämmer zu mir herüber, während sein vorgerecktes Profil über dem in den Nacken gelegten Hals mehr und mehr verschwamm: ...denn sie bestand sowieso nur aus einem Namen, den ich nicht leiden konnte. Ein paar Wochen vor dem Kriegsende hatte man mich in den Trümmern von Berlin gefunden, ich war noch ein Säugling, und zufällig war der Anfangsbuchstabe, das *Z*, das auf einem verkohlten Zettel stand, den ich bei mir hatte, derselbe wie der Anfangsbuchstabe von dem Namen der Leute, die mich aufgenommen haben. So heiße ich also seitdem *Ziegenbein*, und das hat mir natürlich nicht gefallen... – Das klingt wie eine Geschichte, die man suchen muß, sagte ich. Wenn ich dich richtig verstehe, war niemand bei dir, als man dich fand, nur ein Zettel mit deinem Namen? – Mit dem Vornamen und dem Anfangsbuchstaben des Familiennamens, so vermutete man. Bestimmt hatten sie Angst, man könnte sie durch den Namen finden, die mich dort wahrscheinlich in Stich gelassen haben, meine Eltern, ich mag sie nicht so nennen. Niemand kennt sie... das Haus brannte, und als sie abhauten, war ich wahrscheinlich ein Ballast für sie. Aber als das Haus in sich zusammenrutschte, hörte es wieder auf zu brennen, und ich wurde gefunden. Es kann natürlich auch ganz anders gewesen sein, denn wozu der Zettel, der auf meiner Brust lag. Jedenfalls weiß ich nicht mal, ob ich fünfundvierzig oder noch vierundvierzig geboren bin. Man hat mein Geburtsdatum auf den ersten Januar neunzehnhundertfünfundvierzig festgelegt, und ich fragte später meine Pflegeeltern, warum sie nicht den einunddreißigsten Dezember genommen haben, Silvester, sie antworteten mir, ich sollte im Friedensjahr geboren sein, sie waren Pfarrer. – Und bei ihnen bist du dann aufgewachsen? – Bei ihnen bin ich aufgewachsen. Daß sie nicht meine richtigen Eltern waren, erfuhr ich erst, als ich das erste Mal aus dem Gefängnis kam, aus der Jugendhaft, das ist schon lange her. – Und wofür bist du da reingekommen... wenn dir die Frage nichts ausmacht? – Ich war sechzehn, und wie du dir ausrechnen kannst, es war das Jahr einundsechzig, als ich das erste Mal einfuhr. Du weißt, was es für ein Jahr war... – Republikflucht, sagte ich, sie haben dich erwischt? – Ich war sechzehn und machte Beruf mit Abitur, die einzige Chance für mich, noch einen Studienplatz zu kriegen. Bei meiner Herkunft war das damals schwierig, schließlich waren meine Eltern keine reinen Proletarier und auch keine großen Sozialisten. Und ich sollte unbedingt Theologie studieren, wozu ich absolut keine Lust hatte. – Aber du sagtest vorhin, irgendwas wolltest du mal studieren? – Ja, du wirst lachen, ich wollte mal Jura studieren... – Jura? sagte ich. Seltsam! Das gehörte dann wohl auch zu den abwesenden Dingen, die du dir vom Hals schaffen wolltest?

Abwesenheit war ein Thema, das auch für mich zu den meiststrapazierten Vorwürfen gehörte. Nur hatte ich es nicht in so konkreter Form erfahren: während für Z. sich der Boden, auf dem er sein Leben hatte wachsen sehen, eines Tages schlagartig ins Nichts aufgelöst haben mußte, war mir meine Herkunft einfach durch mein Desinteresse an ihr abwesend geblieben. Mir war es immer leicht gewesen, die Bindungen meines Daseins an meine Herkunft als fragwürdig, nebensächlich oder zufällig anzusehen. Irgendeinen Stolz auf diese

Herkunft hatte ich nie verspürt – freilich war sie, oberflächlich betrachtet, eher geeignet, als ein Mangel eingeschätzt zu werden –, auch wenn die staatliche Doktrin die Worte von der vorwärtsweisenden, ja sogar revolutionären Kraft der Arbeiterklasse so oft im Mund führte. Die Wirklichkeit schien mir beinahe täglich den Zwiespalt zwischen ihrer Praxis und solchem Wortlaut aufzuweisen. So war die Abwesenheit von Praxis in aller Sprache ein fast atmosphärisches Grundgefühl, mit dem ich lebte und für das ich nach einer Erklärung nicht erst suchen mußte. – Z. hingegen hatte für sich eine Erklärung gefunden, und es schien ihm darum zu gehen, die Abwesenheit zu bekämpfen. Wenn ich seine Motive auch nicht verstand, nie genau erfuhr, was er eigentlich wollte – wir hatten nur wenige Tage Zeit für unsere Erörterungen; er wußte dies, und er ließ die Ansätze zu seinen Ideen, vielleicht ganz bewußt, für mich immer wieder im Diffusen verschwimmen; wenn ich mich später an ihn, den ich nach dieser Woche niemals wiedersah, erinnerte, dann immer mit dem merkwürdigen Gefühl, er habe mich mit mir allein und im Stich gelassen – ich glaubte daran, es sei ihm darum zu tun, sein wahres oder autonomes Selbst zu finden, was ein weitverbreiteter Gedanke und eine sehr modische Idee war. Vorerst spann er seine Geschichte so weiter, daß er der Vermutung Ausdruck gab, er könne sehr gut auf heutigem Westberliner Gebiet gefunden worden sein, auf dem Gebiet jenseits der Mauer, genau habe er dies aus seinen Pflegeeltern allerdings nicht herauskriegen können. Aber wenn seine wirklichen Eltern noch lebten, lebten sie wahrscheinlich auf der anderen Seite der Grenze. Vielleicht wäre dies auch schon ein unbewußter Grund für seinen damaligen Republikfluchtversuch gewesen – als er dies sagte, schien es mir, als spräche er plötzlich lauter und deutlicher –, aber es wäre nur so ein Gefühl gewesen; schon immer habe er den Eindruck gehabt, daß in diesem Staat seine Gefühle, gegen die er ja doch nichts machen könne, vergewaltigt würden ... und daß daran auch seine Pflegeeltern beteiligt gewesen seien. Noch nie sei er mit der Pfarrersfamilie in gutem Einklang gewesen, schon immer habe er eigentlich den Verdacht einer anderen Herkunft gehabt. Schon immer habe er auch den Verdacht gehabt, daß es irgendwo noch ein anderes Familienmitglied der Pfarrersfamilie gegeben habe, für das er nur der Ersatz gewesen sei. – Warum brüllst du eigentlich so? sagte ich zu ihm. Man wird uns gleich wegen Nichteinhaltung der Nachtruhe anzinken. – Was hier passiert, sagte er, ist für mich überhaupt nicht mehr von Bedeutung. So weit habe ich es nämlich schon lange gebracht, wenn sie mich anschnauzen, dann schnauzen sie eigentlich einen anderen an. Und genauso wird es mit meinem Urteil, Anfang kommender Woche... *mich selbst* wird man eigentlich nicht verurteilen! Ich unterließ es zu fragen, *wen* man denn sonst verurteilen werde; er setzte seine Überlegungen fort: Kann es nicht sein, daß ich in Wirklichkeit aus Amerika komme, habe ich mich schon als Schuljunge immer gefragt. Kann es nicht sein, daß ich in Wirklichkeit Spanier bin, warum... – Ein blonder Spanier, das wäre wirklich sehr hübsch..., unterbrach ich ihn. – Warum muß es ausgerechnet dieses zum Erbrechen langweilige Land sein? Oder ist es etwa nicht langweilig, nur als Beweis für irgendeine Theorie zu existieren? – Als Beweis für eine Theorie...? sagte ich erstaunt. Wie klingt das... es klingt außerordentlich! Man könnte es auf vieles beziehen, wenn man in diesem Land lebt. Ich nehme an, du bist auf diese Idee gekommen, weil du dich bei deinen Pflegeeltern schon so gefühlt hast. Als Beweis gefühlt hast für die theoretische Idee, daß man mit Erziehung und gutem Willen alles erreichen kann. Und wenn es dann nicht funktioniert, heißt es tatsächlich gleich, man sei *aus der Art* geschlagen, man zeige seine wahre Seite, man sei dabei, sich zu entpuppen. Und wenn man dann noch erfährt, daß man nicht die richtigen Eltern hatte, liegt es nahe, daß man sich als Stellvertreter irgendwelcher verlorener Illusionen vorkommt. – Das ist eine sehr gute Erklärung, sagte er, und sie bringt die Vergangenheit natürlich wieder ins Lot... wenn das so einfach wäre. – Richtig, es klingt einfach, und damit ist natürlich nichts ins Lot gebracht... – Und man kann die Erklärung auch auf den ganzen Staat anwenden... – Die heilige Familie als Keimzelle des Staats, da haben wirs... – Der heilige Staat als die Keimzelle der Familie, wäre das nicht besser? – Deine Gedanken sind so interessant, daß ich an deiner Stelle unbedingt... – Du an meiner Stelle...? – Ich würde an deiner Stelle etwas daraus machen, was nicht wieder in die alte Geschichte mündet, auch wenn es wie Widerstand aussieht. Nicht immer wieder das alte Lied, das mit einem Jahr endet, mit zwei Jahren, mit noch ein paar Jahren... – Du an meiner Stelle, lachte er, *du* an *meiner* Stelle, *du* würdest etwas machen...? – Es klingt blöd, wenn ich es etwas Bleibendes nennen würde, etwas, wodurch andere, die sich ebenfalls damit befassen, auf deine Ideen einsteigen könnten. – Ja, gut, aber was würde *ich* dann machen? Ich glaube nicht, daß *ich* das so könnte wie du... – Aber du hast gerade bewiesen, daß du es kannst, deine Geschichte, deine Gedankengänge sind es bestimmt wert, aufgeschrieben zu werden... – Schon seit ein paar Tagen habe ich mich gefragt, ist er Schriftsteller oder etwas Ähnliches. Und ich hatte recht damit? Ja... siehst du, und trotzdem bist du hier im Knast gelandet! Ich habe nämlich auch schon daran gedacht, mir einige Sachen aufzuschreiben. Aber dann habe ich es doch wieder gelassen, weil ich glaube, mir liegt so ein Leben nicht. Es verändert die Sachen nur im Rückblick, es ist ein Leben, bei dem die Reinfälle immer schon passiert sein müssen, ehe man sich darüber Gedanken macht. Und solche Leute kann der Staat sehr gut gebrauchen. Erst nach dem bitteren Ende wird ausgewertet, nachgerechnet und notfalls geändert, aber nur noch auf dem Papier. Das sieht mir zu sehr nach Theater aus, die Schriftstellerei ist eine Unterhaltung mit der Schnapsflasche...!

Zuerst war ich deprimiert; er hatte mich abblitzen lassen, und ich verfluchte mein Sendungsbewußtsein, von dem ich mich hatte hinreißen lassen. Auf ziemlich widerwärtige Art hatte ich versucht, ihn zu belehren, und er hatte den Finger erbarmungslos in die wunde Stelle meiner eigenen Aporien gelegt. Dennoch wußte ich im Augenblick nicht mehr, ob ich meine *eigenen* Aporien meinte, vielmehr war mir, als dächte ich an ein Gespräch zurück, in dem Wort und Antwort widerstandslos ineinandergeflossen waren, so daß sich mir zuletzt Rede und Gegenrede nicht mehr ermitteln ließen; später, schwitzend auf dem Oberbett der nachtwarmen Zelle, kam es mir vor, als seien diese Gespräche allein in meiner Brust gewesen... zwei Redseligkeiten, ach, vereinten sich in meiner Brust... und wären mir niemals von den Stimmbändern abgesprungen. – Am nächsten Morgen allerdings, schien es, hatte ich von dem Ganzen nur noch eine Ahnung. Mir fiel ein, daß ich plötzlich Empörung verspürt hatte. So lächerlich mir Z.s Wunschtraum anfangs auch erschienen war, ich fragte mich, was mit mir geschehen sein mußte, da ich ähnliche Phantasien wie er nicht kannte. Was steckte dahinter, daß mir die eigene Herkunft immer genügt hatte, war es nicht das Zeichen für eine Unterdrückung, die meine Gefühle in Schach gehalten hatte? Und bezeichnete dieser Umstand nicht auch meine ganze Gefügigkeit gegenüber dieser Unterdrückung? Schwere Unruhe war in der Dunkelheit über mich hergefallen... und war es nicht zu spät, diese Gefügigkeit, diese Ergebenheit zu durchbrechen? Vielleicht sollte ich die Zeit im Gefängnis zu solchen Überlegungen nutzen... vielleicht hatte ich erst hierher kommen müssen, um meine Widerstandslosigkeit gegen ein mir übertragenes Dasein verlassen zu lernen?

Am Morgen war ich durch die Geräusche des sich belebenden Gefängnisses aufgewacht... das kaum noch Glaubliche war geschehen, ich war irgendwann in der Nacht eingeschlafen! Beinahe völlig ohne Datum und Uhrzeit lebend, hielt ich es durchaus für möglich, daß ich einen Tag und eine weitere Nacht durchgeschlafen hatte, aber natürlich hätte ich damit gegen alle Regeln der Anstalt verstoßen müssen... Z. saß schon unten am Tisch und grinste verständnisvoll zu mir herauf: es war seltsam, es war, als könne ich mich an ihn nur sehr mühsam erinnern. – Ich glaube, heut hab ich Verhandlung, sagte er; er sagte es, als wolle er darauf aufmerksam machen, daß er noch immer vorhanden sei. Und bis dahin will ich mich noch ausruhen. Komm von der Pritsche runter, laß mich nach oben in die Wärme! Fröstelnd und ungelenk kletterte ich auf die untere Ebene... seine merkwürdige Anwandlung konnte nur darin begründet sein, daß er in der oberen Bettenetage vom Türspion her kaum gesehen werden konnte. Am Tisch hockend und mir bräunliche Malzkaffeebrühe einflößend, die so lau war wie die Dampfheizung, auf der die Blechkanne stand, wurde mir erst wärmer, als die Vormittagssonne an Kraft gewann. Ich grübelte, es war Mitte Mai und noch immer Winter; es erschien mir auf böse Weise akzeptabel, dann aber suchte ich mich an ein Jahr zu erinnern, in dem es anders gewesen war. Meine Erinnerungen, stellte ich fest, waren von ganz anderer Art. Ich hatte die Vorstellung von einem Dammriß... trübe, schlammige Wasser quollen ins Freie, die sich alsbald klärten, dann waren sie von einer Klarheit und Glätte, daß ich geblendet war. Dieses Bild, dachte ich, war keines aus meinem Innern, es war südlich, mediterran, ich dachte an die spanischen Lyriker, die von der Abwesenheit des Meeres so leuchtend sprachen. Es war mir, als säße ich an einem Fenster, in dem sich die Nachmittagssonne brach, Schatten versengten sich in gleißenden Lichtstrahlen und beschwerten mir die Lider. Irgendein Punkt in der Welt dort draußen, auf dem mir der Blick lange geruht hatte, verschwamm, wurde deutlicher und nahm unversehens Ähnlichkeit mit der schwarzen Silhouette eines kleinen Bootes an, das weit vor dem freien Horizont, in kaum merklicher Fahrt, über die lichtflammende Fläche zog. In mir war plötzlich ein Antrieb, ich mußte mich beeilen... wozu?... ehe das Boot, das sich da draußen durch das Licht schlug, die Grenze, die vom Fensterrahmen gebildet wurde, überquerte und verschwand.

4 Als ich in Berlin zum ersten Mal durch die F.Straße kam, glaubte ich, gleich eingangs dieser kurzen Straße, die von der größten Allee des Stadtteils S. abzweigte, ich sei von einer Gestalt hinter einem halboffenen Fenster gegrüßt worden. – Angenehme Gegend, hatte ich gerade gedacht, und das Winken schien mir den Gedanken vergelten zu wollen. Leichte Schwellenangst, die mir, als eingefleischtem Provinzbürger, der sich ohne Umschweife in der Metropole zu leben anschickte, ein wenig verständliche Nervosität verursachte, hatte ich schnell wieder loswerden können; schon an diesem ersten Morgen durchwanderte ich die Straßen, als seien sie mir seit langem bekannt. Es war ein freundlicher Morgen im Frühherbst, der noch einmal sommerlich zu strahlen anfing; ich war nur mit einer erträglichen Tasche beladen, einen Koffer hatte ich in einem Bahnhofsschließfach zurückgelassen. Die Schwerelosigkeit und die... sollte ich so sagen... Beschwingung während meines Einherschreitens durch die kühle Morgensonne unter Linden, welche, schon in Schimmer von Gelb getaucht, reglos ihrer großartigen leuchtenden Entblätterungsszene zu harren schienen, diese luftige Leichtigkeit meiner Gliedmaßen allerdings schob ich auf meinen übernächtigten Zustand und auf das gähnende Abwarten, das mir im Magen einer Nahrungsaufnahme entgegensah, die noch in Zweifel stand. Das Haus, in dem ich wohnen sollte, fand ich wie ein Traumwandler, ich erstieg die Treppen zum höchsten Stockwerk, zur Wohnung des Mieterobmannes, und erhielt meinen Schlüssel von einer pikiert auflachenden Frau, die mir im offen flatternden Morgenrock auf dem Flur begegnete. Mit höflichsten Entschuldigungen und dem Ehrenwort, alle weiteren Formalitäten baldigst zu erfüllen, stieg ich wieder ins Erdgeschoß zurück. Konfliktärmer hätte die Sache nicht gehen können: ich war in der Wohnung und schlug die Tür hinter mir zu. Ich war fest entschlossen, in den nächsten Tagen, oder Wochen, auf kein Begehr von außen zu reagieren: ich war verschwunden!

Auf dem Ostbahnhof noch konnte ich keineswegs davon überzeugt sein, daß mir dies gelingen würde. Mit einem Nachtzug angekommen, blieb ich auf einer Bank im Bahnhof sitzen, um das morgendliche Öffnen einer Imbißkasse abzuwarten; es war zwecklos, so früh schon nach S. hinauszufahren, wer sollte mir zu dieser Zeit den Schlüssel aushändigen... endlich war die Zeit gekommen, da sich das Gitter vor dem Verkaufsverschlag beiseite bewegte, doch es gab nichts als gelbe Äpfel und eine Limonade, die wie verdünnte Schwefelsäure aussah. Ich beschloß, meinen Hunger zu vergessen, und studierte den Fahrplan der Stadtbahn, die ihren Zyklus soeben begann. Ein Zug nach S. fuhr in einer dreiviertel Stunde... in dieser Zeit war ich dreimal – wenn ich richtig gezählt hatte – von der Transportpolizei kontrolliert worden, zweimal von je zwei verschiedenen Beamten und zweimal von ein und demselben Beamten, der sich bei der zweiten seiner Kontrollen ächzend neben mir auf der Bank niederließ. – Sie kontrollieren diesen Ausweis schon zum zweiten Mal, sagte ich. Und kurz davor war einer von Ihren Kollegen auch schon da. – Ich wollte nur wissen, ob etwas nicht in Ordnung ist, erklärte ich, als er ohne Antwort blieb. – Ich auch, sagte er trokken, ein Interesse vortäuschend blätterte er wahllos in dem Dokument; eine ganz gewöhnliche Standardszene. Haben Sie eine Aufenthaltsgenehmigung? – Eine Aufenthaltsgenehmigung? Wozu...? – Eine Aufenthaltsgenehmigung für die Hauptstadt, sagte er. Es gibt Zeitgenossen, die brauchen ein solches Papier. – Brauche ich sie wirklich? Ich meine, bin ich einer von denen, die sie brauchen? – Das müßten Sie wissen, sagte er; er hatte meinen Ausweis zugeklappt und begonnen, sich damit rhythmisch auf den Daumennagel der anderen Hand zu klopfen. – Wer sagt Ihnen denn, daß ich hier bleiben will. Kann sein, ich warte hier nur auf den nächsten Zug nach L. – Nach L., das könnte der Eintragung in Ihrem Ausweis nach stimmen, aber der nächste Zug dorthin fährt erst kurz nach sechs, und nicht von diesem Bahnhof. – Ich sitze hier nur, um auf die S-Bahn zu warten... Ununterbrochen klopfte er sich mit meinem Paß auf den Daumennagel: Aber warum so zeitig, hat Madame Sie rausgeworfen? – Wieso? Nein... und Ihre? Ich meine, hat Ihre Frau Sie rausgeworfen? – Weiß ich erst nach Dienstschluß, sagte er, und sein Klopfen mit dem Paß wurde schneller. Ich spürte, wie er neben mir leise lachte, er konnte nur wenig älter sein als ich. – Ich wollte gerade rausgehen und eine rauchen, sagte ich und zeigte auf die rotdurchkreuzten Rauchersymbole, die jedes verfügbare Wandstück zierten. – Rauchen Sie ruhig, ich werde Ihnen schon nichts abnehmen dafür, sagte er. Nachdem ich einige Züge geraucht hatte, meinte er: Wissen Sie, ich glaubs einfach nicht, daß Sie nach L. wollen. Ich meinte auch keine Frau, jedenfalls keine Ehefrau, die Sie in L. rausgeschmissen hat. Ich glaube nämlich, ich habe da jemand aus dem Zug steigen sehen, der aus L. kam, und dieser Jemand war Ihnen sehr ähnlich. – Das passiert mir öfters, sagte ich. Manchmal glaube ich fast, ich bin ein Zwilling und weiß es nicht. Er schlug noch einmal die Seite mit meinem Paßbild auf: Naja, vielleicht spinne ich auch. Nach soviel Dienstjahren kein Wunder. Und trotzdem glaube ich Ihnen nicht. Ich könnt Sie ja nach Ihrer Fahrkarte fragen. Oder ich könnte Sie nach dem Entlassungspapier von Madame fragen. Aber wissen Sie, ich habe keine Lust, ich lasse es einfach... übrigens fährt in ein paar Minuten Ihre S-Bahn. – Dann geh ich lieber gleich los... – Nein, nein, warten Sie nur, Sie müssen nur durch den Tunnel und die Treppe rauf. Leisten Sie mir ruhig noch fünf Minuten Gesellschaft, Sie sehen sowieso ziemlich abgehetzt aus. – Wer soll denn die Frau in L. sein, die mich rausgeschmissen hat? fragte ich; ich hatte Lust, ihm mit einem Griff den Ausweis zu entreißen und zu flüchten... offenbar bestand das Ziel seines Manövers darin, mich die Bahn nach S. versäumen zu lassen. – Muß es denn unbedingt eine Frau sein? Oder Ihre Frau, haben Sie überhaupt eine? Natürlich nicht. Aber Sie kennen doch bestimmt einen Major Dora... in L.? Ich zuckte die Schultern, ich saß wie auf glühenden Kohlen und schwitzte. – Nein, sprach er behäbig weiter, nein, sie müssen Ihre ganze Zeit in L. verschlafen haben. Na gut, so kann mans auch rumkriegen. Dazu hatte ich dort keine Zeit, ich war nämlich auch mal in der Diele in L., als Schließer, wie man das dort nennt. Ich starrte auf die blaue Uniform: war es möglich, daß nicht ein Beamter der Transportpolizei, sondern ein Angehöriger der Gefängniswachmannschaften neben mir saß? Nun war ich es plötzlich, der glaubte, ihn schon mehrfach gesehen zu haben. Ich war mechanisch aufgestanden und wandte mich zum Gehen, doch er zog mich noch einmal auf die Bank zurück: Hier haben Sie den Ausweis, ich hatte gar nicht das Recht, Sie zu kontrollieren. Wenn Sie Schwierigkeiten gemacht hätten, hätte ich die Genossen vom Bahnhofsrevier rufen müssen. Ich wollte Ihnen nur sagen, wenn Sie keine Aufenthaltsgenehmigung haben, dann kriegen Sie sicher noch eine... vielleicht... vielleicht aber auch nicht. Vielleicht müssen Sie dann wieder zurück nach L.; jetzt bleiben Sie ruhig noch sitzen, Ihre Bahn ist sowieso weg. Bleiben Sie ruhig sitzen, ich werde gehen... – Als er sich erhob, machte auch ich eine heftige Fluchtbewegung; dabei stürzte mir die Tasche von der Bank, öffnete sich, und einige Seiten des einzigen Manuskriptbündels, das ich wahllos, mehr versehentlich, eingepackt hatte, verstreuten sich im Schmutz auf den Bodenfliesen. – Gott oh Gott, sagte er höhnisch, als ich mich danach bückte, fliegende Blätter wehen Ihnen voraus! – Als ich die Papiere eingesammelt hatte und mich wiederaufrichtete, sah ich ihn drüben in der Nähe der Gepäckschließfächer defilieren... ich verzichtete auf meinen Koffer und rannte gehetzt zu den S-Bahnsteigen.

Ich war grau, schweißnaß und begann vor Erschöpfung zu frieren, es schien eine Unendlichkeit zu dauern, bis die Bahn zum Stadtteil S. einfuhr... die Episode auf dem Bahnhof hatte wahrhaftig Ähnlichkeit mit einem Alptraum: in der Tat schien sie viel weniger mir als einem anderen geschehen zu sein. – Damit nicht genug, widerfuhr mir in der Bahn, die nur von einigen mißgelaunten, verstockt sich räuspernden Frühaufstehern besetzt war, die schäbige Aktentaschen festhielten, ein erneutes Zeichen dafür, daß ich mir schon bei meiner Ankunft in Berlin erkannt und durchschaut vorkommen sollte. Ich hatte die Absicht, einen mir zunächst sitzenden Mann nach dem Weg zur F.Straße in S. zu fragen, doch der ließ mich nicht zu Wort kommen. Er fragte seinerseits, ob ich vielleicht der neue Mann für »Blütenweiß« sei, wovon ich nichts wußte. – Was ich denn so zeitig in dieser Bahn zu suchen habe, fragte er. – Weil es unnormal ist! erklärte er, als ich meiner Verständnislosigkeit Ausdruck gab. Mir blieb nichts übrig, als idiotisch zu grinsen.

Wie gesagt war der Hunger das beherrschende Empfinden, das mich alles übrige schnell vergessen ließ; ich redete mir ein, meinen Hunger als ein brauchbares Training für einen neuen Lebensstil ansehen zu dürfen, das hohle Gefühl in meinen Eingeweiden hatte begonnen, mich zu erheitern, und ich empfand mich als unbekümmert... es war, als sei mir die frische Herbstsonne durch die Adern geronnen, so auch ertrug ich die gelinde Desillusionierung, die mit dem Betreten der Wohnung verbunden war. In Gedanken hatte ich stets von einer neuen Wohnung gesprochen – womit ich natürlich nicht einen Neubau meinte –, aber es gab nichts, auf die jenes Prädikat weniger zutraf als auf die beiden kleinen Räume, in denen ich mich wiederfand. Anstelle der befreienden Luft einer fremden Großstadt, die ich erwartet hatte, atmete ich die trübe Verbindung, die feuchte Toilettenfäulnis mit altem, abgelagertem Staub eingegangen war. Außer der Möglichkeit, diesen Geruch zu ertragen, schien mein Vorgänger wenig Sinn für Originalität verspürt zu haben. Der Wohnraum und die Küche ließen nichts bemerken, das ich mit ihm hätte sofort in Verbindung hätte bringen können, mit diesem Z., von dem ich, in den wenigen Tagen unserer Bekanntschaft, soviel Merkwürdiges gehört hatte. Erstaunlicherweise war der Tisch, der einzige, wenn ich von dem schmalen an der Wand neben dem Gasherd befestigten Küchenbrett absah, unter das ein Stuhl gerückt stand, ein schwerer breiter Schreibtisch, der das Zentrum des Wohnraums bildete. Dieses einst achtunggebietende Möbel war offenbar höchst zweckentfremdet benutzt worden: seine Fächer enthielten keinen Fetzen Papier, keinen Bleistiftstummel, sondern nur staubige, unabgewaschene Teller, Tassen und schartige Gläser; ich räumte das Zeug aus und warf einiges davon, das unbrauchbarste und widerlichste, in die Müllkübel, die praktischerweise unter dem in den Hof führenden Küchenfenster standen, weshalb ich sie benutzen konnte, ohne die Wohnung zu verlassen. Ich räumte meine spärlichen Habseligkeiten aus – dabei fiel mir der Koffer wieder ein... der Kleiderschrank blieb so leer, wie er gewesen war. Während meines zerstreuten Umhertragens einzelner Dinge fiel mir auf, daß ich nirgendwo in dieser Behausung etwas Schriftliches fand, keine Bücher, keine Zeitungen, kein Anzeichen dafür, daß Z. jemals Post erhalten hatte; das Namensschild an der Außentür, so wurde mir jetzt bewußt, war abgeschraubt worden. Meine Bücher – die wenigen, die mir wertvoll waren und die ich in der Hoffnung mitgebracht hatte, ich werde sie irgendwann einmal lesen – legte ich vorerst auf dem Schreibtisch ab. An dem einzigen Nagel in der Wand, die mit blaßgrauer unansehnlicher Allerweltstapete beklebt war, hängte ich ein kleines gerahmtes Porträt Arthur Schopenhauers auf. Dies war ein ganz neuartiger Einfall von mir: ich hatte das vergilbte Druckbild aus dem ersten Band einer schäbigen Ausgabe seines Hauptwerkes herausgerissen, die Ränder begradigt und es in einen postkartengroßen Rahmen eingepaßt. Das ebenso scharfgeschnittene wie verkniffene Konterfei dieses Alten mit der gesträubten Philosophenmähne faszinierte mich, noch mehr aber der Titel seines Werks, dessen zwei ehemals hellrote, nun sehr schmierfleckige Leinenbände ich mir vor geraumer Zeit angeeignet hatte und die nun mit auf die Reise gegangen waren; ungelesen, wie fast alle meine Bücher: *Die Welt als Wille und Vorstellung*. Die Mitnahme ausgerechnet Schopenhauers zu erklären, wäre mir wahrscheinlich nicht leichtgefallen. Ich sagte mir, daß ich ihn als eine Art Schutzschild benötigte, gegebenenfalls gegen die Einflüsse eines anderen Denkers, den ich ebensowenig gelesen hatte... dessen Name mir übrigens einige Zeit später zufällig begegnen sollte, ohne daß ich ihn gesucht hatte. – Unter Schopenhauers Wandnagel hatte sich vorher, ich erkannte es an dem helleren Viereck auf der Tapete, ein anderes Bild befunden, das ich, aufs Gesicht gekehrt, im Speiseschrank in der Küche entdeckte. Es war das leider etwas unscharfe Foto einer jungen Frau mit langem, dunklem Haar, das ihr ein südländisches Aussehen verlieh. Als ich das Bild aus dem Rahmen nahm, las ich auf der Rückseite die ein wenig übertriebene Widmung: *Mit 1000 Küssen von Deiner Kora!*

Es war merkwürdig, wieviel Zeit ich brauchte, um den Namen dieser Widmung mit demjenigen auf dem kleinen Kassiber, den mir Z. hinterbracht hatte... zur Vernichtung hinterbracht hatte, in Verbindung zu bringen. Dabei war es ein nicht allzu häufiger Name; ich nahm das Bild, das ich achtlos beiseite gelegt hatte, ein zweites Mal zur Hand... es war die Abbildung eines Gesichts, das zu dem Namen paßte, oder vielmehr war es so, daß der Name fast automatisch die Vorstellung eines solchen Gesichts weckte... ich schaute das Bild genauer an, weil mich plötzlich das unbestimmte Gefühl verwirrte, ich habe flüchtig in ein mir längst bekanntes Gesicht gesehen. Natürlich irrte ich mich, ich hatte mir soeben selbst die Erklärung gegeben: der Name Kora rief die Erwartung eines so schmalen, dunklen, dunkelumrahmten Gesichts geradezu hervor. Es war fast schön zu nennen, die schmalen Schultern deuteten auf eine zierliche Statur hin; die Augen unter der Stirn gewannen ihren Reiz daher, daß sie etwas verschleiert wirkten, ein Schimmer eignete ihnen, der durch einen unsichtbaren Schatten glomm, auf den ersten Blick war ihr Ausdruck furchtsam oder gar schwermütig. Dann aber entdeckte man, daß sich diese Augen ziemlich unnahbar auf den Betrachter hefteten, es war nichts von einem vorgetäuschten Stolz in dem Gesicht, der in Wirklichkeit zum schnellstmöglichen Durchbrechen aller Distanz einlädt, sondern es war ein Adel in den Zügen, der in mir eine Aufwallung von Ärger hervorlockte... und es war, als ahne der hochmütige Mund den Ärger, den er hervorrief, er zeigte nicht die Spur eines Lächelns, es war, als wehre eine Vibration der feingebogenen Nase meine Gefühle wie einen plumpen Übergriff ab.

Je länger ich mir das Foto ansah, um so mehr unterlag ich dem Eindruck, daß sich eine Verbindung zwischen mir und diesem Gesicht herstellte, eine freilich unausdeutbare Verbindung, die damit begann, daß mir das Gesicht in einem über den Anlaß hinausweisenden Maß bekannt wurde... und so, daß es mir bald nicht mehr glaubhaft erschien, wenn ich mir sagte, *bekannt* sei mir lediglich eine Abbildung des Gesichts dieser Frau. Jedesmal, wenn ich an den Text des Kassibers zurückdachte – der meinem Gedächtnis fast ganz entfallen war –, war mir, als habe ich schon damals, als ich diesen Text, nur für

Augenblicke allein in der Haftzelle, so schnell wie möglich überflog, ihr Gesicht im Geiste vor mir gesehen, ja, mir schien es manchmal, als habe mir der obskure Zettel, anstelle seiner wirren Mitteilungen, nur ihr Gesicht gezeigt. Ich fragte mich, ob ich vor Kenntnis des Kassibers, also vor Kenntnis auch ihres Namens, je mit Z. über sie gesprochen hatte, ich konnte mich an keinen Fall erinnern. Zu meiner Erleichterung waren Frauengeschichten kein Thema für Z. gewesen, auch er schien keinen gesteigerten Wert auf die Ausbreitung männlicher Erfolgsbilanzen zu legen. Woher also war sie, die ich schon bei ihrem Vornamen *Kora* nannte, mir so *bekannt*? Vergeblich suchte ich nach einer Ähnlichkeit mit anderen weiblichen Bekanntschaften von mir. Ich mußte schließlich zu dem Schluß kommen, daß sie irgendeinem Phantasiebild von mir glich, das mich aus weit zurückliegenden Zeiten bis hierher begleitet hatte ... ein Bild also von denjenigen, die für mich nichts mehr zu bedeuten hatten – jedenfalls nicht so, wie es meiner Vorstellung entsprochen hätte. Vielleicht auch konnte ich etwas von mir selbst auf dem Foto erkennen, das aus einer für mich abgeschlossenen Zeit herrührte – um so mehr galt, daß es nach meinem Willen ohne Belang für mich war. Der eigenartige verschleiernde Schimmer, der bei alledem über dem Bild lag, war vielleicht gerade das für mich Unauslotbare dieser Bekanntschaft ... es war, als sei die Abgebildete in einer Fluchtbewegung nach hinten festgehalten worden, vielleicht war sie vor dem Lichtblitz der Kamera erschrocken, oder sie war vor dem erschrocken, der sie fotografierte, das alles spielte sich in einem schlecht beleuchteten oder stark verrauchten Raum ab... oder bildete ich mir ihren Schreck nur ein; war es nicht mein eigener Blick, der mir suggerierte, dieser Schreck sei durch einen späteren, unerwünschten Betrachter ausgelöst, dem die Widmung auf der Rückseite nicht galt und dessen Überlegungen die eines Schnüfflers am Rand ihrer intimen Sphäre waren... oder war alles nur dem Umstand zuzuschreiben, daß hier eine ältere Fotografie ein zweites Mal abfotografiert worden war; ich glaubte dies jetzt zu sehen, Unschärfen am Bildrand schienen es mir zu beweisen. Daß ich also nur die schlecht gemachte Reproduktion einer ebenso papierenen

Aufnahme in der Hand hielt. Demnach war das Bild, das mich derart beschäftigte, eine ebenso triviale Kopie wie meine merkwürdige Hingezogenheit zum Gesicht dieser Frau.

Natürlich, dies hatte ich keinesfalls vergessen: wenn es nicht mehr Zufälle gab, als einem einzelnen Verstand zuträglich, so war Kora eine Frau, deren Tod man längst erwogen hatte. Z. hatte mir sogar das Datum ihrer Ermordung auf seinem Kassiber notiert. Es war also sehr gut, daß ich sie niemals gekannt hatte... und daß ich sie niemals erwähnt hatte. Nein, ich hatte sie nicht erwähnt, nie hatte ich überhaupt eine Gelegenheit dazu gehabt. Auch war ich zum ersten Mal in meinem Leben in Berlin – wenn ich von einer Besichtigungsreise der Hauptstadt als Schüler in meinem letzten Schuljahr absah, von der mir nichts in Erinnerung geblieben war, außer dem Brandenburger Tor, das damals noch nicht von Mördern mit Schnellfeuergewehren besetzt war, außer dem Staunen vor den nagelneuen Hochhäusern in der Stalinallee und an die barackenartigen Unterkünfte in der Pionierrepublik in der Wulheide – zum ersten Mal also, und ich kannte überhaupt keinen Menschen in Berlin, geschweige denn kannte ich hier eine Frau. Anderslautende Erwähnungen von mir waren, notfalls mußte ich diese Blamage auf mich nehmen, reine Phantasieprodukte meiner Geltungssucht. Dumm war allerdings, daß ich meiner Phantasie ausgerechnet dort freien Lauf gelassen hatte, wo man mich vor den Gefahren der Redseligkeit gewarnt hatte: *Sie hören alles.* Und folgsam hatte ich so gut wie möglich geschwiegen, wenn ich mir einbildete, man wolle mich aushorchen, aber an der offenbar falschesten Stelle hatte ich dann doch geschwätzt. Dabei hätte ich eigentlich schon vom Tod einer Frau namens Kora wissen müssen. Wenn ich nicht ausschließlich mit den eigenen fliegenden Fahnen beschäftigt gewesen wäre, hätte ich mir ausrechnen können, daß der Mord an dieser Frau – ein Mord mit Datumsangabe – in Berlin geschehen sein mußte, daß diese Frau, deren Foto ich in der Hand hielt, schon tot war, als ich ihren Namen zum ersten Mal hörte, und daß das Datum ihres Todes in eine Zeit fiel, an die ich mich auf widerliche Weise schlecht erinnerte, nämlich an die Tage kurz vor meiner Verhaftung. Welch ein Instinkt, der mich den Kassiber sofort hatte vernichten lassen, wie nun schon mehrfach erwähnt, meine Magensäure hatte ihn zerfressen. Was ich von dieser Kora wußte – es war so gut wie nichts –, war im Kopf eines anderen, den ich hinter mir gelassen hatte... es war besser, gar nicht mehr an sie zu denken... gut wäre nur, sich an denjenigen zu erinnern, der da, einige Tage vor seiner Verhaftung, durch seine Nächte geirrt war, durch seine Phantasien, der sich in Übertreibungen und Auslassungen verstrickt hatte, so daß er sich selbst unglaubwürdig geworden war. Für eine Zeit also, über die das Nachdenken gar nicht so wichtig wäre, wie Z. gemeint hatte, brauchte ich eine gültige Variante. Diese Frau aber konnte ich vergessen... und damit fand auch der Dunst, der ihr Porträt umschattete, eine eigentümlich magische Erklärung: ich konnte ihn den mysteriösen Dunst meines Unterbewußtseins nennen, der sich nun in eine Empfindung von Bedauern aufzulösen vermochte. Es gab nichts in diesem Dunst, das von meiner Erinnerung durchdrungen werden mußte, im Gegenteil, meine Erinnerung mußte klipp und klar beweisen, daß ich mit ihr nicht das geringste zu tun hatte. Meine Trauer, sagte ich, indem ich das Bild behutsam in den Speiseschrank zurücklegte, durfte das einzige sein, was dunkel blieb, eine lange Zeit lag vor mir, in der ich ihr nachsinnen konnte. Irgendwann würde sich mir das Schicksal ihrer Abwesenheit erhellen.

Nachdem ich die Öffnungszeiten der Geschäfte abgewartet hatte, war ich eilig zu den Läden gegangen: Bäckerei und Fleischerei, die es unweit der Wohnung gab; ich war aber in beiden Fällen gescheitert, mit knurrendem Magen hatte ich mich später aufs Bett gelegt. Augenblicklich wußte ich nichts mehr, seltsamerweise war ich auf dem fremden Lager sofort eingeschlafen, nur durch den Hunger war ich wieder erwacht. Der Wecker, den ich auf dem Nachttisch gefunden und aufgezogen hatte, zeigte auf elf Uhr... abends? Ich wußte es nicht mehr, schon der erste Tag in Berlin hatte mich jeder Orientierung beraubt. Bemerkenswerterweise... zufälligerweise war das Klingelwerk des Weckers auf eine mir geläufige Zeit eingestellt gewesen, auf fünf Uhr. Dies war die Zeit, zu der ich am Morgen aufwachen mußte, als ich noch zur Arbeit ging, und – ich brauchte das Klingelwerk nicht erst zu verstellen – zugleich die Zeit, in der ich nachmittags aufstand, wenn ich Nachtschicht hatte. In den letzten Monaten vor meiner Abreise nach Berlin hatte ich diese Zeit beibehalten: ich wollte mich nur noch dem Schreiben widmen und ging nicht mehr zur Arbeit... nie jedoch war mir ein Vorhaben perfider ins Leere gelaufen als dieses... und versuchte also um siebzehn Uhr aufzustehen zum Schreiben. Wenn ich weiterhin nachts schrieb, hatte ich mir gesagt, könne die Wirklichkeitsfälschung, verdeckt von der Dunkelheit, weniger Einfluß auf meine Sätze nehmen... ich erinnerte mich, wie ich die ganze Nacht lang zu schreiben versucht hatte, oftmals bis weit über den Tagesbeginn hinaus, ohne daß es der Tageshelligkeit gelang, in den Lichtkreis meiner Lampe einzubrechen, doch aus welcher Zeit stammten diese Erinnerungen wirklich? – Das Erwachen dann glich noch ganz dem jener Tage, an denen ich Nachtschicht hatte... und stand im Gegensatz zu dem morgendlichen Erwachen, das mir, zumal ich das Weckerklingeln meist nicht hörte, keine Minute Zeit zu versäumen gab... es ähnelte einem schwerfälligen Herausschälen aus einem mehr scheintoten Zustand, mit unendlicher Mühsal krochen mir die Gedanken ans Licht... im Winter, in solchen Wochen, herrschte schon wieder Dunkelheit... nur langsam wurde ich meines Körpers gewahr: wenn ein Zauber es vermocht hätte, mich während des Schlafs in ein anderes Wesen zu verwandeln, es wäre mir nach diesem Erwachen noch für lange nicht aufgefallen. In solchen Stunden – oft dauerte es in der Tat eine Stunde oder noch länger, bis ich auf den Füßen war – war mir das Zustandekommen meines Ich dermaßen lästig, daß ich wahrhaftig gewünscht hätte, verwandelt zu werden... wenn es mir nur möglich gewesen wäre, zu erwägen, daß ich auch ein anderer hätte sein können. – Ich war wach, doch mir schien, ich triebe noch immer auf der grauen, schwach wogenden Wasserfläche des Schlafs dahin, wo alle Ufer fern waren... nicht verwunderlich, daß ich zuerst das des gestrigen Tages zu gewinnen suchte, daß ich mich geradezu fürchtete, weiter voraus zu blicken, und mir die Hoffnung auf einen neuen verwandelten Tag versagte. Doch die Gedanken, die mir der Schlaf unterbrochen hatte, die mich zuvor... die mich gestern beschäftigt hatten, waren entschwunden, als hätte ich Wochen geschlafen. Alle Zusammenhänge, in denen meine Wahrnehmungen von vordem noch hätten verständlich aussehen können, waren mir zerfallen. Ich erinnerte mich plötzlich, wie ähnlich es mir ergangen war, als ich im Gefängnis zum ersten Mal hatte einschlafen können... durch eine irreale Schlafdauer hindurch hatten mich nur einzelne Gegenstände begleitet, die mir mit schmerzlichen Erfahrungen verbunden schienen, wenn ich aber Zeit und Ort dieser Erfahrungen auffinden wollte, so mußte ich unermeßlich weit zurück... fernliegende neuralgische Punkte standen mir hinter den noch geschlossenen Lidern, die Wegstrecken aber, die mich an ihnen vorbeigeführt hatten, blieben mir im ganzen unerklärlich lang und verworren. Manchmal glaubte ich vage Verdachtsmomente herauszuspüren: Versäumnisse, Unterlassungen, oder Verstiegenheiten und Peinlichkeiten... das plötzliche Bewußtsein davon elektrisierte mich, jagte mich aus dem Bett, buchstäblich überstürzt nun, und ich warf mir kaltes Wasser ins Gesicht, bis ich meine Erinnerungen wieder vertrieben hatte.

Nein, es gab, zum Beispiel, gar keinen Anlaß, mir den Kopf darüber zu zerbrechen, ob ich mich an den Anblick der F.Straße wirklich *erinnerte* oder ob sie mir nur durch Zufall bekannt vorgekommen war, als ich sie am Morgen betrat. Ähnlich wie im Fall von Koras Foto – ich hatte es wieder in der Hand, als ich endlich Proviant herangeschafft hatte und diesen in den Speiseschrank räumte – war es eine simple Täuschung, hervorgerufen wahrscheinlich durch die Intensität, mit der ich mir monatelang ausgemalt hatte, wie mein Leben in Berlin aussehen würde. Die F.Straße war offenbar eine Straße, wie sie mir in gewissen, natürlich von irgendwelcher Literatur genährten Wunschvorstellungen typisch erschienen war. Sie war eine kleine Straße, schmal, nicht sehr lang und mitten in das Stadtgrün eines der südlichen Teile Berlins gebettet. Solche Straßen gab es zu Dutzenden in der Gegend, und ebensogut, wie man sie verwechseln konnte, konnte man glauben, sie wiederzuerkennen, obwohl man sie noch nie betreten hatte. Wenn man nur einmal aus einem oberen Fenster schaute, oder von einem Balkon herab, und die Sicht von den laubvollen Lindenkronen verdeckt war, konnte man tatsächlich vergebens nach einem Anhaltspunkt suchen, nach einem Straßennamen, einem Ladenschild, nach einem Baugerüst... wie oft zum Beispiel erblickte man ein Baugerüst und meinte deshalb, vor einem bekannten Haus zu stehen. Es war allein die sehr allgemeine Stimmung einer solchen Straße, die einem bekannt vorkam. Die Stimmung zum Beispiel an einem Vormittag, wenn man von der Sonne halb geblendet war, die blitzend durch das helle Grün der Linden brach, woran zu merken war, daß das Fenster nach Osten oder Südosten hinausging... wobei man eine gewisse Nervosität verspürte, oder mehr die Erinnerung an eine Nervosität, als ob man mit noch verkatertem Schädel gegen das Licht ankämpfte, sich unausgeschlafen fühlte... im Hintergrund nach einem schmalen Durchgang zwischen allerorts gleich aussehenden Häusern nach einer Orientierungshilfe suchte, aber wieder nur die gleichen Bäume, die gleichen Hecken sah, Linden und Weißdorn... vermutlich Weißdorn, denn im Herbst war nur für Botaniker zu erkennen, was ein Weißdorn war... wieder nur ähnliche Fassaden, Müllcontainer, die Bruchstücke von Hofmauern, die unter dem von immer gleichen Jahren abgeschürften Putz die gleichroten uralten Backsteine enthüllten, gegen die sich Buchs oder Weißdorn ansträubten, unter dem Sonnengeblink, das durch den Vormittag kreuzte, und man hörte eine Straßenbahn sich entfernen, rechts, wo man sie nicht sah, und bald nach ihrem Quietschen der Sirenenlärm eines Rettungswagens, Feuerwehr- oder Polizeiautos, das sich entfernte, um dann, nach einer Weile und diesmal links, nachdem es offenbar all diese gleich aussehenden grünen Straßen in großem Bogen umfahren hatte, seine Warnrufe noch einmal heulen zu lassen, jetzt dringender und hektischer, aber schon weit fort von dieser stillen Straße, die ebensogut einer anderen großen Stadt angehören konnte.

Die Geschichte, die mir mehr Verdacht eingebrockt hatte als nötig, war eine Geschichte von beinahe mythischer Dimension. Hatte ich nicht sofort meinen Bekannten *Waller* aus M. vor Augen gehabt, den man wahrhaftig wie den fleischgewordenen Verdacht durch die Stadt streifen sah, zuletzt nur noch am Abend, nach Einbruch der Dunkelheit, und der tatsächlich von jedermann gemieden wurde – nur in mir schien er ab und zu noch, trotz einiger lange zurückliegender Mißhelligkeiten, eine verwandte Seele zu entdecken – und der keineswegs *mehr* im Sinn hatte, als eine Kleinigkeit, die ihm eine Pein war, vor der Welt zu verbergen oder sie der Welt auszureden, obwohl ihn nie jemand danach gefragt hatte. Diese Kleinigkeit – vielleicht seine Impotenz oder eine ähnliche Einbildung –, die er andauernd hinter Drohgebärden und Klagen über Intrigen gegen sich versteckte, machte ihn wirklich zu einer der nervösesten, scheelsten und verkrochensten Erscheinungen der Stadt, er ging umher, schief blickend, unter dauernden Widersprechungen, das Gesicht nie anders als über die vorgezogene linke Schulter schräg nach unten gerichtet, und es war ein Wunder, daß ihm die zahlreichen Aufsichtsorgane noch nicht auf der Spur waren... offenbar lag es daran, daß sie ihn für einen ihrer geheimen Vorgesetzten hielten. Die irritierenden Diagonalen, die er mit den Augen verfolgte, waren so unberechenbar, daß ich öfters schon resigniert anhielt, ehe er mich wirklich ertappte, und einmal war ich versucht, auch ihm meine Geschichte zu erzählen... ihm gegenüber war sie eher ein Akt tröstlicher Ermunterung, daher mußten ihm die dunklen Strecken des Abenteuers genügen. Ich wußte aber nicht mehr, ob er noch nachgefragt hatte und ob ich deshalb noch ausführlicher geworden war. *Waller* – der mit Vornamen *Joachim* hieß, weshalb man ihn einfach *Jo* genannt hatte, woraus um die Zeit, als aufgrund der Einrichtung von Intershops schottischer Whisky in der Republik zu haben war, der Name *Johnnie* wurde, der sich einbürgerte – hatte mir gegenüber den unschätzbaren Vorteil, schon einmal verheiratet gewesen zu sein. Die Erfahrung mit diesem Zustand, der von kurzer Dauer gewesen sein mußte, war mehrmals Anlaß seiner Klagen, die er mich anzuhören zwang, und ich fürchtete ihn, da er, der so nach Schuldbewußtsein roch, mich ungewollt mit Gewissensbissen zwickte, die mich fragen ließen, ob ich ihm nicht irgendwie verdächtig vorkomme. Das graue Gewissen meinerseits, das ich ihm gegenüber hatte, stand mit dem Eingang meiner abenteuerlichen Geschichte in Verbindung, der allein nicht vollkommen erlogen war, weshalb es richtig war, ihm diesen Eingang zu verschweigen und den Hauptakzent auf die mythische Komponente zu legen. – Es sei eine Geschichte, erklärte er nach einigem Nachdenken, die die Wirklichkeit so zeige, wie sie sei: eine Metapher... – Ich war einen Augenblick unsicher, doch dann hielt ich es für Unsinn. Späterhin fand ich mich im Innern der Geschichte selbst kaum noch zurecht, sie vernetzte sich für mich derart, daß mir nicht mehr klar zu entwirren war, was in die Geschichte selbst gehörte oder dem Umstand zuzuschreiben war, daß ich sie zum besten gegeben hatte... mehr noch, ein klares Netz hätte dabei für mich eine ähnliche Rolle gespielt wie am Anfang von Pornografie ein durchsichtiger Schleier. – Es war die Geschichte eines Abenteuers, das zu den phantastischsten zählt, die auszudenken sind, weshalb man niemals davon erzählen hören kann, obgleich Ähnliches in den meisten Männergehirnen spukt. Wäre jeder bereit, dieser Phantasie freien Lauf zu geben und darüber zu berichten, so würde die Geschichte bald zu den alltäglichen Vorkommnissen zählen und niemand mehr hörte sie mit Verwunderung an. Es fiele schwer, einer so häufig erzählten Sache den Wahrheitsgehalt im Einzelfall abzusprechen, vielleicht aber würde niemand sie erzählen, da ihr jeder Anreiz des Besonderen fehlte... und vielleicht erzählt genau aus diesem Grund niemand diese Geschichte. Ich jedoch erzählte die Geschichte, und zwar in mehreren Fällen, ich erzählte sie unter einer Art Wiederholungszwang, und das Erstaunen meiner Zuhörer, das Schweigen, auf das ich stieß, machte auf mich zuerst den Eindruck, daß die Waage der Glaubwürdigkeit sich zu meinen Gunsten neige. Bald aber mußte ich begreifen, daß ich nur den Überraschungseffekt auf meiner Seite gehabt hatte und daß man offenbar entschlossen war, die Geschichte aus Höflichkeit schnell zu vergessen. Man schwieg sich darüber aus, niemals geschah es mir, daß man mich an das Gehörte erinnerte... kein Mensch fragte mich, ob ich eigentlich wahnsinnig geworden sei. Aber ich glaubte zu erkennen, daß einige eine merkliche Distanz zwischen sich und meine Person brachten, ich hatte den Eindruck, daß ich mit Blicken bedacht wurde, wie sie sonst nur meinem Bekannten Waller galten. Also suchte ich die Geschichte fester in der Wirklichkeit zu verankern, streute Varianten aus, die nach Beweisen klangen... ich erzählte die Geschichte mit einer Vehemenz, die aus der Empörung darüber resultierte, daß ich unglaubwürdig zu bleiben schien... und ich verbot mir, darüber nachzudenken, aus welchem Grund ich die Geschichte erfunden hatte, da ich damit selbst hätte ihre für mich völlig real gewordenen Verläufe anzweifeln müssen. Der einzige Fall, da sie mir offensichtlich abgenommen wurde, war derjenige, in dem ich sie meinen Zellenbrüdern Wasja und Ronni erzählte, die so offene Ohren für mich hatten, daß ich sie an diesem Tag fast ein wenig zu lieben begann. – Im großen und ganzen war es die abenteuerliche Geschichte von der geheimnisvollen Fremden, wie sie jedem, in nebensächlichen Einzelheiten beliebig variierbar, bekannt ist: in meinem Fall wurde ich von dieser Person in ein Auto verfrachtet und in unbekannte Gegenden entführt; das heißt, sie lud mich auf so entschiedene Weise ein, daß es mir unmöglich war abzulehnen, wollte ich mir nur den Rest meines männlichen Selbstverständnisses bewahren; die Worte, die sie an mich richtete, waren von der Unmißverständlichkeit eines entsicherten Revolvers, und sie trafen mich aus dem Dunkel im Innern eines nicht landesüblichen Wagens, der plötzlich neben mir hielt. Obwohl ich erst viel später die Möglichkeit hatte, mir die Frau gegenüber anzusehen, wußte ich sofort, daß ich es mit der geheimnisvollen Fremden zu tun habe, jener normalerweise Unnahbaren und nur in Ausnahmefällen nicht Unerreichbaren, und dieser Instinkt leitete mich, als ich die Frage verneinte, die sie mir hinwarf: Wollen Sie wirklich mit einer solchen Schlampe gehen? Die Frage bezog sich darauf, daß ich mich soeben auf den Arm einer anderen Frau stützte, die niemand außer mir für angemessen attraktiv hielt und die ebenso stark angetrunken schien wie ich, als ich mit ihr, zwischen Samstag und Sonntag, soeben aus einem Nachtbus gestiegen war. Meine Antwort hatte zur Folge, daß sich der Wagenschlag einladend öffnete, und ich ließ meine Eroberung sofort los, die sich höhnisch lachend entfernte. Es begann eine lange Nachtfahrt, während der ich einschlief und erst wieder erwachte, als das Auto in eine Garage einfuhr. Danach wurde ich in die wohleingerichtete Wohnung eines der oberen Stockwerke in einem Mietshaus geleitet; Fragen, wo, in welcher Stadt ich sei, mit wem ich es zu tun habe, welcher Vorzug mir diese nächtliche Ehre verschaffte, wurden mir nicht beantwortet... nichts war mir zu durchschauen, nur die unklare Ahnung blieb mir, daß ich zu gut für eine beliebige Schlampe sei, was ich, in der gleichen neutralen Form, auch für meine Zuhörer hatte durchblicken lassen. Nach Vollendung des Abenteuers, nach ein oder zwei Tagen, wurde ich in einer ähnlichen Nacht- und Nebelaktion, während der mir wieder keine Orientierungsmöglichkeiten blieben, nach M. zurücktransportiert, an gleicher Stelle, an der ich verladen worden war, wieder abgesetzt, und grußlos verschwand die geheimnisvolle Fremde – nichts als ein noch anhaltend berauschender Ruch war mir von ihr geblieben – sie fuhr in das Nichts davon, aus dem sie gekommen schien. – Es gab von ihr tatsächlich kaum eine äußerliche Beschreibung, was ihrer Makellosigkeit verschuldet war... nichts, die Ebenmäßigkeit ihrer Gestalt wies nicht das geringste *Merkmal* auf. Und es war aus ihr auch nichts, kein Wort, das sie hätte verraten können, herauszukriegen... – Nichts rauszukriegen? knurrte Wasja, während Ronni ob der Eindringlichkeit meiner Schilderung sprachlos gelauscht hatte, als habe er den Atem meiner Sätze verschlungen und wolle ihn nicht wieder aushauchen. – Unsinn! War sie groß oder klein, das muß man doch wissen. Welche Haarfarbe hatte sie denn? – Schwarz, sagte ich, da mir diese Farbe zufällig, ohne jeden Grund, einfiel.

Freilich wäre es ihnen fast gelungen, mich davon zu überzeugen, daß jenes Haus, in das ich in der Dunkelheit geführt worden war, ein Haus in Berlin gewesen sei. Sie wollten es mir anhand der vermuteten Fahrzeit ausrechnen können, doch diese Zeit war eine völlig unüberlegte Schätzung von mir. Ich sagte, ich habe meine Armbanduhr nicht dabeigehabt... wenn ich dort in der Zelle zugab, die Stadt sei möglicherweise Berlin gewesen, so war dies das achselzuckende Zugeben eines vollkommen bedeutungslosen Umstands, einer Möglichkeit von vielen, und ob ich dabei den Namen *Berlin* laut genannt hatte, war mir nicht mehr gegenwärtig.

Weshalb hätte ich nicht bekennen sollen, daß ich ein Phantast war? Ich tat es nicht, und vielleicht lag der Grund, der mich hinderte, in meiner Existenz als Arbeiter. Der tägliche Umgang mit Realien, der es erzwang, alle Gedanken möglichst lückenlos in die Tat umzusetzen, hatte mich gelehrt, mein Denken an solchen Möglichkeiten zu messen und jede andere Idee als unbrauchbar zu verwerfen. Vorstellungen, die von der Wirklichkeit abwichen, hatten für mich den Anschein des Überflüssigen. Ich hätte es beispielsweise nicht gewagt, und wahrscheinlich auch nicht vermocht, die Phantasie vor meinen Arbeitskollegen als eine Größe zu verteidigen, die dem Menschen unveräußerlich sei... und die ihnen, den Arbeitern, dennoch mit Erfolg enteignet schien. Es war nicht so, daß man ihnen die Fähigkeit zur Phantasie genommen hatte, diese trugen sie sehr wohl noch in sich, nur hatte man sie ihnen irgendwie umgewandelt. Ihre Phantasie schien sich nur noch von einem feststehenden Realen nach rückwärts zu richten und dessen Werdegang zu beobachten, während ihnen eine andere Form der Phantasie, die nach der Entstehung eines Neuen oder Unbekannten strebte, fremd oder suspekt war. Freilich war der Sinn ihrer Arbeit in jedem Fall ein Mehren des Verwirklichten, doch dachten sie über diesen Sinn nicht hinaus. Da ich auf keine Art die Möglichkeit sah, die Gesellschaft der Arbeiterklasse zu verlassen, ordnete ich mich ihr unter und begab mich, wo ich meine Phantasie nicht zügeln konnte, mit ihr ins Abseits. Bis zu diesem Punkt unterschied ich mich in nichts von ihnen, doch dann unterlief mir der Fehler, daß ich aus diesem Abseits nicht wieder herausfand. Der Grund dafür war darin zu suchen, daß ich irgendwann die Gewohnheit angenommen hatte zu schreiben. Selbstverständlich hätte ich auch noch soziale Gründe dafür angeben können, doch waren dies solche, die die oberflächliche Wirklichkeit in einem Recht bestätigten, das sie ohnehin beanspruchte... es war, als schriebe ich nur aus dem Willen, die Übermacht meiner Phantasie zu bändigen und mich ihrer zu entledigen, und ich hatte dies seit der Kindheit eingeübt. Ich schien damit sogar Erfolg zu haben, meine Gedanken flogen nicht mehr, wenn ich sie in die krausen Verzwicktheiten meiner Hefte verbannen konnte. Sachte floß die Phantasie aus mir heraus, sie machte sich auf den Papieren breit, und ich bemerkte, wie ihr Volumen abnahm... ich brachte es so weit, daß sie mich schon im Stich ließ, während ich sie noch benötigte... wenn mir dies noch vor dem Ende irgendeiner Geschichte geschah, mußte ich auf die Wirklichkeit zurückgreifen. Die Wirklichkeit... nach langem stumpfen Brüten ermahnte ich mich zur Wahrheit, zur Wahrheit meines Lebens, sie schien meine einzige Chance zu sein, und es geschah, daß mir diese tatsächlich zur Fortsetzung verhalf. Das hieß, ich war endlich an einem Punkt, an welchem ich, ebenso wie jeder andere Arbeiter, beginnen mußte, von einer bestehenden Realität rückwärts blickend die Entstehung derselben zu betrachten... die Entstehung dessen, was ich für eine Wahrheit meines Lebens hielt. – Diese Geschichten, so dachte ich dann, seien so phantastisch, weil die Art ihrer Entstehung gar nicht gut solche Ergebnisse habe zeitigen können, denkbar unmöglich, sagte ich, daß aus dem, was ich sah, eine solche Entstehung sich ableite. Dem Weiterbestehen meiner Phantasie in der Realität lag eine Vorgeschichte zugrunde, nach der sie sich eigentlich auf ein Nichts hätte dezimieren müssen, das Dasein meiner Phantasie war völlig phantastisch... das Ergebnis meiner Entstehung war ein ihrem Prozeß völlig widersprechendes Ergebnis... die Vorformen meiner Realität waren so phantastisch, daß aus ihnen niemals die bestehende Realität hätte werden können... und ich fragte mich, war sie es wirklich, die bestehende Realität, oder war ihre Sichtbarkeit eine phantastische Übertragung des Irrealen auf die Leerstellen der Logik. – Und es war dabei durchaus möglich, daß mir die Geschichte mit der geheimnisvollen Fremden wirklich geschehen war... mehr noch, daß ihre Windigkeit und Unglaubwürdigkeit bloß eben jenen Versuchen verschuldet war, die sie als logische Geschichte ausgeben wollten. Tatsächlich, ich hatte sie der Logik anzugleichen versucht, und dies hatte sie unwahrscheinlich gemacht.

Betrunken im Gang eines überfüllten Nachtbusses mich auf den Beinen haltend, der mich zusammen mit ein paar Freunden aus einem Nachbarort von einer Rock-'n'- Roll-Veranstaltung nach M. zurückbrachte, hatte ich mit einer Bekannten von früher, die Lona gerufen wurde, in lautem und euphorischem Ton eine Unterhaltung begonnen und damit, wie mir schien, allgemeine Aufmerksamkeit erregt. Die belanglosen Unverschämtheiten, die, es war deutlich, meine Annäherungsversuche kaschieren sollten und auf die sie einging, riefen in unserem Umkreis abgewandte Gesichter hervor und führten dazu, daß ich meine höhnischen Freunde ohne mich aussteigen ließ, eine Haltestelle weiterfuhr als nötig, wo ich Lona mit übertriebener Galanterie aus dem Bus half. Sie ließ es mit überlegener Miene geschehen; als wir, ich hatte ihren Arm in die Ellenbeuge des meinen gezogen und hielt ihn dort fest, allein in der dunklen Straße standen, hatte ich den Eindruck, daß hinter den verschwitzten Busfenstern hervor neugierige Gesichter auf uns starrten. Der Bus fuhr nicht sofort weiter, und noch in seinem Lichtdunst löste sich Lona aus meinem Griff, um lachend ihres Wegs zu gehen; ich lief ihr, da ich die Abfuhr nicht begreifen konnte, unter dem Gespött der Augen aus dem Bus, der uns langsam überholte, ein Stück hinterdrein, ehe ich es aufgab, da die Situation selbst mir zu blöd geworden war. Daß ich Lona noch einmal am Arm zu packen versuchte, konnte noch zu der realen Geschichte gehören, aber auch schon zu derjenigen, mit der ich mir die dem Alkohol verdankten Gedächtnislücken zu füllen suchte... und bald wurden diese Lücken immer größer; je weniger alltäglich oder belanglos mir der Vorfall erschien, je spöttischer das Grinsen meiner Freunde zu werden schien, desto unabweisbarer drängte sich mir das phantastische Abenteuer aus imaginären Bereichen herauf, je monströser die Geschichte war, die ich erfand, um über mein wirkliches Geschick in dieser Nacht hinwegzutäuschen, um so mehr verschwamm das Reale mit der Fiktion, die ich ihm angehängt hatte. Noch ehe man mich ein paar Tage später fragte, weshalb ich nicht mit aus dem Bus gestiegen sei – eine scheinheilige Frage, denn jeder hatte den Grund gesehen, und sie waren nur darauf erpicht zu hören, was aus Lona und mir in dieser Nacht geworden war –, überraschte ich meine Freunde mit dem plötzlich neben uns stoppenden ausländischen Wagen: Dann sei ich vielleicht absichtlich ein Stück weitergefahren, und es sei eine abgemachte Sache gewesen, daß der Wagen mich abhole? – Diese Frage ließ ich offen. – Ob es vielleicht ein Diplomatenwagen gewesen sei? Ich überlegte, ob ich nicht die ebenso mythische Geschichte wählen sollte, in der man, aufgrund eines solchen Wagens, die unverhoffte Möglichkeit hat, ein oder zwei Nächte in Westberlin zu verbringen. Doch diese Geschichte, ohne den allergeringsten materiellen Beweis dafür vorweisen zu können, erschien mir zu gewagt. Deshalb blieb ich bei der Variante mit der völlig unbekannten Wohnung, in einer Stadtgegend, in der mir die Orientierung unmöglich war. – Mein Lechzen nach Lona war von ihrer Stärke, von ihrem Umfang verschuldet. Gleichzeitig war es ein sicheres Zeichen für meine Unterlegenheit im Wettlauf nach dem Weiblichen, und nichts fürchtete ich so sehr, als daß dies ruchbar werden könne. Es war deutlich, daß ich mit dem Griff nach einem ihrer Oberarme das Volumen von etwa drei Armen gewöhnlicher, schlank genannter Frauen erfaßt hätte, daß die Schenkel einer ebenso gezählten Equipe von Frauen mir durch einen einzigen von Lonas Schenkeln aufgewogen worden wäre; mich in Besitz von Lonas Gesäß zu bringen, konnte heißen, mit einem Gebirge von Weiblichkeit umgehen zu dürfen, von dem eine Mehrzahl übriger, der Konfektion angepaßter und deshalb schön genannter Puppenfiguren in den Schatten gestellt gewesen wäre. Zudem, so glaubte ich intuitiv, sei Lona durch ihr als Mangel empfundenes leibliches Übermaß mehr als gewöhnlich zum Gebrauch der Gedanken genötigt, ohne ein gewisses dialektisches Vermögen sei, was sie entbehrte, nicht beschreibbar, und deshalb trage sie ihren Kopf nicht so zufällig wie eine Puderdose mit sich herum.

Seit einiger Zeit kannte ich an mir übrigens einen vergleichbaren Zwiespalt: auch ich verspürte ein Übermaß an mir, das ich bemängelte; gewissermaßen war ich damit Lonas Antipode. Das Übermaß herrschte in meinem Kopf, und ich hatte Mangel an Kräften, dieses zu bändigen ... während das Ärgernis in ihrem Fall die Gedanken förderte, hatte ich das Gefühl, daß mir ein Übergewicht von Grübelei die Energie aus den

Gliedern sog. Ich war so naiv, es auf die mir brachliegende Phantasie zu schieben, seit meiner Haftentlassung waren mir beinahe alle Schreibversuche gescheitert, und es war in der Tat möglich, daß eine in mir hausende Figur, die sich um das Hervorbringen von Poesie mühte und die ich nicht mehr loswurde – so als wolle das Papier sie nicht mehr annehmen –, die Weite des Feldes, über das meine Gedanken zu schweifen gewohnt waren, verdoppelte. Ich konnte es auch anders ausdrücken: wenn ich früher die Wüste des Alltäglichen in meinem Kopf durchquerte, so war ich darin ungestört, da jene zweite Figur in mir abwesend war und in meine schriftstellerischen Ergüsse verbannt. Nun war aber dieser Zweite nicht mehr abwesend – nein, ich hatte ihm doch selbst, in der Haftanstalt, zu ausdrücklichem Dasein verholfen, indem ich von meinem Schreiben zu schwätzen begann –, er ließ sich nicht mehr für bestimmte Zeit ausschalten, im Gegenteil, er fiel der Alltagsfigur, die ich sonst war, dauernd ins Wort, er bestand auf seinem Daseinsrecht. War es nun etwa so, daß die Alltagsfigur lediglich die Niederschrift dessen zu leisten hatte, was die zweite Figur dachte, eine mühsame und langweilige Kleinarbeit? Sie weigerte sich, sie weigerte sich stur, eine Sache zu tun, aus der ein Verdienst nicht absehbar war. – Aber das Dazwischenreden der zweiten Figur löste noch mehr aus: die alltäglichen Dinge, die ich sonst leicht und lässig nahm, luden sich mit einer zweiten Meinung auf und waren plötzlich nicht mehr einfach zu tun oder zu lassen, sie waren weder leicht in Kauf zu nehmen noch einfach zu ignorieren. Sie wurden plötzlich *charakteristisch*, vollkommen bedeutungslose Anlässe wurden Symptome, Gegenstände, die ich besaß oder entbehrte, wurden Symbole für überflüssiges oder fehlendes Leben, eine Wirklichkeit, die eine Lücke aufwies, nahm den Wert oder Unwert eines Beispiels an, von dem ich auf meinen gesamten Lebenszustand schloß, so daß mich gewisse Verhinderungen auf einmal empörten und auf Rache sinnen ließen. Ein ungeheures Geltungsbedürfnis, das zuvor in mir geschlummert hatte, brach plötzlich mit aller Kraft aus mir hervor und gebar den Gedanken, daß meine gesamte Existenz noch eine zweite, ebenso komplexe Form unter ihrer Oberfläche verbarg, daß meine gesamte Zeit noch durch eine zweite Zeit unterhöhlt war, daß ich eigentlich eine Doppelfigur sei, und daß selbst meine Dummheiten ihre Hintergründe in meinem verborgenen Ich hatten und nur als Dummheiten aufgefaßt wurden, weil man mich nicht wirklich verstand, als Folge davon, daß man nur meine sichtbare Existenz im Auge hatte. Es war tatsächlich so, daß ich im Denken und Schreiben im Grunde nichts anderes tat, als meine Dummheiten aufs komplizierteste zu rechtfertigen... Dummheiten, die vielleicht sogar harmlos waren... abgesehen davon, daß es zum Komplex meiner Rechtfertigungen gehörte, Dummheiten in harmlose und weniger harmlose einzuteilen, verstörte mich jede Art von Dummheit so hartnäckig, daß es mir einfach nicht gelang, einen solchen Zug an mir zu ertragen, wie dies jedem intelligenten Menschen in aller Seelenruhe möglich war. – Meine mißlungene Verfolgung von Lona – unter anderen die in jener Nacht, in der ich mit dem Bus eine Station zu weit fuhr – gehörte zu den Dummheiten, die ich mir nicht verzieh... meine Erfolglosigkeit setzte ihnen nur die Krone auf, die Hauptsache war meine Schwäche für Lonas Stärke: es wäre mir zweifellos leichter gefallen, einen Mord zu gestehen als mein Gelüst auf Lona, die in den Augen der übrigen Welt nicht mehr war als eine ganz gewöhnliche *dicke Frau*.

Die Überlegungen, die ich vor mir anstellte, hatten noch einen weiteren Zusammenhang: irgendwann, wahrscheinlich schon zu Beginn der Geschichte meiner Nachstellungen, hatte ich mich vor Lona zu dem Geständnis hinreißen lassen, daß ich – selbstverständlich ganz im geheimen – den Mühen der Poesie frönte. Diese Einweihung hätte, wenn Lona die sonst von mir geübte Geheimniskrämerei nur geahnt hätte, auf sie wie eine Besitzergreifung wirken müssen, die einer männlichen Unverfrorenheit verschuldet war, wie sie von meiner Seite keinesfalls zu erwarten stand. Folgerichtig hätte sie dieses Geständnis – das für mich die denkbar intensivste Form der Umwerbung war – mit weniger argloser Freundlichkeit aufnehmen müssen, als sie es getan hatte; da sie mich aber nicht schroff zurückwies, sondern meine Eröffnung mit etwas geheucheltem Erstaunen quittierte, was eine wohlwollende

Variante von Ironie war, erlaubte ich mir kurz darauf, ihr einige erst vor Tagen verfaßte Seiten zu widmen und zu überreichen. Sie erklärte, es nicht in meiner Gegenwart lesen zu können, und die Seiten verschwanden in den mir nicht zugänglichen Bereichen ihres geheimnisvollen Daseins. – Ich wagte schon tags darauf nicht mehr, die Texte zu erwähnen, weil eintrat, was eintreten mußte: kaum waren sie meinen Händen entglitten, hielt ich sie für unerträglich hohl und stümperhaft, so daß mich ein einziger Gedanke daran mindestens eine schlaflose Nacht kostete. – Ich hatte Form und Inhalt meiner blamablen Sentimenzen seitdem völlig verdrängt, wußte nur noch, daß sie mich aufs peinlichste bloßstellen mußten – ich hatte auch keinerlei Abschriften mehr davon –, allein die bohrende Frage war noch in mir, wie ich mir die Papiere in einer Art Piratenakt zurückholen konnte, um sie aus der Welt zu schaffen, sonst aber verlor ich nie wieder ein Wort darüber.

Hellwach, aber völlig ausgelaugt, saß ich auf dem Bett in meiner neuen Wohnung und entflammte mich über der müßigen Frage, welcher Umstand wohl der entsetzlichere sei: derjenige der Verworrenheiten, die ich angerichtet hatte, nur weil ich zu feige war, mein Gelüst zuzugeben, oder jener, der eintreten mußte, wenn ich endlich durchschaut war und meine Feigheit offensichtlich wurde, wozu die Zeit reif war. Sogleich gab es noch eine ganze Reihe solcher Verstrickungen, die zu wahrhaft lächerlichen Lügen geführt hatten und mir unversehens gefährlich geworden waren. Zu einem weiteren Fall von Dummheit gehörte ein ausgeliehenes und veruntreutes Fahrrad, das zum Indizienbeweis für meinen Verbleib in vielleicht einer Stunde während der Nacht vor meiner Verhaftung hätte werden können... doch es war mir nicht eingefallen, und wäre es mir eingefallen, hätte ich es für möglich gehalten, daß ich lieber in den Knast gegangen wäre, als mich zu der Aussage hinreißen zu lassen, daß Lona die Besitzerin dieses Fahrrads war. Es hing dunkel mit einer fast schwarzen Verfärbung auf der Spitze des Sattelknaufs der sonst hellbraunen ledernen Sitzfläche des Gefährts zusammen, und irgendwie wollte es mir nicht aus dem Kopf, daß jeder Blick, dem ich das Rad etwa einer Inspektion preisgeben mußte, von diesem Fleck unwiderstehlich angezogen worden wäre.

Ich hatte weder das Fahrrad noch seine Besitzerin zu meiner Verteidigung in Anspruch genommen, statt dessen hatte ich dies anhand einer anderen Bagatelle versucht. Ich hätte zum Anzünden der Fahnen in jener Nacht in M., und ebenso zum Abbrennen der alten Betriebsbaracke, freilich Feuer bei mir haben müssen, doch dies war nicht der Fall gewesen. Als ich, nachdem man mich vor dem Tor meines Betriebes abgefangen und wieder nach Hause geschickt hatte, in M. ankam und das Fahrrad über die Arbeitsgräben des Gaswerks in der B.Straße hinweggehoben hatte, bemerkte ich, daß hinter den Parterrefenstern der Wohnung meines Freundes S. noch Licht brannte, ein düsteres, matt flackerndes Licht, und ich erinnerte mich an die Absicht meiner Kumpane, nach Schließung der Kneipen noch in irgendeiner Wohnung weiterzutrinken; in der Regel war dies die Wohnung von S., da sie die nächstgelegene war. Schon im Hausflur fiel mir auf, daß man drinnen unterdessen ziemlich kleinlaut geworden war, und als ich klingelte, dauerte es eine Weile, bis ich einen schlurfenden Schritt hörte. Es war S. selber, der mir öffnete, er stierte mich blödsinnig an und hielt mir, als ob er mich nicht erkenne, eine brennende Wachskerze so dicht und mit so fahriger Bewegung vor das Gesicht, daß ich sie ihm sofort ausblies. – Idiot, murmelte er mit kaum noch belebter Stimme. Jetzt haben wir überhaupt kein Licht mehr . . . Ich schob ihn beiseite und trat in die tatsächlich stockdunklen Räume. Unter meinen Schuhsohlen knirschte Glas, sämtliche Glühbirnen waren bei dem Gelage zu Bruch gegangen, eine einzige Kerze diente zum Zigarettenanzünden sowie zur Beleuchtung. Ich hatte natürlich Streichhölzer und machte wieder Licht . . . aber ich hatte sie nicht lange: neben mir wurde vom Aufscheinen der Flamme eine Gestalt munter und griff sofort nach einer Weinflasche, die natürlich umstürzte. Ich sah den Wein säuberlich in meine noch offenliegende Streichholzschachtel rinnen, worauf die Gestalt resigniert wieder einschlief; ähnlich mußte es mit allen übrigen Streichhölzern in dieser Wohnung gegangen sein. Ich blickte mich um: nach meiner Schätzung konnte der Kerzenstummel noch etwa zehn Minuten brennen, dann war hier finstere Nacht und Totenstille. Unter dem Tisch hervor ragten eine Reihe von Beinen, einige, die meisten, hatten sich schon vom Kampfplatz zurückgezogen, man hörte Röcheln, Schnarchen und Stöhnen, auch auf dem Sofa lagen mehrere Schläfer. Ich hatte den Rest der Flasche noch gerettet und setzte sie an die Lippen. – Wie siehst du denn aus, fragte mich S., bist dus denn überhaupt? – Ich wollte mich eigentlich bei dir ein bißchen renovieren, sagte ich.

In den Dunkelstunden in der Haftzelle, in der kaum noch sauerstoffhaltigen Höhenluft auf der oberen Pritsche, waren mir all diese Details haarklein wieder eingefallen, nur waren sie mir zu spät eingefallen. Ich erzählte die Geschichte meinem Zellengenossen Z., der mir aufmerksam zuhörte und versprach, das Ganze seinem Rechtsanwalt zu berichten. Er tat es, und später unterrichtete man mich, der Anwalt habe in Erfahrung gebracht, auf der Effektenkammer der Anstalt lägen eine Uhr, etwas Kleingeld, zwei Zigaretten und eine halbvolle Schachtel Streichhölzer als mein persönliches Eigentum, welches man mir bei der Einlieferung abgenommen habe. Genau diese Gegenstände bekam ich gegen Unterschrift zurück, als man mich wieder entließ.

Ich war konsterniert ... und als ich entlassen war, hatte ich nichts Eiligeres zu tun, als meinen Freund S. aufzusuchen, um ihm die Geschichte zu erzählen: ich war keineswegs sicher, daß die Sache mit meiner Entlassung abgemacht sei und sie nicht noch ein kleines oder größeres Nachspiel haben könne, vielleicht auch in der Form, daß S. über die Nacht vor meiner Verhaftung befragt würde. S. grinste mich überlegen an und meinte, natürlich werde er alles aussagen, was ich wolle. – Natürlich, meinte ich leicht irritiert. Aber es ist dir doch klar, daß es wirklich so war, wie ich dir sage. Meine Streichhölzer sind da drüben auf deinem Tisch abgesoffen. – Sei beruhigt, es ist mir alles klar, sagte S., du warst unsere Rettung, du warst der einzige, der noch Feuer hatte. – Du glaubst mir also nicht? brüllte ich ihn an. – Ich brauche nichts zu glauben, erwiderte er, ich *weiß*, daß du als einziger noch Streichhölzer hattest. – Was willst du damit sagen? – Daß es ganz egal wäre, ob du welche gehabt hast oder nicht. Daß es mir auch ganz egal ist, ob du die Bude angebrannt hast oder nicht. Fest steht aber für mich, daß du inzwischen in ihren Kategorien denkst. Wenn du ihnen nachweisen willst, daß du nichts getan hast, was für sie strafbar ist, dann bist du schon einer von ihnen. Sie selbst müssen das gleiche jeden Tag nachweisen. Was soll ich von dir halten, wenn du jetzt, nachdem du dort bei ihnen rumgesessen hast, genauso agierst, wie es bei ihnen üblich ist. Und jetzt verlangst du von mir, daß ich das Theater auch noch mitspielen soll. – Du Idiot, rief ich, ich will einfach nicht in den Knast. Das ist alles, was ich will! – Meinst du, dafür brauchen sie eine Schachtel Streichhölzer? – Aber sie haben mir Streichhölzer untergeschoben. Als ich in die U.-Haft kam, hatte ich wieder welche! Ich brach ab, denn ich spürte, daß alles zwecklos war, was ich noch sagen konnte. Aber was sollte ich über diese Sache denken? Es war ersichtlich, daß wir uns in einem Zustand befanden, in dem wir uns von der Macht jedes Vertrauen in die Empirik der uns umgebenden Zusammenhänge hatten rauben lassen. Was mir S. zu verstehen gegeben hatte, war, daß Logik und Empirie Machtmittel waren, sie waren Instrumente der Machterhaltung und sie waren herabgewürdigte Mittel, denn ihre Gültigkeit war zensiert.

Die gesellschaftlichen Gesetze, so schien mir, waren zur Schaffung eines Menschenbildes von künstlicher Eigenart eingesetzt: das hieß, die Notwendigkeit ihres Einsatzes hing lediglich von der Erwägung ab, inwieweit sie den Parametern des Menschenbildes dienten. Und da dieses Menschenbild ein künstlicher, also ein programmierter – ein aller Wahrscheinlichkeit nach philosophisch programmierter – Entwurf war, erwiesen sich die Notwendigkeiten zur Aufrechterhaltung seines ikonografischen Ideals nicht eigentlich als einer Not gehorchende Unumgänglichkeiten, sondern als Möglichkeiten. Wenn dies stimmte, so dachte ich weiter, so wäre das Strukturprinzip eines Menschen in jedem Fall – innerhalb dieses Konsensus – in Abhängigkeit gestellt zum Rang der Denkart eines Bürokraten, das strukturale Wesen eines Bürokraten also ergreife in jedem Fall die Verantwortung für die Möglichkeit, die Gesetze einzusetzen. Hier also, in der sozialistischen Ordnung, sind die Gesetze erst wirklich *gesetzt*; sie sind aus dem

Grund gesetzt, weil ihre Hüter, die Bürokraten, gesetzt sind, und zwar nach Maßgabe staatserhaltender Toleranzwerte. Und welche Toleranzwerte könnten geringfügigeren Spielraum haben als diejenigen, die im Mittelpunkt eines zentralistischen Gebildes herrschen. Die Nabe eines Rads, welches das Gefährt in die vorgefaßte Richtung bewegen soll, darf kein Spiel haben. Somit entspricht die These der Wahrheit, die behauptet, erst im Sozialismus herrsche ein wirkliches Gesetz. Damit es wirklich herrsche, müssen Bürokraten mit seiner Verwaltung bedacht werden, denn Bürokraten sind Menschen, die, im Idealfall, ohne die Institution der Verwaltung bar jeder Existenzgrundlage dastünden. Sie werden die Verwaltung den Naturgesetzen ihres Selbsterhaltungstriebes unterordnen: und sie werden bestrebt sein, die gesellschaftlichen Gesetze handzuhaben wie Naturgesetze. Sie werden es müssen, um nicht die Existenzform, die ihre einzige ist, zu riskieren. Doch dabei werden sie, da die Verschiebung der Konstellation in der erklärten Richtung unmöglich ist – sie würden beispielsweise sofort erkennen, daß ihre Existenz keinem Naturgesetz entspricht –, notgedrungen eine Verschiebung zugunsten der entgegengesetzten Richtung versuchen: sie werden die Naturgesetze immer mehr den gesellschaftlichen Gesetzen anzugleichen versuchen. Sie werden an irgendeinem Punkt beginnen, die Naturgesetze nicht mehr als Notwendigkeiten, sondern als Möglichkeiten, als *setzbare* Möglichkeiten, den gesellschaftlichen Gesetzen ähnlich, zu behandeln. Und sie werden in der Natur immer dringender ein ihre Existenz behindern wollendes Phänomen erblicken, etwas, dem man – einer religiösen Monstrosität vergleichbar – die Empirie absprechen kann. Sie folgen damit dem Naturgesetz, das ihre Existenz als scheinbar und künstlich beweist. Einem solchen Strukturelement gemäß werden sie ein *jedes* Menschenbild für ein mehr oder weniger nach künstlichem oder synthetischem Anspruch einzurichtendes Programm halten.

Mir fiel in diesem Zusammenhang Rimbauds Gedicht von den *Sitzern* ein, das ich als ein prophetisches Gedicht erkannte, welches plötzlich von äußerster Aktualität war. Der Tonfall dieses Gedichts war unter den herrschenden Umständen der einzig mögliche: es war der Gestus der Schmähung und Verzerrung, es war der Gestus, der das Gesetz der *Sitzer* übertrat und sie beleidigte. Nicht umsonst reagierte die Zensur der Mächtigen so heftig auf alles, was ihr nach Beleidigung roch, nach Verleumdung, wie sie es nannte. Verleumdung – dieser Begriff, den die Zensur der Macht erfunden hatte – war die Sprache, die die Wirklichkeit bei einem negativen Namen nannte, während die Macht die Wirklichkeit, die sie verwaltete, positiv benannt wissen wollte, und dies selbst im Widerspruch zu den Naturgesetzen: aus diesem Grund war ihr Verleumdung, der schlechte Leumund, so gefährlich und strafbar. Ich begriff, daß ich mich für S. auf die Seite der Zensur gestellt hatte, als ich mich gegen die Möglichkeit verwahrte, die Fahnen des Staats angezündet zu haben, denn wahrhaftig wäre in einer solchen Geste ein Ausdruck meiner Absicht zu erkennen gewesen, daß ich mich nicht vor einer Mauer der zum Gesetz erhobenen Rituale beugen wolle. Es wäre der Ausdruck einer Sprache gewesen, die eine Sprache der Herabgewürdigten war. Diese Gebärde wäre unter den Gebärden der Macht ein Äquivalent gewesen: wenn die Macht das Recht hatte, ihre rituellen Zeichen auf einer Straße auszustellen, die ich auch als meine Straße erkennen sollte und mußte, so stand mir das Recht zu, mit einem anderen Zeichen zu antworten, oder ich war unfrei. Unfrei aber durfte ich laut dem Gesetz dieser Macht nicht sein ... indem mir die Macht jedoch ihre Zeichen vor das Gesichtsfeld stellte, ignorierte sie das in mir wirksame Naturgesetz, einer Macht über mir Widerstand leisten zu müssen, sie funktionierte dieses Naturgesetz zu einer bloßen Möglichkeit um, die sie gesetzwidrig nannte. Sie zwang mich damit geradezu, die Fahnen anzuzünden, um die Handlungen dieser Zusammenhänge wieder in den Einklang mit der Gesetzlichkeit zu bringen. Oder sie mußte mich aus ihrem Menschenbild entlassen.

Oder ich mußte mich selbst aus ihrem Menschenbild entlassen. – Aber sie hatte auch dieses Menschenbild zum Gesetz erhoben, sie hatte den Entwurf dieses Menschenbildes mit einem Naturgesetz begründet, das aus der Entwicklungsgeschichte der Arten abgeleitet war und zu der Feststellung kam, daß alle einzelnen Wesensmerkmale der Arten sich aus der Summe der

Faktoren, die den Zustand ihres Lebensbereichs bildeten, folgerichtig entwickelt hatten. Die Quintessenz dieses Denkens besagte, daß das Sein das Bewußtsein bestimme. Diese These allein stellte die Begründung dar für die Behauptung eines bestimmten Seins. Wenn dieses Sein nach Ansicht derer, die sich als die denkenden Köpfe der Gesellschaft fühlten, bestand, so mußte – naturgesetzmäßig – ein dementsprechendes Bewußtsein folgen, und wo dies nicht der Fall war, konnte nur eine Gesetzesübertretung vorliegen. – In meiner umfassenden gesellschaftspolitischen Unbildung war ich auf den Gedanken gekommen, daß von jenem Sein, aus dem sich das Bewußtsein eines durch die Macht propagierten Menschenbildes entwickeln sollte, schließlich nur die Idee eines gewissen Standpunktes übriggeblieben war, der als Klassenstandpunkt bezeichnet wurde. Dieser Standpunkt, der in einem Großteil der Einzelerscheinungen lediglich ein verbal behaupteter Standpunkt war, war zu einem von der Bürokratie abfragbaren und verwaltbaren Faktor geworden, denn es erschien möglich zu bestimmen, wie dieser Standpunkt nach außen hin auszusehen habe. Auf diese Weise war er zum alleinherrschenden Maßstab aller Urteile geworden, die über eine jede Person gefällt werden konnten. Der Standpunkt ließ weder das Sein noch das Bewußtsein als vorrangige Kriterien bestehen, der Standpunkt war die einzige Möglichkeit der Bürokraten, in Form von Praxis in ihren Verwaltungsbereichen die Differenz der realen Gedanken zum Menschenbild der Macht zu beeinflussen, wie auch anhand praktischer Ergebnisse in diesen Bereichen eine möglichst geringe Differenz zwischen ihrer Existenz und ihrem Existenzrecht als eingesetzte Bürokraten nachzuweisen. Voraussetzung dafür war, daß sie selbst auf diesem Standpunkt saßen, dieser Standpunkt war niedergelegt in den Paradigmen einer Menschenbeschreibung, die ich in erster Linie für literarische Entwürfe hielt. Nur wurde, so schien mir, der Differenz zwischen der Artikulationsweise dieser Entwürfe und der Chance, dem Gegenstand eines solchen Entwurfs zu entsprechen, kaum Beachtung geschenkt: aus diesem Grund, so dachte ich, war jener Standpunkt immer mehr zu einer besonderen Art der Artikulation geworden.

Nichts hätte mich dazu bringen können, während meiner Vernehmungen über jene unaufgeklärte Stunde zu sprechen, die mir übriggeblieben wäre für das Anzünden der Fahnen in der Stadt, für die Brandstiftung an dem Lagerschuppen meines Betriebes. Ich verhielt mich wie jemand, der den Verdacht irgendeines kleinen Delikts auf sich sitzen läßt, um ein Alibi zu haben für ein größeres Verbrechen, dessen er sich in derselben Zeit schuldig machte. Ich verließ das Chaos in der Wohnung meines Freundes S. und radelte, auf dem fast zu Bruch gegangenen Fahrrad, erneut alkoholisiert, benommen und mit von dem Sturz noch schmerzenden Gliedern, in Richtung Stadtausgang, wo in einem der letzten Häuser Lona wohnte... ich fuhr tatsächlich die W.Straße entlang, kam an der – unversehrten – Betriebsbaracke vorüber... wenn ich an diese Nacht zurückdachte, seit der etwas weniger als ein halbes Jahr vergangen war, fiel mir auf, daß sie mir erst jetzt wieder vollkommen gegenwärtig war: kaum glaublich, daß es Mai war, in dieser Frostnacht in den eisverharschten Straßen, in denen es abwechselnd taute und wieder gefror. Eher erschien sie mir als eine jener Nächte, wie sie mir noch bevorstanden, eine Nacht im späten November, eine Nacht vor Beginn eines der endlosen Winter, die mir nur unter starken Dosen von Alkohol erträglich waren. Und es erschien mir nicht unwahrscheinlich, daß mein Gedächtnis seit dieser Zeit immer, gleich einem Fötus in Spiritus, in Alkohol schwamm, allen Versuchen, mich auszunüchtern, zum Trotz. Eine geschlagene Stunde klingelte, pochte ich an der Haustür, welche ich für die Lonas hielt, brüllte ihren Namen zu Fenstern empor, unter denen ich das von Lona vermutete, die ich nicht hervorrief; an ihrer Stelle weckte ich die Nachbarn, die mich mit dem Inhalt ihrer Nachtgeschirre zu übergießen suchten und drohten, die Polizei zu verständigen. Vor letzterer glaubte ich mich sicher, da, wie ich gehört hatte, die Wache nachts unbesetzt blieb. – Wir haben dich erkannt, tobten sie, wir werden dich anzeigen! – Halt die Fresse, erwiderte ich. Ich bin gerade dabei, euch eure Sauställe über dem Kopf anzubrennen... Traurig ließ ich mich auf dem Rad die W.Straße hinunterrollen, und plötzlich sah ich mich tatsächlich von Polizisten verfolgt, die aus dem

Nichts aufgetaucht schienen. Aber ich entkam ihnen, indem ich durch Nebenstraßen kurvte, nachdem ich mich geraume Zeit im Schatten der Betriebsbaracke verborgen hatte.

Mit Schaudern dachte ich an diese Nacht zurück, die mir vollkommen unwirklich vorkam, unwirklich auch wie jener Winter, der erst im Mai zu beginnen schien... und der vielleicht jetzt erst zu Ende war. Erst mit dem heutigen Morgen vielleicht hatte ich mein früheres Leben beendet, alle Erinnerungen spielten in diesem Winterlicht, es war kaum Licht zu nennen über dem gefrorenen Schlamm in den Straßen einer Kleinstadt, die womöglich gar nicht existierte. Heute morgen hatte ich mich endlich aus dem Ansturm dieses eisigen Windes befreit, der nicht aufhörte, mir in die Kleider zu fahren, der mir die Haut zum Zerreißen spannte... heute morgen war mir die Haut endlich zerrissen, und ein anderes Gesicht war darunter zum Vorschein gekommen. Es war nicht leicht gewesen, aus den Irrgängen dieser Nächte herauszufinden, in meiner Abwesenheit auf der Suche nach einer anderen Abwesenheit. Es war nicht leicht gewesen, diesen Zustand endlich beim Namen zu nennen, die Abwesenheit von dieser Stadt endlich zu verwirklichen, es war nicht leicht gewesen, endlich zum Bahnhof zu kommen. Im Zug hatte ich mich schon befreit gefühlt, gelöst aus dem, was ich war, glaubte ich mich schon hinter einer Wand aus flammender violetter Farbe, die ich am Abend im Norden sah, im Zug nach Berlin... aber der Zug durchstieß die Kulisse des Himmels nicht, im Gegenteil, er schien immer wieder auf den Bahnhöfen der Vergangenheit zu halten, auf Nachtstrecken ganz in der Nähe jener unwirklichen Stadt, die vom Brand des violetten Himmels umkreist war, der Zug hielt auf freier Strecke, wo durch das Licht der Wagenfenster die dunklen Gestalten meiner Vergangenheit taumelten, über Schwellen, Schottersteine, und über das eisige Gras meiner Vergangenheit, wahrscheinlich waren sie auf der Suche nach mir. Doch dann war ich aus dem Zug gestiegen... nur um auf dem Ostbahnhof erneut an mein altes, verdächtiges Ich erinnert zu werden, dieses überholte Ich, das womöglich gar nicht hier war: womöglich stimmte es nicht, daß ich entlassen worden war, vielleicht, während ich übermüdet, mir selber unglaubhaft, hier ankam, lag ich noch immer schwitzend auf dem Oberbett einer überbelegten Zelle, schlaflos, grübelnd, vergeblich um den Schlaf kämpfend, ein weiches zitterndes Elend, dem der Alkohol von Jahren in üblen Dünsten durch die seifige Haut entwich, nichtendenwollend, dort in diesem wüsten Filz aus verklebtem Deckenhaar und verkrustetem Fusel wälzte sich mein zurückgebliebenes, schlafloses Ich, längst schon schlafend, während ich in meiner Schlaflosigkeit hier auf dem Ostbahnhof umherirrte. Doch dann war ich auch aus dem Bahnhof entkommen... mein Koffer war zurückgeblieben, auf seinen Inhalt entsann ich mich jetzt schon nicht mehr. Was in diesem Schließfach auf mich wartete, waren die Überbleibsel meines vergangenen Lebens, banale Requisiten des Daseins, das ich verlassen wollte: ein ziemlich lädierter Fahrradsattel aus fleckigem Leder, den ich, in der schwachen Hoffnung auf unüberbietbare Geschmacklosigkeit, eine Geruchsprobe nannte... den ich in Wahrheit, wie das abgeschnittene Ohr einer Geisel, an Lona senden wollte mit der Bedingung, für das in meiner Obhut verbliebene Fahrrad ein paar Manuskriptseiten, die sehr alt und sehr peinlich waren, zurückzuerhalten... weiterhin einige Schachteln Streichhölzer; eine Plastiktüte, die ein paar Kleidungsstücke aus meinen Tagen im Gefängnis enthielt und die ich bisher nicht ausgepackt hatte; wahrscheinlich noch andere Kleidungsstücke; einige Stöße Papier, die ich für Manuskripte hielt; der Haustürschlüssel meiner Mutter, den ich entwendet hatte; vielleicht noch ein paar Dinge, an die ich mich nicht erinnerte, wozu – es war nicht ganz unwahrscheinlich – vielleicht auch die Urkunde gehörte, die mir die bestandene Abschlußprüfung nach einem Abendschulkursus als Kesselwärter bestätigte. – Die Morgensonne, unter der ich endlich im Berliner Stadtteil S. eintraf, überfiel mich mit einer Leuchtkraft, die mir wie ein Signal vorkam: war dieser Herbsttag, mit dem mir sogar der Himmel sein Wohlwollen zu erweisen schien, nicht eigentlich ein Frühlingstag? Ich fand nichts in mir, das mich an gestern erinnert und dennoch in diesen Tag gepaßt hätte – nichts außer einer gewaltigen Leere, die sich vorerst als ein anwachsendes Hungergefühl entpuppte.

Schluß mit dem Alkohol, sagte ich mir, denn das Saufen, das wie eine Form von Gegenwehr gegen den Machtanspruch des staatseigenen Menschenbildes aussieht, ist unbedingt eine von der Macht erwünschte Gegenwehr, da sie ihr Menschenbild natürlich gegen ein anderes setzen muß. Der Alkohol – der außerdem die besten Gelegenheiten schafft, daß wir *erwischt* werden – bietet nämlich eine leichte Zielscheibe für das Kabarett der Macht, und einen der Vorwände dafür, auf ihrer Kulissenwand schnell das väterlich strahlende Porträt der Diktatur aufzuhängen. – Aufgrund meines Hungers, der mir Übelkeit im Magen verursachte, war ich gegen acht Uhr noch einmal aus der Wohnung gegangen, nur um festzustellen, daß beide Läden in der F.Straße geschlossen waren, der Bäcker wegen *Krankheit*, der Fleischer daneben wegen *Jahresurlaub*, wie ich auf den beiden Schildern an den Eingängen, die klar ersichtlich von derselben Hand geschrieben waren, lesen mußte. Also ging ich weiter zu der Kaufhalle, die sich in der Allee befand, von der die F.Straße abzweigte. Die Kaufhalle war ebenfalls geschlossen, denn es war beinahe eine Stunde zu früh; ärgerlich mußte ich feststellen, daß sich die Öffnungszeiten gegenüber denen in der Kleinstadt auf neun Uhr verschoben. Ganz anders war es indes mit den gastronomischen Einrichtungen: der Kaufhalle gegenüber, auf der anderen Seite der Allee, stand die Tür eines Lokals weit offen – *Speisegaststätte* hieß es über dem Eingang – was wiederum in einer Kleinstadt undenkbar war. Ich sollte gleich erfahren, daß es dort lediglich Bier und Spirituosen gab, ich hatte beschlossen, bis neun Uhr in der Kneipe zu warten.

Da ich der einzige Gast war und der Mann hinter der Theke einem überraschenden Kunden offenbar freundlich gesonnen, wurde mein Hungergefühl binnen kurzem in Bier ertränkt. Ein bemerkenswertes Einverständnis schien sich sofort zwischen uns hergestellt zu haben: wenn er, routiniert und gemächlich, ein tropfendes Glas wie ein Kleinod zwischen Daumen und Zeigefinger haltend, um die Theke bog, um es mir mit einem ironischen *zum Wohl der Herr* auf den durchweichten Bierfilz zu setzen, und danach wieder hinter dem Ausschank war, begann er sogleich mit präzisen Bewegungen ein neues Glas abzufüllen... zuerst hatte ich mich gefragt, ob es für ihn selbst sei... das prickelnde, noch hell durchschäumte Bier schmeckte ausgezeichnet, und ich trank schnell; hatte ich das Glas geleert, schwenkte er schon, schweigsam, erneut um die Kanten der Theke; noch bevor ich mein Glas abstellen konnte, war mir das nächste auf dem Bierfilz serviert worden. So ging es fort; mein Eindruck, er kenne sich in meinen Trinkgewohnheiten sehr gut aus, wurde noch verstärkt, als er sich souverän darauf einstellte, daß ich mit der Zeit langsamer trank, nie war er zu schnell, noch gab es den geringsten Verzug, ich brauchte keine Sekunde auf seine Bedienung zu warten. – Ich mußte wohl sehr durstig ausgesehen haben, als ich das Lokal betrat... nach einiger Zeit aber fragte ich mich, ob er mich vielleicht mit einer anderen Person verwechselte. – Ich schüttelte den Kopf, immer wieder fiel mir der gleiche Unsinn ein; sofort aber mußte ich mich fragen, wann mir denn der Unsinn schon eingefallen sei. Es war der Alkohol, der langsam zu wirken begann, es fiel mir schwer, eine mir bekannte, unangenehme Benommenheit im Gehirn zu durchdringen; ich besann mich bloß auf die Unterhaltung mit einem Polizisten, früh morgens nach meiner Ankunft auf dem Ostbahnhof; ich glaubte mich zu erinnern, daß er mir, im Tonfall einer Warnung, von einem Menschen gesprochen hatte, der mir sehr ähnlich sei... es war natürlich absurd, hinter diesen Worten eine andere Bedeutung zu suchen, als die, daß er *mich* gesehen habe, daß er mir hatte sagen wollen, wie gut man über meinen Aufenthalt informiert sei. Dennoch fielen mir in diesem Moment die ungewöhnlichen Ansichten ein, die mein erster Zellengenosse, in dessen Wohnung ich nun eingezogen war, mir eröffnet hatte. Ich hätte es nicht mehr genau wiederholen können, aber sinngemäß hatte er erklärt, daß es notwendig sei, sich das Leben ganz nach dem eigenen Willen, völlig den eigenen Berechnungen gemäß einzurichten; wenn ich ihn richtig verstanden hatte, mußte man ausschließlich der sein, der man zu sein *gewillt* war, ganz egal, was die Welt sonst auch mit einem vorhabe: es ging um den eigenen Entwurf von sich selbst, wie man ihn in der *Freiheit* der Zelle in sich entdecken müsse. Vielleicht, so überlegte ich, hatte es an dem scheinbaren Widerspruch gelegen, den ich darin sah, daß er in einer Haftzelle von Freiheit sprach, während es mir nicht gelungen war, den geringsten Entwurf eines künftigen Lebens in mir zu entdecken; seine Reden waren mir wohl einfach zu paradox erschienen. Seit dem Morgen jedoch glaubte ich eine Ahnung davon zu verspüren, daß man sein früheres Leben tatsächlich tief in der Vergangenheit versinken lassen konnte... mit einer Willensanstrengung, die ich allerdings schon wieder zunichte zu machen im Begriff war. Z. hatte mir eine Vorbedingung genannt, die ich in diesem Moment nicht erfüllte: die absolute Ausnüchterung. Der Alkohol, so hatte er offenbar gemeint, verhindere jene Gedankenschärfe, die den Widerstand gegen die Figur, die man früher vorgestellt habe, erst ermögliche. Das war einleuchtend, der Alkohol weichte das Bild auf, das man von seinem Dasein hatte, er erzeugte Sentimentalität, beschwor die Sucht nach weinerlichen Erinnerungen herauf und nährte die Schuldgefühle, die aus peinlichen Vorfällen von früher, aus Unterlassungssünden von früher, kurz: aus dem gesamten Tun und Lassen von früher zurückgeblieben waren. Ich erinnerte mich, wie ich, unter Alkoholeinfluß, immer dazu neigte, vergangene Umstände, in denen mir einiges mißlungen oder verpatzt schien, zu revidieren: in der Regel mit dem Erfolg, daß ich längst vergessene Vorfälle wieder ins Bewußtsein hob und sie noch unauflösbarer gestaltete, daß ich mit meinen Verbesserungsversuchen erst das ganze Ausmaß ihrer Verfahrenheit an den Tag förderte. – Ein solches Ergebnis hatte ich, untrüglich, mit meiner Geschichte von der geheimnisvollen Fremden erzielt... und ich fragte mich, was der Grund dafür war, daß mir dieses Mißgeschick meiner Erzählkunst jetzt einfiel. Offenbar war es die Situation, in der ich mich befand: ich hielt es für wahrscheinlich, daß ich jetzt, hätte sich jemand zu mir an den Tisch gesetzt, die Geschichte von der geheimnisvollen Fremden wieder von vorn begonnen hätte.

Tatsächlich, es war meine verfahrene Vergangenheit, die ich in solchen Geschichten immer wieder zu revidieren – oder zumindest zu relativieren – suchte: und die ich mir mit meinen Geschichten immer auswegloser gestaltete: immer wieder gab es lediglich Auslöser für neue Verfahrenheiten: die Sprache selbst produzierte sie in meinen Geschichten. Hätte ich meine Vergangenheit wirklich revidieren wollen, so hätte ich sie ganz aus meiner Umwelt herauslösen müssen... und meine Umwelt war ein Bestand von Sprache. Nicht zum ersten Mal kam mir der Verdacht, daß ich, ohne es selbst zu bemerken, stets irgendwie in dem Glauben gelebt hatte, mein Verhalten in den meisten Situationen sei befremdend, unverständlich, unnormal: die Reaktionen auf mein Verhalten – vielleicht normale Reaktionen auf ganz normales Verhalten – waren damit für mich fast immer unerwartete Reaktionen... ich reflektierte aufgrund dieser Reaktionen auf mein Verhalten und versuchte es umzustellen – nun erst war mein Verhalten befremdend und zeitigte unverständliche Reaktionen... nun erst recht suchte ich mein Verhalten zu revidieren und gestaltete es dabei immer verwirrender, weil mir der einfache Gedankensprung nicht gelang, der mich für schlicht normal hielt. Meine Rechtfertigungsversuche waren also zumeist Mißgeschicke einer gestörten Wahrnehmung. Es war, als ob ich auf ein *Klingeln* nicht mehr richtig – nicht mehr wie vorgeschrieben – zu reagieren vermochte. Es war, als ob ich nicht mehr zu glauben vermochte, daß man, wenn man bei mir klingelte, auch wirklich erwartete, nach dem Öffnen der Tür *mich* anzutreffen. – Was mich früher des öfteren in Spannung versetzt hatte, waren sogenannte Verwechslungskomödien, kitschiges Kino, das mich jedesmal enttäuschte, wenn sich, mit den Mitteln dümmlicher Aufklärungen oder lächerlicher Eingeständnisse, die wirklichen Identitäten im Ensemble wiederherstellten. Aber ich hätte, trotz meiner Enttäuschungen, nicht behaupten können, daß dieses Kino ganz ohne eine mich beeinflussende Faszination für mich war. Was mich daran in Spannung hielt, war vielleicht die Unbedenklichkeit, mit der hier Identitäten durcheinandergespielt wurden, die Unverfrorenheit, die Identität für unzweifelhaft existent hielt, was eine völlig zur Lüge erstarrte Utopie der Aufklärung war. Wenn die Verwicklungen in diesen Komödien einigermaßen intelligent, raffiniert, eingefädelt waren, hatten sie, schien mir, tatsächlich einen leicht trunken machenden und vernebelnden Effekt: folgerichtig war ihr Finale ernüchternd. Es war erbärmlich, auf welche Art am

Schluß der *Wahrheit zu ihrem Recht* verholfen wurde. Die Trivialität, die sich nun ausbreitete, warf ein bezeichnendes Licht auf den Opportunismus vor einer Perspektive, der sich die Autoren feige ergeben hatten. Es war eine einäugige Oberflächenperspektive, und ich war mir des Umstands bewußt, daß man damit einem Massengeschmack huldigte, daß man daraus seine Berechtigung bezog, und ich wußte, daß es natürlich ein weitgehend verdorbener Massengeschmack war, und schließlich, daß man sich diese Geschmacksverdorbenheit, die solche Filme und Stücke mit Beifall übergoß, sehr konsequent *erarbeitet* hatte. Die gängigen Stoffe – Klamottenverwechslungen, die sogleich Eifersucht auslösten, oder, umgekehrt, Eifersucht, die in ihrer Blindheit zu Verwechslungen führte, und dergleichen mehr – ließen sich endlos wiederholen, bis die Aufklärung die durcheinanderstürzenden Paare wieder vereinte oder neu zusammenstellte und sie darüber belehrte, daß das Glück, das nun endlich ihrer Empfindung zugänglich wurde, im Grunde schon immer dagewesen war. Es war unschwer zu durchschauen, daß damit eine gesellschaftsbeschreibende Metapher in Szene gesetzt wurde. Der Erkennbarkeit, oder vielmehr der Wiedererkennbarkeit dessen, was dem Publikum im Rahmen eines solchen Stücks als Wirklichkeit angeboten war, wurde in solcher Dramaturgie, unter Zuhilfenahme rudimentärer Logik, in einer belustigenden Beweisführung, vor der das Publikum von Anfang an mehr wußte, als die Theaterhandlung zum Vorschein brachte, zu einem kampflosen Sieg verholfen: der Betrug an der Geschichte war der, daß ein derartiger Sieg schon vor seiner Aufführung, ja schon vor dem Entwurf der Scharade stattgefunden hatte – auf dem Theater hatte er tatsächlich stattgefunden – und daß erst im nachhinein die über die Bühne stolpernden Gefährdungen – die zu allem Überfluß nur Verwechslungen innerhalb einer einheitlichen Partei waren – erfunden worden waren, und zwar nur, um diesen Sieg, diese triviale Sinnestäuschung von einem Sieg, überhaupt darstellbar machen zu können. Die gesellschaftsbeschreibende Metapher also beschrieb eine Fiktion... und die Kämpfe, die inszeniert wurden – sie durften nicht zu hart sein und waren deshalb Kämpfe darum, die

Klamotten loszuwerden, um derentwillen man verwechselt wurde –, verhalfen einer Fiktion zum Sieg. Die Fiktion hatte noch einen anderen Namen: man nannte sie auch den Klassenstandpunkt. – Hier sah ich auf ein überzeugendes Beispiel für die Genese von Werken, die sich einem Realismus verschrieben hatten, wie er kulturpolitisch für erforderlich gehalten und somit auch gefordert wurde. Eine so herrschende Lesart von Wirklichkeit – wenn sie mit ihrer Ansicht von Realismus ein Massenpublikum bannte – inszenierte hier genau das, was sie den vollen Sitzreihen, von den Brettern ihrer Schaubühnen herab, als eine von ihrer Macht hervorgerufene Daseinsweise zu erkennen, wiederzuerkennen gab.

Dabei ging es eigentlich nur noch darum, daß es beim Publikum irgendwann *klingelte*, wie man so schön sagt. Das *Klingeln*, dieser sprichwörtliche Vorgang plötzlichen Begreifens eines mit Unverständnis oder Befremden betrachteten Ablaufs, bei welchem eine mehr oder weniger wohlgesetzte Pointierung auf einmal Schuppen von den Augen fallen läßt, wurde buchstäblich umgesetzt: mit schier unvergleichlicher Penetranz wurde jedwede Wendung in der Handlung tatsächlich durch das Läuten eines Telefons oder durch das Schellen einer Türglocke angekündigt, was Signalcharakter für das Auftreten einer zusätzlichen Person hatte, die nötig war, um die Handlung fortzubringen. In diesen Fällen wurde, ganz im Gegensatz zur Gesamtheit des Schauspiels, fiktionaler Ausdruck in Wirklichkeit verkehrt: es war ein Realismus in Form von auftrumpfender Mimikry. Solche Beihilfen, eine Handlung – die sonst in bloßen Komiker-Solonummern erstorben wäre – am Leben zu halten, gab es auf einer derartigen Strecke von Realismus mehr als genug; dem Publikum – dem Hörer, Zuschauer, Leser, je nachdem, in welchen Publikumszweig man sich gerade einordnete –, dem anheimgestellt war, diese Strecke zurückzulegen, wurde andauernd mit irgendwelchen auslösenden Momenten aufgewartet, um der gepeinigten Kausalität einen neuen Knick zu geben; willig folgte das Publikum, das chancenlose aber opferbereite Medium, der Willkür der Einfälle, es folgte jedem Strang der Dramaturgie mit dem einzigen Ziel auf jene Szenerie, in welcher schließlich alle das wahre und richtiggestellte Abbild der Wirklichkeit erkennen durften. Tatsächlich, allein das Publikum war das eigentliche Medium dieser Dramaturgie: folgerichtig gab es die Billets des Fernsehtheaters H. nicht im freien Verkauf, sondern die Sitzreihen wurden von einer Menschenauswahl – etwa von einer Ansammlung mit kultureller Auszeichnung bedachter sozialistischer Arbeitsbrigaden – gefüllt. Immer, wenn es in einem Stück dieses Theaters *klingelte*, steigerte sich die Erkenntnisbereitschaft des Publikums... sie steigerte sich bis zu süffisanter Anteilnahme... die *Erkenntnisfähigkeit* wurde nicht gesteigert, die *Teilnahme* am Denken der handelnden Figuren ebensowenig... da die *Bereitschaft* auf besserwisserische Weise immer wieder unmerklich enttäuscht wurde, fand keine *Teilnahme* statt, das Publikum *saß* hoch droben auf einem *Standpunkt* über den sorgsam erarbeiteten Dummheiten des Stücks... und saß dennoch unterhalb der Bühnenrampe, und unterwarf sich derart der äußeren Form eines belehrenden Referats. Es unterwarf sich bis hin zu einer Erkenntnis, die ihm, dem Publikum, schon vorher bekannt gewesen, die es erwartet hatte, die sich bestätigen zu lassen es einzig und allein gekommen war.

Ich saß und wünschte mir ein auslösendes Moment, denn einfach aufzustehen und zu gehen – nur weil die Kaufhalle über der Straße inzwischen längst geöffnet sein mußte – schien mir zu bedeuten, daß ich eine seit Stunden bestehende, wortlose Abmachung durchbräche, die dem Mann am Büfett, der mich zu einem glänzend funktionierenden Medium seines Bedienungsschauspiels gekürt hatte, vielleicht zeigen konnte, daß ich nicht der war, für den er mich hielt. Ein auslösendes Moment wäre das Eintreten eines zweiten Gastes gewesen. Längst war mir das heiße, dichte Schweigen im Schankraum unheimlich geworden... manchmal glaubte ich, es ginge mir schon so seit dem sechsten oder siebten Bier... es war belastend, allein denken zu müssen, und die Stille schien im Begriff, meine Gedanken wahrzunehmen; seit einiger Zeit, so wußte ich, hatte mir das Denken an Heftigkeit zugenommen, und meine Erregung war spürbar, sie schien aus mir hervorzuströmen, wenn meine Füße nervös über den Boden scharrten.

Von diesem Geräusch abgesehen, hörte ich nur das Einfließen des Biers, das gurgelnde Schwappen beim Spülen der Gläser und das hektische Ticken einer unsichtbaren Weckuhr, das die gespannte Stille noch zu bekräftigen schien. Ich hatte das Bedürfnis, einen Blick auf diese Uhr zu werfen oder eine Unterhaltung mit dem Büfettier zu beginnen... als mir der Gedanke kam, war mir der Verzicht darauf sogleich unerträglich. Aber sollte ich mit ihm über das Wetter reden? Auf eine Möglichkeit hoffend war ich, eine unangezündete Zigarette im Mund, nach vorn gegangen; er hatte mich genau beobachtet und legte mir, im Tausch gegen ein Zehnpfennigstück, Zündhölzer auf den Teller, der auf der Zapfsäule stand, das Ganze machte jedes Wort überflüssig. Stumm kehrte ich an meinen Tisch zurück. – Ich saß in einem Schattenwinkel, der von zwei breiten Lichtbahnen gebildet wurde, die durch ein Fenster neben mir sowie durch die offenstehende Eingangstür hereinfluteten und sich gerade auf der Tischplatte vor mir begegneten; ich hatte mein Bier aus ihrer brennenden Helligkeit an den Rand gerückt, damit es sich nicht zu sehr erwärme, aber nun war es von meiner Hand nicht mehr bequem zu erreichen... wenn ich mit dem nackten Arm durch die Sonnenstrahlen fuhr, nahm die Haut eine gelbliche Färbung an; wie die eines Todkranken, meinte ich grinsend. Doch auch mein Gesicht, von dem grellen Licht geblendet, wenn ich hineintauchte, um das Glas zu erreichen, hatte wohl diese unangenehme Blässe... ich blickte auf und scheute vor dem Licht zurück, indem ich die Schulterblätter an die Rückwand des Ledersofas preßte, auf dem ich saß. Aber er, vorn an der Theke, mußte mein Grinsen in der Sonnenbahn erkannt haben, denn er erwiderte es mit einem rätselhaften Lächeln. – Was für ein Wetter! sagte er, doch es schien, als spräche er mit sich selbst oder mit einer dritten Person. Man müßte Urlaub haben... Es war nicht das Gespräch, das ich mir wünschte, aber ich ging darauf ein: Und warum machen Sie nicht Urlaub? – Sie müssen doch wissen, sagte er, daß wir längst Urlaub hatten. Wir hatten ihn schon im Mai... der Urlaub ist weg, und wir hatten das übelste Wetter. – Verzeihung, sagte ich, vom Mai habe ich nicht viel gemerkt... – Sie haben nichts verpaßt. Regen die ganze Zeit, hier, genau wie oben an der See. Und unten im Süden, da muß es auch geregnet haben. – Ich habe nichts davon gemerkt, sagte ich. Ich war aus dem Verkehr gezogen, für eine Weile. – Ach so..., er schien die Nachricht für völlig belanglos zu halten. Ach so, dann ist es aber schnell gegangen... für wie lange denn? – Zweieinhalb, sagte ich, ohne mir Rechenschaft über meine Worte zu geben. Zweieinhalb, ist das schnell? Er war auf dem Weg zu mir stehengeblieben und hielt ein tropfendes Glas reglos in Schulterhöhe, drei Finger der Hand abgespreizt. – Es ist verrückt, sagte er, da drin ist der Monat so lang wie ein ganzes Jahr.

Ich mußte zur Toilette und als ich zurückkam, waren wir wieder in das alte Schweigen gefallen. Es war mir selbst unerklärlich, wie es mir in den Sinn gekommen war, ihm die Geschichte von den zweieinhalb Jahren aufzutischen. Dergleichen Anfälle von Zerstörungssucht, meinem Leumund gegenüber, kannte ich schon an mir und ich hatte sie bisher immer meinem Minderwertigkeitskomplex zugeschlagen. Als ich kurz zuvor an der Theke Zündhölzer gekauft hatte, war ich durch Zufall meinem Gesicht in der mit Spiegelglas besetzten Tür eines offenstehenden Wandschranks begegnet, und ich hatte mich, fast unter Entsetzen, kaum erkannt. Es war ein gelbgrau verfärbtes, faltiges Gesicht, und es wirkte auf den Tod abgekämpft; eine Erstarrung, wie von einem bösen Schlag, verzerrte es nach rechts unten, und in dieser überaus häßlichen Larve, so schien mir, lauerten Niedertracht und Heimtücke, blutunterlaufene, tief in den Kopf gesunkene Augen stierten mich ungläubig und abweisend an. Glücklicherweise gab es keinen Spiegel auf dem Pissoir, das ein scheußlicher Verschlag war, zu dem man über den Hof hinweg mußte.

– Wissen Sie, rang ich mir nach einigen Minuten wieder Worte ab, wissen Sie, man ist doch in den meisten dieser Fälle nur das Opfer von Zufällen, meinen Sie nicht auch? Das kann dann tatsächlich mit zweieinhalb Jahren enden... oder mit mehr, je nachdem. Es ist verrückt, da ist man manchmal an einem Ort, in einer Stadt, oder in irgendeinem Nest, wo man ganz genau weiß, daß man noch niemals da gewesen ist... man glaubt es ganz sicher... also man glaubt, man ist zum ersten Mal hier. Und dann plötzlich kommt einem etwas in den Weg, eine Kleinigkeit, eine ganz belanglose Sache, ganz egal was, aber das ist ein Auslöser. Plötzlich klingelt es, es geht einem ein Licht auf, plötzlich ist man sicher, daß man die Gegend ganz genau kennt... und dann läuft man weiter und erkennt alles wieder, erkennt, daß man alles zum zweiten Mal sieht... es ist wie im Kino, nach zwei Dritteln weiß man, ab einer bestimmten Stelle, daß man den Film schon kennt.

Er hörte mir offenbar aufmerksam zu, obwohl er Mühe zu haben schien, mir zu folgen.

– Stellen Sie sich vor, daß Ganze liegt nur daran, daß man während der erwähnten zweieinhalb Jahre eine Geschichte gehört hat, die man sich ziemlich genau vorstellen konnte. Man hat sie von einem Kumpel gehört, vielleicht, mit dem man zusammenlag, kann sein, daß die Geschichte interessant war, kann auch sein, sie war uninteressant, egal... es ist auch egal, ob sie stimmte oder nicht stimmte. Man erzählt sich eben solche Geschichten, man hat ja Zeit. Man fragt vielleicht auch nach Einzelheiten, man stellt sich die Sachen vor, bis man glaubt, daß man ein ziemlich genaues Bild davon im Kopf hat. Und dann kommt man raus und geht zufällig durch eine Straße, in der man noch nie war, und man erkennt sie wieder. Man weiß nicht woher, aber man erkennt sie... als ob man schon mal dagewesen wäre. Obwohl man noch nie dagewesen ist.

Er nickte: Ich verstehe, es war die Straße aus der Geschichte?

– Mir ging es so, sagte ich. Ich hatte einen Kumpel in der Zelle, der mir erzählte, wie er nachts von einer Frau im Auto mitgenommen worden ist. Einfach so, als er auf der Straße lang kam und nach Hause wollte. Er hatte ziemlich viel getrunken, und neben ihm hielt ein Auto, das eine Frau fuhr. Steigen Sie ein, sagte sie zu ihm. Er stieg ein, und ab ging es, mehr als drei Stunden lang, der Schnaps legte ihn um, und er schlief ein während der Fahrt, er wurde erst wieder klar, als er in der Wohnung der Frau war. Er wußte nicht, wo es war, nicht in welcher Stadt, wer die Frau war, wie sie hieß, nichts wußte er und erfuhr es auch nicht. Nur am nächsten Tag, vom Fenster aus, konnte er ein bißchen von der Umgebung sehen, als er allein in der Wohnung erwachte. Am Abend kam die Frau zurück, und ohne daß sie ihm eine Auskunft gab, fuhr sie ihn bei Nacht und Nebel wieder zurück, setzte ihn zu Hause ab und verschwand. Er hatte keine Ahnung, wo er gewesen war, es kam ihm vor wie eine verrückte Phantasie, wie eine Einbildung, er mußte überlegen, ob er sich die Sache selbst glauben konnte.

– Und natürlich behauptet er, daß er in Westberlin gewesen ist...?

– Jedenfalls soll es ein Westwagen gewesen sein! Ihm gegenüber, das wußte er noch, waren die Hausnummern sechzehn und achtzehn. Und zwischen ihnen ging eine schmale Straße ab, mehr ein Parkweg, auf eine Art Parkgelände zu. Also vermutete er, daß er sich in der Nummer siebzehn befunden hatte, aber er erfuhr es nie genau.

– Und jetzt wohnen Sie in der Siebzehn? fragte er mich.

– Ich wohne in der Siebenundzwanzig. Fünf Häuser weiter. Aber es gibt natürlich, etwas weiter vorn, auf der anderen Straßenseite tatsächlich die schmale Gasse, mehr ein Fußweg, in den Park. Jedenfalls sieht es so aus.

Er erklärte mir, daß es nicht in einen Park, sondern auf den Fluß, auf einen der Spree-Dahme-Kanäle zuginge: Wenn Sie nach links abbiegen und die Straße überqueren, die auch unsere Straße ist, dann kommen Sie in die Hauptstraße, die G.Straße. Offenbar war er zu höflich, näher auf meine Geschichte einzugehen.

Ich beharrte auf dem Thema: Abgesehen davon, ob eine solche Erzählung glaubwürdig klingt oder nicht... – hier zögerte ich einen Moment; ich erhoffte mir wohl einen Einwurf seinerseits, der mir hinter seine undurchdringliche Maske zu blicken ermöglicht hätte –, was mich daran interessiert, sind die von mir erwähnten Auslöser!

– Ich kann mir nichts darunter vorstellen, sagte er mit offensichtlich nachlassender Aufmerksamkeit.

– Ich meine die Punkte in einem solchen Geschehen, an die man selbst anknüpft und die bewirken, daß man selbst in eine Kette von Zusammenhängen verwickelt wird.

– Noch ein Bier? fragte er; zum ersten Mal sah er sich zu dieser Frage veranlaßt.
– Können Sie sich vorstellen, daß man Lust hat, ein solches auslösendes Moment selber zu produzieren?
– Es ist zwecklos, sagte er. Sie können hier nicht nach Westberlin kommen. Noch kann ich Ihnen einen Tip geben, wo man hier eine solche Frau findet. Jedenfalls nicht diese... Sie suchen doch eine bestimmte Frau?
– Nicht so direkt! Ich frage mich bloß, ob man mit den Mitteln einer bestimmten Dramaturgie die auslösenden Momente selber in die Hand nehmen kann, um das Folgende in eigener Regie, sozusagen, zu übernehmen...
– Dramaturgie? Das klingt... Sie sind wahrscheinlich auch noch vom Theater?
– Das nicht, aber ich habe schon lange das Gefühl, die Wirklichkeit ist inszeniert. Und sie läuft ab nach ziemlich wenig variablen Bühnenanweisungen, wenn man genauer hinsieht.
– Hm... ein altes Sprichwort, murmelte er, den letzten Rest höflicher Anteilnahme mobilisierend. Die Welt als einziges Affentheater. Es heißt so, weil die Affen alles nachmachen?
Offenbar war ich unterdessen so betrunken, daß ich mir sagte, er verstünde mich zwar nicht mit dem Verstand, und nicht vollständig, doch verfüge er über intuitive Gaben, die mir das Gespräch mit ihm wertvoll machten: Gut... aber würden Sie es mir abnehmen, wenn ich sage, daß ich *nichts* nachmachen wollte. Im Gegenteil... ich denke schon eine ganze Zeit, daß der Schluß des Schauspiels nicht mehr von der vorhergehenden Handlung entwickelt wird. Solches Theater gibt es hier nicht mehr... kaum noch... und es gibt hier nur noch schlechtes Theater. Nein, die Ergebnisse stehen fest, von vornherein, die Handlung wird nur noch gespielt, um wieder einmal zu zeigen, daß die feststehenden Ergebnisse herauskommen müssen. Von den Ergebnissen ausgehend wurden die Auslöser eingebaut, nicht umgekehrt. Die Auslöser haben nur die Funktion vorzutäuschen, daß die Episoden immer zu demselben Ergebnis führen müssen. Das Ergebnis ist ein Dogma, und es geht nur darum, Wege zu finden und zu zeigen... möglichst alle Wege sollen es sein... die das Dogma aufbauen, die

das Existenzrecht des Dogmas untermauern. Das ist mit der Zeit ein Gefängnis geworden... ein geistiges Gefängnis!
– Ergebnisse? Welche Ergebnisse meinen Sie denn? Ich sehe keine Ergebnisse! sagte er, seine Ungeduld kaum noch zügelnd.
– Marx hat... das habe ich gelesen... also Marx hat gesagt, die Geschichte handelt nicht, es ist immer der Mensch, der handelt... so ungefähr jedenfalls. Den anderen Philosophen, die nicht so dachten, hat er die schwersten Vorwürfe gemacht. Wenn aber nun das Ergebnis der Geschichte schon feststeht... und sollte es auch von Marx selber festgestellt worden sein... und wenn man meint, wie überall an den Wänden steht, die Macht der Lehre von Karl Marx hat Gültigkeit für die nächsten paar Jahrtausende, oder man benutzt sogar das Wort *Ewigkeit*, was bleibt den Leuten für eine Möglichkeit zu handeln. Oder sind die Leute *hier* keine Menschen... offenbar nicht. Wenn Marx gemeint hat, daß alles ein Prozeß ist, und wenn man nun aber meint, das Ergebnis des Prozesses steht schon fest... wo sind wir dann hingekommen? Dann ist man doch...
– Marx! Mein Gott, was kommen Sie mir denn jetzt mit Marx. Hören Sie zu, ich habe hier meinen Bierausschank, und damit tue ich auch was für die Gesellschaft. Das ist vielleicht nicht immer die beste Gesellschaft, damit können Sie rechthaben, aber bis jetzt gehören sie alle noch dazu!
– Ich wollte sagen, wenn das so ist, dann ist man der letzte Typ der Geschichte. Man ist der letzte Husten in diesem Prozeß, der sich Geschichte nennt, auswechselbar, ein Stück Material, ein Ersatzmensch. Da sind doch sogar die Feinde dieses Prozesses noch mehr wert, sie dienen wenigstens der Beweisführung. Was ist das für ein Prozeß, wenn das Ergebnis schon feststeht... ein Gespött für Dialektiker!
Zum ersten Mal hatte er mir kein neues Bier gebracht, und mein Glas war plötzlich leer. Er lehnte sich weit über die Theke, sein Gesichtsausdruck war der eines bissigen Hundes: Hören Sie zu! Lassen Sie mich mit Marx in Ruhe, und lassen Sie mich überhaupt mit dem ganzen Theater in Ruhe! Wir sind hier ohne Zeugen, verstehen Sie! Von Spitzeln wie Ihnen habe ich nämlich die Schnauze voll. Wenn Sie nicht Ihre

Klappe halten können, kaufen Sie sich Ihr Bier woanders. Ich finde immer einen Grund, Sie rauszuschmeißen. Und Zeugen, die für mich aussagen, finde ich auch noch. Mir wird man immer mehr glauben als einem miesen kleinen Spitzel!

– Sie irren sich, sagte ich und zog meine Geldbörse hervor. Wieviel habe ich zu zahlen?

– Irrtum! wiederholte ich, als er kam, das Geld einzustreichen; ich hielt es wohl für einen besonders intelligenten Abschluß. Dieser Irrtum von Ihnen ist übrigens ein ganz anderer Auslöser als alle, die ich bisher gewohnt war.

– Die hätte ich Ihnen sowieso nicht geglaubt, versetzte er scharf. Ihre ganze Theorie stimmt nicht. Und Ihre zweieinhalb Jahre, die glaube ich Ihnen auch nicht.

– Eigentlich hatte ich nur die Hoffnung, Sie würden mir eine Frage beantworten...

– Überhaupt nichts werde ich Ihnen beantworten! Aus mir kriegen Sie nichts raus! Und selbst wenn ich wüßte, wo die Schlampe wohnt, Ihnen würde ich es nicht verraten...

Im heißesten Licht war ich meiner Wege gegangen, ein Schatten nur, der inmitten der Allee wandelte, ganz eine rauchschwarze Trophäe der Auslöschung, übriggeblieben nach dem endlichen Sieg der Sonne über das winterliche Jahr; Flammenschläge, fast körperlich spürbar, die ungehindert von allen Seiten einzufallen schienen, richteten alles hin, was aus der Kälte noch übrig war, und ihre Geißel vertrieb die solcher Glut entwöhnten Menschen von allen öffentlichen Plätzen; was der gesamte Sommer hatte vermissen lassen, konzentrierte sich auf diese eine Septemberwoche, der Stadtteil machte an diesem Mittag den Eindruck eines in stumpfem Brüten versunkenen Feiertags. Die sengende Lohe, honiggelb, troff aus einem fast weißen Himmel und kochte schwarzen Asphalt; was mir entgegenkam, fluchtartig, schien durch mich hindurchlaufen zu wollen, als sei ich aus Papier geschnitten und hernach verkohlt, ein auf die notwendigste Figuration geschrumpftes Dunkelmännlein, wie man es in eiligem Stillstand auf Verkehrsschildern sieht. Fußgänger, die meine erzitternden Konturen streiften, wirkten beinahe ebenso verloren, nichts sehend aus den zugekniffenen Augen, nur Wellen von

Feuer vor den roten Gesichtsmasken, aus denen die trockenen Zahnreihen verzweifelt grinsten, schienen sie keinen Laut zu erregen, noch etwas zu hören, und waren mir so fern wie in anderen Atmosphären: einen davon hatte ich nach dem Weg fragen wollen, aber offenbar erschreckte ich ihn derart, daß ich auf die Antwort verzichtete und floh; es war, als sei meine Stimme nur ein röchelnder Laut gewesen, wie er aus dem Mund eines Wahnsinnigen dringen mochte. Mit Glück und Instinkt fand ich dennoch das Haus und in meine Wohnung zurück, wo ich mir sofort die Kleider herunterriß und meine dampfenden Schultern unter die Wasserleitung beugte... langsam fühlte ich die Beruhigung meines Herzschlags, nachfolgend schwere Erschöpfung und Müdigkeit, als sei eine Last von mir abgefallen, der ich zu keiner Zeit meines vergangenen Lebens gewachsen gewesen war. Da ich wieder nichts zu essen erstanden hatte, mußte ich mich ohne feste Nahrung niederlegen: und auf einmal versenkte mich dieses Lager schnell in jene Dämmerwelt, in der meine Nerven immer leiser vibrierten und sich schließlich ganz beruhigten. Die Einbeulungen der verformten Matratze nahmen mich so widerstandslos auf, als habe ich sie durch langes Liegen selber erzeugt; sogar der Geruch dieses Betts, das sich mit all den abgestandenen Dünsten der Wohnung vollgesogen hatte, entbehrte nicht einer eigentümlichen, mir wohlbekannten Note, so als habe mein Körper seinen Schweiß schon seit Wochen in die schmierigen Steppdecken ergossen. Neben meinem linken Ohr – in der Nachbarschaft eines Aschenbechers, der drei Zigarettenkippen derselben Marke aufbewahrte, wie ich sie vorzugsweise rauchte – tickte ein vertrautes, einschläferndes Geräusch, die Unruhe eines plumpen Metallweckers, das gelegentliche Krachen seiner sich entspannenden Feder konnte mich nicht erschrecken, da es mir bekannt war; der Gang meines Pulses schien sich sogleich auf den Rhythmus des Uhrwerks einzustellen, mein Atem ordnete sich dem hektischen Lauf gefügig unter: zwei simultan arbeitende Maschinerien, die sich schon lange kannten. – Ich schlief und wachte wieder auf, drehte wie gewohnt noch einmal in den Schlaf ab, traumlos, wie ich meinte, und kam endlich wieder zu mir; in der Finsternis stellte ich meine Füße auf den Boden, und nichts erschien mir rätselhaft. Die Zimmerluft, die mehrfach durch mich hindurchgegangen war, war so stickig und verbraucht, von mir verbraucht, daß sie eindeutig nach meiner alten, inwendigen Hölle schmeckte. Ich hatte das mir längst geläufige Weckerklingeln, dessen schriller Lärm zu der mir so gewohnten Stunde, um siebzehn Uhr, ohne Reizwirkung blieb, überhört, es hatte mich noch tiefer eingeschläfert, oder ich hatte das Läutwerk im Schlaf abgeschaltet, wie es mir an solchen Tagen schon öfter geschehen war, ich hatte um einige Stunden verschlafen.

Das irritierende Nebenher der Verwicklungen, auf das ich zu blicken glaubte – verschiedenen Orts, jedoch öfters in denselben Zeiträumen –, die Stränge dieser Verwicklungen, die sich, ohne daß es für mich genau zu erkennen war, in meiner Person zu verknoten schienen, hatten mich schon wieder gefesselt, noch ehe ich wirklich aus dem Bett aufgestanden war. Vielleicht lag es an der Dunkelheit im Raum – abgeschlossener Zellenruhe vergleichbar – und an meiner mir so althergebrachten Unfähigkeit, zu der Zeit aufzustehen, die ich mir zum Ziel gesetzt hatte, daß ich mich sofort wieder meinen gewohnten Empfindungen ausgeliefert sah. – Es war C., der in diesem Zimmer saß, und er dachte nach über seine Bekanntschaft mit Z., nicht umgekehrt, wie ich es als einen Erfolg meines Willens bewertet hätte. C., innerhalb dieses Nachdenkens, war von hinten zu sehen: auf einer Bank in der Sonne, die er, die Ellenbogen auf den Knien und den Kopf in den Händen, nicht bemerkte; in seiner Abwesenheit war er das kaum berührte Medium ineinander verlaufender Geschehnisse, er war es dank seiner übergroßen Passivität. Schatten, hinter ihm, schienen sich von rechts und von links zu nähern, aber noch bevor er sie hätte bemerken müssen, erhob er sich und ging davon. Nun schien er, dieser C., meinem Zellengenossen, Bruder Z., plötzlich in vielem zu gleichen... war es nicht in Wahrheit Z., der dort gesessen hatte, der sich, noch ehe er richtig erkannt werden konnte, davonmachte? Er hatte mir den Schatten einer ungeheuerlichen Nachricht aus der Vergangenheit hinterlassen... und wahrscheinlich auch den einer Zukunft: die Schatten schier unerfüllbarer Anforderungen. Dann war er verschwunden: womöglich war mir die Aufgabe hinterlassen, mit dem Dunkel der Zukunft die Finsternis der Vergangenheit zuzudecken... sie auszulöschen, zu überwinden? Der Zeitraum, in dem die Dinge – die mich sträflicherweise noch kaum beschäftigt hatten – begonnen hatten, ihren Ausgang zu nehmen, kreiste um den 7. Mai dieses Jahres. In jener Nacht, zu einer Zeit, als dieser 7. Mai erst wenige Stunden vorüber war, hatte ich mit grölender Stimme vor dem Haus meiner alten Bekannten Lona um ihre Gunst geworben, unter dem Vorwand, ihr das entliehene Fahrrad zurückbringen zu wollen; ich hatte in der gesamten Nachbarschaft Aufsehen erregt und war erkannt worden... nach diesem Auftritt schon wäre ich um ein Haar von einigen aus dem Nichts auftauchenden Polizisten gestellt worden. Später, bei meiner Festnahme am frühen Morgen nach dieser Nacht, bestritt ich heftig, in dieser Straße gewesen zu sein – in der W.Straße, die oben vor Lonas Haus endete –, aber man hatte mir nicht das Gegenteil zu beweisen versucht, obwohl man sicher Zeugen dafür gefunden hätte. – Nicht ganz eine Woche danach war mir, in der Untersuchungshaft, mittels eines Kassibers – der zu dieser Zeit mindestens zwei Wochen alt gewesen sein mußte – die ungeheuerliche Mitteilung über eine andere Frau, mit Namen Kora, zugegangen, die an einem 7. Mai... ich wiederholte mir, auch der Tag vor meiner Verhaftung trug das Datum des 7. Mai... ermordet werden sollte. Dieser letzte 7. Mai, ein Sonntag, war mir zu einem unheimlichen Wendepunkt geworden... an diesem Tag hatte ich, wahrscheinlich zum ersten Mal, meine Absicht, aus M. zu verschwinden, laut werden lassen, am Abend dieses Sonntags hatte ich meinen Freunden damit gedroht, nach Berlin zu gehen... beinahe symbolisch war ich in dieser Nacht nicht mehr in meinen Betrieb eingelassen worden, noch deutlicher symbolisch erschien mir der Sturz von Lonas Fahrrad in dieser Nacht... die Bewußtlosigkeit nach meinem Aufprall auf die eisharte Erde schien mich während der ganzen folgenden Zeit nicht wieder verlassen zu haben... ich war noch bewußtlos, als ich nach meinem zweimonatigen Gefängnisaufenthalt plötzlich in L. auf der Straße stand, bewußtlos kam ich in M. an, bewußtlos und fahrig machte ich meine Vergangenheit hinter mir dicht, als ich endlich wirklich in den Zug nach Berlin stieg... war ich wirklich in Berlin angekommen?

Ich mußte also mein Bewußtsein wiedererlangen! – Es war, wenn ich nicht irrte, auf dem Kassiber sogar die Stunde angegeben, in welcher Kora L. ermordet werden sollte: 7 Uhr; es war die Straße, in der es geschehen sollte, angegeben: es war von hier aus nicht weit bis zu dieser Straße. – Ziemlich genau vierundzwanzig Stunden nach dem Mord, oder jedenfalls nach dem Datum dieses Mordes, von dem ich nichts wissen konnte, war ich aus dem Bett geholt und abgeführt worden, unter so fadenscheinigen Gründen, daß deutlich war, es wurde nach einem echten Grund erst *gesucht*... wo war der Zusammenhang? Der Zusammenhang war das Abwesende! Mir blieb nichts übrig, als die Einzelheiten, die sich um jenen 7. Mai gruppierten, endlich so zu betrachten, wie sie in ihrer banalen Wirklichkeit beschaffen waren: zusammenhanglos und für sich stehend. Nebeneinanderherlaufend... getrennt, ohne eine andere Beziehung als einer ganz zufälligen: der Zufall in dieser Geschichte war ich. Aus wer weiß welchen Gründen hatte ich es nicht gelernt, getrennte Dinge als getrennt zu erkennen, getrennte Erfahrungen auch als getrennt zu verstehen. Meine Unbefangenheit war zerstört worden. Die Verwechslungs- und Verwirrungsklamotte des Lebenstheaters hatte mich als einen ihrer bläßlichen Statisten schon lange engagiert... gefügig hatte ich zugestimmt: aus Selbsthaß und aus Angst vor dem Selbstdenken. Feige hatte ich mich an die Kette der Erkenntniswillkür schließen lassen, einer Willkür, die dem Glauben an ein totales Erfassungssystem des Lebens entsprungen war. – Nein... die Dinge hingen nicht notwendig zusammen, wenn sie zusammenhingen, so waren sie genötigt worden zusammenzuhängen. Mit einem Gelächter, das ich vorerst besser unterdrückte, stand ich vom Bett auf und machte endlich Licht.

5 Das Abwesende, das der Zusammenhang zwischen den einander ausgeschlossenen Einzelheiten hätte sein können, war, wie mir die Ahnung sagte, der formende Geist... die Poesie. Es waren also jene Kräfte, die ich mir in einer Geheimexistenz versucht hatte anzueignen, ohne daß es mir gelungen war, sie zu meiner wirklichen Existenz zu befördern. In einem Strahl vielleicht, in einer Art poetischem Lichtstrahl hätte es mir gelingen können, sagte ich mir, die Divergenzen der Namen und Geschehnisse, der Überlagerungen und Spaltungen, der Anklänge und bloßen Gleichzeitigkeiten zu überbrücken, sie zu ordnen und zum Mikrokosmos meiner Welt zusammenzuschließen; und in der daraus entstehenden Verwirrung der Gefühle die Atmosphäre meines Schicksals zu erblicken, durch die ich ging. Jene Gefühlsverwirrung in Form einer Metapher in die Ordnung meines Geistes zu übertragen, auf daß mir Artikulation ermöglicht sei, hätte bedeutet, die Entfernung dessen, was mein Leben beeinflußte, zum Diskurs über dieses Leben so zu verringern, daß mir die Hoffnung geblieben wäre, an der Welt teilzunehmen. Vielleicht wäre vor mir ein Leuchten erschienen, vergleichbar dem Leuchten auf einer Meeresfläche, wo der Widerschein sich gleißend in die Kuppel der Luft überträgt, dem Auge kaum faßlich, ein Licht, durch welches ein Boot seinen Kurs hält, über einen so weiten Bogen, daß es sich kaum fortzubewegen scheint... bis es dennoch über die Grenzen aus dem Blick fährt.

Während ich dies dachte, kam mir in den Sinn, daß die Anhänglichkeit, mit der mein alter Bekannter und ehemaliger Schulkamerad Johnnie Waller aus M. mich bedachte – die mir manchmal so gegen den Strich ging, daß ich ihn zu meiden pflegte, so oft es nur möglich war –, noch einen anderen Grund hatte als den, daß ich von Zeit zu Zeit seinen Klagen über die Mißverhältnisse der Geschlechter mein Ohr gegönnt hatte. In dem Zustand von Bewußtlosigkeit, der über meinem

Vorleben herrschte – ich hatte mich daran gewöhnt, alle Zeit, die vor meinem Weggang aus M. nach Berlin lag, mein *Vorleben* zu nennen –, hatte ich tatsächlich die allerdeutlichsten Nuancen überhört, die aus einer ganz anderen Sprache stammten. Erst jetzt – als ich endlich anfing aufzuwachen; ich schloß das ab, was ich mein Vorleben nannte – bemerkte ich, daß es für Waller überhaupt keine Frage gewesen war, ob meine Geschichte von der geheimnisvollen Fremden eine erfundene oder eine wirklich erlebte Geschichte sei: er hatte meinen Bericht aufgenommen wie ein Ergebnis literarischer Imagination. Dies hätte ich an seiner Reaktion erkennen können: mit leicht betretener Miene erklärte er, das *Sujet* komme ihm zwar bekannt vor, dennoch glaube er, er habe die Episode selber noch niemals gehört. – Offenbar hatte ich den Gebrauch des Worts *Sujet* seiner gelegentlichen Neigung zu preziöser Formulierung zugeschrieben, doch plötzlich schien mir, ich habe ihn damit unterschätzt. Die Resignation, die eine Folge meiner Unfähigkeit zu offenem Umgang war, hatte mich längst dazu verführt, am alltäglichen Menschenverkehr mit nur halb geschärften Sinnen teilzunehmen, und des öfteren entgingen mir gerade die Sätze, hinter denen sich Annäherungsversuche versteckten. Vielleicht hatte mir Waller zu verstehen geben wollen, daß er in meiner Geschichte einen literarischen Vorwurf entdeckte... sogleich fiel mir der Satz ein, daß die Poesie das Sujet der Schrift sei, den ich mir gebildet hatte, um auf einen möglichst allgemeinen Nenner zu bringen, was ich mit meinem Schreiben wollte. Wenn aber nun die Poesie das Unverwirklichte und Abwesende war, das den Schriftsteller zu immer neuen Versuchen herausforderte, vor diesem Ziel zu bestehen, so war das Thema der Abspaltung von der Literatur, das in der Kleinstadt M. – wie vielleicht in jeder Kleinstadt – so offen zur Wirkung kam, ein Thema, das auf geradezu existentielle Weise mit dem wesentlichen Thema der Literatur – mit dem Sujet der Schrift – zusammenfiel. Und es wäre vielleicht notwendig gewesen, in der Kleinstadtsituation einen Menschen zu kennen, mit dem ich mich darüber hätte austauschen können. Aber da ich diese Notwendigkeit weder begriff, noch eine solche Möglichkeit wahrnahm, fand der einzige Austausch über dieses Thema – erzwungenermaßen und in entsetzlich absurder Form – mit den Bürokraten in M. statt. Tatsächlich, ich mußte mich mit den *Sitzern* unterhalten, vor ihnen mußte ich der Abwesenheit das Wort reden, und obwohl ich es zaghaft tat, immer auf der Hut und zu Kompromissen bereit, störte ich sie schrecklich auf, ich sah sie, in lähmender Angst, Ungeziefern gleich, an den Wänden herumkriechen, und ich wußte, daß sie meine Vernichtung beschlossen hatten, und noch ehe sich ihr gespenstiges Gebein dem dunklen Stuhlgeflecht entwunden hatte, noch ehe ich ihr Aufgeilen an den Strohhalmspitzen unterbrach, die durch die Sitzpolster spießten, von denen ich sie scheuchte. – Zweifellos wäre mir Wallers Beistand eine Stärkung gewesen. Zweifellos, so glaubte ich jetzt, hatte er mir zu verstehen geben wollen, daß meine Geschichte von der geheimnisvollen Fremden keinesfalls literaturunwürdig sei, wahrscheinlich hatte er damit sogar ein Wort der Zustimmung zu ähnlich beschaffenen Phantasien gesucht, die er in sich selber trug und die ebensolche Ausgeburten der Kleinstadt waren... schon öfter, so fiel mir plötzlich auf, hatte er versucht, das Gespräch mit mir auf die Literatur zu lenken. Natürlich hatte ich mich sofort entlarvt gefühlt... da ich den Verdacht schöpfte, er versuche – immer noch! – selber zu schreiben, fürchtete ich, er werde mir seine Versuche anbieten, um ein Urteil darüber zu erlangen; zu einem solchen Urteil fühlte ich mich natürlich nicht in der Lage. Es hatte eine Zeit gegeben, in der ich zu den Teilnehmern bestimmter literarischer Zirkel in L. gehörte, deren Arbeit sich größtenteils darin erschöpfte, literarische Texte, die dort vorgelegt wurden, nach inhaltlichen oder formalen Vorgaben zu beurteilen. Da der Weg der Literatur – mit dem Ziel, die Differenz zu einem Abwesenden zu überwinden – im Grunde nur darin bestehen konnte, sich aller anwesenden Vorgaben zu entschlagen, konnten Urteile, wenn man sich nach ihnen richtete, nur dazu führen, daß man seinen einzig möglichen Weg verließ. Damit erreichte diese Urteilsarbeit in den Zirkeln gerade das Gegenteil von dem, was sie zu wollen erklärte, sie bemaß das noch Abwesende mit den Kriterien des Anwesenden und vernichtete damit die Hoffnungen der Poesie. Die Mißachtung dieser Aporie hatte zur Folge – nicht zufällig, sondern gezwungenermaßen –, daß diese Zirkel sich mit der Bürokratie, mit den *Sitzern* ideell verbündeten: wenn es die Form noch vertrug, an bestehenden Formen gemessen zu werden, so vertrug es der Inhalt, als die labilere Komponente der Literatur, nicht mehr, und er verkam zum beschaulichen Kompromiß und zu propagandistischer Gesinnungslumperei... nicht umsonst schließlich waren die Zirkel von der Bürokratie ins Leben gerufen worden. In der Tat, die Zirkel waren letzten Endes ins Leben gerufen worden, um Form und Inhalt der Literatur einer Trennung zu unterwerfen... und konsequent war dies beinahe das einzige Diskussionsthema der Zusammenkünfte: die Diskussionen ließen sich im Grunde darauf reduzieren, daß reaktionäre Formen gefordert wurden, während die Inhalte fortschrittlich sein sollten. Sogleich erwies sich, daß Formen Symptome des Verfalls waren, wenn sie ihre eigene Existenz zu bestätigen suchten. Sie mußten es sein, da sie sich auf das Abwesende richteten und somit aus der Anwesenheit fortschritten... und sie ließen die Inhalte, die das Bestehende propagierten, ebenso schnell als reaktionäre Überbleibsel zurück: die Zirkel entlarvten sich als eine Idee der *Sitzer*, das Eingesessene in einen Standpunkt umzudeuten, und sie hofften dabei auf eine Unterstützung durch die Sprache. Sie selbst waren es, die Form und Inhalt getrennt hatten, die ihr Gesäß mit einem Schuhabsatz verglichen – folgerichtig fürchteten sie ihr eigenes Menschenbild, das von unverhohlenem Gelächter gedunsen war. Sie erdachten sich Läutwerk, Pausenzeichen und ähnliche Auslöser, um die Maschine des Publikums zu ihren eigenen Gunsten lachen zu lassen... nur auf diese Art ertrugen sie den Zustand der Abwesenheit von Poesie, für die sie sich *Macht* eingetauscht hatten. Tatsächlich, sie ertrugen diese Abwesenheit nicht, und wenn dieselbe nur einer konstatierte, wurden sie wild... das Ganze ging noch viel weiter, als ich mir je hatte träumen lassen, und ich mußte sehr weit mitgehen... ich mußte wahrlich weit gehen, ehe ich etwas davon begriff. – An den Zirkeln hatte ich, delegiert von meinen Vorgesetzten, teilgenommen, und bevor ich das Glück hatte, ihnen zu entkommen, fühlte ich mich durch diese Teilnahme begnadet und geehrt. Vielleicht sogar empfand ich in der Sonne dieser Gnade meine Einmaligkeit so heftig, daß an mir die geheime Befürchtung fraß, ich könne sie mit einer zweiten Person aus der Kleinstadt – mit Waller – teilen müssen... mit einiger Beruhigung wußte ich, daß Waller über diese Zirkel nicht guter Meinung war und meine Mitgliedschaft dabei nur aus Höflichkeit billigte. Regelmäßig, ein- oder zweimal im Monat, fuhr ich nach L., zum Treffpunkt des Zirkels, dem ich angeschlossen war, und aus irgendeinem Grund wußte Waller, daß es mir nur unter Schwierigkeiten gelang. Ich hatte zwar die offizielle Erlaubnis in meinem Betrieb erhalten, war sogar mit einem gewissen Stolz delegiert worden, doch erwies sich die Praxis als konfliktreich, da ich an den betreffenden Tagen mehrere Stunden vor dem Ende der Arbeitszeit aus dem Betrieb gehen mußte. Die Befürwortung meiner Zirkelteilnahme war höheren Orts, in der Betriebsleitung, und dort von jenen Personen ausgesprochen worden, die für die ideologischen Behufe der Betriebswirtschaft als zuständig eingesetzt waren und die damit auch in einer Nebenwirksamkeit sich kulturellen Anforderungen als verpflichtet darstellten, aber diese Befürwortung kollidierte verständlicherweise mit den produktionspraktischen Interessen meiner nächsten Vorgesetzten in meinem Arbeitsbereich und den davon abhängigen Abteilungen. Es ging dabei um die schier unmögliche Lösung der Aufgabe, Ersatz für mich in der Zeit zu finden, in der ich fehlte. Zwar hätte ich aufgrund häufig anfallender Wochenendarbeit immer genügend Überstunden auf meinem Arbeitszeitvolumen gehabt, von denen zu zehren war, und ich fand auch in der Regel jemanden, der mich für die notwendigen Wochenstunden auslöste, da er dadurch einige Freizeit mehr am Wochenende gewann, wenn ich seinen Platz einnahm. Doch unsere Vorgesetzten litten unter dem ständigen Verdacht, die Ordnung sei ihnen entglitten, zumal sie meine Teilnahme an den Zirkeln keinesfalls ernst nehmen wollten oder konnten und diese eher als eine Art anrüchiges Privatvergnügen ansahen, eher noch als eine Ausrede für getarnte unmoralische Ausflüge nach L., das in ihren Augen nun plötzlich wie ein Sündenpfuhl erschien, ganz allein dadurch, weil sie sich in meine Belange dort in der Großstadt nicht eingeweiht fühlten. Dies war die harmlosere Variante ihrer Zweifel an meiner Aufrichtigkeit: erst später ahnte ich den sehr viel begreiflicheren Verdacht, daß ich ein Zuträger innerbetrieblicher Ungereimtheiten sei und informative Dienstleistungen für um Sicherheit bemühte Institutionen in L. besorgte, ein Verdacht, der um so mehr dadurch gefördert wurde, daß ich keinen Menschen einweihte. Für die Information freilich tat ich das allerwenigste; schon durch die Umstände, die mit meinen Arbeitszeitverschiebungen zusammenhingen, war der Geheimhaltungskodex meines Literatendaseins aufs empfindlichste verletzt. – Auf diese Situation hin sprach mich Waller an, der damit alle Diskretion mir gegenüber in einem Maß fallen ließ, daß ich mich einem Schlag ausgesetzt fühlte, dessen Wirkung beinahe obszön war. Nur mit Mühe verstand ich, daß er sich erbot, mit seiner Frau – zu der er ein leider immer schlechteres Verhältnis habe – darüber zu sprechen, ob sie eine Möglichkeit für meine Versetzung in jenen Betriebsteil des Werkes sähe, in dem sie beschäftigt war. Sie müsse einfach wissen, wo ein Arbeitsplatz unbesetzt sei, und wenn ich mich gezielt bewerbe, konnte sich dem Vorhaben kaum etwas in den Weg stellen, da es in den einzelnen Abteilungen die Regel war, daß man sich das rare Personal gegenseitig abspenstig machte. Sie arbeitete seit Jahren in der Gießerei des Betriebes, in, wie mir schwante, düsteren unterirdischen Etagen, wo der Formsand für die Gießereiarbeiten aufbereitet wurde. Dort, so Waller, sei es seines Wissens viel leichter, sich für einige Stunden im Monat freizumachen, die Arbeitsebenen unter den Gießereihallen waren ausgedehnt und labyrinthisch... zudem könne sie, seine Frau, an den in Frage kommenden Tagen meine Stechkarte zur für mich notwendigen Zeit stempeln; auf diese Art würde ich in den allermeisten Fällen des Zwangs zu Kompromissen enthoben, die ich wegen meiner Zirkelbesuche einzugehen in Gefahr geriet. Ich lehnte das gutgemeinte, mir aber viel zu abenteuerliche Angebot ab. Im Sommer desselben Jahres jedoch geschah es, daß man mich, zusammen mit einigen Kollegen, ohne mein Zutun in die Gießerei versetzte, wo, wie gesagt, Mangel an Arbeitskräften herrschte, während wir im Sommer, außerhalb der Heizperiode, im Kesselhaus unseres alten Betriebsteiles überhaupt nicht ausgelastet waren. Nun plötzlich kam der Trick mit der Stempelkarte zur Geltung; obwohl ich einige Etagen höher und nicht in der Sandwirtschaft eingesetzt war, stempelte Lona, nachdem ich sie aufgesucht und an den Vorschlag erinnert hatte, meine Karte beinahe täglich, viel häufiger noch als notwendig, und mit einer Präzision und Verläßlichkeit, wie es mir selber noch nie gelungen war, so daß meine Vorgesetzten mit einer Mischung aus Verdacht und respektvoller Verwunderung reagierten.

Allzu deutlich erinnerte ich mich, welch entsetzlicher Gedanke es für mich war, als ich glaubte, daß Waller nur durch seine Frau Lona von der Art meiner Schreibversuche erfahren haben konnte. Es gab keinen Zweifel, daß ihm irgendwann die Texte in die Hand gefallen waren, die ich Lona unter dem Siegel der Verschwiegenheit vermacht hatte und die mit nicht mißzuverstehenden Zueignungen an sie versehen waren... Texte, die ich niemals geschrieben haben wollte. Wenn er mir über den Weg lief, packte mich das Grauen, wenn ich daran dachte, er könnte mich jederzeit auf das Geschreibsel hin ansprechen. Die Hauptgefahr sah ich nicht darin, daß er denken mußte, seine Frau habe ihn mit mir betrogen – bis kurz vor seiner Scheidung hätte dies nicht der Wahrheit entsprochen –, was mir als eine Katastrophe erschien, weswegen ich in der Tat mit Mordgedanken gegen ihn einherging, war sein Wissen um eine Reihe von gräßlichen Texten, die von einer so blödsinnigen Sentimentalität strotzten, daß sich mein Gehirn weigerte, sie noch konkret zu kennen, einzig wußte ich noch, daß sie geeignet waren, meinen künftigen Ruf als Dichter für immer zu untergraben. Aber Waller erwähnte diese meine Produktionen nie; offenbar maß er dem Gedanken, daß ein wirklich guter Dichter niemals einen wirklich miserablen Text schreiben könne, keinen Wert bei. Auch mein Verhältnis zu Lona brachte er niemals zur Sprache – es sei denn, es verbargen sich in seinen allgemeinen Mißurteilen über Frauen, in seiner grundsätzlichen Ungunst der Geschlechterliebe gegenüber Anspielungen, die mir entgingen. Mit dieser Taktik – es war mir unklar, ob es wirklich taktisches Verhalten war – gelang es ihm, mich in einen Zustand des Unglaubens zu versetzen, der mich zweifeln ließ, ob es wirklich je mehr zwischen Lona und mir gegeben hatte als belanglose Absprachen über die illegale Markierung von Stempelkarten. Sein Schweigen war so unerschütterlich, daß ich begann, meinem eigenen Wirklichkeitssinn nachzulauschen... der freilich nie auf fester Basis stand... und mich wahrhaftig fragte, ob bestimmte Tathandlungen nicht bloße Einbildung – mit dem Wunsch als dem Vater des Gedankens – waren; ich fragte es mich am Abend, nachdem ich erst am Nachmittag mit ihr in einem Wäldchen gelegen hatte, ich saß am Küchentisch, hielt mir die Hände wenige Zentimeter vor das Gesicht und sog die Luft durch die Nase, wenn ich tatsächlich meinte, etwas von Lonas Arom in dieser durch meine gespreizten Finger gesogenen Luft zu verspüren, war ich für Sekunden erleichtert, aber zu häufig wiederholte ich mir den Indizienbeweis, um ihn lange für überzeugend halten zu können. Ich ging in den Hof hinab, wo das von Lona entliehene Fahrrad an der Wand lehnte, und verglich den Duft meiner Finger mit demjenigen des nachgedunkelten Sattelknaufs; selbst wenn ich eine deutliche Übereinstimmung hätte feststellen können, hätte ich den Tatsachen nicht geglaubt: zu lange hatte ich das Fahrrad schon in eigenem Gebrauch. Die Macht des Schweigens meiner Umwelt über die Tatsachen war stärker als der Glaube an meine Wahrnehmung; es geschah mir nichts wirklich, wenn es ohne die Bezeugung eines anderen stattfand.

Es genügte mir auch nicht, daß meine Stechkarte mehrmals in der Woche allerpünktlichst gestempelt war, obwohl ich an solchen Tagen schon eine Stunde vorfristig die Gießerei verlassen hatte. Ich war auf dem Fußweg zu einem Wäldchen, wohin mir Lona, die nicht wollte, daß man uns zusammen aus dem Werkstor gehen sah, zu Feierabend auf dem Rad nachfolgte.

Mein Unglaube, den Tatsachen gegenüber, war so umfassend, daß ich auch den Hintergrund einer Gedichtzeile vergaß, die ich geschrieben hatte und über die ich um Rechenschaft ersucht wurde. Ich hätte diese Rechenschaft, selbst wenn ich es gewollt hätte, nicht geben können, da mir der Anlaß entfallen war... daß er mir entfallen war, entsprang nicht einer notorischen Gleichgültigkeit gegenüber anderen Menschen, sondern ebenjener tiefsitzenden Unfähigkeit, die Wirklichkeit in mir zu integrieren.

Später erst, nachdem ich schon fast zwei Jahre in Berlin lebte und sich der Nebel meiner Bewußtlosigkeit immer mehr zu verziehen schien, war mir die Assoziation, die zu der erwähnten Zeile geführt hatte, wieder gegenwärtig. Daran erinnert wurde ich durch eine in Westdeutschland erschienene Publikation, die man mir zu lesen gab, um mir damit einen sehr unangenehmen Augenblick zu bereiten. Ein Bekannter von mir hatte darüber geschrieben; er hatte meinem Vortrag jenes Gedichts mit der strittigen Zeile vor Jahren und Tagen in einem der Zirkel in L. beigewohnt. Angeregt durch eine Reihe ähnlicher Poeme, wie ich sie in den mir zugänglichen Kompendien moderner Lyrik fand, hatte ich in meinem Text die Nachahmung von Strophen versucht, in welchen, in zumeist ironischem Ton, verschwenderische Wünsche laut wurden, die Welt mit allen möglichen Dingen, den absurdesten oft, zu beschenken, um Freund und Feind gleichermaßen zu beglücken. Den Henkern wünschte man möglichst viele Delinquenten und den Delinquenten die Unsterblichkeit, man bot den Regierungen den letzten Pfennig an, den man noch in der Tiefe des Mantelsacks aufspürte, man wünschte Liebe und Labsal, das ewige Leben und gleichzeitig möglichst viele irdische Güter mit einer Freizügigkeit, als wären es nicht lediglich Worte, die der Dichter zu vergeben habe... es waren allesamt Gedichte, die in der Nachfolge des großen *François Villon* standen. In dem Text, den ich vortrug, wünschte ich vielen vieles, sinngemäß zitiert unter anderem dem Abendland einen neuen Morgen, der Welt einen neuen Anfang, Liebe, Verwirrung, jedem einen Eiffelturm – schon hieran war zu erkennen, daß ich nur Worte zu präsentieren hatte – und in der angefochtenen Zeile verlangte ich *einen roten i-Punkt für jedes Wort*. Der offenbar dem Dadaismus verdankte Vers führte sofort zu einer Reihe wilder Interpretationen und zu der dringenden Aufforderung an mich, seine Unverständlichkeit aufzulösen, da die verwendete Farbbezeichnung »rot« unbedingt auf eine poli-

tische Anspielung hinweise. Ich erklärte, daß ich außerstande
sei, eine Erklärung zu liefern, und ich sagte damit die Wahrheit. Diese meine Unfähigkeit jedoch bestärkte den Verdacht,
es handele sich um eine Zweideutigkeit... schon ohne *eine
Erklärung* dazuhocken, wies im Vaterland des Materialismus
auf einen objektiv bedenklichen Fall hin... um eine Zweischneidigkeit vielleicht in Richtung der Fahnenfarbe der Sozialistischen Internationale; mein immer erschrockener werdendes Schweigen erschien als der klare Beweis dafür, daß ich
eine Chiffre verwendet hatte, die eine Diffamierung enthielt,
auf die sich nur eingeweihte Personen verständigen konnten.
Letztendlich war das Palaver um diese Sentenz einer der
Gründe dafür, daß ich bald danach die Teilnahme an den Zirkeln aufgab. Da der Zirkelleiter dem Sicherheitsdienst angehörte und da, zweitens, das Postulat bestand, daß die Literatur
die Sprache des Lebens zu sprechen habe, ergab sich aus dieser
Verbindung die Selbstverständlichkeit, daß jede Sprache eine
Sprache der Chiffren sei. Wenn man sich darauf einigt, daß die
Aufgabe des Sicherheitsdienstes darin besteht, die Historien
der Macht zu tabuisieren – denn das Tabu scheint der Macht
die größte Sicherheit für ihren Leumund zu bieten –, so kann
für diesen Dienst die aus dem Leben gegriffene menschliche
Sprache gar keine andere sein als eine sich andauernd auf der
Tabugrenze fortbewegende Sprache... oder es dürften in den
Köpfen der Macht nicht menschliche Strukturen herrschen.
Die Eigenheiten des Lebens mußten, wenn sie historische Ergebnisse der Macht sein sollten – und dafür mußten alle diese
Eigenheiten gelten, wenn die Macht wirkliche Macht sein
wollte –, eine Sprache zeitigen, die, wenn sie dechiffriert
wurde, die Eigenheiten selbst als Grenzüberschreitungen auswies. Daher bestand die Arbeit der Zirkel aus ununterbrochener Heimholung grenzüberschreitender Vokabeln und Vokabelverbindungen: eine nicht sofort verständliche, nicht sofort
erklärliche Konstellation konnte also nur einen jener Teile des
Lebens beschreiben, die dem Tod des Lebens im Raum des
Tabu aufs verletzendste widersprachen. Meine Sentenz lieferte dafür ein genaues Beispiel. Da mir der Nachweis einer
Grenzüberschreitung der Tabuzone, die Dechiffrierung des

vermeintlichen Codes, selbst nicht gelang, verfehlte ich die Chance, das Opfer einer verbalen Strafaktion zu werden, die mich von dem Delikt befreit hätte, indem sie mir Selbstkritik ermöglichte. Damit war ich das unbelehrbare Element, das sich von der Bahn des Todes abgesetzt hatte.

Der Hintergrund, der mich zu dem rätselhaften Vers veranlaßt hatte, war nicht besonders stubenrein. In der Gießerei waren die Ölbäder, in den großen Wannen im tiefsten Geschoß der unterirdischen Gießereietagen, versuppt; sie dienten zur Reinigung der schweren Stahlblechfilter, die in mehreren tausend Stück zu monströsen Galerien verkettet durch alle Stockwerke der Arbeitshallen liefen, um die Zu- und Abluft sowie eine konstante Temperatur im gesamten Gießereikomplex zu regulieren; die Ölbäder waren durch jahrelanges stark überhöhtes Sand- und Staubaufkommen – das großenteils von der Sandwirtschaft ausgehen sollte, wo es an Arbeitskräften fehlte – so verunreinigt, daß die Filter, wenn sie durch die Bäder liefen, anstatt ausgespült zu werden, was der Sinn der Bäder war, sich durch einen Brei von Ölschlamm wälzten, der sie sofort versetzte, so daß sie nicht mehr an- noch absaugten. Der gesamten Gießerei drohte der Kollaps in bleischweren Rauchen und schwarzen Bränden. Fast alle Heizer aus den umliegenden Werksteilen und Kombinatsstützpunkten waren auf überfallartig erlassenen und allerhöchsten Befehl hin zusammengetrieben, aus Urlaub, Wohnung und Garten geholt worden und zu einer ebenso aussichtslos wie übermenschlich erscheinenden Kraftaktion für den ganzen Sommer in die Gießerei abkommandiert. Sie hatten die Aufgabe erhalten, die schier unübersehbaren Schäden, koste es was es wolle, zu beheben, die erst fünf Minuten vor dem Totalausfall der komplizierten Zuluftanlagen erkannt worden waren. Es war ein unglaublicher Glücksumstand für die Kombinatsleitung, daß der Sommer vor der Tür stand: so konnten die Fensterfronten geöffnet und Teile des Glasdachs abgehoben werden, wenn nicht Gewitter ihre Sintfluten über die Stahlschmelze ergossen, war es möglich, die Produktion einer der wichtigsten und effektivsten Gießereien der Volkswirtschaft, wenn auch unter buchstäblich kriegskommunistischen Bedingungen, am Leben zu erhalten. Dabei machte es nichts aus, daß der gesamte dörfliche Umkreis zeitweise von einem ungeheuren, plötzlich aufschießenden und nach allen Seiten expandierenden Sprengpilz von blauschwarzem Qualm bedroht schien: die Gießereihallen selber blieben aufgrund schneidender Durchzüge einigermaßen rauchfrei. – Zu Beginn der Großaktion war ich jenem Kommando zugeteilt, das den Schlamm aus den Ölwannen im Keller zu schöpfen hatte, damit die Filter, nach dem Ausbau, nach ihrer Reinigung und dem Wiedereinbau, durch saubere Bäder laufen konnten. Den ganzen Tag über kurvten wir, eiserne Ein-Rad-Schubkarren bewegend – breitere Wagen waren in den schmalen Gängen des unterirdischen Labyrinths nicht zu benutzen –, durch die verzweigten Katakomben der Zuluftanlagen, die gleichzeitig als Kanäle für die gesamte Verkabelung des Werks dienten; wenn wir vor die Wannen gelangten, schöpften wir mit blechernen Fäkalienkellen den breiigen, kohleschwarzen Schlamm, der in dem Öl fast die Konsistenz porös fließenden Gummis angenommen hatte, aus den Wannen in die Schubkarren und balancierten die zentnerschwer gewordenen Fahrzeuge zum Ausgang zurück. Wir balancierten... es war die ausdrücklich zutreffende und einzig mögliche Fortkommensmethode, wenn man zum Sklaven eines solchen Gefährts geworden war. Ging man in den oft rechtwinklig abgeknickten, manchmal zwei, manchmal nur anderthalb Meter breit wie hoch gemauerten, quadratischen Betonkanälen – in denen man sich also streckenweise zu allem Überfluß nur gebückt bewegen konnte – in eine Biegung und brachte man den Karren dabei nur für Zentimeter aus seiner waagerechten Lage, schwappte der tückische Ölschlamm, dessen dickste Massen sich lastend auf dem Boden des trapezförmigen Karrenbehälters abgesetzt hatten, schlagartig auf die leicht unter Gleichgewichtsniveau gesenkte Seite hinüber, das Gewicht dieser Seite wuchs ebenso schlagartig an, der Arm, der die Griffstange des Karrens auf dieser Seite am Handstück hielt, schien aus der Schulter zu reißen, wollte man das Gefährt nicht fallen lassen, mußte es mit aller Kraft des anderen Arms auf der zweiten, plötzlich federleicht gewordenen Seite, unter Zuhilfenahme der gesamten Körpergewalt, an der Griffstange, an dem gelben Plastikhandstück, niedergedrückt und ausgewogen werden, mit der Folge, daß der Ölschlamm auf die jetzt unten liegende Seite überschwappte und sofort denselben Effekt hervorrief. Wenn man sich hinter dem Karren ausgetanzt hatte, wenn es gelungen war, ihn nicht ganz umkippen zu lassen, ihn auf die Stützen abzusetzen... nun stand man schon fast bis zu den Knöcheln im Öl... und sich schweratmend aufrichtete, war es fast sicher, daß man mit dem Hinterkopf hart gegen die Betondecke schlug; und vielleicht führte dieser Schlag dazu, daß die Füße sich auf dem Ölteppich, der längst alle Böden der Gänge bedeckte, selbständig machten... wenn man ging, immer langsamer, durfte man die Schuhsohlen gar nicht vom Grund ablösen... so daß man lang hinschoß, um davonzusausen, die schiefe Ebene hinab, wie der Puck auf einer Eisfläche, der Länge nach durch den ganzen Gang, ehe man endlich von einer geschlossenen Feuertür aufgehalten wurde... von wo aus man trübe zurückblickte, dorthin, wo am Ort des Slapsticks friedlich der verlassene Schubkarren stand, sich spiegelnd in der wie schwarzer Lack glänzenden, seifenglatten Bahn des Betonschachtes, dessen Boden eine einzige, im Widerschein der Lampen bösartig gleißende Falle war. Als wir es lernten, den Zeitdruck zu ignorieren und die Karren langsam und waagerecht zu bewegen, schienen alle Hoffnungen, die Massen des Ölschlamms rechtzeitig zu bewältigen, dahin... aber wir mußten langsamer machen, und irgendwann wurden wir sicherer, weil wir unsere Leiber mit Alkohol füllten. – Die meisten der Zuluftkanäle hatten ihren Ausgang in der Sandwirtschaft: es galt, sich die Verzweigungen des Gangsystems möglichst einzuprägen, um einen der Ausgänge in der Zufahrt zur Sandwirtschaft zu erreichen, weil man dort fast am Ziel des Weges war. Die Zufahrt zur Sandwirtschaft war eine breite, unter das Niveau des Gießereihofs hinabführende Betonstraße, die, über ihr leichtes Gefälle, vom Freien her mit Lastwagen zu erreichen war. Dieses Gefälle hinauf – hundert, zweihundert Meter – mußten die Schubkarren in einem Endspurt geschoben werden, um dann, gleich nach der Tordurchfahrt, vor den an der Gebäudewand angebrachten Altölbehältern entladen werden zu können. Es war jetzt sehr schwer geworden, die Plackerei im Innern der Kanäle wirkte sich aus, und die Steigung auf dem letzten Wegstück tat ein übriges; bevor ich die letzte Strecke zurücklegte, verschnaufte ich unten in der Sandwirtschaft. Ich verschnaufte mich besonders dann, wenn Lona, von ihrem hier nahen Arbeitsplatz herkommend, für einige Minuten mit mir plauderte. Eines Tages, während meines Ausruhens, war mir die Farbenpracht ihrer Kleidung aufgefallen, und meine Pausen wurden fortan länger, da ich Ausschau hielt, ob nicht ihr blühendes Blau, ihr Rot von irgendwoher aus dem öden Gleichmaß auftauchte. So stand ich, den schweren Schubkarren mit dem gebeugten Knie arretierend, inmitten einer saugenden, widerlich glatten Ölbahn, die sich auch schon durch die Sandwirtschaft bis hinauf vor die Altölbehälter ergossen hatte und nur mühsam mit Sägespänen abgedeckt zu halten war. Waren es zu wenig Sägespäne, schienen diese die Gefahr noch zu steigern; die durchgesaugten Holzkringel gewannen unter jedem Gegenstand auf der schiefen Ebene die Wirkung von Gleitschalen, und alles, was man auf ihnen abstellte, setzte sich von allein in Bewegung. – Lona trug einen faszinierenden, kornblumenblauen Leinenkittel, dessen Saum im oberen Teil der kraftvollen, doch wohlgeformten Schenkel einen stets gespannten Abschluß bildete. Das Kleidungsstück benötigte nur vier Knöpfe, um als geschlossen zu gelten; darunter strahlte bei jeder Gelegenheit die Unterhose hervor, die, der Farbe des Kittels ausgezeichnet angepaßt, von einem Rot war, das mich an die Signalfarbe des Klatschmohns erinnerte. Diesem Rot, das durch kein Mittel – das blaue Schürzenkleid sollte wahrscheinlich kein solches Mittel sein – versteckt zu halten war, galt meine ganze Aufmerksamkeit; wenn ich mich auf den Wegen durch die Katakomben inzwischen ziemlich routiniert bewegte, so erlahmte mein Tempo in der Sandwirtschaft vollkommen. Jemand mußte einen Korb mit Sägespänen umgestürzt haben, denn eines Vormittags sah ich Lona in gebückter Haltung, mir die Rückseite zuwendend, wie sie mit Schaufel und Handfeger am Boden beschäftigt war, so daß der blaue Kittel die rote Hose beinahe völlig freigab. Der leuchtend rote Stoff hielt die makellose Identität zweier Zwillingswelten zusammen und überspannte, an ihrer Symmetrieachse, den zu einem Delta auslaufenden Schattenfluß eines Lethe, der die Welten trennte, doch gleichzeitig auch vereinte, dort wo der Doppelrand einer vulkanischen Insel sich anzudeuten schien, darin die Idee der Schöpfung sich verbarg... überwölbt von einem sonnenroten Firmament aus Kunstseide, auf das ich ganz von außen blickte und das meiner Phantasie mehr zu schaffen machte, als wenn ihr Grund, seiner halben Verborgenheit entrissen, offen gegen mich ausgebrochen wäre. Ich starrte, in einen göttlichen Voyeur verwandelt, in diesen Kosmos und bemerkte nicht, wie sich hinter mir der randvolle Schubkarren selbständig machte. Zögernd, ob ich Lona rufen oder mich lieber noch der Versenkung in den unverhofften Augenblick hingeben solle, stand ich, als mich plötzlich der Karren überholte und mit der einen seiner Griffstangen voran zielgenau auf die gebückte Lona zuglitt, im Schneckentempo, aber in stetiger Fahrt, mit den eisernen Bodenstützen ein kaum hörbares, drohendes Schnarren auf dem Ölschlamm erzeugend. Mir erstarb der Ruf in der Kehle, im voraus entsetzt, aber vollkommen hypnotisiert, glotzte ich auf das vorrückende Ungetüm, das ruhig und unaufhaltsam mit dem gelben Gummihandstück der präzise zielenden Griffstange in das Zentrum des Lethe, genau auf den Doppelrand des Vulkans zwischen den beiden feuerwehrroten Hinterflächen traf, noch längst nicht haltmachte, so daß Lona nach einem zaghaften Ausfallschritt besiegt auf alle viere kippte, sofort aber mit gellendem Aufschrei und mit all ihrer Muskelkraft sich zur Seite schnellte. – Iiiih! schleuderte sie mir einen hohen Ton von gewaltiger Vibration entgegen und schoß die vernichtenden Pfeile ihrer weiten Augen auf mich ab. – Iiih? wiederholte ich, und da mir nichts Besseres einfiel, sagte ich zu ihr, die eigentlich Ilona hieß, iih... genau das ist es, was dir fehlt! – Aber nicht jetzt... und nicht hier, du Schwein, fuhr sie mich an, bevor sich ihre Wut in einem Gelächter Luft machte. Ich versuchte nicht, ihr auszureden, daß der Unfall mit dem Ölkarren kein blöder Annäherungsversuch von mir gewesen war, ich unterwarf mich dem Schicksal, als ein hinterhältiger Bock zu gelten, und hatte Erfolg damit. Noch am selben Tag stimmte Ilona zu, als ich sie in einem Wäldchen in der Umgebung der Gießerei erwarten wollte.

Unvergeßlich verbanden sich für mich die Farbe einer Unterhose, die ich mit Hilfe des rohen Eisens der mir zu erniedrigendem Gebrauch überantworteten Produktionsmittel berühren durfte, mit der hellen Klangfarbe eines empörten Vokals, der, um ihrer verletzten Würde willen, Lonas Kehle entsprang, und der Zusammenhang versank in mir, um eines Tages in Form einer rätselhaften Wortverbindung wieder aus mir hervorzusteigen. Blindlings in meinem Kopf agierende Geilheit also hatte mein Assoziationsvermögen in Gang gesetzt, und da ich in meinem Gedicht sowieso von der Liebe sprach, hatte ich, befeuert von einer grell mich anfachenden Wäschefarbe, einen leuchtenden, alles besiegelnden Punkt über jedes Wort setzen wollen, in dem der Anfangsbuchstabe von Ilonas Namen vorkam, ich hatte ein abwesendes Anagramm im Sinn gehabt, ich hatte die Sprache mit dem Tonfall der Liebe färben wollen.. ohne es freilich selbst genau zu wissen. Damit hatte ich die Dummheit – die allerdings höchst politische Dummheit – meiner Interpretatoren auf den Plan gerufen und derart entblößt, daß ich mich davonmachen mußte, weil ich ahnte, daß sie es mir nie verzeihen würden. Ich hielt diese Dummheit für symptomatisch für die Art des Zusammenhangs, der zwischen der Kulturpolitik und dem Leben im Land hergestellt werden sollte. Es war ein Abgrund, in dessen Bodenlosigkeit auch spärliche Anflüge von Geist, wie ich sie noch sah, versinken mußten. Diese Form von Dummheit, so dachte ich, muß so unbändig wirken, daß es letzten Endes keine Katastrophe gibt, in deren Angesicht sie auf Umkehr zu sinnen vermöchte.

Es gab noch mehr, das es mir unmöglich machte, meinen Vers zu erklären: ungefähr die Hälfte der Mitglieder des Zirkels waren Frauen. Es waren schreibende Frauen, und ich schreckte davor zurück, vor ihnen über die Liebe zu sprechen, in deren Existenz oder Nichtexistenz ich die Veranlassung für mein Gedicht vermutete. Ich hätte sagen können, daß man in der Verskunst den Buchstaben »i« mit der Farbe *Rot* assoziiere. Und daß in dieser Farbe bekanntlich die Farbe der Liebe gesehen werde, daß meine Zeile also den Wunsch ausdrückte, es möge die Liebe in jedem Wort mitschwingen... aber eine solche Sentimentalität wagte ich nicht auszusprechen, da ich ahnte, daß ich damit die berechtigte Frage nach der Praxis hervorgerufen hätte. Ich fürchtete mich vor der Frage, ob ich denn wisse, da ich soviel davon spräche, was das überhaupt sei, die Liebe...! Zu anderen Gelegenheiten war mir diese Frage schon von den Frauen gestellt worden, und ich hatte sie unbeantwortet lassen müssen. Zweifellos mußte das Gespräch einen solchen Verlauf nehmen, ich sah es voraus, es gab gar keine andere Möglichkeit, und zwar deshalb, weil beispielsweise die politische Thematik in der gesamten Tischrunde sichtlich unangenehme Wirkungen hervorrief. Wenn man also nicht darüber sprechen wollte, über welches Sujet man die Freiheit zu schreiben habe, so mußte selbstverständlich ein Sujet gewählt werden, bei dem diese Freiheit nicht in Frage stand. Und mit meinem Vers schien ich diese Freiheit natürlich in Frage zu stellen, folgerichtig mußte man darüber Aufklärung fordern, ob ich denn wisse, wovon ich eigentlich rede. Ob ich denn wüßte, was die Liebe sei... diese Frage zu stellen, oblag im Zirkel den Frauen. Es fiel in ihre Zuständigkeit, weil es für erwiesen galt, daß man von den Frauen irgendwann im Leben die Liebe erlernt habe. – Wenn ich überlegte, ob das richtig sei, war es eine Denkhilfe für mich, wenn ich mir vorstellte, daß eine Frage der Männer etwa lauten mußte, ob man denn wisse, was der Krieg sei... eine Frage vielleicht an eine junge Lyrikerin, die sich in zweifelhafter Weise über den Krieg geäußert hatte. – Ich fürchtete, eine bloße Bejahung ihrer Frage hätte den Frauen nicht genügt; sie wären vielleicht wissend genug gewesen, mir nachzuweisen, daß ich nur eine bloße Behauptung aufstellen konnte: in Wahrheit, wenn ich es genau überlegte, mußte ich mir selbst eingestehen, daß ich *nicht* wußte, was die Liebe war. Und daß ich damit in den Augen der Frauen *krank* war. Und daß ich damit in den Augen des mit der Fortpflanzung der Art beauftragten Geschlechts ein für diesen Zweck an Untauglichkeit erkranktes Mitglied der Artenfamilie war und ausgestoßen werden mußte. Offenbar war ich in einem Moment meines Innern paranoisch genug zu glauben, daß ich mir mit dem Eingeständnis der Wahrheit, welches die

Frage der Frauen von mir forderte, alle Chancen zunichte gemacht hätte, eines Tages über meine Unwissenheit von ihnen belehrt zu werden, in praktischer Form... vielleicht war aus ihrer Frage zu schließen, daß sie der Meinung waren, man trüge die Möglichkeit der Liebe a priori in sich, man käme sozusagen mit dieser Gefühlsmöglichkeit zur Welt? Und ich war, weil ich ihre Frage nicht a priori bejahen konnte, ohne diese Möglichkeit und damit als eine Mißgeburt auf die Welt gekommen? Die Frauen mußten mich für einen Krüppel halten: sie hatten es mir wahrscheinlich schon immer angesehen, sie hatten es mir seit meiner Geburt angesehen.

Tiefste Finsternis begann mich bei diesen Gedanken zu erfüllen, und zum ersten Mal vielleicht spürte ich, wie ein Haß in mir, der sich in ähnlicher Kraft sonst nur auf mich selbst richtete, umschlug und auf ein Gegenüber zielte. Der Anblick, den sie mir boten, erschien mir bezeichnend: Selbstgerechtigkeit sah ich, die ein feistes, eiferndes Rosa auf ihren Pausbacken entzündete, wenn sie sich voller Überzeugung aufblähten und mir vorhielten, daß sie die Liebe *rein gefühlsmäßig* kannten. Während sie mich fragten, ob ich *wisse*, was sie denn sei! Nach einer solchen Frage verbot es sich für mich erst recht, ihrer reinen Gefühlsmäßigkeit zu folgen; es lag ein Ansinnen darin, das mich zutiefst erniedrigte. Zu offensichtlich war, daß mich das schlechte Deutsch der Frage abschnitt von jenem Gefühl, das die Differenz zu dem Gegenstand, den es zu meinen behauptete, für überwunden hielt.

Von diesem Tag an saß ich wie auf Kohlen auf meinem Platz in der Zirkelrunde. Ich wartete nur noch auf die Gelegenheit, die geeignet war, meinen Abgang nicht ganz wie eine Flucht aus Schwäche erscheinen zu lassen: als die schreibenden Frauen einmal Gedichte in dem ihnen zur Pflicht geronnenen, kontemplativen Ton vortrugen, die ich nicht etwa für kümmerlicher als gewöhnlich hielt, durchbrach ich den spärlichen Beifall, auf den sie erpicht waren, mit barbarischem Hohngelächter und gab der Überzeugung Ausdruck, daß ihre Mühen sich an totgeborenen Kindern versuchten, schon immer, seit ich ihnen zuhören dürfe. Danach blieb ich den Zirkelnachmittagen fern.

Offenbar brachte ich zwei Dinge miteinander in Verbindung, aus einer langen Gewohnheit, doch hatte ich mir noch nie klargemacht, daß darin ein zwanghaftes Denken lag: immer hatte sich die Poesie, die ich das Abwesende nannte, für mich ganz zwangsläufig mit dem Weiblichen verquickt... oder auch mit der Liebe, die ich ebenfalls abwesend hätte nennen müssen. In früheren, sentimentalen Phasen meiner Bewußtlosigkeit, so glaubte ich nun zu wissen, war mir das Schreiben immer mit Gedanken an eine Leserin einhergegangen, genauer gesagt, es hatte sich fast ausschließlich an mögliche Leserinnen gerichtet. Wahrscheinlich hatte ich irgendwann sogar unter solchen Vorzeichen mit dem Schreiben begonnen. Später hatte ich Majakowski für eine in dieselbe Richtung gehende Äußerung, die ich von ihm las, bewundert, zugleich aber auch verachtet, als ob er sich damit verraten habe: er hatte den gleichen Umstand entlarvt, den ich an mir selbst verachtete. Was mir geschah, war womöglich die Verwechslung zweier grundverschiedener Dinge: wenn ich einen Text zum Abschluß gebracht hatte, trat ich mit der Siegermiene des Erretteten auf die Frauen zu, denn die Leistung, mit welcher ich die Differenz meiner Wörter und Sätze zur abwesenden Poesie verringert zu haben glaubte, schien mir auch geholfen zu haben, die Differenz zur Liebe zu überbrücken... seht her, ich habe die Fähigkeit zur Liebe unter Beweis gestellt, schien ich rufen zu wollen; und mit dieser Miene überreichte ich ihnen meine Gedichte. Zumindest in einem Fall verhielt ich mich wirklich so; doch wenn ich genau überlegte, dann hatte ich mich bei jedem Vortrag meiner Texte im Zirkel genauso gefühlt, stets hatte ich die gleiche Lust zur Exhibition verspürt: Ich habe die Poesie in der Hand, ich bin auf dem Weg zu ihr, und ich werde bei *euch* ankommen... Wenn ich während des Lesens aufblickte, waren meine Augen auf die mir gegenübersitzenden Frauen gerichtet. – Natürlich wurde mein unmöglicher Wunsch nie erfüllt oder nur beachtet. Da die Differenz des Dichters zur Poesie die gleiche ist wie die Differenz des Sohnes zu seiner Mutter, mußte ich immer in derselben Entfernung bleiben.

Ich war erstaunt darüber, wie leicht sie sich vom Vater Staat hatten beeindrucken lassen. Er, als die chauvinistischste aller maskulinen Ausgeburten, mußte dazu nur ein paar seiner Klingelstücke inszenieren, in denen die Frauen den Sieg davontrugen. Da sie es gewohnt waren, aus dem Bewußtsein von Männern zu zehren, mußte der Staat die Eigenheiten dieses Bewußtseins, die Widerstand waren oder es hätten sein können, nur als unmoralisch oder idiotisch verunglimpfen, und die Frauen glaubten die Stunde ihrer *historischen Chance* läuten zu hören. Offenbar bestand jene historische Chance für die Frauen in der Möglichkeit, auf ein künstliches Bild vom Menschen hinzuweisen: auf das ikonografische Menschenbild der Bürokratie? So zaghaft und verunglückt meine ihnen zugewandten Versuche vielleicht auch waren, sie nahmen sie nicht an. Im Gegenteil, sie begannen mich zu belehren, sie belehrten mich über das Schöne, sie belehrten mich sozialistisch, sie belehrten mich optimistisch, sie belehrten mich materialistisch, sie belehrten mich ästhetisch und realistisch, sie belehrten mich moralisch...

Indessen brachten mich Überlegungen auf die Idee, den Grund für die Anfänge meines Schreibens bei meiner Mutter zu suchen. Entsetzliche Unfähigkeit, meiner Mutter das rechte Kind zu sein, hatte mich aus tiefster Erniedrigung zum Griffel greifen lassen; so hatte ich begonnen, Zeichen zu setzen, auf Zeitungsränder, auf Packpapier gekratzte Runen, die vielleicht Erklärungen an meine Mutter verbargen, von denen ich selbst nichts wußte. Wie ich mich zu entsinnen glaubte, hatte ich schärfste Kritik wegen der Verschwendung noch brauchbarer Packpapiere geerntet, materialistische Kritik, und wegen heillosen Beschmierens noch ungelesener Zeitungsränder ästhetische Kritik, die mich noch grausamer verletzte. Da meine Hieroglyphen wahrscheinlich nicht zu deuten waren, setzte ich mich noch dazu dem Verdacht der Idiotie aus sowie dem der Verrätselung rebellischer oder obszöner Botschaften. – Was mich erfaßte, war düstere Langeweile... natürlich gingen Kritik und Verbote nicht von meiner Mutter aus, sondern von dem männlichen Bewußtsein, das bei uns herrschte. Gleichviel, da mich die Unzufriedenheit mit all meinem Tun in Ratlosigkeit stürzte, ging mir der Schwung verloren, und ich begann zu brüten: meine Gedanken stagnierten vor der Überlegung, was an ihnen falsch sei, meine Gefühle stagnierten vor der Kritik, und die Zeichen, in die ich meine Gefühle umzusetzen vermocht hätte, behaupteten sich nicht mehr gegen die Zensur. Schon damals setzte ein, was ich später meine Form von *ennui* nannte, ein Zustand, der mich tatsächlich die Erinnerung an Jahre kostete. Der Zustand konzentrierte sich in den Ellenbogen, die mich auf der Tischplatte stützten und in denen zuviel unbrauchbare Kraft war. Mein Kopf, auf den schräggestellten Pfeilern meiner Unterarme, schien mit aller Zeit meines Alters belastet, und mit aller Vorzeit noch dazu, mit aller ungenutzten Zeit, die nur noch wachsen konnte, die in den Aggregatzustand schwergewichtiger Materie übergegangen schien, und der übermächtige Druck dieser Last verteilte sich nicht, er schmerzte in den Ellenbogenspitzen, und die harten Maschen meines Pullovers musterten sich reibend und scheuernd in den winzigen Auflageflächen meiner fremden Unterarme. Stunde um Stunde lauerte ich in dieser unerträglichen Verfassung, ohne mich je aus ihr lösen zu können; was ich feststellte, war allein, daß es eine Leere war, die ein solches Gewicht hatte. Es war ein fremdes Gewicht aus einem leeren Weltraum, aus dem unbeschreiblichen Nichts, es war die Tonnenlast einer Nicht-Existenz, die mich durch alle Böden bohren wollte, unter der ich immer mehr absackte, und meine Richtung war der Acheron, der unter allen Oberflächen schwelte.

Die einzige Möglichkeit zur Flucht aus diesen Zuständen sah ich in meinem Verschwinden im Wald, der ein kurzes Stück hinter dem Ausgang unserer Straße begann – es war zugleich der Stadtausgang –, wohin ich mich fast jeden Tag davonmachte. Und mir fiel ein, daß ich diesen Weg zum Wald ganz automatisch gesucht hatte, als ich einmal noch, im ersten Frühling meiner Zeit in Berlin, nach M. gefahren war, ohne jede Ankündigung, um mir – vermutlich war es die Begründung, die ich vor mir selber gebrauchte – ein *Handbuch für Kesselwärter* zu holen, nebst meinen spärlichen Aufzeichnungen zu diesem Thema, die ich mir vor einiger Zeit während des von mir absolvierten Qualifizierungslehrgangs gemacht hatte und die ich unter meinen Büchern und Papieren in M. glaubte. Erst als ich schon im Zug saß – auf dieser seltsamen Reise, die ich gänzlich unvorbereitet und aus einer fixen Idee heraus unternahm, dank einer gehörigen Menge von Alkohol, der ich mich wieder einmal ausgesetzt hatte –, kam ich auf den Gedanken, daß ich mir das Handbuch auch von meiner Mutter hätte schicken lassen können... doch dann hätte ich ernsthaften Kontakt mit ihr wiederaufnehmen müssen, ich hätte ihr zumindest meine Adresse bekanntgeben müssen. Wenn ich selbst hinfuhr, so ging meine Überlegung, konnte ich letzteres im Gespräch vielleicht vermeiden. Im Zug, der wider Erwarten stark beheizt war, schlief ich ein, erwachte wieder, sackte erneut in drückenden Schlummer, versäumte, ohne eigentlichen Grund, in der Kreisstadt die Anschlußbahn nach M., obwohl genug Zeit zum Umsteigen war, stand eine Weile völlig gelähmt auf dem leeren Bahnhof herum, glaubte mich verloren, bis ich zum Busplatz hinüberstürzte, wo ich in letzter Minute einen Linienbus erreichte, der mich über weitläufige Umwege, über mir kaum bekannte Dörfer, durch die Abenddämmerung fuhr. Es war, als sei ich auf dieser Fahrt erneut ganz außer mich geraten – wie es mir fast immer auf Reisen geschah –, und so wechselte mit jedem Dorf auch meine Identität. Ich fuhr mit einer Linie, welche die abgelegensten Flecken mit M. und der Kreisstadt verband, die Fahrt dauerte über eine Stunde, und die meiste Zeit war ich in dem Bus allein. In M. wurde ich, kaum daß der Bus richtig anhielt, in eine Seitenstraße der Stadt entlassen, und ich schlug, gedankenverloren, einen Weg ein, der mich nur annähernd in Richtung unseres Hauses führte, der mich aber, wenn ich ihn nicht rechtzeitig verließ, direkt auf den Wald zu brachte. Schließlich mußte ich zurück, fand mich nun in engen Gassen, die ich sehr lange nicht betreten hatte, jahrelang auch nicht mehr, als ich noch in der Stadt lebte. Plötzlich war es mir, als habe ich eine Schwelle überschritten... die Schwelle zu Räumen, von deren Existenz ich längst nichts mehr gewußt hatte, die ich aber in der Zeit meiner Bewußtlosigkeit sehr oft durchstreift hatte. Schwere Müdigkeit saß mir in den Gliedern, und ich wußte, daß sie nicht allein dem Kampf zuzuschreiben war, den mein Körper gegen die Wirkungen des in mir verbrennenden Alkohols zu leisten hatte: die ungeheure Müdigkeit meiner Kindheit war in mich zurückgekehrt. Eilige Schattenschritte – sie waren mir an den Abenden voll einer solchen Erschöpfung sichtbar –, die soeben verschwanden, wenn ich um die Ecke bog, täuschten mich, ich suchte im Staub nach den Stapfen, so wähnte ich mich plötzlich mir selbst auf der Spur. Ebensowenig wie damals glaubte ich mich imstande, *ich* zu sagen... und ich wußte, daß diese Unfähigkeit gewachsen war, daß sie mich irgendwann endlich in meine Bewußtlosigkeit versetzt hatte. Wie sah man mich damals, fragte ich, wie sah man sich... in Gassen, die man in eiliger Geducktheit durchschlich, in Haupteshöhe schon, so schien es, drehten sich die gelben Lichtzylinder der Lampen, krumme Häuser, die sich herabbeugten, auch die Straßen nur schmal, und es wuchs noch Gras zwischen den Pflastersteinen. Die Fenster winzig, einfach durchkreuzt von den weißen Rahmen und ausgefüllt von einem dumpfen, roten Leuchten, das kaum nach draußen drang. Und doch, wie unendlich erschienen alle Wege in dieser Stadt, bald merkte man, wie sie sich wiederholten, wie man immer dieselben Gassen durchstreifte, ohne aus den Irrgängen herauszufinden... wahrscheinlich war es ein Ort, den man niemals wieder verlassen konnte, hatte man seine Schwelle erst überschritten... plötzlich lagen Jahre zwischen den sich wiederholenden Bildern, alle waren sie von denselben blauen Schattenstapfen durchwirkt, denen man nachgehen mußte, wieder viele Jahre, stets an denselben Winkeln vorbei... bis ich endlich hinaus vor den Wald gelangte. Zuvor aber noch, aus einem gebrechlichen Gatter, das immer leicht gequietscht hatte und damit das Betreten des winzigen Vorhofs untrüglich angekündigt, sah ich *Waller* auf die Gasse treten, er war, ein Kind noch, aus der schiefsten und verwinkeltsten der einstöckigen Fachwerkhütten gekommen; vorsichtig und schuldbewußt schaute er zur Haustür zurück, hinauf zu einem der winzigen Fenster, aus welchem gleich die grelle Stimme der alten Frau dringen mußte, die ihn herrschsüchtig zurückbefahl. Aber das Gatter pendelte plötzlich lautlos, unsicher stand der weiche, korpulente Junge auf der Gasse, im Abenddunkel einer unverhofften Freiheit.

Sehr gut erinnerte ich mich an die steinalte Frau, die den kaum vier Schritte großen Verschlag im Oberstock bewohnte, in den man über eine halsbrecherisch gewundene Treppe von acht abschüssigen Stufen gelangte. Der Verschlag war mehr dreieckig als quadratisch, die Grundseite des Dreiecks nahm ein Kanapee ein, auf dem Wallers Großmutter ihre letzten zehn Jahre verbrachte, unbeweglich, mit dem fadenscheinigen Leib kaum die grauen Filzdecken bauschend, sie sprach nicht mehr, sah nichts mehr, hörte nichts mehr. Nur den Ruf der Torangel nahm sie noch auf, wie eine Fledermaus das Zirpen des Ultraschalls, und ihre Antwort darauf war das einzige, was ihre Kehle noch hergab, ein messerscharfes *Jaähäm... rrrein!*, worauf Joachim folgsam kehrtmachte. Sie starb einen Tag vor ihrem hundertsten Geburtstag, und wir bemerkten es nur, weil sie den Enkel an diesem Abend nicht zurückrief... oder es war an diesem Abend auch die Stimme des Gatters erloschen. Als wir sie am nächsten Tag wieder besuchten, sah ich, daß die irren Lichter unter ihrer unglaublich schmalen Stirn ausgegangen waren; und ich erkannte, daß sie in den letzten Jahren doch noch etwas fixiert hatten: mich. – Am Abend ihres Todes hatte ich Waller mit in den Wald gelotst. Aber er war derartige Ausflüge nicht gewöhnt wie ich, und er bekam Angst, kaum daß wir in das Dunkel zwischen den Baumreihen eingedrungen waren. Seine Furcht sprang auf mich über, ich wurde nervös, und wir verliefen uns tatsächlich schauderhaft; nur unter Aufbietung aller mir zu Gebot stehenden Großsprecherei konnte ich ihn überzeugen, mir zu folgen und nicht zitternd im Dickicht den Morgen abzuwarten. Selbst voller Panik, die ich nicht zeigen durfte, irrten wir stundenlang im Kreis, bis wir endlich einen weit abgelegenen Ausgang aus der nächtlichen Wildnis fanden, nach welchem uns noch der Weg durch die halbe Stadt blieb, auf dem wir die Polizeistreifen meiden mußten. Von diesem Tag an kühlte sich unsere Freundschaft merklich ab, und schließlich, nach weiteren Zwischenfällen, kannten wir uns kaum noch, als wir im selben Betrieb eine Lehre begannen. Wir wechselten nur noch nebensächliche Sätze... Waller war schon in der Schulzeit ein scheel blickendes, mit ungesunder Kost gemästetes Kind, das den zu großen Kopf auf einer seitlich verkrümmten Wirbelsäule trug und deshalb die nackt sich darbietende rechte Seite seines Gesichts hinter einer ewig hochgezogenen Schulter, wie vor einer imaginären Ohrfeige, zu decken suchte. Die Folge davon waren ewig in der Mitte des Munds aufklaffende Lippen, die dem Druck auf die Wangen nachgaben; die oberen Vorderzähne, immer freigelegt, waren dauernd von Speichel bedeckt, der sie wärmte, doch sie litten darunter und wiesen an den Zahnhälsen große, schwarze Fraßstellen auf. Daher kam es, daß niemand sich frontal mit ihm unterhielt, wodurch sein Blick schielend und flackernd geworden war, seine Aussprache hingegen so heftig und nachdrücklich – man wußte nicht, ob aus Angst oder aus dem Verdacht, einen Partner nie richtig erreichen zu können –, daß seinen Worten laufend Speichelfäden vorausflogen, die jeder, im Verein mit der hastigen lauten Stimme, als Ausdruck eines unbeherrschten Affronts empfand. Irgendwann mußte Waller dies selbst bemerkt haben, denn zu der Zeit, als er die Lehre verließ – ein Jahr später als ich, da er in einer Zwischenprüfung durchfiel –, war seine Stimme so leise und nuschelnd geworden, daß es unmöglich war, mit ihm zu sprechen und sich dabei vor der spritzenden Spucke auf Distanz zu halten.

– Du..., sagte er, nachdem sich das Tor hinter ihm geschlossen hatte, wollen wirs noch einmal versuchen... nimmst du mich nochmal mit in den Wald? Aber ich ging wortlos an dem mir unheimlichen Gespenst vorbei, ich ging weiter und trachtete es auf einem Umweg abzuschütteln, wollte aber auch noch nicht in die Nähe unseres Hauses gelangen. Es waren zu viele Überlegungen in mir, die ich nicht unter müßigen Gesprächen begraben durfte... in dieser Zeit, die die Jugend war, ist mir dies zu oft geschehen. Und es ist mir damals auch bei meinen Selbstgesprächen geschehen. Wie oft, dachte ich, habe ich versucht, ein Bild dieser Stadt zu zeichnen... vergeblich! Der besondere Anschein dieser Stadt entzog sich der Sprache, und alle Beschreibungen mißlangen mir. Aber vielleicht war gerade dieses Umkreisen, dieses sich verzettelnde Umschreiben, dieses Durchkreuzen der Dinge durch die Nebensachen die beste Beschreibung der Umgegend. Vielleicht war das Wort

Umgegend die genaueste Beschreibung für den Ort der Diffusion? Vielleicht war es nur in der Diffusion möglich, die Distanz der beschreibenden Arbeit zu der eigentümlichen Atmosphäre, welche Gegenstand der ersteren sein sollte, auszulöschen! Diese Distanz schien mir plötzlich weitgehend geschrumpft – es war daran zu erkennen, daß ich alles wieder so sah, wie ich es damals gesehen haben mußte? Es hing mit dem Vergehen der Zeit zusammen, gleichzeitig mit ihr war auch die Distanz vergangen, sie war von der Zeit aufgefressen worden? Darin war keine Logik, es lag darin etwas ähnlich Fiktives wie in der Existenz der Zeit. Ich sah den Jüngling, der ich gewesen war, die schlecht gepflasterten und verschlammten Straßen verlassen – ich wußte, daß es sich nur in seiner Vorstellung abspielte, auf der Seite, die der Stadt zugewandt war, begrenzte seinen Blick noch grauschwarzes Industriegemäuer, abgeschunden und wüst bekritzelt; nach der anderen Richtung hin, wo ich durch versumpfte Straßengräben stieg, waren aufgeschüttete Flächen voll von unansehnlichem Gras, es waren weite, von Papierwolken überwehte Müllablagen, die schon planiert waren, langsam durchquerte ich eine Brandung von Rauch und sprühenden Nebeln, einen Verhau von auch im Sommer nicht mehr grünendem Buschwerk, aus dem der Regen braune Rinnsale spülte, der Regen, der noch in der Stadt eingesetzt hatte, hörte wieder auf, und als ich in den Wald eindrang, verlor sich das blecherne Donnern der umliegenden Betriebe, das der Wind herangetragen hatte. Es schien in der Ferne zurückzubleiben, ein grundloses Wüten, das rasende Lärmen auf Leben und Tod feiernder Korybanten. – Ich bemerkte, daß ich mich im Wald selbst in ein Gespenst verwandelt hatte; ich war zurückgekehrt in die Jahre meiner Lehre, in eine Zeit, in der ich wild und stark zu werden begann, in der mich dennoch eine seltsame Schwäche und Einschränkung davor zurückhielt zu zeigen, was in mir steckte. Es war die Zeit meiner Jugend, und damit die Zeit meines stärksten Hasses: dieser vielleicht zwang mich zur Zurückhaltung. Je mehr der Haß in mir loderte, um so fremdartiger und finsterer wurde ich. Es war auch die Zeit des stärksten Hasses auf mich selbst, der unversehens in tiefe Verachtung umschlagen konnte: in solchen Stunden hätte mich nichts dazu bringen können, irgendeine meiner Fähigkeiten unter Beweis zu stellen. Tatsächlich fielen mir die Beschreibungen, welche die Zeit meiner Jugend zum Thema hatten, am schwersten; viel leichter war es mir, an mein Leben als Erwachsener zu denken oder gar mich als Kind darzustellen, obwohl meine Erinnerungen kaum bis dahin zurückreichten. Die Jugend war jene Zeit, in der ich keinen Halt in der Welt hatte, in der es ernst wurde mit meiner *Verantwortung*, nach der nun wirklich Fragen gestellt wurden und, nach Maßgabe ihrer Erfüllung, Urteile über mich festgesetzt werden sollten. Die Entschuldigung, ein Kind zu sein, war untauglich geworden, aber – bei aller Kraft, die ich in mir wachsen fühlte – ich glaubte auch nicht an die Möglichkeit, die Verantwortung eines Erwachsenen zu tragen. Denn meine Stärke schien mir im Wald zuzuwachsen, in den ich floh, während alles übrige Gelände mich schwächte und versklavte. Der Wald war das Gebiet vergangener Jahrhunderte, er hatte in der Wirtschaft des *jungen Staats* nichts zu suchen, er war eine Gegend aus der Literatur, wabernd vom schwarzgrünen Dunst des Aberglaubens, Gottes Gefild, wie ich gelesen hatte, Gottes Verbannungsort, er war das Sibirien der Geister... die Wälder, in die ich mich verstrickte, waren die Wucherungen der reaktionären und weltfremden Literatur des 19. Jahrhunderts. Den Wald kannte ich seit meiner Kindheit; am Abend erst kehrte ich täglich aus ihm zurück, wenn ich wußte, daß die nackten baumlosen Straßen ihr erdrückendes Aussehen verloren hatten. Dann illuminierte sich der Qualm der Industrie, hinter seinen Wolkenwänden flackerten Brände, die aufrecht stehenden Batterien der Produktionsfront feuerten aus allen Rohren, Funkenströme schossen in den dampfenden, zischenden Himmel; es war ein unheimlicher Himmel, giftgeladen und voller Drohung, aber sein dauernder Niederschlag von Dreck und Ruß wurde unsichtbar, die Verfärbungen der Horizonte plötzlich malerisch... mythische Ausdünstungen eines pestilenzalischen Acheron... daß hinter diesem Himmel noch Leben war, bezeugten die unaufhörlichen Krähenschwärme, die im Februar rauchdicht durch das violettglühende Firmament hereinbrachen, am Abend begleitete ihr schreiender Einzug die Ankunft der Nacht, am Morgen brachen sie wieder auf in das Jenseits, das meinen Blicken nicht zugänglich war. Das Jenseits... wenn dieser Ausdruck nicht völlig lächerlich sein sollte, dann mußte um mich ein Diesseits herrschen. Doch wenn ich es recht überlegte, war der Landstrich, auf dem ich mich aufhielt, weit eher einer Schattenwelt ähnlich. Er war das Jenseits, die Schattenwelt, die nicht beschreibbar war: in der Dämmerung vermischte sich der Wald mit seinem Vorgelände, der Wald trat über die Ufer und wuchs langsam in die Müllhalden hinein... oder die Müllhalden unterliefen den Wald, begannen sich unter die Wurzeln des Waldes voranzuschieben. Es gab, ich mußte es schon früh, schon vor der Jugend, bemerkt und würgend erfahren haben, überhaupt keinen zutreffenden Ausdruck für diese Tiefebene, überhaupt keine Sprache, die der Sumpfoberfläche, den breigefüllten Klüften darin, den irgendwann an den Rändern aufschwärenden Häusern und Straßen, die diesem von einer minderwertigen Rasse behausten geometrischen Auswurf von Bauverbrechergehirnen, die diesem mit Kleinstädten und häßlichen Dörfern besetzten Kahlschlag angemessen war. Im Ghetto meines verbalen Elends hatte ich immer Ansätze gemacht, Beschreibungsversuche immer wieder in quälender Unlust begonnen, die irgendwann, bald, zugrunde gingen, an Langeweile erstickten, in der Komplexität und der Beweislosigkeit des Ganzen verröchelten, doch allein dieses Abbrechen, Aufgeben, Verenden war es, was die Landschaft beschrieb: nicht die Wörter und Sätze konnten es, sie entsprachen nicht dem Wesen ihres Gegenstands, allein der verbrodelnde, krepierende Auslauf der repetierenden Satzperioden selbst bildete die Vernichtung ab, die mich umgab. Es war ein Höllenstrich, weil es auf ihm keine Sprache gab.

In meiner Jugend hatte ich geglaubt, keine Vorfahren zu haben – wenn meine Blicke über die Bücherrücken der mir zugänglichen Literatur wanderten, sank ich erledigt zurück... nein, ich hatte keine Verwandten, keine Ahnen, keine Gegner, keine Freunde... das Scheusal, das in meinen Zellen gärte, hatte kein Beispiel. Das Vieh hatte sich selbst gefressen, war im eigenen Rachen verdunstet, aber mit der eigenen Substanz hatte es seinen Durst nicht löschen können. – Nächtelang – wahrscheinlich die Nächte vieler Wochen hindurch – saß ich an meinem Tisch und tat nichts anderes als nachzugrübeln, aus welchem Anlaß ich mit dem Schreiben begonnen hatte. Das herauszufinden hielt ich für unumgänglich, denn ich hoffte offenbar, daß mir dieser wiedergefundene Anlaß erneut die erste Zeile zu einem Text diktieren werde, dem die Möglichkeit zur Fortsetzung innewohnte, und dies vielleicht immer wieder, immer wieder und so fort... aber ich fand den Anlaß nicht heraus, ich kannte die Initialzündung nicht mehr. Immer tiefer versank ich in fruchtlose Grübelei... ich sank dabei so tief, daß ich plötzlich glaubte, das Meer zu hören, an dem ich vor vielen Jahren, in meiner Kindheit, einmal in den Schulferien gewesen war. Ich hörte das Meer so deutlich, und das Anrollen der See verband sich unmerklich mit dem Hinundwider meiner Gedanken, daß ich, nachdem ich mich von diesem Rhythmus eine Zeitlang hatte überströmen lassen, den Anlaß für mein Schreiben gefunden zu haben glaubte: der Anblick des Meeres, mein nächtelanges schlafloses Lauschen auf sein unablässiges Geräusch hatten eine Melodie so unauslöschlich in mich gesenkt, daß sie zur Melodie meiner Sprache geworden war. Das stetige, nicht abreißende Kommen und Gehen seiner Bewegung, das dauernde Schlagen der See gegen das Ufer waren in mir zum Rhythmus und zur Bewegung von Wörtern und Sätzen geworden... erleichtert blickte ich auf, und der Druck meines Kopfes, den ich schmerzhaft in den Ellenbogenspitzen gespürt hatte, ließ nach. Doch in diesem Augenblick war auch das Geräusch der Meereswellen verschwunden, Stille riß mich aus dem Halbschlaf, der Wogenschlag war, so glaubte ich, dort drüben hinter einer undurchdringlichen, violetten Himmelswand, die ich in der Abenddämmerung hinter dem Fenster sah, ausgeklungen und erloschen... bis ich bemerkte, daß mich das Kühlaggregat des altersschwachen Kühlschranks getäuscht hatte, das einige Sekunden vor dem Abschalten so wellenartige Rauschtöne von sich gab, daß es wie das rhythmische Gischtsprühen einer fernen Brandung klang.

6 Alles... alles, was abwesend war, befand sich dort oben, hinter jener brennenden Himmelswand, die im Norden meine Mauer vor der Welt bildete. Nur manchmal öffnete sich dieser eiserne Vorhang, und es war mir vergönnt, in eine blendende Mittagshelle zu blicken, in der sich Sonne und Meer vereinten, und ich sah einige ferne Boote langsam durch das Licht ziehen, Ufern oder Buchten zu, die meiner Wahrnehmung entlegen waren.

Es war entnervend, daß sich mir die Aporien, denen ich gegenübersaß, immer wieder in ein geographisches Problem verwandelten... und daß sich mir gleich darauf, wie zu meiner endgültigen Erniedrigung, das geographische in ein geometrisches Problem verwandelte, so daß ich mich auf der primitivsten Stufe der Auslieferung an ein Zeichensystem wiederfand, dessen Gefangener ich seit meiner Geburt war. Im Bann dieses Zeichensystems war ich ein Leser, und nichts als ein Leser, und damit war ich der Sklave einer Himmelsrichtung: immer wieder war mir die Lektüre des *Lenz* schon auf der ersten Seite gescheitert, an jenem Satz, mit dem es Büchner seinen Helden bedauerlich finden läßt, *daß er nicht auf dem Kopf gehen konnte.* Über diesen Satz kam ich nicht hinweg, denn auch ich konnte nicht vom Kopf auf die Füße gestellt werden, auch ich ragte mit dem brennenden Schädel ins Nichts, wo ich eigentlich hätte fußen müssen. Möglicherweise war mir das glutvolle Gemälde eines mit mir bekannten Malers, das mir einst in einer völlig verfinsterten Stunde in die Hände gefallen war, als ein metaphorisches Abbild der Umgegend, die der Platz meiner Verbannung war, erschienen... noch dazu stimmte die Farbe des auf dem Bild so übermächtigen Himmels mit jener Himmelsfarbe überein, die ich allabendlich von meinem nach Norden sich öffnenden Küchenfenster aus sah. Der Himmelswand auf dem Bild fehlte jegliche Transparenz; an der durch den Dunst brechenden Sonne aber war zu erkennen, daß man von der anderen Seite, von einem Ort hinter dem Horizont, *Einblick* erhalten konnte. – In der heillosesten Zeit meines Lebens, in der Jugend, war für mich das Wort *Berlin* zu einem oben, über mir, liegenden Zentrum geworden, das wie eine Sonne aus dem undurchsichtigen, giftvioletten, eisernen Vorhang hervorstrahlte, der sich in der Abenddämmerung um mich zusammenzog... in der Abenddämmerung, in der während meiner Lehrzeit die Mittagspause der Nachmittagsschichten stattfand, wenn wir im untergehenden Licht auf den Bänken im Hof des Lehrkombinats saßen und damit beschäftigt waren, Unmengen von Kräutertee um die Wette zu trinken: in diesen Wettkämpfen besiegte ich selbst die älteren Lehrjahre, der zu verleihende Preis bestand in einem möglichst üblen Ruf, dem nämlich, die beste Veranlagung zu einem Säufer zu haben und also möglichst gut in die Fußstapfen der Klasse zu passen, für deren Angehörigkeit wir die Lehre absolvierten. Dann geschah es, daß jemand von hinten an mich herantrat, um mir flüsternd den Vorschlag zu unterbreiten, *nach Berlin zu gehen*. – Berlin, das wäre es..., sprudelte mir eine Stimme ins Genick, daß ich nach vorn zusammenzuckte; damit aber niemand glaubte, es handle sich um ein verfängliches Gespräch, legte ich mich bequem zurück und breitete die Arme über die Banklehne, hob den Kopf in den Nacken, wobei ich müde in die westliche Sonne zu blinzeln begann. Wallers Stimme, die in mir das phantastische Bild der Riesenstadt unter dieser Sonne hervorgerufen hatte – jener Metropole, die nur mit einer Genehmigung zu betreten war, denn es gab dort den berüchtigten freien Zugang zum Westteil der Stadt, in welchen man auf Nimmerwiedersehen verschwinden konnte –, hatte einen aufhetzenden Tonfall, und man sah es ihm an. Er, der unter der Fuchtel der Kleinstadt noch mehr als ich zu leiden schien, hatte mir diesen Vorschlag schon öfters gemacht, doch ich hatte ihn nie ernsthaft in Erwägung gezogen, wenn ich auch in den Nächten davon phantasierte... Berlin schwebte für mich außerhalb eines rechteckigen Universums, das ich tagtäglich von Nord nach Süd zu durchwandern suchte; es war der Orlog eines häßlichen, leeren Stücks Papier, über dessen nördlichen Horizont ich nicht hinausblickte. – Ich tat so, als verstünde ich Waller nicht, und fragte in einem unbeobachteten Moment, was er in Berlin wolle. – Er gab mir keine Antwort, er war hinter mir verschwunden. Doch als wir in die Maschinenhalle zurückkehrten, sprühte er mir den feuchten Atem erneut ins Ohr: Kannst du dich nicht an die Schwarze erinnern, an die langhaarige Schwarze in der S-Bahn?

Natürlich war nicht darauf zu hoffen, daß man irgendeine langhaarige Schwarze aus der S-Bahn wiedersah, die in der Station *Lehrter Bahnhof* zustieg und den Wagen in *Westkreuz* wieder verließ, um unser Traum zu bleiben, bis wir in Potsdam ankamen, wo der Geschichtsunterricht uns zur Besichtigung des Schlosses *Sanssouci* einlud... freilich, nur Berlin konnte das Bild einer solchen Frau für uns bereithalten.

Berlin hielt immer einen solchen Anblick für mich bereit... wieder und wieder waren dort diese überraschenden Begegnungen: im Speiseschrank, in der Küche der Wohnung, die ich in Berlin bezogen hatte, war mir das Foto einer langhaarigen Schwarzen in die Hände gefallen! Ein wenig später in der Allee, als ich nach meinem gescheiterten Einkauf aus der Gaststätte gegenüber der Kaufhalle kam, war ich, ich erinnerte mich, geblendet von der Sonnenhelle des frühherbstlichen Vormittags, beinahe in die Silhouette eines mir entgegenkommenden Menschen hineingelaufen! – Haben Sie Post für mich? hatte ich die schwarze, langhaarige Gestalt gefragt, die vor Entsetzen einzuschrumpfen schien. – Nein, diese Frage hatte ich ihr erst am nächsten Tag gestellt, als mir das gleiche noch einmal passierte: wieder ging ich zur Kaufhalle, nun schon halb verhungert, wie ich glaubte, erneut verfehlte ich die Öffnungszeit und wagte mich, trotz des Streits am Vortag, wieder in die Kneipe gegenüber, wurde dort aber, anstelle des von mir gefürchteten Büfettiers, von einer jungen, dunkelhaarigen Frau bedient, deren langer Schopf in dem durch die offenstehende Eingangstür strömenden Lichteinfall zu brennen schien. Unfähig, mir Proviant zu besorgen, unfähig, in einen Nachtschlaf zu finden, hatte ich den ganzen Tag über erschöpft geschlafen, die Ladenöffnungszeiten auch am Abend verschlafen... daran gedacht, zum Bahnhof zu müssen, um meinen Koffer zu holen, doch ich wagte es nicht, weiterhin, daß ich die Jalousien meiner Fenster herablassen müsse, um bei Licht in der Wohnung sitzen zu können, doch der Gedanke, daß die herabgelassenen Jalousien ein Zeichen für meine Anwesenheit in der Wohnung darstellten, hatte mich davon abgehalten. Nach einiger Zeit wurde mir bewußt, daß ich mir bei brennender Lampe die langhaarige, schwarze Frau nicht gut vorstellen konnte. Möbel und Wände, zum Beispiel, hielten mich davon ab... nachdem ich zum zweiten Mal auf den dunklen Schatten der Briefträgerin geprallt war, suchte ich sie mit dem Bild in meinem Speiseschrank zu vergleichen, ich suchte das Bild mit möglichst vielen der Frauen, die mir im Leben begegnet waren – es waren wenig genug – zu vergleichen; ich wanderte in die Küche, zum Speiseschrank, um das Bild zu betrachten, die Betrachtung des Bilds vermischte sich auf teuflische Weise mit den Entzündungen des Nichts in meinem Magen vor dem leeren Speiseschrank, kaum hatte ich das Bild wieder aufs Gesicht gelegt, heftig, und war wieder in der Stube angekommen, hatte ich ihren Anblick schon vergessen... es war nicht ihr Anblick, es war ein Porträt, rief ich... noch ehe ich mich, um nachzudenken, auf die Bettkante setzte, wanderte ich in die Küche zurück, ich hatte das Bild in der Hand, ich mußte mich bücken, als ich es zurücklegte, ohne es mir zu zeigen, wieder zurück; dabei fing ich mir mit dem Gesicht einige Spinnweben ein, die mir am Kinn hafteten, sie wehten mir am Kinn, schwarze Spinnweben, ich versuchte sie abzuwischen, aufgrund einer seltsamen Feuchtigkeit hingen sie fühlbar in meinen Bartstoppeln. In der Stube löschte ich das Licht, um mir das Porträt besser vorstellen zu können. Lange saß ich im Dunkel auf der Bettkante und stellte es mir vor. Ich verglich es, hatte mir das Bild, dessen Rahmung auf der Rückseite mit einer dreieckig eingeschnittenen Stütze versehen war, die sich im rechten Winkel abklappen ließ, auf die Kante des Schreibtischs gestellt, es mir auf der Tischkante vorgestellt, ich selbst saß auf der Bettkante, nur um mir das Gesicht vorstellen zu können, offenbar reichte meine Phantasie dazu nicht aus, und ich ging, langsam, zum Speiseschrank in der Küche, um mir das Bild vorzustellen. Geschmeidig wand ich mich durch die engen Gassen zwischen den Wegmarken des Mobiliars, ein Stuhl, zum Beispiel, den ich elegant umging, dabei stieß ich mit der Hüfte gegen die Schreibtischkante und hörte den klirrenden Schlag, mit dem das Bild zu Boden fiel... in der Küche jedenfalls erinnerte ich mich an den klirrenden Schlag, mit dem das Bild, es war das Bild, zu Boden fiel. Ich löschte das Licht in der Küche und betastete die staubigen Bretter des Speiseschranks, alle Fächer waren leer. Es waren vier Bretter, lose auf parallel angenagelte Leisten gelegt, die drei oberen Bretter nahm ich heraus, das untere Brett – auf ihm hatte ich das Foto der Frau gefunden – ließ ich liegen und gewann so eine Sitzgelegenheit, ich setzte mich auf die Brettkante, das Brett hielt mich aus, schlug ein Bein über das andere und lehnte mich gegen die kühle Wand zurück. Hier, in der Diagonale zum Kühlschrank, hörte ich das Einschalten des Geräts am besten, ich hörte das rhythmische Strömen der Apparatur in der Endphase ihres Laufs; um mich war der Geruch der moorfeuchten Wand, mit Kalkgeruch vermischt, und ich dachte an den kalkigen Geruch der See, an den Stränden jenseits meines Horizonts; es war, als höre ich, unendlich fern, die See auf das Ufer rollen, oft genug glaubte ich sogar das Knistern und Zischen des Schaums an der Küste, des Schaums der sich überschlagenden Wellen zu hören. Homer, so dachte ich... Homer, mit dem diffusen Blick einer alten Vettel, Homer, das Augenlicht im grünen Star verschimmelt, so mußte er das Singen der Küste gehört haben, matt, feinnervig, lüstern, das ferne *Ahoi* der alten Wellen, schlapp und aufgerührt... in dieser Haltung saß ich lange, lange, um das Rollen der See zu hören, ahoi, den Ruf des Ausgucks über Nacht und Schaum, lange, und ich versuchte, mir das Bild der langhaarigen Dunklen vorzustellen... der Türrahmen des Speiseschranks vor mir zeichnete ein etwas helleres Rechteck ab, und mir war, als ließen sich darauf, links oben über Kopfhöhe beginnend, die fehlenden Schriftzüge, Schriftzug an Schriftzug, rhythmisch aneinanderreihen, wenn der Kühlschrank wieder einsetzte, wenn, unter leichtem Wind, die Meergeräusche den Raum zu überfluten begannen, wenn ihre Metren zurückkehrten, konnte ich in die Küche zurückkehren, konnte ich einsetzen, wenn die See wieder rollte, konnte ich den ersten Satz versuchen: Eine schwarze Frau... eine lange Frau... eine schwarze, eine langhaarige Frau, eine Postfrau... wenn es zu lange dauerte, bis der Kühlschrank wieder zu fließen begann, wartete ich auf der Bettkante, um einsetzen zu können, ich wischte mir die wehenden Spinnweben vom Kinn und ging in die Stube.

Wie alt diese Weben, wie alt diese Wellen! Wie uninteressant, was ich sonst noch sah, wenn sie tönten! Wie uninteressant, ob das Bild zu Boden gefallen war, mit klirrendem Schlag, oder ob es ein Schlag an das Fenster war. Uninteressant, ob man mir klopfte, uninteressant die Stimmen, die ich gehört hatte... wer war es, wessen Stimme, wer, die Stimme meines Freundes S. nachäffend, der mich so rief, nach klirrendem Schlag gegen das Parterrefenster?

– Cas... Cas... Cas! Sie hatten mich sogar bei meinem alten Schimpfnamen gerufen: Mach die Tür auf, Cas! Komm, Cas, wir wollen was trinken gehn! – Es war ohne Zweifel die Stimme meines Freundes S., die sie perfekt beherrschten.

Wie alt diese Wellen, wie alt! Sie hatten ihm natürlich die Brille weggenommen und ihn bei den Zotteln gepackt, am Bart und an den langen gelben Haaren, den Kopf ins Genick gerissen und ihm etwas Kaltes an die Kehle gesetzt, ein Messer oder einen abgebrochenen Flaschenhals: Los, du rufst ihn jetzt runter! Sofort, du rufst ihn jetzt, oder...!

Es war vielleicht früh um vier, und ich saß noch über meinen Heften. Ich hörte ihn mit unguter Stimme rufen, stand auf und löschte das Licht. Dann verhielt ich mich still, bis das Rufen aufhörte. Später fand ich ihn bei uns im Hof, das Gesicht kaum noch kenntlich, die Scherben der Brille steckten ihm in den Augenbrauen, sein Hemd zerrissen und blutgetränkt, die Rippen zerschmettert, die Hoden schwarzblau und angeschwollen wie Hühnereier. – Ich mußte aufhören zu schreiben, da die Wogen nicht mehr klangen.

In dieser Nacht verwarf ich die Idee, zum Bahnhof zu fahren und meinen Koffer aus dem Schließfach zu holen; ich fürchtete, draußen vor der Tür auf einen Leichnam zu stoßen...

dann hielt ich es für unsinnig, daß S. nach Berlin gekommen war, um mich hier aufzuspüren. – Selbstverständlich waren es alte Geschichten, die ich durcheinanderwarf, die mir keine Ruhe ließen, die ich halluzinierte: der Name, den ich hatte rufen hören, mußte mir gleichgültig sein. Ich wollte ihn nicht mehr anerkennen, diesen Namen, der mir wie ein Schlag ins Gehirn brach, wenn ich ihn hörte, diesen Namen aus der Zeit meiner Bewußtlosigkeit. Er sollte nur noch der Name der Hauptfigur meiner Geschichten sein... abgesehen von der Tatsache, daß ich sie zu schreiben gedachte, hatten die Geschichten mit mir nicht das geringste zu tun... wellenartig überschwemmten sie mich, der Schlag, der die Wellenkreise auslöste, war jener Name – jenes Dritte... der dritte Name, das dritte Zeichen des Alphabets, irgendeine diffuse *Convergenz*, aus Angst vor *Stalin* entstanden – unmöglich, mit meinem Namen für all diese Geschichten zu zeichnen, diese Weben, die an meinem Kopf vorbeiwehten, die mich streiften... unmöglich, im Wind dieser Geschichte mehr zu sein als ein Halm, an dessen Grannen Altweibersommer sich verfing, unmöglich, mehr zu sein, in den Wellen, die über das Feld strömten, als der Kitsch einer blendenden Metaphorik. Wie alt diese Wellen! Natürlich hat mir die Umkehrung schon immer geholfen! dachte ich. Ich mußte die Sache mit dem Namen umkehren! So wie alle Dinge in der Welt umgekehrt werden müssen, weil sie verkehrt sind, so mußte ich das Verhältnis von Autor und Protagonisten umkehren. Wenn ich die Differenz zu einer *Realität* genannten Sache – zu einem Realität genannten Anschein – überwinden wollte, so mußte der Name meiner Bewußtlosigkeit in den Text, nicht aber als Signum unter den Text. Dort hätte bestenfalls ein Name wie *Stalin* stehen können, dachte ich. – Wenn ich mich vor meinem Namen zurücklehnte und meine Nichtexistenz akzeptierte, war ich am schnellsten mitten in den alten Geschichten... auf dem uneinsehbarsten Platz in der Wohnung, auf der Brettkante, im Halbdunkel des leeren Speiseschranks, mit Rücken und Hinterkopf an der feuchtkalten Wand – wo ich, wenn ich zu frösteln begann, mir den Wintermantel anzog –, umbrandet vom Gesang des Kühlschranks, der all seine Geräusche direkt in diese Wandnische zu projizieren schien, dachte ich darüber nach, ob ich auch in M. schon an der Vorstellung von einer langhaarigen Schwarzen hing und wie diese Vorstellung mit meinen Versuchen zu schreiben in Zusammenhang gestanden hatte. Ich konnte mich natürlich nicht erinnern, aber wenn sie in meinen Gedanken existiert hatte, so mußte sie, die Abwesende – die mir später zu einer geheimnisvollen Fremden, noch später zu einer langhaarigen Schwarzen und schließlich zu einem *Porträt* geworden war –, für mich immer ein Gegenbild zu der Realität gewesen sein, die mich umgab und die ich vollständig in den Händen der Dummheit glaubte. Ich sah mich in einer Zeit, die sich ein und für allemal dazu entschlossen hatte, den Geist mit dem Wohlleben zu vertauschen, für Wohlstand jede Art von Dummheit in Kauf zu nehmen, ja in der Dummheit geradenwegs die erste Bedingung für ein Leben im Wohlstand zu erkennen. Und da ich in einem Land lebte, das seinen Wohlstand erst aufzubauen im Begriff war, lebte ich in einem Land, in dem nach meinem Dafürhalten die massivste und zäheste Form der Dummheit fest entschlossen war, sich für immer zu etablieren. Selbstredend ahnte ich in dieser frühen Zeit noch nicht, daß diese Art der Dummheit eine äußerste Form von Intelligenz voraussetzte, mehr noch, einer solchen ganz folgerichtig verschuldet war, daß sie die völlig willkommene Schöpfung von Intelligenz war. Ich lebte in dieser Kleinstadt, die erwartungsgemäß ein vorgeschobener Posten einer so beschaffenen Kultur war, und ich hatte den Eindruck, man wiege sich in der Hoffnung, einer ihrer Gipfel sein zu können, wenn es darum ging, Maßnahmen durchzusetzen, die man von vornherein hätte als schädlich und unsinnig erkennen müssen. Vorerst lebte ich reaktionslos und sah, wie man jedes Plansoll an Opportunität, Feigheit, Phraseologie erfüllte und mit wahrer Wut übererfüllte, und ich sah es natürlich auf dem Rücken der Klasse geschehen, der ich angehörte. Lange Zeit wußte ich nicht, ob diese Klasse alle ihr zugemuteten Übel freiwillig ausbadete oder ob man sie dazu zwang. In dieser Umgebung schrieb ich, lange schien mir der Anfang meiner Versuche im Dunkel zu liegen, und ich fragte mich nie, wie ich einmal auf diese Idee hatte kommen können. Ich wußte nicht, woraus meine Vermutung resultierte, ich habe im Alter von zwölf Jahren plötzlich begonnen, in rasender Eile Texte zu schreiben, die in etwa der Lektüre entsprachen, der ich mich damals widmete. Von dieser Zeit an vielleicht begann für mich ein Leben, in dem neben meinen Schreibversuchen alles übrige völlig unbedeutend war, ja das Leben selbst wurde für mich etwas höchst Nebensächliches: es *bestand* von diesem Alter an in einem beinahe ununterbrochenen Kampf darum, Zeit für das Schreiben zu finden. Den ganzen Tag über, und dies täglich, sah ich mich ausschließlich und durch alle Belange *aus dem Leben* in diesen Kampf verwickelt. Natürlich hatte ich auch in all den Jahren vorher, seit ich dazu fähig war, geschrieben, aber ab dem zwölften Jahr, so der Eindruck meiner Erinnerung, hatte ich nur noch damit zu tun, dem Leben Möglichkeiten für das Schreiben abzutrotzen, und offenbar war ich bereit, den Kampf mit restlos allen Mitteln zu führen. Ich verdankte den glücklichen Umständen meines Lebens unsagbar viel, denn ich besaß keine großen Mittel für diesen Kampf; ich besaß nur kleinliche und niedrige Mittel, die des Betrugs, des Diebstahls, der Schmarotzerei und der Lüge, diese aber benutzte ich präzise und, von maßloser Angst vor Rache oder Strafe abgesehen, in vollständiger Gleichgültigkeit um die Folgen für meine Mitmenschen. Um das Motiv für meine Delikte zu schützen, hielt ich meine Schreibereien, die ich innerhalb kürzester Zeit in ein dichtes Gewebe von Widerwärtigkeiten eingesponnen hatte, vor aller Öffentlichkeit geheim... und der Modus meiner Geheimniskrämerei selbst mußte nun wieder unter einem Teppich von Unlauterkeiten verborgen werden. Es gab Momente in meinem Leben, in denen ich mit einem Mal vollkommen aufzufliegen drohte; für diese Gelegenheiten hatte ich mir ein Netz von Begründungen geschaffen, die in ihrer Endkonsequenz erweisen sollten, daß ich meine Schreibversuche vor der Macht hatte schützen müssen, da der Staat und der Stalinismus geeignet seien, meine Schreibversuche zu unterdrücken, und daß ich daher zu all meinen Verlogenheiten hatte Zuflucht nehmen müssen. Mit dem Netz meiner Argumentation hätte ich, wenn ich es ausführlich zur Darstellung gebracht hätte, wahrscheinlich einer ganzen Generation unterdrückter Schriftsteller Pardon widerfahren lassen können, in der Perfidie meines eigenen Falles aber wären dies nur nachträgliche Rechtfertigungen gewesen. Ich hatte die Subversion meines Verhaltens nämlich gar nicht gegen die Unterdrückung meiner schriftstellerischen Versuche einzusetzen gehabt, sondern hatte alle Subversion nur dazu benutzt, daß die Macht ihrer Möglichkeit, mich zu unterdrücken, beraubt wurde: indem ich mich mit mehr oder minder wirksamen Mitteln als unsauberes und schmieriges – gegebenenfalls auch als opportunes – Subjekt tarnte und mich als ein geistiger Gegensatz zur Macht gar nicht zu erkennen gab. Wenn später also sogenannte Unterdrückung gegen mich erfolgte, dann war sie längst das Resultat meines nahezu kriminellen Manövrierens; der Gipfel der Infamie in diesem Zusammenhang war, daß ich damit die Literatur... den *Geist*, den ich mit ihr gleichsetzte... in der Dunkelzone des Strafbaren ansiedelte und den Maßnahmen der Macht eigentlich erst ihre Berechtigung zuschanzte... zugeschanzt hätte, wenn die Macht nur dahintergekommen wäre. Zumindest schanzte ich der Macht auf diese Weise Interpretationschancen zu: in der Zukunft, für die ich schrieb, mußten ihr vielfache Möglichkeiten bleiben, zwischen den Zeilen meiner *dunklen Stellen* Angriffe auf den Staat herauszulesen, sie mußte dazu nur mein Leben als Interpretationshilfe benutzen, wie es allgemein üblich war... und mir selbst behielt ich damit die Möglichkeit vor, mein Denkmodell von der unaufhebbaren Dummheit im Wesen meiner Umwelt aufrechtzuerhalten; ein Dienst, der mir mit der überwältigenden Mehrzahl der Interpretationen meiner Texte tatsächlich auch erwiesen wurde. – Später wollte es mir dann nicht mehr wie ein Zufall vorkommen, daß meine Verhaftung mit dem Wort *Verdunklungsgefahr* begründet wurde. Zur Beleuchtung der Hintergründe dessen, was ich verdunkelt haben sollte, hätte allerdings die mickrige Galerie von Staatsflaggen, die rund um die Appellwiese unseres Provinzkaffs erschlafft waren, auch in Form einer Reihe wirklicher Fackeln nicht genügend Licht gespendet. Wenn meine Vernehmer nur die schäbigsten Versatzstücke psychologischer Denkart gegen mich konsequenter angewendet hätten, wären sie womöglich auf die Erhellung eines Nexus gestoßen, den ich für ein weitreichendes Symptom hielt: sie hätten wenigstens ein mattes Licht in das Schattendasein einer Kulturvorstellung werfen können, die sie selbst mit inszeniert hatten. Aufgrund meiner Zugehörigkeit zu beiden Partnerschaften der Arbeiter- und Bauernkultur – einer in beiden Fällen von mir in völliger Jungfräulichkeit erlangten Ausgeburt von Zugehörigkeit – hätte ich eine Ahnung davon vermitteln können, auf welch zynischer Übereinkunft das vielberufene Verhältnis von realistischer Literatur und Arbeiterklasse im realen Sozialismus basierte. Da ich einmal auf seiten der Arbeiter, das andere Mal auf seiten der Literatur mich wiederfand, vertrat ich wechselweise die Standpunkte der beiden Einheiten, und ich bemerkte ein Interesse aneinander, das nur mit jenem zu vergleichen war, welches die zwei verschiedenen Interessengruppen eines Gefängnisses teilen: das Beziehungsgeflecht ähnelte dem zwischen Gefangenen und Wachpersonal. Beide Gruppen, jeweils unverrückbar auf ihren Standpunkten hokkend, waren dauernd beschäftigt, sich mit liebreizendem Lächeln Scheußlichkeiten zu sagen, wobei immer die eine Partei an der Reihe war, die Injurien der anderen als Komplimente mißzuverstehen und so fort. Um zu einer bündigen Metapher zu kommen: die Wechselbeziehung zwischen den Vertretern der Kultur des Landes und den Vertretern der Arbeiterklasse war ein Zuchthaus, in dem alle Befehl hatten, sich glücklich zu schätzen. – Das Ganze funktionierte auch prächtig, nur in mir selbst war es nicht so einfach: da ich es allein mit den beiden Seelen in meiner Brust zu tun hatte, die ich inzwischen flüchtig kannte, wußte ich, daß es Nächte gab, in welchen die eine der anderen oft genug gern einen Sack über den Schädel gezogen hätte, um ihr unerkannt ein paar kräftige Hiebe mit dem Knüttel verabreichen zu können oder sie gar im nächsten Gewässer zu ersäufen. Als ich später von solchen Vorfällen aus der Praxis erfuhr, waren es stets die Literaten, die in den Sack gesteckt wurden. – Vorerst blickte ich auf die von der Staatsmacht ausgehende Forderung, daß man sich als Autor des Landes den Problemen der Arbeiterklasse zuzuwenden habe, was für mich notwendig auf einer gewissen Basis stand. Alles sah so aus, als müsse gerade ich dazu vorzüglich in der Lage sein, war ich doch Arbeiter und hatte einen unmittelbaren Einblick, kannte das Gebiet von Anfang an so genau, wie es wenigen anderen Schriftstellern möglich gewesen wäre, hätten jene selbst versucht, sich im Innern der Arbeiterklasse einen solchen Einblick, über längere Zeit hin, zu verschaffen. Doch ich wußte von einer geradezu unüberbrückbaren Distanz der Arbeiter gegenüber der Literatur, ich wußte, wie sie sich den eindringenden Literaten gegenüber verstellen würden, ich kannte besonders auch ihre Haltung vor der Literatur, die sich plötzlich mit ihren Belangen auseinanderzusetzen vorgab und die deshalb ihrer Lektüre nachdrücklich empfohlen war. Sie waren nicht zu betrügen, schon gar nicht von der miserabelsten Variante dieser Konzeption: eine bestimmte Art von Literatur existierte für sie einzig und allein, um ihren Geschmack zu verderben. Sie biederte sich ihnen ekelhaft an, schien sie kritiklos zu heiligen, darunter aber fühlten sie sich insgeheim verachtet. Sie wußten, sie waren das Objekt bloß verbaler, opportuner Bekenntnisse, wurden, nicht mehr nur als Arbeitskraft, zusätzlich noch als Staffage für eine künstliche Realität benutzt und dienten zum Vehikel durchsichtiger Zwecke für eine privilegierte Literatenmafia, wo es tatsächlich, ganz analog, ein Gesetz des Schweigens gab. So nachhaltig man den Arbeitern den Verstand geraubt oder vernebelt zu haben schien, sie hatten eine längere Gefühlstradition als die neuen Barden, und sie gaben die Verachtung zurück... freilich ebensowenig offen, ich erkannte es nur in dem gewohnten hämischen Grinsen, denn sie wußten, daß sich diese Literatur mit den Mächten verbündet und daher die Möglichkeit zu strafen hatte. – Zu strafen... denn es wäre verfehlt anzunehmen, daß der wirkliche Sachverhalt der privilegierten Literatur nicht klar war. Andernfalls hätte er nicht so lange funktioniert: es war ein Konsens gegenseitiger Verachtung, ein nie dagewesener Konsens von beiderseits verschwiegener Verachtung. Tatsächlich, es existierte plötzlich ein vielberufener Zusammenschluß von Arbeiterklasse und Intelligenz, doch er war auf dem Niveau von Zwecklügen zustande gekommen, und das Vertrauen, dessen man sich versicherte, bestand in dem Wissen, es würden sich diese Lügen gegenseitig stützen. Der Realismus, in diesem Zusammenhang, konnte keiner sein, denn die Wirklichkeit, die er bediente, war durch und durch künstlich, und ihre Wahrheiten waren hohl. Ich überlegte, ob es nicht auch an der notgedrungenen Einseitigkeit der vorgefaßten Konstellation lag, daß ein Vertrauen zwischen Arbeitern und Intellektuellen nie aufkam. Die Literaten kamen in die Betriebe, um reale Einblicke sich zu verschaffen; nicht nur die Arbeitsprozesse sollten für sie von Interesse sein, auch die inneren Zustände im Leben der Arbeiter sollten ihrer Teilnahme wertvoll sein. Welcher Arbeiter erhielt je entsprechenden Einblick auf der Gegenseite? Welcher Arbeiter hätte, wenn er nicht für wahnsinnig erklärt werden wollte, Teilnahme am wirklichen inneren Zustand der Schriftstellerklasse verlangen können? Welcher Angehörige der Arbeiterklasse hätte, wenn er nicht ins Gefängnis wollte, Teilnahme an der schriftstellerischen Arbeit der Schriftsteller während einer Lesereise nach Westdeutschland verlangen können? Teilnahme nicht nur an den Arbeitsprozessen der Literaten, sondern auch an ihrem menschlichen Leben in den billardgrünen Sälen und rotverhangenen Konferenzzimmern der Kultur ... gar noch hinter den Kulissen der Kultur?

Ich war auf die Idee gekommen, daß ich es bei diesem Phänomen mit gewissen Nachwirkungen des Jahres 1953 zu tun hatte, eines Jahres, das wie ein fremder Schatten über mich hingegangen war, von dem mir kaum Erinnerungen geblieben waren ... ein Jahr, in dem ich völlig taub und blind gewesen sein mußte. Als das Aktionsprogramm zum *Bitterfelder Weg* beschlossen wurde, 1959, hätte ich Arbeiterschriftsteller werden können, denn meine Jugend war offiziell vorbei. Die letzten sechs Jahre waren mir wie im Flug vergangen, Jahre voller finsterem Zorn unter, wie mir schien, blendender Sonne. Es waren sechs Sommer, und meine Gefühle waren so vollkommen abgeschnitten von der heftigen Jahreszeit, die über mir waltete, daß alle Bilder mir verlorengingen, wie unter dem überaus wirksamen Verbot, sie zu betrachten. Der Sommer war für mich die Zeit des Schreibens, und daher ersehnte ich ihn dringend, in aller übrigen Zeit bereitete ich mich auf ihn vor. Ich war es nicht anders gewohnt: während der Schulzeit gab es im Sommer die großen Ferien, der Urlaub in der Lehre, nun schon sehr knapp bemessen, fiel in den Sommer. Im Sommer hielt ich mich bei geschlossenen Fenstern in der Wohnung auf... ein Teil meiner selbst saß im Sommer bei geschlossenen Fenstern in der Wohnung, weißes Tuch, das vor den Scheiben hing, erzeugte einen milden Dämmer und schirmte ein weniges der Hitze ab; ich war allein in der Küche, und ich schrieb... ich schwitzte höllisch, und die Woge des Schreibens begann mich fortzureißen, fort, ich füllte Seite um Seite. Satz nach Satz, Absatz auf Absatz überschwemmte mir das Papier, eine unbekannte Macht trieb mich, wenn ich mit einem Text zu Ende kam, fing ich augenblicklich den nächsten an. Alle Texte, die ich schrieb, handelten in irgendeiner Form von meinem Warten: ich wartete darauf, erwachen zu können, ich wartete auf ein Geschehnis, das mich aus meiner gebeugten Haltung befreite, ich schrieb und schrieb, und der Strom der Wörter trieb auf eine Erregung zu, gleich, nach der nächsten Windung wahrscheinlich, mußte der Horizont aufreißen, mußten sie auftauchen... was: Boote auf einer Meerflut?... das Geschehnis meiner Sätze, die unaufhaltsam rollten, auf eine Tatsache, auf eine Aufklärung zu, auf ihr Verschwinden zu, meine Sätze, die keine Zeit hatten, bis sie nicht einen Sommer in sich selbst erlösten und eine Sonne aus sich heraufführten, bis nicht ihr Geheimnis in ihrem eigenen Licht dahinschmolz. Die ganze Zeit über schrieb ich das, was sich mir in all den Monaten zuvor aufgestaut hatte, als ich nichts tat, als zu warten, zu kämpfen, daß ich Zeit fände für das Schreiben; das Geschehnis, auf das ich wartete, war die Zeit für das Schreiben, für den Akt des Schreibens... den ich während des Schreibens endlos zu wiederholen suchte. Endlos schrieb ich Geschichten, die vor dem Schreiben lagen, Geschichten über ein Ich vor dem Moment des Schreibens: kein Erwachen irgendeines seiner Sinne gab es für ihn, da er nicht schrieb. Seine Sinnesorgane waren Buchstaben, Silben, Wörter, Sätze, die nicht in Funktion treten konnten, und weiter roch ich, fühlte und schmeckte mit der fliegenden Hand, als könne ich es nicht, da mir die fühlbaren, schmackhaften, stinkenden Wörter fehlten, weiter schrieb ich, als könne ich nicht schreiben, während ich es längst tat und schrieb... und schrieb über diese Spaltung. Jedes Ich, das ich wählte, ob es das Fehlen der Liebe beschrieb oder die Langeweile oder den Haß, beschrieb dies so, als fehle ihm das Schreiben. Es war ein Leben, das sich darin erschöpfte, die Zeit, den Willen, die Fähigkeit zum Schreiben zu finden; auch alle anderen Dinge überdeckten nur das eine *Sujet*, jedes Scheitern war ein Scheitern des Schreibens, jeder Gewinn aber ein Verhindern der Schrift, ich beschrieb in allen Variationen das Nichtschreiben, schreibend beschrieb ich die Abwesenheit. Die Übertragung meines Lebens in einen endlichen Satz hieß: wenn ich schreibe, dann bin ich. Aber ich bin nicht, setzte ich hinzu. Es gab für mich kein Sein des Schreibens, und der Kampf darum war die einzig gültige Metapher, die mein Leben beschrieb. Immer suchte ich nach dieser Metapher, sie zu finden hätte bedeutet, mein Leben ganz in ein Abwesendes zu übertragen. Die unnahbare Metapher war das gleiche, wonach die Frauen mich gefragt hatten: ob ich denn wisse, was die Liebe sei? Auf die gleiche Art hätte ich ihnen entgegnen müssen: es gibt keine Antwort, außer im Abwesenden, dorthin müssen die Sätze.

Sie hatten sich längst mit dem Anwesenden zufriedengegeben. Sie hatten sich längst mit dem leicht zu Findenden, mit dem Anwesenden so zufriedengegeben, wie die Sätze, die in der Welt herrschten... und sie waren damit selbst nur Wörter. Die Frauen waren Wörter, nicht zu riechen, nicht zu fühlen, sie raschelten, frou-frou, Papier, kleine Papierstückchen, die mir den Mund verstopften. Nicht das geringste, das sie hinterm Horizont suchten. Sie fragten mich nicht einmal, ob ich denn die fehlenden Wörter wisse, sie fragten, ob ich denn wisse... und nannten mir ein Wort... was es sei. Die Frauen waren Wörter, die ein Wort wußten, und es genügte ihnen. Die Definition war ihnen egal... parole de la finis. Sie waren also vielleicht nur Wörter... die Frauen, und waren damit längst die Schriftstellerinnen des Landes, sie hätten in die Zirkel nicht mehr gehen müssen.

Sie drehten mir einfach das Wort im Mund um und behaupteten, daß ich vor der Wirklichkeit auf der Flucht sei.

Nun gut, sagte ich, sie konnten einfach nicht wissen, daß ich geteilt war – übrigens wie die Wirklichkeit selbst – und einen Teil von mir der Wirklichkeit völlig überlassen hatte, während der andere Teil, der schreibende Teil, eine Art Nichtexistenz war und andauernd um das Dasein rang. Dieser andere Teil – nennen *wir* ihn einen Moment lang Jakob – trug sein catch-as-catch-can natürlich dauernd mit den unsaubersten Mitteln aus, doch wie konnte man ernstlich annehmen, daß es ihm nicht darum ging, Wirklichkeit zu werden. Jakob schlug sich natürlich nicht um die Wirklichkeit, in welcher der erstere Teil seines Ich gefangen war, sondern er suchte diese zu durchdringen. Vielleicht suchte er zum ersteren Teil durchzustoßen, in der Hoffnung, zusammen mit diesem Sprachlosen eine Sprache zu finden. Denn Jakob hatte den nicht unbegründeten Verdacht, daß die Erinnerungen an die Wirklichkeit, die ihm fehlten, auf der Seite des anderen wären. Dieser mußte sich natürlich an die Panzer erinnern, die eines Tages das Polizeirevier von M. in beiden Straßen, die das Gebäude rechtwinklig tangierten, abgeschirmt hatten, die Geschützrohre drohend herabgesenkt, so daß sie auf Menschen zu zielen schienen... die Stadt lag in der Junihitze wie ausgestorben, die Sonne warf ihr Licht lautlos auf das blaue Granitpflaster, nur vereinzelt tönte ein gedämpftes, metallisches Klicken durch den Ort, wenn vielleicht der Deckel eines Kochgeschirrs auf das Stahlblech eines der grüngescheckten, geschmeidigen Ungetüme gelegt wurde; der Junge hatte sich immerhin zur Stadtmitte aufgemacht, wo er, einigermaßen beruhigt, das breite Grinsen der jungen Russen gesehen hatte, die mit der schweißüberströmten, braungebrannten Nacktheit ihrer Oberkörper aus den Gefechtstürmen ragten, von der dunklen Hitze erbarmungslos umlodert, und die Kinder mit dem hilflosen Gegurgel ihrer zwei oder drei deutschen Wörter baten, ihnen Wasser zu beschaffen. In ihrem Lachen war ein Stich von Unsicherheit, die sofort die Oberhand gewann, als der Junge nichts zu erwidern vermochte, das Grinsen erstarrte zur betretenen Grimasse, und mit dem schwachen Winken eines Handrückens suchten sie das offenbar blöde Kind zu verscheuchen, dieses aber verstand nichts, entfernte sich nur wenige

Meter, um sich von dort, wie eine müde Sommerfliege, bald wieder zu nähern. Nun fing das Ganze erneut an, versuchten den Jungen wieder Wortbrocken zu erreichen, erfolglos, die Russen wußten nicht, daß man in einer deutschen Kleinstadt unmöglich in ein beliebiges Haus gehen und nach Wasser fragen konnte. Der Junge trollte sich endlich, mit dem Gefühl, alles falsch gemacht zu haben, und er verwandelte sich daheim in einen anderen Jungen, der rastlos schrieb, versteckt hinter weißverhangenen Fenstern. – *Waller* erzählte ihm, es ginge ein Gerücht, daß im Leuna-Werk über zwanzig Mann – Arbeiter, die nicht aufhören wollten zu streiken – an die Wand gestellt und erschossen worden waren... er glaubte es nicht, der Streik in M. war, nachdem ein sowjetischer Offizier nur ein einziges Mal: *rabotatj... loss-loss!* gebrüllt hatte, augenblicklich beendet worden. – An diese Wirklichkeit mochte ich nicht denken, doch nicht etwa, weil ich gewillt war, mich ihr zu verweigern: im Gegenteil, ich lebte fortwährend in dem Gefühl, daß die Wirklichkeit gewillt war, sich mir zu verweigern. Der einzige, den das nicht zu stören schien, war Waller; er schien das, was alle anderen *Spinnerei* nannten, an mir zu bewundern, wenngleich auch er ununterbrochen von der Wirklichkeit sprach; allerdings sprach er in einer Weise von ihr, als sei sie ein geradezu unerträglicher Zustand. Während ich dazu neigte, den Schwierigkeiten aus dem Weg zu gehen oder zumindest nach dem sogenannten goldenen Mittelweg zu suchen, hatte er Veränderungen im Sinn, er dachte radikal, und die dauernde Angstbesetztheit, die er zur Schau trug, war einem Wesenszug verschuldet, den man an ihm nicht vermutete: es war die Angst vor der eigenen Courage und das Wissen, er könne nicht anders, als standhaft zu sein, und man werde ihm dies nur schlecht vergelten. – Seit mehr als einem Jahr waren wir damit beschäftigt, in Gemeinschaftsarbeit eine schier endlose Serie von Wildwest- und Piratenromanen zu verfassen, fast schrieben wir um die Wette, die Geschichten hingen in der Art von Fortsetzungsromanen zusammen, wenn ich einen Text beendet hatte, fügte Waller einen nächsten an, worauf ich wieder an der Reihe war, ein neues Abenteuer zu erfinden; jedes davon hatte den Umfang eines normalen

Schulheftes. Wir schrieben diese Geschichten in Ermangelung einer ausreichenden Menge vergleichbarer Lektüre, die als westliche Schundliteratur verboten war und nur in schwächlichem Fluß über Westberlin bis in die Provinz gelangte. Der Plan für das Projekt war auf einem unserer Streifzüge beschlossen worden, als es uns nicht mehr genügte, die Inhalte gelesener Broschüren von Billy Jenkins, Buffalo Bill, Sun Koh mündlich nachzuerzählen. Eines Tages sagte ich zu Waller, ich müsse, um den Stoff einer ganz besonderen Fortsetzung verwirklichen zu können, alle bereits geschriebenen Hefte bei mir versammelt haben: Meiner Ansicht nach gebe es Ungereimtheiten, es seien uns einige der irgendwann eingeführten Personen wieder verlorengegangen, der Grund für bestimmte Zusammenhänge der endlosen Geschichte sei mir nicht mehr deutlich, und ich müsse alles nachlesen, damit ich ein paar noch unaufgelöste Verwicklungen schlüssig aufklären könne; es sei dies fast die Ermittlungssache eine Detektivs. Als mir Waller sämtliche Hefte ausgeliefert hatte, ließ ich mich wochenlang nicht bei ihm blicken, dann, als ich nicht mehr ausweichen konnte, eröffnete ich ihm, es habe bei uns eine Hausdurchsuchung der Polizei stattgefunden und der gesamte Koffer mit allen Exemplaren – es waren schon einige Hundert Hefte – sei beschlagnahmt worden. Er glaubte mir natürlich kein Wort, ich log so schlecht, daß er mir sofort auf den Kopf zusagte, ich habe das Gesamtwerk an mich gerissen. Zu Hause war ich damit beschäftigt, unsere Geschichten auf ihre besten Passagen hin zu durchfahnden und diese herauszulösen. Ich hatte, was Waller nicht wußte, längst einen umfangreichen Roman begonnen, die wüste Erzählung von einer Bande aus der Gesellschaft gefallener Enterbter und landesflüchtiger Galgenstricke, die sich mir langsam aber sicher im rein Phantastischen verlor, so daß ich, um dem Text wieder Hand und Fuß zu geben, unbedingt sogenannte Elemente aus der Wirklichkeit brauchte. Diese nun zog ich aus unserer Fortsetzungsserie, teilweise übertrug ich sie wortwörtlich in meinen Roman: hauptsächlich waren es Beschreibungen, Szenen und Dialogstücke, die aus Wallers Feder stammten, der die von mir immer wieder mißbilligte Unverfrorenheit besessen hatte, Bilder oder Umstände unserem Alltag zu entlehnen und sie auf allerdurchsichtigste Art, kaschiert nur etwa durch Abänderung von Namen, in unsere exotischen Texte zu transponieren. Wenn ich ihn deswegen angriff, berief er sich auf *Swift*, der ähnlich verfahren sei, wie wir im Literaturunterricht gelernt hatten. Wenn ich die Namen noch einmal änderte, Anfang und Ende der Passagen nur ein wenig meinem Text anpaßte, fügten sich mir diese Seiten vorzüglich ein, und sehr bald bemerkte ich, daß es gerade Wallers Wirklichkeitsnähe war, die meinem freischwebenden Gebilde eine Basis, ein Umfeld verlieh. Allerdings widerfuhr meiner Geschichte dabei etwas Merkwürdiges: dort, wo ich Schauplätze gewählt hatte, die außerhalb jedes für unsereinen zugänglichen Bereichs lagen – Dschungel, Wüste, Felsenklippen... Seebuchten südlicher Küsten, Inseln, Häfen –, hielten die Attribute einer Landschaftsstruktur aus zweiter oder dritter Hand Einzug. Die Wälder waren nicht ursprünglich, hinter jedem Gestrüpp erwartete man, sie vom Unrat nahe gelegener Industrieanlagen verseucht zu sehen, an den Hafenstädten hing eine seltsam einheimische Trivialität und Schmierigkeit, die Leute, die dort verkehrten, waren keine mit Genever abgefüllten Haudegen, obwohl sie sich so aufzuführen versuchten, ihre Leidenschaften waren vordergründig, dahinter lauerte der Obskurantismus derer, denen die gute Miene vorm bösen Spiel zum Rassemerkmal geworden war, ihre Ansichten waren berechnet, und ihre Berechnungen waren sonderbar kleinlich... sie kamen von den Küsten schlammiger Rinnsale her, und was der Wind durch ihre Wüsten blies, war nicht Sand, sondern Asche. – Ich hatte ihn – Waller war ein ebenso vaterloses Kind wie ich – durch meinen Raub und den Betrug mit der Beschlagnahme in wochenlange schwere Ängste gestürzt, denn in einem der Hefte, die er geschrieben hatte, fand sich ein wilder Haßtext, in dem behauptet wurde, daß der Vater eines Jungen – leicht als Wallers Vater zu identifizieren, denn dieser war ebenfalls, genau wie in der Geschichte, ein Verkaufsstellenleiter gewesen, der ein sehr schwaches Herz hatte – von den Kommunisten nach Sibirien verschleppt worden sei, und zwar erst lange *nach* Ende des Krieges, wo er in den Bergwerken der Sowjetmacht verschwunden war. Dieser seltsame Text, in Briefform geschrieben und in einer amerikanischen Rundfunkanstalt gelandet, war dem Haupthelden unserer Serie unter die Finger gekommen, und der hatte sich entschlossen, als Geologe getarnt, in die Kälteregionen der sibirischen Tundren einzutauchen, um den Fall, einen von vielen, aufzuklären. In Wallers Geschichte wartete unser Mann vorerst in einem Hafen von Spitzbergen auf ein Schiff, er hatte mir die Fortsetzung des Abenteuers überlassen, in dem der Held hinter die hermetischen Linien des Eisernen Vorhangs geschleust werden mußte.

Übrigens war es bezeichnend für Wallers Umgang mit seinem Figurenensemble, daß der Überbringer dieses Briefs eine Frau war, eine junge Frau, deren Äußeres nicht genau zu beschreiben war, da sich ihre Teilnahme an der Geschichte auf ein Agieren außerhalb des Handlungsortes beschränkte... im Gegensatz zu mir wagte es Waller, weibliche Figuren einzuführen, doch schien es dabei die Regel zu sein, daß diese stets geheimnisvolle und, allerdings, unumgängliche Funktionen in vom Schauplatz der Szene entfernten Regionen zu erfüllen hatten und damit unsichtbar blieben... was mich des öfteren verärgert hatte, denn in kaum auffindbaren Andeutungen ließ der Autor durchblicken, daß alle diese Frauen *sehr schön* waren.

Ich beruhigte Waller: bis zum Ende unseres gesamten Kofferinhalts werde sich bei den Behörden bestimmt niemand durchlesen... allerdings brach auch mir der Angstschweiß aus, wenn ich mir vorstellte, man könne den Koffer wirklich eines Tages einziehen. Schon immer, redete ich mir ein, galt mir Waller als der weniger zuverlässige Mensch von uns beiden, und ich sagte mir, der gesamte Text sei in meinen Händen sicherer. Die Sicherheitsmaßnahmen, die ich ergriff, sahen so aus, daß ich alles, was mir brauchbar erschien, aussortierte und alles übrige nach und nach dem Feuer überantwortete. Lange noch, über Gebühr lange, plagte mich ein ungutes Gefühl, wenn ich an diese Aktion zurückdachte. Und ich wurde aufs empfindlichste daran erinnert – an dieses Verbrechen, wie ich es in meiner Überempfindlichkeit sogar nannte –, als ich viele Jahre später mit Wallers Frau Lona ging... wieviel weniger als er, sagte ich mir, war ich doch berechtigt, von Abwesenheit zu reden. – Wie oft schon, fragte ich mich, mußte es geschehen sein, daß ich eigentlich eine Sentenz von Waller vor Augen hatte, wenn ich eine solche in meinen Texten wirklich gut fand. Alles von ihm, was ich für gelungen hielt, hatte ich über kurz oder lang fugenlos in meine eigenen Werke integriert, und ich hätte selbst nicht mehr unterscheiden können, wessen Ursprungs diese oder die andere Seite war. Sie waren alle zu oft durch die Mangel meiner Überarbeitungen und Neufassungen gegangen, daß ich längst mit ihnen lebte wie mit den eigenen Ausscheidungen. Nur manche Stücke, die für mich bis zum Schluß eine gewisse Unverständlichkeit beibehielten und an denen ich mich gerade aus diesem Grund zu keiner Änderung entschließen konnte – da sie für mich immer wieder die überraschendsten Deutungen zuließen und da sie mich immer wieder provozierten, mit Fortsetzungen anzuknüpfen, schließlich, da ich sie nicht antasten mochte, bevor ich nicht ihr Rätsel gelöst habe, ein Rätsel, hinter welchem mir unbedingt Schönheit verborgen schien –, diese Stücke, so überfiel mich in schlaflosen Nächten öfters der Gedanke, waren vielleicht von *ihm* verfaßt, und sie schienen es bleiben zu wollen.

Nach allem, was ich Waller angetan hatte, war es nur zu verständlich, daß ich ihm nicht gern unter die Augen trat. Wenn ich später hilflos vor meinen Heften saß und sich meiner Existenz nicht mehr der geringste Gedanke entlocken ließ – denn es geschah natürlich, daß der Zustand, den ich über Jahre hinweg schriftlich versucht hatte zu erfassen, mich endlich einholte: der qualvolle Zustand vor dem Erwachen zum Schreiben... vielleicht, da der Zustand als Thema sich erschöpft hatte, vielleicht, daß ich, da ich ihn dauernd umkreise, in der Tat erkannt hatte, daß es ein lückenlos geschlossener Zustand war, einem Land gleichend, dessen Grenzen keinen Ausweg offenließen – und wenn ich mich dann in Selbstgespräche verstrickte, unterlief es mir, daß ich mich mit lauter Stimme an Waller wandte und imaginäre Dispute mit ihm führte... der Anlaß dafür war natürlich die Reue, aber es lag auch in diesem Fall eine Unbestimmtheit, die vor dem eigentlichen Gefühl rangierte: es war etwa, als ob ich von ihm den Aufschub einer Schuldenfrist verlangte... einmal, sagte ich, werde er begreifen, daß ich ein Recht gehabt hatte, ihn aus unserem Gemeinschaftswerk auszustoßen, dann nämlich, wenn ich mich mit einem wahrhaftigen Buch aus allen Vorformen des Schreibens gelöst habe. Diese Rechtfertigungen brachte ich mit drohender Stimme vor... und wenn ich ihn zum Schweigen gebracht hatte, ging ich zu merkwürdiger Selbstironie über, in der ich ihn mit dem Namen *Jakob* anredete, der seinem bedeutsamen Nachnamen besser zuzustehen schien als Jo oder Johnnie. Wenn ich an seine krumm durch die Straßen schleichende Gestalt dachte, schien wirklich er es zu sein, dem ein Engel während einer Rauferei die Hüfte verrenkt hatte... während mir nur der Arm, die Schreibhand verstaucht war, im Endergebnis meiner Nacht- und Nebelfahrten auf dem Fahrrad seiner ehemaligen Frau.

Oder es war nur irgendein verteufeltes Rheuma, das ich mir auf meinem Sitzplatz auf der Brettkante, den Rücken in den Speiseschrank gepreßt, zugezogen hatte, in der Ecke, in welcher sich der Hintergrund der Nische mit der Außenwand verband und die meine rechte Schulter so aufnahm, daß die Diagonale zu den mir entgegenströmenden Meeresgeräuschen überzeugend stimmte... im Winter, wenn der Moder in dem weißen Kalk hinter mir zu glitzern begann und die muffigen Spinnweben zu gefrieren schienen.

– Das Sujet..., brüllte ich aus dem Winkel meiner Nische, das Sujet, Jakob, ist zum Beispiel nicht die Existenz der geheimnisvollen Fremden selbst oder auch der Zweifel an ihrer Existenz, sondern das Geheimnisvolle und Fremde an denen, die wir kennen. Daß dieses existiert, Jakob, ist eine Differenz unserer Gedanken zum Dasein derer, an die wir denken. Und es hat überhaupt keinen Zweck, die Schuld daran bei ihnen zu suchen.

– Für dich gibt es nur Nebenfiguren... und aus diesem Grund hast du mir auch mein Leben gestohlen... du hast Gott gespielt! glaubte ich ihn mit kaum vernehmlicher Stimme aus dem Dunkel zu hören.

– Ich habe zwar in fast allen Belangen der Ersatzmann für

dich sein können, vielleicht auch, weil du selber nicht zu leben wußtest, erwiderte ich ihm ... es war eine Antwort, zu der ich etwa ein Jahr gebraucht hatte, ein Jahr, in welchem ich vergeblich versuchte hatte, auch nur ein paar Zeilen aufs Papier zu bringen.

– Ja, fuhr ich fort, und das war ich dann auch, zeitweise war ich dein Ersatzmann, bis ich dein Leben wieder verlassen mußte, in meine Nichtexistenz zurück mußte, wo ich wieder im Nichts stand. Nur eins hatte ich dir voraus, ich konnte schreiben, während du immer im Vorfeld bliebst.

An diese Erwiderung – an der sicherlich weder hinten noch vorn etwas stimmte – wurde ich erinnert, weil ich leicht zu schwitzen begonnen hatte ... der Grund dafür konnte darin liegen, daß es draußen Frühling geworden war. – Es würde also warm werden in der Nische meines Speiseschranks, ich konnte meinen Proviant aus der Bratröhre des Gasherds in den Speiseschrank umlagern ... ich mochte es nicht, wenn mir die Butter im Kühlschrank zu Stein gefror, den Kühlschrank benutzte ich bestenfalls als Lichtquelle und lagerte dort nur Dinge ein, die flüssig blieben, meinen Alkohol zum Beispiel. – Regelmäßig im Herbst und im Frühjahr begann das scheußliche Reißen in meiner Schulter überhandzunehmen und strahlte mir bis in den rechten Ellenbogen aus, im Frühjahr fing es spätestens im April an ... als ob mein Körper, noch auf mein Dasein als kohleschaufelnder Heizer programmiert, nervös wurde und die Lust an der Arbeit verlor ... und dies war die Zeit, in der ich mir anderweitig Bewegung zu verschaffen gedachte. – Vor einem Jahr also hatte ich ebenso zu schwitzen begonnen, aus innerer Unruhe und hypochondrischer Sorge um mein Schulterweh, das ich für irreversibel fortschreitend hielt ... ich besann mich darauf, weil es ein Begleitumstand meiner Erwiderung an Waller war, und ich hatte mich schon damals ... nervös wechselte ich auch jetzt von der Brettkante auf die Bettkante im anderen Zimmer über ... gezwungen gesehen, mich zu erheben, aber auch im anderen Zimmer hatte ich nicht zu mir selbst gefunden, und ich war, nachdem ich den Inhalt meiner Geldbörse überprüft hatte, aus der Wohnung gegangen und in Richtung Bahnhof aufgebrochen. Jetzt, ein Jahr später, geriet ich ebenso in Bewegung, daß ich erneut versucht war, zum Bahnhof zu fahren und meinen Koffer aus dem Gepäckschließfach zu holen... was mich bis zum April vor einem Jahr daran gehindert hatte, waren nichts als Belanglosigkeiten, die mich tödlich zu bedrohen schienen, die ich aber nicht von mir fernhalten konnte... die frische Aprilluft schien sich trotz ihrer Kühle anregend auf meinen Blutdruck auszuwirken, der Schmerz in meiner Schulter belebte sich, aber auch im Gehirn machte sich wohl eine Zufuhr bemerkbar... jedenfalls hatte ich es plötzlich für sinnlos gehalten, weiterhin im Wellenstrom der Kühlschrankgeräusche zu sitzen – ich pflegte seine Tür aufgesperrt zu halten, in der Hoffnung, daß sich dadurch die Intervalle seines Einschaltens beschleunigten – und auf den ersten Satz eines Textes zu warten, den ich niederschreiben konnte... nein, ich hatte es plötzlich für besser gehalten, in meinem Koffer nachzusehen, ob darin nicht die ersten Seiten eines Entwurfs zu finden waren, desjenigen, den ich als letzten begonnen hatte, ebenfalls irgendwann im April, demnach also vor wiederum einem Jahr, kurz vor meiner Verhaftung, kurz nach meinem glanzvollen Abschneiden in der Qualifikationsprüfung zum Facharbeiter für Wärmetechnik, wie der amtliche Terminus lautete... da ich das Qualifikationszeugnis offenbar längst verlegt oder verloren hatte, ließ sich vielleicht anhand der Prüfungsfragen, die auf den Rückseiten der Zettel jenes letzten Textentwurfs notiert waren, beweisen, daß ich tatsächlich an der Prüfung teilgenommen hatte, so ungefähr mußte ich gedacht haben. Vielleicht würde es mit dem Mittel solcher Beweise gar nicht so schwer sein, zu einem Teil meiner Persönlichkeit von früher zurückzufinden... denn wahrscheinlich fehlte mir genau das, um wieder schreiben zu können. Vielleicht auch erkannte ich meine Versuche, mit dem Kopf Z.s zu denken, langsam als fruchtlos: immer wenn ich daran scheiterte, mir die langhaarige Schwarze vorzustellen, kehrten meine Gedanken zum Schreiben zurück, und da ich meine Vorstellungen immer häufiger als gescheitert empfand, dachte ich immer häufiger daran, wieder zu schreiben... meine Gedanken gipfelten in dem Verdacht, ich habe weitaus besser schreiben können, als ich die Chance hatte, mit einer realen Frau umzugehen, zum Beispiel mit der von Waller geschiedenen Lona: mindestens hatte ich in dieser Zeit überhaupt schreiben können! Daß es fruchtlos war, die Räume meiner Wohnung in Intervallen zu wechseln oder, idiotisch genug vielleicht, in den Meerlärm einer Kühlapparatur billigster Sorte einzutauchen... auch wenn mich von dort aus die Küstenluft der Tundren anzuwehen schien... auch wenn ich mir, in den allerschwächsten Momenten, einredete, wenigstens habe ich es hier mit einer Art Gegensatz zu den lodernden Feuermäulern von Heizkesseln zu tun... und in diesem Strom sitzend in einem fort zu murmeln: Wie alt diese Wellen, wie alt...! Nein, ich konnte mir ihr Porträt nicht vorstellen, es gelang mir nicht, ob ich das Foto nun in der Hand hielt oder nicht... und wenn ich sie mir sonst vorzustellen suchte, hatte ich den breiten, fast gewalttätig wirkenden Unterkörper einer Frau vor Augen, der nicht der ihre sein konnte... und meine Gedanken kehrten immer öfter zwischen andere Begrenzungen zurück, die mein Gesichtsfeld rahmten, sie verweilten auf der Leere eines weißen Blatts Papier, dessen enge Form ich für ein signifikantes Denkmodell der auf Zeichen ruhenden Welt hielt, in welcher ich irgendwo aufzufinden sein mußte.

Auf dem Ostbahnhof angekommen, hatte ich mich natürlich überhaupt nicht um den Koffer gekümmert, sondern zuerst, wie beiläufig, die Fahrpläne gelesen... und festgestellt, daß der für diesen Tag letzte Zug in Richtung L. in genau einer Minute von einem ziemlich weit entfernten Bahnsteig abfuhr. Wie von Furien gehetzt, raste ich zu dem Bahnsteig und sah dennoch nur die roten Rücklichter aus der Halle verschwinden. Enttäuscht, als habe ich soeben eine große Chance verpaßt, war ich zum S-Bahnsteig zurückgegangen, hatte den Koffer einen Koffer sein lassen und war wieder nach meinem Stadtviertel hinausgefahren. Mir war in den Sinn gekommen, daß mir Z.s Wohnung nur noch ein Jahr zur Verfügung stand... es war April, fast schon Ende April, und ich dachte an Z.s Behauptung, daß er das Ende seiner Haftzeit schon absehen könne, mir fiel ein, wie er während unserer einwöchigen Zellengemeinschaft von einem *Coup* gesprochen hatte, den er zwei Jahre später ausführen wolle; im Mai, noch in seinem Entlassungsmonat, beabsichtige er den Plan in die Tat umzusetzen: bis dahin hatte ich nur noch ein Jahr und ein paar Tage Zeit. – Sein Denken in Plänen, das Geschick, langfristig vorauszurechnen, war nicht ohne Eindruck auf mich geblieben, besonders, wenn ich es mit meiner eigenen Art, mit dem Leben umzugehen, verglich; so überspannt mir seine Ansichten auch erschienen waren, ich konnte nicht leugnen, daß es mich von jeher reizte, den *Punkt zu erfinden*, wie er sich ausgedrückt hatte... den Punkt, den ich immer weiter suchte, den es aber nicht gab. Zwar sei die Voraussetzung dafür das gänzliche *Verbrennen* des Alkohols in mir, die gänzliche Ausnüchterung, wovon in meinem Fall, trotz mancher guter Vorsätze, nicht die Rede sein konnte, aber den *Punkt* suchte ich dennoch! Ja doch, ich war mir des Unterschieds bewußt: ich *suchte* ihn, während er von *erfinden* gesprochen hatte, aber ich suchte natürlich nach einer Möglichkeit, ihn zu erfinden... der Punkt, wenn ich ihn richtig verstanden hatte, lasse es zu: *schon ganz in der Geschichte zu leben, die danach kommen wird.* – Ich hatte den Punkt weder gefunden noch erfunden, noch weniger lebte ich in einer kommenden Geschichte. Im Gegenteil, ich hatte, seitdem ich hier war, nur an meine vergangenen Geschichten gedacht... aus Furcht, sie seien mir noch nicht vergangen. Wenn ich an die einzelnen Punkte meines Lebens im letzten Jahr zurückdachte, so blickte ich auf eine triste Aufzählung von Erbärmlichkeiten: nach einer Untersuchungshaft von zwei Monaten, nach weiteren Monaten der Stagnation in M. war ich zwar irgendwie in Berlin eingetroffen, aber angekommen war ich eigentlich nicht... bis jetzt, nach über einem halben Jahr meines Hierseins, hatte ich nicht einmal meinen Koffer vom Bahnhof zu holen vermocht... in Wirklichkeit versteckte ich mich vor dem Monstrum Berlin, seit ich hier wohnte... seit ich hier weilte, denn es war nicht als ein Wohnen zu bezeichnen, was ich vollführte: außer einem vergilbten Schopenhauer-Porträt gab es in der Wohnung Z.s kaum ein Merkmal, das auf meine Anwesenheit schließen ließ. Mit den Gedanken schien ich so vollkommen in M. zu sein, daß ich nachts die Stimmen meiner früheren Freunde vor dem Fenster zu hören glaubte... mit meiner Mutter, die mich seit gewisser Zeit in Briefen bestürmte zurückzukehren, stand ich in einem Verhältnis, das ich nur mit Lügen und leeren Versprechungen aufrechterhielt – wenn ich nicht, immer wieder über Wochen hinweg, ganz ohne Antwort an sie blieb –, und dies war für mich längst zur Ursache eines permanenten Schuldgefühls geworden, das all meine Handlungen und Aussagen – auch diejenigen außerhalb dieses Verhältnisses – beeinträchtigte, ja so bestimmte, daß ich es als ein mir zugrunde liegendes Empfinden, als das alltäglichste, immer gegenwärtige, als das hauptsächlichste Gefühl meines Innenlebens erkennen mußte, von dem jede Gefühlsnuance nur abgeleitet war. Wollte ich es auf eine Formel bringen, so war es das Gefühl, meine Mutter inmitten von Trümmern sitzengelassen zu haben: damit hatte ich verhindert, daß sie mir zuvorkam, denn irgendwann mußte sie aus der Welt und mußte damit mich in den Trümmern zurücklassen. Es war dies wahrscheinlich der Umstand, den ich von allen anderen Möglichkeiten am meisten fürchtete. Wahrscheinlich war dies meine Art von Angst, mit der ich in der Hölle war... wenn es stimmte, daß es für jeden Menschen eine bestimmte Angst gab, die für ihn die Hölle auf Erden bedeutete. Und natürlich setzte meine Angst alles in Bewegung, daß dieser Zustand immer wieder eintrat: jeden Menschen, der mir im Leben einmal nahegerückt war, hatte ich über kurz oder lang im Trümmerhaufen dieser Nähe zurückgelassen... wie alt diese Wellen! rief ich jedesmal und setzte mich ab. – Meine Mutter schickte ihre Briefe an mich als postlagernde Sendungen, einmal in der Woche pilgerte ich zum Postamt, mir dieselben abzuholen; der Vorwand, unter dem ich ihr dieses Verfahren eingeredet hatte, war der, daß ich noch nicht sicher sei, wo in Berlin ich wohnen werde, da ich noch immer – und nicht nur im Stadtteil S. – auf der Suche nach einer wirklich günstigen Arbeitsstelle für mich sei. Es war zu meiner Hauptausrede für sie geworden, die mein Verhalten gefährlich und unverständlich, ja verzweifelt nannte... sie begreife nicht, was ich eigentlich verlange, in M. habe es mir doch an nichts Notwendigem gefehlt. Der Wahrheit an meinen Angaben entsprach, daß ich wirklich mehrere Betriebe im Stadtteil S. aufgesucht und dort nach Arbeit gefragt hatte. Man wollte mich sofort als Heizer einstellen, wenn ich mein Qualifikationszeugnis für Hochdruckanlagen vorweisen könne; überall hatte ich versprochen, mit dem Dokument in Kürze wiederzukommen... es war tatsächlich höchste Zeit für mich, den Verbleib des Papiers aufzuklären, mit meinem finanziellen Polster ging es rapide abwärts. Da plötzlich dachte ich an die Möglichkeit, daß mir das Zeugnis noch gar nicht zugestellt worden sei: nur kurze Zeit nach der Abschlußprüfung war ich verhaftet worden; also lag es noch in meinem alten Betrieb in M. für mich bereit. Ich kam auf die Idee – eine Idee, die mir brillant erschien –, meine Freundin Lona brieflich zu bitten, nach dem Zeugnis zu forschen und es für mich im Meisterbüro meiner früheren Abteilung abzuholen, gegen die eventuell notwendige Vollmacht, die ich ihr übersenden werde... ich beschloß, sofort besseres Papier zu kaufen für das betreffende Schreiben an Lona. Tagelang notierte ich die gesuchtesten Sätze und entwarf Spitzfindigkeiten; der für Lona bestimmte Brief, der ihre Antworten möglichst vorprogrammieren sollte, schien meinen ganzen Verstand in Anspruch zu nehmen; dennoch brachte ich ihn zu keinem Abschluß, der mich befriedigt hätte. Ich stockte bei der Bitte an Lona, postlagernd an mich zu schreiben, ich wisse noch nicht genau, wo ich wohnen wolle, es hänge auch vom Arbeitsort ab, den ich... ich tat etwas, das zu meiner gewohnheitsmäßig geübten Technik beim Verfassen sogenannter poetischer Texte gehörte: ich gab dem in der ersten Person auftretenden Protagonisten ein leicht asoziales Gepräge, da ein solches wahrscheinlich anziehend auf unbürgerlich denkende Frauen wirkte.

Eingangs der F. Straße hatte es mir vor meiner Wohnung zu gruseln begonnen; ich überquerte die Straße im Schein einer Laterne und verließ sie auf einem schmalen Durchgang zwischen zwei Häusern, der mich an baufälligem Gemäuer und Müllbehältern vorbei, über heckenumsäumte Kinderspielplätze und unter Wäscheleinen hindurch, zu einem Fluß oder Kanal führte, den ich entlangeilte, bis ich, vor einer Flußbrücke, über die Hauptstraße ging und in eine weitere breite

Straße kam: es mußte diejenige sein, die auf Z.s Kassiber als die G. Straße bezeichnet worden war. Ich erinnerte mich an den Ausdruck *Leerhaus*... es war ein unheimliches Wort... und kurz vor einer Abzweigung stand ich vor einem Haus, auf welches diese Bezeichnung zutreffen konnte. Ich quetschte mich in eine Toreinfahrt, der Spalt, der die Doppeltür in der Mitte ein Stück aufklaffen ließ, war seit Jahren weder weiter geöffnet worden noch hatte man ihn zu schließen versucht. Es gab natürlich kein Licht; mir mit Streichhölzern helfend, tastete ich mich über Schutt und Schmutz zum Eingang der unteren Wohnung vor, die Tür ließ sich öffnen. In den matten Lichtstreifen, die durch die zerbrochenen Jalousien hereinfielen – sie kamen von einer unweit brennenden Straßenbeleuchtung –, schlich ich durch die leeren Zimmer, im hintersten und dunkelsten stand an der Wand ein altes, unansehnliches Sofa, mit Streifenmuster, wie ich im Schein eines Streichholzes sah. Die Wohnung war dreimal so groß wie die von Z., sie wieder herzurichten hätte eines Aufwands bedurft, zu dem ich allein nicht fähig war... es war eine Frage von Geld und Arbeitszeit. Allerdings konnte ich auch keine irreparablen Schäden entdecken, und ich fragte mich, wieso die Wohnungsverwaltung diese Räume unbeachtet ließ. Ich saß auf dem Sofa und rauchte eine Zigarette, die mir nicht schmeckte, weil sie völlig durch den Staub verunreinigt schien, den ich aufgewirbelt haben mußte; das mochte bedeuten, daß die Wohnung trotz jahrelanger Verlassenheit noch kaum feuchte Wände hatte. Wenn ich sofort mit einer mir utopisch erscheinenden Aktion begann, konnte ich fertig sein, wenn Z. aus dem Gefängnis kam. Ich hatte es mit einem ungläubigen Kopfschütteln gedacht.

In der Zeit, die vergangen war, hatte ich das Haus des öfteren gesehen und keine Veränderung bemerkt. In dem Jahr, das seit jener eingehenden Inspektion der leeren Räume in der G. Straße verstrichen war, hatte ich mir Woche für Woche gesagt, ich könne mit meiner Unternehmung nicht beginnen, ehe ich nicht einen einzigen entwicklungsfähigen Satz zu Papier gebracht habe... ein solcher Satz sei die Vorbedingung für jede andere Arbeit, ich sagte mir, ich könne meine Hände weder an Mauern legen noch an den Henkel eines Eimers, noch könne ich auch nur einen Handfeger von der F. Straße in die G. Straße schleppen und die vielleicht fünfhundert Meter bis dahin überwinden, wenn mich nicht der bewußte Satz dabei stützte, allein dadurch, daß ihn mein Gehirn mit sich herumtrug... ich war sicher, es gab in meinem Leben noch einen Satz, den ich nicht kannte: wenn ich ihn entdeckt hatte und seinen Schluß, der ihn mir zu einem unveräußerlichen Kapitel stempelte, mit einem Punkt versehen hatte, dann konnte ich mit allem anderen ruhig beginnen.

Der Gedanke, daß Z. vielleicht schon auf dem Weg nach Berlin war, brachte mich für einige Minuten völlig aus der Fassung... auch aus diesem Grund verspürte ich den Drang, die Wohnung augenblicklich zu verlassen. Die Aprilnacht war so ungewöhnlich schwarz, daß die Finsternis mich schon nach wenigen Schritten völlig verschluckt haben mußte, dennoch traf mich, kaum hatte ich das Trottoir betreten, ein wohlgezielter Schuß genau zwischen die Schulterblätter. Ich hörte den dumpfen Aufprall des Projektils und begann vor Atemschwäche sekundenlang zu taumeln. Noch ehe ich meiner Verwirrung Herr geworden war, überholten mich auf der anderen Straßenseite zwei Mann im Laufschritt und verschwanden in dem schmalen Durchgang zwischen den Häusern, von wo aus der Weg in Richtung des Kanals führte... natürlich hatte ich mir hinten auf dem schwarzen Mantel den ganzen Weißkalk von der Rückwand meines Speiseschranks aufgehuckt und war deshalb leicht zu sehen gewesen, als ich wie eine Leuchtboje durch die Dunkelheit trieb. Ich hielt es für einen ungewöhnlich dummen Scherz, mich mit einer Kinderschleuder in den Rücken zu schießen... ich kannte diese Art Waffe genau, wir fertigten sie uns aus Astgabeln, die wir an beiden Enden der abgespreizten Zweige mit gleich langen Gummibändern versahen; später bogen wir uns die Gabeln aus dickem Stahldraht und benutzten Gummistreifen, die wir aus den Schläuchen von Motorrad- oder Autobereifung schnitten, das Geschoß, ein Stein oder ein eigens gegossenes Bleistück, aus einem Lederläppchen am Ende der Gummistreifen abgeschnellt, erreichte durch die Zugstärke des Autogummis eine solche Schußkraft und Zielgenauigkeit, daß wir wahrlich im Besitz gefährlicher Waffen waren... wenn mich der Schuß auf den Hinterkopf getroffen hätte, so wäre ich womöglich auf das Pflaster geworfen worden. – Auch ich hatte vorgehabt, durch den schmalen Durchgang die F. Straße zu verlassen – wenn ich ausging, führte mich mein Weg meist an dem Leerhaus in der G. Straße vorbei –, aber ehe ich an dem Durchgang war, sah ich zwei Kerle, vorn am Ausgang der F. Straße, blitzschnell durch das Lampenlicht rennen, sie hatten sich durch das Gewirr der Hinterhöfe und Wäscheplätze vor dem Kanal durchgeschlagen und liefen nun die Hauptstraße hinab, wobei sie an der F. Straße noch einmal vorbei mußten... offenbar wollten sie zu der Straßenbahnhaltestelle, die es dort gab. Ich beschleunigte den Schritt bis zur Ausmündung der F. Straße und schaute die Promenade rechts hinunter, sie war vollkommen leer; es war auch keine Straßenbahn angekommen, die Kerle waren verschwunden, ich sah Licht weiter unten in der Kneipe gegenüber der Kaufhalle. Normalerweise mied ich die Kaschemme wie die Pest, doch hatte sie den Vorteil, daß man es dort mit den Schließungszeiten nicht besonders genau nahm. Nur ungern wurde ich an den Streit erinnert, den ich mit dem Kerl am Ausschank gehabt hatte; als ich einige Abende später noch einmal dorthin gekommen war, hatte er mir zwar ein Bier gebracht, danach jedoch für eine halbe Ewigkeit nicht mehr, er hatte mich sehr wohl erkannt, und ununterbrochen hatte ich seine giftigen Blicke auffangen müssen... nach einer dreiviertel Stunde war ich, ohne das Bier zu bezahlen, aus dem Lokal gegangen. – Jetzt stand ich im Türrahmen und suchte die beiden dichtbesetzten Galerieräume zu überschauen; im hinteren Raum wurde an einem Tisch gezahlt, die Stühle wurden frei, und ich näherte mich, während ich die Augen spähend über die Menschenballungen und in alle Winkel schweifen ließ. Fast hätten alle, die hier saßen und standen, die beiden Kerle sein können, die ihre Kugel auf mich abgefeuert hatten, oder aber es mußte auch keiner von ihnen gewesen sein. Ich nahm an dem leer gewordenen Tisch Platz, erleichtert, daß ich für mich allein sitzen konnte, ich wählte wie gewohnt den mir vorteilhaft erscheinenden Platz, der mir gestattete, dem übrigen Volk den Rücken zu kehren; noch vorteilhafter war, daß ich in einen großen Wandspiegel schaute, mir gegenüber auf Kopfhöhe, der, leicht in den Raum geneigt, fast bis zur Decke hinaufreichte. Er verschaffte mir einen ausgezeichneten Überblick, ich sah auch den größten Teil der vorderen Stube, das Gewirr an der Theke und die Eingangstür, die mit schwarzgrünem Filztuch verhängt war. Der Kerl vom Büfett erschien mit einem vollen Tablett. – Ein Bier? fragte er mit unpersönlicher Stimme, ich nickte in geheuchelter Abwesenheit. Es war ungeheuer laut in dem vollbesetzten Raum, Wolkenbänke von Qualm zogen durch den Spiegel über mir, die Theke war von einer Traube junger Burschen umlagert, und der Büfettier keilte sich unsanft und aufsässig, mit zur Decke gerecktem Tablett, durch die Menge, an meinem Tisch aber blieben die Plätze frei. Da sah ich, daß neben dem riesigen Aschenbecher ein Faltkärtchen aufgestellt war, das den Vermerk »Reserviert« trug; als sich der Büfettier mit dem zweiten Bier heranarbeitete, wollte ich ihn fragen, ob ich sitzen bleiben dürfe – in der Hoffnung, er werde einen versöhnlichen Ton in meiner Stimme nicht überhören –, doch er drängte, nach zwei blitzschnellen Bleistiftstrichen auf meinem Bierdeckel, wortlos weiter... wenn er eine Strichliste anfing, so war mein Bleiben an diesem Tisch sanktioniert. – Wie immer begann ich nach einiger Zeit nach den Frauen in der Gaststätte Ausschau zu halten, einmal verweilten meine Blicke auf dem Rücken einer Dunkelhaarigen, die sich laut lachend unter der offenbar kühlen Hand des neben ihr sitzenden Kerls wand, die ihr unter den weißen Pulli gefahren war und dort die Wirbelsäule entlangfuhr, kurz vor dem schwarz sich andeutenden Querstreifen ihres Büstenhalters, der durch den dünnen Pulli schimmerte, begann die Hand zu zögern... im Spiegel sah ich zwei Männer durch den Eingang kommen, die sich an den Gläser spülenden Büfettier wandten, der deutete mit dem nassen Unterarm in meine Richtung... die Hand des Kerls hatte den Verschluß des Büstenhalters erreicht, und die Fingerspitzen schoben sich vorsichtig unter den schwarzen Seidenstoff, was die Gegenwehr der Frau zu einem letzten Aufbäumen brachte, dann gab sie sich den Anschein, sein Tasten zu ignorieren...

plötzlich saßen zwei Männer an meinem Tisch, die, ein Irrtum schien ausgeschlossen, Wasja und Ronni waren, ihre Schädel ragten, idiotisch lächelnd, in das Spiegelbild hinein, das der Raum für meine Beobachtungen war, daß diese Schädel Originalausgaben waren, erkannte ich daran, daß auch ihre Hinterköpfe über dem unteren Rand des Spiegels sichtbar waren, während mich die Visagen anlächelten, zweifellos, um ihre sichtliche Beklommenheit zu verbergen. Ich öffnete den Mund, schloß ihn aber wieder, weil soeben zwei Halblitergläser Bier vor ihnen aufgestellt wurden, die sie gleichzeitig an den Henkeln packten und übertrieben würdevoll aneinanderstießen; dann hoben sie mir die Gläser grüßend entgegen und tranken fast eine halbe Minute lang. Aus Verwirrung trank ich ebenfalls, leerte mein Glas und stellte es ab, wobei ich gespannt in mich zusammensackte. – Entschuldige, daß wir noch leben, sagte Wasja, wir und noch ein paar von uns, wir haben den Tisch hier mehrmals in der Woche bestellt. – Du brauchst aber nicht gleich aufzustehen, sagte Ronni, wir haben noch genug Platz... – Ich wollte sowieso gehen, sagte ich, ich habe keine Zeit... – Was, du hast kein Geld? Komm, wir laden dich ein, zu deinen zwei Bier, sagte Wasja. – Na gut, stimmte ich widerwillig zu, aber dann muß ich gehen... ich sagte, ich habe keine Zeit!

Ronni hatte es inzwischen fertiggebracht, den Büfettier aufmerksam zu machen. – Ein Bier für ihn und uns noch zwei Halbe, erließ er. Drei Korn! Und was er auf dem Deckel hat, auf unsere Rechnung! – Seit wann seid ihr wieder raus? fragte ich. Sie wandten sich die Gesichter zu und schienen erstaunt, dann ließen sie ihre Gläser nochmals zusammenklirren und tranken. – Raus... wo raus? fragte Ronni; ich versuchte noch herauszuspüren, ob etwas Bedrohliches in seine Stimme getreten war oder ob ich nur seinen prinzipiellen Unterton hörte, in dem immer eine Gefahr mitschwang, als Wasja auf seine mir nicht unbekannte Weise beschwichtigte. – Laß nur... Ronni, du weißt doch, *sie hören alles*... wir wollen einfach nicht über so was reden, Bruder... ich hab mal mit einem berühmten Rechtsanwalt gesprochen, der sagte, was denn, in die U.-Haft... dahin kannst du immer kommen, das kann jedem passieren, da kannst du nichts machen. Das heißt also, wenn du bloß in der U.-Haft bist, dann bist du eigentlich gar nicht drin. – Ihr seid also auch aus der U.-Haft entlassen worden? Wie lange wart ihr denn drin? – Wie lange wart ihr denn drin..., wiederholte Ronni, wie lange wart ihr denn drin! Immer dasselbe. Er kann es nicht lassen. Hast du nicht gehört, was mein Freund gesagt hat, U.-Haft zählt nicht! – Gut, sagte ich, U.-Haft zählt nicht. Dann möchte ich wissen, warum ihr mich trotzdem laufend Bruder nennt! – Ich hab dir gesagt, du sollst das Maul halten, Ronni, schon so oft hab ich dir gesagt, du sollst das Maul halten... was sollst du machen, Ronni? – So oft soll ich das Maul halten, aber ich denke nicht dran, Wasja, sagte Ronni. Aber ich denke einfach nicht immer dran, jetzt wollen wir erst mal den Korn trinken, auf dich, Bruder...!

Wohl oder übel stieß auch ich mit dem doppelten Schnaps an; ich spülte mit Bier nach und trank dabei in solcher Hast, daß ich mich verschluckte und einen Hustenanfall bekam. Ronni, mir am nächsten sitzend, hieb mir die flache Hand auf den Rücken, fast fürchtete ich, er habe die Hand im letzten Augenblick noch zur Faust geballt, ich spürte den Schmerz an der Stelle, wo mich das Schleudergeschoß getroffen hatte. – Kann ich zahlen, rief ich hustend nach dem Büfettier, der sich am Nebentisch aufhielt; es war jener Tisch, wo die Hand eines jungen Mannes noch immer, ich sah es im Spiegel, auf der nackten Haut unter dem Pullover der Dunkelhaarigen verharrte. Da der Büfettier auf meinen Zuruf nicht reagierte, erhob ich mich und sagte: Ich muß zur Toilette... Ich sah, daß das Grinsen wieder in ihre Gesichter zurückgekehrt war; schon halb abgewandt fragte ich sie: Übrigens... vielleicht habt ihr eine Ahnung, wieviel Jahre Z. bekommen hat? Ich müßte wissen, wann er wieder rauskommt, unbedingt, wegen seiner Wohnung... – Wir waren bloß in U.-Haft, wir sagen dirs doch, erwiderte Ronni mit sanftem Knurren. – Ich muß auf Toilette, sagte ich, aber ich komme nochmal zurück. Damit drängte ich mich durch die Menschenversammlungen... natürlich hätte ich aufgrund von drei Bier nicht zum Pissoir laufen müssen, doch dieses befand sich draußen auf dem Hof, und ich hoffte, dort irgendeinen Fluchtweg zu finden. Ich war entschlossen, auf meinen Mantel zu verzichten, der am Garderobenhaken hing, wenn ich nur entkommen könne, doch auf dem Hof fiel mir ein, daß mein Wohnungsschlüssel in dem Mantel steckte. Es gab hinter den scheußlichen Verschlägen, die die Toiletten darstellten, tatsächlich ein hölzernes Tor in einer Mauer, das klapprig genug erschien, einem scharfen Ruck von mir nicht widerstehen zu können; ich merkte es mir vor und wollte gerade in die Kneipe zurückkehren, als mir mein Mantel gebracht wurde. Ronni trug ihn über dem Arm, und er war gefolgt von Wasja, der auf mein Kleidungsstück deutete. – Dein Schlüssel, den du da drin in der alten Schabracke hast, Bruder... das müßtest du eigentlich wissen, der paßt zu dem Tor dort, sagte er. – Woher soll ich...? Der Satz blieb mir im Hals stecken, da ein Schatten wie ein großer Vogel auf mich zuflog: Da! Der Ruf kam von Ronni, er hatte mir den Mantel mit einem Schwung über den Kopf geworfen; ich wußte nicht, ob ich ihn zum Schutz vor dem Gesicht behalten sollte oder ob offene Sicht günstiger für mich sei, doch es setzte die erwarteten Schläge nicht; als ich die Augen wieder frei hatte, waren die beiden schon im Innern der Kneipe verschwunden. Nun probierte ich wirklich meinen Schlüssel an dem Hoftor aus und stellte erstaunt fest, daß es sich glatt und geräuschlos öffnen ließ. Ich trat auf einen ziemlich chaotischen Vorplatz hinaus, auf dem sich Kohleberge – der Geruch war mir untrüglich – häuften, dazwischen waren offenbar ausrangierte Metallfässer halb im Schlamm versunken, auf zwei Seiten war der Platz von Mauern, von der Hofmauer, sowie, im Winkel dazu, von einer fensterlosen Hauswand gesäumt; links führte eine Straße vorbei, von einem ungepflasterten Weg geschnitten, der, vom Tor aus, zwischen Gartenanlagen und Baumbestand verlief: es war in dieser Gegend so dunkel, wie man es in *Berlin* nicht erwartete. Die Straße, in Linksrichtung, mündete auf die Allee, auf die Hauptstraße von S., und an dieser Stelle – man sah es im Licht, das von dort einfiel –, direkt vor dem Eingang der Gaststätte, schien dauerndes Kommen und Gehen zu sein. Ich wollte weiteren Begegnungen in dieser Nacht – womöglich erneut mit Wasja und

Ronni oder deren Anhang, der zweifellos in der Nähe umherschwirrte – ausweichen und begab mich auf den Weg in die Gärten, ein Weg, der, wie ich schon nach kurzer Zeit feststellte, mehr einem Feldrain glich und mich nötigte, wollte ich nicht durch tiefsten Schlamm waten, direkt an den Zäunen mich vorwärtszuhangeln. Manchmal hörten die Zäune auf, und wüste Flächen öffneten sich vor mir, der Weg schien sich zwischen Bäumen und Gestrüpp völlig zu verlieren, ich glaubte, Müllhalden vor mir zu haben, fürchtete, in Gewässer oder Sumpf zu tappen... zwei- oder dreimal versuchte ich, wieder umzukehren, hatte aber nach wenigen Schritten schon die Orientierung ganz verloren. Es war ein schwacher Schimmer vor mir, nach dem ich mich zu richten zwang; dann aber dachte ich, es sei der Lichtschein der Kneipe, der noch eine Weile hinter mir gewesen war... nach einiger Zeit kamen wieder Zäune, doch das Licht schien sich in gleichbleibender Entfernung zu halten... gerade, als ich meinte, ich müsse die Kneipe längst wieder erreicht haben, erlosch der Schein da vorn, und ich sagte mir, es sei Gaststättenschluß, ich ging und ging, nun völlig hilflos, in ein sich vor mir immer wieder erneuerndes Dunkel hinein und dachte, ich müsse schon lange in der Nähe der G. Straße sein, denn zu diesem Ziel hätte mich der Feldweg leiten müssen... oder vielleicht auch auf den Kanal zu; es herrschte eine so ägyptische Finsternis, daß ich mich für gefährdet hielt, direkt in die Wasser des Kanals hineinzulaufen.

Dies also war Z.s Weg! sagte ich mir. Einer von Z.s geheimnisvollen Wegen in Berlin! Mit Sicherheit nahm ich an, daß er in jener Kneipe ein- und ausgegangen sei... und zwar durch den Wirtschaftseingang, zu dessen Tor der Schlüssel zu unserer Haustür in der F. Straße paßte. Warum benutzte er diesen beschwerlichen Umweg; über die Hauptallee war die Strecke zur F. Straße viel kürzer und bequemer als durch diese Wüstenei, selbst wenn man sich hier, was für ihn zu vermuten war, besser auskannte als ich: dieser geheime Paßweg am Rande des Massivs Berlin verärgerte mich, andererseits verspürte ich auch ein Gefühl von Weihe, die mir zuteil geworden war; wenn ich mich fragte, was hinter dem merkwürdigen Gebaren Z.s steckte, und wenn ich mir ihn vorstellte, wie er in den Nächten, von einem dubiosen Treffpunkt in der sogenannten Speisegaststätte kommend, eine entweder materielle oder ideelle Beute – es war für mich das gleiche – über diesen Schmuggelpfad heimschleppte, so war er für mich eine erhabene illegale Figur. Und wenn er auf diesem Weg den Kanal erreichte, ihn gar auf einem verborgenen Übergang zu überqueren vermochte, so tat sich vor ihm in der Morgendämmerung die Tundra auf... plötzlich schlug vor mir ein Hund an und erschreckte mich zum Zusammensinken... zu meiner Erleichterung, denn ich erkannte, tief im Hintergrund eines Gartens, ein Gebäude, ein offenbar villenartiges Wohnhaus, es hob sich gegen einen matt rötlichen Himmel ab, gegen das Licht der nächtlichen Stadt; ich kam an den steinernen Pfeilern einer breiten Wageneinfahrt vorüber – das Haus mußte zu einer jener neobourgeoisen Festungen gehören, wie sie sich die führende Kaste dieser Republik, auf den Knochen der führenden Klasse dieser Republik, mit den Mitteln volkseigenen Produktionspotentials an den Rand der volkseigenen Naherholungszentren setzen ließ; ich beschloß, diesen Weg demnächst bei Tageslicht zu gehen, um zu sehen, welcher Potentat sich in dieser Burg eingefriedet hatte –, ich spürte Asphalt unter den Füßen und erreichte wieder humanitäres Gelände. Endlich tauchte die erste Laterne auf, es ging noch durch ein paar kahle Seitenstraßen, die Villa hinter mir blieb zurück, von einer Palisade von Pappeln abgeschirmt, dann ging ich durch eine mir schon bekannte Straße, sie war eine Abzweigung der G. Straße, ich stand vor einem Eckhaus, dem Leerhaus in der G. Straße, die ich, nun schon ziemlich erschöpft, hinaufstrebte, obwohl ich einen Augenblick auf die Idee gekommen war, mich auf dem Sofa in den unbewohnten Parterreräumen auszuruhen... um mich dort wieder in C. zurückzuverwandeln, wozu ich plötzlich ein dringendes Bedürfnis hatte. – Auf der G. Straße kamen mir, in lauter, belustigter Unterhaltung, Leute entgegen, es waren Männerstimmen, die die alkoholisierte Koloratur eines weiblichen Wesens umrahmten; ich wollte so schnell wie möglich an ihnen vorbei, als ich erkannte, daß es meine rückwärtigen Nachbarn vom Nebentisch aus der Kneipe waren, die ich im

Spiegel beobachtet hatte. – Hallo, hallo, das ist doch... hee! Die Stimme der Frau girrte, als spüre sie noch immer den Kitzel männlicher Finger auf der Linie, die ihren Rücken teilte: Den kenn ich doch... hee, wir kennen uns doch! Sie schien sich an den Burschen zu wenden, den Besitzer der zärtlichen Fingerspitzen, den ich, er stand etwas im Schatten und war eine imposante Erscheinung, nun ebenfalls zu sehen glaubte. In die Aufgedrehtheit ihrer Stimme mischte sich der sich überschlagende Ton einer Beschwerde: Guckt ihn euch an, er ist es, er hat mich schon paarmal angesprochen, das ganze Jahr über quatscht er mich an, wenn er mich sieht! – Das muß ein Irrtum sein, sagte ich, wir haben uns noch nie gesehen. – Jetzt streitet ers auch noch ab, rief sie empört und anstachelnd. – Das hört man doch, sagte ich, daß ich überhaupt nicht von hier... daß ich gar nicht aus Berlin bin. Sie schienen unsicher zu werden, und ich nutzte diese Sekunde, um an ihnen vorbeizukommen. – Das ist kein Irrtum, gellte mir ihre Stimme hinterdrein. Er ist bloß feige...! Ich war hart getroffen und beeilte mich, rannte fast, ohne mich noch umzuwenden... meine Beule auf dem Rückgrat begann mir wieder zu schmerzen, auch das Reißen in meinem Arm fing wieder an und lieferte mir ungerufen die Begründung zur Flucht... die Kerle hatten offenbar Besseres zu tun, als dem herausfordernden Ton eines angetrunkenen Weibsbilds Beachtung zu schenken.

Sie war natürlich die Briefträgerin unserer Gegend, wußte ich, als ich in meiner Wohnung angekommen war. Und freilich stimmte es, daß ich sie angesprochen hatte... ich hatte eigentlich nichts anderes im Sinn, es war ein Teil meiner Verwandlung, es gehörte zu meiner neu konstituierten Freiheit, es war ein Teil meines Lebens in Berlin: daß es mir gelänge, sie anzusprechen, war ein Teil der Berechnung, die ich aufgestellt hatte. Und so hatte ich sie mehrmals angesprochen, wenn sie mir am späten Vormittag in der Allee über den Weg lief... ununterbrochen hatte ich an Kora gedacht, während ich in der Speisegaststätte saß, auf das Öffnen der Kaufhalle wartete und mir Bier um Bier in den leeren Magen goß. Und natürlich war es meiner Trunkenheit zuzuschreiben, daß ich sie verwechselte, diese Briefträgerin mit der ledigen Postzustellerin Kora L. verwechselte, wahrscheinlich hätte ich Kora in jeder Frau wiedererkannt, wenn nur Haarfarbe und Haarlänge sich ein wenig glichen. Es ging mir überhaupt nicht darum, Kora anzusprechen, es ging um die Möglichkeit, eine *Frau* anzusprechen... um die Leichtigkeit und Beiläufigkeit, die ich glaubte dazu nötig zu haben... die mir zu Gebot stehen mußte, wenn ich ein anderer als jener sein wollte, an den ich mit Grausen zurückdachte: wenn ich in Berlin war, sollte meine zweite Existenz die Oberhand gewinnen; der Prolet aus der Provinz, mit seiner Verklemmtheit, mit seinen lähmenden Erstarrungen, mit seiner Verschlossenheit und der Scham vor seiner Sprache... mit seiner Furcht vor den schwerfälligen und grobschlächtigen Ausbrüchen seiner Sprache... mit den Verbiegungen, die seiner Geheimhaltungspraxis verschuldet waren, mit seinem Schuldbewußtsein... der Prolet mit seiner Feigheit, *ich* zu sagen, sollte endlich ad acta liegen. Er sollte in den Akten der Behörden liegenblieben, er sollte auf seinem Gefängnisbett liegenblieben, er war dahin, abgeurteilt, gerichtet, nachdem er sich die fetteste aller Dora-3-Torten hatte schmecken lassen; er war dann noch einmal aufgetaucht, nach dem Verschlingen seiner Henkersmahlzeit, im schönen Alter von zwölf Jahren, und war dann versunken. Verschwunden der schöne Körper von zwölf Jahren, ausgemerzt... langsam hatte er sich verwandelt, und er hatte nichts davon gemerkt. Nicht hatte er bemerkt, daß dieser Körper nur noch eine verächtliche Hülle war... niemand hatte die Verwandlung wahrgenommen. Der Junge, verborgen hinter weißen, wallenden Sommervorhängen, der auf einmal nichts anderes mehr tat, als die Feder über das Papier zu führen – er war natürlich eine Traumfigur, eine Idealgestalt! –, hatte wahrscheinlich überhaupt nicht bemerkt, daß Gott in diesem Jahr einem Herzversagen, infolge kurzer und schwerer Krankheit, erlegen war und daß er plötzlich allein war, ohne Gott... daß die Welt seiner Zukunft ohne Gott war, seit diesem Jahr 53, in dem der Junge zwölf zu werden sich anschickte... man hatte ihm stets gesagt, daß sein Erwachsenwerden drohe und daß es dann *andersrum* gehen werde, doch über diesem Verdikt hatte er das breite Lächeln

Gottes leuchten sehen, mit blendendweißen Zähnen unter dem glitzernden Schnurrbart, und dieses siegessichere Lächeln aus dem überdimensionalen Vatergesicht hatte verkündet, nichts werde andersrum gehen, es war die ein wenig mitleidige Weisheit, die ein bißchen listige und verschmitzte Menschenfreundlichkeit eines georgischen Gemüts im Lächeln dieser Augen, die vollgesogen waren von einer Sonne, unter der man mindestens hundertundzehn Jahre alt wurde, wenn man weder rauchte noch Weißbrot aß, ich wußte, daß er zu mir mit seiner väterlichen Baßstimme gesagt hätte: Schreib nur, mein Söhnchen, schreib...! Und es war natürlich auf diesen sonnigen Porträts, die jedes Klassenzimmer erleuchteten, nicht das geringste Anzeichen dafür, daß Gott eine verkrüppelte Hand hatte... ein grauenvoller Gedanke! – Es ging eine solche Sicherheit aus von dieser Vaterfigur, die Endlichkeit war in ihrem Licht eine so unbedeutende Nebensache geworden, der Blick auf den Tod war von einer so heiteren georgischen Weisheit durchtränkt, daß der Junge den Tod Gottes überhaupt nicht bemerkt hatte, daß er überhaupt nichts wahrnahm von dem Weinen, das in der Welt war... oder es nur instinktiv wahrnahm, wie ferner Widerhall nur drang dieses seltsam erleichterte Weinen durch seine weißen Vorhänge... es dauerte mindestens einen Monat, und es war schon längst April, ehe er es wahrnahm... und vielleicht bemerkte er erst im Mai, daß die Welt plötzlich gottlos war, daß der Strahl, der ihn streifte, aus einer Abwesenheit kam... und ganz sicher war es nur ein Instinkt, der ihn bewog, die entstandene Leere mit Schriftzeichen zu füllen. Ein lähmendes Grauen darüber, daß die Sommer endlich waren, hatte ihn erfaßt. Es war ein Weinen, es war eine Leere in der Welt, und es gab, allerorten war dies zu erkennen, nur noch Schriftzeichen, die dem entgegenstehen konnten. Und es mußte so kommen, daß der Junge sich als ein Gesandter dieser Leere fühlte, als ein Anwalt der Gottlosigkeit... ohne daß er es sich freilich in dieser Form zu sagen vermochte... und er fing an, schon damals, seine blind durch die Leere rudernde Welt mit einem Willen zur Vorstellung zu füllen. Ein solcher Wille war wenig, das spürte er, und er unternahm es vorerst, keiner Vorstellung, die er für geläufig hielt, mehr Glauben zu schenken... freilich unternahm er es erst, nachdem er schon jahrelang in vollkommener Gottlosigkeit gelebt hatte und darin seine Zeichen gekritzelt hatte... so ähnlich, wie er jahrelang nicht gemerkt hatte, daß er seinen Körper verloren hatte... jahrelang hatte er nur den Strahl der Abwesenheit wahrgenommen, der an seiner Nische vorüberdriftete, das grelle Licht der Gottlosigkeit, das fiebrig und phosphoreszierend vom Leichnam Gottes ausging... auch die Erwachsenen mußten es bemerkt haben, denn sie schickten den Jungen in ihrem panischen Verlassenheitsgefühl zur Kirche, zur FDJ und zur Konfirmation, zu den Adventisten, zum Musikunterricht, nur damit die Gottlosigkeit nicht von ihm Besitz ergreife... es war zwecklos, es gab für den Jungen nur die gottlose Beschäftigung des Schreibens... es war zwecklos, das Bilderverbot nahöstlicher Diktatorenleichen, die das Licht im Kreml nicht erlöschen ließen, ging ihn einen Dreck an, das Mausoleum des Lebens, in dem Mumien in Serie den Beweis für die Berechtigung des Vorstellungsverbots erbringen sollten, ging den Jungen nichts an. Er merkte es auch nicht, als nach einem XX. Parteitag die Mumie Gottes vorerst in einer Abstellkammer deponiert worden war, da die nächste nekrophile Neurose erst langsam *herausgebildet* werden mußte, es war mit ihm etwas Seltsames geschehen: wenn er in seiner Nische saß, vermochte er nur noch mit seinem Geist umzugehen, nicht aber mehr mit seinem Körper... während er mit dem Geist anderer Menschen überhaupt nicht mehr umzugehen wußte und dafür lediglich mit ihren Körpern.

Und inzwischen nahm das Eigenleben seines Körpers seinen Lauf: er ging zur Arbeit, hüpfte und wippte in Sporthallen auf Turngeräten und Matten, schwamm in rasender Eile durch schmutziges Wasser, erlernte mühsam... sein teilnehmender Geist war völlig abwesend und konnte von den Vorgesetzten kaum wahrgenommen werden... die Handgriffe an Maschinen und Maschinenpistolen... und erlernte nur mühsam die Handgriffe der Liebe. Letztere schien er besonders mühsam zu erlernen, denn mit den Mitteln des Geistes vermochte er sie nur *objektiv* zu lernen, während sein Körper – wenn auch zu einem ungewöhnlich späten Zeitpunkt – sich schon zu Beweglichkeiten zurechtgefunden hatte, welche, hätte er den Geist zu Hilfe gehabt, er dem annähernden Umkreis der Liebe hätte zurechnen können.

Sein Geist indessen bildete sich seine abstrakten Kriterien und blickte verächtlich auf das wieselflinke Tun seiner leiblichen Hülle... immer öfter erkannte sein Geist die Unwirklichkeit seiner Vorstellungen, immer deutlicher war es, daß die objektiven Abstrakta einem Bereich zugehörten, den er mehr und mehr als die *Abwesenheit* bezeichnen und betrachten mußte. Hatte er irgendwann von einem *roten i-Punkt*, den er auf jedes Wort wollte, gesprochen, so stammte dies noch ganz aus der Reserve objektiv berechneter Vorstellungen, die von der Wirklichkeit, wie sie beispielsweise Lona verkörpert hatte, nichts wissen wollten. Was Lonas Körper an roher Praxis überwältigend darstellte, hatte diese Wunschzeile lediglich unterwandert... die Reaktionen der Frauen im Zirkel, die diese Zeile lasen, bestätigten eindeutig die Stärke der Wirklichkeit und verletzten meinen Geist tief, indem sie mich der Praxisferne ziehen und die Hilflosigkeit meiner objektiven Idealismen, ja deren Niederlage, klar bestätigten. Aber welcher Praxis hingen sie denn an, mit ihrer Frage, ob ich denn wisse, was Liebe sei... so fragte ich mich später, als ich selbst begonnen hatte, mir ihre Frage zu stellen. Sie waren teilweise Frauen im Alter meiner Mutter... meine Mutter war durch den Krieg an der Liebe gehindert worden; sie hatte nur ein Rudiment ihrer banalen Praxis abgekriegt, mit mir als Schluß. Andere von ihnen studierten in L. am Literaturinstitut »Johannes R. Becher«, und sie waren der Auffassung, daß meine Abstraktionen in der Kulturlandschaft der Republik nichts zu suchen hatten, da die Basis dieser Landschaft Wirklichkeit sei, meine Vorstellungen die Wirklichkeit aber auf eine verstellt subversive Art fragwürdig erscheinen ließen. Sie waren dabei, die vom Materialismus abgeleiteten Verbalkonstruktionen, die das Kulturministerium neben anderen an die Wand zu hängen pflegte, zu ihren eigenen zu machen – während ich sie überhaupt nicht objektiv nennen mochte. Sie hatten sich in jeder Beziehung einer Objektivität angepaßt, die von der subjektiven Machthabgier sich für mausoleumsreif haltender Wahrheitsverächter zum Dogma erklärt worden war. Ich hingegen war den Subjektivismen, die man dem Idealismus zur freien Verfügung überlassen hatte, zum Opfer gefallen und hatte sie als objektive Höhenstrukturen zu erkennen geglaubt. Tatsächlich, obwohl ich keine einzige Zeile von ihm kannte, war ich zu einem Opfer *Feuerbachs* geworden, ein Gedanke, der mich manchmal so amüsierte, daß ich in der hohlen Nische meines Speiseschranks schallend lachte... und wirklich entsann er sich, daß er einst eine Prosa geschrieben hatte, in welcher er sich an einer Schülerin gewaltsam verging, zu der er entbrannte, in einem Moment, als sie ihn *Feuerbach* genannt hatte... später, also in den Jahren nach 1961, hatte er aus der ersten Feuerbach-These von Marx geschlossen, daß dadurch, daß der Materialismus – absurderweise – die tätige Seite, den subjektiven Antrieb des Menschenwesens fahrlässig den Idealisten zugeschanzt habe, wodurch letztere das Handeln zwar an sich gerissen, es aber nach idealen Prinzipien zensiert, es nach den Gesichtspunkten religiöser Ethik eingeengt und vor jedwede Idee Glaubensvorschriften verhängt hatten, daß dadurch zu guter Letzt der subjektive Antrieb der tätigen menschlichen Seite aufgelöst und zerstört worden sei. Aber nicht von den Idealisten sei er zerstört worden, denn diese hätten, nach ihren Glaubensartikeln verfahrend, überhaupt nichts anderes tun können, als das Subjektive erneut durch eine idealisierte Objektivität zu binden, wenn sie vor sich selber glaubwürdig bestehen wollten: nein, der Materialismus habe die Subjektivität zerstört, indem er sie preisgab; er mußte sie preisgeben, um den Fetisch seiner objektiven Anschauung, die er als die einzig denkbare verstanden wissen wollte, im Modus jederzeit abrufbarer Beweisbarkeit zu erhalten... daß er dies zu brauchen glaubte, war seine Crux, denn dadurch büßte seine Anschauung ihre dialektische Zweifelsfähigkeit ein: da die Objektivität sich nur dialektisch als solche behaupten kann, war sie in diesem Moment schon zerstört, ohne Praxis blieb der Materialismus reines Anschauungsmaterial, verlor er seine Mehrheit im Bewußtsein seiner Anhänger, seine Objektivität löste sich auf ins Nichts... schließlich kannte der Materialismus nur noch die Objektivität von Gewehrläufen. – Was also, so hieß seine Frage, da sich ihm ein übriges Mal zwei Grundbegriffe zuerst ins Gegenteil verkehrt und sodann aufgelöst hatten – wie er es zuvor schon mit den Termini *Klassenbewußtsein* und *Klassenstandpunkt* hatte geschehen lassen müssen –, was konnte er, in seiner Lage, noch von den erstarrten Kategorien halten, die ihm, da sie es aufgegeben hatten zu beweisen, ihr totes Thesenmaterial in Form von Katechismen vor einer Brandmauer servierten? Er konnte so gut wie nichts mehr davon halten, da er nicht beabsichtigte, konservierender Kurator zu sein, sondern Versuchsschriftsteller, er mußte sie hinabfahren lassen... er mußte einen Willen zur Vorstellung entwickeln, der die entstandene Gottlosigkeit als Uferlosigkeit auffaßte, die Macht der Kulturministerien war für ihn ohne Interesse, es gab an ihren Höfen keine Bedingung, die für ihn erdacht war... und es gab eine Bedingung weniger, wenn er auf die Frauen verzichten konnte, deren Macht er über sich spürte... die Frauen, die sich den Bedingungen der kulturellen Höflichkeit angepaßt hatten, ignorierten oder wußten nicht, daß der namhafteste aus der Reihe ihrer Kulturminister einst seinen Browning in die Fotze einer jungen Prostituierten abgefeuert hatte, eine göttliche Geste, und indem sie sich dort anpaßten, begaben sie sich in die Rolle von Gottesanbeterinnen, in die Rolle von Zeichenanbeterinnen, was ihnen an Wortmaterial zur Verfügung stehen mochte, erstickte in den Kehlen ihrer gebeugten Hälse, versandete in feiger Anwesenheit... sie liebten nicht die Abwesenheit spanischer Lyriker, wenn sie es auch dachten, sie liebten die Anwesenheit spanischer Reiter.

Mit einem Mal war eine eigenartige Ruhe über mich gekommen; vor Mitternacht, als ich aus dem Haus gegangen war, hatte ich vergessen, die Kühlschranktür zu schließen, jetzt schloß ich sie, und es wurde dunkel in der Küche: ich fand mich ausgezeichnet in dem fast leeren Raum zurecht. Die Ruhe, die ich fühlte, war mit jener zu vergleichen, die in der Gefängniszelle über mich gekommen war, kurz bevor ich daselbst, nach langen, wachen Nächten, in meinen ersten Schlaf abgestürzt war, nur erschien sie mir noch intensiver; vielleicht war mir endlich das gelungen, was mir mein erster Zellengefährte angeraten hatte: den Punkt zu erfinden, der meinen Berechnungen zu einem Neubeginn, und damit zu einem Eigenleben, gefehlt hatte: und wirklich, ich hatte den Punkt *erfunden.* Es war eine Erfindung von ernüchternder Simplizität, die ich da gemacht hatte: sie bestand in der Idee, die Person, die ich gewesen war, ab sofort auf andere Art zu ignorieren, als sie bis dato ignoriert worden war. Es mußte eine von der ersteren verschiedene, ihr entgegengesetzte Art sein: ich durfte mein Ich nicht nach den objektiven Gesichtspunkten der Macht in der materialistischen Gesellschaft ignorieren, sondern ich mußte die objektiven Gesichtspunkte der Ignoranz ignorieren und sie durch meine eigenen subjektiven Gesichtspunkte ersetzen. – Dies also, dachte ich, hatte mir Z. zu verstehen geben wollen, als er meinte, er habe sich anstrengen müssen, sich alle Dinge vom Hals zu schaffen, die nicht vorhanden waren... das hieß unbedingt, daß man den objektiven Gegebenheiten, die sich nicht niederstreiten ließen, subjektive Vorstellungen entgegenhalten mußte... und einmal habe er Jura studieren wollen, wie er mir in verächtlichem Ton gestanden hatte... vielleicht war es ihm wenig sinnvoll erschienen, objektive Rechtswege zu studieren, die er danach hätte ignorieren müssen... es sei ihm zu langweilig, nur als Beweis für irgendeine Theorie zu existieren... es konnte sein, daß er jetzt – für den Fall, er war tatsächlich aus dem Gefängnis entlassen – schon längst in der Geschichte lebte, die für ihn, nach dem eigenen Willen, kommen sollte. So hatte er sich ausgedrückt, und es war seltsam genug, daß ich mir, wenn ich mir seine Geschichte vorzustellen versuchte, *meine* Geschichte vorstellte... jedenfalls das, was ich mir davon noch vorstellen konnte. Meine Geschichte, die ich schon viel früher ignoriert hatte, als er sich vorstellen konnte: mir fiel in diesem Zusammenhang ein Traum ein, in welchem ich meinen eigenen jugendlichen Körper, im Alter von zwölf Jahren, gesehen hatte... ich hatte ihn von mir gestoßen, in einen Abgrund gestürzt; im gleichen Alter hatte ich begonnen, in den Geschichten meines Freundes *Waller* zu leben, die ich mir angeeignet hatte... und ich hatte nicht geantwortet, als Waller mich am Abend nach meiner Haftentlassung in den Straßen von M. mit meinem Namen anrief... als habe ich mich nicht angesprochen gefühlt: vielleicht hätte ich geantwortet, wenn er *Bruder Z.* gerufen hätte? – Woher, beim Teufel, wollte ich eigentlich wissen, daß Z.s Freundin Kora als Postbotin beschäftigt sei, ich konnte mich nicht erinnern, daß er es je erwähnt hatte oder daß irgendeiner von Z.s Bekannten – Wasja, Ronni, meine späteren Mithäftlinge – davon gesprochen hatten. Aber dieser Kasus schien für mich festzustehen, als habe man es mir während einer Hypnose eingeflüstert... mein Unterbewußtsein war irgendeiner gespenstigen Indoktrination erlegen... ich konnte mich nur an eine Geschichte erinnern, in der eine Briefträgerin eine Rolle spielte, diese hatte mit der Versendung eines ziemlich illegalen, ziemlich verräterischen Briefs zu tun und endete vor den wilden Küsten des Nördlichen Eismeers, mit Blick auf die Tundren hinter Astrachan... und seitdem suchte ich jede Briefträgerin zu beschwatzen, die mir über den Weg lief. Ich kam auf die Idee, mich an Waller zu wenden... noch besser, mich an Lona zu wenden... und um postlagernde Auskunft darüber zu bitten, ob ein gewisser *Ziegenbein* in ihrer Umgebung aufgetaucht sei... von meiner Mutter hatte ich erfahren, daß in fast allen Betrieben nahe M. Leute eingestellt worden seien, die ein sogenanntes Berlin-Verbot hatten, das heißt, es waren Leute, die, straffällig geworden, bei Gericht Sonderpersonalpapiere erhielten und denen bestimmte Auflagen erteilt wurden, wie tägliche Meldepflicht und Aufenthaltsbeschränkungen, wozu in den meisten Fällen das Verbot gehörte, sich in den zentralen Städten, insbesondere in Berlin, aufzuhalten; es war eine mildere Variante von Verbannung, und folglich hießen zum Beispiel die Braunkohlenabbaugebiete südlich von L. im Jargon jüngerer auf Bewährung Verurteilter *Sibirien*... ich konnte mir ausmalen, wie er durch M. streifte, mit welch angewidertem Gesicht er die Straßen abschätzte und wie er an mich dachte... wie er dort seine himmelschreienden und rührenden Geschichten verbreitete, daß er ein Findling sei, geborgen aus einer Ruine des brennenden Berlin, bei den Pflegeeltern fast Theologe, jedenfalls ein Idealist geworden wäre, mit sechzehn zum ersten Mal wegen Republikflucht in den Knast gegangen sei, was eine ganz gewöhnliche Standardgeschichte aus der Realität war; daß er schon immer an der Richtigkeit seiner Herkunft gezweifelt habe, daß er auch *Zyprian* oder *Zombie* heißen könne, daß er irgendwo noch einen geheimnisvollen Verwandten haben müsse, und nur dieser wisse seinen richtigen Namen. – Ich fragte mich, ob ich etwa dieser geheimnisvolle Verwandte sein sollte, dieser obskure Bruder, dieser *Z. Zwei* oder *Zacharias Zwie*... was für wunderbare Geschichten waren dies doch, die ich mir da ausdachte! Wonach suchte ich eigentlich noch, den Hintern auf der Brettkante, den Rücken an der Wand? Blickte ich nicht immer schon auf diese helle und leere Form vor mir, auf diese rechteckige Form, die für mich die Form der Welt war? Wie alt diese Wellen!

Die Geschichten wiederholten sich, sie stapelten sich, worauf wartete ich noch? Ein ganzer Pappkoffer war voll davon; sorgfältig sortiert und in ihre brauchbaren Nervenstränge zerlegt, hatte ich sie, die phantastische Beute meines phantastischsten Winkelzugs, unter dem Bett meiner Mutter in M. deponiert... vielleicht lagen sie noch dort, Wallers Name war von allen Seiten lückenlos getilgt, es war nicht nötig, mich weiterhin im Vorfeld der Geschichten aufzuhalten.

7 Als ich erwachte, hatte ich noch Marschmusik im Ohr, als sei mir der Lärm und der Jubel großer Kundgebungen oder Aufmärsche in den Traum gedrungen, doch als ich lauschte, war es in dem Zimmer, das sich mit der Dämmerung zu füllen begann, vollkommen still... ich hatte von meinem Koffer geträumt, er war verschwunden oder verwechselt worden; es war eine sehr unangenehme Geschichte: obgleich ich deutlich, überdeutlich fast, erklärt hatte, daß mir der Verlust des Koffers gar nichts bedeute, wollte mir niemand Glauben schenken, und gerade diese meine Äußerung schien das Bekümmern einer großen Anzahl von Menschen um das Schicksal meines Koffers, das Geschrei über seinen Verlust und die Anstrengungen, ihn wiederzufinden, gegen die all meine Einsprüche nichts fruchteten, zu verdoppeln; der Verlust des mir völlig gleichgültigen Koffers hatte zur Folge, daß irgendwelche Bedienstete von ihren Vorgesetzten schneidende Anweisungen erhielten, vor ihnen strammstanden und, in mir unverständlichen Sprachen, offensichtlich furchtbar niedergekanzelt wurden, so daß ich mich veranlaßt sah, ihnen nachzueilen, um sie zu trösten oder zu beruhigen, aber natürlich verstanden auch die Gerügten mich nicht, sie fühlten sich durch meine Worte eher noch heftiger angeklagt oder zu noch dringenderen Bemühungen angetrieben... dabei hatte ich, viel zu spät fiel es mir ein, einen schwarzen Koffer, der dem meinen ähnlich sah, längst von Bord fallen sehen, und zwar, wenn ich mich richtig entsann, infolge eines wütenden Fußtritts des Kapitäns, der nun mit der lautesten Stimme Befehle erteilte. Nutzlos, daß ich in Richtung der Schraubenwelle am Heck deutete, deren Wirbel den kleinen Behälter noch einmal an die Oberfläche gespült hatten, ehe er, schräg davontreibend, schnell versank. – Allem Anschein nach also war die Musik von Schiffen gekommen, die in gemächlicher Fahrt auf der

Reede kreuzten, Blaskapellen spielten auf den Decks, und durch die verwaschenen Klänge riefen von Zeit zu Zeit die langgezogenen Heultöne von Signalhörnern. Aber das Fest der Einfahrt in den Hafen fand nicht statt, die Schiffe waren vom Land durch eine riesige Nebelwand getrennt; während sie draußen durch Sonnenschein und Meeresbläue unter hellem Himmel fuhren, herrschten in der Stadt Düsternis und Nässe. – Das Schuldbewußtsein wegen meines vergessenen Koffers ließ mich nicht mehr los, auf eine schwerfällige Weise fühlte ich mich mehr als ausgeschlafen, völlig wach und dennoch nicht ganz bei mir, daß ich mich unwillig von den Decken befreite und mir sofort, noch auf der Bettkante sitzend, eine Zigarette ansteckte. Wie lange hatte ich geschlafen? Ich fragte es mich, als mir ein ähnlicher Zustand von Desorientierung und Haltlosigkeit einfiel, den ich verspürt hatte, nachdem ich in der U.-Haft zum ersten Mal aus dem Schlaf erwacht war und es für möglich gehalten hatte, mehrere Tage durchgeschlafen zu haben. Auch jetzt erschien mir dies möglich, denn die Frage nach meinen Erinnerungen an den Tag zuvor blieb mir gänzlich unbeantwortbar.

Nach dem Frühstück war es völlig dunkel geworden... es war also Abend, ich war nicht, wie ich zuerst gehofft hatte, in der Morgendämmerung erwacht. – Natürlich war es mir klar, woran mich die Bruchstücke meines Traums erinnerten: vor Jahren schon hatte ich den Anfang des »Verschollenen« von Kafka gelesen und ich hatte auch seine Äußerungen über dieses Buch im Kopf, eine *Koffergeschichte*, so drückte er sich aus, wie er sie für ganz unannehmbar hielt. Doch mich hatte gerade dies gereizt, und vielleicht hatte ich an die Inszenierung einer solchen Geschichte gedacht, als ich meinen Koffer auf dem Ostbahnhof zurückließ und lange – ohne wirkliche Anstalten, ihn mir zu holen – in der F. Straße saß und voller Spannung zu beobachten schien, in welche Strudel er geriet, nach welchen Wirrnissen er wieder auftauchen würde. Ich hatte den Koffer sofort eingeschlossen, als ich aus dem Zug gestiegen war, und wer mir dabei zugeschaut hätte, dem mußte ich sofort *verdächtig* vorkommen: doch ich hatte mich sorgsam vergewissert, ob ich unbeobachtet geblieben war... was meiner

Furcht vor den Blicken von Wasja oder Ronni zuzuschreiben war, die, ich wußte nicht den Grund dieses Gedankens, den Eindruck haben sollten, mein Aufenthalt in Berlin währe schon länger, als es wirklich der Fall war: weshalb wünschte ich dies, fragte ich mich, ließ aber im gleichen Augenblick den Gedankenstrang wieder fallen... oder es sollte so aussehen, als habe ich den Koffer schon zu einem früheren Zeitpunkt in Berlin deponiert: wollte ich vorspiegeln, ich sei früher schon einmal in Berlin gewesen, die Metropole sei mir bei weitem nicht so fremd und neu, wie es der Wahrheit entsprach; oder war es, daß ich die Absicht hatte, den Zeitpunkt meiner wirklichen Ankunft in Berlin zu verschleiern? Eine andere Geschichte, die sich aus meinem Manöver ergeben konnte, war eine Folge des Umstandes, daß die Gepäckfächer, deren Schlüssel vakant waren, irgendwann von der Verwaltung geöffnet wurden, und eine Folge der Möglichkeit, daß sich unter dem Inhalt meines Koffers wirklich mein Kesselwärterzeugnis fand, mit dessen Hilfe sich meine alte Adresse in M., die Adresse meiner Mutter, ermitteln ließ. Daraus resultierte, daß mir irgendeine Nachricht von meiner Mutter, die Auffindung des Koffers betreffend, nicht ausgeliefert worden war, daß sie nicht unter meinen postlagernden Sendungen gewesen war, daß man sie vielleicht zurückhielt, daß man vielleicht noch mehr Post an mich zurückhielt... zwar ist es Wahn, doch hat es auch Methode, zitierte ich ein Zitat aus meinem Gedächtnis: die Sicherheit, C. zu sein, garantierte mir die Möglichkeit, Z. zu sein... oder war es umgekehrt: garantierte mir die Möglichkeit, Z. zu sein, mein Leben als C. in Ruhe hinzubringen? Wenn letzteres der Fall war, dann hatte sich mein Leben noch nicht grundlegend geändert, dann hatte ich es aus M. einfach nach Berlin transportiert, und es hatten sich vielleicht nur einige Irritationen, die daraus resultierten, verschärft. Manchmal unterlag ich dem Eindruck, noch immer in der weitgehend ungeklärten Situation zu stecken, in die ich durch die mir widerfahrenen Vernehmungen zu meinem Fall in M. geraten war. Natürlich hatten die Vernehmungen kein Ende, kein Ergebnis gehabt, sie waren irgendwann aus mir undurchsichtigen Gründen einfach abgerissen, sie waren, so meinte ich, an einer Stelle abgerissen, an der deutlich wurde, daß meine literarische Existenz immer mehr zu ihrem Gegenstand geworden war, und ich wußte noch immer nicht, ob diese Existenz nicht ihr eigentlicher Gegenstand hatte werden sollen. Es hatte in den letzten beiden Jahren Überlegungen in mir gegeben, die es für möglich hielten, daß ich mir den Abbruch der Vernehmungen als einen Sieg zugute halten konnte: es war nicht so einfach, sagte ich mir dann, meine Person mit den objektiven Gesichtspunkten zu orten und festzulegen, die der Sichtweise der Gesellschaft und ihrer Gesetzeshüter zur Verfügung standen und die letztere dazu benutzten, sich ein sehr banales Abziehbild des Lebens anzufertigen, dessen Sinn die Ignoranz war. Jene Gestalt, um die es während der Vernehmungen gegangen war und die dann verwirrt und ohne weitere Vernehmungen mit sich allein zurückgelassen worden war, während das banale Objektivieren der Gesetzeshüter stur weiterging, war eigentlich ein Ergebnis von Ignoranz, und der Name des Handelns der Gesellschaft an dieser Gestalt hieß deutlich und umfassend *Ignoranz*, die Vernehmungen selbst hatten lediglich das ihnen eigene Wesen an den Tag fördern sollen, und ihr Wesensgrund hieß *Ignoranz*. Und ich mußte feststellen, daß ich mit diesem Ergebnis noch immer umging, daß es mich erschüttert und geprägt hatte, ja daß es mir zu einem Muster des Umgangs mit mir selbst geworden war. Dieses Muster war es, das meine Geschichten verhinderte, die Ignoranz war in mich gefahren und verhinderte die Wahrnehmung meines Lebens, und zeitweilig war ich mit diesem Zustand sogar zufrieden, denn mit Sicherheit diente die Ignoranz auch der Geheimhaltung meiner zweiten Existenz, sie schien im Netz ihrer Praktiken sogar eine gewichtige Rolle zu spielen: in einigen spezifischen Momenten war die Ignoranz mit der Geheimhaltung identisch... und sie war übrigens nur noch mit einer Ignoranz vergleichbar, die der Spiegel jener Frage war, die mir die Frauen im Zirkel gestellt hatten: die Frage nach meinem Wissen darum, was die Liebe sei. – Es war eine Frage, die sich an die Objektivität wendete und die deshalb von mir nicht zu beantworten war: sie zielte darauf ab zu unterstellen, daß mein Versagen vor dieser Antwort deckungsgleich sei mit meinem Versagen vor der Liebe. Und diese Art der Fragestellung unterstellte also, daß Antwortlosigkeit dasselbe sei wie Verantwortungslosigkeit; es mußte so sein, denn die Objektivität lehrte, daß Liebe gleich Verantwortung sei und Lieblosigkeit gleich Verantwortungslosigkeit. Demnach zielte diese Art des Fragens auf meine Entwurzelung ab, ihr Ziel war, mich zu kriminalisieren ... die Vernehmung hatte ihr Ziel erreicht.

Ich dachte daran, den Zustand von Ignoranz, in dem ich mich befand, in dem ich seither unbeweglich verharrte, aufzulösen mit dem Mittel, daß ich meine Vernehmung noch einmal aufnahm ... daß ich es noch einmal auf mich nahm, vernommen zu werden: daß ich sie fortsetzte oder wieder von vorn begann: und zwar in Form einer *Selbstvernehmung*. Und ich war entschlossen, sogleich damit anzufangen.

Eine Anzahl von Überstunden gestattete mir, die Frühschicht am Freitag nach dem 1. Mai abzufeiern ... leider hatte ich es im Betrieb nicht bekanntgegeben, ich wäre damit auf Widerstand gestoßen, da man es im Meisterbüro nur ungern sah, wenn die Frühschicht nicht vollzählig besetzt war. Am Sonnabend und Sonntag hatte ich im Sinn unseres fortlaufenden Schichtzyklus meine Freizeit, damit sicherte ich mir – den 1. Mai eingerechnet, der laut Beschluß in diesem Jahr auch für die Beschäftigten in der Wäscherei ein Feiertag bleiben mußte, trotz der notorischen Planschulden; somit hatten die Heizer an diesem Tag nur die Warmwasserversorgung zu übernehmen – bis zu meiner ersten Nachtschicht am Montagabend fast einen kleinen Urlaub, wenn ich nun auch eine leichte Ungerechtigkeit bei der Verteilung der freien Tage ins Spiel brachte. Aber ich absolvierte meine Schichten in der Regel mit dem Brigadier zusammen, einem ehemaligen Schiffsheizer, mit dem ich gut auskam: wir pflegten uns gewöhnlich keine Steine in den Weg zu legen, wenn wir überraschend einen Tag abfeiern wollten, wozu wir beide häufigen Grund zu haben schienen: er, weil er Besitzer eines Motorboots war, zu dessen Nutzung er nicht kam; ich, weil ich Besitzer literarischer Ideen war, zu deren Nutzung ich nicht kam ... ich war am Freitag so spät erwacht, daß ich nur noch Erstaunen erregte, als ich, von einer Telefonzelle unweit der F. Straße aus, noch anrief, ob auf der Arbeit alles in Ordnung sei. Dann hätte man mich nicht bis jetzt pennen lassen, erhielt ich zur Antwort, jetzt, wo jeden Moment schon die nächste Schicht ankommen müsse. Immerhin konnte ich mir zugute halten, daß es in dem Vierteljahr, in dem ich in der Wäscherei beschäftigt war, mit meiner Pünktlichkeit in der Frühschicht sehr viel besser klappte als noch vor Jahren in M.: unter anderem schob ich auch dies auf gewisse Auswechslungen meiner inneren Lage. Jedenfalls verschlief ich nicht mehr täglich, dies gehörte der Vergangenheit an, und es war eine Geschichte für sich... mit diesen und ähnlichen Gedanken, die erleichternd waren, trieb ich mich in den kleinen Straßen hinter der G.Straße herum, in einigen Kneipen trank ich einen Kaffee oder ein Bier, immer dann, wenn es nach Regen aussah und schon die ersten Tropfen fielen. Aber weder Regen noch Sonne setzten sich durch, eigentlich herrschte noch immer typisches Aprilwetter, und manchmal schien der Wind auch vereinzelte Schneeflocken durch die grauen Straßen zu wirbeln. Ich wollte schon zurück zur Allee, um von der Speisegaststätte aus nach dem schmalen Weg zu suchen, auf den ich in jener Nacht gestoßen war, in der ich die Speisegaststätte durch das Hoftor verlassen hatte. Doch endlich war meine Streunerei erfolgreich, ich sah eine Reihe von Pappeln, dahinter Bäume, die immer dichter zu werden schienen, Gärten tauchten auf, häßlich kahle, armselige Gärten, einige davon schienen Lagerstätten allen nur denkbaren Sperrmülls zu sein, plötzlich Hekken, intakte Zaunfelder zwischen gemauerten Pfeilern, es war ein großes Grundstück, von dem sich der Abfall fernhielt. Ich sah ein sehr außergewöhnliches Haus in dem Anwesen, für das die Bezeichnung *Eigenheim* wie eine Geringschätzung geklungen hätte, dann stand ich vor einer Toreinfahrt und las auf einem blitzenden Schild, dessen Material ich, obwohl es natürlich Messing war, fast für Gold gehalten hätte: *Dr. E. Geiz, Anwalt, Mitglied des Kollegiums der Rechtsanwälte...*; dunkel glaubte ich, den Namen schon gehört zu haben – abgesehen davon, daß der Name nicht gerade zum Vergessen einlud: der Mann mußte einer gewissen Kategorie von Anwälten angehören, die in dem Ruf standen, sich in Einvernehmen mit

der Regierung mit besonderen Rechtsfällen zu beschäftigen.
– Als ich auf den Klingelknopf neben dem Messingschild gedrückt hatte – ich mußte es mehrmals tun, und während meines Wartens stellte ich mir vor, ich werde durch ein Opernglas einer Musterung unterzogen –, kam eine Bedienstete, von einem Hund begleitet, vorsichtig heran und versuchte, mich schon am Zaun abzuweisen. Normalerweise wurde das Gartentor durch einen Knopfdruck im Innern des Hauses geöffnet, und ich fragte mich, was es bedeuten konnte, daß die Frau vorgeschickt worden war: entweder kam sie in einer Funktion zusätzlicher Abschottung oder es gab ein Anzeichen von Interesse, aufgrund dessen ich näher in Augenschein genommen werden mußte. – Ich komme von Herrn Ziegenbein, sagte ich; ich sagte es mehr in Monologform und war gewiß, nur auf Kopfschütteln zu stoßen. – Das kann nicht sein! sagte die Frau. – Doch, sagte ich, ich komme soeben aus der F. Straße Nummer siebenundzwanzig... – Herr Dr. Geiz kann Sie nicht empfangen, aber Sie können mir Ihre Fragen stellen, ich bin *Frau* Dr. Geiz, sagte sie. Aber Sie müssen mir Ihren Ausweis vorlegen! Ich hatte den Ausweis nicht bei mir, suchte aber in allen Manteltaschen nach ihm, bis wir – ohne den offenbar harmlosen Hund – das Haus betreten hatten; in der Diele wurde mir ein Platz angeboten, und eine Glastür schloß sich hinter der Frau. Soeben wollte ich damit beginnen, mir die Einrichtung der Diele einzuprägen – es mußte eine mir für gewöhnlich unzugängliche Einrichtung sein; sie gesehen zu haben, konnte mir vielleicht nützlich sein, wenn ich einmal in die Verlegenheit kam, eine solche Einrichtung beschreiben zu müssen; die Unkenntnis des sogenannten Lokalkolorits jener Kaste, die einige Stufen über mir begann, war ein schweres Defizit für meine Glaubwürdigkeit –, als sich eine zweite Glastür öffnete und der Rechtsanwalt, mit dem ich in der Haftanstalt in L. eine so kurze wie unangenehme Bekanntschaft gemacht hatte, seine noch unverändert hochmütigen Blicke auf mich heftete. – Sie sind also doch nach Berlin gekommen, sagte er, obwohl es Ihnen mein Bruder nicht gerade empfohlen hat! – Ihr Bruder? sagte ich verwirrt – offenbar gab es keine Chance davonzukommen, ohne verwirrt zu werden – und er-

hob mich höflich. Sie haben es mir auch nicht gerade empfohlen! Aber das Angebot Ihres Mandanten war zu verlockend, wer findet schon so leicht eine Wohnung in Berlin? – Treten Sie näher, sagte er, und wir gingen in ein kleines papierverstopftes Arbeitszimmer. Das ist nicht mein Arbeitsraum! Ich wußte nicht, ob er es als Entschuldigung dafür sagte, daß ich keinen Sitzplatz fand; und er machte keinen Versuch, mir einen Platz anzuweisen. Vielleicht aber sollte ich wissen, daß ich noch längst nicht wirklich bis zu ihm durchgedrungen sei. Irgendwann später sollte seine Frau hereinkommen und mahnend sagen: Erhard... ich muß dich erinnern, daß immer noch Herr... bei dir im Zimmer wartet! Den Namen glaubte ich nicht zu verstehen, und ich hielt das Ganze für ein abgesprochenes Manöver, das meinem Hiersein ein Ende setzen sollte. – Erst jetzt bemerkte ich, daß er offenbar älter war, als ich im Gefängnis geglaubt hatte – er trug einen dunkelgrauen Anzug, ein hellblaues Hemd und einen dunkelroten Schlips, dunkelrote Samtpantoffeln vervollständigten die originelle Garderobe –, und als habe er die Richtung meiner Gedanken erraten, sagte er: Damals hatten wir wohl noch genug jugendlichen Leichtsinn und dachten, wir könnten uns über alles hinwegsetzen... und das meiste unausgesprochen lassen... und trotzdem... – Wir haben über gar nichts gesprochen! sagte ich ihm meine Ansicht, was ich für einen ziemlichen Vorstoß hielt. – Und Sie meinen, das wollen wir heute nachholen? – Nicht unbedingt, sagte ich. Was mich weiterbringen würde, wäre schlicht die Antwort auf die Frage, wann Ihr Mandant aus dem Gefängnis kommt. Aber die Antwort werden Sie mir natürlich wieder nicht geben wollen? – Es gibt Vorsichten, die uns zwingen, nicht darüber zu sprechen. – Gut... was sind das für Vorsichten? Ich würde sie natürlich einhalten, ich habe ein ziemlich belangloses, verständliches Interesse... – Sie haben ein Interesse zu erfahren, wie lange Sie noch in der Wohnung bleiben können. Ich kann Sie beruhigen, Sie wohnen nicht in der Wohnung meines Mandanten. – Nicht in seiner Wohnung? Was soll das bedeuten? – Es ist nicht seine Wohnung, das bedeutet es... er wohnt überhaupt nicht in Berlin. Glauben Sie, es gäbe nicht genug Untersuchungshaftanstalten in Berlin?

– Darüber habe ich mich schon immer gewundert. Ist es einer von den Fällen, die man Berlin-Verbot nennt? Aber wie kommt er dazu, mir diese Wohnung als seine zu vermitteln? – Das hat er bestimmt nicht getan! Übrigens haben Sie recht, leider hat er den sogenannten achtundvierziger Paragraph und die Auflage, Berlin nicht zu betreten. – Und Sie wissen natürlich, daß er sich nicht daran hält! – Dazu von mir kein Wort! Ich weiß, daß es einige Leute gibt, die ihm das gerne nachweisen würden. – Ich gehöre nicht zu denen! – Das würde mir jeder von denen auch sagen... ein Motiv hätten Sie: die Wohnung! – Aber Sie sagten doch, es ist nicht seine... – Das sage ich immer noch... – Und ich glaube es nicht, ich habe ein Bild seiner Verlobten in der Wohnung gefunden! – Ach, wissen Sie... es gab für meinen Mandanten viele Bekanntschaften, die gleich wie Verlobungen aussahen. Was ist schon eine Verlobung? Es ist, glaube ich, seine Art, sehr schnell das Besondere zu sehen und es dauernd zu suchen, es ist ein Teil seiner Labilität... und so etwas wird ausgenutzt. – Ich meine eine bestimmte Verlobte, Kora mit Namen... – So etwas wird ausgenutzt... ja! Er hatte viele sogenannte Freunde und Freundinnen, von denen ich ihm am liebsten abgeraten hätte, viel zu viele, die voller Ungeduld steckten... und stecken, es ist ein müßiges Thema. – Kannten Sie diese sogenannten Freunde, wer, zum Beispiel, ist... oder war diese Kora? – Notgedrungen... notgedrungen kannte ich diese sogenannten Freunde. Und irgendwann dachte ich, Sie gehörten auch dazu... Sie wären der nächste dieser Freunde, den ich notgedrungen kennenlernen müßte, dachte ich. Und nun habe ich Sie kennengelernt. Ihre Anklage war typisch, so typisch, daß ich zu wissen glaubte, weshalb ich Sie kennenlernen sollte. – Sie verteidigen Leute, deren Delikte etwas... politisch wirken? Haben Sie Ziegenbeins sogenannte Freunde auch verteidigt, die Wasja und Ronni gerufen werden? Ich denke, die beiden sind einfach billige Gangster... – Nein, dieses Angebot hat mir mein Mandant nicht gemacht, so dumm war er nicht. – Und Kora? Was hat Kora mit der ganzen Geschichte zu tun... kannten Sie überhaupt diese Kora? – Was wollen Sie eigentlich von mir wissen? Sie wissen doch nun, daß Sie in der Wohnung bleiben können, Ziegenbein, wie Sie ihn nennen, wird nicht nach Berlin kommen. – Warum hatten Sie mir meinen, zugegeben, idiotischen Witz in L. im Knast so übelgenommen? Sie wissen, was ich meine, das sogenannte Buchstabenrätsel... welchen Verdacht mußten Sie damals von mir ablenken? Wer war es, oder wer ist es, als den ich mich ausgegeben haben soll? Ich versichere Ihnen, ich wußte wirklich nichts, ich dachte mir gar nichts dabei. Ganz konkret gefragt, gibt es jemanden, der Zacharias Zwie heißt?

Er saß etwas gebeugt am Schreibtisch – ich konnte nicht genau ausmachen, ob er in einer Art Sprungbereitschaft saß oder in sich zusammengesunken war –, hatte einen Ellenbogen zwischen die Papierstöße auf der Tischplatte geschoben und stützte sich den Kopf, indem er sich die Hand flach über den Mund legte. Seine Augen starrten mich prüfend an, und er schwieg. – Sie sind Schriftsteller, nicht wahr? sagte er nach einer Weile, und seine Stimme erschien mir lauernd. – Das wissen Sie doch, erwiderte ich. Ohne die Hand vom Mund zu nehmen – als zögere er, seinen Worten freien Lauf zu lassen –, sprach er: Dann kennen Sie vielleicht die Meinung, die gar nicht so selten ist... man muß sie nicht teilen, aber sie ist ziemlich verbreitet, diese Meinung... daß es für einen wirklich guten Schriftsteller besser wäre, er bliebe nicht hier. Die meisten, die wirklich etwas bedeuten, gehen übrigens, das muß einem doch auffallen. Sie wissen, was ich meine, es sind die meisten, es ist ein Trend, könnte man denken... – Jeder soll machen, was er will... soll machen können, was er will, sagte ich reserviert. – Einverstanden... ob Sie es mir glauben oder nicht, einverstanden! Aber es sieht fast so aus, als ob der Ruf von denen, die hier bleiben, immer schlechter wird. – Das könnte sich ändern. Ich meine, das könnte eines Tages genau umgekehrt sein. – Mag sein... gut, das fragt sich... aber die meisten, die dableiben, können sowieso ins Ausland, ins westliche Ausland, versteht sich. Für diese stehen die Fragen, könnte ich mir denken, natürlich ganz anders als für Sie, wenn Sie hierbleiben müssen. Es würde mich interessieren, ob Sie in dieser Frage kein bißchen an sich selbst denken. Sie wollen doch ein guter Schriftsteller sein, und mit dem entsprechenden Ruf dann auch? – Früher waren Sie der Meinung, ich sei ein Nichts... – Was ich persönlich denke, spielte damals... und jetzt auch nicht... gar keine Rolle. Ich will über diese Fragen objektiv nachdenken. – Sie können objektiv darüber nachdenken, aber ich kann es nur subjektiv. Die Objektivität steht mir dabei im Weg. – Gut... aber wenn Sie mit mir darüber reden wollen, dann geht es nur, wenn Sie mir Ihre subjektive Ansicht sagen... über die Dinge, die Sie da angeschnitten haben. Und ich denke dann über die objektiven Chancen nach... – Aber Sie waren es, der mich danach ausgefragt hat... hierbleiben oder nicht... Sie wollten mit mir darüber reden! – Das würde ich nie! sagte er kopfschüttelnd. Sie müssen einfach Stimmen hören, Sie sind tatsächlich wie mein Bruder, der hat auch solche Anwandlungen. Aber Scherz beiseite, ich weiß immer noch nicht, warum Sie mir meine Zeit stehlen. – Sie werden lachen..., begann ich, Sie werden lachen, wenn ich sage, daß mich meine Vernehmungen nicht befriedigt haben... – Kein Wunder! – Sie haben mich nicht befriedigt, und nun will ich sie fortsetzen... so verrückt das klingt. Ich fühle mich im Stich gelassen, es gibt fast keine Fragen, die beantwortet sind... ich selber brauchte eigentlich fast gar nicht zu antworten. Doch die Fragen sind mir trotzdem geblieben... – Sie sind ein verantwortungsvoller Staatsbürger, das nenn ich mir einen Glücksfall..., sagte er und nahm die Hand vom Mund; ich glaubte zu sehen, daß er mit dem Spott seine Ratlosigkeit überspielte. – Vor der Staatsmacht sollte man lieber diesen Eindruck machen, sagte ich und sah, wie er sich verfinsterte. Ich hatte die Hoffnung, auf einen hübschen Trick zu verfallen, indem ich fortfuhr: Ich kann mich tatsächlich an das Kauderwelsch meiner Verhöre gar nicht mehr genau erinnern... irgendein Zacharias Zwie tauchte aus heiterem Himmel auf. Ich hätte die Frage gern wahrheitsgetreu beantwortet, ob ich ihn kenne, was ich mit ihm zu tun habe, auch mir hätte ich das gern beantwortet, aber leider... – Der wäre eine Nummer zu groß für Sie! Der wäre ein paar Nummern zu groß für Sie, und er hat, das sag ich Ihnen noch einmal, nicht die geringste Ähnlichkeit mit Ihnen. Den lassen Sie bloß aus dem Spiel... sich von dem helfen zu lassen, ist für Sie zu teuer...

oder es kommt Ihnen teuer zu stehen, je nachdem... es kann Ihnen schon teuer zu stehen kommen, wenn Sie ihn bloß erwähnen. Also, er ist eine Figur, die für Sie gar nicht existiert! Merken Sie sich das gut, er existiert nicht, er ist eine Legende. Niemand hat ihn gesehen, niemand hat je was von ihm gehört, er hat mit niemand Ähnlichkeit, er existiert nicht. Und wird deshalb auch nicht erwähnt. Ihn bloß zu erwähnen, das kann sehr teuer werden... – Und Sie, Sie kennen ihn auch nicht? – Ich sage es doch... hören Sie denn schwer... daß er überhaupt nicht existiert, und von einem Nichts lasse ich mir nicht ins Handwerk pfuschen. Das sollten Sie auch nicht. – Aber einige Knastbrüder... ein gewisser Wasja zum Beispiel, oder ein Ronni, die kennen ihn offenbar doch? – Diese Namen hörte ich doch schon mal! Nein, die kenne ich auch nicht, man kann sich doch nicht mit jedem... abgeben. Aber lassen wir das, diese Namen existieren wahrscheinlich genausowenig wie der andere... Zwie oder Zwei, wie soll er doch heißen? Mir alles völlig unbekannt... – Sie bringen da etwas durcheinander, ich will nicht wissen, ob die Namen existieren, sondern ob die Leute mit diesen Namen existieren! – Namen oder Leute, was für ein Durcheinander das alles. Es gibt sie nicht, das ist alles. Und Sie sollen nicht reden von Sachen, die es nicht gibt! – Es wäre mir selber das liebste, wenn ich wüßte, ich phantasiere nur... – Ist ja ihr Hobby... oder ihre Profession, wie soll man das nennen? – Sujet! – Sujet? Das Sujet stand am Büfett und hatte kein Budget... auch gut, nicht? Zur Sache! Wenn Ronja und Wassi, so ähnlich war es doch, von dem anderen, wie hieß er doch noch, was wüßten, dann wären die entweder längst wieder hinter Gittern, und diesmal wirklich echt, oder sie wären schon Obergefreite, oder wie man sie in ihrer Firma nennen würde. Genügt Ihnen das...? – Natürlich nicht... dann werde ich die beiden Ganoven selber danach fragen! – Ach... gut, wie Sie wollen, dann ist unser Gespräch ab jetzt beendet... es hat nie stattgefunden! – Sie haben mir die Fragen noch nicht beantwortet, ob Sie eine gewisse Kora L. kennen... – Beendet, hab ich gesagt! Schluß, aus! Ich hab Sie nie gesehen, basta! – Auch in der U.-Haft nicht? – Zum letzten Mal... machen Sie keinen Blödsinn, gehen Sie nicht mit diesem Phantasienamen hausieren, sonst wird es gefährlich für Sie. Wenn Sie sich aber die andere Möglichkeit durch den Kopf gehen lassen haben... den Ruf als Schriftsteller... hörst du mein heimliches Rufen... dann klingeln Sie nochmal hier. Für Sie wäre es das beste, Sie wären fort! Aber ich hab Ihnen gar nichts zu sagen, und ich habs auch nicht gesagt. Klingeln Sie, und wenn meine Frau aufmacht, sagen Sie, der Ziegenbein schickt Sie. Dann weiß ich, wie die Dinge liegen... aber nur dann... alles andere schlagen Sie sich bloß aus dem Kopf!

Seine Frau kam wie auf ein Stichwort, es klopfte leise, und mit geheuchelt vorwurfsvoller Miene steckte sie den Kopf herein: Erhard! Doktorchen...! Du hast wohl völlig verbummelt, daß der Herr Dreier noch drüben auf dich wartet? – Er unterhält sich immer ganz gern mit so handfesten Berufen wie Sie..., dieser Satz ging auf mich, und ich spürte Schweiß in der Fläche meiner Hand, die ich ihr zum Abschied darbieten mußte.

Er geleitete mich hinaus: es hatte draußen zu regnen begonnen... wo sonst? – Mein Mantel hält das aus, sagte ich, als er mir leihweise einen Schirm anbot. – Dann hätten Sie einen Grund, nochmal zu kommen! – Danke, ich müßte wissen, daß es Zweck hat. In den Westen will ich nicht, vorläufig nicht... genauer, nicht bevor ich meine Fragen in dieser Geschichte aufgeklärt habe. Sie würde mir drüben garantiert in die Binsen gehen, die Geschichte... – Sie würden wohl alles, was wirklich das Leben ist, in die Binsen gehen lassen wegen Ihrer Geschichte? – Nicht bevor ich weiß, was ich mit dieser verdammten Kora zu tun habe. Mir war plötzlich der Verdacht gekommen, er habe, wenn auch verdeckt, ziemliche Überredungskünste darauf verwendet, mich zum Verschwinden aus diesem Staat zu bewegen. Es war in seinen Worten fast ein Angebot an mich gewesen... freilich wußte ich, daß eine bestimmte, abgehobene Gruppe von Anwälten damit beschäftigt war, schwierige Übersiedlungsfragen in *beiderseitigem Einvernehmen* zu regeln – mein letzter Vorstoß enthielt beinahe das Versprechen, meinen Weggang ins Auge zu fassen, falls er seinen Widerstand aufgäbe, mir etwas über Kora L. zu sagen;

ich hätte beschworen, daß er mehr über sie wisse, als er zugab. – Wenn Ihre Geschichte mit dieser Frau steht und fällt, dann lassen Sie doch einfach Ihre Phantasie spielen. Mir zum Beispiel würde dabei einfallen, daß man da drüben vielleicht mehr über diese Frau erfahren könnte als hier. – Warum, weil sie drüben ist? – Wäre das nicht eine Geschichte, die Sie endlich aus Ihrem engen Zirkel rauslöst?

Als ich schweigend in den immer heftigeren Regen blickte, fragte er: Haben Sie darüber nicht mit meinem Bruder gesprochen? – Bruder? sagte ich. Ich höre immer Bruder! – Wußten Sie wirklich nicht, daß *Ziegenbein* mein Bruder ist?

Ich schüttelte den Kopf und starrte ihn an. Er spannte den Regenschirm auf und hielt ihn mir hin; der Schirm verdeckte seinen Oberkörper, und ich konnte ihm nicht ins Gesicht sehen. – Danke, sagte ich, den bringe ich Ihnen wieder her! Als ich zum Gartentor ging, hörte ich nichts als das wilde Trommeln der Schauer auf dem gewölbten Stoff über mir, das mich mit einer anästhesierenden Glocke von Benommenheit zu umgeben schien, das Gartentor öffnete sich automatisch.

Auf dem Weg zu meiner Wohnung – der Regen wurde immer heftiger – verspürte ich keine rechte Lust mehr, mit meiner großangekündigten Selbstbefragung zu beginnen, und ich wußte, woran es lag. Ich konnte mir die Enttäuschung darüber nicht verhehlen, daß Kora im Westen war, in Westberlin, in Westdeutschland, ganz gleich wo... hingen damit vielleicht die sonderbar kindischen Ideen Bruder Z.s zusammen, der sich vorstellte, ein Spanier, ein Amerikaner zu sein? Welch langweilige, öde Lückenlosigkeit erkannte ich doch, wenn ich auf meine Geschichte blickte: der geheimnisvolle Verwandte Z.s war ein Rechtsanwalt namens Erhard Geiz – also ein Anpasser und Anpassender par excellence und von Berufs wegen, dem die Trivialität der Verhältnisse ein Reihenheim von vorgetäuschter Außergewöhnlichkeit inmitten der abschüssigen Ausläufer Restberlins eingebracht hatte –, den ich schon aus der U.-Haft kannte; nur die Versippung der beiden Brüder mit den verschieden angenommenen Namen hatte es ermöglicht, daß ich einem Rechtsanwalt vorgestellt werden konnte... dessen Wohlwollen mir gegenüber plötzlich nur einer auf den ersten Blick seltsamen Verpflichtung dem Bruder gegenüber zu verdanken war, die sich wahrscheinlich ebenso belang- und lückenlos erklären ließ. – Nun also war Kora – die Erträumte, die Unerreichbare, die Unvorstellbare, die mir durch die Nächte geisterte, in denen ich nicht ganz bei mir war – abwesend allein dadurch, daß eine finstere, determinierende, mörderische Mauer zwischen uns stand, eine Tatsache aus Beton... eine *Realität* – wie der banale Name der Macht lautete, in ihrem Bestreben nach dem allgemeinsten Nenner für jede Wirklichkeit, das mir wie ein Überbleibsel mittelalterlicher Denkformen vorkam... der Gottesbeweis, den sich der Materialismus erbracht hatte. – Aus der Traum... es wäre mir als der Gipfel der Blasiertheit erschienen, das Rätsel meiner Geschichte mit einer solchen Auflösung enden zu lassen.

Da der Regen immer mehr zunahm, zog ich mir den Schirm dichter über den Kopf, schlug mir den Mantelkragen hoch und rannte, jetzt beinahe ohne Sichtmöglichkeit, durch die Straßen, in die sich wahre Fluten graugelb sprühenden Wassers ergossen, gegen die auch der Schirm bald nichts mehr ausrichtete. Wieder unterlag ich dem Eindruck einer Entwürdigung, der Himmel schien, eigens mich zu treffen, sein Element herabzuschütten... um es mir zu zeigen! Keine Menschenseele außer mir, nichts von Bewegung, war noch zwischen den Häusern, die hinter lückenlosen Wasservorhängen nur Schemen waren. Erst als ich bis über das Schuhwerk durch Überflutungen stampfte, deren Untergrund breiig und schlammig war, bemerkte ich, daß ich durch den ungepflasterten schmalen Durchgang zwischen Gebüsch, Hofmauern und abgesoffenen Wäscheplätzen stürzte, der direkt auf die F. Straße ging... ich überquerte die F. Straße, ein Bach, dessen Wasser auf die Allee zuschossen, und rettete mich, den sinnlosen Schirm nur noch mitschleifend, weil er nicht mir gehörte, vollkommen erniedrigt aus dem Gewitter, durch das jetzt der erste Donner rollte, in den Hauseingang, wo in Strömen von mir ablaufendes Wasser klatschend widerhallte. Geschlossenen Auges wartete ich eine Minute, bis sich das Träufen mäßigte, dann schlurfte ich aufgelöst und aufgeweicht zur Wohnungstür, im Spülicht der Manteltaschen, die sich in triefende

Wassersäcke verwandelt hatten, nach dem Wohnungsschlüssel tauchend. Ich stand vor der Tür und las einen mir völlig unbekannten Namen auf dem Schild... in meiner Atemlosigkeit und Blindheit war ich wieder, es war mir schon einmal passiert, in die fünf Häuser weiter vorn liegende Nummer 17 gestürmt. – Da sich hinter der Tür etwas rührte und ich irgendeine dumme Begegnung fürchtete, aber nicht hinaus in das Unwetter konnte, stieg ich, mich unbefangen verhaltend, die Treppe zum ersten Stock hinauf. Aber auch hier, am Flurfenster, wurde ich von den Leuten noch gesehen, die dort unten mit den Worten, der Regen lasse jetzt nach, die Wohnung verließen, deshalb stieg ich noch höher, bis auf den ersten Absatz vor dem zweiten Stock und sah hinaus. Draußen schien es wirklich durchsichtiger zu werden, aber die Wut des Regens war unvermindert, die F. Straße war so überschwemmt, daß ich einen Moment daran dachte, der Spree-Kanal könne über die Ufer getreten sein; unten hörte ich Stimmen, die bewiesen, daß es unmöglich war, das Haus zu verlassen, also blieb auch ich hier oben am Fenster stehen. – Ich sah auf den schmalen Seitenweg, der von der F. Straße abzweigte, ich kannte ihn... nicht nur, weil ich ihn manchmal benutzte oder weil ich beinahe täglich an ihm vorüberkam, ich hatte ihn schon früher gekannt, hatte ihn schon aus dieser Höhe gesehen, von dieser zweiten Etage aus, etwas später im Jahr, als der Weißdorn schon blühte. Ich kannte auch das Haus, in dem ich war, sehr genau kannte ich es, es war gleichgültig, seit wann ich diesen Weg, dieses Haus kannte, ob ich mir dieses Haus Nr. 17 nur vorgestellt hatte, ob dieser Blick in mir selbst entstanden war, aufgrund irgendeiner kostbaren Energie meines Innern, die das Bild in der Tiefe eines rätselhaften Spiegels in mir aufbewahrte, es war in einem Kristall in mir verschlossen... oder ob ich es wirklich gesehen hatte, ob ich diesen Blick vom Fenster aus wirklich gesehen hatte, ob ich ihm wirklich begegnet war, da unten aus dem kleinen Seitenweg kommend, Bruder Z., der mit dem Strahl seines Auges in meine Iris traf – wenn die Siebenundzwanzig nicht seine Wohnung gewesen war, dann war es vielleicht die Siebzehn –, es gab so viele solcher Häuser, Unzählbarkeiten solcher Blicke aus solchen Häusern, Berlin, Europa, die Welt war übersät von solchen Häusern, es war gleichgültig, ob ich es wirklich gesehen, ob irgendeine meiner untergegangenen Wahrnehmungen wiederaufgetaucht war oder ob es nur das Haus mit der Wohnung der geheimnisvollen Fremden gewesen war, aus dem mein Blick einst gefallen war. Die Erklärung war vorstellbar, daß Kora L. in diesem Haus gewohnt hatte... ich stand unschlüssig, mit den Armen auf dem Fenstersims gestützt, und starrte hinaus... von rechts, dort wo die Bäume mit ihren aufspringenden Knospen den Ausgang der F. Straße verbargen, hörte ich das gedämpfte Lärmen einer Straßenbahn die Allee heraufkommen... ich starrte in den plötzlich versiegenden Regen und hörte unter mir die Haustür klappen, die Männer waren hinaus, dann klappte die Haustür erneut, und ich ging langsam die Treppe hinunter. Ein junger Mann kam mir entgegen, zwei Stufen aufeinmal nehmend, er kam mir bekannt vor, er schien mich neugierig anzusehen, wortlos, mit halb abgedrehtem Gesicht ging ich vorbei. – Es war vollkommen nebensächlich, ob ich einer Einbildung erlegen war... einem *Déjà vu* oder *Jamais vu*... ob ich mir das Ganze zu oft eingebildet hatte, so oft, daß es mir nun als Tatsache erschien, oder ob es sich aufklären ließ, erklären in der Erinnerung an eine vergessene Gelegenheit, die nur darauf wartete, Indiz zu sein dafür, daß ich wirklich in dem Haus schon geweilt hatte, Gelegenheit, die nur darauf gewartet hatte, sich mir mit der völlig erfundenen Geschichte von der geheimnisvollen Fremden zu verbinden, zufällige Gelegenheit einer Erklärung, endliches Klingeln in der Klamotte, in der ich darauf erpicht war, den blutigen *Punkt* auf das schrille »i« zu setzen, Klingeln der Straßenbahn, die in die G. Straße abbog und verschwand. Vielleicht hatten Z. und L. in der Siebzehn gewohnt? Ich wollte es gar nicht wissen, jede der Belanglosigkeiten, die sich zur Erklärung anboten, war eine Belanglosigkeit zuviel. Sie gehörten in das Vorfeld meiner Geschichte und rührten sich daselbst nicht vom Fleck, sie waren das Vorfeld meiner Geschichte, auf welches ich zufällig, in einer Dunkelzone meines Lebens, geraten war und auf dem ich nun voranzutappen suchte, die tödlichen Belanglosigkeiten, die mir in diesem Vorfeld begegneten, waren Erklärungen, nichts als Erklärungen... jedoch: aber: bisweilen: sogleich: hatte: während: irgendwo: es war: als: Mittel: vorbei... ich hatte das Gefühl, mich mein Leben lang durch einen Verhau von Erklärungen geschlagen zu haben, wobei diese nicht etwa dazu dienten, Unwegsamkeiten zu ebnen, das Dickicht zu öffnen, nein, sie hatten mich immer wieder neu gefesselt, sie hatten mir Schlingen gelegt, sie hatten mich immer wieder unterworfen, mich untertan gemacht... sie waren eine Falle! Ich wußte, es hatte damit begonnen, daß wir im Kindesalter in eine Wüste von Erklärungen geschickt worden waren, die allesamt das Ziel hatten, die Idee von der Unumstößlichkeit der Macht zu rechtfertigen, die unumstößlich genannt war, weil eine unumstößlich genannte Theorie ihre logische Erklärbarkeit erklärte. Und wenn ich mir jetzt das Grauen meiner Determination mit dieser Prägung erklärte, so war diese Erklärung in ihrer scheinbaren Unumstößlichkeit nur eine Verfestigung des Grauens, sie war die wortlos machende Mauer, die *Mauer* war das Ziel einer Theorie, die sich, Quader für Quader, aus Erklärungsmaterial zusammensetzte: mir war die Notwendigkeit der Mauer so erklärlich wie nur möglich... ihr Grund war die schwierige und brutale Weltsicht – so hatte ich sie bezeichnet – derer, die in A. in die Ämter aufgestiegen waren: es war die aus standpunktlosen Erklärungen zusammengestückte, zusammengemauerte Weltsicht derer, für die Marx die Utopie von der klassenlosen Gesellschaft entworfen hatte: die einzige Form der Gesellschaft, in welcher diese Weltsicht unschädlich werden konnte, weil ihr die Motive verlorengingen.

Irgendwo fast am Ende des kleinen Weges, der gegenüber dem Haus Nr. 17 abzweigte, unter den Bäumen einer parkähnlichen Anlage am Ufer des Kanals, der eben noch in den Regengüssen des Gewitters gekocht zu haben schien, gab es ein paar Bänke zwischen den Grünflächen, und ich sah mich dort sitzen... immer wieder kam es mir wüst und beispiellos vor, die Schauplätze meiner Gedanken auf eine so willkürliche Art wechseln zu sehen; schuld daran konnte nur mein Suchen nach Erklärungen sein, das mich gleichzeitig in Wut versetzte. Dieses Suchen glich eher einem Sammeln von Episoden, in denen ich, meiner Erinnerung nach, eine Rolle spielte, und ich schien diese Sammlung zum Aufbau meiner Person zu brauchen: natürlich ging es mir nicht eigentlich um diese Person, sondern – es wurde durch Wiederholungen nicht unglaubhafter – um die Geschichte, in die sich diese Person verwoben hatte, allerdings benötigte ich gerade dafür die Person, ich benötigte sie in ihrer Eigenart als Inhalt der Geschichte, und natürlich, abgeleitet vom Maß ihres Bestands oder Unbestands, sowie ihrer Fähigkeit, sich der Reproduktionsmöglichkeiten von Gedanken zu bedienen, auch als Form der Geschichte, die damit gleichzeitig deren Inhalt war. Indessen hatte ich den Eindruck, daß sich die Fülle der Episoden immer deutlicher verringerte, daß ich, um den Mangel auszugleichen, zu immer mehr bloßen Nichtigkeiten Zuflucht nehmen mußte und daß auch diese immer häufiger der Signifikanz entbehrten, die sie für die Aura meiner Geschichte relevant erscheinen ließ. Immer aufsässiger wurde in mir der Verdacht, daß ich von Ödnis eingeschlossen war und daß meine Aufregungen darin, mein kleinliches Entzünden von Absurditäten, nur Wirbelungen der sich im Wesen nicht verändernden Öde waren, kleine Ausfälle und billige Rasereien auf der nichtendenwollenden Langstrecke meines *ennui*. Ein dürftiges Beispiel dafür war die Geschichte meines Koffers, die vor fast einem Jahr ein mißliches Ende gefunden hatte, ohne daß ich größeren Schaden dabei nahm, obwohl ich solchen für zwangsläufig gehalten hatte. Dies fiel mir ein, als ich zögernd vor der Bank stand – vor einer derjenigen, die mir den Blick zurück zur F. Straße und somit auf einen winzigen Ausschnitt des Hauses Nr. 17 gestatteten; es mochte sogar sein, auf die balkonumrandeten Fenster der zweiten Etage – ich zögerte, weil ich das Gefühl hatte, die Bank mit einem Lappen abwischen zu sollen: noch mehr als ihr grünlackiertes Holz aber tropfte mein Mantel, und ich nahm sinnend Platz. Der Gedanke an den Lappen kam mir natürlich nicht grundlos, wochen-, ja monatelang hatte ich ein Stück gelben Tuchs – nicht so irritierend grün wie Leutnant Glahns Vogelfedern, die Hamsun mit der Post verschicken ließ, sondern irritierend gelb, fast orangegelb, doch irgendwie ebenfalls ein von Pan, dem geheimnisvollen Gott der Vermehrung, behauchter Gegenstand – in den Hosentaschen mit mir herumgeschleppt, das nun, neben einem anderen Gegenstand, in einem trüben Schrein des Verwaltungsapparates ein letztlich weithin unaufgeklärtes Dasein führen konnte.

Und natürlich erinnerte mich die Bank auch an *Waller*; als ich Hamsuns damals noch verbotenes Buch las, übten wir uns beide im Bereich der Metallurgie – Abteilung Zerspanungstechnik – im Lehrkombinat in M., und an den Nachmittagen der Zweitschicht sonnten wir die verschwitzten Leinenhemden auf den Bänken im Hof, der Ölgeruch unserer Monturen verband sich mir auf seltsame Weise mit der Waldesschwüle der Mittsommernacht, und das irre Kichern, das quecksilbrig über die Hänge ferner Jagdreviere lichterte, beherrschte meine Gedanken mehr als die dumpfen Pläne, die unter den Lehrlingen geschmiedet wurden und die mich nur gerüchtweise erreichten. Wenn mein Blick, der Fahrt des blauen Himmels nach, in den Norden ging, so flog er weit über Berlin hinaus, wenn mir Hamsuns Geschichten auch unwiederholbar erschienen, so war doch zumindest an einen unserer Serienhelden, Zyprian mit Namen, zu denken, dessen Schicksal in meinen ungeteilten Besitz übergegangen war, so daß ich es nun zu verwalten hatte, und dessen große Rundfahrt durch den Norden noch ausstand... sie stand noch aus, weil es mir gescheitert war, das Dasein einer vollkommen abwesend gebliebenen Briefzustellerin, die Waller erfunden hatte, in die Gedanken und Wünsche des in einem nördlichen Hafen ausharrenden, männlichen Helden zu integrieren... es war mir unerträglich, daß sie, die eine so wichtige Funktion gehabt hatte und die in meiner Vorstellung die noch wichtigere Funktion großen Liebreizes hatte, für den Verlauf von Zyprians Abenteuern lediglich eine auslösende Rolle spielen sollte. Sie war übrigens von mir – Waller hatte sie namenlos gelassen – in einem wirren Prozeß unbewußter Assoziation dazu verurteilt worden, den Namen einer jener Hündinnen zu tragen, die im Besitz des Leutnants Glahn gewesen waren; es war dies vielleicht ein komplizierter Racheakt, den ich mir nicht eigens ausgedacht hatte. – Als jetzt, nach dem Gewitter, noch der zaghafte Glanz einer gelbroten Abendsonne durchkam, einer vorsichtigen

Frühlingssonne, verschwammen die Fenster des Hauses Nr. 17 im Schattendunst, und ich warf den Kopf zurück, um mich von dem Leuchten über dem Rand der Dächer blenden zu lassen; ich dachte über die Möglichkeit nach, daß ich eine geheime Route entdeckt haben konnte, einen Weg, der in weitem Rund, vom Hofausgang der sogenannten Speisegaststätte aus, zielsicher bis zu der Stelle führte, wo ich saß, einen Weg, der seinen Bogen konsequent durch den schmalen Durchgang bis vor das Haus Nr. 17 in der F. Straße fortsetzte; es war der Zirkel von Z.s Schleichpfad, am Haus seines Bruders vorbei, am Leerhaus in der G. Straße vorbei, nur durch einige steinern kahle Enklaven unterbrochen, der ihn, den aus Berlin verbannten Z., gefahrlos an allen ihm scheinbar wichtigen Fixpunkten seiner Geschichte in Berlin vorbeizuführen schien, es war damit ein Weg, der ganz zur Denkart Z.s zu passen schien. Während ich sann und zwischen verschiedenen Erinnerungen umherschweifte, fast schon ein wenig Frühlingswärme auskostend, sah ich wieder meinen jugendlichen Körper durch Berlin gehen – offenbar war es schon nach dem Eintritt meines Ich in seine Bewußtlosigkeit, und ich hatte so gut wie nichts von Berlin wahrgenommen: aber vielleicht war ich doch durch eine solche Straße gekommen, vielleicht hatten wir uns an einer der Straßenbahnhaltestellen hier in der Nähe sammeln müssen – und dann sah ich diesen Körper wieder in M. auf einer Bank sitzen, noch nicht zerrissen, noch glatt, aber merkwürdig wenig aufnahmebereit, und über die schmalen Pfade hinter ihm näherten sich ... zuerst Waller, der ihm mit keuchender, repetierender Stimme ins Ohr raunte: Nach Berlin, nach Berlin..., und dann Bruder Z., der magisch flüsterte: Nach Westberlin, nach Westberlin...! Doch er reagierte auf die Stimmen nicht in sichtbarer Weise, breitete die Arme über die Banklehne und ließ den Kopf nach hinten sinken, sich damit ganz der Abendsonne hingebend.

Ein paar Wochen nach meinem ersten, so kläglich gescheiterten Versuch, meinen Koffer aus dem Bahnhofsschließfach zu holen, unterzog ich mich eines Nachmittags dieser Aufgabe zum zweiten Mal: ich begann zu dieser Zeit, mir Arbeit zu suchen, und da ich mein Kesselwärterzeugnis hierbei gut gebrauchen konnte, sammelte ich meine Entschlußkraft, um mich dem unheimlichen Koffer zu nähern. Hatte ich das Zeugnis überhaupt schon einmal gesehen? Ich fragte mich, wie das hätte sein können, während einer einzigen Nachtschichtwoche nach dem Abschluß der Prüfung... und war nach meiner Rückkehr aus dem Gefängnis an dieses Dokument überhaupt noch zu denken gewesen, wenn schon nicht von mir, dann zumindest im Meisterbüro meines Betriebes? Es war eine der üblichen Urkunden, oben mit dem Staatsemblem der Republik geschmückt, und wenn ich mich nicht täuschte, dann hatte ich, als ich beim Zusammenraffen meines Gepäcks wahllos nach irgendwelchen Heften griff, ein Papier, von dessen Kopf mir das Emblem feurig entgegenleuchtete, mit in den Koffer fliegen sehen. – Auf dem Ostbahnhof stand ich vor dem Schließfach mit der Nummer, die mit der des Schlüssels übereinstimmte, der mir auf dem Handteller lag: das Fach war geöffnet und leer. Es war unter allen Fächern das einzige, das offen und leer war, doch es steckte an ihm kein Schlüssel. Daraufhin fuhr ich erst einmal nach M.: wenn das Zeugnis verschwunden war, so meine erste, irreale Reaktion, mußte ich zum wenigsten meine Lehrbücher haben, die mir zum Verständnis der sicherlich modernen Anlagen in Berliner Kesselhäusern Dienste leisten konnten. Nach einer völlig deprimierenden Nacht in M., in der ich es nicht einmal gewagt hatte, die Treppen zur Wohnung meiner Mutter emporzusteigen... nach einer Nacht, die mich endlich ganz ausgelöscht zu haben schien, die mir, kaum war sie am Morgen vorüber, selbst in eine schwarze Lücke der Erinnerung gestürzt schien, einer Nacht voll von tödlicher Schwäche, in der ich spürte, daß ich meiner Stadt den treffendsten aller Namen verliehen hatte: *Acheron*... ach, als hätte ich mich erst vorstellen müssen an der Tür meiner Mutter, die mir mit ungläubigem Starren den Zutritt verwehrte. – C. schickt mich, mein Name ist Z.! – Sie müssen sich geirrt haben, ich kenne Sie nicht...

Wieder in Berlin angekommen, fragte ich an der Gepäckaufbewahrung nach meinem Koffer: Ich sei es, der seinen Gepäckschlüssel verloren habe! Nach langem Suchen und Beraten empfahl man mir, zum Fundbüro des Bahnhofs zu gehen. Dort sah ich meinen Koffer schon von weitem in einem Regal. Nach Vorlegen meines Ausweises und dem Ausfüllen eines langatmigen Formulars wurden die Strafen und Unkosten errechnet, die ich zu zahlen hatte, zuletzt forderte man mich auf, den Inhalt meines Koffers zu überprüfen. Nach mehrmaligem ziellosen Durchgraben des chaotischen Haufens, der den Kofferinhalt darstellte, erklärte ich meine Habe für vollständig, einige Dinge, die ich auf dem Formular noch nicht aufgeführt hatte, mußte ich nachtragen ... mein Kesselwärterzeugnis war nicht dabei, also besaß ich es noch nicht oder hatte es nicht mit eingepackt, jedenfalls war es nicht vorstellbar, daß irgendwer ein Interesse daran gehabt hätte ... ein anderer Verlust verstörte mich viel mehr, eilig verschwand ich mit dem mir endlich überlassenen Koffer aus dem Bahnhof. Ein seltsamer Verdacht hatte mich erreicht, er hatte mich mit einem Mal zu mir selbst zurückfinden lassen ... oder zu dem, was ich für mein Selbst hielt ... ein unsicheres Gefühl in der Magengrube wuchs sich zu einer unabweislichen Beängstigung aus: dadurch, daß ich meinen Kofferinhalt als vollzählig entgegengenommen hatte, erklärte ich mich in einem bestimmten Sachverhalt, wenn auch nicht buchstäblich, für schuldig! – Da man das Fundbüro offenbar zu schließen gedachte, waren schon die Putzfrauen am Werk, und während meines Abwartens und viel zu demütigen Verharrens vor einem Schreibtisch, der andauernd verlassen, besetzt und wieder verlassen wurde von den verschiedenen, scheinbar sämtlich mit meinem Koffer beschäftigten Angestellten, wurde ich mehrfach von dem Platz verjagt, auf dem ich stand, weil mir spritznasse Wischlappen um die Füße fuhren oder weil soeben die mir nächsten Ecken und Kanten der Einrichtung mit Staubfeudeln bearbeitet werden mußten: sie waren von einer mir wohlbekannten orangegelben Farbe. Genau diese Putztücher erinnerten mich daran, daß im Wirrwarr meines Kofferinhalts eine Sache fehlte: ein Souvenir... Lonas Fahrradsattel! Dieser war vor Zeiten mit dem quadratischen Stück eines ganz genauso gefärbten Vliestuchs umwunden gewesen – wahrscheinlich, um auf der Sitzfläche die harte Glätte des Leders zu mildern –, an der Spitze des Sattels war der Stoff längst durchgescheuert und wies ein großes Loch auf; hier hatte sich das Leder fast schwarz verfärbt, während es unter dem Stoff noch hell geblieben war; irgendwann lösten sich mir die Bänder, die das Tuch hielten, doch ich konnte mich nicht entschließen, den Fetzen wegzuwerfen, fortan blockierte er mir eine meiner Hosentaschen. – In einer Pause während meiner Vernehmungen auf der Wache von M. wurden mir, neben meinen Fingerabdrücken, auch sogenannte Geruchsproben abgenommen, die, wie es hieß, dazu dienen sollten, anhand der Feststellung und Untersuchung feinster Überreste von Körpersekretion, Berührungen mit Gegenständen nachzuweisen, die der Verklagte während einer Tatzeit berührt zu haben bestritt, da dies nach der Behauptung seines Alibis, das er zu besitzen vorgab, nicht möglich sein durfte. Die Abnahme der Geruchsproben erfolgte dadurch, daß man dem Festgenommenen zwei vollkommen steril gemachte Tücher, einem Plastikbeutel entnommen, dessen Verschweißung man vor den Augen des zu Untersuchenden demonstrativ auftrennte, auf der nackten Haut, zu beiden Leistenseiten unterhalb der Bauchdecke, mit dem festgezurrten Hosenbund einklemmte, wo sie eine beträchtliche Zeit anliegen mußten, während der sich der Delinquent nicht rühren durfte. Diese beiden Tücher schienen mir exakt jenen leicht elektrisierend wirkenden Stoffen zu gleichen, wie man sie zum Reinigen von Schallplatten benutzt... oder eben den samtweichen, orangefarbenen, allseits bekannten Staublappen, wie ich sie im Fundbüro in Gebrauch gesehen hatte. Während der mir befohlenen, salzsäulenartigen Erstarrung war mein Blick zufällig auf den Fußboden der Wache gerichtet, und ich sah dort unten schwitzend noch einen solchen Lappen liegen: es war Lonas Satteltuch, das mir herausgefallen war, als ich meine Taschen von innen nach außen kehren mußte. Da ich keinen Einspruch anzubringen vermochte, denn jedes Räuspern war mir sofort untersagt worden, verschwand das Satteltuch mit perfider Bosheit unter den übrigen Beweismaterialien und später, wegen seiner farblichen Gleichartigkeit und aufgrund der Ordnungsliebe der mit meiner Observation beschäftigten Männer, mit in der durchsichtigen Plastiktüte, in der auch, mittels Pinzetten, die Geruchsproben verwahrt worden waren, die danach ihre Reise in die Laboratorien antreten sollten. – Sollte ich es Phantasie oder Paranoia nennen, wenn ich jetzt auf die Idee kam, daß der Fahrradsattel den Weg in das gleiche Labor genommen hatte, in welchem auch das ominöse Satteltuch zu finden war, wo es den Analysen eines Stabs von Wissenschaftlern in offenbar peinlicher Weise getrotzt hatte: und wo man nun feststellen durfte, daß Geduld in den meisten Fällen belohnt wurde. Es war mir nicht mehr auszuschließen, daß sich mein Kesselwärterzeugnis, auf dem der Name des Inhabers glänzte, mit der Herkunft des Sattels in Verbindung bringen ließ... noch immer bildete ich mir ein, ich habe das rot-gelb blitzende Emblem der Republik mit in den Koffer fliegen sehen, aber meine gespreizten Finger hatten es aus der papierenen Wüstenei meiner fliegenden Blätter, die von Streichhölzern und einzelnen Socken durchsetzt war, nicht wieder ausgraben können... einer der Beamten auf dem Fundbüro hatte zu mir gesagt: Die Streichhölzer brauchen Sie nicht mit einzutragen, das ist Verbrauchsmaterial...

Beladen mit diesen Gedanken, an denen ich schwerer als an meinem Koffer trug, war ich wieder nach S. hinausgefahren. An den darauffolgenden Tagen wartete ich dauernd auf die Vorladung, natürlich steigerten die erbärmlichsten Details – ich hatte das Gefühl, daß sie mir hageldicht einfielen – diese Befürchtung, bis sie mir zur Überzeugung gerann: in jedem Augenblick erwartete ich das Klingeln an der Tür... das rote Lämpchen in den Feinlabors eines mit meiner Aufklärung betrauten kriminologischen Instituts mußte längst leuchten, das endliche Läuten einer Rasteranzeige mußte in den Gesichtern über den weißen Kitteln längst Erleichterung hervorgerufen haben: endlich stand fest, daß sie sich nicht geirrt hatten, irgendeine Dunstnuance meiner DNS hatte endlich, im Verein mit einem letzten noch nicht aufgelösten Duftschauer, der von Lonas Haut stammte, zwei vibrierende Zeiger im roten Bereich einer unglaublich sensiblen Skala vereinigt, in den Institutsfluren hatte das Anschlagen der Glocken die schläfrigen Wachtposten aufgeschreckt, der tosende Alarm wiederholte sich nach weiteren drei Versuchen untrüglich und überschritt damit die Wahrscheinlichkeitsgrenze: wenn es jetzt an meiner Tür klingelte, klingelte es vielleicht gleichzeitig bei Lona, während mir die Postbotin den Quittungsblock hinhielt, auf dem ich für die Richtigkeit der soeben empfangenen Vorladung mit meinem Namen zu zeichnen hatte, geschah unterdessen dasselbe in M.: das Klingeln auf der Szene des vorletzten Aufzugs, das uns der Verkleidungen unserer Harmlosigkeit beraubte, hatte uns nun doch noch vereinigt. Ich hatte, in Umkehrung des ältesten Fehlers aus der Geschichte der Aufklärung, anstatt immer wieder und zwanghaft an den Schauplatz meiner Schuld zurückzukehren, den Tatort mit mir geschleppt. Das Wasser, das netzende Wasser, aus einem Eiszapfen am Dachrand über mir tropfend, das mir aus dem Haar über das Gesicht rann, das Lonas Fahrradsattel näßte, auf den ich mich stützte, das mir in die Kleider drang und warm über meinen Körper glitt, der dampfte unter der Verbindung des gottgesandten Wassers mit meinem Angstschweiß auf meiner Haut, auf der sich das atmosphärische Schmelzwasser mit dem Serum meiner zornigen Poren vermischte... ein Gemisch, das zuletzt wieder in den Boden eindrang, zwischen einer Saat von unbrauchbaren Zündhölzern, mit denen ich mir hinter der Baracke vergeblich eine Zigarette anzubrennen suchte, denn der fast schwarze algerische Rotwein, unter Gottes Sonne am Nordhang der Sahara gediehen, hatte seine Schuldigkeit getan... so daß ich schließlich die fast leere Schachtel hinter der Baracke wegwarf, wo ich versteckt war und mich ruhig verhielt, bis die Stimmen der Polizisten nicht mehr zu hören waren. – Wenn sie mich nun in voller Absicht hinter der Baracke hatten warten lassen? War mein Verstecken dort nicht ein ähnliches Eingeständnis wie das Verschweigen des in meinem Koffer fehlenden Fahrradsattels? Unterstützte ich nicht selber andauernd ihre kühnen psychologischen Verbindungslinien, die sie zwischen meinen Tätigkeiten als Heizer und als Literat zu ziehen suchten? Ganz gleich, ob sie mich in dieser Nacht als Literaten oder als Brandstifter verfolgt hatten, meine Flucht vor ihnen mußte die Zweifel an meiner Harmlosigkeit übermächtig werden lassen.

Sie hatten, das stand fest, auf der Suche nach einem Motiv für meine vermeintliche Tat instinktiv auf die richtige Stelle getippt: mein Motiv war die Wut. Nur war ihnen die Aufklärung der Gründe für meine Wut in psychologisierenden Sprachklischees erstickt. Wenn sie die Ursachen meiner Wut richtig eingeschätzt hätten, so hätte ihnen der Umstand, daß ich *kein* Pyromane war, wie ein ziemlich trauriger Zufall vorkommen müssen, der geeignet war, logische Denkprozesse in Frage zu stellen und damit eins der Grundprinzipien ihres Berufs.

In der Nummer 27 hatte ich versehentlich an der Wohnungstür geklingelt, niemand hatte mir geöffnet... drinnen entledigte ich mich der nassen, bleischweren Kleider und versuchte, sie über dem Spülbecken auszuwinden. Ich wußte, daß mich mein Weg am Abend in die Speisegaststätte führen würde, deshalb heizte ich ein und hängte die Sachen in der Nähe des Kachelofens zum Trocknen auf. Ich hatte kein Licht gemacht, da ich nackt in der Wohnung umherging.

– Es stimmte doch, Sie müssen einfach eine Riesenwut gehabt haben? Diese Worte hatte ich während meiner Vernehmungen zu hören bekommen. Es war der dritte meiner Vernehmer, der sie in einer Art Resümee aussprach, er tat es lächelnd, mit überlegener spöttischer Miene und er strahlte vor Selbstgerechtigkeit... ich fragte mich, ob nicht etwas von dieser Zufriedenheit mit den eigenen Gedankengängen auch in Z.s Stimme gewesen sei, die mir plötzlich zu der des Vernehmers Ähnlichkeit zu haben schien; war da nicht eine vergleichbare monologisierende Arroganz, die mich reizte... während meines Umherwanderns in der Wohnung war es bald immer mehr die Stimme von Z., die die Fragen der Vernehmung stellte.

– Hier stellen wir die Fragen, hatte es geheißen, und ich ordnete mich dem Prinzip auch jetzt sofort unter.

– Wut als Motiv... dann war es eine Sache, die schon lange gearbeitet hat?

– Natürlich hatte ich Wut, erwiderte ich, ich habe nicht bestritten, daß ich Wut hatte, sie war gegen mich selbst gerichtet.

– Wut also auf wen? Auf den Heizer oder auf den Schriftsteller?
– Eins von beiden hätte ich wahrscheinlich noch ganz gut ertragen...
– Also Wut auf die Allianz von beiden... oder Wut darauf, daß beide nicht, weder der eine noch der andere, zu ihrem Recht kamen?
– Die Allianz der beiden... was für ein schönes Wort... war einfach zuviel. Nicht nur, daß sie sich dauernd gegenseitig behinderten, sie hinderten mich auch am Leben, an der Hauptsache des Lebens, ganz konkret, an der Liebe.
– An der Liebe? Du meinst, sie ließen dir zu wenig Zeit?
– Ja, zu wenig Zeit. Aber nicht nur das, es war komplizierter. Es ist müßig zu erklären, welche Chance man mit einem Wesen... oder mit einem Charakter, wie ich einer war, in einer Kleinstadt wie M. haben kann.
– Aber du warst nicht nur in der Kleinstadt, du kamst eigentlich ziemlich herum, du warst in L. im Zirkel, du fuhrst auf Montage... bis zu einem plötzlichen Rückzug nach M., du wurdest Heizer, natürlich, du hattest einen festen Platz, es ging dir ums Schreiben. Trotzdem spielte vielleicht auch Resignation eine Rolle... oder war es schon Wut?
– Vielleicht. Vielleicht muß man am Zentrum seiner Wut leben, wenn man als Schriftsteller etwas damit anfangen will. Es kommt mir jetzt so vor, als müßte ich über die Hauptsache meiner Geschichte sprechen. Und etwas in mir zögert...
– Die Hauptsache ist die Liebe, sagtest du vorhin selbst! Also, du hattest keine Zeit dafür... oder du fühltest dich gehindert, ein vernünftiger Liebhaber zu sein, oder wie drücktest du dich aus?
– Es gibt da einen Bogen, den ich nicht richtig schließen kann, und ich werde übrigens noch ganz anders über die Liebe zu sprechen haben. Die Abwesenheit... irgendwann muß ich begonnen haben zu glauben, die Liebe sei das Abwesende...
– Das Abwesende... das klingt natürlich vornehm, sehr künstlich. Dabei könnte es völlig klar und trocken sein. Die Mutter, der der Mann im Krieg blieb, was sollte sie dir über die Liebe mehr beibringen können, als daß sie das *Abwesende* ist?

– Ja, Erklärungen, schöne Erklärungen! Für eine Sache, die natürlich im Alter von zwölf Jahren genau zur Wirkung kommen mußte... in dem Alter, in dem ich wie verrückt zu schreiben anfing... Erklärungen, Erklärungen! Und folgerichtig kehrte ich später wieder in den Mutterschoß zurück, jedenfalls in die Nähe, dorthin, wo ich so gut schreiben konnte. Und hier plötzlich war die Abwesenheit konkret, sie konkretisierte sich in den allertrivialsten Umständen, sie ließ sich aufs trivialste erklären.
– Und weil die Abwesenheit so trivial wurde, begann deine große Wut darauf!
– Die große Wut auf was? Auf die Figuren, in denen sich die Abwesenheit banalisierte.
– Es war eine drohende Formulierung, der Satz mit dem roten Punkt auf dem »i«?
– Mag sein... manchmal kommt es mir heute auch so vor. Ein Achtungszeichen, oder vielleicht schon der Punkt, den eine Messerspitze macht, oder vielleicht ein Schuß... es gibt immer mehrere Erklärungen für eine Sache.
– Ein Schuß...?
– Als mich der Schuß von Wasja oder Ronni im Rücken traf... ein Schuß mit einer Kinderschleuder, welche Dummheit, wie trivial, ridikül, welcher Versuch, den Ernst der Lage zu Boden zu werfen... darin erkannte ich eine Handschrift, daran war für mich etwas abzulesen...
– Ich kann es mir denken... die Sicherheit!
– Der Begriff der Sicherheit ist eine Erfindung der Angst. Und die Sicherheitspolizei des Systems, die Angstpolizei, muß die Dinge unten halten. Wo der Mythos durchscheint, muß eine Farce her, wo Abwesenheit besteht, muß ein Fehler vorliegen, wo das Mysterium beginnt, werden Fertigbauteile hingepflastert... Ich schwieg einen Augenblick, aber die erwartete Wirkung, seine Feindseligkeit, blieb aus.
– Man muß warten, bis sich der Stand der Dinge gesetzt hat... dann kann man ihn zum Erliegen bringen, kann ihn erledigen. Dann braucht man nur noch eine Kinderschleuder...
– Du meinst also, Wasja und Ronni gehören dazu... du hast

es herausgefunden. Sie gehören, wie man so schön sagt, und wie sie sich selber so schön nennen, zu den »Helfern«.
– Ich glaube, die Handschrift erkannt zu haben. Ganz sicher gehören sie nur zu den Handlangern, sind nicht selber Maurer, aber sie gehören dazu.
– Also gut, Wasja und Ronni... Schwamm drüber. Du meinst, die Methode der Sicherheitsdienste ist es, mit Verkleinerungen zu arbeiten. Dabei bauschen sie natürlich jede Kleinigkeit beliebig auf...
– Es gehört dazu, daß sie den Grund für eine Tat niemals in der Liebe suchen. Das können sie nicht, die Liebe ist nicht kommensurabel. Und aus diesem Grund wäre sie gerade der Maßstab. Nicht die Maße des Staatswesens wären für die Liebe zuständig, sondern umgekehrt. Stell dir vor, was sie alles aufgeben müßten, die meisten ihrer ideologischen Gummigesetze, die Mauer, die Sicherheit... daß sie sich in ihrer Angst auf die Liebe verlassen, wie kann man das von ihnen verlangen, in einer Übergangsgesellschaft, in einer Grenzübergangsgesellschaft...
– Daß sie sich auf die Liebe von Doktor Oetker verlassen sollen, das zumindest verlangst du nicht. Du meinst sicher diejenige in der... wie utopisch!... in der sogenannten Gesellschaft?
– Die Gesellschaft heißt Übergangsgesellschaft, weil sie mit muß. Weil es eine von den Bürokraten verwaltete Utopie gibt und weil der Übergang – nur der interessiert die Bürokraten, die Utopie längst nicht mehr – ohne Gesellschaft für die Bürokraten keine zwanzig Wochen dauern würde, geschweige denn die zwanzig Jahre bis ins nächste Jahrhundert. Aber zurück zur Sache, anstelle der Liebe haben sie die Eifersucht, diese ist ein besserer Sicherheitsfaktor. Sie ist das Maß, mit dem sie alle, vom Fernsehtheater bis hin zur Staatssicherheit, messen und das sie alle am Leben erhalten. Und ich hatte mir diesen Maßstab natürlich irgendwann angeeignet... war es ein Wunder? Als ich dort hinter der Baracke hockte und auf ihr Verschwinden lauerte, erschien mir mein Leben wie das beste Beispiel dafür. Für das Nicht-Haben, die erweiterte Eifersucht, die nur noch auf den Zündfunken wartet... die zu einem ganzen

Komplex geworden ist. Das ist eine Eifersucht, die schon gegenstandslos ist, die sich vollständig den Vorschriften beugt, welche der Staat für das Haben errichtet hat. Mein Freund S. hatte recht, als er mir damals Vorwürfe machte, ich hatte mich vollkommen untergeordnet, der Sicherheitsdienst hätte mit mir zufrieden sein können, der Sinn war mir völlig verlorengegangen.

– Der Sinn... welcher Sinn?

– Der Sinn... die Abwesenheit... der Phantasieraum, alles! Ich war so konform wie nur möglich... und damit war ich, ohne es zu ahnen, eine Gefahr. Damit war ich eine Art Symptom, vielleicht für eine Krankheit, in die es abwärts ging mit der Übergangsgesellschaft. Ich war eine Art Symptom für die Würdelosigkeit, wie sie die Diktatur braucht, um sich für existenzberechtigt zu halten. Ich kam mir vor wie eine Metapher, wie eine Übertragung der Übergangsgesellschaft auf meine Person. Die griechische *Metapher* heißt auf deutsch *Übertragung*! Klingt das zu hochtrabend?

Eine dunkle Erschöpfung hatte mich erreicht, alles was ich gesagt hatte, erschien mir wie abgestorben. Ich hatte Wörter verstreut, unzündbaren Streichhölzern vergleichbar... der Vergleich, wenn auch noch so strapaziert, leuchtete mir in Anbetracht meiner Erinnerungen ein... viel banaler klang es, wenn ich sagte, daß ich Spreu ausgesät habe... seit meinem zwölften Lebensjahr, in Form unhörbarer Reden, fruchtloser Erklärungen, die Saat konnte nicht aufgehen, und auch wenn ein wenig Korn darunter gewesen war, so war es nicht in die Furchen von Spruch und Widerspruch gefallen, mir war eine Ernte von Unkraut vorhergesagt, der man den Boden nicht freigeben durfte. Und jetzt... welch ein erbärmliches Frage- und Antwortspiel hatte ich doch in Szene gesetzt, es hatte die mir widerwärtige Form eines ausgeleierten Interviews, in dem ich geschwätzig geworden war, als habe ich die Chance gesehen, endlich alle möglichen Richtigstellungen hinauszublasen, die schon lange in mir gärten... zum Glück hatte mich niemand gehört. – Selbst Z.s Stimme war dabei erloschen, doch nach einer Weile schien er sich wieder hören zu lassen: Sie rufen wieder! Hast du gehört, sie rufen wieder. Sie

rufen dich... da draußen, deinen Namen! Was mag es bedeuten, daß sie dich rufen?
— Ich hab nichts gehört! Welcher Name war es denn, war es deiner oder meiner?
— Sie haben schon wieder aufgehört. Ich glaube, es war dein Name...
— Ich glaube, es war deiner... sie können rufen, soviel sie wollen... ich werde sowieso nicht in Berlin bleiben, übrigens...
— Nicht in Berlin... gut! Aber vorher muß ich dich noch einmal genauer fragen. Meinst du wirklich die Liebe des Volkes... zum Staat? Kann es sowas überhaupt geben?
— Freilich nicht. Vielleicht liegt die Krankheit der Übergangsgesellschaft genau darin, daß von ihr eine Lüge gefordert wird. Ich denke, daß dadurch ein Ausgangspunkt für die Ideologie hergestellt wird.
— Dadurch, daß eine Lüge gefordert wird?
— Ja... dieser Ausgangspunkt der Ideologen ist der Gedanke, daß der Mensch a priori schlecht sei. Worauf man nun wieder nur mit der Diktatur antworten kann... Mauern, Entzug von Würde, Implantation von Schuld... tatsächlich läuft man ja auch wie eine Metapher für Schuld herum, Würdelosigkeit und Schuld sind zwei Blütenblätter dieser Metapher... wieder ist darauf nur mit Diktatur zu antworten. Ich glaube, das sind die Namen der Neurose. Man kann die Frage stellen, ob die Übergangsgesellschaft nicht die Utopie verhindert.

Ich hatte die letzten Worte sehr schnell gesprochen — als habe ich nur ganz nebensächliche Sätze hastig zu Ende bringen wollen —, mein Blick war dabei, in wachsender Unruhe, immer wieder zum Fenster geflogen, hinter dem es Nacht war; ich begann, mir die noch unangenehm feuchten Kleider anzuziehen. Kopfschüttelnd saß ich kurze Zeit später auf der Bettkante, ich blickte auf das gerahmte Porträt der Kora L., das auf dem Schreibtisch stand; ich glaubte, es matt durch das dunkle Zimmer glänzen zu sehen. Es kam mir vor, als habe ich auch ihr diese Rede gehalten, ihr, die ich mir nicht vorstellen konnte, selbst dann nicht, wenn ich Licht machte, um mir ihr Bild eingehender zu betrachten. Wie kommt es, dachte ich, daß mir der Kassiber Z.s immer wie eine Art Testament erschienen ist, zu dessen Vollstreckung ich vorgesehen war? – Erneut schüttelte ich den Kopf; ich wußte, daß zu der Antwort auf diese Frage, wenn es sie wirklich gab, wieder Erklärungen nötig gewesen wären, Erklärungen, verzwickte lästige Erklärungen, die mir zum Hals heraus hingen... welcher treffende Vergleich, sie hingen mir zum Hals heraus, die Erklärungen, und hinterließen eine glitschige Schleifspur auf meinen Wegen, so daß ich nachher, wenn ich einen dieser Wege zurückkam, zu Fall gebracht wurde.

– Das Mittel, begann ich mit einem Zähneknirschen; dabei hatte ich mich erhoben, war mit schnellen Schritten bis in die Küche gelaufen, aber sofort umgekehrt und saß nun wieder auf der Bettkante, das Mittel, so heißt die Erklärung... oder die Voraussetzung letzthin genannter Utopie, wäre natürlich die *Weltrevolution*... das braucht man wohl nicht mehr zu wiederholen. Diese aber hat sich als undurchführbar erwiesen... Stalin hatte sich geirrt, als er an den permanenten Export der Revolution glaubte, darin liegt letzten Endes seine Tragik... sie war an der Schwäche der Schwachen gescheitert, vorläufig... oder nicht vorläufig...?

Erneut war ich aufgesprungen und in die Küche geeilt, zerstreut klappte ich die Kühlschranktür auf und erschrak über die plötzliche fahle Helligkeit, die sich in dem kahlen, dürftig eingerichteten Raum verbreitete – aber mehr noch erschrak ich über das Gesicht, das ich flüchtig in der Scheibe des Küchenfensters gesehen hatte... heftig schlug ich die Tür wieder zu und fiel auf meinen Sitz in der Stube nieder.

– Die Weltrevolution...! Kora L. war, wenn die Erklärungen stimmten, die ich mir gegeben hatte, drüben auf der anderen Seite... da drüben, wo die Raketenbatterien standen, die die Utopie vernichtet hatten, wo das Geld hortete, mit dem die Erde aufgekauft, verraten und verkauft worden war, drüben, wo jene schmierige und brutale Weltsicht, die sich hier eingemauert hatte, das alleinherrschende Existenzprinzip war... sollte ich den Gedanken wagen, der es besser nannte, wenn sie hier ermordet worden wäre?

Ich versah diesen Punkt im Text meiner Selbstvernehmung mit einem Fragezeichen.

Wieder war ich drüben in der Küche, dort stand ich ein paar Augenblicke mit angehaltenem Atem, um zu lauschen. Natürlich war es nicht mein Gesicht, dessen Spiegelbild mich, fahlgelb und augenlos, aus der Fensterscheibe angestarrt hatte: es war Z.s Gesicht.

Natürlich hatte ich die Möglichkeit, meiner Feigheit Genüge zu tun und mir zu erklären, daß jener letzte Punkt im Text meiner Selbstvernehmung von Z. ins Spiel gebracht worden sei; und ich wußte, irgendwann würde ich dies auch tun, um dem ganzen Ausmaß meiner Wut Ausdruck zu verleihen.

Ich hatte mir ihn nie wieder vorzustellen vermocht, seit ich ihn vor fast zwei Jahren zum letzten Mal gesehen hatte, nie hatte ich mich an ihn erinnern können, und freilich hatte ich ihn auch in dem diffusen Licht der Haftzelle nie deutlich sehen können, ich hatte dazumal überhaupt nur undeutliche Bilder wahrgenommen, in dem Dauerzustand meiner Übermüdung und Überreizung durch die lange Schlaflosigkeit. Nur einmal hatte ich ihn klarer gesehen, es war, als er mir seine Findlingsgeschichte erzählt hatte und als ich aufnahmefähig genug war, da ich vermutlich zwei Tage durchgeschlafen hatte. – Auch jetzt war mir dies geschehen, auch jetzt glaubte ich, unkontrolliert lange geschlafen zu haben, und als sein Gesicht in der schwarzen Scheibe des Küchenfensters aufgeblitzt war, hatte es vollkommene Ähnlichkeit mit dem Gesicht, das sich gegen den Sonnenuntergang unter dem Zellenfenster abgezeichnet hatte. Er saß, es war ein untrügliches Gespür seiner körperlichen Anwesenheit in all meinen Sinnen, auf der Brettkante... er saß auf meinem Platz im Speiseschrank in der Küche, den Oberkörper weit ins Innere der Nische gelehnt, und nur der akkurat in diese Richtung fallende Schein der Kühlschrankbeleuchtung vermochte es, den Innenraum dieser Nische genau auf das seitlich davor liegende Küchenfenster zu projizieren... während ich selbst, hinter der Kühlschranktür, wo ich nicht angeleuchtet wurde, unsichtbar bleiben mußte. Und nicht nur, daß ich unsichtbar blieb: es war mir, als könne ich von dem Augenblick an mein eigenes Hiersein nicht mehr fühlen.

— Welches Interesse hast du eigentlich, fragte ich mich, zu erfahren, was es mit der ganzen Geschichte wirklich auf sich hat, wenn dir die Antworten, die es geben könnte, doch immer nur lästige Erklärungen sind? Wenn sie dir bloß als tödliche Belanglosigkeiten erscheinen. Zumal du dauernd das Gefühl hast, daß die Erklärungen untauglich sind, wenn das Ganze eine literarische Geschichte werden soll.

— Es war vorher dunkel um mich... jetzt will es offenbar heller werden. Und das ist ein abscheulicher Zustand. Einem Zustand vergleichbar, in dem man plötzlich einen Gott ins Licht gerückt sieht und erkennt, daß dieser Gott eine Mißgeburt war... daß er eine schwache und verkrüppelte Hand hatte. Es ist ein Zustand, in dem man eine Helligkeit aufkommen sieht, in der alles trieft vor Banalität. Einmal ging mir ein Licht auf, als du mir sagtest... ich habe es nicht mehr genau im Kopf, du sprachst von deiner Befürchtung, nur noch als Ersatzmann auftreten zu dürfen. Wandelnder Beweis für eine Theorie, so ähnlich hattest du dich ausgedrückt. Und es waren phantastische Schlußfolgerungen, die du daraus zogst... Spanier oder Amerikaner könntest du sein, ein Findling könntest du gewesen sein, und es war eine Idee, die mich faszinierte, du kamst mir vor wie irgendein Caspar Hauser... und damit hattest du mich ziemlich infiziert. Erbärmliche zwei Monate hatten mir gereicht, daß ich mich ganz ähnlich fühlte...

— Andere waren zwanzig Jahre drin, und es hat ihnen nicht ausgereicht, auf eine Idee zu kommen...

— Du beruhigst mich... jedenfalls sagte auch ich zu mir, du kannst Amerikaner, Spanier sein, alles, nur das hier, dieser Pseudoalphabetisierte im Keller der sozialistischen Klassengesellschaft, das bist du nicht. Dieses Kriechtier der materialistischen Rassentheorie, das bist du nicht, sagte ich mir. Ich bin Strindberg, sagte ich mir, bloß habe ichs für eine Weile vergessen. Ich heiße Zyprian, ich hab es mir selber ausgedacht... vermutlich selbst... oben an der Eismeerküste, am Rand von Sibirien, und ich drang von dort aus nach Süden vor, um meinen Vater rauszuhauen. Unbewußt aus der Absicht, meiner Mutter gegenüber einen Gegenbeweis anzutreten. Aber an der Oberfläche dachte ich, er, mein Vater, solle mir erzählen, wer ich wirklich sei. Nie hat man uns darüber wirklich aufgeklärt ... und jetzt, mit mehr als vierzig, sind wir darüber verrückt geworden. Diese lächerliche Geschichte mit dem Zettel auf deiner Brust im Trümmerhaufen, glaubst du die wirklich? Oder diese Geschichte mit der nächtlichen Entführung durch die geheimnisvolle Fremde, glaubst du sie wirklich? Ich glaube kein Wort mehr von dem, was man uns erzählt hat. Wenn sie uns die wirklichen Zustände gezeigt hätten, müßten wir doch irgendwas richtig wahrnehmen können ...

– Jetzt redest du nicht mehr als der, der du bist, nicht wie einer über vierzig, hier wohnhaft, in der Lage, Licht anzumachen, wenn er will, auch ziemlich gewieft in allen möglichen Ausreden, in letzter Zeit sogar Geld verdienend, als der neue Mann bei »Blütenweiß« ... jetzt redest du, als wäre deine Sprache im Alter von zwölf oder dreizehn stehengeblieben.

– Richtig, das ist das Alter, in welchem ich vermutlich verlorenging ... äußerlich fing ich an, das an den Tag zu legen, was ich die schmierige und brutale Weltsicht derjenigen, die von unten aufsteigen wollen, genannt habe. Wer hatte davon gesprochen, daß diese Sicht aus einer Gegend stammt, wo der Mensch dem Menschen ein Wolf ist ... dort, da drüben, hinter der Mauer, da liegt diese Gegend, und man könnte fragen, ob eine solche Gegend überhaupt der Rede wert ist ...

– Für dich muß es vielleicht nicht der Rede wert sein. Man könnte fragen, ob es nicht der eigentliche Sinn eines Gesellschaftsgebildes, das man erst normal nennen könnte, ist, überhaupt nicht der Rede wert zu sein ...

– Gut ... laß mich erst ausreden! Ich habe von meinem Alter gesprochen ... es war mit zwölf, das Alter, in dem ich anfing, mich für Kora zu interessieren ... nur war meine Art, es zu bekennen, nicht die alltäglichste. Deshalb hat es auch gar keinen Sinn, die feststehenden psychologischen Gemeinplätze zu verbreiten. Als ich begann, mich für Kora zu interessieren, war eine Energie in mich geschossen, die mich veränderte, nur wußte ich die Energie nicht zu deuten. Wenn man mir gesagt hätte, daß es die Pubertät sei, dann hätte ich dieselbe wahrscheinlich schlagartig eingebüßt...

– Das ist ein mutiger Gedanke!

– Schlagartig eingebüßt... denn immer, soweit ich zurückdenken kann, war es mein Bestreben, der bessere Beobachter meiner selbst zu sein, als es andere sein konnten. Es ging so weit, daß ich versucht hätte, Naturgesetze ad absurdum zu führen... die standen ohnehin nicht hoch im Kurs, damals, da nicht alle von ihnen den Zielen des Erziehungsministeriums dienlich waren. Und genau diese Beobachtung meiner selbst führte vielleicht dazu, daß ich die nachfolgenden Dezennien in Bewußtlosigkeit verbrachte, in schwerer Bewußtlosigkeit, so paradox das klingt. Da ich gewohnt war, meine Zeit mit Schreiben hinzubringen... ein Schulkamerad und ich, wir schrieben gemeinsam, wir schrieben und schrieben, und natürlich flossen uns alle Energien ins Schreiben... hatte ich das Gefühl, auch die Veränderung, die neue Energie, damit zu bewältigen. Aber es war natürlich ein Irrtum... da es mir beim Schreiben plötzlich um eine peinliche Sache, um mein Interesse für Kora ging, wollte ich für mich sein mit dem Schreiben, und ich eignete mir all unser Geschriebenes an... vielleicht ein weiterer Grund dafür, daß ich nur im Vorfeld meines Interesses blieb.

– Du hattest es verpaßt, dich um den anderen Teil der Menschheit zu kümmern, um den weiblichen Teil. Du bliebst im Vorfeld dieses Bekümmerns... was für ein Ausdruck! Und so hast du über dem Schreiben den weiblichen Teil vergessen?

– Natürlich nicht vergessen, er war ja nicht zu ignorieren. Er existierte sehr wohl für mich, ich versuchte ihn ja zu beschreiben.

Bei diesen Worten spürte ich das ironische Grinsen Z.s beinahe körperlich, wie es mir noch aus der Zelle bekannt war, und ich kehrte, um dem Spott zu entgehen, auf halbem Weg zur Küche wieder um.

– Ach... zu beschreiben! Wie das wohl ausgesehen haben muß?

– Man hat natürlich Vorbilder, erwiderte ich. In der Literatur, meine ich... aber eigentlich, wollte ich sagen, ist es dabei so, als ob man einen abwesenden Teil von sich selber zu beschreiben versucht.

– Deshalb auch die gähnende Menschenleere in deinen Geschichten!

– Die du nicht ahnen konntest! Wenn du etwas von mir gekannt hättest, dann hättest du mir den Kassiber wahrscheinlich nicht zu fressen gegeben...

– Oder doch... vielleicht gerade, weil ich ahnte, daß eine andere Wirklichkeit, außer deiner ausgewählten, bei dir gar nicht verfangen würde, und wenn, dann doch nur auf dem Papier, und zwar nach dem Ende der Geschichte.

– Keine andere Wirklichkeit... gut. Aber was sollen nun all diese Verwicklungen, die dadurch zustande gekommen sind?

– Welche Verwicklungen? Was hat es für Verwicklungen gegeben? Ich mußte nur in aller Ruhe abwarten. Zwar habe ich, wenn ich auf dem Bett gelegen habe, mich manchmal ziemlich anstrengen müssen, aber die meiste Zeit war ich relativ ruhig. Ich dachte mir, daß die Sache ihren Lauf nehmen würde, das heißt, ich war fast sicher... und sie hat ihn, wie ich weiß, genommen. Ich werde hingehen, am Montag, denke ich, zu Herrn Doktor Geiz, und ich werde klingeln. Der Ziegenbein schickt mich, werde ich sagen, das Stichwort, Herr Doktor, ich habs mir nun doch überlegt. Ich denke, es ist nun doch nichts mehr mit meiner schriftstellerischen Existenz hier in dem Land. Es sind schon so viele weg, was soll ich noch hier, ich habe mich entschlossen... würden Sie es für mich, Herr Doktor, Sie als Freund der Literatur, würden Sie es für mich in die Wege leiten, Sie sind doch Fachmann auf dem Gebiet. Und vielleicht wird es dann nicht mehr lange dauern, ganz sicher nicht, und wir werden uns in die Arme fallen, Kora und ich... sie wird schon am Bahnhof Zoo auf mich warten.

Als die Rede auf den Rechtsanwalt gekommen war, erschrak ich bei dem Gedanken, daß ich seinen Regenschirm im Flur des Hauses Nr. 17 vergessen hatte.

8 Meine Betrachtungsweise blieb der Form des Rückblicks verhaftet: solange ich nicht auf Kontinuität hoffen konnte, noch eine solche hinter mir liegen sah, erlag ich dem Zwang, mich der Vergangenheit zuzuwenden; war ich während des Aufenthalts in Berlin dennoch mit meinen Gedanken in M., so war es nach meiner Rückkehr die Zeit in Berlin, die mich ununterbrochen bewegte, da sie mir wie ein Spuk zu entgleiten drohte. Ich hielt sie für eine unglaublich schnell verstrichene Zeit, obwohl sie mich eine Erfahrung gelehrt hatte, die man in einer Großstadt viel weniger erwartet als in einem Nest wie M.: Langeweile, die verzweifelt einer Groteske ähnelte. – Ich habe schon davon gesprochen, daß mir Berlin lediglich als eine Episode erschien: wo es nur die üblichen Bedingungen der Normalität gibt, wie sollte man sich dort nicht vergeblich zu besinnen suchen auf ein Ereignis, das erzählenswert wäre, weil es in die Tiefe des Menschenlebens reicht. In den meisten Fällen müßte man auf betretenes Schweigen stoßen, wenn es nicht Episoden gäbe, an denen sich die Erinncrung der meisten festklammert, und oft genug wären es nur Episoden nach dem Munde eines Dritten, beachtete man nicht auch die banalsten Zufälle und Späße, die der Alltag sich erlaubt. Ich wage die Behauptung, daß in vielen Fällen erst die Frage nach einem wirklichen Entscheidungserlebnis zu einem solchen selbst würde, vorausgesetzt, man nähme sie ernst und sie schlösse tatsächliche Rückbesinnung ein. Für mich war das Auftauchen dieser Frage zum eigentlich Bewegendsten eines langen Lebensabschnitts geworden: sie löste in mir einen Schrecken aus, der subversiv genug war, mich an sofortige Veränderung denken zu lassen: sie führte mich nach Berlin. Gegen Ende meiner zwei Jahre in Berlin stellte ich sie mir erneut, und sie bezog sich auf diese zwei Jahre: sie löste einen Erinnerungsversuch aus, der einem

Tauchversuch durch graues, lichtloses Wasser einer tiefen See glich, bei dem man, nach schier unendlichem Sinken, erkennen muß, daß nirgends ein leuchtender Anhaltspunkt aufscheinen will – ohne des Grunds ansichtig zu werden, floh ich grausend an die Oberfläche zurück. Nun erst bemerkte ich, daß alle Episoden, die meinem Gedächtnis noch zur Verfügung standen, nichts als bloße Gegenwart gewesen waren, sie schienen nicht durch den dünnsten Faden mit dem Boden verbunden, den ich zu erreichen trachtete... ich erkannte daran, daß ich mich in sehr kurzer Zeit jenem Anpassungsverhalten untergeordnet hatte, das man das Vergessen heißt: wenn die Verhaltensforscher sagen, daß man nur unbewältigte Dinge nicht vergißt, so haben sie vielleicht eine übertrieben hohe Meinung vom Umgang des Menschen mit seiner Schuldigkeit, zumal sie selbst es sind, die vor eingebildeter Schuld warnen... wer hält sich nicht gern etwas auf die Stärke seiner Einbildungskraft zugute, noch dazu, wenn sie ihm dazu dient, zwei Fliegen mit einer Klappe zu schlagen: sie hilft ihm im günstigsten Fall, einen literarischen Text zu verfassen, der des Verfassers Vergangenheit von Schuld reinwäscht, indem er letztere als eine fiktive Schuld zu erkennen gibt.

Daß mir dies nicht zur völligen Zufriedenheit gelingen wollte – so niedrig ich die Schwelle zu dem, was mich zufrieden gelassen hätte, auch ansetzte –, schob ich auf einen Vorfall, beziehungsweise auf einen Nicht-Vorfall, den ich der Einfachheit halber einen *Blackout* nannte. Die Einbildungskraft, die zur Erfindung eines *Blackout* gehört, ist beachtlich, denn ein solcher gewinnt an Evidenz, wenn man weder weiß, wie er zustande kam, noch sagen kann, wie lange er gedauert hat. – Mir fehlte ein vergleichsweise kleines Stück der Episode Berlin; es war möglich, daß ich diesem Stück unnötigen Wert beimaß. Jedenfalls war ich darüber beunruhigt, wenn es auch kaum mehr als zwei Tage gewesen sein konnten, die ich vollkommen verloren hatte, die für mich in undurchdringlichem Dunkel lagen. Diese beiden Tage unterbrachen den Prozeß des Vergessens, den ich absolvierte; die Kette von Erklärungen, die mir die Umstände meines Lebens in den Bereich der Belanglosigkeit zog, so daß ich sie aus meinem Gedächtnis streichen konnte, war an einer Stelle zerrissen. Der Vorfall oder Nicht-Vorfall war nach einem Kneipenbesuch erfolgt, soviel glaubte ich zu wissen, und zwar dachte ich dabei an ein Nachspiel jener Nacht, in der ich Z.s vom Hof der Speisegaststätte abgehenden Geheimpfad entdeckt hatte. Ich begründete es mir mit einem schweren Erschöpfungszustand, der aus der Frühschichtwoche vor dem 1. Mai resultierte, zu dem der Alkohol vom Abend seinen Teil beigetragen hatte. Ich schlief in den Wochen der Frühschicht manche Nacht nur zwei, drei Stunden; in der genannten Woche war es besonders wenig gewesen, ich erinnerte mich, wie ich an jedem Tag auf den Punkt hinzutaumeln versuchte, an dem ich fähig war, irgendeinen Satz zu Papier zu bringen, allnächtlich – mit Hilfe großer Mengen eines Gemischs aus stärkstem Kaffee und Wodka, das mir physische Lähmungen zu verursachen schien, mein Hirn aber aufputschte – flackerte ich schließlich zu einer Zeit auf, in der mir nur noch einige Stunden bis zum Schichtbeginn blieben, oft nur, um festzustellen, daß der in der Nacht zuvor unter gleichen Umständen notierte Satz unmöglich war: ich zwang mich, einen neuen, ebenso nutzlosen Satz aufzuschreiben, den ich sofort vergaß; allein das Bewußtsein, mit flatternder Hand den Federhalter ergriffen zu haben, brachte meine Nerven für vierundzwanzig Stunden in eine Art labiles Gleichgewicht. Ich bildete mir ein, nach meinem Kneipenbesuch am vorzeitigen Ende dieser Woche eine unkontrolliert lange Zeit durchgeschlafen zu haben, und die Marschmusik der Aufmärsche zum Maifeiertag war mir noch durch die Träume gegeistert. Diese Erklärung aber erschien mir bald allzu einleuchtend, und ich siedelte den *Blackout* innerhalb der Folgeerscheinungen eines zweiten Kneipenbesuchs an dem gleichen verlängerten Wochenende an. Immer weiter verschoben meine Erinnerungsversuche den *Blackout* nach vorn, sie schoben ihn aus einer bestimmten Gefahrenzone hinaus, und bald war ich der Meinung, er habe im Sommer, im Herbst stattgefunden... dies kam mir gelegen, das Geschehnis hatte dem Betrieb zwei Fehlschichten meinerseits eingebracht, und die sich dort anbahnenden Schwierigkeiten kamen mir bei dem Entschluß zu Hilfe, mein Amt als Wassermann in der Firma »Blütenweiß«

niederzulegen. Dennoch hielt ich die letztere Variante für eine Schutzbehauptung von mir. Eher schien mir, ich habe – seit jenem Vorfall – im Grunde mit Berlin nichts mehr zu tun: und dies erschien mir so während des gesamten Sommers und noch im Herbst, in dem ich immer weiter in Berlin war, obwohl ich schon im Mai den Koffer zu packen begonnen hatte und meiner Mutter die Rückkehr angekündigt. Ein Manuskriptpapier mit einigen zusammenhanglosen Sätzen blieb allerdings auf dem Schreibtisch liegen. Diese Sätze – sie hinderten mich an der Abreise, sie hielten mich fest wie eine Schuld; es waren meine in Berlin geschriebenen Sätze, vermutlich, und sie waren das einzige, womit ich meinen Aufenthalt in Berlin rechtfertigen konnte –, diese Sätze allein waren es, mit denen ich während des Sommers und Herbstes ernstlich zu kämpfen hatte.

Sie waren, wie gesagt, völlig zusammenhanglos; erst später in M., als ich schon die jeweiligen Veranlassungen zu ihrer Niederschrift vergessen hatte, gelang es mir wieder zu erahnen, daß sie überhaupt von ein und derselben Person notiert worden waren. Die Verbindung, die sie zueinander unterhielten, bestand in einigen farbigen Rändern oder Kreisen, den olympischen Ringen vergleichbar; es waren Flaschen oder Gläser auf dem Papier abgestellt worden, ohne daß ihre Böden zuvor von den übergelaufenen Flüssigkeitsresten gereinigt worden waren. Die ersten Zeilen auf dem Zettel waren kreuz und quer durchgestrichen worden, dann folgten ein paar vollkommen undefinierbare Bruchstücke, zuletzt war das Thema der durchgestrichenen Zeilen noch einmal aufgenommen worden, wenn auch so undeutlich, daß ich es nur vermuten konnte. Dieses letzte Stück war offensichtlich der Beginn eines Briefentwurfs, ich entnahm es der Anrede, und, wie so oft, hatte mir die Phantasie dazwischengefunkt und mich vom Thema entfernt; meine Augen hatten, über das viereckige Universum des Papiers auf dem Tisch vor mir reisend, den Text der oben durchkreuzten Zeilen nicht verlassen können, scheinbar ungewollt, oder weil mir zu dem Briefentwurf der Stoff fehlte, war ich wieder darauf eingegangen, oder vielmehr darauf zurückgekommen. Der Brief war an meinen Freund S.

aus M. gerichtet; irgendwann im Sommer hatte mir meine Mutter mitgeteilt, daß S., anstatt nach M. entlassen zu werden, aus der Strafvollzugsanstalt in L. direkt nach Westdeutschland abgeschoben worden war. In dem Brief schrieb ich an S., ich habe in Berlin durch Zufall das *oben erwähnte* Haus mit der *oben erwähnten* Wohnung wiedergefunden, meine eigene Wohnung befinde sich nur fünf Häuser weiter in derselben Straße. Ich habe es an den Weißdornbüschen erkannt, die man von der erwähnten Wohnung aus sehen könne, wenn man über die Straße hinausblicke. Und inzwischen sei mir auch, mit einiger Sicherheit, der Name der ehemaligen Inhaberin dieser Wohnung bekannt. Oh, was für Archipele von Irrungen habe ich umschiffen müssen, um das Nest zu finden, in dem diese Helena aus dem Schwanen- oder Kuckucksei gebrütet ward... man wisse doch, daß sie die Stimmen aller Frauen perfekt nachzuahmen verstünde... ihr allerwahrscheinlichster Name aber sei Kora L. und sie weile derzeit in Westberlin. Wenn S. Lust habe, etwas für mich zu tun, so könne er versuchen, mit dieser Frau Kontakt aufzunehmen, was mittels eines Telefonbuchs gewiß nicht unmöglich sei. Zweifelsohne müsse sie sich noch an jene nächtliche Entführung aus der Kleinstadt M. erinnern, in einem schnellen Wagen, deren Opfer ich gewesen sei und über deren Grund ich allzugern Näheres erfahren würde. – Das »oben erwähnt« bezog sich natürlich auf die durchgestrichenen Notizen auf demselben Blatt, von denen S. keine Ahnung haben konnte.

Diese Notizen versuchten flüchtig eine Beschreibung davon, was aus dem Balkonfenster einer Wohnung, die im zweiten Stock lag, zu sehen war: sie deuteten an, daß es Vormittag war, man blickte auf die in sattem Grün stehenden Lindenkronen einer kleinen Straße, von rechts war das Fahrgeräusch einer Straßenbahn zu hören, die Straße war menschenleer, auch auf einem Baugerüst an der Fassade eines der Häuser gegenüber war niemand in Tätigkeit. Jetzt sah man aus einem schmalen Seitenweg zwischen den Häusern gegenüber eine Gestalt kommen, eine männliche Gestalt, gegen die Sonne nur als Silhouette sichtbar, kaum sichtbar, bevor sie aus dem Licht in die Straße trat und, die Straße überquerend, unter die

Laubschatten der Linden tauchte, wo sie verschwand. Schwankend hatte ich ihn ankommen sehen, von Licht zerrissen und durchpfeilt, gegen ein Gleißen hatte ich ihn gesehen, das sich, über die Pracht der Weißdornwoge hinstrahlend, zu einem wütenden Lodern steigerte... doch unten in der Straße hatte er wie zufällig zu mir heraufgeblickt, ich hatte sein Gesicht gegen die Blendung nicht erkennen können, dennoch glaubte ich irgendeine charakteristische Bewegung an der Gestalt wahrgenommen zu haben... charakteristisch wofür? Unbeholfen umkreisten die nächsten Sätze jene charakteristisch genannte Bewegung, aber sie wußten nicht einmal zu sagen, welcher Art sie gewesen war. – Es ist sonderbar, so schrieb der Betrachter, bevor die Notizen abrissen, wie schnell man in einer Lage, aus der man nicht heraus kann, den Glauben an die eigene Existenz verliert. Während ich völlig leer bin, nicht einmal meine Auflösung spüren kann und, ohne meine Situation richtig zu erkennen, dort hinunter stiere, bezeichne ich das Vorbeigehen eines x-beliebigen Menschen als charakteristisch, nur weil er mich vielleicht zufällig grüßte oder weil er jeden in dieser kleinen Straße zu grüßen pflegt, charakteristisch, nur weil er frei und unbehindert in die Straße kommt. Etwas daran mit diesem Ausdruck zu bedenken, kann doch nur bedeuten, daß man eine für sich selbst charakteristische Gebärde gesehen zu haben glaubt...

Als ich die ungelenk hingeworfenen Zeilen las, sagte ich mir, daß ich sie am selben Vormittag geschrieben haben mußte, in welchem sie angesiedelt waren; da ich mich offenbar gelangweilt hatte, vielleicht tatsächlich während meines Wartens auf eine Erklärung für die Situation, in der ich mich befand: in einer fremden Wohnung eingeschlossen, in der Wohnung der geheimnisvollen Fremden, während ich die Alkoholvorräte des Kühlschranks plünderte, hatte ich mir die Zeit mit diesen Notizen vertrieben. Der Zettel war doppelt gefaltet worden, und ich mußte ihn sehr lange in der Tasche mit mir herumgetragen haben, an den Rändern waren die Faltungen des Papiers schon so durchgescheuert, daß mir der Bogen beim Auffalten fast in vier Teile zerfiel; die Notizen befanden sich auf der leeren Rückseite eines unausgefüllten Suchauftrags für verlorengegangene Postsendungen. – Aus welchem Grund, frage ich mich, hätte ich mir eine solche Notiz ohne ihren konkreten Anlaß machen sollen? Einen solchen Grund gab es natürlich, einen übrigens für mich charakteristischen Grund: sehr oft, allzu häufig, versuchte ich, mir den Anfang irgendeiner Geschichte aufzuschreiben, mit dem ich dann nicht weiterkam, weil mir ein eigentliches Sujet fehlte. Daß derartige Anfänge in meinem Bewußtsein weiterspukten und daß ich ihnen später ganz reale Anlässe zuschrieb, obwohl sie ursprünglich ganz und gar erfunden waren, hielt ich durchaus für möglich. Für ebenso leicht möglich hielt ich, daß mir irgendeine Gegend, in die ich durch Zufall kam, plötzlich bekannt erschien, weil ein Detail aus dem Umkreis oder ein atmosphärisches Ambiente, das ich sah, an eine Beschreibung aus einem dieser Anfänge erinnerte... obwohl es keine Erinnerung sein konnte, da die Beschreibung ihren Ursprung nur in meiner Vorstellungskraft gehabt hatte.

Wie es auch sein mochte: von einer bestimmten Zeit an wurde ich den Gedanken nicht mehr los, daß ich in jenen ausgestrichenen Notizen den eigentlichen Anfang meiner Geschichte zu erkennen hatte... und keinesfalls irgendwelche Sätze, die schon mit ihrem Ende zu tun hatten, wie ich zuerst gemeint hatte. Sie lagen *nicht* am Ende der Geschichte... welcher Geschichte: derjenigen, die überhaupt kein Ende nahm, kein Ende nehmen konnte... weil ich Ende und Anfang verwechselte? Ich wußte es nicht mehr. Aber diese Zeilen waren irgendein sehr alter Anfang, verschlungen von der Diffusion meiner Erinnerung, verloren in einer zufälligen Umgegend, und mir nur deshalb zufällig, weil ich vielleicht einen Gruß erwidert hatte, eine belanglose Gebärde, die ich auf mich münzte, aus der Höhe eines mir unbekannten Fensters herab. Dieser Wink hatte mich durch einen Archipel von Anklängen und Vermutungen treiben lassen, längst ohne Kurs... längst ohne den oberen Teil des Papiers, das mir später ganz zerfallen war: manchmal hatte ich den Verdacht, die obere Hälfte des Blatts sei mir in Berlin liegengeblieben, auf der Platte eines mir untauglichen Schreibtischs in Berlin, an dem meine Fahrt gescheitert war.

Auf der unteren Hälfte des Papiers stand ein offenbar später geschriebener, wahrscheinlich fragmentarischer Satz:
Der Weg vorwärts, der Weg zurück, sie waren abgeschnitten und verdunkelt, seine Überlegungen in solcher Lage schienen keine zu sein, die die wirkliche Lage betrafen, niemand mehr handelte nach einem Glauben, und doch schienen sie alle noch zu glauben, bei ihm aber war es umgekehrt: er glaubte nichts und lebte doch, als ob...
Nur mühsam konnte dieser Satz mit der ausgestrichenen Notiz in Verbindung gebracht werden, bestenfalls war in ihm eine Art Resümee der *oben erwähnten* verlorenen Situation zu erkennen. Wenn ich den Satz, ihn dem Feld meiner derzeitigen Gedanken zuordnend, richtig fortsetzte, so sagte er, daß derjenige, von dem hier die Rede war, gegen seine wirkliche Überzeugung weiterlebte, und zwar so, als ob noch zu glauben möglich sei: als ob noch an Objektivität zu glauben sei, an Erklärbarkeit, und vielleicht daran, daß sich die Welt in seine Erklärungen schicken werde. Aber das war ein Trugschluß, nichts hatte sich gefügt. Wenn er an die Geschichten dachte, die er entworfen hatte, so schien deren Sinn immer wieder darin bestanden zu haben, sich zuschauen zu lassen, wie ihre Verwicklungen sich letztlich in Erklärungen auflösen ließen oder wie sie zumindest die Möglichkeiten von Erklärbarkeit hinterließen. Es war für ihn ein Spiel mit der Hoffnung gewesen, mit dem Ziel, gerettet aus ihm hervorgehen zu können, die Hoffnung schließlich immer wieder siegen zu sehen. Plötzlich aber war er in einer Situation, in der ihm dieses Spiel gescheitert war, und zwar scheinbar so aussichtslos gescheitert, daß seine üblichen Erklärungen dafür, Schwäche, Mangel an Fähigkeit, ja Unfähigkeit, Ungeduld, nicht mehr ausreichten, diesmal war es so, daß die Erklärungen selbst nicht mehr vorhanden waren, daß Erklärungen als Form mit dem Inhalt des Scheiterns nichts mehr zu tun hatten. Es war, als ob ein Gott ratlos auf die eigene mißlungene Schöpfung blickte, deren Mißlingen ihm, Gott selbst, zum Übel ausschlug, das ihn mit seiner Auslöschung bedrohte. Es war, als ob die Welt auf die Kenntnisnahme seiner Deutungsversuche verzichtet und ohne sie weitergehandelt hatte... nicht nur ohne diese Deu-

tungen, auch ohne ihn selbst. Damit hatte sie das Prinzip der Logik, an das er zwar nicht geglaubt, dem er sich jedoch unterworfen hatte, nicht nur in Frage gestellt, sie hatte es in einem einschneidenden Moment sogar vernichtet. Tatsächlich, er hatte etwas verwechselt, er hatte einen falschen Ansatzpunkt gewählt, stur war er auf einer falschen Grundlage, von diesem irrigen Ansatz aus, weiter fortgeschritten, voller Sicherheit, daß es ihm irgendwann klingeln würde, wie er es gewohnt war, daß ihm irgendwann ein Licht aufginge, doch dies hatte sich als Trugschluß erwiesen, er hatte sich völlig verwirrt, er hatte sich in die vollkommene Ausweglosigkeit verrannt. Wenn er früher Niederlagen verbuchen mußte, hatte er inmitten dieser doch seine Würde beibehalten können... ja, in vielen solcher Fälle war das Entstehen der Niederlage schließlich der Sieg der Logik gewesen... doch diesmal war die Demütigung unaufhebbar – ein Zeichen dafür war unter anderen, daß sich Freunde von ihm abgewandt hatten: hierbei spielte der Gedanke an S. eine Rolle... den Brief an ihn hatte ich konsequenterweise nicht abgesandt. Sein Verhalten also war das eines Gottes gewesen, der die Dinge nach den eigenen Erklärungen auftreten gesehen, die Zusammenhänge nach den eigenen Erklärungen funktionieren gesehen hatte: immer, selbst während seiner Niederlagen, hatte er ein von Gott übernommenes oder erlerntes Verhalten angewendet, doch nun war, mit der Idee, daß Gott tot war, offensichtlich auch der Tod eines solchen Verhaltens anzunehmen. Der Gedanke, allein zu sein, ohne eine Hilfe von oben, ohne Hilfe von irgendwem, ohne den gewohnten *charakteristischen* Aufblick, den Aufblick zu einem Fenster, da er seinesgleichen grüßen konnte... ohne Namen zu sein, ohne Mutter, ohne den ihm fehlenden Teil der Menschheit, und der damit einhergehende Gedanke, winzig zu sein, vielleicht nicht überlebensfähig, nicht haltbar, und der Gedanke, sich fürderhin nur nach den eigenen zufälligen Maximen verhalten zu müssen, dieser Gedanke war schockierend, er war zermürbend und grausam: er war möglicherweise unerträglich. Er wußte nicht, ob er ihn aushalten konnte, ohne wahnsinnig zu werden. Es war der Gedanke, ohne Fehl und Tadel sein zu müssen, und dabei doch, bis auf das blanke Skelett, ohne Gott sein zu müssen. Er meinte damit plötzlich den Urgrund, das Grundprinzip dessen entdeckt zu haben, was Poesie genannt war: die Poesie war die Abwesenheit, wie sie denkbar konsequent, wie sie absolut zu verstehen war, nämlich als die Abwesenheit Gottes. Als die Abwesenheit einer Erklärung. Als die Abwesenheit auch der Klage. Als ein Sein auch ohne die Möglichkeit zur Larmoyanz, wie ihr so viele Schriftsteller, die ihm widerlich waren, verfielen. Es war die Abwesenheit einer Mitte... es war vielleicht Sentimentalität in ihrer gemeinsten Form, vermischt mit Kälte in ihrer kältesten Form, es war die Abwesenheit der logischen Erklärung. Es war die Abwesenheit der Menschheit, die ohne Gott auf den Abgrund zusteuerte und der er ein Halt nicht mehr zurufen konnte, weil er es nicht hätte erklären können. Es war die Abwesenheit einer Sprache als Verständigungsmittel. Es war die Abwesenheit Stalins. Es war die Abwesenheit der Bosheit, die als solche erkannt werden konnte. Es war die Abwesenheit der Liebe. Damit war der Stapel seiner Forschungen der Abwesenheit zugeordnet. *Rimbaud* hatte sich erschöpft auf den Arsch gesetzt.

Wann würde er wieder aufstehen?

Das erste, was er versuchte in der Panik, die diese Gedanken auslösten, war das Zusammenraffen aller ihm noch brauchbar erscheinenden Erklärungen, selbst für die unbedeutendsten Dinge, in rasender Eile versammelte er Sätze um sich, die auf ein Ergebnis hinwiesen, um sich daraus einen Schutzwall zu schaffen. Einer dieser Gedanken war, daß er es selbst gewesen war, den man verwechselt hatte, schon immer, von frühauf, war er verwechselt worden, von der Macht verwechselt worden, von Gott verwechselt worden, die letzten Atemzüge Gottes, sein letztes röchelndes Husten, Blutpartikel versprühend, hatte ihn verwechselt, als diesen Verwechselten hatte die Welt ihn wahrgenommen, und der Weg im Leben, der ihm dadurch geblieben war, beruhte auf einer Verwechslung... es war der Versuch einer Erklärung, er konnte sich die Herkunft dieser Idee nicht erklären. Gott, so blind und sklerotisch er schon war, hatte ihn verwechselt, als er mit seiner schwachen Hand auf ihn zeigte und ihm eine Stimme verlieh. – Schluß... es war ein Irrtum, sich als Schriftsteller zu versuchen, sagte er sich, Schluß damit... und er warf die spärlichen Notizen seiner letzten Jahre, samt seiner sonstigen Habe, in den Koffer... ein einziger Zettel blieb zufällig auf dem Schreibtisch... oben auf den verwüsteten Papieren im Koffer sah er plötzlich das Kesselwärterzeugnis liegen, die heraldisch-goldgelbe Staatsrosette vom Titel des Papiers glotzte ihn einäugig an, wie eine Analöffnung.

Mit diesen Gedanken ging es mir während des Sommers und noch im Herbst in Berlin immerhin prächtig. Wenngleich aller Erklärungen überdrüssig, konnte ich mir sagen, daß ich mich, wenn mich solche Gedanken überfielen – die mich übrigens um so mehr zu erleichtern begannen, je öfter ich mich ihnen unterwarf –, in eine sonderbare Mischrolle versetzte, bestehend aus C. und aus Z., und daß mir das Ganze mit der Zeit wie ein Versuch der Respektierung, ja der Rechtfertigung des Willens von Bruder Z. erschien, den *Schutzwall* zu überschreiten. Ich sagte mir, daß meine Situation absurd, niederschmetternd, daß es eine vielleicht nie dagewesene Situation sei: mir war mein *Sujet* über den Schutzwall gegangen, mein Vorwurf, mein Interesse... wie sollte ich es ausdrücken? Bruder Z., der eines Tages mit stiller Gewalt in mir Fuß gefaßt hatte, der von einer bestimmten Zeit an – ich mußte es so ausdrücken – zum Autor meines Ich geworden war, hatte sich über den Schutzwall auf und davon gemacht, er hatte die mir noch fehlenden Zusammenhänge mitgenommen, meine Geschichte war beim Teufel. Und wirklich scheiterte mir vom Herbst an, seit etwa Anfang November, als sich die ganze Tragweite der Posse in meinem Gehirn gesetzt hatte, jeder Satz auf schnödeste Weise, ich brachte keinen ordentlichen Satz Deutsch mehr zustande, die Lächerlichkeit und der Skandal meiner Lage riefen Kopfschütteln hervor. Was sollte ich mit der Geschichte anfangen, hier, allein geblieben und ins Lächerliche gezogen, wenn mir noch dazu verständlich war, daß in einer gottlosen Welt die mir heiligen Figuren meiner Sujets, die ich Stück für Stück vollgestopft hatte mit dem ganzen Genius meiner Egozentrizität, dorthin gingen, wo die schmierige und brutale Weltsicht ihrer Seelen endlich zu erlöstem Leiden veredelt wurde und wo ihnen endlich ihre Hypotheken und Volkswagen winkten.

Es war das beste, ich machte mir Gedanken über eine andere Geschichte.

Der Umstand, daß ich mein Kesselwärterzeugnis wiedergefunden hatte, brachte mich während des Sommers, der voller Sonnenschein war, in eine belustigende Bredouille: wenn ich auf Arbeit davon sprach, daß ich meine Kündigung ins Auge gefaßt habe, begründete ich es damit, daß ich im Kesselhaus lediglich zum Dasein eines Wassermanns verurteilt sei, zu einer Funktion also, die nur der eines Gehilfen des wirklichen Heizers entsprach und deren Sorge die Wasseraufbereitung war. Daraus folgte, daß ich nur an einigen aus der Betriebsnormalität herausfallenden Tagen, wie Sonn- und Feiertagen, die Anlage allein bedienen durfte, weil dann nicht ihre gesamte Kapazität zum Einsatz kommen mußte. Daraufhin wurde ich von den Vorgesetzten immer dringender aufgefordert, das fehlende Zeugnis endlich heranzuschaffen, man erbot sich sogar, mit meinem früheren Betrieb, den ich in den Geruch der Saumseligkeit gebracht hatte, Verbindung aufzunehmen: erschrocken erklärte ich, das Zeugnis müsse sich schon in der Hand einer Freundin befinden und ich erwarte sein Eintreffen täglich. Nun herrschte die Idee, es sei auf dem Postweg verlorengegangen, ich müsse einen Suchantrag stellen, gleichzeitig aber auch eine Kopie der Urkunde anfertigen lassen. Eines Morgens legte mir der Brigadier einen Suchantrag für verschwundene Post auf den Tisch der Schaltwarte, um mir in meiner katastrophalen Trägheit auf die Sprünge zu helfen: ich solle ihn ausfüllen und zur Post bringen, jetzt gleich, wenn ich die Zeitung holen ginge... täglich in der Frühschicht war es abgemacht, daß der Wassermann, der Dienst hatte, am Vormittag aus dem Betrieb ging, um die »B.er Zeitung« zu kaufen, die zum Gebrauch aller Schichten in der Schaltwarte liegenblieb. Diese Besorgung pflegte ich zu Streifzügen durch das Viertel auszunutzen, und manchmal war ich erst nach zwei, drei Stunden wieder am Arbeitsplatz... ich ging in der F. Straße vorbei, ließ den Suchantrag in der Wohnung verschwinden und machte mich auf die Suche nach der Zeitung. Ein paar Tage später, noch in derselben Frühschichtwoche, kam es zu einem grotesken Auftritt, während dem ich mich in der Schaltwarte von etwa fünf Leuten umringt sah, wozu einige Ingenieure zählten, man legte mir eine zuvor ermittelte Telefonnummer auf den Tisch, zeigte mit den Fingern auf das Telefon und verlangte, ich solle augenblicklich in M. anrufen, um die Kopie meines Zeugnisses einzufordern. Ich hob den Hörer ab, nachdem ich mich zweimal verwählt hatte, wählte ich die richtige Nummer, hörte, wie sich eine mir bekannte Stimme meldete, ich blieb stumm und legte wieder auf; mit schwammigem Gesicht erklärte ich, ich habe mich nie qualifiziert, es sei nur ein Vorwand gewesen, um bei »Blütenweiß« Fuß fassen zu können, ich sei gern bereit, hinfort der Wassermann zu bleiben. Das sei angesichts der noch zu erwartenden Ausfälle aufgrund von Urlaub und des damit verbundenen Personalmangels schier unmöglich, erklärte man mir, und man sei von meinen Betrugsmanövern erschüttert.

– Es ist natürlich alles nicht wahr, das Ganze, erklärte ich dem keineswegs verdutzten Brigadier, als wir wieder allein waren. Die Existenz des Kesselwärterzeugnisses gehört inzwischen zum Material einer Geschichte, die ich schreiben wollte... doch sie ist drüben, die Geschichte, zusammen mit der Hauptperson und allem Material, mit allen Zusammenhängen, im Westen... – Sehr gut! sagte er. Auch er habe einst, erzählte er, seinen Befähigungsnachweis für zehn Dollar an einen schwarzen Matrosen verkauft, allerdings sei es eine Genehmigung für Schiffskessel gewesen. – Du kannst dir vielleicht nicht vorstellen, was es bedeutet, wenn einem das Material der Realität über die Mauer springt... – Ich kanns mir nicht vorstellen. Wozu brauchst du für deine Geschichte den wirklichen Heizerbrief? – Es gibt ein bestimmtes Maß von Wirklichkeit, das man gern bei sich behalten hätte. Wenn dieses Maß unterschritten wird... und dafür gibt es immer ein auslösendes Moment, oder einen bestimmten Punkt... dann hat man das Gefühl, die Wirklichkeit ist völlig hohl geworden. Wenn diese Grenze erreicht ist, gibt es plötzlich eine Unzahl von Varianten für eine bestimmte Wirklichkeit, soviel verschiedene Möglichkeiten, das Eigentümliche der Wirklichkeit sich heranzuschaffen, aus der Entfernung, daß man die Fähigkeit eines gottähnlichen Überblicks haben müßte, um richtig zu liegen. Wie soll man da noch schreiben? – Ich weiß zwar nicht, ob ich dir noch folgen kann, aber ich denke, du hast Phantasie genug, daß du einfach andere Punkte erfinden kannst, für den, der dir fehlt...

Diese Art trockener Unbeugsamkeit ging mir nicht aus dem Sinn; aufmerksam registrierte ich seinen Satz, der von zu erfindenden Punkten sprach... den ganzen Sommer über suchte ich nach dem Punkt, der mir die Möglichkeit gab, den Betrieb zu verlassen.

Den ganzen Sommer hindurch dachte ich über einen solchen Punkt nach... ich suchte nach ihm, wie nach einem göttlichen Funken, mein Gehirn knisterte, doch es zündete darin kein Blitz; und die Sonne schien sich jenen südlichen Stadtteil von Berlin zum Domizil erwählt zu haben, es war heiß und trocken zwischen den Häusern, blaue Brände schienen über dem Straßenpflaster zu lodern... nach wenigen Regentagen, die mir kaum auffielen, zog das strahlende Wetter wieder ein, wochenlang, das Wasser des Kanals flammte und gleißte, fast trieb es mich hinaus, lange dachte ich an die Zeiten, die ich an nördlichen Gewässern verbracht hatte, an noch frühere Zeiten, in denen ich an der See war, ich sah keine Möglichkeit zu kündigen, da man mich mehr und mehr als vollwertigen Heizer einsetzte, man erhöhte meine Lohngruppe, und ich wurde bezahlt, als habe ich meine Qualifikation aktenkundig machen können, auch fragte mich niemand mehr danach, während der gesamten Urlaubssaison bediente ich die Anlage allein und offenbar zu allgemeiner Zufriedenheit. Dies ging ohne bemerkenswerte Vorfälle so fort bis weit in den September, der noch immer ungewöhnlich warm, ja heiß war, und ich plante, selber Urlaub zu nehmen, als eines Nachmittags – wie so oft in den Frühschichtwochen war ich todmüde und am Schreibtisch eingenickt – die Postbotin an der Tür klingelte. Ich öffnete, erstaunt über den sonderbaren Zeitpunkt, und erstarrte: sie hielt mir die lang erwartete *Vorladung* unter die Nase, für die ich zu quittieren hatte. Drei Tage später sollte ich auf dem Polizeirevier erscheinen... es waren drei Tage, die ich kaum durchzuhalten vermochte, ich schlief überhaupt nicht, selbst stärkste Dosen von Alkohol konnten mich nicht beruhigen, die dreitägige Frist er-

füllte ihren Zweck voll und ganz, taumelnd, in gespenstiger Blässe und krank vor Nervosität, erschien ich zu geforderter Stunde auf dem Revier, wo mir schon der Pförtner, nachdem er mich telefonisch angekündigt hatte, einen Augenblick zu warten gebot. Der Augenblick dauerte über eine halbe Stunde, ich kannte das Spiel: wenn sie irgendwen einsperren wollten, waren sie schneller... ich erschlaffte und lehnte mich müde auf die Fensterbrüstung der Pförtnerloge, als eine Stimme neben mir sagte, wir würden jetzt kurz einen Ausflug machen. Es war ein netter junger Mann, nur das mir unsympathische Wort *kurz* warf einen Schatten auf mich. Auch daß es kein Aufgebot in Stoßtruppstärke war, beruhigte mich; der Chauffeur fuhr uns zuerst in schnellem Tempo in Richtung Stadtausgang, fast bis zur Autobahn, dann wendete er und brachte uns, mehrere verwirrende Schleifen flechtend, in die entgegengesetzte Richtung, dabei jagte er durch die kleineren schön gelegenen Vororte und äußerte mehrmals, den Kopf halb zu uns nach hinten gedreht: Hier müßte man wohnen! Oder hier, da gibts Wohnungen! Er erhielt keine Antwort, ich blieb verstockt, während der junge Beamte zwar interessiert, aber schweigend durch die Scheiben blickte. Nach einiger Zeit waren wir wieder im Stadtteil S., und das Auto stoppte vor dem Leerhaus in der G. Straße.
– War es nicht hier? fragte der Chauffeur, blieb aber wieder ohne Antwort. Auf einen Wink des Beamten neben mir stiegen wir aus, und er meinte mit geschäftiger Kargheit: Hier werden wir uns mal was ansehen!

Es war ihnen natürlich gelungen, mich zu überraschen, zumindest, mich zu verblüffen; als wir die Stufen hinaufstiegen, war es mir schon klar, daß ich mich in seinen Fragen verheddern mußte, auf ein Gespräch an diesem Ort wäre ich nicht im Traum gekommen. Er sagte: Wir werden hier einen kurzen Lokaltermin machen. – Lokaltermine finden unter Beteiligten statt, erwiderte ich, und damit hatte ich schon verloren; eine Beteiligung abzustreiten, konnte für ihn nur bedeuten, daß ich doch beteiligt gewesen war; beteiligt woran? fragte ich mich. Ich wußte natürlich, daß ich einmal, vor langer Zeit, in diesen leeren Zimmern gewesen war, daß sich also, es war lächerlich, Fußspuren und abgebrannte Zündhölzer von mir vielleicht

305

noch finden ließen; ich hatte mich einmal hier umgesehen, ratlos und abgestoßen, möglicherweise war ich auch ein zweites Mal hier, und es hatte für mich genug Gründe gegeben, öfters an diese verlassene Wohnung zu denken... mehr konnte ich nicht wissen; es hatte Zeiten gegeben, in denen ich überhaupt voller Zweifel gewesen war, ob mir die Realität nicht bloße Einbildung sei oder ob sie mir auf unerklärliche Weise vorgetäuscht werde, ob ich nicht nur die falschen Varianten der mir eigentümlichen Realität zu meiner Orientierung verwendete, ob mein Bewußtsein von der äußeren Realität nicht vielmehr das Bewußtsein der Realität von meiner Irrealität war... – Sie werden gleich sehen, wie bekannt Ihnen diese Räumlichkeiten sind, Sie werden gleich alles wiedererkennen, wir haben nämlich kurz Lampen und Sicherungen eingeschraubt! Mit diesen Worten drehte er am Lichtschalter, und an der Decke strahlte eine Glühbirne auf. – Auch zwei Stühle haben wir reingestellt, wenn Sie wollen, können Sie da Platz nehmen, Sie müssen sich nicht auf den Diwan setzen. Nun, geht Ihnen ein Licht auf? – Ja, ich war vor mehr als einem Jahr schon mal hier, sagte ich, hier... Ich erstarrte, ich war einen Schritt nach vorn getreten und schaute in das hintere Zimmer, wo das alte gestreifte Sofa stand: vor diesem Möbel war in den Staub auf den Dielen säuberlich die Kontur eines zusammengekrümmt auf der Seite liegenden menschlichen Körpers gezeichnet; rings um die Zeichnung erkannte ich eine Unmenge von Fußspuren, von denen ein Teil ebenfalls nachgezeichnet worden war, so daß sich die Gänge eines einzelnen der angenommenen Anwesenden aus dem Gewirr der Stapfen heraushoben. – Ja, sehen Sie sich die Reproduktion der Spuren ruhig genau an. Der, den wir ausgesondert haben, hat erst auf dem Sofa gesessen. Er war ungeduldig, hat gewartet, sehen Sie die Spuren, die sich vor dem Sofa überlagern und verwischen, als ob er beim Sitzen sehr unruhig war, er schlug die Beine übereinander, wie man das so macht, erst das eine, dann das andre, hier ist der Staub von seinen Absätzen am Sofa, er hat mit den Beinen geschlenkert... und hat geraucht, da, eine Kippe nach der anderen. Dann muß endlich jemand gekommen sein, oder mehrere sind gekommen. Sie standen vor dem Sofa...

Ich wußte eine Sekunde lang nicht, ob sein *Sie* eine Anrede an mich war oder ob es auf die imaginären Personen hinwies, von denen er sprach.

– Standen vor dem Sofa, haben offenbar etwas besprochen. Auch der Mann auf dem Sofa stand vor dem Sofa. Sie haben offenbar etwas getrunken... vielleicht viel getrunken, hier standen die Flaschen. Sie konnten vielleicht nicht mehr richtig stehen... hier sind die vielen unkontrollierten Schritte, immer von denselben Schuhsohlen. Oder es gab Streit, jedenfalls eine kurze Auseinandersetzung. Hier sieht man die unkontrollierten Schritte, hier... hier... fast Ausfallschritte, oder fast ein Vorspringen, jedenfalls war da etwas los, das war keine friedliche Unterhaltung. Und dann lag da jemand auf dem Fußboden, und dann diese schnellen Schritte nach draußen. Erst noch die Schuhsohlen, die hier stehen und kurz hingucken, wie jemand da unten liegt, und dann der Weg schnurstracks nach draußen. – Und wer war die Leiche, fragte ich, und wo ist sie hingekommen? – Die Leiche? Er starrte mich an: War es denn eine Leiche? – Ich denke, das wollen Sie mir sagen? – Das wäre nicht mein Gebiet. Das wäre die Sache der Kripo. Habe ich Ihnen nicht meinen Ausweis gezeigt? – Dann sagen Sie der Kripo, das ist auch mein Gebiet nicht. Ich war nur einmal hier, weil ich mir die Wohnung ausbauen wollte... hier war auch mal eine schöne Wohnung! – Und wie haben Sie von dieser Wohnung erfahren? fragte mich der Sicherheitsbeamte. – Ich war mal in der U.-Haft, dort traf ich einen, der nannte mir die Adresse. Ich wollte schon immer gerne nach Berlin. – Ja, sagte er, wir wissen, daß Sie schon mal in der Obhut von Major Dora waren. Aber Sie haben großes Glück gehabt... was heißt hier Glück, alle haben wir mal mehr Glück, mal weniger Glück. Und wir wissen, daß Sie mit jemandem im Verwahrraum waren, den man Z. gerufen hat und den wir hier in Berlin nicht mehr sehen wollten. Ein ziemlich dunkler Typ, da wären Sie fast in ungute Gesellschaft geraten... geben Sie es nur zu! – Mag sein... ich meine, daß er für Sie nicht ganz gesellschaftsfähig war. Aber was hat das alles mit mir zu tun, ich habe ihn nie wieder gesehen. Und was hat das mit der Leiche hier auf dem Boden zu tun? – Leiche... Leiche! Was haben

Sie nur immer mit ihrer Leiche? Ich sage Ihnen doch, die Leichen kümmern uns nicht, das ist nicht unser Gebiet... – Die Fußspuren, die hier eingerahmt sind, sind nicht meine Fußspuren... – Ich wollte sie Ihnen nur mal zeigen... sehen Sie, da sind übrigens auch weibliche Fußspuren dabei. Aber hören wir auf damit, der Fahrer da unten wird wahrscheinlich langsam ungeduldig, er hat schon seit einer Weile Feierabend. Ich übrigens auch... aber Sie müssen nochmal mit ins Büro kommen. Ich werde Ihnen noch mehr zeigen.

Auf dem Revier mußte ich vor seinem Schreibtisch sitzen, und er legte mir eine Klarsichthülle hin, in der sich ein Papier befand, die Ablichtung einer Druckseite, die mir unbekannt war. – Da... lesen Sie! Kennen Sie das...?

Durch die gelbliche Folie las ich ein Stück Text, eine aus jedem Zusammenhang gerissene Seite, es war ein Bericht, oder vielleicht ein Feuilleton, mit offenbar literarischen Ansprüchen, so kam es mir vor, das von Lyrik handelte, vom Vorlesen lyrischer Proben in einem Kreis von Zuhörern, der vortragende Verfasser dieser Lyrik wurde andeutungsweise beschrieben, er war mir unsympathisch... ich begann noch einmal von vorn, der Vorlesende erschien als eine etwas unheimliche Figur, was als für ihn charakteristisch beschrieben war, in unbeholfen provozierender Weise las er, mit nuschelnder, falsch betonter Stimme in einer Anmaßung, die seine Verklemmung verstecken sollte; die abfotografierte Buch- oder Zeitschriftenseite schloß unten mit einem Doppelpunkt. – Blättern Sie ruhig um, es geht noch weiter, forderte mich der Beamte auf. Unter dem Blatt befand sich noch eine zweite Seite, die Fortsetzung, die in dem Zitat der lyrischen Probe bestand, von deren Lesung zuvor berichtet worden war – eine heiße Welle durchschoß mich, denn das Gedicht war von mir. Ich mußte den Text nicht erst zweimal lesen, in Bestätigung einer Vorahnung war mir die unauslöschliche Zeile mit meinem blödsinnigen »roten i-Punkt auf jedem Wort« ins Auge gesprungen. Ich suchte im Gesicht des Beamten verstohlen nach einer Regung, fand aber keine Spur des zu erwartenden Hohns, eher sah ich eine Art sportlicher Gespanntheit. – Wir müssen nicht groß drum herumreden, sagte er, Ihr Name wird in der Geschichte klar und deutlich genannt, Sie sind es, von dem hier, zwar kurz, aber immerhin, die Rede ist. Die Geschichte ist in einer westlichen Publikation erschienen, und auch der Verfasser ist uns bekannt. Meine Frage ist, auf welchem Weg ist der Verfasser zu Ihrem Gedicht gekommen? – Sie werden es nicht glauben, wenn ich Ihnen sage, ich weiß es nicht? – Ich könnte es glauben, aber ich darf es nicht, denn ich muß über unsere Unterhaltung Rechenschaft ablegen. – Diese Gedichtlesung, von der hier die Rede ist, liegt eine Reihe von Jahren zurück, sagte ich. Ich weiß es noch, aber ich denke ungern daran zurück. Wenn damals jemand dieses Gedicht gehört hat, so könnte er es aus dem Kopf jetzt kaum noch so genau wiedergeben. – Aha, ich verstehe! sagte er, nun mit einem Lächeln. Sie schlagen praktisch vor, daß wir gemeinsam herausfinden sollten, wer Ihre Gedichte in den Westen geschleust hat? Das wäre praktisch ein vernünftiger Ansatz... aber Sie müssen mir schon ein paar Antworten vorstrecken. Können Sie sich überhaupt nicht vorstellen, wer diese Gedichte erst kürzlich mitgenommen haben könnte? – Nein, das kann ich nicht, weil ich heute einen solchen Text überhaupt keinem Menschen mehr zeigen würde. Das sind ziemlich frühe Anfänge von mir, Sachen, von denen man später selbst nichts mehr wissen will. – Oh, ich denke, man sollte doch hinter dem stehen, was man schreibt. Und bestimmt ist das auch bei Ihnen so, sind Sie nicht jemand, der seine Lyrik gerne den Frauen widmet und sie an sie verteilt? – Mag sein, daß ich mir früher auch solche Schnitzer geleistet habe. – Sie wollen von früher aber auch überhaupt nichts mehr wissen. Aber vielleicht brauchen wir gar nicht so weit zurückzugehen. Haben Sie zum Beispiel schon mal den Namen *Zwie* gehört? – Nein, sagte ich erschrocken, einen Zwie kenne ich nicht. – Sie haben sich aber überall nach ihm erkundigt. – Nein... ja, eben darum, weil ich nicht weiß, wer er ist. Oder weil ich es nicht wußte... – Aber inzwischen wissen Sie es? – Nicht genau. Ich nehme an, es ist einer, der versucht haben soll, Leute von hier nach drüben zu bringen, ich weiß nicht, wie. Wie macht man so etwas, in einem dafür umgebauten Auto, oder so ähnlich. – Na also, dann wissen Sie ja schon viel. Bei uns nennt man das

Menschenschmuggel, aber auf diesem Ausdruck müssen wir nicht bestehen. Nur... ich möchte nicht in Ihrer Haut stecken, wenn Sie mit dem was zu tun haben. – Ich habe mit ihm nichts zu tun. – Aber Sie haben sich nach ihm erkundigt, Sie haben ziemlich lautstark nach ihm gerufen, Sie haben sogar ein Treffen mit ihm vereinbart, in der leeren Wohnung in der G. Straße. – Und wieso bin ich dann immer noch hier? – Daß Sie nicht selber rüber wollen, das wissen wir. Wir haben aber Grund genug anzunehmen, daß auf diesem Weg Ihre Gedichte nach drüben gekommen sind. – Das ist eine absurde Idee, ich sagte doch, daß ich an diesen alten Texten kein Interesse mehr habe. – Das ist sehr schade... was sagen Sie, wenn wir Ihnen beweisen, daß Sie Ihre Texte dem Zwie mitgegeben haben? – Das können Sie mir nicht beweisen! – Wir könnten es, aber wir wollen es nicht. Im Gegenteil, wir sind dafür, daß Sie die Sache nochmal machen. Nur sollen Sie uns den Zeitpunkt dafür mitteilen. – Wie stellen Sie sich das vor? – Wenn Sie einverstanden sind, sagen wir es Ihnen. – Und wenn ich nicht einverstanden bin? – Dann beweisen wir Ihnen, daß Sie es schon einmal praktiziert haben. – Erpressung also...? – Sie drücken es hart aus. Ich würde es eher eine freundschaftliche Übereinkunft nennen. Sie wären doch bestimmt damit einverstanden, wenn Ihre Texte drüben in einer ordentlichen Ausgabe veröffentlicht würden. Nicht in einem so lausigen Artikel, sondern in einem ordentlichen Buch, in einem guten Verlag... wir haben da unsere Kontakte. – Angenommen... sagte ich, angenommen, ich würde mich zu einer solchen Sache bereit erklären, wie, stellen Sie sich vor, sollte ich Verbindung mit diesem Zacharias Zwie aufnehmen? – Sehen Sie, Sie wissen sogar den vollständigen Namen. Sie sollen es so machen, wie Sie es beim ersten Mal gemacht haben. – Zum ersten Mal hatte ich Kontakt mit ihm, als ich seinen Namen auf einem winzigen Stück Papier las... das ich zerkaut und verschluckt habe. Wenn man das Kontakt nennen will, so war es ein ziemlich vollständiger und eindringlicher. Vielleicht treibt sich noch immer ein Rest dieses Namens in meinen Blutbahnen, in meinen Hirnströmen herum. Dabei blieb es dann aber... an späteren Kontakten wurde ich auf ziemlich böse Weise gehin-

dert. Sie können sich vielleicht nicht vorstellen, was man erlebt, wenn man sich die größte Mühe gibt, eine Geschichte zu schreiben, eine Geschichte zu erfinden oder sich aufzubauen, und wenn man nach und nach feststellt, daß alle Personen dieser Geschichte überhaupt nicht anwesend sind in dem Land, in dem die Geschichte spielt... sondern in einem anderen Land, getrennt von dem Schreiber durch eine unüberschreitbare Grenze. Selbst wenn ich einverstanden wäre mit einer Geschichte, wie Sie sie im Auge haben, wie könnte ich die Personen dieser Geschichte in den Griff kriegen, was weiß ich, wo ich sie...
– Natürlich würden wir Ihnen, wenn Sie Ihre Geschichte drüben veröffentlicht hätten, auch eine Lesung da drüben empfehlen. Und es ergeben sich da leicht Kontakte, man frischt alte Bekanntschaften wieder auf...
– Und das natürlich alles unter Ihrer Aufsicht?
– Ja gut, Sie müßten uns eben informieren. Ich merke schon, Sie sind im Grunde nicht abgeneigt. Sie müssen auch nicht sofort ja sagen, wir wissen doch, wo wir Sie finden können...
Er schwieg einen Augenblick, dann fuhr er fort: Sie wissen natürlich, daß dieses Gespräch zwischen uns hier nicht stattgefunden hat. Was Sie da vorhin sagten über die Abwesenheit ihrer Figuren, das war für mich sehr interessant. Ich habe nämlich auch mal Philosophie studiert. Und ich will Ihnen zum Abschluß ein kurzes Zitat vorlesen, das die Sache betrifft, von der Sie vorhin gesprochen haben. – Er öffnete die Schublade seines Schreibtischs, in der er offenbar, für mich unsichtbar, in einem Buch blätterte, um mir daraus ein Stück zu rezitieren.
– Das Denken ist nur ein erweitertes, auf Entferntes, Abwesendes ausgedehntes Empfinden, ein Empfinden dessen, was nicht wirklich, eigentlich empfunden wird; das Sehen dessen, was nicht gesehen wird... – Wissen Sie, von wem das ist? Es ist von meinem Namensvetter... diesen Namen aber müssen Sie am besten vergessen. Gemeint ist ein Namensvetter von mir, über den Karl Marx gesagt hat: Es gibt keinen anderen Weg zur Freiheit als durch den *Feuerbach*...
Als ich wieder auf der Straße war, wußte ich natürlich, wo-

her ich meinen *Blackout* hatte. Noch am Wochenende nach dem 1. Mai, spät am Abend nach dem schweren Gewitter, in das ich nach meiner Visite bei diesem Rechtsanwalt – Dr. Eberhard Geiz; überraschend hatte er sich als Z.s geheimnisvoller Bruder herausgestellt – geraten war, war ich allen inneren Widerständen zum Trotz wieder zur Speisegaststätte gegangen. Erneut hatte ich an dem *reservierten* Tisch Platz genommen, stillschweigend war es mir wiederum gestattet worden, und als ich mich in der Runde umzusehen begann, erschien es mir gar nicht verwunderlich, daß ich nun nur bekannte Gesichter zu sehen glaubte. Wir waren eine Enklave von Gesichtern inmitten eines gewaltigen Parks von Gesichtern, ich blickte auf ein Panoptikum charakteristischer Masken, hinter denen sich, immer wieder, mehrere Schichten anderer Masken verbergen mußten, ich sah Gesichter, von denen ich mich plötzlich schon jahrelang verfolgt glaubte, und wenn ich mich zusammenriß und mir sagte, ich habe all diese Leute noch nie wirklich gesehen, so argumentierte mein Wahn, daß meine Wahrnehmungen schon immer gestört gewesen seien; trügerische und verfehlte Wahrnehmungen hatten mich fortwährend darüber getäuscht: ich war umgeben von einem Kessel von Zusammenhängen, ich war in einen Filz von Begebenheiten und Verbindungen eingeflochten, daraus es kein Entkommen gab, alles hier war jedem bekannt, alle hier waren allen bekannt, und auch ich war allen bekannt, wie mir ebenfalls alle bekannt waren, schon immer gewesen waren, waren zu sein, inmitten, dazwischen, wobei, indem, während, als ob, es war eine Illusion, Gott vermöchte mit dem Federstrich durch einen Namen eine der Figuren aus diesem Filz herauslösen, niemand schied je aus diesem dicht verschlungenen Universum aus, selbst wenn er längere Zeit, für Jahre, abhanden gekommen schien: der erleichternde Schlag, der einen aus diesem Herdenuniversum hinauskatapultierte, fand nicht oder nur scheinbar statt, Gott, leichenstarr in der erkalteten Halle seines Himmels, hatte keine Möglichkeit mehr, sondernd und helfend in diese Inzestmasse einzugreifen, die ihren Kessel mit Mauern, Elektrozäunen und Minengürteln umzirkt hatte, innerhalb der Pyramide *unserer Menschen* prallten die bekannten Gesichter laufend zusammen, sie selbst waren sich ihre Grenzen, alles strotzte von Grenzen, nur der Unentrinnbarkeit des Daseins in diesem Clinch waren keine Grenzen gesetzt... das Bier, das ich trank, war das Bier meines Nachbarn, und ich trank es mit seiner Hand, Kora L., die überhaupt nicht hier sein konnte, saß am Nebentisch, wie immer, und ihr Nachbar, mein Bruder, lediger Postzusteller, hatte die linke Hand unter ihrem Pullover, deutlich spürte ich, daß es meine Finger waren, die sich unter den elastischen Seidenstoff ihres Büstenhalters stahlen, wollen wir uns bei mir treffen, fragte irgendwer, mit dem Gesichtsausdruck aus dem Haus Nr. 17, den ich kannte, Zuflucht vor einem Gewitter suchend, war ich ihm dort im Treppenhaus begegnet, und ich sagte: Ich muß da etwas klären, Sie haben vielleicht meinen Regenschirm gefunden, er stand, ich habe ihn vergessen, im Hausflur der Siebzehn... Nein, erwiderte sie, morgen noch nicht... Kora, sagte ich, wir müssen uns unbedingt treffen, ich kenne eine leere Wohnung in der G. Straße, man könnte sie vielleicht ausbauen, nächste Woche hab ich leider Nachtschicht. Wenn Sie weiter so brüllen, sagte der Büfettier, dann ist das Ihr letztes Bier! Darf ich mich Ihnen vorstellen, Kora, ich habe Sie schon lange gesucht, die Feuchtigkeit meiner Kleider dampfte und vermischte sich mit dem Schweiß, der mir von der Haut floß, Ronni, versehentlich stieß er mich an und goß mir den Rest seines Biers in den Nacken, Rauch, Koras Parfüm, dunkel strömten die Reden durch den Rauch, ein schwerer Filz von Gerüchen schien meinen Kopf einzuhüllen, ich schwankte auf dem Stuhl, mehrmals sank mir der Kopf wie ein Stein auf die Brust, leider habe ich Nachtschicht nächste Woche, aber früh... wann fängt Ihr Dienst an bei der Post... können wir uns die Wohnung kurz ansehen... können wir kurz einen Lokaltermin machen... – Guckt ihn euch an, schrie sie, er hat mich schon ein paarmal angesprochen. Das ganze Jahr schon quatscht er mich an, wenn er mich sieht. – Leni... er spricht dich doch mit Kora an! – Ich will von ihr nichts mehr hören, ich habe mit ihr sogar den Briefverkehr abgebrochen, ich will nichts mehr hören von Kora. Ich laß mich wegen ihr nicht mehr bespitzeln... – Kora! Kora..., rief ich und hörte gleichzeitig Ronnis scharf zischende Stimme an meinem Ohr: Mensch, halts Maul, es ist doch die Schwester! – Kora! Wir treffen uns am siebenten Mai in der G. Straße, in dem leeren Haus, um sieben bin ich da...

Die Haut schien mir unter den Kleidern zu kochen, bis zum Halsansatz schien mich ein schäumender siedender Harnisch zu umschließen, der mich bis ins Innerste zusammenpreßte, um den Hals war mir kalt, und es fröstelte mich, mein Gesicht, ich sah es in dem Wandspiegel über dem Tisch, glühte wie feuerrotes Eisen durch einen dunkelblauen Nebel, in dem ich unsichtbar zu werden begann... ungeheurer Lärm toste durch die Gaststätte, doch gleich war er nur noch in meinem Kopf, es war das Brausen einer sich nähernden Meeresbrandung, zuletzt sah ich, durch violette Schatten, die wie niedergehender Hagel flackerten, eine rasende Wut, eine fast unnatürliche Feindseligkeit in allen Gesichtern im Umkreis, ich war angestarrt von einer Wand aus Visagen, verzerrt von Aggression... und langsam begann diese Wand um mich zu kreisen. – Um sieben bin ich dort, um sieben..., brüllte ich, doch zu meinem Erstaunen konnte ich die eigene Stimme nicht mehr hören. Um sieben in der G. Straße... Mittwoch früh um sieben, hast du verstanden... Kora! Und ich werde hinkommen als *Z. Zwei!* – Macht Platz, er muß kotzen, hörte ich Wasjas Stimme. Ich fühlte mich untergefaßt und wurde durch die Gesichter hindurch – ich hörte ihr anschwellendes Rumoren, und plötzlich klang es wie ein wütendes gellendes Keifen – zum Hinterausgang geführt. Auf dem Hof riß ich mich los und begann wie wild auf die beiden einzuschlagen, Ronnis Hand, während ich mit den Fäusten in die Luft keilte, erwischte blitzschnell den Hoftorschlüssel aus meiner Tasche. – Spitzel, Achtgroschenjungs! wütete ich mit röchelnder Stimme. – Danke gleichfalls, Kollege, sagte Wasja und beförderte mich mit einem Stoß durch das offenstehende Tor. Inmitten einer breiigen Wüste von Kohlendreck und riesenhaften Pfützen ging ich in die Knie, irgendwo wirbelten ein paar irrsinnig kreisende Lichter, dann schien, unter heftigen Krämpfen, meine äußere Hülle nach innen zusammenzubrechen, ein letzter vergeblicher Versuch, Luft zu schöpfen, vervollständigte die Implosion, schwarzes Material schien mir jede Lebenszufuhr von außen zu verstopfen, Finsternis brannte mich aus, und ich war verschwunden.

Ich wußte nicht, wie lange ich gebraucht hatte, um aus dem Kollaps wieder aufzutauchen. Ich träumte wüst und sah einen farbigen Regenschirm, den die völlig nackte Frau Dr. Geiz aufgespannt vor mich hin hielt, um mich vor den heftigen Attacken ihres Mannes zu schützen, der mich – ich war etwa im Alter von zwölf Jahren und ebenfalls entkleidet – in einen Abgrund zurückzustürzen versuchte, aus dem ich soeben mühsam gekrochen war. – Irgendwann tauchte ich im Betrieb zur Nachtschicht wieder auf, der Brigadier fuhr zornig auf mich los, schwieg aber sofort, als er mich genauer ansah. Fünf Minuten später wollte er mich wieder nach Hause schicken, doch ich weigerte mich und sagte, er solle Kaffee machen. – Was haben wir für einen Tag heute? fragte ich. – Dienstagabend! sagte er.

Der Kaffee schläferte mich nach einem Schweißausbruch sofort ein, und ich schlief in einem Sessel in der Schaltwarte bis zum Schichtende durch. – Am nächsten Morgen erreichte mich der Kollaps ein zweites Mal. Zumindest war dies die Variante möglicher Wirklichkeiten, die ich anzunehmen entschlossen war, solange ich nicht daran dachte, *wo* sich der Blackout wiederholt hatte. Doch mir standen auch Vermutungen über ein Geschehen zur Verfügung, in dessen Verlauf mir jemand einen schweren Gegenstand, mit einiger Sicherheit war es eine leere Flasche, auf den Kopf geschlagen hatte. Das Zweite erschien mir eine Zeitlang wahrscheinlicher, besonders neigte ich dazu nach dem sogenannten Lokaltermin im Sommer, zu dem mich *Oberleutnant Feuerbach* geladen hatte; seinen Dienstgrad erfuhr ich, als ich meine Unterschrift unter ein sehr fragmentarisches Protokoll setzen mußte, in dem ich eine Aufforderung an mich zur Zusammenarbeit mit keinem Wort erwähnt fand, was mich für einen Moment beruhigte; auch meine Antworten zu den geheimnisvollen Irrwegen meiner Gedichte kamen mir glimpflich und zu meinen Gunsten entstellt vor, dabei waren sie sonderbar kommentierend: Der Autor C., wie begabt auch immer, hält seine Schriften nach eigenen Aussagen für völlig belanglos, was aus dem Satz hervorgeht: »Ich würde es überhaupt keinem Menschen niemals zeigen.«

Als ich am Morgen nach meiner ersten Nachtschicht dieser Woche – die meine zweite hätte sein müssen – gegen sechs aus dem Betrieb ging, war ich von solcher Benommenheit erfüllt, daß ich wie auf Watte ging und mich dicht an den Häuserwänden vorwärts tastete, meine Hörfähigkeit glaubte ich völlig geschwunden, ich atmete nur flach und unter starken Schmerzen in der Brust, so daß ich mich auf dem kurzen Weg zur Straßenbahn häufig verschnaufen mußte. In geringen Abständen ereilten mich Schweißausbrüche, und als ich nach zwei Stationen wieder aus der Bahn kletterte, schien ich einer Sauna entronnen. Ich stand vor dem Leerhaus in der G. Straße, und es war mir unmöglich, meinen Weg fortzusetzen. In der Frühe waren die Bürgersteige schon sehr belebt, und ich kam mir in meinem Zustand – erschöpft lehnte ich an der Tür zur Einfahrt des bewußten Hauses – wie eine höchst unangenehme Erscheinung vor... ich verdrückte mich in den Eingang und stieg zum Hochparterre hinauf. In der leeren Wohnung saß ich japsend auf dem Sofa im hinteren Zimmer: es war zu sehen, daß hier erst kürzlich ein Gelage stattgefunden hatte, Flaschen standen und lagen herum, Tabaksstummel und zerknüllte Zigarettenschachteln. In manchen Flaschen waren noch Reste, eine davon schraubte ich auf und versuchte einen Schluck, es war ein abscheuliches Gemisch, Wodka schien mit billigem Weißwein gestreckt worden zu sein, doch für einige Augenblicke war ich belebt. Dann kam der Kollaps, es begann damit, daß ich schläfrig wurde, der Straßenlärm verschwamm zu einer Art stürmischer Dünung, die rhythmisch abebbte und wieder aufschwoll, aus diesem Tosen hervor meinte ich plötzlich gellende, streitende Stimmen zu hören, ich riß die Augen auf, konnte jedoch zu meinem Entsetzen nichts mehr sehen, das Überschnappen erfolgte diesmal in Form eines furchtbaren Knalls in Höhe meines Schädels, dann war ich wieder verschwunden.

Wie ich dem Ort meines Unfalls diesmal entkommen war, blieb mir völlig verborgen, beim ersten Mal glaubte ich immerhin noch zu wissen, daß ich mich über Z.s Pfad davongeschleppt habe. Ähnlich mochte es nun wieder gewesen sein, nur daß ich danach eine Zeit durchmachte, in der ich überhaupt nicht mehr bei Sinnen zu sein schien. Es war mir gerade noch rechtzeitig gelungen, einen Krankenschein zu besorgen, dann floh ich – die dritte Implosion befürchtend, von der ich den Tod erwartete – in die Wohnung, und es folgten Wochen, aus denen mir nur die spärlichsten Erinnerungen zurückblieben. Die eine davon zeigte mich, wie ich das Küchenfenster öffnete und alle meine Vorräte an Schnaps und Wermut den Mülltonnen überantwortete. In einer zweiten sah ich mich bei dem Versuch, im Speiseschrank zu sitzen und zu philosophieren, was sich als ganz unmöglich herausstellte. Mein Wechsel auf die Bettkante hatte zur Folge, daß ich sofort umsank und einschlief. Ein paarmal erwachte ich mit Kopfschmerzen übelster Art, als ich aus dem Bett taumelte, schaffte ich es kaum zur Toilette, wo ich mich erbrach. Ich wußte nicht, wie ich wieder ins Bett gelangte, das Schlafbedürfnis, das ich verspürte, erschien mir unaufhörlich... endlich geschah es, und zwar regelmäßig in der Nacht, daß der Schlaf von mir wich und daß ich mich mit offenen Augen auf dem Rücken liegend fand: es waren Dinge in meinem Kopf, von deren Herkunft ich keine Ahnung hatte, ich glaubte plötzlich von Einzelheiten zu wissen, obgleich ich mir nicht denken konnte, wie oder wann ich von ihnen erfahren hatte; wenn ich darüber nachzugrübeln suchte, ermüdete ich schnell, ich gab das Grübeln auf und schlief wieder ein. Dann waren es Figuren, die mir bekannt waren, ohne daß ich wußte, woher... es waren tatsächlich künstliche Figuren, Marionetten in einem Spiel, in dem ich keinen Sinn erblicken konnte. Auch wenn sich mir einige dürftige Anlässe für ihr Erscheinen nennen ließen – als wirkliche Gründe waren diese Anlässe kaum zu bezeichnen –, so gab es doch noch einen weiteren, darüber liegenden Grund für ihr Kommen und Gehen, für welchen in dem engen Kessel meines Denkens kein Anhaltspunkt zu finden war. Ich wußte nicht, welche Metapher ich dafür wählen sollte: vielleicht war ich bis zu einem bestimmten Akt allein auf einer Bühne gewesen, dann aber hatte sich der Raum mit vielen Personen gefüllt, die das Stück nach Anweisungen fortspielten, die ihnen sehr genau bekannt waren, während ich die Anweisungen und auch meine Rolle in der Zeit, in der ich allein gewesen war, vergessen hatte. – Oder das Ganze war eine Geschichte, die schon immer existiert hatte und in die ich irgendwann eingetreten war, mit dem Wunsch, meine eigene Geschichte daraus zu machen. Doch dabei hatte ich nicht bedacht, daß sie, die Geschichte, schon viel älter war als ich, daß sie schon lange Zeit vor mir existiert hatte und daß sie nach mir noch viel länger würde weitergehen, ohne mich, und daß all diese Figuren, die jetzt auftauchten, die Geschichte schon längst in Anbetracht – und sogar in Nichtbeachtung – der Tatsache fortsetzten, daß ich aus ihr ausscheiden würde. – Woher, zum Beispiel, wußte ich plötzlich, daß Kora L. eine Schwester hatte; die beiden Schwestern – so ging dieser Teil der Geschichte – hatten zusammen in der F. Straße gewohnt, im Haus Nr. 17, aber es war zwischen den beiden Frauen zu einem so schweren Zerwürfnis gekommen, daß sie sich schließlich, für immer, so meinten sie, getrennt hatten. Aus welch einem verteufelten Grund hatte *ich* unbedingt der Mann sein wollen, der der Auslöser dieses Zerwürfnisses war? Warum konnte ich mich nicht mit der Vermutung zufriedengeben, daß eine für mich einigermaßen imaginäre Figur, ein Findling namens Z., die Rolle dieses Auslösers gespielt hatte? Vielleicht, weil ich ebenfalls ein Mensch ohne Herkunft war... der sich deshalb nur für die von ihm selbst inszenierten Entwürfe bestimmt glaubte... und war nicht jeder Mensch, der ohne Gott war, ein Mensch ohne eigentliche Herkunft... und waren dies nicht inzwischen alle Menschen? War nicht das Universum, in dem ich aufgetaucht war, inzwischen ein Universum ohne Gott, und konnte diesem Universum die Geschichte, die es mit seinem Dasein im Auge hatte, nicht ebenso fehlgehen wie mir?

Konnte dieses Fehlgehen nicht um so leichter eintreten, wenn ein irgendwann inmitten der vielfachen Prozesse aufgetauchter Bruder Mensch dieselben, oder einige davon, ganz für die Ordnung seiner – um einer eigenen Geschichte willen inszenierten – Entwürfe mißbrauchte... mußten die Konstellationen dann nicht zwangsläufig erschüttert werden, wurde das

Scheitern dadurch nicht geradezu die wahrscheinlichste aller Möglichkeiten?

Der Hieb auf meine Schädeldecke war ein ganz untrügliches Zeichen gewesen. Es bedeutete, daß ich in dieser Geschichte nichts mehr zu suchen hatte, ich war ausgeschaltet und schon weitgehend vergessen, und dies auf eine Art, in der ich mir lästige Figuren früher selbst aus meinen Geschichten eliminiert hatte. Die mir auf dem Scheitel zerspringende Flasche war für mich der Punkt auf dem »i«: Finis! – Was ich, aus ungeheurer Entfernung, von der Geschichte noch wahrnahm, ließ sich mir zu einigen fadenscheinigen Annahmen zurechtschneidern, die meinem Stoff nichts mehr nützten. Während ich in der leeren Wohnung in der G. Straße am Boden lag – dies war der Fall an einem Mittwoch, dem 7. Mai, in der siebten Morgenstunde –, waren Fetzen eines Wortgefechts an mein Ohr gedrungen, die mein Gehirn durch Zufall aufgespeichert hatte: es ging um Zacharias Zwie, jedenfalls war sein Name gefallen, der wieder nicht gekommen sei. Die Frage war, wer daran schuld sei, daß es mit den Abmachungen nicht geklappt habe. – Wir können die ganze Geschichte nochmal von vorn anfangen... und dann muß man besser aufpassen, daß sich nicht wieder Spitzel einmischen. – Eine weibliche Stimme hatte es für besser gehalten, das Datum zu ändern: Das Datum muß doch langsam auffallen. Das Datum ist zu bekannt. Schon Koras Verlobter kannte es, und er hat schon einmal alles verdorben, weil er Angst um ihr Leben hatte... – Zwie besteht auf dem Datum, er sagt, er weiß noch genau, welches Gefühl es war, als er selbst am Tag der Befreiung drüben aus dem Auto kroch. Das Licht plötzlich, sagte er immer wieder, das Licht, ihr könnt es euch nicht vorstellen. Und der antifaschistische Schutzwall lag hinter mir! – Trotzdem ist es eine dumme Idee, und mir wäre der Tag völlig egal... – Ihm ist er nicht egal, er ging an einem 8. Mai ins Gefängnis und sagte sich, das Datum vergesse ich nicht wieder...

Je länger ich auf dem Rücken lag und, in das Dunkel starrend, über die Geschichte nachdachte, um so mehr spürte ich, wie weit sie mir schon entrückt war; ich fragte mich, ob sie mich vielleicht für tot gehalten hatten, als sie so offen vor meiner Person sprachen, die in ihren Augen doch offensichtlich ein Spitzel war. Ein Spitzel... ich überlegte, ob ich nicht selbst auf eine solche Idee gekommen wäre: wenn ich mir die Rolle vergegenwärtigte, die ich gespielt hatte, so erschien sie mir wie eine vollkommen imaginäre, künstlich aufgeblähte Rolle, die bestenfalls die eines Zuschauers und Lauschers war... es war eine nichtige Nebenrolle, eingreifend konnte sie beim besten Willen nicht genannt werden; um so mehr kam ich zu der Überzeugung, daß sie für mich zu Ende war. Und natürlich hatten sie sich ganz genauso verhalten: nebensächlich, was sie über die Situation wirklich gedacht hatten, sie hatten miteinander gesprochen, als sei ich überhaupt nicht mehr vorhanden. Wenn ich einen Vergleich dafür suchte, was ich für sie gewesen sein mußte, so brachte ich es am ehesten noch mit einer Fiktion, ähnlich der von der geheimnisvollen Fremden, in Verbindung: *ich* war in dieser Geschichte der geheimnisvolle Fremde, der für kurze Zeit etwas vom Leben der anderen an sich riß, um es dann wieder abzustoßen und zu verschwinden... ich war damit vielleicht ein Rudiment aus einem zweiten, illusorischen Anteil, der sich in jedem Menschen von Zeit zu Zeit an die Oberfläche kämpfte, sonst aber verschwunden war: ein abwesender Teil. – Mir indessen hatte es gerade noch gefehlt, daß nun zu allem Überfluß auch die Schwester der Kora L. ihren Weg durch meinen Kopf genommen hatte – nachdem mir dies schon mit dem geheimnisvollen Verwandten von Z., mit seinem Bruder, geschehen war – die Verstrickungen der Anwesenheit waren unentwirrbar: die Schwester, die, ich wußte inzwischen auch dies, mit Namen Helena hieß, aber meist Helli oder Leni oder Lena, gerufen wurde: ihr Auftreten bestärkte mich in dem Gefühl, daß sich mir von einer bestimmten Stunde an Figur auf Figur in den Raum meiner Geschichte zu drängen begonnen hatte, mit einer Unaufhaltsamkeit, gegen die ich machtlos war, und daß keine dieser Figuren meine Existenz in diesem Raum wirklich wahrnahm, noch auch Lust dazu verspürte. Ab einem bestimmten, mir selbst undeutlichen Zeitpunkt war ich überflüssig geworden. Nur hatte ich erst noch den definitiven Schlußpunkt auf dem Schädel spüren müssen. Er war mir vorausbestimmt gewesen: er trug das Datum des 7. Mai, an diesem Tag um sieben Uhr war die Projektion Kora L. mit einem Schlag in mir ausgelöscht worden.

Auf dem Heimweg vom Polizeirevier des Stadtteils S., nach meiner *Vorladung*, mußte ich den Kanal überqueren; dabei ahnte und hoffte ich schon, daß ich ihn zum letzten Mal überqueren müsse. Nun schrieb ich endlich an Lona in M., unter dem Vorwand, sie wisse vielleicht, ob in der Gießerei eine für mich annehmbare Arbeitsstelle vakant sei, um die ich mich nach meiner Rückkehr, die demnächst zu erwarten sei, bewerben könne. Ich machte mir keine Gedanken darüber, daß ich keine Antwort erhielt, denn ich wollte mir die schönen Sommermonate nicht vertrüben lassen. – Wirklich verging der Sommer, ohne daß ich mir den Kopf über Gebühr strapazierte, ich wartete auf eine neue Geschichte... mit der alten war ich fertig – später wollte ich in diesem Warten einen der Hauptgründe dafür erkennen, daß mir der Aufenthalt in Berlin an Belanglosigkeiten förmlich erstickt sei –, wie gesagt, ein paar völlig konfuse, zusammenhanglose Sätze waren mir übriggeblieben, und nur die Furcht, den einen Satz zu verpassen, der vielleicht noch kommen konnte... den Satz, durch welchen Berlin für mich existent und unverlierbar wurde, den Satz, der das Gedächtnis zum Verweilen einlud, der die schön wandelnde Gestalt des Gedächtnisses noch einmal aus dem Schlaf riß... dieser Satz hielt mich davon ab, die Wohnung in der F. Straße zu räumen. Aber es war natürlich ein unmöglicher Satz, auf den ich da wartete. Ich dachte daran, daß ich die fixe Idee gehabt hatte, eine bestimmte Wiederbegegnung fände für mich immer entweder im Frühjahr oder im Herbst statt: im Frühjahr oder im Herbst ereile mich dieser Zufall... dieser zwangsläufige Zufall, der mich auf der Straße unversehens, bei Gegenlicht, durch die Abwesende hindurchgehen ließ, nur im Frühjahr und im Herbst gäbe es das berühmte Licht, in dem ich so überraschend von Flammen verhüllte Gestalten erblickte und selbst so sonnenübergossen schien, daß es mir geschehen konnte, ohne Wahrnehmung in die Abwesenheit hineinzulaufen... wenn ich ahnungslos in die Allee einbog, wenn mir aus dem Überfall der Blendungen sogar Tote entgegengewandelt kamen. Das Gedächtnis erhielt sich mir nur als ein Brennen – und wenn es das Frühjahr gewesen war, so hatte ich Zeit, auf den Herbst zu hoffen. Einstweilen fühlte ich mich den Sommer über sehr gut, genauer gesagt, ich hielt in einer Langeweile aus, wie sie kein direktes Unglück ist, mit einigem Erfolg vermied ich die extremen Anfälle schwerer Melancholie, so daß ich mich kaum noch hinter die unsauberen Tische jener Kaschemmen geknüllt sah, wo mir die finstersten Figuren als Trinkkumpane gerade recht erschienen waren. Diese Wochen enthielten zu wenig Schimpfliches, als daß ich sie nicht hätte übergehen dürfen... nur manchmal kam mir allen Ernstes die Idee, das Gehirn sei mir ausgewechselt worden, und ohne daß ich etwas davon mitgekriegt hätte... wenn ich die Erinnerung an eine Art Hammerschlag auf den Hinterkopf nicht rechnete, da ich ihn für eine bloße Einbildung hielt. Für Momente ängstigte mich der erwähnte Gedanke tatsächlich, und dann war ich sicher, man habe mir ein ziemlich alltägliches Hirn unter die Schädeldecke verpflanzt – während man das alte vielleicht, samt der Erinnerung an die Operation selbst, dem Müll überantwortet habe – und zwar ein Hirn... wortwörtlich gebrauchte ich in solchen Momenten den bedenklichen Ausdruck... von *ganz gewöhnlichem Standard*, ein Denkwerkzeug, wie es der angepaßten Existenz eines vollkommen normalen Werktätigen genügte. Wenn mich solche Ideen plagten, bemerkte ich, daß ich mich auf eigentümliche Weise überwachte, ja observierte, wobei sich beispielsweise folgende Sätze in meinem Kopf verfertigten: Heute, am 30. September, vier- beziehungsweise fünfmal am Leerhaus in der G. Straße vorbeigegangen, immer aus verschiedenen Richtungen kommend. Dabei fiel auf, daß der Betreffende bei der Annäherung an das Haus den Schritt wesentlich verlangsamte und Blicke auf einige Fenster im Parterre des Hauses zu werfen schien, die man als intensiv aber verstohlen bezeichnen muß. Dann, nachdem er das Haus passiert hatte, ging er wieder schneller. Die Ungenauigkeit der Zählung beruht darauf, daß er nach der noch unvollendeten vierten Passage des Hauses wieder umkehrte, sich unauffällig verhaltend, als habe er nur etwas vergessen, und noch einmal den Weg zurückging. Danach schlug er den Weg zum Kanal ein, wo er einige Zeit auf den Bänken am Ufer saß. – In der Hoffnung, doch noch auf einen meiner *unmöglichen* Sätze zu stoßen, notierte ich mir diese Zeilen schon unten am Kanalufer... wissend, daß ich diese Art der Notizen spätestens am Abend, wenn mich die verrückten Ideen von meiner Gehirntransplantation zu ärgern begannen, für gefährlich halten würde: doch es war irgendein abenteuerlicher Reiz dabei, der mich an die Zeit erinnerte, als wir uns die Geschichten von den geheimen Missionen irgendeines Zyprian ausdachten. – Das Sonnenlicht inszenierte auf der trägen Strömung des Kanals ein Blendwerk, auf dem ich meine Augen nicht lange verweilen lassen konnte... es war unverkennbar, daß ich auf eine Nachricht von *Feuerbach* wartete. Diese aber kam nicht, und ich dachte nicht daran, den Kanal zu überqueren... damit hätte ich mich zu nahe an das Revier seiner Ausstrahlung gewagt, damit hätte ich ein Zeichen von ihm vielleicht herausgefordert.

Nach der Vorladung meinte ich, mich in der nächsten Zeit nicht ablenken zu dürfen, und ich verzichtete vorläufig auf den geplanten Urlaub. Der Brigadier schüttelte den Kopf und wies auf das schöne Wetter hin. Ich sagte, ich wolle nach der Restzahlung im November Urlaub nehmen. Vorher empfände ich mich am Ort als unabkömmlich, da ich gewisse Erwartungen, die in der Luft lägen, nicht gefährden dürfe. Da er wußte, daß ich nicht gern Konkretes über meine literarischen Vorhaben äußerte, hatten wir uns auf einen ironischen Tonfall geeinigt, mit dessen Hilfe sich erklären ließ, daß es keine wirklichen Probleme gab, sondern daß ich *nur* in meine Fiktionen verstrickt sei. – Du bist also guter Hoffnung, sagte er, und es braut sich in deinem Kopf wieder mal ein Bestseller zusammen? Ist es ein Krimi... und wer ist diesmal der Mörder? – Niemand. Obwohl es ein Krimi werden könnte. Aber die Geschichte ist zu einer Sache des Geheimdienstes geworden. Der Mörder stellt plötzlich fest, daß er all seine Pläne auch sehr gut dem Geheimdienst überlassen kann... es kommt mir vor, als ob alles, was ich denke, immer häufiger bloß zu einer Art Inhaltsangabe wird, aber ich weiß nicht, warum das so ist. Der Geheimdienst sorgt dafür, daß die Geschichten passieren, und er sorgt dafür, daß das, was passiert ist, aufgeklärt wird... deshalb nennt er sich Geheimdienst... und schließlich sorgt er noch dafür, daß das Aufgeklärte in angemessener Form auf der Bühne der Publizität erscheint. Ich beziehe das selbstverständlich alles auf den fiktionalen Bereich. Und wenn ich es darauf beziehe, dann denke ich daran, daß es dem Geheimdienst selber am liebsten ist, wenn er als eine Fiktion gilt. Der Besitz der Macht, und noch dazu der vollständige Besitz der Macht, hat immer einen unangenehmen Leumund zur Folge. Wenn ich jetzt überlege, wie ich es anstellen kann, ihnen meine Geschichten zu überlassen, ohne offen und vor aller Welt die Grenze, die mich von ihrem geheimen Territorium trennt, zu überschreiten, so stehe ich vor ziemlich unlösbaren Problemen. Wie zum Beispiel fängt man es an, wenn man ihnen ein Zeichen geben will... am besten redet man einfach darüber, dann kriegen sie es unter Garantie mit... daß die Sache ihren Lauf nehmen kann, daß sie mit mir rechnen können. Oder jedenfalls mit der Hauptfigur der Geschichte... du verstehst, ich rede von einer Fiktion. Ich bin dabei, irgendein Versatzstück aus der Trivialliteratur zu erfinden, das ihnen sagt, sie können sich bei mir einnisten, in meiner Nische, um dort auf weitere Informationen zu warten. Wie zum Beispiel kann ich ihnen mitteilen, daß Schopenhauer das Feld geräumt hat, daß der Platz frei ist, daß die Fiktion beginnen kann, ins Unendliche zu expandieren. Damit stehe ich wirklich vor einem unlösbaren Problem, und ich muß dieses dem Geheimdienst überlassen. Unter der absoluten Herrschaft der Fiktion können Nachrichten der Wirklichkeit nur noch in Form von Kassibern kursieren, und in einer solchen Form ist die Wirklichkeit allen denkbaren Fehldeutungen ausgesetzt. Aber das ist nicht so schlimm, die Besitzer der Macht... sie sind gleich: Besitzer der Fiktion... haben die Deutungen ohnehin in der Hand. So muß ich mich beispielsweise nicht fragen, ob sie ein Wort wie *Entlassung* mißverstehen könnten. Ganz sicher würden sie es nicht so verstehen, daß ich eine Entlassung aus der Fiktion im Auge habe, sondern sie wären sofort überzeugt, ich hätte mich entschlossen, meiner Entlassung aus der Wirklichkeit zuzustimmen. Sie haben dafür übrigens ihre Rechtsanwälte. Jeden Vormittag zum Beispiel, wenn ich die Zeitung kaufen gehe... und dabei bin ich immer auf der Suche nach einer bestimmten Literaturzeitschrift... an die dauernden Verzögerungen ihres Erscheinens bin ich schon gewöhnt... weil ich immer erschrocken daran denke, ich könnte darin plötzlich Texte von mir finden, die ganz ohne mein Zutun da reingekommen sind... und wenn ich mich unten am Kanal ein bißchen ausruhe, bei schönem Wetter, versteht sich, also fast jeden Tag, dann kommt mir die Welt, in der ich herumlaufe, so unwirklich vor, daß ich mich nicht mehr vom Gegenteil überzeugen kann... oder daß ich lebe, kommt mir so unwirklich vor, oder beides zugleich, daß ich mich frage, warum wehre ich mich noch, ich sollte ihnen die Nachricht über meine Entscheidung zukommen lassen... und ich habe tatsächlich schon ein Schuldgefühl, weil ich es nicht tue... nach der sie mir ihrerseits das Zeichen geben können, daß die Sache in dem Topf ist, wo sie kochen soll. Welches Zeichen werden sie mir geben, frage ich mich, ein Zeichen, das mich beruhigt? Ein Zeichen, daß ich nichts Böses getan habe, ein Zeichen, daß ich nicht die Monsterfigur eines Krimis bin, daß ich mich nicht, vielleicht während einer Art von Blackout, in einen Totschläger verwandelt habe. Ich muß sie einladen zu mir, ich muß ihnen tatsächlich die Nische, in der ich zu hocken pflege, überlassen... es wäre nur noch eine Formalität, sie haben sie sowieso schon. Dort bei ihnen, dort gibt es einen Typ, der mir wirklich gut gefällt, ein Philosoph, der später... nicht so, wie ich es mir in der Rolle einer der Personen, in der ich auftrat, selber gewünscht hätte, sondern umgekehrt... der später auf Jura umgestiegen ist... ich weiß nicht, vielleicht unter väterlichem Einfluß, der immer eine Art göttlicher Einfluß ist. Aber genug davon, wie mache ich es, daß er eine Nachricht von mir kriegt, die ungefähr lauten müßte: »Nimm nach Entlassung meine Wohnung F. Straße!« Ich kann doch nicht einfach alle Grenzen überschreiten und hingehen und ihn auf den Mund küssen, mit einem gnadenlosen pudelnassen Bruderkuß... oder sollte ich das mal kurz tun, was meinst du? Ob ich damit wirklich mehr Glück und Erfolg hätte? Ich stehe in diesem Punkt wirklich vor einem Problem...

9 Die Tage nach dem Auffinden der Annonce in der Zeitung bleiben für mich dunkel und verworren. Ich weiß nicht, ob ich das Blatt selber kaufte... für wahrscheinlicher halte ich inzwischen, daß ich es in der Schaltwarte vorfand, es lag auf einem Platz, der nicht sein gewöhnlicher war, es lag in dem Buch, das die Tabelle zum Eintragen der Härtegrade und pH-Werte des aufbereiteten Wassers enthielt: offenbar sollte die Zeitung dem Wassermann in die Hände fallen. Dieser Verdacht trug dazu bei, daß ich in der Annonce binnen kurzer Zeit das *Zeichen* zu erkennen glaubte, das ich erwartet hatte. Allerdings war es ein schwer zu deutendes Zeichen, den erhofften Gnadenerlaß an mich konnte ich nicht herauslesen. Übrigens brachte ich dafür Verständnis auf, mit der Geschichte, durch die ich mich geschlagen hatte, konnte ich bestenfalls auf einem Platz im Mittelfeld landen: ich glaubte mich darin mit *Feuerbach* einer Meinung. – Die Erinnerung an die ersten Novembertage in Berlin bleibt mir so lückenhaft, es ist eine so widerstreitende, aufgescheuchte Erinnerung, daß mir ein wirkliches Bild erst auftaucht, als ich schon wieder beruhigt erscheine: es zeigt mich allein in der Schaltwarte, es ist die Situation meiner letzten Nachtschicht... der letzten Nachtschicht meines Lebens. Und es ist meine letzte Nacht in Berlin: während des vorausgegangenen Tages hatte ich mir im Betrieb die Restzahlung abgeholt und gleichzeitig den Antritt meines Jahresurlaubs bekanntgegeben: der Brigadier wisse darüber Bescheid. – Das könne nicht sein, erwiderte man mir zu meiner Enttäuschung, der Brigadier habe soeben telefonisch mitgeteilt, daß er einen Tag abfeiern wolle, daß ich die kommende Nachtschicht allein fahren müsse. Heute abend müsse ich auf alle Fälle noch einmal kommen. – Gut, sagte ich mir, dann werde ich noch eine Nacht darüber nachdenken, ob ich alles erledigt habe, noch einmal werde ich die Fetzen vor meinem Auge passieren lassen, jedem einzelnen der Fetzen noch einmal nachsinnen, noch einmal vielleicht werde ich versuchen, die Vision hervorzurufen, ich säße auf dem speckigen, staubgefüllten Diwan im Leerhaus in der G. Straße, noch einmal hinge ich an dem Traum, meine Nische mit dem Diwan vertauscht zu haben... während draußen im Hof die Totschläger defilieren, während draußen im Hof die Totschläger ihre Autos wienern. Noch einmal versuchen, hinter Dunst und Rauch zu blicken, in die Schattenwelt zu blicken, noch einmal einen zündenden Gedanken vor dem Acheron bewahren...

Es war eine Novembernacht, und jeden Augenblick konnte es geschehen, daß die Atmosphäre die Luft anhielt, um zu Eis zu erstarren. Die Schaltwarte aber war überheizt, und das Kesselhaustor zum Hof stand weit offen, um zumindest einen Atemzug Kühle hereinzulassen. Es war ein sonderbarer Kontrast, wenn man hinaus in das Kesselhaus trat, konnte man kaum in Hemdsärmeln gehen, während in der Schaltwarte die großen Scheiben, vor denen man saß und hinaus auf die Dampfkessel schaute, von feuchter Wärme andauernd beschlagen waren, daß man meinte, in einem Treibhaus zu sitzen... in einer subtropischen Zelle, die Gummibäume, deren Blätter gilbten und resigniert ihrem Abknicken entgegentrockneten, trugen ihr Teil zu diesem Eindruck bei... draußen ragte, fast bis zum Tor herein, das Geäst einer entlaubten Linde aus dem Dunkel, die allein dem Beton des Hofpflasters noch nicht hatte weichen müssen, ihre Zweigspitzen waren schon von gefrorenen Wassertropfen geziert, der Niederschlag eines Abdampfrohrs, das seinen weißen Strahl mitten durch ihr Geäst verströmte, erzeugte sie immer wieder neu, und sie glitzerten fremd im Licht der Hoflampen, wenn die Dampfwolken sie einmal freigaben. Wenn ich die Augen schloß, glaubte ich inmitten einer Kaverne zu sitzen, in der sich ein schwüler und lähmender Sommerrest konserviert hatte, der vom Grimm des ersten novemberlichen Frosteinbruchs draußen vor der Tür nicht zu erreichen war. Die Nacht war dunkel, obwohl es in ihr einen fernstehenden Mond gab, unsichtbar für mich, doch sein fahles Leuchten schien mir, im Verein mit den stechenden Hoflichtern, die irgendwo im Hintergrund der Nacht gleichmäßig flammten, getrübt durch die vor mir angelaufene Scheibe, beim plötzlichen Aufblicken, wenn ich mir eine Bahn auf dem Glas freiwischte, um die roten Augen der dröhnenden Kessel besser sehen zu können... schien mir, im Zusammenspiel all dieser verwirrenden Reflexe, eine Farblegierung zu bilden, die, nach Art eines Vorhangs vor dem offenen Hoftor, der sich in den heranjagenden Dampfwolken aus dem Abdampfrohr leicht bewegte, von einem finsteren Violett war. Der Vorhang reichte mir bis in den Schlaf, der mir verboten war... Edgar Allan Poe, Ligeia... die Fratzen des Vorhangs, umlaufend in ihrem Wechsel zwischen Weinen und Grinsen, wenn Hitze und Kälte zusammenprallten und dem schweren düsteren Brokat der Nacht leichte Wellen, leichtes Kräuseln mitteilten, die sich zu Larven verformenden Arabesken in den wogenden Lüften zeigten mir die Zähne... während ich in meinem Sessel immer tiefer sank, immer tiefer in den Rauch fiel, der sich am Boden dunkelblau verdichtete, aufschreckend erst, wenn mit Klirren ein Blatt von einem der Gummibäume brach... und sofort weitersank, dem auf Wogen sich drehenden Blatt hinterdrein, schuldvoll, da ich doch wußte, ich habe den Leichnam einer schönen Abwesenden zu bewachen, einer kühlen Dame, der manchmal in der feuchtheißen Luft einige Schweißperlen aus den Schläfen traten, einer vollkommenen Schönheit, aus deren schwarz umrahmten Antlitz ein kaum merkliches Wangenrot nicht weichen wollte... wenn knallend die Saite eines der Kessel zersprang, schien sie zu erschrecken, wenn die Saite platzte wie ein Äderchen und eines der singenden Ungetüme sein wogendes orgelndes Requiem unterbrach. Mit einem spitzen, fast menschlichen Aufschrei zersprang die Ader, und ich erhob mich träge, verschlafen wie ein ungeschlachtes Tier, um den Kessel wieder einzuschalten, bevor mich seine Alarmsirene vollends wecken konnte.

Wenn ich die Augen nicht geschlossen hatte, blickte ich durch die gläserne Vorderfront der Schaltwarte auf die kompliziert funkelnden Monstren der modernen Ölfeuerungsanlage, deren Chorgesang ich bei geschlossener Tür meiner fast schalldichten Kanzel nur als einen gleichmäßigen und diskreten Lärm wahrnahm. Wenn sich einmal, was vorkommen konnte, einer der Kessel an einem falschen Luftzug verschluckte und die Verbrennung abriß, ertönte nach etwa einer halben Minute ein rauh gellendes Alarmsignal, das von einer Fotozelle ausgelöst wurde. Wenn ich den Alarm durch Knopfdruck abschaltete – oder wenn es mir schon vor seinem Ertönen gelang, die Taste zu drücken –, begann die Maschinerie der Brennereinrichtung ein bestimmtes Programm zu durchlaufen, bis in Sekundenschnelle der peitschende Schlag der Zündkerze den Kessel wieder in Gang setzte; der Dampfdruck fiel während einer so kurzen Unterbrechung kaum ab und regulierte sich schnell wieder auf der gewünschten Höhe ein, so daß man in der Wäscherei drüben den kleinen Ausfall kaum bemerkte. Man nannte diese Technik einen Flammenwächter, ein sinniger Name, und ein Mensch wie ich, der einem solchen Wächter unterstellt war, schien eher Ideen zu nähren, wie er die Wachsamkeit des letzteren hintergehen könne... wie anders hätte es sein können, als daß die Funktionsbezeichnungen der Anlage für mich ihren Bereich überschritten, daß sie in meinem Unbewußten immer wieder Signalcharakter annahmen und daß ich sie dann auch bewußt mit den Dingen meines Lebens vermischte, welche im Grunde von jenen nur der objektiven Nutzanwendung vorbehaltenen Räumen getrennt waren. Der Name der Firma »Blütenweiß« stieß mich ab... auch wenn es nur der längst einem Kombinatsnamen gewichene Firmenname vergangener Zeit war, der noch immer in allgemeinem Gebrauch war... gut möglich, daß mich der Name schon im Gefühl abgestoßen hatte, noch ehe ich seine Albernheit wirklich bemerkte... wenn mir die Bezeichnung »Flammenwächter« einfiel, überlegte ich vielleicht sofort, wie ich den Philosophen Feuerbach hintergehen könne... wenn ich das Wort »Fotozelle« hörte, so dachte ich an die Aufnahme, die von meinem Kopf in der Haftanstalt für die Kartei der Insassen angefertigt worden war... ich entsann mich, wie ein älterer korpulenter Uniformierter mit scheinbar hohem Dienstrang das Foto über Gebühr eingehend betrachtete und es dabei ohne die mindeste Dezenz mit meinem Gesicht verglich, während ich vor seinem Schreibtisch strammstand; später stellte sich heraus, daß ich es mit dem berühmten Major Dora zu tun gehabt hatte... und das Wort »Aufnahme« erinnerte mich daran, wie ich in den ersten beiden Tagen nach meiner Verhaftung die mir schreckerregenden Stationen derjenigen Abteilung der Anstalt durchlief, welche die »Aufnahme« hieß und in der es scheinbar um nichts als um meine Identität ging, ein Wort, das mir in meinem Zusammenhang irrsinnig verfehlt vorkam, weshalb ich mich von dem Begriff so haltlos abgewandt zeigte, daß ich, wenn man mich beim Namen nannte, so verzögert reagierte, bis ich mir auch das mindeste Wohlwollen meiner Würde gegenüber verscherzt hatte... bis ich mich in der Zelle schließlich davon erholte, daß mir eine Identität, die meine, aufgezwungen worden war; und ich erholte mich davon, indem ich mich befreit aufatmend als ein *Nichts* fühlte... und ich dachte bei dem Wort »Fotozelle« an Kora L., an mein Erlöschen in Berlin, und vielleicht auch an meine Zukunft. Ich dachte an die psychologischen Assoziationen, die man während meiner Vernehmungen angestellt hatte, damit meine Schuld einen Sinn bekäme... die Sprache, dachte ich, ist eine Mülhalde von pseudosemantischen Gemeinplätzen, ein Neusprech von doppeldeutigen Unwörtern. Wenn ich aus der Geschichte, die ich hinter mir hatte, ausgeschieden war, dann mußte ich erst wieder auf die Suche nach den Wörtern gehen. Oder war das Nichtfinden der Wörter ein Beweis dafür, daß ich aus der Geschichte noch nicht ausgeschieden war? Nein, ich war ausgeschieden, weil ich die Wörter nicht gefunden hatte! Das hieß, ich hatte die Geschichte nicht erzählt. Die Annonce war das Zeichen dafür, daß ich die Geschichte nicht erzählt hatte. Tödliche Belanglosigkeiten hatten mich in den letzten Jahren in Anspruch genommen. Und ich hatte Herrn Feuerbach nichts zu bieten, er hatte sich geirrt, als er Hoffnungen in mich setzte. Was ich ihm zu bieten hatte, stand zu Hause auf dem Schreibtisch.

Oder sollte ich sagen, was ich meinem Nachfolger in der F. Straße zu bieten hatte, den er, Feuerbach, sich vielleicht erst suchen mußte. – Während des ganzen Tages vor dieser Nachtschicht hatte ich nicht geschlafen, hatte mich schwerfällig und übermüdet in der Wohnung umgetan: dabei war ich an jenen Zustand, in dem ich mich nicht zu fühlen vermochte, in dem ich mich lediglich deutlich als ein Nichts empfand, erinnert gewesen; jeder winzige Handgriff hatte mir unendlich lange gedauert, zu jedem auch hatte ich mich, nach langwieriger gedanklicher Reproduktion seiner Sinnhaftigkeit, eigens buchstäblich auffordern müssen: Bücher, Manuskripte, Schopenhauer-Bildnis in die Tasche, unten in die Tasche, darüber Kleidung. Neuere Notizen und Wertloses, Personalunterlagen in den Koffer, zwischen die Wäsche. Notizen wie: *Auffälliges Stehen am Fenster!* unleserlich durchstreichen. – Erst eine Art tobsüchtiger Melancholie befreite mich aus dieser Verfassung, nach und nach schienen meine Handlungen ein Ziel wahrzunehmen und verstiegen sich zu einer sonderbaren, marionettenhaften Präzision. Das Ziel hieß, die Wohnung in möglichst genau demselben Zustand zu verlassen, in dem ich sie vorgefunden hatte, als ich sie zum ersten Mal betrat. Ich legte die Bretter wieder in den Speiseschrank ein, plazierte das Porträt der Kora L. auf das unterste Brett, und zwar aufs Gesicht gekehrt; ich beseitigte sämtliche Zeitungen und alle Reste meines Proviants; zwei orangegelbe Spültücher, sie stanken und schienen mehr aus Schleim denn aus Textilfaser zu bestehen, und ich bezeichnete sie noch immer als Geruchsproben, versenkte ich tief in die Mülltonnen unter dem Küchenfenster; danach räumte ich das unabgewaschene Geschirr in die Schubfächer des Schreibtischs; endlich rauchte ich drei Zigaretten hintereinander, ließ die Reste im Aschenbecher liegen und stellte diesen neben den Wecker auf den Nachttisch. Zu guter Letzt ging ich zur Kaufhalle und kaufte die Utensilien, die ich für eine Dora 3-Torte brauchte. Auf einem großen Plastikteller verfertigte ich das pyramidenförmige Gebilde aus Keks, Zwieback und der süßesten Marmelade, die ich hatte finden können, ich hatte den Eindruck, daß mir diese einer ziemlich vagen Erinnerung nachgeschaffene Konstruktion relativ gut gelungen war. Ich baute sie auf dem Schreibtisch auf, und neben den Teller legte ich drei Zigaretten in Form eines Blitzes aneinander: so daß sie ein »Z« bildeten. Koffer und Tasche stellte ich auf dem Korridor bereit, ich mußte sie nur noch herausnehmen, zuschließen und konnte den Schlüssel in den Hausbriefkasten des Mieterobmannes einwerfen...

Wieder riß mich das Sirenenheulen eines ausfallenden Kessels aus den Gedanken: zum letzten Mal mußte ich die Automatik in Gang bringen, es war Morgen, ich ging unter die Dusche und kurze Zeit später strebte ich über den Hof in Richtung Ausgang. Die Ablösung, die wir unerlaubterweise am Hoftor stattfinden ließen, gestaltete sich zur Farce, da vom Kesselhaus her schon wieder der Rabenschrei der Sirene zu hören war; ich sah meinen Kollegen, kaum daß er Zeit gefunden hatte, mir einen angenehmen Urlaub zu wünschen, zum Kesselhaus stürzen... noch einmal blickte ich über den Hof zurück: der Morgen begann mit einer seltsamen, kaum durchsichtigen Dämmerhelle, als wolle er mir bedeuten, daß die Episode Berlin für mich im Nebel bleiben werde. In Höhen über mir, die ich mit dem Blick nicht erreichte, ertönte das abfällige Krächzen von Vögeln, die auf dem Weg nach Süden waren... die mir vorausflogen: ihre Keile schienen unversehrt durch eine violette Feuerwand am Himmel zu stoßen. Zu Fuß beeilte ich mich davonzukommen, die Zwienatur des Lichts in der G. Straße, das die schon langsam erlöschenden Lampen spien, zerriß meinen Schatten, so daß er mir in zwei Hälften zerspalten voranzüngelte... zum letzten Mal bog ich in den schmalen Durchgang zur F. Straße ein und sah in den Fensterscheiben des Hauses Nr. 17 die ersten glühenden Punkte des im Osten aufsteigenden Tags erscheinen.

Ich schlief erst, als ich schon im Zug saß, in der Kreisstadt, wo ich umsteigen mußte, schlief ich in dem stehenden Zug weiter und versäumte den Triebwagen nach M.; es war, als habe sich ein für kurze Zeit aufgerissener Vorhang wieder geschlossen.

Für kurze Zeit hatte sich der Vorhang geöffnet und meinen Blick freigegeben: ganz, als öffne sich mein Blick auf eine Geschichte... vielleicht auf die Geschichte, die ich gesucht hatte, sie war wie ein ungeheures Licht. Wie durch ein Fenster blickte ich hinaus, aus der Geschlossenheit meines kleinen Raums hervor, und es war, als ob ich Augenblicke lang wirklich sehen durfte, voll von Verwunderung. Dort draußen war ein so unermeßliches Leuchten, daß mir im ersten Moment nur Schwärze in den Schädel schlug. Doch dann erkannte ich das Bild in seinem jähen Umfang, ein Bild, als sei die Sonnenscheibe selbst auf der Erde gelandet. Ich sah auf den Halbkreis einer gewaltigen Seebucht, die, sich hinaus bis ins schier Unendliche öffnend, vollkommen still im Mittagslicht unter dem wolkenlosen Himmel lag. Die unfaßbare Reglosigkeit des Lichts auf dem spiegelglatten Wasser traf mich zuerst wie ein jagend anwachsender, entsetzlicher Brand, meine Wahrnehmung versagte, aber der befürchtete Kollaps blieb aus, er wich unverhoffter Beruhigung, Betäubung sank über mich... ich sah in der Ferne, zuerst nur augenblickslang sichtbar, dann für Minuten immer wieder ausgelöscht von der Übermacht der Blendreflexe, die über die Horizontlinie geschleudert wurden, schließlich immer deutlicher hervortretend, ein winziges Boot über die Fläche ziehen, das sich immer schärfer zu einem wirklichen Gebilde konstituierte. Es schien zu kriechen; nach längerem Augenschließen erst, wenn ich es in dem Gleißen wieder neu auffinden mußte, war zu bemerken, daß es fuhr. Nun rollten die ersten Schwingen, die ersten Ausläufer seiner Bugwelle wie flüssiges Metall in das kaum erregte Uferwasser; Geschmeidigkeiten, gelassen glühende Schnüre, die sich der See mitteilten, endlos verzögerten Peitschenschlägen gleich, die von der konvexen Erhabenheit der Weltkrümmung herunterrollten; die repetierenden Abläufe ihrer Bogenlinien, die sich über die gesamte Bucht spannten und sich in den sanften Busen des Ufers legten, wo sie, hier und da an einem Stein ein Blitzen entzündend, sich geräuschlos auflösten. Aber endlich rollten sie zurück, Wiederholungen des Küstenbogens in gleicher Zahl, oder doch verdoppelt zurückgegeben, schwangen sie sich den Hang der See wieder hinauf, trafen sich draußen mit den kommenden Wellen, mit den Fächern der Wellen, durchkreuzten die Fächer, schnitten sich, hielten einander Begegnung, repetierend, verschlangen und trennten sich wieder, sandten neue erregte Signale nach dem Horizont aus, trafen sich dort mit den Wogen der Hochsee, kehrten um, wiederholten erneut ihren Weg, streiften auf ihrer Bahn das Boot, erneut die Bugwelle des Boots, das sich tapfer gegen das Licht behauptete, erschütterten den Rumpf für Sekundenbruchteile, trafen es wie eine undeutliche Nachricht aus allerfernsten Meeresräumen oder wie ein oft wiederholtes Lichtsignal aus anderen Zeiten, aus allen Zeiten, oder wie ein leiser Schrei aus anderen Welten, oder wie ein Pfiff aus allen Welten, herkunftslos, repetierende Zeitentfaltungen aus großer Abwesenheit... daß der Sender des kleinen Fahrzeugs vielleicht einen Lidschlag lang erbebte oder daß ein flüchtiges Flaggenklappen in der Mastverspannung inmitten großer Windstille war und ein unmerklicher Leuchtfaden sich verfing, der eine winzige Kursänderung bewies, ein Lichtriß, hängengeblieben aus einer längst vergangenen Nacht, ein Mondtropfen zwischen zwei Wogen schwimmend, der in einem blanken Drahtseil an der Reeling einen Funken spiegelt und zurückbleibt, als läge er am Grund der Bucht, schon lange vor Christi Geburt wie eine glitzernde Haarsträhne, er ist eine haarscharfe Flaschenscherbe am Grund, die ein kleines Loch in die Weichen der Sonne bohrt. Und man blickt durch dieses Loch in die Nacht. Und man sieht mich durch diese Öffnung hinter meinem Horizont sitzen. Doch man ist abgelenkt. Von einer Alge, von der Schraube eines Boots in die Luft geschleudert, wo sie zu brennen begann. Mit milder Flamme, die dennoch ausreicht, einen schwarzen Sprung in der Iris eines Säuglings zu hinterlassen. Ah! Der schneidende Schlag dieser sich treffenden Bugwellen. Jedes Schiff einmal kreuzt der Argonauten Route... und ein Blitz ertönt und blendet. Und der Schlag verschlang das Augenlicht Homers, doch es war ihm, als er sich im Dunkel hinter dem Vorhang weitertastete, ein Fädchen geblieben. Sein Finger, der es in die stimmenbewahrende Luft hielt, sein Mund, der den Faden seiner Stimme durch den Vorhang schlüpfen ließ, sein Auge, das noch einen Strich von Licht bewahrte... den er dem Geist anheimgab, der über den Wassern waltete. Es ist wahr, ein Rest von Gesang ist überliefert, dessen Vers von einem Schiff erzählt, auf driftender Irrfahrt im Jenseits aller bekannten Region. Und in tiefer Flaute des Mittags war da der Nachhall einer Bugwelle, deutlich, den alle bezeugten, doch es gab kein zweites Schiff auf diesem Meer seit einem Jahrhundert, es konnte nicht sein...

Der Vorhang hatte sich wieder geschlossen. Dunkelheit war wiedergekehrt, nachdem die Geschichte ohne mich weitergegangen war, nachdem sie den Schauplatz gewechselt hatte, nachdem ihr Strahl für kurze Zeit durch mein Gesichtsfeld gefahren war... nachdem das Boot den Seitenrahmen des Fensters überquert hatte und verschwunden war. Mein krächzendes Ahoi war verklungen, die Annonce war vielleicht schon das auslösende Moment für einen Nachfolger von mir. Es war kläglich, aber ich wußte nicht genau, was es daran zu beklagen gab. Diese zum bloßen Zeichen für sich selbst zusammenschrumpfenden Sätze, mit denen ich weitermachte, was waren sie? Ach, wie hatte ich glauben können, daß ich mit ihrer Hilfe aus dem Vorfeld herausfände? Mit Hilfe der Annonce? Ich überlegte: sie war mir wie der erste Ton eines Stücks erschienen, das sämtliche Register einer Orgel zum Klingen bringen und zu einem großen Strom vereinigen sollte, sie war mir wie der Auftakt zu einem großen Lärm erschienen... aber sie war mir wie ein moderner Witz verpufft. Es gab keine sachdienlichen Hinweise mehr auf die Wörter und Sätze meiner Geschichte. Geblieben war mir nur die Angst, etwas vergessen... etwas unterlassen zu haben. Verhüllt von dieser Angst kam ich in M. an. Und dabei wußte ich, daß ebendiese Angst der eigentliche Anlaß zu meinem Versuch einer Geschichte gewesen war. Die Annonce hatte mich daran erinnert, daß es in mir das Gefühl gab, etwas vergessen zu haben. Und daß schon dieses Gefühl die Abmilderung meiner Angst war, etwas unterlassen zu haben. In seltsamer Verdrehung der Tatsachen hatte ich das Gefühl an den Anfang gesetzt: als ich überhaupt noch nichts unterlassen haben konnte. Und nun war ich zu diesem Anfang zurückgekehrt? Oder war der Anfang zu mir zurückgekehrt? Das Ende... war das Ende an meinen Anfang zurückgekehrt? Wie alt die Wellen? Diese sich schneidenden Wellen, in ihrer repetierenden Gelassenheit, die aus der Unterlassung entsprangen. Diese zum bloßen Zeichen ihrer selbst in Ewigkeit sich wiederholenden Wellen. Über das rechteckige Universum des leeren Papiers rollend, das mir zum Leben gegeben war.

Die Unterlassung manifestierte sich in Belanglosigkeiten: Habe ich etwas vergessen, vielleicht vergessen, den Kühlschrank zu schließen. Das Küchenfenster zu verriegeln. Den Schlüssel in den richtigen Briefkasten zu werfen. Den Brief an S. zu schreiben. Der Regenschirm. Feuerbach... – Ich dachte an die Worte Z.s, die er mir im Gefängnis hingeworfen hatte: Du veränderst die Sachen immer nur im Rückblick, die Reinfälle müssen immer schon passiert sein! Ich hatte diesen Satz meinem Bekannten Waller entgegengehalten, um seine schlecht verhehlte Begeisterung darüber zu dämpfen, daß ich wieder in M. sei. Im weiteren Verlauf unseres Gesprächs war er noch einmal darauf zurückgekommen und hatte gemeint: Auch ein solcher Satz sei der Angst vor der Unterlassung zuzuschreiben. Und gerade solche Sätze seien es, die die Angst erst erzeugten und sie nicht zum Ende kommen ließen. – Die Angst hat Angst vor ihrem Ende, das ist es! sagte er. Ich saß vor dem Küchenfenster und blickte hinaus. Ich wußte inzwischen, daß ich das Bild vergessen hatte, das in der Nähe dieses Fensters an einem Wandstück hing. Ich hatte es wirklich vergessen, ich hatte es nicht mit nach Berlin genommen, dennoch hatte ich während dieser zwei Jahre ununterbrochen in die violett brennende Himmelswand gestarrt, die es vorstellte... die gleiche, die jetzt hinter dem Küchenfenster zu sehen war. Womöglich wäre es mir besser gelungen, in Berlin anzukommen, in Berlin zu sein, wenn ich die Farben meiner Wirklichkeit bei mir behalten hätte... aber ich hatte mich doch von ihnen trennen wollen! Und während ich dies versuchte, hatte ich mich andauernd davor gefürchtet, sie zu vergessen. Zu vergessen, wie das schwarze kahle Geäst aussah, das in diese Farbe, in das Fensterviereck hineinragte, jenes wüste Astgewirr, auf das ich nun wieder blickte, schwarz und erstarrt zu einer Unbeschreiblichkeit.

Bei meiner Ankunft, auf dem Weg vom Bahnhof, war mir natürlich Waller entgegengekommen, der dies als einen unglaublichen Zufall bezeichnete. Er bot sich an, mir Tasche oder Koffer zu tragen, und nutzte die Gelegenheit, mich mit sprudelnden Klagen über die Untreue der Weiber zu überhäufen. – Du bist gewiß aus denselben Gründen aus Berlin wieder fort? fragte er mich. Daß er mir derart mit der Tür ins Haus fiel, war mir plötzlich weniger unsympathisch, als ich mir bisher zuge-

traut hätte. – In welchem Buch hast du etwas über die Untreue der Weiber gelesen? fragte ich. Oder ist dir selber etwas in der Beziehung passiert? – Nicht direkt. Seit meiner Scheidung von Ilona nicht direkt. Ich habe da nur so ein Gefühl... und ich glaube, es liegt daran, daß nach und nach alle Menschen, die einem in dieser Stadt noch was bedeutet haben, verschwinden. Alle gehen sie weg, alle verschwinden nach drüben. Dir wird es ähnlich gehen, dein Freund S. ist auch weg, in der Zwischenzeit sind noch eine ganze Menge weg... und ich, ich habe den Verlust Ilonas schlecht überstanden. Du weißt doch, daß sie auch weg ist...? Ich zeigte keine Reaktion: Dann hast *du* also meinen Brief an sie erhalten? – Seit Wochen schon laufe ich durch die Stadt und denke, ich müßte dich treffen... ich denke, es ist Blödsinn, nochmal in der Gießerei anzufangen. Du solltest lieber schreiben! Ich habe mit deiner Mutter gesprochen, zufällig. Seit deine Gedichte drüben in einer Zeitschrift erschienen sind, sieht sie, glaube ich, die Sache etwas anders. Ich glaube schon, daß wir einen Weg finden können, auch einen finanziellen, daß du schreiben solltest, und nicht in die Gießerei gehen, da wäre ich deiner Meinung...
– Du denkst also, ich komme voller Tatendrang aus Berlin zurück, nur darauf versessen, mich ins Schreiben zu stürzen?
– Vielleicht sollten wir es wieder versuchen... – Was heißt *wir*? – Es ist der Verlust Ilonas, der mich auf solche Gedanken bringt. Sie hatte die meisten Einfälle von mir im Kopf, verstehst du. Sie wußte sie, in ihrem Kopf waren sie fertig... ich hatte sie entworfen, ausgebrütet und sie ihr dann erzählt, sie hatte wirklich alle Einfälle im Kopf... ich hätte sie nur fragen müssen, was schreiben wir heute. Aber nun ist sie mit dem ganzen Fundus in den Westen gegangen. – Nicht möglich! *Sie* hatte deine Geschichten im Kopf! Weshalb, zum Teufel, hast du sie dir nicht aufgeschrieben? – Es ist zu idiotisch, sagte er, den Koffer vor meiner Tür abstellend. Es ist einfach zu absurd. Daß ich es nicht tat, daß ich die Geschichten nicht aufschrieb, war der Grundeinfall, war das Sujet. Das Sujet war, daß da einer in der Stadt herumging, der seine Geschichten im Kopf eines anderen deponiert hatte... es war nur Zufall, daß dieser andere eine Frau war... und daß er aus diesem Grund die Frau

nicht aus den Augen verlieren durfte, daß er in ihrer Nähe bleiben mußte, es ist, du hörst es natürlich, wie durch Zufall eine mythische Geschichte. – Bürdest du damit der Frau nicht ein bißchen viel auf? – Zuviel? Ach was, Blödsinn... das würden dich die Frauen in deinem Schreibzirkel auch fragen. Und sie haben es dich wahrscheinlich gefragt. Mnemosyne paßt nicht in das neue Menschenbild. Man muß doch merken, daß es in der Geschichte um den Mythos geht. Mnemosyne, die Mutter der Musen, das, denke ich, ist das Thema. Es ist das Thema von der geheimnisvollen Fremden, die dich einmal im Leben streift, vielleicht nur für eine Nacht. Irgendwann geht sie durch dein Blickfeld... oder sie tippt dir auf die Schulter oder sie spricht dich einmal an, und ihre Stimme kommt wie aus der Ferne. Oder es ist auch das Thema, worin du sie verwechselst und wo dir jahrelang eine andere dazwischenkommt, was weiß ich? Jedenfalls hast du in diesem Augenblick in ein riesenhaftes Licht gesehen... du denkst, es war nur der Weißdorn, der zufällig in der Nähe aufgeblüht ist. Aber sein Weiß ist nur wie der Schatten dieses Lichts, von dem du nur noch eine schwache Ahnung hast. Und von da an gehst du durch die Welt, durch deine Zeit, sie kommt dir zwar bekannt vor, aber du kennst sie nicht. Immer wieder triffst du auf den Schatten des Lichts, auf einen Funken, der zu einem Faden, einem Funken paßt, der dir geblieben ist... immer scheinst du durch einen Vorort zu gehen, aber in die wirkliche Stadt kommst du nicht. Nur sie kennt nämlich den Eingang, nur sie hat den Schlüssel, nur sie weiß den richtigen Weg durchs Labyrinth. Du gehst ziellos hin und her, wirfst deinen Blick in die Runde, du glaubst alles wiederzuerkennen, alles ist voller Licht, das du von früher her zu kennen glaubst, doch du stößt nicht zu der wirklichen Wahrnehmung durch. Mnemosyne hat die wirkliche Herkunft im Gedächtnis.

– Ich glaube, ich muß mich erst mal ausruhen, laß uns später weitersprechen. Vielleicht erklärst du mir dann, was es war mit dem Weißdorn.

– Es müssen zwei Erinnerungen sein, die sich überschneiden. Oder vielleicht noch mehr. Damals, am Ende der Schulzeit, als wir in Berlin waren... denkst du noch dran?... war da ein Parkgelände, ich glaube, an einem Flußufer, und dort stand sehr viel Weißdorn, alles voll, damals hatten wir sehr viel Weißdorn gesehen, ganze Gebirge, die blühten wie verrückt. Man war ganz betäubt von diesem Geruch, man geriet ins Schwimmen... wir waren schließlich noch sehr jung damals. Irgendwie waren wir mutig und pfiffen den Weibern nach. Und redeten davon, nach Westberlin rüberzugehen, in den Himmel auf Erden. Aber wir taten es nicht, irgendwie vergaßen wir alles sehr schnell, und ich glaube, es war der Weißdorn, der uns betäubte...

— Ja, sagte ich, ja, ich glaube, ich kann mich erinnern...

— Aber ich denke, der Weißdorn damals war auch schon eine Erinnerung. Nämlich daran, wie wir zwölf oder dreizehn waren, wie wir durch den Wald gingen und du deine Geschichten erzähltest, jede Menge von den tollsten Geschichten. Und von dort her kam der Weißdorn, denke ich, am Waldrand war er, gleich hinter der Müllkippe... und die Wellen des Weißdorns trieben durch deine Geschichten. Sie waren die Farbe dieser Geschichten, und ihr Geruch, und der Geruch der Asche... es war etwa Dreiundfünfzig, ein verrücktes Jahr, ein verrückter Sommer. Aber dann, etwas später in Berlin, glaube ich, hatten wir die Geschichten schon vergessen. Es war, als ob eine Wand dazwischen war, als ob ein Tod dazwischenkam, nur der Weißdorn war noch da, was kam uns in diesem Jahr dazwischen, was war es, das uns in diesem Jahr weggenommen wurde... der Weißdorn ist auch jetzt noch da, aber freilich kahl, verdorrt. Wenn ich jetzt dort herumlaufe, frage ich mich immer wieder, woran er mich eigentlich erinnert... wo sind die Geschichten hin? Diese Geschichten, die in Wellen kamen, in meiner Erinnerung sind es unaufhörliche Wellen, die sich kreuzten, die sich gegenseitig auslösten, hervorbrachten. Und ich sage mir, sie wüßte es, Mnemosyne kennt die Herkunft, doch sie ist über die Mauer...

Wir machten aus, uns zu treffen, um einige Streifzüge in die Umgegend zu unternehmen; wir versetzten uns in eine Situation zurück, die nicht mehr einzuholen war; und es erschien mir ziemlich gespenstig, um nicht zu sagen lächerlich, mit dummen Witzen versuchte ich, uns über die peinliche Lage

hinwegzuhelfen. Ich erzählte ihm die Episode, nach welcher es in Berlin vorgekommen sei – und vielleicht nicht nur in Berlin? –, daß sich ein paar Leute ausgerechnet zum 8. Mai hatten durch die Mauer schleusen lassen, in einem eigens dafür präparierten Auto. Ihr Grund sei gewesen, den Tag der Befreiung vom Faschismus endlich außerhalb der Mauern begehen zu können, der Mauern, die ihnen in der offiziellen Bezeichnung »Antifaschistischer Schutzwall« zu unterstellen schienen, Faschisten zu sein. Da sie doch die Schußwaffen am Schutzwall auf sich gerichtet sahen...
– Ja, sagte er, ich weiß, wir leben in einem Land, wo der schwarze Humor nur so blüht!

Wir gingen am späten Nachmittag die Wege entlang, die über die Hügel am Beginn des Waldes führten, von hier aus blickten wir auf eine Ebene hinunter, die ein sich weithin erstreckendes Müllfeld war. Früher hatte es hier einen Tagebau gegeben, der nun zugeschüttet und dessen Oberfläche planiert worden war. Im Lauf der Zeit war er, mit den abgeräumten Kriegstrümmern zuerst, und dann mit allem Müll und aller Asche der Stadt und ihrer Umgebung aufgefüllt worden. Jetzt wuchs trostloses Gebüsch und hohes, schwarzgraues Gras auf dieser Wüste, ihre Ränder waren über Hunderte von Metern von verdorrten Weißdornhecken gesäumt, ein abweisender, bösartig harter und verdreckter Verhau, der die Grenze bezeichnete zwischen dem natürlichen Boden und jener Region, deren Grund eine ungeheure Masse von Schutt und Abfall war, dem Ausstoß einer mittleren Kleinstadt in einer Zeit von über dreißig Jahren, ein Gelände, das bisher allen Versuchen, es aufzuforsten, getrotzt hatte. Es war ein Gebiet, das man der Hölle entrissen zu haben schien, und doch glaubte man, in diesen unzähligen Kubikmetern kalter toter Asche, die hier versenkt worden waren, versetzt mit allen Fäulnisresten und allem Überflüssigen aus der nahen Stadt, das symbolische Abbild einer künftigen Erde erblicken zu sollen. Die Krähen hatten sich die Gegend zu ihrem Revier erwählt und sich in unübersehbarer Zahl auf diesem Schandacker der Zivilisation niedergelassen; fast meinte man, sie hätten das Fliegen verlernt und mochten sich nur noch kriechend fortbewegen. In der violetten Dämmerung, die vom Norden herüber dräute und gänzlich unberührt war von den Blutlachen der im Westen schon in den Sumpf getauchten Sonne, sah man die Haufen und Rudel der Krähen, ihres Stolzes und ihrer Würde scheinbar gänzlich beraubt, sich wie Heerwürmer eines abscheulichen Ungeziefers über die Lichtungen der düsteren Graswüste wälzen. Wirklich verschmähten sie neuerdings die Bäume der Stadt, um sich hier im Unrat zu sammeln, ab und zu ließen sich ankommende Gruppen von ihnen aus der trüben, qualmverhangenen Luft in das schon wimmelnde Feld fallen. Und die Krähen waren verstummt, sie schwiegen, nur ganz vereinzelt tönte einer ihrer gellenden Schreie aus dem Gelände, worauf irgendwo kleinere Scharen aufflogen, sich aber sofort wieder absacken ließen. Auch wenn wir ein hörbares Geräusch machten, stiegen in nächster Nähe zehn oder zwanzig von ihnen ein paar Meter in die Luft, wo sie sich eilig zu einem Klumpen zusammenballten, der mit dumpfem unheimlichen Laut wieder abstürzte.

– Ich habe uns schon öfters hier rumlaufen sehen, sagte ich. Nur hab ich mich etwas davor gefürchtet, immer habe ich vermutet, daß du noch schreibst. Und weißt du, wie ich uns gesehen habe... als Gespenster! Gespenster in einem literarischen Gespräch. Denn das kann vielleicht nur ein Gespenstergespräch sein...

– Als Gespenster? Einen Augenblick schluchzte er vor Lachen. Ja, das sind wir wohl auch. Tatsache... wir sind Gespenster. Tatsache... Tatsache! Siehst du, hörst du sie? Sie reagieren auf das Wort!

Er zeigte mit dem Finger in das Müllfeld und krächzte: Tatsache... Tatsache! Er schien damit wirklich eine flatternde Bewegung unter den Krähen auszulösen.

– Weißt du, woran mich ihre Schreie erinnern? An einen Namen. Ich hatte in Berlin vorübergehend mit dem Sicherheitsdienst zu tun, und der Mensch, der mich dort verhörte, war Philosoph, und er nannte sich doch tatsächlich *Feuerbach*...

– Ausgezeichnet! Ein ziemlich gesuchtes Pseudonym, erwiderte Waller. *Er ist mit Gedanken, was er der Tat nach, im*

Geiste, was er im Fleische ist... Feuerbach! Wir aber sind Gespenster. Wie sinnig von ihm, sich einen solchen Decknamen auszusuchen...

– Schluß des Zitats! Ihre Schreie erinnern mich nur an den Namen. Feuer*bach*... Feuer*bach*! Klingt es nicht wie ein langes *Baach*, wenn sie schreien?

– Mich erinnert es auch daran, daß man da unten Feuer legen sollte... Mit einer theatralischen Gebärde zeigte er in Richtung der Stadt.

– Oder es klingt wie *Nacht*! Naacht... Naacht!

Ich hatte das Wort ziemlich laut ausgesprochen, und einige der Vögel schienen mir zu antworten. Mehrfach scholl ein heftiges Krächzen aus der Ebene, die sich inzwischen mit Dunkelheit überzog.

– Oder es klingt wie *Ach*! schrie Waller. Ach... aach... aaach!

Eine Horde von Krähen war erschrocken aufgeflogen und begann in Höhen über uns, die noch hell waren, ein wüstes heilloses Geflatter, ihr langgezogenes Geschrei erfüllte plötzlich den Abend.

– Oder es klingt wie Achim! In Nachahmung der Krähen krächzte ich: Aachim... Aachim! Ja... aacheem!

– Danke sehr, rief Waller, aber sie meinen auch dich. Klingt es nicht wie Macht... Macht?

– Macht! donnerte ich, daß es von der Wand des hellgrauen Waldes widerhallte. Maacht... Maaaacht!

Der Himmel war plötzlich von einer Unzahl wie rasend durcheinanderjagender schwarzer Bestien erfüllt.

– Staatsmacht, erwiderte Waller. Staatsmacht... Niedertracht!

– Staatsmacht, Fluchtverdacht...

– Friedenswacht, Mauerpracht, Grabesnacht...

– Licht in der Nacht,
                Stalin wacht!

– Wer hätte das gedacht...
                Deutschland in der Nacht!

– Sind wir um den Schlaf gebracht... Schlaf gebracht!

– Macht voran! In Acht und Bann!

– Die Acht dran... Acht dran! schrie ich in Erinnerung an die Szene meiner Verhaftung...

– Drachen... Draaa... cheen, antwortete Waller, über das Feld hin mit beiden Fäusten drohend. Drachensaat... Drachensaat!

– Nachtdrachen, heulte ich, Nachtdrachen!

– Hört auf mit Krachmachen, keifte Waller, hört auf mit Krachmachen!

– Rache! schrie ich gellend, und die Krähen antworteten mir. Rache! Raache!

– Macht, Nacht, Tod... Tod, Nacht, Macht! versetzte Waller.

– Ach, ach, ach, ach, ach...!

Alle Krähen schienen sich nun in den Lüften zu befinden und verdunkelten das Firmament mit einem Sturm aus Geflatter, Gekreisch und tollwütigem Brausen, es sah aus, als habe sich aller hier abgelagerter Unrat selbständig gemacht, sei in die Luft geflogen und zu einem infernalischen Leben erwacht. Das schwarze Rasen eines nie dagewesenen Chaos war in den Himmel gestiegen, bis weit über die Grenzen des Sichtbaren hinaus.

– Sie sind erwacht, gellte Waller. Deutschland erwacht! Ach, ach, aach...

– Ach...! erwiderte ich. Ach... Acheron... Acheron!

Drohend hallte meine Stimme in Richtung der in braunen Dünsten und keuchenden Nebeln versunkenen Stadt, in der die ersten spärlichen Lichter aufblitzten:

Acheron... Acheron... Acheron!

Beendet Ostern 1989

Der Verfasser dankt dem Deutschen Literaturfonds e. V. für die großzügige Unterstützung der vorliegenden Arbeit.